»Eben noch wurde uns das Ende aller Geschichte eingeredet, nun erleben wir verwirrt ihre Wiederkehr und sehen den Babelturm aus dem Nebel der Vergangenheit von neuem auftauchen.«

Woher stammen die Sprachen und die Völker? Gab es ein Urvolk, eine Ursprache oder bestand die Mannigfaltigkeit von Anfang an? Diese Fragen und die Suche nach möglichen Antworten sind Bestandteil des Nachdenkens über Mensch und Welt zu allen Zeiten und in allen Völkern. In diesem monumentalen Werk werden die wesentlichen Positionen, Traditionsketten und Entwicklungslinien aus Theologie und Philosophie, Sprachwissenschaft, Literatur- und Kunstgeschichte, politischer Geschichte und Kulturgeschichte, Ethnologie und Geographie von der Antike bis zur Gegenwart nachgezeichnet und in ihrem Zusammenhang erläutert. Arno Borst, geboren 1925, renommierter und vielfach ausgezeichneter Professor em. für Mittelalterliche Geschichte an der Universität Konstanz, hat mit seiner bereits in den frühen sechziger Jahren entstandenen umfangreichen Studie eine Universalgeschichte des menschlichen Denkens geschrieben, die in ihrer Art einmalig und bis heute Grundlage der Forschung geblieben ist.

»Was der Mensch ist und was aus ihm wird, hängt heute wie vor vierzig Jahren nicht zuerst davon ab, welche der vorhandenen Sprachen und Völker wir für die urtümlichsten oder zukunftsträchtigsten halten, auch nicht davon, welche der vorgebrachten Theorien über die Funktionen der Kommunikation und Kommunität wir annehmen, sondern davon, wie ernst wir hier und jetzt unsere Worte im Umgang mit anderen nehmen.«

ARNO BORST

DER TURMBAU VON BABEL

Geschichte der Meinungen über Ursprung
und Vielfalt der Sprachen und Völker

Band I
Fundamente und Aufbau

dtv

Deutscher Taschenbuch Verlag

Unveränderter Nachdruck der 1957 bis 1963 erschienenen Originalausgabe

November 1995
Deutscher Taschenbuch Verlag GmbH & Co. KG,
München
Lizenzausgabe mit freundlicher Genehmigung
des Anton Hiersemann Verlags, Stuttgart
Umschlaggestaltung: Dieter Brumshagen
unter Verwendung eines Gemäldes von Pieter Brueghel d. Ä.
(© Archiv für Kunst und Geschichte, Berlin)
Satz: Ensslin & Laiblin, Reutlingen
Druck und Bindung: C. H. Beck'sche Buchdruckerei,
Nördlingen
Printed in Germany · ISBN 3-423-59028-9

VORWORT

Rechenschaft abzulegen von der Herkunft und Verwendung geistigen Besitzes, ist die Aufgabe aller, die von diesem Schatze zehren, der Gläubigen, der Gebildeten und der Gelehrten. Ihr dient auch die folgende Untersuchung von Meinungen, die heute von keiner Kanzel mehr gepredigt und in keiner Schule mehr gelehrt werden, die kaum dem Forscher mehr bekannt sind und bisher niemanden zur zusammenhängenden Analyse reizten, obgleich sie jahrhundertelang lebendig waren und ihre erregende, bis heute nachwirkende Geschichte haben. Vielleicht lernen wir daraus, daß geistiger Besitz nicht nur aus genialen und gültigen Schöpfungen entstand und daß er nicht nur durch deren treue Weitergabe gedieh; Inspiration und Tradition durchdrangen sich nicht nur in jedem Augenblick neu, mit ihnen und auf sie wirkte auch, nicht weniger mächtig, die geschichtliche Situation. Was aus diesem Zusammenspiel von wirklicher oder vermeintlicher Einsicht, gutem oder beschränktem Willen und genutztem oder ertragenem Schicksal jeweils werden würde, konnte vorher niemand wissen; wer in der gleichen „Krise" steht, in der dieser Prozeß fast immer stand, muß sich bemühen, es hinterher zu erfahren.

Was dieses Buch den Hinweisen früherer Autoren, der eigenen Bemühung und dem Beistand und Widerstand der Zeitgenossen und Zeitumstände verdankt, kann ich hier nicht zergliedern. Stellvertretend seien einige der Männer und Institutionen genannt, die meine Ansichten formen halfen und meine Arbeit förderten.

Mein Vater, Alfons M. Borst, hat mir Liebe zum historischen Detail und Belesenheit in der Weltliteratur vermittelt und steuerte auch diesmal viele Lesefrüchte und Korrekturen bei. Prof. Hans Heinrich Schaeder hat mein Interesse für den Zusammenhang von Sprache, Religion und Weltgeschichte geweckt und gab bis kurz vor seinem Tode auch diesem Band manchen neuen Akzent. Prof. Herbert Grundmann hat mir für mittelalterliches Geschichtsdenken und historische Exegese die Augen geöffnet und ermutigte mich auch, der Vorstellung von 72 Sprachen weiter nachzugehen; als die Studie in die Breite ging und selbst die Wohlwollendsten bedenklich wurden, ließ er mir Zeit, hatte Geduld und lieh mir seinen Rat.

Die fertige Arbeit lag 1956/57 der Philosophischen Fakultät der Universität Münster als Habilitationsschrift und der Deutschen Forschungsgemeinschaft als Preisschrift für Mediävistik vor; die lebhafte Anerkennung und die anregende Kritik beider Gremien und ihrer Gutachter sowie eine Forschungsbeihilfe der Forschungsgemeinschaft erlauben es mir, das Werk um ein Drittel zu erweitern und vielfach zu verbessern. Die Großzügigkeit des Verlages gestattet den Druck in drei Bänden, die in Abständen von dreiviertel Jahren erscheinen sollen.

Der aufrichtigste Dank für die Geschenke der Überlieferung und der Umwelt ist ihre Weitergabe, auch wenn sie nur über das Medium des Menschen, also nicht ohne Formung und Verzerrung möglich ist. In diesem Sinne sei das Buch dem Leser, der Zeit und, vielleicht, der Tradition überlassen.

Münster in Westfalen, September 1957

Arno Borst

INHALT VON BAND I

INHALT VON BAND II UND III

EINFÜHRUNG

1. Zweiundsiebzig Sprachen

Ein Mann aus Verona, mit Namen Bonigrinus, stand 1296 vor dem Inquisitor von Bologna. Das Verhör bestätigte den schlimmsten Verdacht, Bonigrinus war überzeugter Anhänger der katharischen Sekte. Er versicherte, der Teufel habe alles Irdische geschaffen, auch die Sintflut sei sein Werk gewesen. Bei einiger Konsequenz hätte Bonigrinus auch den Turmbau von Babel und die Sprachentrennung verdammen müssen; stattdessen plädierte er, vielleicht durch eine spitze Frage provoziert, für die Gleichberechtigung aller Religionen mit einem ganz unkatharischen Argument: *Item dixit, quod sicut sunt LXXII lingue, ita sunt LXXII fides*, als wäre die Teilung der Sprachen und Religionen in gleicher Weise durch Gottes Willen sanktioniert. Der Inquisitor ließ die Aussage in dem wortkargen Protokoll wohl nur notieren, um zusätzlich den Irrglauben des Angeklagten zu beweisen; für den gebildeten Zeitgenossen wog sie nicht schwer, weder Thomas von Aquin noch Dante Alighieri glaubten an 72 Sprachen, gar von 70 oder 72 Religionen wußten um diese Zeit nur ein paar spanische Juden und einige Mohammedaner im Zweistromland. Bonigrinus endete 1297 auf dem Scheiterhaufen [1]).

„Wie es 72 Sprachen gibt ...", dieser halbe Satz gab 1951 den ersten Anstoß zu den hier vorgelegten Untersuchungen. Woher kannte der literarisch nicht gebildete Katharer die Zahl der Sprachen, viel genauer, als man sie heute, zwischen fünfzehnhundert und sechstausend Idiomen schwankend, schätzt? [2]) Gewiß hat er sie nicht statistisch ermittelt, sondern die Rundzahl 72 zu Hilfe genommen, aber wie kam es zu einer solchen Kombination? Die befragte For-

---

[1]) Luigi ALDROVANDI, Acta Sancti Oficii Bononiae ab anno 1291 usque ad annum 1309, in: Atti e memorie della Reale Deputazione di Storia Patria per le provincie di Romagna, 3. Serie, Bd. 14 (1896) 225–286, hier S. 246–248.

[2]) Georg von der GABELENTZ, Die Sprachwissenschaft, ihre Aufgaben, Methoden und bisherigen Ergebnisse, Leipzig 1891, S. 54 und Frederick BODMER, Die Sprachen der Welt, Geschichte, Grammatik, Wortschatz in vergleichender Darstellung, Köln-Berlin 1955, S. 416 zählen etwa 1500 Sprachen. Ernst von DOBSCHÜTZ, Die Bibel im Leben der Völker, 3. Aufl., hg. Alfred ADAM, Witten (1952) S. 216 und die UNESCO (Frankfurter Allgemeine Zeitung vom 9. 3. 1954) rechnen mit etwa 3000. Friso MELZER, Unsere Sprache im Lichte der Christus-Offenbarung, 2. Aufl., Tübingen 1952, S. 114 gibt 6000 an; andere zählen anders. Der Große Brockhaus, 16. Aufl., Bd. 3, Wiesbaden 1953, S. 687 gibt allerdings für Europa etwa 70 Sprachen an.

schung bot babylonischen, ägyptischen oder germanischen Ursprung der Symbolzahl 72 an, bedachte indes nicht, daß die Zahl sich beim ersten Auftreten nicht gleich selbstverständlich mit der Sprachenzahl verbünden mußte, und glaubte genug getan zu haben, wenn sie den Ursprung des „Topos" fixierte und sein Fortleben bis in das beginnende 16. Jahrhundert nachwies, ohne seine Wandlungen ins Auge zu fassen. Auch wenn wir ganz absehen von der Frage, ob der Ausdruck „Topos" noch sinnvoll ist in seiner heute beliebten Ausweitung zu dem Begriff „festes Klischee, konventionelles Gedankenschema, Gemeinplatz, tradierte Formel"[3]), selbst wenn wir uns diese Redeweise zu eigen machen, kommen uns doch schwere Bedenken, wenn wir die Adjektive betrachten, die man dem Wort „Topos" zuzuordnen pflegt. Gibt es wirklich „die dauerhaften topoi, die abgegriffenen Metaphern, die verspielten Manierismen"? Wenn es sie gibt, ist dann diese „unzerreißbare Traditionskette der Mittelmäßigkeit ... der stärkste Träger der literarischen Kontinuität"[4])? Wenn es so wäre, ist literarische Kontinuität das Einzige oder auch nur das Wichtigste, was den Topos ausmacht? Muß man nur den Anfang der Kette aufspüren, um sie ganz in die Hand zu bekommen? Ist denn ein Topos eine geprägte Form, der Scheidemünze gleich, die durch hundert Hände geht, vielleicht im Laufe der Zeit abgegriffen und im Wert gemindert, aber unverkennbar von der Prägestätte bestimmt, so daß man Gehalt und Wirkung aus numismatischen Fundkatalogen ablesen kann? Ähnelt der Topos nicht vielmehr dem gesprochenen Wort, das zwar auch ein vereinbartes Zeichen ist, zu Beginn vielleicht geprägt von einer Etymologie, doch in jedem Mund von besonderem phonetischem Klang, in jedem Zusammenhang von anderem semantischem Sinn? Können sich nicht Klang und Sinn in wenigen Jahren bis zur Unkenntlichkeit vom Ursprung entfernen? Konnten sich Ägypter, Babylonier oder Germanen wirklich dieselben Gedanken über die 72 Sprachen machen wie Bonigrinus? Und wie vollends, wenn die Auflösung des Topos gar nicht im frühen 16. Jahrhundert stattfand, wenn noch im ausgehenden 17. Jahrhundert ein deutscher Jesuit dieselbe Lehre von 72 Sprachen verteidigte und wenn ein deutscher Journalist im Jahre 1955 noch insgeheim an sie glaubte? Haben denn auch nur die Gleichzeitigen, der spanische Rabbiner, der italienische Ketzer und der persische Dichter, sich das Gleiche gedacht? Hat nicht vielleicht Bonigrinus den Gemeinplatz in einer sonst nirgends wiederkehrenden Weise variiert, und tat er es nicht deshalb, weil er um sein Leben redete? Gilt das nicht auch – in einer weniger dramatischen Weise – für alle die andern? Zu-

---

[3]) Edgar Mertner, Topos und Commonplace, in: Strena Anglica, Otto Ritter zum 80. Geburtstag, Halle 1956, S. 178–224 erhebt Einwendungen.

[4]) Ernst Robert Curtius, Europäische Literatur und lateinisches Mittelalter, 2. Aufl., Bern 1954, S. 395, 403.

mindest muß man die Gegenprobe machen, ohne die alle Topos-Untersuchungen in der Luft hängen: Hatten nicht vielleicht auch Origenes, Thomas von Aquin, Dante und Luther einen tieferen Grund, die Formel nicht aufzugreifen, die Irenäus, Augustin, Wolfram von Eschenbach und Böhme verfochten? Jedenfalls erhebt sich der Verdacht, daß die Erforschung von Topoi sich nicht damit begnügen darf, literarische Kontinuitäten bloßzulegen, sondern daß sie den störenden oder fördernden Einfluß der jeweiligen Situation, der faktischen Geschichte mindestens in gleichem Maße berücksichtigen sollte.

Man muß also in unserem Falle nicht nur die vielleicht zufällige Wanderung der Vorstellung von den 72 Sprachen durch die Geschichte nachzeichnen, sondern klären, was in der jeweiligen Situation aus der Überlieferung geworden ist und warum dies und nicht etwas anderes aus dem reichen Angebot der Tradition ausgewählt wurde. Das Vorhaben ist scheinbar begrenzt und leicht zu bewältigen[5]); immerhin führt schon die Materialsammlung wegen der erwähnten Ursprungsthesen über die dem Bearbeiter vertrauteren mittelalterlichen Gebiete und die abendländische Literatur hinaus in die Bereiche der altorientalischen Kulturen und, infolge der genannten Forschungslücke, auch tief in die Neuzeit hinein; aber wer kennt das Drama ohne den ersten und den letzten Akt?

An Vorarbeiten liegt einiges bereit. Belege aus der semitischen Welt hat vor hundert Jahren der Orientalist Steinschneider wahllos gesammelt; die mittelhochdeutschen Zeugnisse hat zur selben Zeit der Germanist Zingerle zusammengestellt, und vor kurzem hat der Germanist Weigand diesen Bestand um einige lateinische Stellen vermehrt. Freilich sind alle diese Arbeiten lückenhaft – daß es mehrere mittelalterliche Listen von diesen 72 Sprachen gibt, ist ihnen allen entgangen – und ihr einziges Ergebnis ist, daß man zweitausend Jahre lang hie und da von 70 oder 72 Sprachen redete. Die Beschränkung auf einige Spezialgebiete, auf das Mittelalter oder die mittelhochdeutschen Quellen, wurde durch die Scheu vor Kompetenzüberschreitungen nahegelegt, aber sie war es gerade, die die vielfachen Auffassungswandlungen, die Geschichte des Topos, bisher verdecken half. Erst der universale Vergleich lehrt das Besondere kennen; Übersetzungen und zusammenfassende Darstellungen ermöglichen ihn auch dem Dilettanten, der wie der Verfasser die orientalischen und slavischen Sprachen nicht beherrscht[5a]). Trotzdem waren die Fachleute nur allzusehr im Recht, als sie sich beschränkten oder, wie die überwiegende Mehrheit

[5]) Die Ankündigung bei Arno Borst, Die Katharer, Stuttgart 1953, S. 215 beruhte auf diesem Irrtum.

[5a]) Die Wörter und Namen aus diesen Sprachen sind im folgenden, auch aus drucktechnischen Gründen, nicht einheitlich transkribiert; herkömmliche Schreibweise, wissenschaftliche Transkription oder eine dem Laien verständliche phonetische Wiedergabe werden von Fall zu Fall verwendet, meist so, wie die benutzte Literatur sie bot.

der Philologen und Historiker, einen weiten Bogen um diesen Topos machten. Denn sobald man einen solchen Topos nicht nur auf seine literarische Wirkung hin untersucht, kommt man in scheinbar uferlose Zonen von Wirkungszusammenhängen.

2. Mittelalterliche Anschauungen von den Sprachen und Völkern

Der Glaube an 72 Sprachen gehört zur mittelalterlichen Sprachtheorie und Ansicht von der Sprachen- und Völkergeschichte; er müßte sich dem in der Forschung geläufigen Bild von diesen Anschauungen einfügen. Sie stellen sich in den gängigen Handbüchern etwa so dar: Gott schuf den Menschen und gab ihm die Sprache; diese Sprache deckte sich mit den Dingen genau; Gott redete mit Adam hebräisch. Aus Adams Familie erwuchsen viele Stämme, die alle ein Volk mit einer Sprache blieben. Erst in Babel wurde durch den frevelhaften Turmbau die Einheit des Menschengeschlechts zerrissen, es entstanden durch Gottes wunderbares Eingreifen 72 Sprachen und 72 Völker, die alle mit der hebräischen Ursprache und Adams Volk verwandt waren und blieben. Von ihnen stammen die „heutigen" Sprachen und Völker unmittelbar ab, noch immer 72 an der Zahl. Bei der Sprachenteilung blieb es bis Pfingsten; seither ist die Differenzierung durch die göttliche Stiftung der Kirche, durch die den Aposteln vom Heiligen Geist geschenkte Kenntnis aller Sprachen überwunden; die drei am Kreuz Christi angebrachten Sprachen, Hebräisch, Griechisch und Latein sind, zugleich als Bibelsprachen, über alle andern Idiome hinausgehoben und geheiligt. In ihnen werden sich die getrennten Völker versammeln, und am Ende der Zeiten werden alle Stämme dem Herrn im Himmel auf hebräisch ihr Halleluja singen.

Bei näherem Zusehen ergab sich, daß die Geschichte des Topos von den 72 Sprachen in dieses Schema nicht hineinpaßte, ja daß es dieses System „der" mittelalterlichen Anschauungen niemals und nirgends gab. Alle genannten Motive kommen im mittelalterlichen Schrifttum wirklich vor, aber neben ihnen so viele andere, daß man von einem System nicht mehr reden kann. Die Zahl der Sprachen stand mit der Völkerzahl in einem sehr lockeren Zusammenhang; Völker und Sprachen waren in sehr verschiedener Art auf den Turmbau von Babel zu beziehen; ja die Ereignisse an diesem Turm waren im Mittelalter und noch lange danach heftig umstritten; daß der Bau im Kontrast zu Ursprache und Urvolk stand, hinderte nicht, daß man sich den paradiesischen Urzustand auf die unterschiedlichste Weise ausmalte; ob die Sprache von Gott geschenkt oder vom Menschen erfunden wurde, ob Adam Hebräisch oder Syrisch oder gar Deutsch redete, welche Sprachen besonders geheiligt waren, welchem Volk der Ehrenplatz der „alten", durch die mosaische Völkertafel legitimierten Völker zukam, darüber waren die Meinungen so geteilt wie über die Art des Pfingstwunders und über die Wiedervereinigung der Sprachen und Völker.

Damit stellt sich dieselbe Frage wie beim Topos von 72 Sprachen nun für die mittelalterliche Sprachtheorie und Auffassung der Sprachen- und Völkergeschichte im ganzen: Woher kommen alle diese Motive und, vor allem, ihre Unterschiede? Wie kam es überhaupt zu diesem Zusammenschießen der Traditionen über die Sprachen mit denen über die Völker?

Wer sich darüber in der bisherigen Literatur Rat sucht, bleibt hilflos. Eine Geschichte des mittelalterlichen Sprachdenkens gibt es nicht. Die Vorstellungen von der Sprachengeschichte sind nicht untersucht. Die mittelalterliche Sprachtheologie ist in den Arbeiten der Theologen, Kaulen, Gießwein, Stolz und Melzer vor allem, nur die Folie und das Repertorium von Autoritäten für den eigenen Standpunkt des Autors; allenfalls die Monographien Mantheys und Warnachs über Thomas von Aquin versuchen, auf den Titelhelden hingeordnet, die Vorgeschichte seiner Sprachanschauung zu skizzieren. Die mittelalterliche Sprachphilosophie ist bis heute fast unbearbeitet; der Überblick Cassirers vergißt das Mittelalter, die ältere Arbeit von Rotta ist kaum mehr als ein Zitaten-Mosaik; die Studien von Grabmann, Wallerand, Roos u. a. stehen noch in den Anfängen der Detailforschung. Die allgemeine Sprachwissenschaft vollends hat in den Büchern, die der Geschichte ihrer Disziplin gewidmet sind, das Mittelalter entweder ganz ausgeklammert oder ihm das eben umrissene „System" zugeschrieben, meistens nicht ohne abfällige Bemerkungen darüber [6]). Mit Einzelfragen steht es nicht besser. Die Vorstellungen vom Ursprung der Sprache, von der Ursprache und ihrer magischen Kraft, von der Himmels- und Göttersprache sind für die Naturvölker von Böklen, für die Antike von Allen, Güntert, Dahlmann, Theiler, für das Mittelalter noch gar nicht untersucht worden. Die Kontroversen um die babylonische Sprachverwirrung und die Endsprache haben noch keinen Bearbeiter gefunden. Die An-

---

[6]) Ludwig Geiger, Ursprung und Entwicklung der menschlichen Sprache und Vernunft, Bd. 1, Stuttgart 1868, S. 116 f.; Wilhelm Wundt, Völkerpsychologie, Bd. 2, Teil 2, 3. Aufl., Leipzig 1912, S. 643 („eigentlich keine Theorie, sondern der Verzicht auf eine solche"); Ludwig Sütterlin, Werden und Wesen der Sprache, Leipzig 1913, S. 2 („Tüfteleien"); Joseph Vendryes, Le langage (L'évolution de l'humanité), Paris 1921, S. 6; Otto Jespersen, Die Sprache, ihre Natur, Entwicklung und Entstehung, Heidelberg 1925, S. 3 („Auch im Mittelalter ... keine Fortschritte"); Vilhelm Thomsen, Geschichte der Sprachwissenschaft bis zum Ausgang des 19. Jahrhunderts, Halle 1927, S. 43 („weder direkt noch indirekt einen Fingerbreit vorwärts"); Hans Arens, Sprachwissenschaft, Der Gang ihrer Entwicklung von der Antike bis zur Gegenwart, Freiburg-München 1955, S. 35 („primitive, manchmal sogar komische oder abstruse Äußerungen"); Bodmer, Sprachen 162 („schwerwiegende Posten auf der negativen Seite"). Für die zahlreichen Arbeiten, die das Mittelalter ganz auslassen, stehe hier nur Walther von Wartburg, Einführung in Problematik und Methodik der Sprachwissenschaft, Halle 1943, S. 2.

sichten über den Turmbau von Babel sind bisher nur von Kunsthistorikern wie Fritz und Schrade und von Archäologen wie Parrot nebenbei als Bestandteil der mythischen Weltanschauung gewürdigt worden; doch eine Ikonographie und Interpretation der zahlreichen Abbildungen des Turmbaus fehlt bis zur Stunde. Über die drei heiligen Sprachen hat die knappe Studie Schwerings sogar grundfalsche Ansichten verbreitet; auch Englmanns und Adlers apologetische Sammlung der Traditionen vom Pfingstwunder verwirrt mehr, als daß sie klärte.

Mindestens ebenso trostlos ist die Forschungslage auf dem benachbarten Gebiet der historischen Völkerkunde. Die geographischen Kenntnisse früherer Zeiten sind seit Lelewel, Hennig u. a. vielfach beachtet worden, doch stets im Hinblick auf ihre „Richtigkeit“. Erst recht urteilte die Ethnographie über die älteren Vorstellungen von Ursprung und Verbreitung des Menschengeschlechtes nur negativ [7]). Eine den Studien Trüdingers zur antiken Völkerkunde oder den byzantinistischen Arbeiten von Moravcsik vergleichbare Geschichte oder auch nur Analyse der mittelalterlichen Ethnographie fehlt. Die wissenschaftliche Genealogie gibt zwar gerne zu bedenken, daß Genealogie zu den ältesten Erfahrungen des Menschengeschlechts gehöre [8]), und erkennt neuerdings auch die „Macht des genealogischen Mythos“ an [9]), hat aber ein einläßlicheres Studium ihrer eigenen Vorgeschichte bis heute ängstlich umgangen. Gar die Interpretationsgeschichte der biblischen Völkertafeln ist für Antike und Judentum von Schmidtke, für den christlichen Orient von Gutschmid längst untersucht, für das abendländische Mittelalter nirgends in Angriff genommen. Die mittelalterlichen Herkunftssagen sind, soweit sie germanisch sind, von Baesecke und Hauck, soweit sie antike Traditionen aufnehmen, von Grau, Klippel und Matter zusammengestellt, die biblische Komponente ist dabei überall ignoriert worden; nur Heuslers glänzende Abhandlung über die gelehrte altisländische Urgeschichte bildet eine Ausnahme. Die wenigen von Michel

---

[7]) Friedrich Müller, Allgemeine Ethnographie, 2. Aufl., Wien 1879, S. 2 („großer Schaden für die Wissenschaft“); Otto Stoll, Die Entwicklung der Völkerkunde von ihren Anfängen bis in die Neuzeit, in: Mitteilungen der Geographisch-Ethnographischen Gesellschaft Zürich 18 (1918) 1–128, hier S. 14 („wissenschaftlich wertlos“); Hans Plischke, Von den Barbaren zu den Primitiven, Die Naturvölker durch die Jahrhunderte, Leipzig 1925, S. 26 („verständnislos“ ist das Mittelalter, Gen. 10–11 wird gar nicht erwähnt); Hugo Adolf Bernatzik, Historische Entwicklung und Zielsetzung der Völkerkunde, in: Die neue große Völkerkunde, Bd. 1, Frankfurt/Main 1954, S. 1–14, hier S. 2 („völlige Verständnislosigkeit“).

[8]) Ottokar Lorenz, Lehrbuch der gesamten wissenschaftlichen Genealogie, Berlin 1898, S. 5 f.; Otto Forst de Battaglia, Wissenschaftliche Genealogie, Eine Einführung in ihre wichtigsten Grundprobleme, Bern 1948, S. 5, 127.

[9]) Otto Forst de Battaglia, Das genealogische Gesellschaftsgefüge, in: Alexander Randa, Handbuch der Weltgeschichte, 2 Bände, Olten-Freiburg i. Br. 1954–56, hier Sp. 2659.

gesammelten Zeugnisse für die Lehre von 72 Völkern sind alles andere als repräsentativ. Es ist bezeichnend, daß man sich über das Gemeinschaftsbewußtsein der europäischen Völker im Mittelalter nur bei Wallach und Ganshof orientieren kann, während die nationalen Sonderbestrebungen durch Finke, Goetz, Zatschek, Maschke, Kirn, Sestan, Hugelmann und andere untersucht sind und in ihrem Zusammenhang die Rolle der Muttersprache durch Daube und Weisgerber längst klargestellt ist. Vollends der Konnex zwischen Sprache und Volk, zwischen Sprachen und Völkern ist trotz eines 50 Jahre alten Postulats von Wilamowitz-Moellendorff noch immer nicht historisch oder begrifflich analysiert. Sogar die Darstellungen der mittelalterlichen Zahlensymbolik, noch bei Hopper und Großmann, übersehen die naheliegenden Zusammenhänge. Wie alle diese Themen in der sogenannten Neuzeit nachwirkten, hat erst recht noch niemanden beschäftigt.

Natürlich kommt es nicht von ungefähr, daß auf allen diesen Gebieten für Antike und Neuzeit viel mehr geschehen ist und daß auch die Mediävisten lieber die „modernen", die „wissenschaftlichen" oder die „nationalen" Traditionen untersuchen als die universalen und religiös bestimmten. Letztere sind weniger differenziert und weniger differenzierend, es geht ihnen nicht um die rationale Deutung immanenter Wirklichkeit, und darum lassen sie sich nicht aufspaltend zergliedern. In den ersten Fassungen dieser Arbeit habe ich versucht, die einzelnen Komplexe systematisch getrennt zu behandeln und darzustellen, aber nicht einmal die beiden großen Gruppen des Sprachdenkens und der Völkergenealogie ließen sich auseinanderhalten. Nur ein systematisches Register, nicht die Darstellung selbst kann dem modernen Bedürfnis nach kleinen, klar überschaubaren Komplexen entgegenkommen. Dieses Knäuel zu fassen, wird dadurch noch weiter erschwert, daß fast alle Einzelfäden nicht erst im Mittelalter gesponnen wurden; sie laufen von den fernsten Zeiten bis in unsere Tage hinein. Außerdem überspannen sie ein recht beträchtliches Feld menschlicher Erfahrungen und Gedanken, das nicht nur in der sprach- und völkerkundlichen Literatur früherer Zeiten, sondern auch bei Historikern, Theologen, Juristen und endlich im ganzen Bereich der Weltliteratur, auch an einzelnen Punkten der bildenden Kunst aufzusuchen ist. Und endlich bliebe auch jede historisch gliedernde Darstellung nur eine Anhäufung disparater und konfuser Traditionen, weil es bei diesem Nachdenken Früherer gar nicht um die Erklärung bestehender Sachverhalte ging, nicht um die Sprachen und Völker, sondern um das, was diesen Erscheinungsformen zugrunde zu liegen schien. Unser schon beängstigend umfangreiches Programm muß also noch einmal weiter gespannt werden.

3. Religiöses Geschichtsdenken

Die mittelalterlichen Anschauungen von Entstehung und Vielfalt der Sprachen und Völker sind ein Sonderfall jenes traditionalistischen Denkens, das man fast als einen Gegenpol zum Historismus bezeichnen kann. Während es dieser vornehmlich mit Individualität und Entwicklung zu tun hat, sucht das ältere Denken eher Ursprung und Mannigfaltigkeit, Ursprung nicht als entwicklungsgeschichtliche Anlage, die sich dann immanent entfaltet, sondern als Norm für alles Spätere, als Offenbarung [10]), Mannigfaltigkeit nicht als freies Spiel der Kräfte, sondern als sinnvolle Entfaltung dieses Ursprungs. Geschichtsdenken und Religion gehören hierbei aufs engste zusammen. In diesem Bereich sind alle unsere Motivketten des Sprachen- und Völkerdenkens heimisch; die Säkularisierung bedeutet zugleich ihre Isolierung und ihren Untergang. Das religiöse Denken ist in unserem Problemkreis fast überall exegetisches Denken – und was anders ist religiöses Geschichtsdenken als wiederum Exegese der vorfallenden Wirklichkeit auf die vorgegebene Offenbarung hin? Daß wir für unsere Untersuchung besonders nachdrücklich auf die beiden Literaturgruppen der Weltchroniken und der Bibelkommentare verwiesen werden, liegt also nicht nur an der Themenwahl solcher Werke, sondern an ihrem gemeinsamen Prinzip. Wenn wir zusätzlich zu allem andern und hinter ihm den geschichtlichen Gang dieses religiösen Geschichtsdenkens verfolgen, wird sich dabei ergeben, daß alle Einzelmotive hier ihre eine Wurzel haben.

Der allgemeine Forschungsstand ist hier sehr viel günstiger als in den schon vorhin beschriebenen Gebieten. Für die Geschichtsanschauungen dieser Art braucht man nur auf die Arbeiten von Dempf, Landsberg, Grundmann, Spörl, Herding, Löwith, Brunner und Kaegi zu verweisen. Die Erforschung des exegetischen Denkens ist noch weithin bei der Materialsichtung, doch ist die Geschichte der mittelalterlichen Exegese durch die Schriften von Laistner, Smalley, Spicq und anderen weit über die älteren Untersuchungen von Rosenmüller und Diestel hinaus aufgehellt worden. Auch der Zusammenhang zwischen Geschichtsdenken und Exegese ist in einzelnen Studien, insbesondere von Grundmann und Kamlah, bereits aufgedeckt. Doch gaben alle diese Forschungen entweder nur ein Gesamtbild im Überblick oder Monographien über einzelne Historiker oder Exegeten des Mittelalters. Wir wollen stattdessen eine dritte, bisher mehr in der Literaturwissenschaft und Kunstgeschichte als in der Historie durchgeführte Methode anwenden, die problemgeschichtliche. Nicht was dieser Weltchronist oder jener Kommentator im ganzen dachte, sondern wie eine

---

[10]) Erich Rothacker, Geschichtsphilosophie, in: Handbuch der Philosophie, Bd. 4, München-Berlin 1934, S. 17, 19.

Gruppe von Motiven und Fragen bei ihnen allen widerklang, das soll untersucht werden. Nun muß man bei diesem Vorhaben nicht nur viele ungedruckte Quellen, vor allem Genesiskommentare und Weltchroniken, heranziehen – was dafür getan werden konnte, habe ich getan –, sondern auf geschlossene Portraits von „Weltbildern" verzichten und dafür möglichst extensiv verfahren. Natürlich ist es bedenklich, wenn der Bearbeiter seine Quellen nicht vollständig durchliest, sondern nur in ihnen nachschlägt und blättert; manches Wichtige, Ergänzende oder Berichtigende entgeht ihm dabei, und gar die allgemeinen Aussagen über Werke, Personen und Epochen werden dadurch leicht verschwommen oder überscharf. Aber schon dies kursorische Verfahren genügt für unsere Zwecke, denn es ist ein Kennzeichen religiösen Geschichtsdenkens, das Ganze im Isolierten, in einem uns Heutigen oft abseitig scheinenden Detail festzuhalten, wenigstens im Mittelalter.

Doch werden wir auch hierbei nicht auf „Vormittelalter" und „Nachmittelalter" verzichten können; denn wenn der Name „Mittelalter" überhaupt noch sinnvoll ist, dann als Signum für eine Zeit, die zwischen Ursprung und Neubeginn mitteninne steht, die ihr Bestes ererbt und das Bleibende vererbt hat; das religiöse Geschichtsdenken gehört zu diesem Ererbten und Vererbten.

4. Detail und Weltgeschichte

Wir können indes nicht haltmachen bei der bloßen Geistesgeschichte; die Literatur ist stets „schaffender Spiegel" der Wirklichkeit. Wie verhält sich das Denken zur Realität der Sprachen und Völker? Wann bemerkt es ihre Veränderungen und Verschiedenheiten? Wenigstens die Grundzüge der tatsächlichen Sprachen- und Völkergeschichte müssen uns vor Augen stehen, wenn wir zusehen wollen, wie der menschliche Geist darauf reagiert, wie er sie erklärt oder umbiegt, wie er hellhörig für die Gegenwart oder alten Traditionen vertrauend, bald spielerisch ausweichend, bald herrisch bedrängend, in immer neuen Wendungen dem eisernen Gang des Geschehens begegnet. Erst so läßt sich, abseits aller spiritualistischen „Geistesgeschichte" und ohne die Schemata von Basis und Überbau, einem Grundproblem alles historischen Verstehens, der Diskrepanz und Harmonie von Gedanken und Wirklichkeit, näherkommen.

Indes, wir stellen unsere Fragen von einem sehr begrenzten Felde aus. Zwar ist es nicht so abseitig, wie die Lethargie der Forschung vermuten ließ, und in der Reihe unserer Zeugen werden wenige große Namen fehlen. Doch wir wollen ja nicht die bestimmenden Kräfte und Menschen aller Zeitalter verstehen und brauchen daher nicht „das Allgemeine des Hergangs und das Individuelle seiner Ursprünge eindrücklich miteinander verbinden", wie es bei der Darstellung modernerer geistiger Bewegungen geboten sein mag, um „eine Art Gratwanderung durch das Gebirge anzutreten"[11]). Wir werden auf die Unterschiede des Niveaus wenig achten und der anonymen Quelle oft mehr Belehrung verdanken als den zeitlosen Lehren der Olympier, weil die von uns gesuchten Traditionen dem eigenständigen Denken des Individuums meistens zuwiderlaufen. Schon aus der Eigenart exegetischen Denkens ergibt es sich, daß unsere Kronzeugen nicht die Avantguardisten, sondern schwerfällige Pedanten sein werden, nicht die Großen, sondern die Geister zweiten und dritten Ranges. Indessen wußte schon Grillparzer, daß man sie kennen muß, um die Großen – und, fügen wir hinzu, die Zeit im ganzen – zu begreifen; das Nebensächliche und auf die Dauer Unterlegene ist für den Historiker nicht weniger wichtig als die strahlenden Sieger, die ihren Glanz selten der Mitwelt, meistens einer späten Nachwelt danken.

Mit den Pedanten fassen wir das Detail. „Niemand wird der Täuschung unterliegen, die Einzelheiten für das Ganze zu nehmen wie die Kralle für den Löwen. ... Das Ausgezeichnete hat seinen Maßstab nur in sich selbst; dabei ist den größten und genialsten Schöpfungen des ... Geistes stets etwas Unermeßliches eigen. Dagegen haben die kleinen talentreichen Leistungen offenbar eine dichte Gebundenheit an den ‚Stil', und ihre Originalität und Wahrhaftigkeit liegen alsdann allein im Detail"[12]). Wir werden mit diesem Maßstab die genialen Geister, insbesondere der Neuzeit, nicht adäquat messen können – welcher andere Maßstab könnte es? – und auch die kleinen Talente bisweilen nur nach ihren kuriosen Seitensprüngen, nicht nach ihren braven Intentionen und ihrem „Stil" fragen; unsere Absicht ist ja kein universalhistorischer Versuch, keine Weltgeschichte des Geistes, sondern die Weltgeschichte einiger Details.

Alles Universale, Umfassende ist der heutigen Wissenschaft suspekt geworden; ihr Bereich ist die Spezialisation, und deren Glaubensbekenntnis ist der Satz von Aby Warburg: „Der liebe Gott steckt im Detail"[13]). Sie steht damit dem Denken „vorwissenschaftlicher" Zeiten doch recht nahe; nur nahm man die Einzelheiten früher nicht als „exemplarisch", sondern als „symbolisch". Wir wollen sie hier weder als das eine noch als das andere, sondern nur als symptomatisch nehmen für einiges, was man hie und da dachte und was je und dann damit geschah. Um den Rahmen nicht ins Uferlose zu dehnen, muß ich die Analysen knapp halten, die Verweise auf Parallelen und Wandlungen oft nur andeuten; aber der aufmerksame Leser wird die roten Fäden und das

---

[11]) Friedrich Meinecke, Die Entstehung des Historismus, 2. Aufl., München 1946, S. 6.

[12]) Max Wegner, Ornamente kaiserzeitlicher Bauten Roms (Münstersche Forschungen 10), Köln 1957, S. 2.

[13]) Curtius, Literatur 45.

Schwergewicht der Einzelheiten leicht erkennen, wo der flüchtig Blätternde nur belanglose Kuriositäten und überspitzte Interpretationen sieht.

Die folgenden Seiten werden also – mit Nachdruck sei es wiederholt – beileibe keine Weltgeschichte des Geistes bieten, sondern eine halbwegs geschlossene Motivkette aufzuspüren suchen, die sich rings um die Behauptung des Bonigrinus gelegt hat. Vielleicht ist es wirklich zu viel Aufwand, wenn wir eines Nebensatzes und seiner Konsequenzen wegen die ganze Weltgeschichte und -literatur alarmieren; doch es könnte sich ergeben, daß hinter den „Topoi“ nicht die gedankenlose Wiederholung des Hergebrachten stand, nicht die Sucht, diese oder jene Erscheinung zu erklären oder zu vertuschen, sondern der ernste Wille, die ganze Welt und das eigene Dasein aus dem Kleinsten zusammenfassend zu verstehen: *Mundus in gutta*.

I. FUNDAMENTE

Die Menschheit ist seit jeher, wie es scheint, in Teilgemeinschaften der verschiedensten Größe und Eigenart aufgegliedert. Diese Verbände, die wir im folgenden nur der Kürze halber als „Völker" bezeichnen wollen, sind freilich nicht naturgegeben, sondern mannigfach variiert je nach den bestimmenden Motiven solcher Zusammenschlüsse. Gleichgerichtetes politisches und kulturelles Wollen, gemeinsame Erinnerungen, dieselbe Rasse oder Herkunft, die Ähnlichkeit der Sprache – diese und andere geschichtlich wandelbare Faktoren schließen ein Volk im Innern zusammen und nach außen ab. Nicht jedes Volk besteht aus Menschen gleicher Sprache und gleicher Herkunft, oft mischen sich in einem Volk nicht nur die Dialekte, sondern auch die Sprachen[1]); aber für den ersten Blick sind Sprache und Herkunft die deutlichsten Unterscheidungsmerkmale der Völker[2]). Die Teilung der Menschheit in solche voneinander abgesonderte Bildungen ist eine Tatsache, die jedem Betrachter sofort auffallen müßte. Aber ist das Denken immer nur der getreue Spiegel der Wirklichkeit gewesen? Hat man überall einhellig die Menschheit als differenziert empfunden? Das ist eine der beiden Fragen, die uns zuerst beschäftigen müssen.

Nicht weniger deutlich ist, so sollte man meinen, für den unbefangenen Betrachter der Eindruck, daß jenseits dieser Unterschiede alles, was Menschenantlitz trägt, gleich oder wenigstens verwandt ist. Mußte der Mensch nicht, sobald er sich seiner Verschiedenheit vom Tier halbwegs bewußt wurde, die trennenden Faktoren in der Menschenwelt, auch Sprache und Abstammung, aus einer höheren Einheit ableiten? Wurde nicht die Welt von vornherein als eine einheitlich geschaffene, geordnete Mannigfaltigkeit gesehen? Der Wissenschaft ist es bis heute nicht gelungen und es dürfte ihr nie gelingen, die gemeinsame Herkunft des Menschengeschlechts von einem Vater und die anfängliche Einheit seiner Sprache zu erweisen[3]); aber war die Überzeugung, es müsse

---

[1]) Wilhelm SCHMIDT SVD, Rassen und Völker in Vorgeschichte und Geschichte des Abendlandes, 3 Bände, Luzern 1946–1949, hier Bd. 2, S. 14 f. Noch skeptischer ist Heinrich L. KOPPELMANN, Nation, Sprache und Nationalismus, Leiden 1956, S. 29 ff.

[2]) Otto VOSSLER, Der Nationalgedanke von Rousseau bis Ranke, München-Berlin 1937, S. 10; Hans KOHN, Die Idee des Nationalismus, Ursprung und Geschichte bis zur Französischen Revolution, Heidelberg 1950, S. 35 f.

[3]) Walter PORZIG, Das Wunder der Sprache, Probleme, Methoden und Ergebnisse der modernen Sprachwissenschaft (Sammlung Dalp 71), München 1950, S. 339. BODMER, Sprachen 79, 193 f. ist optimistischer: es sei „voreilig", heute über den Ursprung

diese Einheit geben, nicht das erste und natürlichste Ergebnis jeglichen Nachdenkens über Mensch und Welt? Die geläufige Meinung unserer Tage hält sich davon überzeugt, daß es in der Tat so gewesen sei; sie verwundert sich allenfalls über diese merkwürdige „gewissermaßen selbstverständliche Voraussetzung, daß die vorhandene bunte, vielgestaltige Welt auf eine einfache nur aus einem Material bestehende Welt zurückzuführen sei. Was veranlaßte die Denker, sich nicht mit der konkret bewiesenen Mannigfaltigkeit zu begnügen? Warum wollte man mehrere verschiedene Dinge auf einen gemeinsamen Ursprung zurückdeuten?"[4]) Wir werden aber erst zu fragen haben, ob die Einheit über den Differenzierungen der Völker und Sprachen ebenso wie diese Differenzierungen selber wirklich im Denken aller Zeiten und Völker anerkannt wurde.

Die Antwort auf unsere Fragen müssen wir dort suchen, wo die Traditionen, aus denen die mittelalterliche und moderne abendländische Gedankenwelt erwuchs, noch nicht ausgearbeitet oder noch nicht miteinander verbunden waren, bei den primitiven Kulturen und denen des Fernen und Nahen Orients bis hin zu dem Punkt, wo sich in der griechischen Entwicklung der erste Knoten der Überlieferungsgeschichte schürzte. Bis dahin scheint das Denken in gesonderten Kulturkreisen, die einander nicht nennenswert beeinflussen, jeweils eigenwüchsig zu sein; doch wir werden nur auf diesem etwas umständlichen Weg, durch den Vergleich zwischen Ungleichartigem, die Grundpositionen und ihre Fortbildungen, die Quellen und ihr Zusammenfließen, vor allem den Beginn der mittelalterlichen Traditionskette und das Einsetzen des religiösen Geschichtsdenkens annähernd genau fixieren können. Nur so läßt sich ausmachen, ob wirklich im Ursprung schon das Ganze implizit enthalten war.

1. Naturvölker

Die Sprache gehört nicht nur zur Definition, sondern auch zur Geschichte des Menschen von allem Anfang an. Aus anatomischen Einzelheiten hat man schließen können, daß bereits der Pithecanthropus pekinensis vor vielleicht 500000 Jahren über eine artikulierte Sprache verfügte[1]). Aber gerade weil

---

der Sprache etwas auszusagen. Frühere Arbeiten gehen auf das Ursprungsproblem gar nicht ein, z. B. Julius STENZEL, Philosophie der Sprache, in: Handbuch der Philosophie, Bd. 4, München-Berlin 1934, S. 20 f. Heute ist es wieder modern, z. B. bei C. F. P. STUTTERHEIM, Inleiding tot de Taal-Philosophie, Antwerpen-Nijmegen 1949, S. 35 ff.

[4]) Rainer SCHUBERT-SOLDERN, Leben und Entwicklung, in: RANDA, Handbuch 48.

[1]) Alberto Carlo BLANC, Das Auftreten des Menschen, in: RANDA, Handbuch 37; die Terminologie nach Joseph KÄLIN, Die ältesten Menschenreste und ihre stammesgeschichtliche Deutung, in: Historia Mundi, Bd. 1, München 1952, S. 68.

Sprache und Mensch so eng zusammengehören, ist ihr gegenseitiges Verhältnis kein naheliegendes Problem. „Die Sprache ist das Alleralltäglichste. Es muß ein Philosoph sein, der sich mit ihr abgibt“[2]). In den Jahrhunderten der sogenannten Vorgeschichte, als sich die Sprachen und Völker schon längst gebildet hatten, war das Bewußtsein von ihrer Verschiedenheit nur sehr schwach entwickelt, zumindest wenn jene wissenschaftliche Schule recht hat, die in den heutigen Primitiven Reste ältester Völker und Kulturen sieht. Die Sprache, und schon gar ihre Geschichte ist für den primitiven Menschen noch heute irrelevant[3]) und keine „wundervolle Entdeckung“[4]). Die Fähigkeit, sich verständlich zu machen, wird nicht isoliert betrachtet, es gibt kein eigenes „Sprachdenken“ der Primitiven[5]), denn die Rede wird als unmittelbar wirklich und wirksam empfunden[6]). Nicht als ob man von Anfang an und überall „magisch“ gedacht hätte; doch gilt das Wort, vor allem der Name, meist nicht als willkürliche Bezeichnung, sondern als Offenbarung des Wesens[7]). Wenn die Sprache so als Teil des Menschen verstanden wird, muß es bereits früh auch ständische Sprachen geben; in manchen afrikanischen Stämmen haben die Frauen einen anderen Wortschatz als die Männer, die Priester reden anders als die Fürsten[8]); bei manchen Pygmäen redet der Häuptling im Kult eine schwer verständliche, „heilige“ Sprache[9]); das Javanische kennt drei in Grammatik und Wortschatz verschiedene Dialekte, deren Verwendung sich nach dem Rang der angesprochenen Person oder des behandelten Stoffes richtet[10]); in Siam mußten sich die Eingeborenen vor dem König einer besonderen Sprache bedienen, deren Be-

---

[2]) Friedrich NIETZSCHE, Homer und die klassische Philologie, Gedanken zur Einleitung Nr. 21, in: Gesammelte Werke (Musarion-Ausgabe), Bd. 2, München 1920, S. 29 (aus dem Jahre 1869).

[3]) Franz BOAS, General Anthropology, Madison 1944, S. 673.

[4]) Wilhelm SCHMIDT SVD, Lebende Völker als Reste ältester Völker und Kulturen, in: Historia Mundi, Bd. 1, München 1952, S. 440 glaubte daran.

[5]) Fritz GRAEBNER, Das Weltbild der Primitiven, Eine Untersuchung der Urformen weltanschaulichen Denkens bei Naturvölkern, München 1924, S. 72 ff., 102 ff. und Wilhelm KOPPERS, Der Urmensch und sein Weltbild, Wien (1949), S. 43 ff. gehen nicht darauf ein.

[6]) Ernst CASSIRER, Philosophie der symbolischen Formen, Bd. 1, Berlin 1923, S. 55 ff.; Leo WEISGERBER, Die Entdeckung der Muttersprache im europäischen Denken (Schriften der Gesellschaft für Deutsche Sprache 1), Lüneburg 1948, S. 21 ff.

[7]) Lucien LÉVY-BRUHL, La mentalité primitive, 4. Aufl., Paris 1925, S. 229; Friedrich KAINZ, Psychologie der Sprache, 4 Bände (Bd. 1 in 2. Aufl.), Stuttgart 1943–56, hier Bd. 1, S. 245 ff.

[8]) Gregorius von BREDA OFM Cap, Die Muttersprache, Eine missions- und religionswissenschaftliche Studie über die Sprachenfrage in den Missionsgebieten (Veröffentlichungen des internationalen Instituts für missionswissenschaftliche Forschungen 7), Münster-s'Hertogenbosch 1933, S. 66.

[9]) Wilhelm SCHMIDT SVD, Der Ursprung der Gottesidee, Eine historisch-kritische und positive Studie, 12 Bände, Münster 1926–55, hier Bd. 4, S. 98.

[10]) Constantin REGAMEY, Hinterindien und Indonesien, in: RANDA, Handbuch 623.

herrschung selbst ihnen nicht leicht wurde. Andere Veränderungen der Umgangssprache sind von Tabus bedingt; wenn bei australischen Stämmen ein Kind stirbt, darf sein Name nie mehr verwendet werden; aus ähnlichen Gründen wechselt auch in Altamerika und Afrika der Wortschatz rasch von Stamm zu Stamm[11]). Die Sprache ist so eng mit den Dingen verknüpft, daß die Sangiresen und ähnlich die Shetland-Fischer auf offener See eine Tabu-Sprache und Decknamen gebrauchen, damit Geister und Fische die Absichten der Seefahrer nicht bemerken[12]). Solche Wandlungen der Sprache stören aber nirgends den Glauben, daß die eigene Sprache die rechte sei; ein italienischer Bauer meinte angesichts eines Trinkglases, dies sei ein *bicchiere;* nur im Italienischen trage es den richtigen Namen[13]). „Die" Sprache ist die jeweils eigene Sprache, denn sie allein wird verstanden und beherrscht; alles andere ist Gestammel oder Gebärde. Eng umgrenzt ist der Gesichtskreis zwischen Großfamilie und Stamm, ohne weiträumige Kenntnis von Nachbarn und Feinden, ohne Ehrgeiz und Missionsabsichten, in scheuer Abwehr alles Fremden[14]). Wie den Idiomen vieler Naturvölker der Komparativ fehlt[15]), so vermeidet man meist überhaupt den Vergleich mit den anderen; der eigene Stamm ist das Zentrum der Welt. Die Volksbezeichnungen fallen bei Hottentotten, Feuerländern, Ainus, Eskimos, Bantus und Lelegern mit dem Wort für „Mensch" zusammen; Nachbarvölker erhalten Schimpfnamen, wie etwa „Eskimos" in der Algonkin-Sprache „diejenigen, die rohe Fische essen" bedeutet[16]). Südamerikanische Stämme glauben, die Welt sei eigens für sie geschaffen, sie seien als erste ins Dasein gerufen worden; die Mundart des nächsten Nachbarstammes schon galt als Verderbnis der eigenen Sprache. Indes bildet Sprachverschiedenheit bei stammverwandten Naturvölkern kaum ein Hindernis; sie verständigen sich, wie manche Australier, durch Zeichensprache; bei dem Fest der Hüon-Golf-Stämme, an dem papuanische und melanesische Stämme teilnehmen, treten Dolmetscher auf, die beide Sprachen beherrschen[17]). So groß auch die Ver-

---

[11]) James George FRAZER, The Golden Bough, A Study in Magic and Religion, 3. Aufl., 12 Bände, London 1951, hier Bd. 1, S. 401 (Siam); Bd. 3, S. 358 ff., 374 ff. (Tabus).

[12]) KAINZ (o. Anm. 7) Bd. 1, S. 250 ff.

[13]) Hans WERNER, Barbarus, in: Neue Jahrbücher für das klassische Altertum 21 (1918) 389–408, hier S. 392.

[14]) So wenigstens Fritz KERN, Der Beginn der Weltgeschichte (Sammlung Dalp 60), München 1953, S. 189 ff.; KOHN, Idee 23 ff.

[15]) Emil ABEGG, Die Sprachen der Naturvölker als Ausdrucksformen des primitiven Bewußtseins, in: Mitteilungen der Geographisch-Ethnographischen Gesellschaft Zürich 23 (1925) 41–60, hier S. 47 f.

[16]) PLISCHKE, Barbaren 12 ff.

[17]) Wilhelm Emil MÜHLMANN, Krieg und Frieden, Ein Leitfaden der politischen Ethnologie mit Berücksichtigung völkerkundlichen und geschichtlichen Stoffes (Kulturgeschichtliche Bibliothek NF 2, 2), Heidelberg 1940, S. 39 ff., 54 f.

schiedenheiten sind, man versteht einander. Erschreckend wirkt erst das Erlebnis unverständlicher Rede, wie es dem Wanderer widerfährt, der sich nicht zu seinesgleichen flüchten kann.

Dieses Erlebnis fordert eine Erklärung heraus, einen Mythos; er macht dort, wo die Zusammenhänge größerer Verbände oder die Hochkulturen noch nicht einwirken, ein besonderes, aber meist recht zufälliges Ereignis für die Sprachen- und Völkertrennung verantwortlich[18]). So erzählen etwa die Südaustralier vom Tode einer bösen, zänkischen Alten, die von den herbeieilenden Menschen jubelnd verspeist wurde. Die südlichen Stämme fraßen das Fleisch, die nördlichen die Eingeweide; daher haben jene eine klare, diese eine undeutliche Sprache[19]). Immerhin, die nördlichen und südlichen Stämme werden zur Hälfte als eine Einheit betrachtet; aber das Eigenlob des südlichen Teils überwiegt. Im indischen Assam glauben die Kukis, die Sprachen seien verwirrt worden, als drei Kinder eine Ratte jagten[20]); hinter der tierfreundlichen Pädagogik mag bereits etwas anderes stehen: der Glaube, daß die Sprachenverschiedenheit aus Unrecht entsprang. Bei den afrikanischen Kabylen ist es ein Zank unter den Menschen, der die Scheidung hervorruft[21]). Es ist ein unverständliches, aber von den Menschen herausgefordertes Schicksal, das zur Trennung der Idiome führt; kaum irgendwo zwischen Australien und Afrika sucht man dahinter ein allgemein sinnvolles und absichtliches Handeln. An die Trennung der Sprachen knüpft man fast überall auch die Entstehung der Sprache selber; erst als getrennte wird sie begrifflich faßbar und ein Gegenstand des Nachdenkens. Aber als Mehrzahl begreift man sie sehr selten; das zeigt sich an den primitiven Vorstellungen von der Sprachenzahl. Die mir bekannten Mythen fragen gar nicht danach, immer nur nach der Zahl der Völker, die recht niedrig angesetzt wird[22]). Das mag an der geringen Bedeutung vor allem der höheren Zahlen in der Symbolik des einfachen Denkens liegen; zum Teil gibt es für höhere Zahlen keine Zahlworte; gar eine Zahl wie 70 oder 72 wird in der Schrift

---

18) Beispiele, deren Auswertung zu wünschen übrig läßt, findet man bei Heinrich LÜKEN, Die Traditionen des Menschengeschlechts oder die Uroffenbarung Gottes unter den Heiden, 2. Aufl., Münster 1869, S. 307 ff.; Ernst BÖKLEN, Die Entstehung der Sprache im Lichte des Mythos, Berlin-Stuttgart-Leipzig 1922, S. 139 ff.; auch bei Rudolf JOCKEL, Götter und Dämonen, Mythen der Völker, Darmstadt-Genf 1953, S. 440 ff.

19) LÜKEN (o. Anm. 18) S. 323.

20) James George FRAZER, Folk-Lore in the Old Testament, Studies in Comparative Religion, Legend and Law, Bd. 1, London 1919, S. 385; hier S. 382 ff. andere Beispiele.

21) Leo FROBENIUS, Atlantis, Volksmärchen und Volksdichtungen Afrikas, 12 Bde., Jena 1921–28, hier Bd. 1, S. 78.

22) Stith THOMPSON, A Motif-Index of Folk-Literature, 3 Bände, Helsingfors 1932–35, 2. Aufl., Kopenhagen 1955–57, hier Nr. A. 1333, 1610 ff., C. 771, 1, F. 50, H. 600 ff. bringt nichts darüber.

nirgends durch ein eigenes Zahlzeichen, in der Sprache stets durch ein Kompositum ausgedrückt, kann also nicht den Charakter einer Rundzahl annehmen[23]). Aber man erstrebt ja gar nicht den übergreifenden Zusammenhang. Auch den höheren Rang der eigenen Mundart sucht man zwar dem nächsten Nachbarn gegenüber zu betonen, wie die südaustralische Mythe zeigt, aber man setzt sie nicht absolut; „vor der Entstehung des Nationalismus wurde die Sprache nur in ganz seltenen Fällen als ein Umstand hervorgehoben, auf dem das Ansehen und der Machtbereich einer Gruppe beruhen"[24]). Auch der bereits vorhandene Unterschied ständischer Sprachen ist noch nicht grundsätzlich wie der zwischen Schriftsprache und Dialekt. Alles Gegebene wird hingenommen und anerkannt, aber nicht als Mittel ausgenutzt; darum wird aber auch das Dasein nicht als Geschichte, als sinnvoller Weg verstanden. Dies scheint überall die primitive Einstellung zur Wirklichkeit zu sein[25]).

Sie ergibt sich auch aus den Erzählungen über die Entstehung der Völker. Fast alle Naturvölker – die Eskimos ausgenommen – haben eigene Schöpfungsgeschichten; freilich wird die Kraft des Schöpfers nicht einheitlich veranschlagt[26]); die Verschiedenheit der Völker ist selten problematisch. In den Schöpfungsmythen nordafrikanischer und sudanesischer Stämme heißt es immer wieder: „Im Anfang waren X und Y"[27]), der Mensch ist einfach da. Er kommt bei totemistischen Stämmen aus einem Tier, bei afrikanischen und indochinesischen Mythen vom Baum, vom Rohr und Schilf; bisweilen fällt er vom Himmel[28]). Hier und da ist er von einer Gottheit geschaffen[29]); doch wenn die Indianer sich aus dieser göttlichen Schöpfung herleiten, tun sie es schon in der Abwehr der weißen Prioritätsansprüche[30]). Der weitere Ablauf der Menschengeschichte wird als natürlich, zweckfrei geschildert, nicht von Ver-

---

[23]) ABEGG (o. Anm. 15) S. 46; zur ganzen Frage Karl MENNINGER, Zahlwort und Ziffer, Aus der Kulturgeschichte unserer Zahlsprache, unserer Zahlschrift und des Rechenbretts, Breslau 1934, passim.

[24]) KOHN, Idee 26 f.

[25]) Henry u. H. A. FRANKFORT – John A. WILSON – Thorkild JACOBSEN, Frühlicht des Geistes, Wandlungen des Weltbildes im Alten Orient (Urban-Bücher 9), Stuttgart 1954, S. 13 ff.; anders SCHMIDT (o. Anm. 4) S. 468 ff.

[26]) Herbert SCHLIEPER, Die kosmogonischen Mythen der Urvölker, Diss. phil. Bonn 1931, S. 18 ff.

[27]) Hermann BAUMANN, Schöpfung und Urzeit des Menschen im Mythus der afrikanischen Völker, Berlin 1936, S. 180 ff.; Beispiele bei FROBENIUS (o. Anm. 21) Bd. 1, S. 81; Bd. 7, S. 20, 217.

[28]) Alice WERNER, African (The Mythology of all Races 7), Boston 1925, S. 145 f., 151 ff.; BAUMANN (o. Anm. 27) S. 181; Alfred KÜHN, Berichte über den Weltanfang bei den Indochinesen, Ein Beitrag zur Mythologie des Fernen Ostens, Diss. phil. Leipzig 1935, S. 52 ff.

[29]) FROBENIUS (o. Anm. 21) Bd. 9, S. 227 f.; Bd. 12, S. 83 ff., 120, 134 f.

[30]) Adolf GELBER, Indianermärchen, Manito und seine Leute, Wien-Berlin-Leipzig-München 1921, S. 7 f., 83 f.

dienst und Schuld bestimmt. Die Differenzierung der Völker rührt dann zumeist her von den zahlreichen Kindern einer Frau, deren Söhne Stammväter verschiedener Stämme werden. Die tibetanischen Si-fan erzählen, der erste Mensch sei unter seine drei Söhne verteilt worden: der älteste erhielt Kopf und Arme und wurde Ahnherr der Chinesen, der zweite bekam die Brust und stiftete das Volk der Tibeter, der jüngste nahm die unteren Körperteile und zeugte die Mongolen[31]). Die Mythe erinnert stark an die südaustralische Erzählung von der Sprachenteilung; wie dort ist auch hier, trotz der Aversion gegen die Mongolen, die Einheit der zentralasiatischen Völker hervorgehoben. Noch weiter ins Allgemeine greift der indochinesische Bericht, aus einem Kürbis seien 60 Menschenrassen mit je eigener Sprache geschlüpft[32]); indes, warum wir alle aus einem Kürbis kommen, wird uns nicht erläutert. Überall geht man vom Nächstliegenden aus; die Völker stammen selbstverständlich von einzelnen Personen oder Dingen her. Die Genealogie ist in der Tat die älteste Form geschichtlicher Betrachtungsweise, und man kann in ihr bereits eine Form geschichtsphilosophischer Haltung sehen[33]); nur sind alle diese Stammbäume überraschend schnell, in wenigen Gliedern, vom Ursprung bis zur eigenen Gegenwart geführt. Das Gefühl für die Zeit und ihren Ablauf ist schwach entwickelt. „Die Kenntnis der Vergangenheit ist in den Augen der Primitiven meistens nur von Wert wegen des Interesses, das sie für den gegenwärtigen Augenblick oder die Zukunft bietet“; Vergangenheit und Gegenwart sind voneinander nicht getrennt[34]). Wir finden also viele Keime und Ansätze für ein geschichtliches und theologisches Denken, gerade im Umkreis des Nachdenkens über Sprache und Abstammung; aber sie sind nicht ausgereift. Das Ganze kennen zu wollen, gar es zu beherrschen oder zu deuten, liegt dem ungestörten einfachen Denken genau wie den Natursprachen und ihren Ausdrucksmitteln[35]) fern; es ist individuell auf das Du und den einzelnen Fall gerichtet, aber dabei so völlig objektgebunden, daß allgemeingültige Erklärungen unmöglich sind; es fehlt die Theorie mit allen ihren grandiosen Ausblicken, aber auch mit ihren Vergewaltigungen; die Dimension der Zeit ist unwirksam, alles ist eingebettet in den immer gegenwärtigen Mythos.

*

[31]) FROBENIUS (o. Anm. 21) Bd. 8, S. 169 f., 282 ff.; Bd. 12, S. 132 bringt afrikanische Beispiele; andere bei Richard Edward DENNETT, Notes on the Folklore of the Fjort (French Congo), London 1898, S. 108 f. und P. Amaury TALBOT, In the Shadow of the Bush, London 1912, S. 387 f. Die Si-fan nach KÜHN (o. Anm. 28) S. 65.

[32]) Sir James George SCOTT, Indo-Chinese (The Mythology of all Races 12), Boston 1918, S. 267.

[33]) Johannes SPÖRL, Das mittelalterliche Geschichtsdenken als Forschungsaufgabe, in: HJb 53 (1933) 281–304, hier S. 297.

[34]) LÉVY-BRUHL (o. Anm. 7) S. 126, 90 f.

[35]) ABEGG (o. Anm. 15) S. 59 f.; KAINZ (o. Anm. 7) Bd. 2, S. 101 ff.

Nun bilden sich bisweilen auch bei den Naturvölkern größere Zusammenhänge von Kulturen und Reichen, die die Stämme miteinander in Kontakt bringen und ihre Phantasie beflügeln, vor allem, wenn Steinbauten und andere kollektive Werke das Staunen der Nachbarn hervorrufen. Die großartigen Bauten des südrhodesischen Simbabwe-Reiches, wohl zwischen dem 9. und 14. Jahrhundert errichtet, haben in ganz Südafrika Stoff zu Turmbau-Sagen gegeben; da Gott und der Mond im Himmel wohnen, hört man im Gaza-Land, bei Kabylen und vielen anderen von einem vergeblichen Turmbau zum Mond[36]); die Subiya am Sambesi erklären, die Menschen hätten den Mond für einen Häuptlingsschmuck gehalten und stehlen wollen: das Holzgerüst fiel ein, die Menschen starben. Anderswo heißt es, man habe mit Gott Krieg führen wollen. Doch nicht immer ist Hybris und Gotteslästerung der Anlaß des Turmbaus; bei den Ila ist es eine leidgeprüfte Frau, die zu Gott hinaufsteigen will, um sich Rat zu holen[37]). Schon hier ist also der Zusammenhang zwischen Turmbau und Religion hergestellt; er drängt sich auf, sobald man sich Gott als Himmelsherrn denkt. Doch die Vielfalt der Sprachen und Völker ist noch nicht miteinbezogen; wo sie in diesen Mythen vorkommt, ist christlicher Einfluß anzunehmen. Davon wird gleich noch zu reden sein.

In Altamerika dagegen ist der Konnex zwischen Religion, Turmbauten, Sprache und Geschichte enger, weil hier die Zentralisation von Großreichen schärfer als in Afrika mit der Vielsprachigkeit der Stämme zusammenstieß. Die Inkas bekämpften die Vielzahl der Dialekte durch Verbreitung einer Hofsprache, des Quechua: jeder Würdenträger mußte sie beherrschen[38]). Man begreift, daß sich bei diesem nüchternen Herrenvolk keine Sagen um die Entstehung der Sprachen- und Völkervielfalt rankten. Anders schon im Aztekenreich, das seinen Untertanen nirgends die Sprache der herrschenden Schicht aufdrängte und doch in Alt-Mexiko nicht weniger als 82 Einzelsprachen vorfand. Das Bewußtsein von Vergangenheit und Geschichte mochte hier auch durch steinerne Zeugen wachgerufen werden, etwa die Pyramide von Teotihuacan, die von den längstversunkenen Vorgängern der Azteken, den Tolteken, gebaut worden war. Aztekische Sagen rätselten an dem Sinn dieses gewaltigen Bauwerks herum: Fremde Riesen, deren Sprache man nicht kannte, hatten es wohl errichtet[39]). Ganz ähnliche Geschichten woben sich um die gleichfalls toltekische Pyramide von Cholula: Ein Riese mauerte diesen künst-

---

[36]) Dudley Kidd, Savage Childhood, A Study of Kafir Children, London 1906, S. 237 f.; Frobenius (o. Anm. 21) Bd. 12, S. 196 f.

[37]) Baumann (o. Anm. 27) S. 256 ff.

[38]) Mühlmann (o. Anm. 17) S. 200.

[39]) Hans Dietrich Disselhoff, Geschichte der altamerikanischen Kulturen, München 1953, S. 180, 50; Walter Krickeberg, Altmexikanische Kulturen, Berlin 1956, S. 51 ff., 185 ff., 377 ff.

lichen Ziegelhügel nach der Sintflut; die unwilligen Götter warfen Feuer oder einen Stein auf das Gebäude, dessen Spitze schon bis an die Wolken reichte; darum blieb es unvollendet – die Vorstellung, daß es eine Ruine sein könnte, wäre erst einem beinahe historistischen Denken gemäß –; die Verbindung des fremden Riesen mit der Sprachverwirrung war auch hier leicht herzustellen[40].

Noch ausgeprägter sind die Sagen der Mayas, die nie ein einheitliches Reich bildeten und deren Gebiet in sechs verschiedene Sprachfamilien zerfiel; auch in ihrem Lande standen Pyramiden. Der erste Mensch, Votan, sei aus der Fremde gekommen und habe sich beteiligt am Bau eines großen Hauses, das bis zum Himmel hinauf habe reichen sollen; dieses riesige Haus sei die Stelle, an der Gott jedem Stamm eine besondere Sprache gab[41]. Diese Ansätze sind zu einer vollständigen Theorie der Sprachen- und Völkergeschichte ausgebaut worden in dem heiligen Buch der zu den Mayas gehörenden Quiché-Indianer in Guatemala; freilich ist dieses „Popol Vuh" erst um 1530 unter spanischer Herrschaft niedergeschrieben worden. Demnach schuf Gottes Wort die Welt; die Götter befahlen zunächst den Tieren, zusammenhängend zu sprechen, doch reichte ihr Geplärr zur Anbetung der Götter nicht hin. Ein neues Wesen wurde ins Leben gerufen, der Mensch. Indem er menschliches Aussehen annahm, sprach er auch schon und formte Worte. Anfangs lebten die Menschen noch alle zusammen, mit einer Sprache; dann aber wählten sich an einem Versammlungsort die Völkerschaften jede eine eigene Gottheit; „hier nun verwandelten sich die Sprachen der Volksstämme, wurden zu Sprachen verschiedenster Art"; wenn ein Stamm noch den gleichen Gottesnamen wie die Quiché behielt, galt er diesen als verwandt[42]. Möglicherweise hat die spanische Eroberung und Mission diese Verquickung von Sprache und Religion erst hervorgerufen, man trifft sie auch bei den Nachbarn der Quiché-Indianer, den Cakchiquel: das Volk habe sich in sieben Stämme geteilt, jeder Stamm habe eine besondere Gottheit angenommen, und diese Gottheiten hätten verschiedene Namen[43]. Schmerzliche Erfahrung und Resignation, wie sie aus solchen Mythen spricht, kennzeichnet auch die Erklärung für den Unfrieden der Welt, die die Bakairi am Amazonas geben: Gott habe die Menschen auseinandergeführt und ihnen befohlen, die ganze Erde zu bevölkern; damit sie ihm gehorchten, wolle er

---

[40]) Hartley Burr ALEXANDER, Latin American (The Mythology of all Races 11), Boston 1920, S. 96 f.; auf die Sage verwies schon Alexander von HUMBOLDT, Kosmos, Entwurf einer physischen Weltbeschreibung, Bd. 3, Stuttgart-Tübingen 1850, S. 475.

[41]) ALEXANDER (o. Anm. 40) S. 132; auch bei LÜKEN (o. Anm. 18) S. 320.

[42]) Popol Vuh, das heilige Buch der Quiché-Indianer von Guatemala, übers. Leonhard SCHULTZE-Jena (Quellenwerke zur alten Geschichte Amerikas 2), Stuttgart-Berlin 1944, S. 5 (Gotteswort), 9 (Tierschöpfung), 101 ff. (Sprachenteilung), 123 ff. (Gottesnamen).

[43]) ALEXANDER (o. Anm. 40) S. 180 f.

Zank und Feindschaft unter ihnen schaffen[44]). Es mag sein, daß man versuchte, sich mit solchen Legenden die spanische Herrschaft erträglich zu machen; ihr Hintergrund ist aber doch älter. Wenn Azteken und Mayas die Gründer ihrer Kulturen für Fremde halten, geben sie den naiven Glauben an die eigene Ursprünglichkeit preis zugunsten eines historischen Bewußtseins, das die eigene Situation als sekundär erkennt. Erst von hier aus war es möglich, die Vielfalt der Sprachen und Völker unbefangen und ein wenig traurig zu betrachten; nicht von ungefähr gaben die Pyramiden-Ruinen den Anstoß dazu.

Bei den nordamerikanischen Indianern allerdings bedurfte es der Ruinen nicht; hier wurde die Besinnung auf die geschichtlichen Wurzeln schon dadurch angeregt, daß die Halbnomaden bereits bei den nächsten Nachbarn auf fremde Dialekte trafen. In Kalifornien etwa hat ein einziger Indianerverband fünfzig Stämme mit je eigener Sprache, und hier begegnet man denn auch bei den Maidu der Erzählung, daß alle Menschen anfänglich eine Sprache hatten, aber bei einer Trauerfeier – also wieder bei einer allgemeinen Versammlung – in verschiedenen Zungen zu reden begannen. Der Weltschöpfer unterwies einen Weisen, so daß er alle diese Sprachen verstand; er teilte den Gruppen die neuen Namen der Tiere mit und schickte sie in die Ferne, die Krieger nach Norden, die Sänger nach Westen ...[45]). In Colorado meinen die südlichen Paiute, alle Indianer seien Nachfahren der Tochter einer alten Frau; der Schwiegersohn der Alten kannte alle Dinge mit Namen, und da ließ die Urmutter die Stämme verschiedene Sprachen reden[46]). Familienzwist, diesmal nach der zufälligen Tötung eines Kindes, ist auch bei den Irokesen der Grund der Trennung[47]). Ohne alle Begründung sagt nach der Mythe der Joshua-Indianer von Oregon der Urmensch, als er zum Himmel aufsteigt: „Du und deine Frau und deine Kinder sollen verschiedene Sprachen reden. Ihr sollt die Ahnherrn all der verschiedenen Stämme sein"[48]); aber es ist Begründung genug, daß es in Oregon dreißig verschiedene Sprachfamilien gibt. Andere Mythen verweisen auf die Sintflut; sie ist nach Ansicht der Pawnees daran schuld, daß die acht Stämme einander nicht mehr verstehen[49]); die Kaskas wollen wissen, daß die nach der Flut zerstreuten Menschen erst lange danach andere Gruppen trafen; inzwischen hatte die Macht der Zeit und der Gewohnheiten die eine Ursprache auf-

---

[44]) ALEXANDER (o. Anm. 40) S. 315; auch bei LÜKEN (o. Anm. 18) S. 321.

[45]) SCHMIDT (o. Anm. 9) Bd. 2, S. 134 f.; zur Zersplitterung der Stämme S. 272.

[46]) Robert Heinrich LOWIE, Shoshonean Tales, in: The Journal of American Folk-Lore 37 (1926) 1–242, hier S. 158 f.

[47]) LÜKEN (o. Anm. 18) S. 318; BÖKLEN (o. Anm. 18) S. 145.

[48]) Livingston FARRAND – Leo J. FRACHTENBERG, Shasta and Athapascan Myths from Oregon, in: The Journal of American Folk-Lore 28 (1915) 207–242, hier S. 228.

[49]) George Bird GRINNELL, Pawnee Mythology, in: The Journal of American Folk-Lore 6 (1893) 113–130, hier S. 122 ff.

gesplittert[50]); ähnlich berichten die Tahltans[51]). Es ist nicht eigentlich Gott, der die Sprachen und Völker scheidet, sondern eher ein unheimliches Geschick; das dunkle Wissen von der eigenen Vorgeschichte, von weiten Wanderungen und Überschichtung der Eingeborenen, aber auch das Unvermögen, zu großräumigen politischen Gemeinschaften zusammenzuwachsen, mögen zu dieser einsichtigen, aber unbeteiligten Haltung der Indianer geführt haben. Gemeinsam ist allen diesen, größere Zusammenhänge überschauenden Mentalitäten ein fast stoisches Sich-Bescheiden mit dem Unvermeidlichen, aber Unvertrauten, jene stolze und stille Passivität, die zu edel ist, um sich gegen den Untergang zu wehren.

*

Aggressive, missionierende Hochkulturen sind in diese Welt rasch eingebrochen und haben sie bis in ihre Mythen hinein umgewandelt, historisches und vor allem theologisches Denken vermittelt. Ob diese Erzählungen ursprünglich sind, also auf ein wirkliches Ereignis der gemeinsamen Urzeit zurückgehen, oder ob sie erst unter christlichem, buddhistischem und mohammedanischem Einfluß entstanden oder verändert wurden, darum geht der gelehrte Streit seit langem[52]); doch läßt sich der fremde Einstrom vielleicht schon an der neuen Färbung der Mythen erkennen: Sie wollen nicht das Vorhandene still erklären, sondern dem Hörer ein Beispiel geben; sie haben alle eine zur Tat aufrufende Moral. Die Ersänen, ein Zweig der finno-ugrischen Mordwinen in Mittel- und Ostrußland, brüsten sich damit, daß Gott zuerst die Ersänen und ihre Sprache schuf. Sie vermehrten sich auf sieben, nach einer Variante auf siebzig Dorfgemeinden und lebten siebzig Jahre lang in Frieden. Woher die anderen Sprachen und Völker kämen, so fragte eine andere mordwinische Erzählung und gab nur zur Antwort, daß die Mordwinen die ersten Menschen gewesen seien; heute aber gebe es 77 Völker, Sprachen und Glaubensarten. Diese Zahl hängt sicher auch mit den 77 Brustwarzen der Himmelskönigin zusammen, die Iwans 77 Krankheiten wegbläst[53]); vor allem aber ist der Geist dieser Mythen von fremden, vielleicht durch die Mongolen vermittelten mohammedanischen Einflüssen geprägt. Solche Motive können an einzelnen

---

[50]) James A. Teit, Kaska Tales, in: The Journal of American Folk-Lore 30 (1917) 427–473, hier S. 442 ff.

[51]) James A. Teit, Tahltan Tales, in: The Journal of American Folk-Lore 32 (1919) 198–250, hier S. 232 ff.

[52]) Böklen (o. Anm. 18) S. 148 und Josef Leo Seifert, Sinndeutung des Mythos, Wien-München 1954, S. 261 f., 281 f. halten unter Anführung vieler Beispiele die Turmbaugeschichte für einen Teil der „ältesten Tradition der Menschheit"; Frazer (o. Anm. 20) Bd. 1, S. 382 ff. sieht darin ausschließlich den christlichen Einfluß.

[53]) Uno Harva, Die religiösen Vorstellungen der Mordwinen (FF Communications 142), Helsinki 1952, S. 136 ff., 141 ff.

Stellen geistreich abgewandelt werden, wie etwa bei den Ostjaken am Jenissej: Nach der Sintflut habe ein starker Nordwind die auf Flößen Geretteten auseinandergetrieben, weshalb sie verschiedene Sprachen und Völker zu bilden begannen. Zwar gibt es am Jenissej tatsächlich oft Überschwemmungen und Nordwind, dennoch hat man wohl mit Recht christliches Substrat der Erzählung vermutet[54]). Vollends die koreanische Sage, erst im 17. Jahrhundert von einem Holländer mitgeteilt, hat christliches Gepräge, wenn sie von der einen Ursprache, dem Bau eines Turmes und der Verwirrung der Sprachen erzählt[55]). Auch die indochinesischen Mythen tragen bisweilen diesen Stempel; so reden die Mikir von dem Turm der Menschen, dessen Vollendung die Götter durch Verwirrung der Sprachen und Zerstreuung der Stämme verhinderten; ähnlich berichten die burmesischen Lahu, während die westchinesischen Lolo sogar wissen, daß der Turm aus Angst vor einer neuen Sintflut gebaut, aber durch Sprachverwirrung unterbrochen wurde[56]). Auch hierbei sind ingeniöse Lokalvarianten nicht selten, so bei den indochinesischen Chins: Die Menschen lebten zuerst in einem Dorf, mit einer Sprache. Da fanden sie es unbequem, daß der Mond nicht immer schien; um ihre Herden nachts besser bewachen zu können, wollten sie ihn zur Dauerleuchte machen und bauten einen Turm zum Mond; er wurde so hoch, daß die Bauleute sich in den verschiedenen Stockwerken ansiedelten und dort arbeiteten und lebten. Dank der Isolierung der Stockwerke voneinander entwickelten sich ihre Sprachen auseinander. Als das Werk fast vollendet war, erzürnte der Geist im Mond und schickte einen Sturm; die Bewohner des einstürzenden Turmes blieben dort, wohin sie fielen: daher haben die Stämme verschiedene Sprachen[57]). Trotz aller Rationalität der Erzählung ist ihre christlich-jüdische Herkunft unverkennbar. Mohammedanische Spuren finden sich bei den afrikanischen Nyamwezi und Akwapim, die den Turmbau mit der Sprachverwirrung verbinden; die neuen Sprachen der vor den fallenden Turmtrümmern Fliehenden werden auf die islamische Manier mit dem Schrecken der Überlebenden erklärt[58]). Die nordafrikanischen Kabylen erzählen: „So entstanden die sieben Sprachen"[59]) – auch der späte Islam nennt sieben Sprachen.

Die hohe Selbsteinschätzung der Ersänen kehrt überall wieder. Die Choctaw-

---

[54]) Udo Holmberg, Finno-Ugric, Siberian (The Mythology of all Races 4), Boston 1927, S. 367.

[55]) Lüken (o. Anm. 18) S. 316.

[56]) Kühn (o. Anm. 28) S. 63, 99, 106.

[57]) Scott (o. Anm. 32) S. 266; eine ganz verwandte Sage von den Fidschi-Inseln bei Lüken (o. Anm. 18) S. 322.

[58]) Baumann (o. Anm. 27) S. 257 f., der freilich an christlichen Einfluß denkt; die mohammedanische Parallele unten S. 330.

[59]) Frobenius (o. Anm. 21) Bd. 1, S. 78.

Indianer im Südosten Nordamerikas sind überzeugt, die ersten Menschen zu sein und die älteste aller Sprachen zu haben. Als dann die Menschen einen Erdwall zum Himmel emporbauten, blies der Wind die Steine herunter, und die Menschen verstanden einander nicht mehr; nur bei den Vorfahren der Erzähler blieb die Ursprache[60]). Ganz vergleichbar ist die Erzählung der Esten vom Kochen der Sprachen, die noch Jacob Grimm als Beispiel primitiven Sprachdenkens anführte[61]), doch sie setzt schon viel voraus. Der „Alte vom Berge" wünschte, die Volkshaufen sollten sich über die Erde verbreiten; um sie auseinanderzutreiben, wollte er jedem Haufen eine besondere Sprache geben; ein Topf kochenden Wassers sollte durch seine Geräusche die Laute der jeweiligen Sprache verkünden. Noch bevor das Wasser kochte, kamen die munteren Esten an; da durften sie des Alten eigenes Idiom behalten: „So hat nun das estnische Volk die Ehre, des Alten erstes Volk zu heißen, seine Sprache zu sprechen . . .". Deutsche und Russen, insbesondere aber die Letten kommen später zum Topf und erhalten die unschönen Zischlaute, die sie heute noch reden[62]). Die Geschichte hat zahlreiche Varianten; u. a. wird gelegentlich der Turmbau von Babel mit ins Spiel gebracht, aber die dadurch erstrebte Universalität ist doch nur scheinbar, die Spitze gegen die Nachbarn fehlt nie: Als Gott die Menschen und Tiere aus Teig machte, da formte er die Russen aus Resten des Teiges von Truthahn, Hund und Schwein[63]). Dieselbe Geschichte lebt auch in Livland, wieder mit Seitenhieben: Livländer und Esten stammen von der Butte, die Letten vom Hecht, die Bewohner Ösels vom Bären[64]).

Stets reiben sich die Nachbarn aneinander. Die Esten höhnen über die verworrene finnische Sprache; damals, als Gott die Sprachen braute, wollten die Finnen ihr Idiom zuerst haben und bekamen darum nur den Schaum[65]). Die Finnen verteidigen sich mit der Behauptung, ihre Mundart sei schon beim babylonischen Turm erklungen, als ein Finne fragte: „Wo ist mein Sack?"[66]).

---

[60]) Stith Thompson, Tales of the North American Indians, Cambridge-Mass. 1929, S. 263.

[61]) Jacob Grimm, Über den Ursprung der Sprache, 5. Aufl., Berlin 1862, S. 29.

[62]) Friedrich Robert Fählmann, Esthnische Sagen, in: Verhandlungen der gelehrten esthnischen Gesellschaft zu Dorpat, Bd. 1 (1840), Heft 1, S. 44–47; kürzer auch bei Johann Georg Kohl, Die deutsch-russischen Ostseeprovinzen, Bd. 2, Dresden-Leipzig 1841, S. 251 ff.

[63]) Oskar Loorits, Grundzüge des estnischen Volksglaubens, Bd. 1 (Skrifter utgivna av Kungl. Gustav Adolfs Akademien för Folklivsforskning 18, 1), Lund 1949, S. 451 ff.

[64]) Oskar Loorits, Livische Märchen- und Sagenvarianten (FF Communications 66), Helsinki 1926, S. 85 Nr. 39 f.

[65]) Antti Aarne, Estnische Märchen- und Sagenvarianten (FF Communications 25), Hamina 1918, S. 142 Nr. 25.

[66]) Antti Aarne, Verzeichnis der finnischen Ursprungssagen und ihrer Varianten (FF Communications 8), Hamina 1912, S. 9 Nr. 45 f.

Auf die bissige Erzählung der Flamen, daß es im Himmel keine Wallonen gebe[67]), erwidern diese ebenso grimmig, daß beim Turmbau zu Babel ein Maurer sich über seinen wallonisch redenden Nachbarn mokierte; zornig warf ihm der Beleidigte einen Klumpen Mörtel in den Mund, der Maurer begann sofort flämisch zu reden. „Seitdem haben die Flamen Mörtel in der Kehle"[68]). Daß jedermann nur seine eigene Sprache spricht, versteht sich in allen diesen Sagen von selbst; nur in einem ungarischen Märchen ist der Königssohn der 27 Idiome mächtig[69]); aber dazu bedarf es der Magie, zu der die Sage aus der Gascogne rät: Wer den König der Fische und seine Zunge ißt, erlangt dadurch die Kenntnis aller Sprachen der Welt[70]). Der Turm von Babel hat keine Funktion, denn die Verschiedenheit der Sprachen, die er erklären sollte, ist nicht problematisch; in deutschen Märchen ist der babylonische Turm bisweilen nur ein ferner unbekannter Bau, in dem Schlangen, Ungeheuer und wilde Tiere nisten und die verwunschene Prinzessin gefangen sitzt[71]). Fremde Sprachen kommen nicht aus Babel, sondern irgendwoher aus der Fremde; wenn in Hessen einige Dörfer einen besonderen Dialekt haben, sind ihre Einwohner „von einem fremden Volksstamm und in der Vorzeit hier eingewandert"[72]). Und auch hier ist das Fremde minderwertig; so erzählt eine Sage aus dem Harzland: Als Gott die Erde schuf und mit Menschen bevölkerte, ließ er sie anfangs ohne Sprache; aber das ging auf die Dauer nicht. Da bildete Gott die Sprachen, füllte damit einen Sack und flog über die Erde. Jedem Ort warf er die ihm bestimmte Sprache zu. Nach dem Harz kam er zuletzt. Und als er über Altenau war, hatte er nur noch die Brocken und Krümchen im Sack, die von den anderen Sprachen abgebröckelt waren. So kamen die Altenauer zu ihrer buntscheckigen Mundart[73]). Ersänen, Esten und Harzländer bemühen den babylonischen Turm nicht, sie wollen kein universales Ereignis schildern, nicht die Vielfalt der Sprachen erklären, sondern sich selbst erhöhen oder die Nachbarn schmähen, und Gott der Völkerlenker muß seinen Segen dazu geben. Noch immer sieht man über den eigenen Kirchturm nicht hinaus.

Ganz ähnlich wirkt sich hochkultureller Einfluß auf die Anschauungen vom Völkerstammbaum aus. Ein seltener Fall ist die turkestanische Erzählung von

---

[67]) Maurits DE MEYER, Les contes populaires de la Flandre (FF Communications 37), Helsinki 1921, S. 85 Nr. 43 b.

[68]) George LAPORT, Les contes populaires wallons (FF Communications 101), Helsinki 1932, S. 142 Nr. 2421.

[69]) BÖKLEN (o. Anm. 18) S. 86.

[70]) J. F. BLADÉ, Der Mann in allen Farben, Märchen aus der Gascogne, übers. Konrad SANDKÜHLER, Stuttgart 1953, S. 81.

[71]) Paul ZAUNERT, Deutsche Märchen seit Grimm, Bd. 2, Jena 1923, S. 60.

[72]) Paul ZAUNERT, Hessen-Nassauische Sagen, Jena 1929, S. 163 f.

[73]) Friedrich SIEBER, Harzlandsagen, Jena 1928, S. 167.

Nuch, der die Welt unter Sam, Jafft und Ham verteilte; auch wenn nicht gleichzeitig von Allahs Weltschöpfung und den Störungsmanövern des Iblis, des Teufels, die Rede wäre, würden bereits die Namen den biblischen, vom Islam vermittelten Ursprung der Mythe erkennen lassen[74]). Meistens jedoch denkt man nicht an die ganze Menschheit. Die westafrikanischen Baule berichten, wie die Göttermutter alle Völker schuf und an einer langen Kette einzeln auf die Erde hinunterließ, ein jedes an seinen Platz. Damals kamen aber nicht nur die ersten Baule auf, sondern von ihnen werden alle Stämme der Umgebung hergeleitet[75]); das Allgemeine bleibt in weiter Ferne, hier und jetzt gilt der Egoismus. Im Harzland führt man die Bewohner des Nachbardorfs insgesamt auf Zwerge zurück[76]); Gott schuf den ersten Westfalen aus Kot oder aus einem Stein, den ersten Franzosen aus einem Haufen Erde, den ersten Normannen aus einem Stock, den ersten Slovaken aus einem Kuhfladen, den ersten Kalabresen aus Eselsdreck – und sie alle entstanden erst lange nach der Weltschöpfung[77]). Der nachbarliche Neid vergißt also noch mitten im christlichen Europa auf die gemeinsame Abstammung des Menschengeschlechts.

Wir wollen hier nicht entscheiden, was an diesen Erzählungen ursprünglich und abgeleitet ist, uns auch nicht rechtfertigen für den Vergleich zwischen Mexikanern, Negern und Harzländern. So viele Differenzen sich zwischen ihnen bei näherer Betrachtung ergeben mögen, unbestreitbar ist in ihrer aller Denken die Vielfalt und die Einheit der Sprachen und der Völker kein Kernthema; die isolierten Naturvölker kennen nur sich selbst und haben kaum Vergleichsmöglichkeiten; wo der Blick über größere Gebiete frei schweifen kann, bemerkt man nur die Vielheit und ihr geschichtliches Werden, ohne die Einheit der Welt voll zu würdigen; dort schließlich, wo fremde, missionierende Hochkulturen einwirken, ist das Resultat im ganzen meist nur der bestärkte Stolz auf die eigene Art, nicht aber tiefere Einsicht in den Zusammenhang von Vielfalt und Einheit. Zwei grundlegende Themen sind hier bereits angeschlagen: die Sprache als ein heiliges Wort, das über die Dinge Macht hat, und die Herleitung ganzer Menschengruppen von einem Stammvater. Aber da sich das einfache Denken in eigentümlicher Mittellage zwischen Individualisierung und Generalisierung hält und weder das Einzelne scharf definiert noch das Ganze straff zusammenfaßt, da es keine Geschichte als den allgemein sinnvollen Weg des Besonderen kennt, müssen wir den Ort für die Entstehung des religiösen Geschichtsdenkens anderswo suchen.

---

[74]) Gustav JUNGBAUER, Märchen aus Turkestan und Tibet, Jena 1923, S. 194 f., 291 f.

[75]) Hans HIMMELHEBER, Aura Poku, Volksdichtung aus Westafrika, Eisenach 1951, S. 13–15.

[76]) SIEBER (o. Anm. 73) S. 56.

[77]) Oskar DÄHNHARDT, Natursagen, Bd. 2, Leipzig-Berlin 1909, S. 184–187, 289; der steinige Westfale bei Paul ZAUNERT, Westfälische Sagen, Jena 1927, S. 58.

2. Alt-Ägypten

Die altägyptische Hochkultur ruht auf einer Bevölkerung, deren Herkunft und Sprache zwar nach Afrika weisen, aber auch dem Semitischen nahestehen[1]). Vielleicht war Ägypten zu Beginn seiner Geschichte rassisch und sprachlich ebenso wie politisch uneins. Die Bilder- und Lautschrift, kurz vor der Einigung erfunden, konnte doch über die Dialekte hinweg nicht zusammenbinden; überhaupt ist das ägyptische Geistesleben nicht so statisch-unbewegt, wie man gerne glaubt[2]).

Im Alten Reich ähnelten die Vorstellungen bisweilen noch denen der unvermischten primitiven Kulturen; doch trat bereits hier der ägyptische Sinn für Kompromisse zutage: in der Religion standen von Anfang an neben den Lokalgottheiten auch kosmische und universale Götter; aus der Vielzahl der Numina bildeten sich früh ganze Göttergenealogien, die Ordnung zu schaffen suchten[3]). Hinter der Mannigfaltigkeit der Eindrücke sah man, wenn schon nicht einen Hochgott, so doch die Einheit des Weltganzen[4]). Die Sprache galt mitunter als magisch wirksames Werkzeug der Weltbemächtigung, wie die Drohung in einem Pyramidentext von etwa 2600 v. Chr. zeigt: Wenn die Götter den Toten nicht übersetzen wollen, wird er ihre menschlichen Namen den Dämonen verraten; die Götter sind der Macht dessen ausgeliefert, der ihren Namen kennt[5]). Darum auch spielte die Ausdeutung des Wortes früh eine große Rolle: im Geringsten kann das Höchste ausgedrückt sein, im Wort wohnt besondere Kraft. Damit beginnt die Exegese, die oft symbolisch ist[6]). Daneben steht allerdings die andere Meinung, Namen seien Schall und Rauch[7]); bei den Theologen herrscht die dritte Ansicht von der göttlichen Schöpfung

---

[1]) Walther WOLF, Ägypten, in: Handbuch der Kulturgeschichte, Bd. II, 1, Potsdam 1936, S. 249–300, hier S. 253.

[2]) Joachim SPIEGEL, Die Phasen der ägyptischen Geistesgeschichte, in: Saeculum 1 (1950) 1–72 wendet sich gegen die statische Betrachtungsweise etwa bei Hans FREYER, Weltgeschichte Europas, 2. Aufl., Stuttgart 1954, S. 146 f. Zur ägyptischen Schrift Alfred SCHMITT, Die Erfindung der Schrift (Erlanger Universitätsreden 22), Erlangen 1938, S. 16 ff.

[3]) Kurt SETHE, Urgeschichte und älteste Religion der Ägypter (Abhandlungen für die Kunde des Morgenlandes 18,4), Leipzig 1930, S. 21, 56 ff.

[4]) Joachim SPIEGEL, Das Werden der altägyptischen Hochkultur, Ägyptische Geistesgeschichte im 3. Jahrtausend vor Christus, Heidelberg 1953, S. 23.

[5]) Pyramidentext Nr. 1223, bei Günther ROEDER, Urkunden zur Religion des alten Ägypten (Religiöse Stimmen der Völker 4), Jena 1915, S. 189.

[6]) Gustav MENSCHING, Das Heilige Wort, Eine religionsphänomenologische Untersuchung (Untersuchungen zur allgemeinen Religionsgeschichte 9), Bonn 1937, S. 33; Johannes LEIPOLDT – Siegfried MORENZ, Heilige Schriften, Betrachtungen zur Religionsgeschichte der antiken Mittelmeerwelt, Leipzig 1953, S. 123 ff.

[7]) SPIEGEL (o. Anm. 4) S. 322 hält sie sogar für den Grundzug der Religiosität des Alten Reiches.

des Wortes. In dem sogenannten „Denkmal der memphitischen Theologie", das schwer datierbar ist, aber aus frühdynastischer Zeit, aus der 3. oder 4. Dynastie, stammen mag, schafft Atum, der Hauptgott von Heliopolis, die Welt durch sein göttliches Wort; doch Atum ist entsprungen aus Ptah, und dieser Gott Ptah ist es, der im Munde aller Götter, Menschen und Tiere und aus jedem Munde spricht; er ist Herz und Zunge der Götter, der Mund, „der den Namen aller Dinge verkündet hat"; aus ihm ist der Gott der Sprache und Schrift, Thot, hervorgegangen, der Ptahs Gedanken offenbart und die Schrift erfunden hat[8]). Die magische Macht des Wortes rückt hier bereits vom Menschen ab, die Sprache wird zum Gottesgeschenk; später niedergeschriebene Varianten solcher Gedanken finden sich noch im ägyptischen Totenbuch des 16. Jahrhunderts, wo es das besondere Attribut des Schöpfergottes ist, daß er selbst seine Namen schuf[9]); im Apophisbuch hört man vom Namenszauber des Gottes, der aus seinem Munde die Schöpfung hervorbrachte[10]); überhaupt ist oft „nennen" gleich „schaffen"[11]). Freilich ist diese Sehweise nicht geschichtlich zu nennen; Wandlung und Vielfalt blieben unbemerkt. Zwar war das historische Interesse beizeiten rege – schon die Einführung des Kalenders erforderte starken Zeitsinn –, aber Geschichte galt nicht als der Weg vom Anfang zum Ende, sondern als sich immer erneuernde Wiederholung der Zeit. So fand die Geschichtsschreibung über größere Zeiträume nur die Form der Annalistik, die die Jahre summiert; in der Einzelschilderung pflegte sie die Königsnovelle, die Darstellung des Gottkönigs[12]). Die Könige sind seit dem Ausgang der 4. Dynastie unmittelbare Abkömmlinge der Götter, ohne eines langen Stammbaums zu bedürfen, und ihr Reich ist die Welt; ein Pyramidentext sagt von einem königlichen Toten: „Er hat den Horizont erobert"[13]). Da die Ägypter,

---

[8]) Text bei Roeder (o. Anm. 5) S. 166 f., auch bei James Bennett Pritchard u. a., Ancient Near Eastern Texts relating to the Old Testament, 2. Aufl., Princeton 1955, S. 5. Datierung und Deutung nach Hermann Junker, Die Götterlehre von Memphis (Schabaka-Inschrift), (Abhandlungen der Preuß. Akad. d. Wiss., Philos.-Hist. Kl., Jg. 1939, Nr. 23), Berlin 1940, S. 6 ff., 40 ff. William Foxwell Albright, Von der Steinzeit zum Christentum, Monotheismus und geschichtliches Werden (Sammlung Dalp 55), München 1949, S. 178 f. liebt hier wie meist die beängstigend frühen Datierungen.

[9]) Totenbuch Kap. 17, bei Roeder (o. Anm. 5) S. 239.

[10]) Apophisbuch 26, 21 ff., bei Roeder (o. Anm. 5) S. 110, auch bei Pritchard, Texts 6.

[11]) Lorenz Dürr, Die Wertung des göttlichen Wortes im Alten Testament und im antiken Orient, zugleich ein Beitrag zur Vorgeschichte des neutestamentlichen Logosbegriffes (Mitteilungen der Vorderasiatisch-Ägyptischen Gesellschaft 42, 1), Leipzig 1938, S. 24 ff., 134 ff. mit Beispielen.

[12]) Eberhard Otto, Geschichtliche Literatur, in: Handbuch der Orientalistik, I: Ägyptologie, 2: Literatur, Leiden 1952, S. 140.

[13]) Pyramidentext Nr. 257, bei Adolf Erman, Die Literatur der Ägypter, Gedichte, Erzählungen und Lehrbücher aus dem 3. und 2. Jahrtausend v. Chr., Leipzig 1923,

von Wüstengürteln geschützt, kaum Nachbarn kannten, bezeichneten sie sich selbst als „die Menschen" und ihr Land als „die Welt"[14]); Ägypten liegt auch auf bildlichen Darstellungen in der Mitte der Erde[15]). Das war nicht naive Torheit von Menschen, die keine Fremdlinge kannten; weitreichende Handelsbeziehungen gaben den Ägyptern schon in der 5. Dynastie Gelegenheit, das Aussehen fremder Völker zu studieren und bildlich festzuhalten; man wußte zwischen Negern, Semiten und Asiaten bald zu scheiden. Doch nirgends wurde eines dieser fremden Völker um seiner selbst willen beachtet oder gar zusammenhängend in seiner Eigenart geschildert[16]). Wir halten fest: Der Konnex von Sprache und Abstammung zur Religion ist früher als der zur Erkenntnis der geschichtlichen Mannigfaltigkeit; in der Religion kann sich der Ursprung als ewig ausgeben.

In der Zeit der Wirren und fremden Eingriffe verkündete die Prophezeiung des Nefer-rehu, daß die Asiaten in ihrer Kraft nach Ägypten kommen[17]); die Mahnworte des Ipuwer klagten: „Die Fremden sind überall zu Menschen geworden"[18]). Man spürte nun die Vergänglichkeit der „Generationen, die vorübergehen" vor dem Antlitz der ewigen Götter und Toten, wie es das „Lied des Harfners" sagt[19]). Die Maßstäbe gerieten ins Wanken; ein Sargtext verkündet, der Weltenschöpfer mache „jeden Menschen seinem Genossen gleich"[20]). Auch Sprache und Volk sind bisweilen aus der magischen oder göttlichen Geborgenheit entlassen und der Willkür anheimgegeben. In der zwar älteren, aber damals überarbeiteten „Lehre des Ptahotep" tritt etwas von den Konsequenzen hervor; die Rede ist nun machbar, dem Menschen und seiner Erziehung, ja fast seinem Willen unterworfen; man muß sie lernen: „Schwieriger ist das Reden als jede andere Arbeit"[21]). Die „Lehre für den König Merikare" singt im 22. Jahrhundert: „Das Schwert eines Menschen ist die Zunge und das Reden ist kräftiger als jedes Kämpfen"[22]). Zwar ist gleichzeitig im „Streitgespräch des

---

S. 29; auch bei Kurt SETHE, Übersetzung und Kommentar zu den ägyptischen Pyramidentexten, Bd. 1, Glückstadt Hamburg o. J., S. 361.

[14]) James Henry BREASTED, Geschichte Ägyptens, Neudruck Zürich 1954, S. 47 f.; FRANKFORT-WILSON-JACOBSEN, Frühlicht 39.

[15]) Heinrich SCHÄFER, Ägyptische und heutige Kunst und Weltgebäude der alten Ägypter, Berlin-Leipzig 1928, S. 85 ff.

[16]) MÜLLER, Ethnographie 2; STOLL, Völkerkunde 11 f.

[17]) Text bei ERMAN (o. Anm. 13) S. 153, 155, auch bei PRITCHARD, Texts 444 f.

[18]) Text bei ERMAN (o. Anm. 13) S. 132 und PRITCHARD, Texts 441. „Mensch" heißt „Ägypter", s. o. Anm. 14.

[19]) Text bei PRITCHARD, Texts 467.

[20]) Text bei PRITCHARD, Texts 8.

[21]) Text bei ERMAN (o. Anm. 13) S. 88, 94 und bei PRITCHARD, Texts 412, 414. ALBRIGHT, Steinzeit 182 datiert ins 23. Jahrhundert.

[22]) Text bei ERMAN (o. Anm. 13) S. 110 und bei PRITCHARD, Texts 415. Die Datierung nach Alexander SCHARFF, Der historische Abschnitt der Lehre für König

Lebensmüden mit seiner Seele" die magische Kraft des Namens, des ägyptischen Wortes, unbestritten: „Dein Los ist zu sterben, während Dein Name weiterlebt"[23]). Den geheimen Namen des Gottes dürfen, nach dem späteren Mythos von Re und Isis, nicht einmal die Mitgötter wissen, wenn er seine Kraft behalten soll; aber der Gott ist „vielnamig"[24]).

Im Mittleren Reich beginnt man diese Erkenntnis von der Vielfalt der Sprache und Welt einzubetten in das durch die Wirren empfindlich gewordene und gesteigerte Selbstbewußtsein. Symptomatisch ist der Glaube, nun nicht mehr allein auf der Welt, aber allen andern Völkern überlegen zu sein. Aus der 12. Dynastie stammen wohl die ältesten Völkerlisten Ägyptens; sie enthalten schon 40, ein andermal gar 63 Namen, aber sie befinden sich auf Tonscherben, die der Verfluchung der hier genannten afrikanischen und syrischen Völker dienen sollen; noch immer und erst recht heißen hier die Ägypter „die Menschen"[25]); ihr König ist nun erst recht der legitime Herr über die Feinde. Ein Kronenlied drückt es aus: „Die Menschen fürchten sich vor Dir, die Fremdvölker fallen vor Dir auf ihr Antlitz und die neun Bogenvölker neigen vor Dir das Haupt, ... alle Fremdländer, die südlichen und nördlichen, die westlichen und östlichen zusammen"[26]). Die hier bezeugte Vorstellung von den neun Bogenvölkern ist wahrscheinlich viel älter[27]); sie kommt auch später noch oft vor, bezeichnet vielleicht zunächst die dem Pharao unterworfenen Völker, später die Randstämme und die Feindvölker[28]); jedenfalls will der Topos nirgends wie der von den 72 Sprachen und Völkern einen unparteiischen Überblick vermitteln[29]). Der Handelsverkehr brachte manchem Ägypter die

---

Merikarê (Sitzungsberichte der Bayer. Akad. d. Wiss., Philol.-Hist. Kl., Jg. 1936, Nr. 8), München 1936, S. 6.

[23]) Text bei ERMAN (o. Anm. 13) S. 124 und bei PRITCHARD, Texts 405. Zur Stelle Alexander SCHARFF, Der Bericht über das Streitgespräch eines Lebensmüden mit seiner Seele (Sitzungsberichte der Bayer. Akad. d. Wiss., Philol.-Hist. Kl., Jg. 1937, Nr. 9), München 1937, S. 21, 24, zur Datierung S. 6.

[24]) Text bei ROEDER (o. Anm. 5) S. 139 und bei PRITCHARD, Texts 12 f.

[25]) Kurt SETHE, Die Ächtung feindlicher Fürsten, Völker und Dinge auf altägyptischen Tongefäßscherben des Mittleren Reiches (Abhandlungen der Preußischen Akademie der Wiss., Philos.-Histor. Kl., Jg. 1926, Nr. 5), Berlin 1926, S. 38 ff., 60 ff. Die Datierung ist berichtigt, die Liste ergänzt bei René DUSSAUD, Nouveaux textes égyptiens d'exécration contre les peuples syriens, in: Syria 21 (1940) 170–182, hier S. 170 f. Auszüge aus der Liste auch bei PRITCHARD, Texts 328 f.

[26]) Text bei ERMAN (o. Anm. 13) S. 37.

[27]) Wilhelm MAX MÜLLER, Asien und Europa nach altägyptischen Denkmälern, Leipzig 1893, S. 11 f. setzt sie in die 4. Dynastie, Rudolf ANTHES, Ägypten, in: Historia Mundi, Bd. 2, München 1953, S. 141 sogar in die 1. und 2. Dynastie.

[28]) James Henry BREASTED, Ancient Records of Egypt, Bd. 1, Chicago 1906, S. 204; Bd. 2, S. 30, 49, 263, 358, 423; Bd. 3, S. 21, 52, 213, 217, 243, 263. Aus diesen Stellen scheint sich mir die im Text angegebene Entwicklung des Begriffs zu ergeben.

[29]) Friedrich SCHMIDTKE, Die Japhetiten der biblischen Völkertafel (Breslauer Studien zur historischen Theologie 7), Breslau 1926, S. 6 wendet sich gegen die Parallele

Kenntnis fremder Sprachen ein; man bediente sich des Auslandes, aber man achtete es gering[30]). In der „Erzählung des Sinuhe" preist Sinuhe den Pharao: „Was die Sonne umzieht, hast Du bezwungen" – und doch hat der Exulant zuvor schmerzlich erfahren, daß man in der Fremde seine Sprache nicht verstand, und glücklich war er, als ein palästinensischer Fürst ihm sagte: „Du hast es gut bei mir, da hörst du ägyptisch reden"[31]). Gewiß, Sprachbereich und Herrschaftsgebiet mußten sich nicht decken, aber war das nicht ein Problem, über das der Emigrant hätte nachdenken müssen? Er tat es so wenig wie seine Zeitgenossen. „Heimat" und „Welt" blieben noch immer ungeschieden.

Die Wandlung brachte erst der Hyksoseinfall, „der entscheidende Wendepunkt der ägyptischen Geschichte"[32]), die Zeit, da König Kamose klagte: „Ich sitze da, zusammen mit einem Asiaten und einem Neger"[33]). Der Begründer der glorreichen 18. Dynastie, Thutmosis I., mochte nun die Neger wieder abfällig als „kraushaarig" kennzeichnen; seine Truppen mochten den Euphrat hochmütig „das verkehrte Wasser" nennen[34]) – dem Neuen Reich blieb doch eine tiefe innere Unruhe, ein Bedürfnis nach Sicherheit, nur mühsam übertönt durch „Kreuzzugsideen" und durch das hybride Prahlen, alles Vergangene an Macht und Größe zu übertrumpfen; gerade diese Distanzierung von der eigenen Vergangenheit macht den Bruch offenbar. Thutmosis III., der sich als leibhaftigen Sohn des Gottes Amon preisen ließ, meinte, daß „der Gott (ihn) mehr als irgendeinen König zuvor begünstige"; er herrsche „bis zu den vier Säulen des Himmels". Thutmosis ließ auch Listen der unterworfenen asiatischen Völker zusammenstellen, mit mehr als 60 Namen; die kriegsgefangenen Asiaten ergötzten die Menge mit ihrer seltsamen Sprache und reizten die Steinmetzen zur Karikierung ihrer sonderbaren Profile. Daß der ägyptische Gott Thot die Schrift sprechend gemacht habe, stand schon in der Krönungsinschrift Thutmosis' III.[35]); aber das verstand sich nun nicht mehr von selbst. Die Diskrepanz von Vorstellung und Wirklichkeit offenbarte sich unter Amenhotep III. Die neun Bogenvölker, die ihm untertan sind, bezeichnen die Völker der ganzen Erde[36]) – und doch war Mitanni damals nicht schwächer als Ägypten; von den

zur biblischen Völkertafel, die z. B. Anton Jirku, Altorientalischer Kommentar zum Alten Testament, Leipzig-Erlangen 1923, S. 37 zieht.

[30]) Eberhard Otto, Ägypten, Der Weg des Pharaonenreiches (Urban-Bücher 4), Stuttgart 1953, S. 125, 131.

[31]) Text bei Erman (o. Anm. 13) S. 43, 51; Pritchard, Texts 19 bringt nur die erste Stelle.

[32]) Otto (o. Anm. 30) S. 137.

[33]) Text bei Erman (o. Anm. 13) S. 83 und bei Pritchard, Texts 232.

[34]) Die Texte bei Breasted (o. Anm. 28) Bd. 2, S. 30 f.

[35]) Die Texte bei Pritchard, Texts 373 f. (Sohn Amons), 242 f. (Völkerlisten), bei Breasted (o. Anm. 28) Bd. 1, S. 263 (vier Säulen); Bd. 2, S. 64 (Thot), und bei Breasted (o. Anm. 14) S. 189 (Fremdvölker, hier auch einige Abbildungen).

[36]) Die Texte bei Roeder (o. Anm. 5) S. 157.

Memnonskolossen rühmte man: „Niemals geschah dergleichen seit dem Anfang“[37]) – und doch spürte man, wie Ägyptens alte Größe schwankte; man pries Thot als den großen Gott der Urzeit, „der die Rede und die Schrift eingesetzt hat“[38]) – und doch schrieb Amenhotep einen Teil seiner Korrespondenz nicht auf ägyptisch, sondern in der akkadischen „Diplomatensprache“ nieder. Schließlich wurde doch die Mannigfaltigkeit der Länder auch religiös sanktioniert. Im Zusammenhang mit dem Internationalismus des 15. Jahrhunderts hat der Amons-Hymnus den Versuch gewagt, die Gottheit über alles zu stellen: „Atum, der die Menschen schuf, der ihr Wesen unterschied und ihnen zu leben gab, der die Farben unterschied, den einen vom andern ...“. Dieser Gott, der die Rassen differenzierte, ist nun erst recht nicht mehr eindeutig benennbar, er ist „reich an Namen, deren Zahl man nicht kennt“[39]); selbst das ägyptische Wort reicht nicht mehr hin, die universale Gottheit voll zu definieren. Zerstörung der Sprachmagie und Entdeckung der irdischen Vielheit gehen Hand in Hand. War auf diese Weise bereits die Vielzahl der Völker als gottgewollt anerkannt, so konnte der Lobpreis der Sprachenvielheit nicht lange auf sich warten lassen. König Echnaton oder vielleicht der Kreis von Priestern, der ihn als Sprachrohr benutzte[40]), versuchte die Verbindung mit den Wurzeln der eigenen Kraft durch erweiterte Weltgeltung ägyptischen Denkens wiederzugewinnen, während sein Reich bereits Verluste hinnehmen mußte. Echnaton hat dabei mit der alten Religion rigoros gebrochen. In seinem Sonnengesang, der sonst dem Amonshymnus manches abgelauscht hat, greift er die Idee von der göttlichen Sprachschöpfung wieder auf, verquickt sie aber nun mit dem neuen Gedanken der gottgewollten Mannigfaltigkeit: „Wie mannigfaltig ist, was Du schaffst! ... Ihre Zungen sind im Reden getrennt und ebenso ihre Gestalt; ihre Haut ist verschieden, denn Du unterschiedest die Völker.“ Im Gegensatz zur „Lehre des Ptahotep“ glaubte Echnaton, daß die Gottheit die Sprache erschaffen habe; „das Junge im Ei redet schon in der Schale“; wieder war es das Wort des Weltenbaumeisters, das erst alles lebendig werden ließ[41]). Ein Abendgebet aus Echnatons Kreis beteuert, daß aus Atons Mund die ganze Schöpfung hervorgekommen sei[42]). Dennoch machten die Ägypter Echnatons

---

[37]) Breasted (o. Anm. 28) Bd. 1, S. 355; ähnliche Aussprüche Bd. 2, S. 66, 127, 252, 318; Bd. 3, S. 52; auch Pritchard, Texts 375. Zu diesem Selbstgefühl Frankfort-Wilson-Jacobsen, Frühlicht 125; Otto (o. Anm. 30) S. 149.

[38]) Hymne des Gütervorstehers Cheriuf, bei Roeder (o. Anm. 5) S. 14.

[39]) Erman (o. Anm. 13) S. 354, 356 und Pritchard, Texts 366 f. bringen den Text; er steht auch bei Hugo Gressmann, Altorientalische Texte zum Alten Testament, 2. Aufl., Berlin-Leipzig 1926, S. 14.

[40]) Albright, Steinzeit 220 f. bestreitet Echnatons Originalität.

[41]) Text bei Erman (o. Anm. 13) S. 359 f., bei Pritchard, Texts 370, auch bei Gressmann (o. Anm. 39) S. 17; dazu Schmidtke, Japhetiten 4.

[42]) Gebet im Grab des Ahmes in Amarna, bei Roeder (o. Anm. 5) S. 80.

Revolution nicht mit; uns mag sie als Vorwegnahme viel späterer Gedanken erscheinen, sie blieb Episode. Schon unter Haremhab pries ein thebanischer Totentext wieder Thot, den Dolmetscher im Totenreich[43]), und Seti I. berichtete stolz von der Unterwerfung der „rebellischen Führer der Länder, die Ägypten nicht kannten“[44]): auch wer Ägypten nicht kennt, ist schon ein Rebell. Setis Sohn, Ramses II., trug wieder die Namen „aller Länder bis zu den Enden des Meeres“ zusammen, die er sich unterworfen habe; es sind 14, ein andermal etwa 30 Namen; doch Ramses' Name wird noch weiter dringen „bis hin zu den fernsten Ländern, die man nicht kennt“[45]). Das klang fast wie ein Zugeständnis, daß der ägyptische Horizont nicht die ganze Welt umspannt; Ramses, dessen Mund von seinen Höflingen als Sitz der ewigen Wahrheit selber gepriesen wurde, mochte um 1275 in dem Vertrag mit den Hethitern tönend verkünden, zu den Füßen des ägyptischen Gottes lägen „alle Gebiete und alle fremden Länder für immer“ – der Vertrag war trotzdem ein Verzicht und wurde zweisprachig aufgezeichnet. Eine Streitschrift aus Ramses' Zeit interessierte sich bereits lebhaft für die Städte Phöniziens und mokierte sich über jene, die nichts vom Ausland wissen[46]). Aber um so intensiver distanzierte man sich nun von allem Fremden und nannte Ägypten „die einzige Tochter des Re“; in demselben Lied an Ramses' II. Nachfolger Merenptah galt die Zeit als böse, in der man in Ägypten fremde Sprachen hörte, und es war eine schlecht verhüllte Fiktion, wenn dem Pharao in einem anderen Lied an Merenptah nun doch noch die Kenntnis der fremden Sprachen zugeschrieben wurde: „Du hörst die Worte aller Länder“[47]). In der sich festigenden Theokratie verlor sich nun bald das Gleichgewicht von Irdischem und Göttlichem, zur Abschließung nach außen gesellte sich ängstliche Frömmigkeit im Innern[48]).

Nicht mehr des Menschen Kraft ist nun die Zunge; das Preisgedicht auf Theben aus der 19. Dynastie, das diese Stadt als älteste und der Erde den Namen gebende rühmt, verkündet: „Mit Amons Namen ist ein einziger stärker als Hunderttausende“; denn auch die Sprache ist wie alles Irdische Schöpfung des Gottes Amon, des ersten, „der in den frühesten Zeiten ins Leben trat“, „der zuerst entstanden ist in der Urzeit“, dessen Name verborgen und viel-

---

[43]) Text bei PRITCHARD, Texts 36.

[44]) Text bei BREASTED (o. Anm. 28) Bd. 3, S. 70.

[45]) Die Namenlisten bei PRITCHARD, Texts 242 f.; die anderen Texte bei ERMAN (o. Anm. 13) S. 327, 332.

[46]) Texte bei BREASTED (o. Anm. 28) Bd. 3, S. 121 (Höflinge), bei PRITCHARD, Texts 199 (Hethiter-Vertrag), 477 f. (Streitschrift; diese auch bei ERMAN, o. Anm. 13, S. 286 ff.).

[47]) Texte bei ERMAN (o. Anm. 13) S. 343, 345, 348, zum Teil auch bei BREASTED (o. Anm. 28) Bd. 3, S. 263 und PRITCHARD, Texts 377 f.

[48]) OTTO (o. Anm. 30) S. 214 ff.

fältig ist. Er fand auch die Sprache: „(Amon) öffnete seine Rede inmitten des Schweigens, ... er schrie als erster, als das Land noch starr war"[49]). Hier war zum erstenmal die Frage nach der Ursprache gestellt und beantwortet: es war Gottes Sprache. Eben dieses nun schon geschichtstheologische Denken bot jetzt überhaupt Halt in jenem starren Archaismus, der alles Ägyptische als uralt und überlegen ansah. In der „Reise des Wenamon" gesteht um 1100 ein angeblich phönizischer Fürst ein: „Amon hat alle Länder ausgestattet; ... und das Land Ägypten hat er zuerst ausgestattet"[50]). Bis dahin hatte man wenigstens gelegentlich auch andere Völker als gleichberechtigt ansehen können und ihre Erschaffung zwar verschiedenen, aber gleichwertigen Gottheiten zugeschrieben[51]); damit war es nun vorbei. Während man asiatischen Gottheiten immer mehr Heimatrecht gewährte und politisch bald Libyern und Äthiopiern, bald Assyrern und Persern gehorchte, verzweifelte die „Weisheit des Anii": „Man lehrt Neger ägyptisch sprechen und Syrer und allerlei Fremde desgleichen"[52]); schon das war ein Sakrileg an der uralten heiligen Tradition. Den Griechen führte man sie bombastisch vor, und Herodot staunte ehrlich über die 340 Generationen oder zehntausend Jahre, die die Genealogien ägyptischer Priester umfaßten; auch spätere Griechen haben dieses ägyptische Prunken mit dem Uraltertum fast lächelnd, jedenfalls neidlos hingenommen und ihm Glauben geschenkt[53]); auch Aristoteles dachte nicht daran, daß das Alter über den Rang eines Volkes entscheiden könne.

Erst der Griechenfreund Psammetich wurde, durch den Zwiespalt zwischen griechischem Denken und der bewußt gepflegten altägyptischen Sprache und Tradition bewogen, gegenüber den Priestermärlein kritisch und suchte nun durch ein Experiment in griechischem Geist, aber mit ganz ungriechischer Fragestellung, die Wahrheit zu erfahren, „welches das erste und älteste Volk sei". Zu diesem Zweck ließ er neugeborene Kinder stumm heranziehen, um zu hören, welche Sprache sie von Natur aus, ohne Unterricht gebrauchen würden. Diese „Versuchsanordnung" ist schon bezeichnend: Sprache und Volk sind also miteinander identisch; die älteste Sprache muß diejenige sein, die man ohne menschlichen Unterricht, also doch wohl aus göttlicher Eingebung spricht. Man hat oft und oft die Erzählung für eine griechische tendenziöse

---

[49]) Lied auf Theben, Abschnitt 10, 70, 90, 100, bei ERMAN (o. Anm. 13) S. 365-369, zum Teil auch bei PRITCHARD, Texts 8, 368.

[50]) Lied des Wenamon II, 20 f., PRITCHARD, Texts 27, auch bei ERMAN (o. Anm. 13) S. 232. Zum Archaismus OTTO (o. Anm. 30) S. 246 ff.

[51]) Alfred WIEDEMANN, Herodots zweites Buch mit sachlichen Erläuterungen, Leipzig 1890, S. 43.

[52]) Weisheit des Anii, bei ERMAN (o. Anm. 13) S. 302. Texte zum Eindringen asiatischer Gottheiten bei PRITCHARD, Texts 249 f.

[53]) Herodot, Historiae II, 142 f.; vgl. im übrigen unten S. 97 ff. Anm. 34, 57 und 62.

Erfindung gehalten[54]) – aber warum eigentlich, wenn die Griechen den Altersprimat des Ägyptischen nicht in Zweifel zogen und vor allem, wenn sie in ihrer klassischen Zeit nirgends sonst Sprache und Volk miteinander auf diese Weise gleichsetzten? Zumindest die Fragestellung ist ägyptisch und nicht griechisch. Das Ergebnis, das uns Herodot behaglich mitteilt, war allerdings vernichtend: die Kinder sprachen zuerst Phrygisch; das Ägyptische büßte seinen Vorrang ein.

Aber nun strömte überhaupt das hellenistische Gedankengut in das müde Pharaonenreich. Während bisher alle heiligen Texte, auch in Nubien, Syrien und Äthiopien, stets nur ägyptisch tradiert wurden, begann nun die Zeit der Übersetzungen, in die der Stein von Rosette ebenso wie noch Jesus Sirach gehört[55]). Die hellenistischen Gelehrten befaßten sich kaum mit der ägyptischen Sprache, aber die Ägypter akklimatisierten sich, und dabei gewann auch die Universalzahl 70 an Bedeutung; Manetho, der erste Historiker Altägyptens, berichtete um 280 v. Chr. in griechischer Sprache von 70 Königen der 7. Dynastie, die 70 Tage lang regiert hätten; das ist – wenigstens in dieser Form – eine unhistorische Fiktion um der Zahlensymbolik willen[56]). Wir werden noch zu untersuchen haben, wie dann seit dem ersten vorchristlichen Jahrhundert auch in Ägypten sich alle späthellenistischen Universalgedanken einfanden und im zweiten nachchristlichen Jahrhundert wohl hier der Gedanke von den 72 Sprachen „erfunden" wurde. Aber mit Altägypten hat das wenig mehr zu tun; in dem geschilderten Bild des altägyptischen Denkens hat trotz aller immer wiederholten gegenteiligen Behauptungen[57]) die Vorstellung von 72 Sprachen gar keinen Platz; die einzige Zahlenangabe neben der „internen" Zahl der 42 ägyptischen Gaue, denen schon früh 42 Totenrichter und dann auch 42 Arten von Sünden entsprechen[58]), ist die erwähnte von den neun Bogenvölkern, und sie ist keinesfalls universal, sondern ganz egoistisch. Außerdem benutzten die Altägypter das Dezimalsystem, nicht das Sexagesimalsystem, hatten also für den Symbolgehalt der 72 keinen Sinn; wenn der Priester im Heiligtum von Sais angeblich 72 Schellen am Saum seines Gewandes trug, so ist der Gedanke ebenso hellenistisch wie die Ausstattung der Mäntel des

---

[54]) FRAZER (o. S. 21 Anm. 20) S. 375 f.; WIEDEMANN (o. Anm. 51) S. 45; W. W. HOW – J. WELLS, A Commentary on Herodotus, Bd. 1, Oxford 1928, S. 156. Die Erzählung steht bei Herodot, Historiae II, 2.

[55]) LEIPOLDT-MORENZ, Heilige Schriften 66 ff.

[56]) OTTO (o. Anm. 30) S. 94 f.

[57]) U. a. bei Karl MÜLLENHOFF – Wilhelm SCHERER, Denkmäler deutscher Poesie und Prosa aus dem 8. bis 12. Jahrhundert, 3. Aufl., Bd. 2, Berlin 1892, S. 306; zuletzt noch Hermann J. WEIGAND, The Two and Seventy Languages of the World, in: The Germanic Review 17 (1942) 241–260, hier S. 247 f.

[58]) Totenbuch Kap. 125, bei ROEDER (o. Anm. 5) S. 275 f. (Gaue und Totenrichter); BREASTED (o. Anm. 14) S. 121 über die 42 Sünden.

jüdischen Hohenpriesters und des deutschen Kaisers mit 72 Glöckchen[59]). Man entlehnte sich nun wohl aus Babylon die astronomische Einteilung des Himmels in 36 Dekane[60]), aber dem ursprünglich konkreten und anschaulichen ägyptischen Denken blieb alle astrologische Zahlensymbolik so unbekannt, wie ihm der Sternenhimmel überhaupt neben der allmächtigen Sonne gleichgültig war[61]). So werden wir den Kronzeugen für altägyptische Herkunft der Formel von 72 Sprachen, das wahrscheinlich im 4. Jahrhundert n. Chr. in Byzanz verfaßte Werk des sog. Horapollo Nilous als ein „Nebeneinander von unzuverlässigem Wissen und haltloser Spekulation“[62]) erst dort behandeln, wo es seinen historischen Ort hat: in der späthellenistischen Gelehrsamkeit, als ein Zeugnis für gelehrtes Interesse der Griechen an altägyptischer Sprache und Religion.

Das altägyptische Weltbild war nach innen erstaunlich offen, stets zu Kompromissen und Veränderungen bereit; schon am Beginn der ägyptischen Geschichte stand ein solcher Kompromiß; die rasche Assimilierung fremder Dynastien und Völker – nur die Juden widerstanden ihr – bezeugte diese Fähigkeit zum Entgegenkommen auch später noch, und dabei wurden sogar die anscheinend schon in der Frühzeit erheblichen Dialektschwierigkeiten überwunden, von denen es einmal heißt: „Deine Schilderungen sind verworren anzuhören, und keinen Dolmetscher gibt es, der sie zu entwirren vermöchte; sie sind wie die Rede eines Deltabewohners zu einem von Elephantine“[63]). Auch die starke Wandlung der Sprachen und Schriften vom Altägyptischen, „Hieratischen“, bis zum Neuägyptischen, „Demotischen“ und endlich Koptischen, hat anscheinend kaum hemmend gewirkt[64]); noch in spätester Zeit verstand man auch Altägyptisch; erst um 300 n. Chr. hatte dieses Nebeneinander von Literatur- und Umgangssprache mit dem Sieg des Koptischen ein Ende. Doch diese Verständigungsbereitschaft galt nur im Innern; nach außen, gegenüber

---

[59]) Franz Carl ENDRES, Die Zahl in Mystik und Glauben der Kulturvölker, Zürich-Leipzig 1935, S. 171 (Sais, ohne Quellenangabe).

[60]) Wilhelm GUNDEL, Dekane und Dekansternbilder, Ein Beitrag zur Geschichte der Sternbilder der Kulturvölker (Studien der Bibliothek Warburg 19), Glückstadt-Hamburg 1936, S. 1 ff. Freilich bestreitet GUNDEL S. 82 ff. den babylonischen Ursprung der Vorstellung von den Dekanen.

[61]) FRANKFORT-WILSON-JACOBSEN, Frühlicht 50, 55.

[62]) OTTO (o. Anm. 30) S. 256; schon lange zuvor hätte man sich darüber vergewissern können bei Alfred WIEDEMANN, Ägyptische Geschichte, Gotha 1884, S. 151.

[63]) Zitat aus FRANKFORT-WILSON-JACOBSEN, Frühlicht 84; zu den ägyptischen Dialekten Hermann KEES, Ägypten, in: Kulturgeschichte des Alten Orients (Handbuch der Altertumswissenschaft 3, 1, 3, 1), München 1933, S. 267, 279 f.

[64]) Hermann GRAPOW, Ägyptisch, Vom Lebensablauf einer altafrikanischen Sprache, in: Der Orient in deutscher Forschung, hg. Hans Heinrich SCHAEDER, Leipzig 1944, S. 205–216, hier S. 208 ff.; DERS., Wie die alten Ägypter sich anredeten, wie sie sich grüßten und wie sie miteinander sprachen IV (Abhandl. d. Preuß. Akad. d. Wiss., Philos.-Hist. Kl., Jg. 1942, Nr. 7), Berlin 1943, S. 158 ff.

der Welt jenseits der schützenden und immer bedrohlicher näherrückenden Wüstengürtel, war man stolz und verschlossen; „Hochland" und „Wüste" waren dasselbe wie „Ausland"[65]). Abgesehen von Echnatons Versuch wurde die Mannigfaltigkeit nicht theologisch anerkannt; das Verständnis der Welt und der Gegenwart lag schon in der Schöpfungsgeschichte beschlossen, die Schöpfung selber war die letzte Veränderung der Welt überhaupt; sie wirkt unmittelbar fort, ist stets gegenwärtig[66]). Das bedeutet nicht, wie man gerne sagt, daß die Ägypter keinen geschichtlichen Sinn hatten[67]); wir sahen ihn aus Bedrohung und Bruch mit der Vergangenheit immer wieder erwachsen. Auch die Berufung auf alte und älteste Autoritäten war nicht statisch, sondern erforderte immer wieder die Exegese[68]). Aber religiöses Geschichtsdenken pflegte man nicht, und das Scheitern von Echnatons Versuch lehrt, daß man es zwar kannte, aber nicht wollte.

3. Der Ferne Osten

Die Einheit der altchinesischen Kultur, die sonst in vielem der ägyptischen ähnelte, stützte sich nicht auf ein geographisch geschlossenes und geschütztes Land, sondern auf die weniger handgreiflichen Elemente der Bildung. Über den zahlreichen Dialekten der chinesischen Tonsprache, deren Verwandtschaft bis heute nicht restlos geklärt ist[1]), stand von allem Anfang an, seit dem 10. Jahrhundert v. Chr., eine allen gleichermaßen verständliche Wortzeichenschrift[2]); die verschiedenartigsten ethnischen Gruppen, Tungiden, Mongoliden, Melanesiden und Siniden[3]), wurden zusammengefaßt durch eine dem Sternenkosmos nahe verbundene Religion der Ahnenverehrung[4]). Beide Ele-

---

[65]) Otto (o. Anm. 30) S. 164, 178, 258; Frankfort-Wilson-Jacobsen, Frühlicht 45.

[66]) Henry Frankfort, Ancient Egyptian Religion, An Interpretation, New York 1948, S. 50 f., 131, 156.

[67]) James Westfall Thompson – Bernard J. Holm, A History of Historical Writing, 2 Bände, New York 1942, hier Bd. 1, S. 7. Das ist nur ein Beispiel.

[68]) Pritchard, Texts 495 stellt einige Texte dieser Art zusammen.

[1]) Herbert Franke, Sinologie (Wissenschaftl. Forschungsberichte, Geisteswissenschaftl. Reihe 19), Bern 1953, S. 40 ff.

[2]) Otto Franke, Geschichte des Chinesischen Reiches, Eine Darstellung seiner Entstehung, seines Wesens und seiner Entwicklung, 5 Bände, Berlin-Leipzig 1930–52, hier Bd. 1, S. 34, 59, 235 f.; auch Schmitt (o. S. 32 Anm. 2) S. 10 ff. und, mit Vorbehalt, Alfred Petrau, Schrift und Schriften im Leben der Völker, 2. Aufl., Essen 1944, S. 111 ff.

[3]) Egon Frhr. von Eickstedt, Rassentypen und Typendynamik von Asien, in: Historia Mundi, Bd. 1, München 1952, S. 154 ff.

[4]) Otto Franke, Die Chinesen, in: Lehrbuch der Religionsgeschichte, hg. Alfred Bertholet-Edvard Lehmann, 4. Aufl., Bd. 1, Tübingen 1925, S. 193–261, hier S. 195 ff.

mente wie wohl auch die bäuerliche, wenig auf Handel bedachte Art der Chinesen verhinderten, daß den Chinesen die Verschiedenartigkeit der Sprachen und Völker problematisch wurde.

Einfälle von Nomadenvölkern machten ihnen früh deutlich, daß ihr Land nicht das einzige auf Erden war; selbst die Stämme, die das Reich der Tschou begründeten und trugen, gehörten nicht alle dem Bereich chinesischer Sprache und Kultur an. Durch Fürstengenealogien, die die chinesische Geschichtsschreibung eröffneten, suchte man sich einer idealen Kontinuität zu vergewissern[5]) und hielt nach 770 die Hauptstadt der Tschou, Lo-yang, für das Zentrum der Welt, das dem Polarstern, dem unbeweglichen Sitz des Himmelsherrn, entsprach; dem dort residierenden Herrscher sind wie dem Himmel alle Länder in den vier Himmelsrichtungen untertan[6]); sein Land ist, wie das Schu-king sagt, das „Reich der Mitte"[7]). Seit Konfuzius (vielleicht 551–479 v. Chr.) machte sich nun zwar eine neue Schicht, die der Literaten mit ihrem ethischen Rationalismus, gegenüber den Bauern geltend, doch fand dadurch das egozentrische Denken nur ein neues Feld; es benutzte die Geschichte als Beispielsammlung und ewiges Vorbild; nicht die niemals rastende Bewegung, sondern die wohlausbalancierte Dauer wurde zum Ideal[8]); den rauhen Realitäten der „Zeit der Wirren" ging man aus dem Wege. Zwar galten auch dem Konfuzius, den man Chinas ersten Geschichtsschreiber genannt hat, noch Reich und Welt als identisch[9]); Chinas Kaiser ist „der eine Mensch", auf den „die Scharen der 10000 Regionen" hören; ihm sind die neun oder zwölf nach den Himmelsbezirken analog gezählten Weltprovinzen untertan[10]); er herrscht über das rings von vier Meeren umgebene Land, und nur in den fernen Winkeln wohnen die östlichen neun und die südlichen acht Barbarenstämme[11]). Aber Grundlage dieser Herrschaft ist für Konfuzius nicht Herkunft oder Sprache allein: „Wo Bildung herrscht, da gibt es keine Rassen"[12]); Unbildung schließt von der Weltharmonie aus: „Weit hinten in der Ferne gibt es solche,

---

[5]) Otto Franke, Der Ursprung der chinesischen Geschichtsschreibung, in: Sitzungsberichte der Preuß. Akad. d. Wiss., Philos.-Hist. Kl., Berlin 1925, S. 276 bis 309, hier S. 282.

[6]) Les mémoires historiques de Sse-ma Ts'ien, übers. Edouard Chavannes, 5 Bände, Paris 1895–1905, hier Bd. 1, S. 247.

[7]) Schu-King V, 11, 2, übers. James Legge, in: The Sacred Books of the East, Bd. 3, Oxford 1879, S. 181.

[8]) Freyer, Weltgeschichte 92 ff.

[9]) Franke (o. Anm. 2) Bd. 1, S. 119.

[10]) Schu-King IV, 3, 2, Legge S. 89 (10 000 Regionen); II, 1, 3 S. 40 und II, 4, 1 S. 57 (Weltprovinzen).

[11]) Schu-King II, 1, 4, Legge S. 41 und II, 2, 1 S. 47 sowie III, 4, 1 S. 81 (vier Meere; auch Schi-King I, 3, ebenda S. 308); V, 6, 1 S. 150 (Barbaren; dazu auch Gespräche IX, 13, übers. Richard Wilhelm, Jena 1921, S. 91).

[12]) Gespräche XV, 38, Wilhelm S. 181; dazu Franke (o. Anm. 2) Bd. 2, S. 53, 356.

die keine gekochten Speisen kennen"[13]). Nicht die Sprache, die nur ein reines Instrument der Mitteilung ist, verbindet die Gebildeten, sondern das Wissen von den ewigen Gesetzen: sie sind für alle Zeiten gleich, aus dem Vergangenen kann man das Künftige ablesen[14]). Die Heroen der Urzeit, die halbgöttlichen Kaiser Yao, Schun und Yü, haben nach rohen und tierischen Anfängen alles gültig gegründet; sie erfanden die Schrift, lehrten das rechte Sprechen und benannten Berge und Flüsse, sie glichen die Namen den Dingen und damit dem „Weg des Himmels" an, „sie brachten in Übereinstimmung die Ordnungen von Himmel und Erde"[15]). So wird für Konfuzius die Frage nach dem Ursprung zugleich die Frage nach dem rechten Wesen, auch der Sprache: Name und Ding müssen zusammenstimmen[16]), und mit Hilfe der Benennungen muß die Wirklichkeit normgerecht gestaltet werden können. Wenn jeder wirklich das ist, was man ihn nennt, wird die Harmonie des Alls, die „Richtigstellung der Bezeichnungen" erreicht[17]).

Diese konfuzianischen Anschauungen beherrschen alle Folgenden, auch wenn vielerlei Nuancen sich einstellten: Der sonst so eigenwillige Sozialreformer Mo Ti (vielleicht 479–381) hat nur den Gegensatz zwischen der Zeit der Urkaiser und der rohen Vorzeit noch unterstrichen: in dieser gab es noch keine vernünftige Teilung des Reiche, man lebte „wie bei den wilden Tieren", denn „wenn sie sprachen, hatten sie alle verschiedene Ansichten". Erst die überlegte Gliederung konnte zu der von Mo Ti verherrlichten allgemeinen Menschenliebe führen, „daß man andere Staaten wie seinen eigenen ansieht". Die großen Urkaiser haben dies alles bereits geschaffen; „wenn man jetzt die früheren Könige rühmt, so rühmt man die Lebensquelle der Welt"; sie haben auch schon die fernen Barbaren im Norden, Westen und Osten unterwiesen[18]).

[13]) Li-Gi, Das Buch der Sitte des älteren und jüngeren Dai, übers. Richard Wilhelm, Jena 1930, S. 71 f.

[14]) Gespräche XV, 40, Wilhelm S. 181 (Sprache); vgl. die abweichende Übersetzung von James Legge, in: The Chinese Classics, Bd. 1, Hongkong-London 1861, S. 169. Gespräche II, 23, Wilhelm S. 16 f. (Vergangenheit und Zukunft).

[15]) Schu-King I, 1 ff., Legge S. 32 ff.; V, 27, 2 S. 258; V, 4, 3 S. 141; Li-Gi 30,1, Wilhelm S. 282; 30,5 S. 284.

[16]) Li-Gi 26, 7, Wilhelm S. 262; dazu die knappen Andeutungen von William Stannard Allen, Ancient Ideas on the Origin and Development of Language, in: Transactions of the Philological Society 1948, London 1949, S. 35–60, hier S. 37. – Das chinesische Sprachdenken ist m. W. nirgends im ganzen untersucht worden; Alfred Forke, Die Gedankenwelt des chinesischen Kulturkreises, in: Handbuch der Philosophie, Bd. 5, München-Berlin 1927, S. 16 bringt nichts dazu.

[17]) Gespräche XIII, 3, Wilhelm S. 135; dazu Alfred Forke, Geschichte der alten (bzw. mittelalterlichen, bzw. neueren) chinesischen Philosophie (Hamburgische Universität, Abhandlungen aus dem Gebiet der Auslandskunde 25, 41 und 46), 3 Bände, Hamburg 1927–34–38, hier Bd. 1, S. 137 ff.; besser Fung Yu-Lan, A History of Chinese Philosophy, 2 Bände, Princeton 1952–53, hier Bd. 1, S. 59 ff.

[18]) Alfred Forke, Mê Ti, des Sozialethikers, und seiner Schüler philosophische Werke, Berlin 1922, S. 214, 245, 541.

Der große Gegenspieler des Konfuzius, Lao Tse (zwischen dem 6. und 4. Jahrhundert v. Chr.), der sich von aller Politik quietistisch abkehrte, sah das Ideal freilich nicht in dieser vernünftigen Scheidung, sondern in der ungeschiedenen Vorzeit; demgemäß ist für ihn die Sprache nur ein entfernter Abglanz oder eine Verkehrung des Ideals: „Wahre Worte sind wie umgekehrt"[19]). Sein Nachfolger Lieh Tse (vielleicht 440–370 v. Chr.) pries vollends die animalische Stufe, als die Menschen noch die Sprache der Tiere verstanden; doch auch für ihn ist selbstverständlich jenseits der vier Weltmeere „dasselbe wie hier"[20]); China bleibt immer der Maßstab. Lieh Tses Schüler, Tschuang Tse (vielleicht 369–286) wandte sich gegen das verderbliche Wissen, durch das die Urkaiser das Ideal zerstörten; ihm galt erst recht der Name als bloßer „Gast der Wirklichkeit"; doch diese idyllische Geschichtsbetrachtung kennt keine Chronologie: „Das Einst gleicht dem Jetzt". Hier begegnet allerdings auch die erste chinesische Berufung auf die Zahl 72, aber es ist nur eine abseitige, wohl astronomisch gemeinte Bemerkung, wenn Tschuang Tse die Weisheit einer Götterschildkröte preist: sie konnte 72 Orakel geben[21]). Diese Verwendung der Zahl mag damit zusammenhängen, daß man den vielgeplatteten Panzer der Schildkröte als Abbild der Sternensphäre ansah und zu mantischen Zwecken benutzte; später hat man dann das Horoskop in 72 Aspekte geteilt[22]). Auf die irdischen Realitäten wurde die Zahl noch nicht bezogen.

Keiner tanzte aus der Reihe. Der revolutionäre Kung-sun Lung stürzte zwar im 4. Jahrhundert alle bis dahin gültige Sprachlogik und das Vertrauen in die einfache Richtigkeit der Benennungen, denn er behauptete, ein weißes Pferd sei schon kein Pferd mehr. Doch diese These ist nur durch die Eigenheiten des chinesischen Sprachbaus hervorgetrieben worden, da im Chinesischen das Wort den reinen Begriff bezeichnet und daher der aristotelische Gegensatz zwischen Substanz und Akzidens, hier zwischen Gestalt und Farbe, deutlich hervortritt. Es geht auch hier um „das zentrale Anliegen des chinesischen Denkens, die Korrespondenz von ‚Name' und ‚Ding'"[23]); Kung-sun Lung hatte auch nichts anderes im Sinn als alle andern, nämlich „die Worte mit ihrer Wirklichkeit übereinzubringen und so die ganze Welt zu verwandeln"[24]) – an

---

[19]) Tao Tê King, übers. Victor von STRAUSS, Neudruck (Manesse-Bibliothek), Zürich (1950): XVI S. 75 (Ursprung); LXXVIII S. 162 (wahre Worte).

[20]) Ernst FABER, Der Naturalismus bei den alten Chinesen oder sämtliche Werke des Licius, Elberfeld 1877, S. 103 f.; sonst vgl. FORKE (o. Anm. 17) Bd. 1, S. 300.

[21]) Das wahre Buch vom südlichen Blütenland, übers. Richard WILHELM, Neudruck Düsseldorf-Köln 1951, S. 4, 166, 203.

[22]) Gebhard FREI, Mythisches Denken, in: RANDA, Handbuch 183 (Panzer); ENDRES, Zahl 172 (Horoskop).

[23]) Johannes LOHMANN, Der Sophismus des Kung-sun Lung, Zur ontologischen Amphibolie des Chinesischen, in: Lexis 2 (1949) 3–11, hier S. 10.

[24]) Zitat nach FUNG YU-LAN (o. Anm. 17) Bd. 1, S. 204.

eine andere als die chinesische Sprache konnte er so wenig wie irgendeiner seiner Zeitgenossen denken.

Jede fremde Sprache galt als Anomalie, ja schon jeder fremde Dialekt; der Konfuzianer Meng Tse (Mencius, vielleicht 372–298) mußte einem südchinesischen Rivalen sagen, er könne ihn nicht begreifen, weil er „in der Vogelsprache zwitschert"; die einzig wahre Sprache ist die des Herrschers über „das Volk der vier Meere" und die des Himmels; beide sind auch hier noch eins: „Der Himmel hat nicht zwei Sonnen und das Volk nicht zwei Herrscher"; und hier fand auch die Zahl 70 ihre wohlerwogene Stelle: die Rundzahl gehört dem Vollkommenen, Konfuzius hatte 70 Jünger[25]).

Doch die politische Verwirrung der „Streitenden Reiche" störte die ruhige Versenkung in die ideale Vorzeit. Die neu aufsteigenden Geschlechter ließen sich von servilen Gelehrten Stammbäume bis zu den mythischen Urkaisern hinauf anfertigen; im Kampf der Ahnentafeln erfand man immer noch ältere, sagenhaftere und segensreichere Urkaiser, bis zurück zu Fu-hi, dem chinesischen Noah[26]). Der betrügerische Rekurs auf die Urgeschichte mußte die Tradition selbst ins Wanken bringen. Tsou Yen (vielleicht 323–298) erklärte nun auch schon, China sei gar nicht das Land der Mitte, sondern liege im Süden der neun Erdländer und umfasse nur 1/81 der Erdoberfläche[27]). Die Zahlen waren dem astronomischen Neunerzyklus entnommen, aber sie kehrten sich gegen die Tradition, der sie entstammten. Seit dem 3. Jahrhundert v. Chr. kommt auch die Einteilung des Jahres in 72 Wochen zu 5 Tagen vor, und das zeugt wohl für babylonischen Einfluß[28]), den allerdings manche Gelehrte erst für später zugeben wollen[29]). Im gleichen Jahrhundert wandte Hsün Tse (vielleicht 298–238) die unterscheidende Skepsis des Kung-sun Lung auf die Sprachgeschichte an, und schon das war eine Leistung und nicht, wie man gemeint hat, eine Plattitüde[30]). „Es gibt keine Namen, die an sich angemessen sind. Die Dinge sind durch Übereinkunft bezeichnet." Das Ideal der Urkaiser drohte zu versinken; tatsächlich erklärte in der skrupellosen „Rechtsschule", die zuletzt Macht mit Recht gleichsetzte, Han Fei Tse (gest. 233), der Herrscher halte die Namen in

[25]) Text bei James Legge, The Chinese Classics, Bd. 2, Hongkong-London 1861: III, 1, 4, 14 S. 131 (Vogelsprache); VII, 1, 21, 1 S. 335 (vier Meere); V, 1, 4, 1 S. 228 (ein Herrscher); II, 1, 3, 2 S. 73 (Schüler des Konfuzius).

[26]) Wolfram Eberhard, Chinas Geschichte, Bern 1948, S. 65 f.

[27]) Forke (o. Anm. 17) Bd. 1, S. 503 ff.

[28]) Otto Franke, Der kosmische Gedanke in Philosophie und Staat der Chinesen, in: Vorträge der Bibliothek Warburg 1925/26, Leipzig-Berlin 1928, S. 11; Franke (o. Anm. 2) Bd. 3, S. 125 f.

[29]) Hans Otto Heinrich Stange, Chinesische und abendländische Philosophie, in: Saeculum 1 (1950) 380–396, hier S. 392.

[30]) Heinrich Hackmann, Chinesische Philosophie, München 1927, S. 204 urteilt abwertend.

der Hand und habe damit Gewalt über die Dinge[31]). Dieser Herrscher kam: der gewaltige Schih Huang Ti, der Maße, Münzen und Schrift vereinheitlichte; er war der erste Chinese, der das Lob der eigenen Taten unbekümmert über den Preis der Vergangenheit stellte und damit, ebenso wie durch seine „Bücherverbrennung", den Abstand von ihr deutlich machte; der „Erste Kaiser" rühmte sich nun selbst dessen, was seine mythischen Vorgänger angeblich getan hatten; er habe, sagt er, die ganze Welt unterworfen, „überall, wohin die Schritte der Menschen gelangen"[32]). Also auch hier vermag das Gefühl von der Wandlung der Dinge, von der Geschichtlichkeit des Daseins, den ererbten Universalismus nicht zu durchbrechen, sondern eher noch zu einem Zentralismus zu steigern.

So ist es verständlich, daß in dem 206 v. Chr. begründeten Reich der Älteren Han die alten Theorien neue Probleme lösen sollten, zumal man sich nun hinter der Chinesischen Mauer vor Hunnen und Nomaden sicher fühlen konnte. Bei der Sprachbetrachtung verlegte man, wie der Eklektiker Ho-kuan Tse, die Benennung der Dinge hinter die Weltschöpfung zurück und machte das Wort überhaupt göttlich, um es allen Angriffen zu entziehen[33]). Es kam auf das Gleiche heraus, wenn Tung Tschung Schu (vielleicht 179–104), einer der einflußreichsten Neukonfuzianer, zugab, die Sprache sei zwar zum Teil willkürlich, zum andern Teil aber Nachahmung der himmlischen Natur; „jedes Ding entspricht also seinem Namen, jeder Name entspricht dem Himmel, und dadurch werden Himmel und Mensch verbunden"[34]). Freilich bemühte man sich in der Han-Zeit auch um die Struktur der eigenen Sprache, aber sonst blieb aus der Wirrenzeit vor allem die Astrologie und Wortmagie erhalten: Unvernünftige Worte haben Unglück, Krankheit und Tod zur Folge; die Geschichte der neun Provinzen läßt sich, so hieß es nun, an den ihnen parallelen Himmelsteilen ablesen, die Zahl der Urkaiser, ja die Abfolge der Dynastien aus der Lehre von den fünf Elementen erklären – eine fast chemische Translationstheorie. Der Ton nach außen wurde schärfer, je mehr sich der Innenraum verengte: die Fremden sind Barbaren, Sklaven, Hunde, Tiere; ihre Herkunft, die allerdings wirklich sehr vielfältig ist, interessierte die Chinesen nicht[35]); erst wenn ein Stamm wie die vielleicht austronesischen Yüe in Südostchina dem chinesischen Sprach- und Kulturbereich lange genug verbunden war, wurde er eines Stammbaums gewürdigt, der bis zum Urkaiser Yü zurückreicht[36]).

---

[31]) Zitat aus Hsün Tse nach Fung Yu-Lan (o. Anm. 17) Bd. 1, S. 306; zu Han Fei Tse ebenda S. 324 f.

[32]) Sse-ma Ts'ien (o. Anm. 6) Bd. 2, S. 149, 151, 162, 170 ff.

[33]) Forke (o. Anm. 17) Bd. 1, S. 530.

[34]) Fung Yu-Lan (o. Anm. 17) Bd. 2, S. 16 f., 87.

[35]) Wolfram Eberhard, Beiträge zur kosmologischen Spekulation Chinas in der Han-Zeit (Baeßler-Archiv 16), Berlin 1933, S. 23 ff., 26, 33.

[36]) Sse-ma Ts'ien (o. Anm. 6) Bd. 4, S. 418 f.

Auch wenn nun die großen Han-Kaiser weithin Eroberungen machten und den zentralasiatischen Fernhandel ausbauten, auch wenn Tschang K'ien zwischen 138 und 125 v. Chr. Reisen durch mehrere Sprachzonen hindurch bis nach Griechisch-Baktrien unternahm[37]), auch wenn die Chinesen im ersten vorchristlichen Jahrhundert über „mehr als 50 Staaten und mehrere Sprachgebiete" herrschten[38]), änderte sich am Weltbild, außer in der Entlehnung fremder Kunstformen, wenig; die Ausländer wurden nicht einbezogen. Man kannte die Wechselfälle der Geschichte recht gut, aber auch für den Vater der chinesischen Geschichtsschreibung, Sse-ma Ts'ien (ca. 145–86 v. Chr.), war es ausgemacht, daß der erste Chinesenkaiser, Huang Ti, übernatürlich begabt war, schon als Kleinkind sprechen konnte und alle Menschen die Sprache lehrte: alle Menschen sprachen eben chinesisch. Allerdings sagte Sse-ma Ts'ien, ein mutiger und aufrechter Mann[39]), es gebe Barbaren, die ein sittlich hochstehendes Leben führten, bis chinesischer Einfluß sie verdarb, und er wußte auch: „In verschiedenen Zeiten ist Verschiedenes richtig". Aber das durchbrach die Einheit aller Geschichte nicht: „Wer die Vergangenheit nicht vergißt, ist Meister der Zukunft"; damit wurde die chinesische Urzeit doch wieder zum Ideal erhoben, und daß China in der Erdmitte lag, von den vier Weltmeeren umflossen, duldete keinen Zweifel. Die Sterne gaben ihren Segen, und da kam die Zahl 72 gelegen. Sse-ma Ts'ien ist der erste, der angibt, Konfuzius sei mit 72 Jahren gestorben; er schrieb nun nicht mehr von 70, sondern von 72 Schülern des Konfuzius und verwendete die Zahl auch sonst gerne[40]); sie wurde nun allgemein beliebt[41]), aber niemals, um das Mannigfaltige, sondern immer um das Heilige in seiner Fülle zu bezeichnen.

---

[37]) Franke (o. Anm. 2) Bd. 1, S. 338 f. (Tschang K'ien); zu seinen Reisen Richard Hennig, Terrae incognitae, Eine Zusammenstellung und kritische Bewertung der wichtigsten vorcolumbischen Entdeckungsreisen an Hand der darüber vorliegenden Originalberichte, 2. Aufl., 4 Bände, Leiden 1944–56, hier Bd. 1, S. 252 ff.

[38]) Franke (o. Anm. 2) Bd. 1, S. 399.

[39]) Erich Haenisch, Das Ethos der chinesischen Geschichtsschreibung, in: Saeculum 1 (1950) 111–123, hier S. 113.

[40]) Sse-ma Ts'ien (o. Anm. 6) Bd. 3, S. 2 ff. (Huang Ti und seine Kenntnisse); Bd. 2, S. 41 ff. (gute Barbaren); Bd. 3, S. 251 (verschiedene Zeiten); Bd. 2, S. 224 (Vergangenheit und Zukunft); Bd. 1, S. 145 ff., 255 (Erdmitte); Bd. 5, S. 425 (Alter des Konfuzius); Bd. 5, S. 403 (72 Jünger); Bd. 3, S. 314, 423, 427 (andere Verwendungen der 72).

[41]) Eine Namenliste der 72 Jünger gibt James Legge, The Chinese Classics, Bd. 1, Hongkong-London 1861, S. 113 ff. Andere Verbindungen, wie 72 Pfeiler, 72 schwarze Punkte auf des Kaisers Oberschenkel, 72 opfernde Herrscher, sind gesammelt bei Franke (o. Anm. 2) Bd. 1, S. 210; auch bei Eberhard (o. Anm. 35) S. 53 ff. Auf 72 Steinarten der chinesischen Alchemie verweist Moritz Steinschneider, Die kanonischen Zahlen 70–73, in: ZDMG 57 (1903) 474–507, hier S. 488. Die 72 Jahre des Konfuzius sind heute noch die geläufige Angabe; nur Franke (o. Anm. 1) S. 74 vermutet dahinter die kosmologische Rundzahl.

Erst das Eindringen des Buddhismus auf den Handelsstraßen brachte einen tiefen Einschnitt in die chinesische Geistesgeschichte und verwirrte im Verein mit äußeren Einbußen und inneren Kämpfen das hergebrachte Weltbild. Wang Tsch'ung (ca. 27–100 n. Chr.) bestritt nun seinen Landsleuten rundweg den Rang der Menschheitsnation, und das war identisch mit Atheismus: Die Dinge und die Menschen seien entstanden „wie die Läuse auf den Menschen", aus nichts, aus Zufall; folgerichtig wandte er sich in scharfen Worten gegen die Verherrlichung der Vergangenheit[42]). Die buddhistischen Mönche selber brachten mit der neuen Lehre auch die Legende vom Weltheiland Buddha mit; er ist „der Universalherrscher, überall anerkannt als der Herrscher der großen Erde, mächtig in seiner rechtlichen Regierung, als Monarch über die vier Reiche herrschend und alle anderen Herrscher unter seiner Macht vereinend"[43]). Das war schon fast chinesischer Jargon; unerhört neu aber war die buddhistische Erzählung, der Buddha habe schon in seiner Jugend die 64 Schriften und Sprachen beherrscht, „um alles, was atmet, zu bekehren"[44]). Wir werden bei der Betrachtung Indiens auf dieses Motiv zurückkommen; den Chinesen war es ganz neu, daß man die Welt draußen auf Zahl und Maß zurückführen konnte. Doch muß diese Methode Schule gemacht haben, denn im 5. Jahrhundert n. Chr. erzählte man sich von dem buddhistischen Mönch Dharmarakscha, daß er „alle Staaten der Westlande bereist hatte und 36 fremde Sprachen und ebensoviele Schriftarten beherrschte"[45]). Der erste chinesische Polyglotte war also ein Ausländer, doch die Zahl 36 verrät schon einen Kompromiß zwischen Chinesischem und Indischem: die astrologische Zahl 36 war seit Schih Huang Ti für die Provinzen Chinas gebraucht worden[46]); unter den Han wurde sie auf die neueroberten „36 Provinzen des Westlandes" übertragen[47]) und bedeutete nun, nachdem Wu Ti's Eroberungen verlorengegangen waren, das Ausland überhaupt; doch wurde es auf diesem Umweg wenigstens in das kosmologische System einbezogen. Auch wenn dabei nun die Sprachen nach den kosmisch geordneten Verwaltungsbezirken gezählt wurden, war das

---

[42]) Fung Yu-Lan (o. Anm. 17) Bd. 2, S. 150 ff.; Forke (o. Anm. 17) Bd. 2, S. 117 (hier das Zitat).

[43]) Fo-scho-hing-tsan-king, übers. Samuel Beal, in: The Sacred Books of the East, Bd. 19, Oxford 1883, S. 8 f., 122, 230 u. ö.

[44]) Die Legende vom Leben des Buddha, übers. Ernst Waldschmidt, Berlin 1929, S. 63, 66; danach ist die ungenaue und in der Quellenangabe irrige Notiz von Charles William Russell, The Life of Cardinal Mezzofanti, with an Introductory Memoir of Eminent Linguists, ancient and modern, London 1858, S. 6 f. zu berichtigen.

[45]) Franke (o. Anm. 2) Bd. 2, S. 289 f., hier mit anderer Datierung als bei dems., Die Chinesen (o. Anm. 4) S. 231.

[46]) Sse-ma Ts'ien (o. Anm. 6) Bd. 2, S. 132.

[47]) Franke (o. Anm. 2) Bd. 1, S. 364, der die Zusammenhänge nicht zu durchschauen scheint.

ein Wagnis; es wurde nicht wiederholt. Doch begannen nun auch chinesische Buddhisten nach den heiligen Stätten ihrer Religion zu wandern; ihre Reiseberichte weiteten den Horizont ihrer Zeitgenossen ungemein. Um 400 n. Chr. wußte Fa-hsien von „beinahe dreißig Ländern“, die man auf dem Weg nach Indien berührte; der Pilger vermerkte gewissenhaft, wo man „besondere Sprachen“ hörte, betonte auch, daß Buddhas Jünger indisch sprachen, und ließ sich selbst drei Jahre lang in Indien nieder, um das heilige Idiom zu lernen und Buddhas Schriften „in der Originalsprache“ sammeln zu können[48]). Sung-yün fand dann um 518 n. Chr. allein um Kaschgar 40 Länder vor, neben denen er freilich in seltsamem Verein noch immer die vier Barbarenstämme nannte; doch daß man außerhalb Chinas Dolmetscher brauchte, war nicht zu verschweigen[49]). Auch der größte chinesische Reisende, Hüan-Tsang (600–664) redete noch gewohnheitsmäßig von Chinas Herrschaft über die vier Weltecken und die Barbaren; aber schon die große Zahl der 138 von ihm durchwanderten Länder sprengte jedes Schema. Hüan-Tsang beobachtete die Sprachen und Schriftarten seiner Gastgeber, verglich sie mit den indischen, versuchte sie zu charakterisieren, als „rauh und roh“, als „klar und rein“, leicht und elegant. Er sagt selbst, daß durch Übersetzungen Buddhas Worte verfälscht worden seien, und suchte die Fehler durch 75 eigene Übertragungen buddhistischer Bücher gut zu machen; aber dabei ging ihm auf, daß die Worte und die Sprachen ungleich seien, entweder wegen des Klimas oder wegen der Gewohnheit[50]). Kein religiöser Grund stand, auch in den Augen der Buddhisten, hinter der Mannigfaltigkeit; aber man beachtete sie wenigstens. Erst von den Indern lernten die Chinesen, daß ihre eigene Sprache verschiedene Töne hat und wie eigenartig sie gebaut ist; das Übersetzungsproblem der buddhistischen heiligen Schriften kam hinzu, um der chinesischen Sprachwissenschaft einen entscheidenden Anstoß zu geben[51]). Mit der unbefangenen Selbstsicherheit war es nun endgültig vorbei; um so hartnäckiger spiegelte man sie sich und anderen vor.

Die folgenden Jahrhunderte mochten inmitten der politischen Wirrnisse die religiöse Toleranz fördern; auch die apodiktische Sicherheit älterer Sprachtheorien sprach nicht mehr aus dem Satz des Yen Tschi T'ui (531–ca. 595): „Der

---

[48]) Fo-kwo-ki, in: Si-yu-ki, Buddhist Records of the Western World, übers. Samuel Beal, 2 Bände (Trübner's Oriental Series), London 1884, Bd. 1, S. LXXXIII (30 Länder), XXIV, XXX (besondere Sprachen), LXXI, LXXX (Originalsprache usw.).

[49]) Text bei Beal (o. Anm. 48) Bd. 1, S. XCI f. (Länder, Barbaren), C (Dolmetscher).

[50]) Text bei Beal (o. Anm. 48) Bd. 1, S. 8 (Weltecken), 24, 28, 31, 38, 50, Bd. 2, S. 278, 285, 296, 304, 307 f. (Sprachverschiedenheiten), Bd. 1, S. 18 f., 120, 135, Bd. 2, S. 217, 276 f., 279, 281 (Sprachenvergleich), Bd. 1, S. 54, 77, 166, 207, Bd. 2, S. 208, 260, 280 (Charakteristik), Bd. 1, S. 15 f. (ungleiche Sprachen). Zu den Reisen Hennig, Terrae incognitae Bd. 2, S. 80 ff.

[51]) Hans Otto Heinrich Stange, China, in: Randa, Handbuch 672.

Name verhält sich zur Wirklichkeit wie der Schatten zum Körper"[52]). Noch radikaler äußerte sich der glühende Buddhistenfeind und Altkonfuzianer Han-yü (768–824); die Töne in der Natur seien überhaupt eine Störung des Gleichgewichts, denn auch der Mensch redet, singt, weint, wenn sein Gemüt „nicht sein Gleichgewicht erlangt"[53]). Das sind dem Lao Tse verwandte Klänge, aber außerhalb der Studierstuben fanden sie wenig Widerhall; dort hielt man das Eigene noch immer für das Rechte, das Fremde für das Verkehrte. Während sich die fremden Eindringlinge rasch assimilierten und die chinesische Sprache annahmen, galten die Fremden den Einheimischen als Hunde, Schafe, Scheusale und kümmerliches Gesindel mit grober Sprache, und die mythischen Herrscher wurden dabei noch immer zitiert: „Als die Herrscher der Vorzeit den Staat schufen, hatten Barbaren und Chinesen verschiedene Sitten", verkündete Kaiser Yang Ti (reg. 605–618) und verfocht nicht den einheitlichen Ursprung des Menschengeschlechtes, sondern, wie auch in seinen Kriegen gegen Türken, Indo-Chinesen und Koreaner, die providentielle Übermacht des Drachenthrons. Als man unter diesem Kaiser Formosa neu entdeckte, meldete der Bericht darüber lakonisch: „Man konnte die Sprache der Bewohner nicht verstehen"[54]) – um so schlimmer für sie. Im Jahre 694 ließ die sonst buddhistenfreundliche Kaiserin Wu (reg. 690–705) vor ihrem Palast in Lo-yang eine 30 Meter hohe eherne Himmelsachse aufstellen, um die sich das Weltall drehen könne, und noch die T'ang mußten zwar 821 einen Friedensvertrag auch auf tibetisch ausfertigen, aber da stand noch immer, sie hätten „vom Himmel die Herrschaft über die acht Enden des Universums erhalten"[55]). Im 8./9. Jahrhundert wurden arabische Seefahrer über 44 verschiedene Länder befragt, doch die chinesische Landkarte des 9. Jahrhunderts war unverändert dieselbe wie zu Sse-ma Ts'iens und des Konfuzius Zeiten[56]). Der Altkonfuzianer Sse-ma Kuang (1019–1086), Politiker und Historiker, verkündete siegessicher: „Nach der Natur erfolgt die Scheidung der Namen"[57]) – und gleichzeitig war die Trennung der chinesischen Dialekte zwischen Nord und Süd so weit fortgeschritten, die Absonderung der Literatensprache von den Volksdialekten so schroff ausgeprägt wie niemals zuvor. Auch als der Philosoph Tschu-Hsi (1130–1200), auf den Vorarbeiten des Sse-ma Kuang fußend, hundert Jahre später das große Geschichtswerk der Sung-Zeit zusammenstellte, fand er an

---

[52]) Forke (o. Anm. 17) Bd. 2, S. 242.

[53]) Gabelentz (o. S. 3 Anm. 2) S. 18.

[54]) Franke (o. Anm. 2) Bd. 2, S. 90, 355, 386 (Einschätzung Fremder), 331 (Yang Ti); Hennig, Terrae incognitae Bd. 2, S. 77 (Formosa).

[55]) Franke (o. Anm. 2) Bd. 2, S. 417 (Wu), 484 (T'ang).

[56]) Hans Otto Heinrich Stange, Geschichte Chinas vom Urbeginn bis auf die Gegenwart, in: Geschichte Asiens, München 1950, S. 361–542, hier S. 449, 479.

[57]) Forke (o. Anm. 17) Bd. 3, S. 14.

den überlieferten Mythen nichts zu ändern: Die ältesten Bewohner Chinas hatten zwar von Anbeginn her Sprache, waren aber Barbaren, bis sie von den Urkaisern belehrt und erzogen wurden; der dritte Urkaiser, Fu-hi, teilte die Menschheit in hundert Familien und gab jeder einen besonderen Namen; er entdeckte neue Länder, er legte die Grundzüge der Chronologie und der Schrift dar[58]). Noch immer also sah man außerhalb der Grenzen nur chaotisches Getümmel; nicht die Fähigkeit der Sprache macht den Menschen, sondern die Kultur, und eine „Beschreibung der Barbarenvölker", wie sie im 13. Jahrhundert der Seehandels-Inspektor Tschau-yu-kua an Hand arabischer Quellen versuchte, blieb eine Ausnahme und eine Sammlung von Kuriosa. „Die chinesische Eigenkunde von fremden Ländern ist in jener Zeit nur wenig entwickelt"[59]). Nur die Mongolenherrschaft konnte diese steife Selbstsicherheit vielleicht erschüttern.

*

Der chinesische Universalismus hatte sich inzwischen auch anderen Völkern mitgeteilt, die von den Chinesen verachtet wurden, aber von ihnen dennoch zu lernen bereit waren. Die Japaner waren zwar ihrer tungusischen, mongolischen und malaiischen Herkunft nach sehr verschieden, wuchsen aber rasch zu einem Volk zusammen; die Verwandtschaft ihrer Sprache mit anderen Idiomen ist bis heute unklar, ihre Eigenart stand früh fest. Doch bald lernte man in Japan auch Chinesisch und übernahm im 7. und 8. Jahrhundert die kosmologischen Göttermythen und den Glauben, das Land der Sonnengöttin zu sein, aus China. Die beiden ältesten japanischen Geschichtswerke, das Kojiki von 712, das erste Buch in japanischer Sprache, und das noch chinesisch verfaßte Nihongi von 720 lassen die Erde unter drei Geschwister aufgeteilt sein, die Sonnengöttin, den Mondgott und den Sturm- und Wassergott; die vornehmste Gottheit, die Sonnengöttin Amaterasu, ist die unmittelbare Ahnherrin des Kaiserhauses[60]). Über lange Göttergenealogien[61]) führt die bis 1946 offiziell gültige Stammtafel zum ersten Tenno, Jimmu, der mit seinen Nachkommen ein für alle Mal „Herr über die sechs Himmelsrichtungen" ist. Unter allen geschaffenen

---

[58]) Tong-kien-kang-mou, übers. Joseph-Anne-Marie de Moyriac DE MAILLA, Histoire générale de la Chine, ou Annales de cet Empire traduites, Bd. 1, Paris 1777, S. 1–9.

[59]) HENNIG, Terrae incognitae Bd. 2, S. 420 f.

[60]) James MURDOCH, A History of Japan, Bd. 1, London 1949, S. 53 ff.; Oskar KRESSLER, Japan und Korea von der Urzeit bis zur umwälzenden Katastrophe im zweiten Weltkriege, in: Geschichte Asiens, München 1950, S. 543–714, hier S. 550 ff.

[61]) Karl FLORENZ, Japanische Mythologie (Mitteilungen der Deutschen Gesellschaft für Natur- und Völkerkunde Ostasiens, Supplement), Tokio 1901, S. 14 ff., 253 f., 275 ff., 309 ff. (u. a. aus dem Nihongi).

Ländern ist Nippon das erste[62]). Schon diese These ist nur als Antithese zu China verständlich. Über den Ahnenkult des Shintoismus und die Herrschergenealogien führte hier kein Weg zu einem Völkerstammbaum; von den Sprachen war auch nach der Einführung des Buddhismus nicht oft die Rede. Im Jahre 799 bestaunten die Japaner einen gestrandeten Inder: „Verständigen konnte er sich nicht, und es war unbekannt, aus welchem Lande er sei... Später lernte er gut Chinesisch sprechen"[63]). Hätte man nicht von ihm auch die fremde Sprache lernen können? Erst sehr viel später konnte es Franz Xaver (1506–52) wagen, in Gestalt einer lateinisch-portugiesischen Terminologie christliche Elemente der japanischen Sprache einzufügen – ohne dauernden Erfolg[64]). Bis ins 19. Jahrhundert blieb das Land abgeschlossen; erst seit der Meiji-Ära begann die rasche Angleichung an europäische Sprachen und Kulturen, die fieberhafte Übersetzungstätigkeit, der Japan viel von seiner heutigen Kraft verdankt.

Die Koreaner, deren Sprache der altaischen strukturverwandt ist, aber bisher sich nirgends recht einordnen läßt, orientierten sich in Handel, Politik und Kultur nach den beiden großen Nachbarn China und Japan. Archäologische Funde haben prähistorische Beziehungen zwischen Korea und Japan freigelegt; davon wußten die Koreaner selbst, denn sie erzählten sich, daß von Japan her die ersten Menschen zu ihnen gekommen seien; aber auch sie hatten ihre stolze Mythe vom Himmelskaisersohn, der aus Langerweile das Menschenreich erschafft: ein Bär ist das erste Geschöpf, er gebiert sogleich den Vater der Koreaner[65]). Selbst hier, auf der ewigen Drehscheibe Ostasiens, war das Selbstbewußtsein übersteigert, bis dann im 17. Jahrhundert die Holländer den Koreanern europäische Waren und wohl auch die Erzählung vom Turmbau zu Babel brachten[66]).

Sogar die Mongolen haben von den Chinesen gelernt, kaum daß sie mit ihnen in Berührung gekommen waren. Allerdings hatten die türkischen, mongolischen und tungusischen Steppenvölker ihre eigenen Gedanken über die Vielfalt der Sprachen und Völker. Schon eine turko-mongolische Inschrift des 7. Jahrhunderts hielt es für die Aufgabe der Steppenvölker, die Stämme der vier Weltecken zu unterwerfen und zu befrieden. Die Kehrseite dieses Imperialismus war eine gewisse Wendigkeit und Toleranz, wie sie sich in der dreisprachi-

---

[62]) Basil Hall CHAMBERLAIN, Translation of 'Ko-ji-ki' or Records of Ancient Matters, 2. Aufl., Kobe 1932, S. 10 (Himmelsrichtungen), 21 ff. (Nippon). Die Zahlensymbolik der Japaner basiert auf der Zahl 8; die 72 ist mir nicht begegnet.

[63]) HENNIG, Terrae incognitae Bd. 2, S. 150 (nach dem Nihon-koki von 841).

[64]) Gerolf COUDENHOVE-KALERGI, Japan, in: RANDA, Handbuch 710.

[65]) André ECKARDT, Unter dem Odong-Baum, Koreanische Sagen, Märchen und Fabeln, Eisenach o. J. (etwa 1953), S. 11, 14 f.

[66]) S. o. S. 28 Anm. 55.

gen, chinesisch-türkisch-sogdischen Inschrift des Uighuren-Chagans aus dem 9. Jahrhundert manifestierte[67]). In der alttungusischen Religion fand sich sogar eine religiöse Begründung solcher Toleranz: der Hochgott herrsche über alle Völker und verstehe deshalb auch alle Sprachen, so daß man zu ihm in jeglicher Sprache beten dürfe; nur die Geister verstünden lediglich das Idiom ihrer Heimat[68]). Noch Dschinggis Chan erhielt seinen Auftrag zur Weltherrschaft vom „ewig blauen Himmel" und brauchte selbst zum Schlafen „die Sterne über mir und den Erdboden als mein Kopfkissen". Darum auch war sein Stammbaum kurz und edel: ein göttlicher Grauwolf und eine weiße Hirschkuh sind seine Ahnen; vom Herrscherstammbaum zweigen alle Steppenvölker ab. Die unterworfenen Stämme heißen „das Volk der neun Sprachen"; auf dieselbe Weise drückte das weiße Mongolenbanner der neun Yakschweife den Auftrag zur Welteroberung aus. Hier wirkte vielleicht schon die chinesische astrale Neuner-Ordnung ein, wenn es auch ungewöhnlich ist, sie wieder, gleich den Buddhisten, auf die differenzierte Mannigfaltigkeit zu übertragen. Die 70 spielt dabei eine auffällige Rolle: in 70 Kesseln werden fremde Prinzen gekocht, 70 Wachposten stellt Dschinggis Chans Leibgarde aus, er selbst besitzt als Herr der Steppe 73 Wallache[69]). Und damit auch die 72 nicht fehle, haben die Mongolen 1231 in Korea angeblich 72 Residenten eingesetzt, schwerlich aus rein praktischen Gründen[70]). Etwas von der Weite des Steppenhorizonts spricht noch immer aus solcher aufmerksamen Beobachtung der Völker- und Sprachenwelt. Würden die Mongolen als Herren Chinas den Konfuzius besiegen können?

*

Die Chinesen wurden durch die neuen fremden Herrscher in der Tat gezwungen, die Existenz der Fremden ernstzunehmen und nicht nur künstlerische Anregungen des Auslandes aufzugreifen. Kubilai Chan (reg. 1260–94) war es, der in Peking das erste chinesische Dolmetscherinstitut errichtete, weil er ein Reich von vielen Völkern und Sprachen beherrschen wollte und den Versuch, die mongolische Reichssprache durchzusetzen, bald aufgab; immerhin behielt

---

[67]) René Grousset, Die Kultur der Steppenvölker, in: Randa, Handbuch 347 f., 352.

[68]) Schmidt (o. S. 19 Anm. 9) Bd. 10, S. 535, 665.

[69]) Die Geheime Geschichte der Mongolen aus einer mongolischen Niederschrift des Jahres 1240 von der Insel Kode'e im Keluren-Fluß, übers. Erich Haenisch, 2. Aufl., Leipzig 1948, S. 72 (Sterne und Erde), 1 ff. (Stammbaum), 116 (neun Sprachen, dazu Anm. 245), 37 (Prinz), 78 (Tagwachen), 90 (Wallache). Chinesische Einflüsse: Franke (o. Anm. 2) Bd. 4, S. 315 ff. Bertold Spuler, Die Mongolenzeit, in: Handbuch der Orientalistik, Bd. 2, Berlin 1948, S. 10 glaubt, daß auf die Mongolen christlich-ökumenische Gedanken einwirkten.

[70]) William Leonard Langer u. a., An Encyclopedia of World History, 3. Aufl., Boston 1952, S. 344.

er die uighurische Schrift bei[71]). Damals gab Ma Tuan-lin im letzten Kapitel einer Enzyklopädie eine Ethnographie der Fremdvölker[72]), und der konfuzianische Kommentator Y-tschu fragte sich sogar, warum die Menschen so verschieden redeten, obwohl sie alle dieselben Sprachwerkzeuge hätten und obwohl die Tiere überall auf der Welt dieselben Laute von sich gäben: die Sprache könne also weder ein vernünftiges noch ein natürliches Gewächs sein; die nächstliegende Konsequenz war, daß eine Gottheit sie so gewollt haben muß[73]). Aber das änderte nichts an dem unbedingten religiösen Vorrang des Chinesischen, den Kubilai selber durch die Förderung einer einheitlichen chinesischen Umgangssprache stützen half.

Die Befreiung von den Mongolen brachte seit 1368 nur den ärgsten Rückfall in den Fremdenhaß. Von nun an wurde das Fremde nicht mehr assimiliert, sondern, einige vorwiegend militärische Flottenexpeditionen im 15. Jahrhundert ausgenommen, ängstlich ferngehalten. Wang Wen-lu (1503 bis nach 1549) mochte noch einmal indische Ketzereien importieren, daß China nur der südlichste von vier Erdteilen und daß der tibetische Kunlun der Weltnabel sei[74]); der Jesuit Matteo Ricci (1552–1610) mochte zu Beginn des 17. Jahrhunderts am Kaiserhof eine Weltkarte vorlegen, in der Europa mit 70 Ländern eingezeichnet war[75]); das Christentum selber hatte überhaupt nur dann Aussicht auf Missionserfolg, wenn die Liturgie ins Chinesische übersetzt wurde[76]), und selbst die neuen Fremdherrscher, die tungusischen Mandschus, konnten zwar den Chinesen den Zopf und das Mandschurische als Amtssprache aufdrängen, mußten aber noch im Jahrhundert der Thronbesteigung eigene Hauslehrer anstellen, damit die Prinzen noch ihre Muttersprache neben dem Chinesischen erlernten. Sie fristete bis zum 20. Jahrhundert nur ein künstliches Dasein bei Hofe. Selbst nach Europa brachten die Missionsberichte die Chinesenschwärmerei; das einsilbige Chinesisch galt dort eine Weile als die Ursprache, im Urkaiser Fu-hi entdeckte man den biblischen Noah und sah – noch bis zum Fund des Pithecanthropus pekinensis hin – in China die Wiege des Menschengeschlechts. Die Chinesen selbst schätzten sich nicht geringer ein; noch im 18. Jahrhundert hieß das chinesische Außenministerium „Amt zur Regelung der

---

[71]) Franke (o. Anm. 2) Bd. 5, S. 110.

[72]) Stange (o. Anm. 56) S. 482.

[73]) Pierre-Martial Cibot SJ, in: Mémoires concernant l'histoire, les sciences, les arts, les mœurs, les usages etc. des Chinois, par les missionaires de Pe-kin, Bd. 8, Paris 1782, S. 138 f. Die Angaben bedürften genauerer Nachprüfung; sie scheinen nicht exakt zu sein.

[74]) Forke (o. Anm. 17) Bd. 3, S. 343.

[75]) Karl Friedrich Neumann, Die Sinologen und ihre Werke, in: ZDMG 1 (1847) 91–128, hier S. 118. Nicht zugänglich war mir Pasquale D'Elia, Fonti Ricciane, Storia dell'introduzione del Cristianesimo in Cina, Bd. 2, Rom 1947.

[76]) Gregorius, Muttersprache 143 ff.

Barbaren"[77]); erst der Vertrag von Nanking erkannte 1842 England als gleichberechtigt, nicht mehr als barbarische Tributmacht an[78]).

Dem europäischen Geist war allerdings Altchina auf die Dauer nicht gewachsen. Bis 1912 verzeichnete freilich der alljährlich vom Kaiserhof herausgegebene Almanach die 72 Sonnenperioden, nach denen schon im 11. Jahrhundert die T'ang ihre Geschichte gegliedert hatten; aber es war schon eine Erweichung, wenn T'an Sse T'ung (1865–98) die 70 Jünger des Konfuzius mit den 12 Aposteln verglich[79]) – daß auch Christus 72 Jünger hatte, hätte der Chinese bei Lukas 10,1 finden können –, und es war eine Perversion des Chinesischen, wenn T'an Sse T'ungs Freund, der einflußreiche spätere Völkerbundsanhänger K'ang Yu Wei (1858–1927) in einer Universalsprache ein noch nicht verwirklichtes Ideal erblickte und im Geiste des Mo Ti argumentierte: „Der Himmel ist die Wurzel, aus der die Menschen entstehen; alle Menschen stammen vom Himmel und sind direkt von ihm abhängig; alles, was vom Himmel abhängt, ist allen gemeinsam"[80]). Dies und die Einsicht des Mai Meng Hua, daß China nur eines unter 56 Ländern sei[81]), sind die Vorboten der permanenten Revolution, die 1912 nicht nur das Mandschurische beseitigte, sondern die Mandschu-Dynastie selber zur Abdankung zwang, „nach dem Beispiel der Urkaiser Yao und Schun"[82]). Im Zeichen der „Literarischen Revolution" machte man anstatt der „toten Literatur" die Umgangssprache zur Schriftsprache und füllte sie durch Massenübersetzungen aus westlichen Sprachen auf; freilich arbeitete die Massenerziehung zur Schriftlichkeit vor allem dem Kommunismus vor, der dann noch einmal den alten, gegen die Fremden gerichteten Nationalismus und Universalismus propagierte[83]). Inzwischen ist die konfuzianische Religion beiseitegeschoben, und nach den letzten Meldungen ist man eben dabei, auch den zweiten Eckpfeiler des altchinesischen Denkens, die Bilderschrift, wegzuräumen.

Damit hat die konfuzianische Welt ihren Lauf beendet, nachdem sie das dauerhafteste Großreich der Geschichte geschaffen und bewahrt hat, getreu dem Spruch des Lao Tse: „Wer still kann stehen, wird Gefahren entgehen und kann

---

[77]) Eberhard (o. Anm. 26) S. 311 ff.

[78]) Herbert Franke, Die Mandschu-Zeit, in: Randa, Handbuch 695.

[79]) Fung Yu-Lan (o. Anm. 17) Bd. 2, S. 113 ff. (T'ang), 131 f. (Almanach), 703 (70 Jünger).

[80]) Forke (o. Anm. 17) Bd. 3, S. 592 (Menschheitsidee); Fung Yu-Lan (o. Anm. 17) Bd. 2, S. 690 (Universalsprache).

[81]) Franke (o. Anm. 28) S. 42.

[82]) Herbert Franke, China, Sturz des Kaisertums, in: Randa, Handbuch 2516.

[83]) Charles Patrick Fitzgerald, Revolution in China, London, 1952, S. 159 ff. (Literarische Revolution), 50 ff., 201 f. (Nationalismus); Benjamin J. Schwartz, Chinese Communism and the Rise of Mao, Cambridge-Mass. 1951, S. 38 (kommunistischer Nationalismus).

so lange dauern"[84]). Ein Denken, das so ehrfürchtig auf die Bewahrung der eigenen Ursprünge bedacht war, konnte wohl der praktischen Weltklugheit, aber nicht der geschichtlichen Erfahrung einen Platz einräumen; vollends die theologische Deutung des Geschehens und seiner Vielfalt konnte nur negativ sein.

*

Das Ergebnis der bisherigen Untersuchung ist scheinbar eindeutig: Einheit und Vielfalt der Sprachen und Völker sind überall dort nicht ernsthaft durchdacht worden, wo das religiöse Geschichtsdenken fehlt, das nach dem Ursprung der Mannigfaltigkeit fragt. Das Faktum ist unbestreitbar, es wird in den folgenden drei Kapiteln immer wiederkehren; wem es nur um diesen negativen Befund geht, der möge sie überschlagen. Aber woran liegt es eigentlich, daß dieses religiöse Geschichtsdenken fehlt, während doch überall seine Elemente vorhanden sind? Man hat doch überall gewußt, daß die Sprachen und Völker verschieden sind; man hat doch überall eifrig über den Ursprung der Sprache und des Volkes nachgedacht; und dieser Ursprung war doch nach allgemeiner Meinung von Gott gesetzt; an geschichtlichem Sinn fehlt es auch nicht; exegetisches Denken war überall früh entwickelt. Man konnte also sehr wohl überall auf unsere Fragen stoßen, die Mayas, Echnaton und Y-tschu beweisen es; aber offenbar wollte man nicht. Warum nicht? Es fällt immerhin auf, daß in allen bisher betrachteten Kulturkreisen die zunehmende Kenntnis der Fremden eher zu einer stärkeren Abschließung nach außen führte; diese neutralisierte die Neigung zur Anerkennung irdischer Vielfalt, die u. a. durch die Abkehr von der magischen Sprachbetrachtung hätte bestärkt werden können. Da auch die Träger von Großreichen im allgemeinen exklusiv dachten, müssen wir die Gründe für die Abwehr des Fremden nicht in äußeren Zuständen, sondern in einer besonderen Struktur des Bewußtseins suchen. Es läge nahe, die Eigenheiten der Naturvölker, Ägyptens und Chinas anzuführen, den bewußt begrenzten Horizont und den Gruppenegoismus. Darum müssen wir nun drei Kulturen betrachten, die diese Eigenheiten nicht aufweisen: die indische, mesopotamische und griechische.

4. Indien

Die indische Kultur ist, anders als die ägyptische und chinesische, nicht einheitlich geprägt worden. Das Eroberervolk der Arier suchte den Unterworfenen sein Gesetz mitzuteilen, gewann aber nur Nordwestindien. Das Schicksal des Subkontinents, von der Bodengestalt und der Vielzahl der Völker und Dialekte, der Arier, Munda und Dravida, vorgegeben, wurde das Auseinander-

---

[84]) XLIV, Strauss (o. Anm. 19) S. 117; dazu Franke (o. Anm. 2) Bd. 2, S. 2.

fallen in Bereiche, die keine Geschichte und Folge, sondern nur eine Anhäufung des Ungleichartigen kennen[1]). Mußte nicht hier die Mannigfaltigkeit theologisch gedeutet werden?

Die Arier haben zunächst im Fünfstromland einen Ansatz dazu gemacht; er tritt uns im Rigveda entgegen, dessen Teile zwischen 1400 und 1000 v. Chr. entstanden, aber erst viel später aufgezeichnet wurden. Die adligen Eroberer und ihre Priester schieden sich schroff von den einheimischen Nachfahren der Indus-Kultur, diese galten als „mundlos“, „mißredend“ oder als „die einer wie der andere aussehenden schwarzen Leute“. Doch man wußte, daß es viele Völker gibt, die „Fünf Völker“, und damit wurden sowohl die Stämme der Arier und ihres Herrschaftsgebiets als auch die sonstigen Völker Indiens, gelegentlich sogar die Stämme der ganzen Erde bezeichnet; die Fünf ist nur eine unbestimmte Rundzahl (vgl. „Fünfstromland“). Die Welt im ganzen wird stets beachtet; nur sind ihre Herren nicht die Arier, sondern die Götter; der jeweils mächtige Gott ist „König über die Welt, über die Völker, über das Mannigfaltige, das auf Erden ist“, Herr über die „sieben Menschenstämme“ und die „vier Weltgegenden“ der „viereckigen Erde“. Jeder kann den Beistand der Götter erbitten, und auch der Arier muß flehen: „Ob Du, Held Indra, vier oder drei Völkern helfen sollst, ob Du fünf Völkern Beistand bringst, bringe doch ja uns diesen Beistand“. Auch Himmel und Erde sind solche „allen Völkern gehörende unsterbliche Göttinnen“; alles Irdische ist nur ein Viertel der Götterwelt, und der betrunkene Gott Indra singt: „Die fünf Völker sind mir nicht einmal so groß wie ein Augenstäubchen erschienen“. Das politische Selbstbewußtsein des siegreichen Adels unterwarf sich also dem religiösen Universalismus der Götter und ihrer Priester.

Zur Religion zählte auch die Sprache. Die personifizierte Rede (Vac) deklamiert in ihrem Hymnus: „Mich haben die Götter an viele Orte verteilt, die ich viele Stätten habe und viele Formen annehme... (Ich verbreite) mich über alle Welten und rühre mit dem Scheitel an den Himmel dort. Ich wehe wie der Wind, alle Welten erfassend, weiter als der Himmel, weiter noch als die Erde: solch eine an Größe bin ich geworden.“ Das ist kein Alltagsidiom, sondern die hinter allen Sprachen stehende Idee der Sprache, eine Göttin, von Göttern gezeugt, ja gar deren Beherrscherin, aus der die vier Weltgegenden und die Götter selbst ihr Leben empfingen[2]). Diese himmlische Offenbarung des heiligen Veda ist dem Sterblichen nur zu einem Viertel verständlich, aber den heiligen Tieren vertraut und nur den Priestern begreiflich; so kann diese kosmische Sprache

---

[1]) Christoph von Fürer-Haimendorf, Altindien, in: Historia Mundi, Bd. 2, München 1953, S. 493.

[2]) Der Rigveda, übers. Karl Friedrich Geldner (Harvard Oriental Series 33–35), 3 Bände, Cambridge-Mass. 1951: I, 174, 2 Bd. 1, S. 252; V, 29, 10 Bd. 2, S. 26 (Sprache

der Eingeweihten auch als Erfindung der Weisen bezeichnet werden. Denn noch ist die Sprache nicht nur ein metaphysisches Prinzip[3]), sondern zugleich das Werkzeug der Sinne, im magischen Einklang mit der Welt[4]): Name und Ding sind miteinander identisch[5]). Die Sonne hat nicht nur eine konventionelle Bezeichnung, sondern sieben Namen, die ihr Wesen und ihre Eigenschaften „sind". Das Himmlische und Irdische ist verbunden durch die Einheit alles Lebens, aus der das Universum mitsamt den Göttern und ihren Genealogien und mit seinen Naturkräften hervorgeht. Hinter dem Mannigfaltigen, es sorgsam hütend, steht auch zeitlich am Ursprung das namenlose Numen: „Von ferne erkenne ich das Uralte: Das ist unsere Abstammung von dem großen Vater dem Erzeuger, auf dem Wege zu dem die Götter, eifrig Beifall spendend, auf ihrem weiten, abgesonderten Wege dazwischentreten"[6]). Adliges Selbstgefühl, dem das vielfältige Leben als höchstes Gut galt, und priesterliche Spekulation, die dahinter noch nicht monotheistisch, aber henotheistisch die Einheit des Göttlichen suchte, vereinten sich im Rigveda zu einer Harmonie, die wir bisher nirgends antrafen. Sie mag darauf beruhen, daß sich damals sowohl die Sprache wie die Religion in voller Bildung befanden; ein Symptom dieses schwebenden Zustandes ist es, daß Wörter der verschiedensten Bereiche im Rigveda religiös gebraucht werden und daß andere doppelsinnig Themen der Religion und der Welt definieren[7]). Hier zum ersten Mal ist – ganz ohne eigentlich

---

der Vorbevölkerung); I, 7, 9 Bd. 1, S. 9; I, 89, 10 Bd. 1, S. 114; III, 59, 8 Bd. 1, S. 407; VIII, 32, 22 Bd. 2, S. 344 (fünf Völker); VII, 27, 3 Bd. 2, S. 205 (König über die Welt); VIII, 39, 8 Bd. 2, S. 352 (sieben Menschenstämme); X, 51, 9 Bd. 3, S. 213 (vier Weltgegenden); X, 58, 3 Bd. 3, S. 222 (viereckige Erde); V, 35, 2 Bd. 2, S. 35 (Held Indra); III, 25, 3 Bd. 1, S. 358 (Himmel und Erde); X, 90, 3 f. Bd. 3, S. 287 (ein Viertel); X, 119, 6 Bd. 3, S. 345 (Augenstäubchen); X, 125, 3–8 Bd. 3, S. 355 f. (Hymnus der Vāc); VIII, 100, 10 f. Bd. 2, S. 429 (Sprache als Göttin). Zur Sprache als Weltschöpferin Carl Anders Scharbau, Die Idee der Schöpfung in der vedischen Literatur (Veröffentlichungen des Orientalischen Seminars der Universität Tübingen 5), Stuttgart 1932, S. 125 ff.

[3]) Rigveda I, 164, 45 f., Geldner Bd. 1, S. 235 f. (ein Viertel); ähnlich VIII, 100, 10 Bd. 2, S. 429, hier auch zur Tiersprache. X, 71, 2 Bd. 3, S. 249 (Erfindung der Weisen). Vāc gilt vorwiegend als metaphysisches Prinzip bei Paul Deussen, Allgemeine Geschichte der Philosophie I, 4. Aufl., 3 Bände, Leipzig 1920, hier Bd. 1, S. 147 f.

[4]) Weisgerber, Muttersprache 33 urteilt etwas anders.

[5]) Otto Strauss, Altindische Spekulationen über die Sprache und ihre Probleme, in: ZDMG 81 (1927) 99–151, hier S. 104; vgl. auch Betty Heimann, Studien zur Eigenart indischen Denkens, Tübingen 1930, S. 160 ff.; ferner Helmuth von Glasenapp, Die Philosophie der Inder, Stuttgart 1949, S. 25, 364.

[6]) Rigveda I, 164, 2, Geldner Bd. 1, S. 228 (Sonne); I, 164, 34 ff. Bd. 1, S. 234 (himmlische und irdische Rede); X, 121, 1 Bd. 3, S. 347 f. (Einheit des Lebens), auch X, 129, 1–6 Bd. 3, S. 359 ff.; X, 72 Bd. 3, S. 250 f. (Göttergenealogien); III, 54, 9 Bd. 1, S. 397 (Abstammung).

[7]) Louis Renou, Langue et religion dans le Rigveda: quelques remarques, in: Die Sprache 1 (1949) 11–17.

geschichtliches Denken – die Mannigfaltigkeit theologisch gerechtfertigt, und dahinter steht, wie bei Echnaton, ein Anflug von Monotheismus. Was machten die Späteren daraus?

Sobald sich in den friedlicheren Zeiten der jungvedischen Periode (ca. 1000 bis 800 v. Chr.) der Schwerpunkt der arischen Kleinherrschaften in die Gebiete am mittleren Ganges verlagerte, gewann die Priesterkaste die Oberhand, und von der kriegerischen Toleranz des Rigveda blieb wenig. Vielmehr sperrte sich nun die Gelehrtensprache, das heilige, „geordnete" Sanskrit, von den Volksdialekten ab, die aus der Mode kommenden Wörter des Rigveda wurden zur „Göttersprache" deklariert[8]); damit begann die gelehrte Grammatik[9]) und die Exegese, zugleich auch die Abschließung nach außen. Das Land der Arier stellte man sich nun in der Weltmitte, im besonderen Schutz der Götter liegend vor[10]); im Mittelpunkt der exklusiven Priesterkultur standen Opfer und Beschwörung; nur mit magischer Hilfe war das Irdische zu bewältigen. Im Atharvaveda heißt es, der Feuergott Agni werde, wenn man ihn bäte, die Feinde vertreiben und den Völkern im Osten das Fieber und den Husten bringen; die Gottheit könne dem ihr Opfernden die Macht über die ganze Erde schenken[11]). Die Gottheit allein herrscht über die sechs Himmelsrichtungen und die vier Weltmeere, über die „fünf Völker der Menschen, über welche die aufgehende Sonne mit ihren Strahlen unsterbliches Licht ausbreitet"[12]).

„Name und Gestalt" verkörperten noch immer „die Welt"; diese drohte aber ihren bunten Reiz zu verlieren. Das Vergängliche, Zeit und Weltalter wurden abgesondert von den ewigen Gottheiten, die „dem Vergangenen und Künftigen und Allem vorstehen". Die Sprache wurde als menschliche Rede zum magischen Zauberwort des Priesters, als himmlische Rede zum Geschenk Indras oder wessen immer: Der Oberste der Götter „gab allein den Göttern ihre Namen, von ihm erfragten sie die Wesen alle"; der Erste erregte den Laut

---

[8]) Hermann Güntert, Von der Sprache der Götter und Geister, Bedeutungsgeschichtliche Untersuchungen zur homerischen und eddischen Göttersprache, Halle 1921, S. 157f.

[9]) Heyman Steinthal, Geschichte der Sprachwissenschaft bei den Griechen und Römern, mit besonderer Rücksicht auf die Logik, 2. Aufl., 2 Bände, Berlin 1890–91, hier Bd. 1, S. 30ff.

[10]) Taittiriya-Aranyakam 1, 23, zitiert nach Deussen, Geschichte Bd. 1, S. 197.

[11]) Atharvaveda 13, 1, 27, Deussen, Geschichte Bd. 1, S. 222 und Atharvaveda 5, 22, 7, bei Moriz Winternitz, Geschichte der indischen Literatur, Bd. 1, Leipzig 1908, S. 113 f. (Agni und die Feinde). Atharvaveda 10, 2, 18, Deussen, Geschichte Bd. 1, S. 268 (Macht über die Erde).

[12]) Atharvaveda 13, 3, 6, Deussen, Geschichte Bd. 1, S. 227 (universale Gottheit); 12, 1, 15, Winternitz (o. Anm. 11) Bd. 1, S. 137 (fünf Völker). Zur Bedeutung der Fünfzahl als Rundzahl vgl. Willibald Kirfel, Die Kosmographie der Inder, nach den Quellen dargestellt, Bonn-Leipzig 1920, S. 12 f.

der heiligen Rede und verfertigte „im Kinnladen die vielgewandte Zunge, der Rede Kunst in sie zu legen“[13]). Die rein theologischen Fragen nach dem Wesen des Göttlichen ließen die Wirklichkeit der Erscheinungen bald im abseitigen Ungewissen liegen.

In die wenig jüngeren Brahmanas, die dem 10. bis 8. Jahrhundert v. Chr. angehören mögen, wirkte das politische Leben, das kleinliche Spiel der Dutzendkönige um die Macht, kaum mehr hinein. Die himmlische Rede war jetzt schon die dem Gott eigene Größe[14]), sein Selbst, seine Verkörperung[15]); lange vor den Geschöpfen entstand sie. Mit Hilfe der Worte schafft sie die Dinge selber; sie ist Zauberkraft und darum das höchste Prinzip, „diese ganze Welt“[16]). Im Munde des Priesters, der den heiligen Namen richtig ausspricht, ist die Magie des Gottesnamens so mächtig, daß sie ingrimmige Feinde miteinander versöhnt[17]). Diese himmlische Zauberrede hat „tausendfältige Nachkommenschaft“ und vermag die Erde zu erobern, doch die Menschensprache ist nur ein Teil von ihr. Der Name gehört noch zum Wesen des Dings[18]), aber beide sind nur noch die äußerlichen Erscheinungsformen des Jenseitigen, „unausgesprochen ist der Herr der Schöpfung“, das Undeterminierte ist das Wesentliche[19]). Die irdische Rede wird als eitel gescholten und wankelmütig wie alle Frauen, doppelköpfig, weil sie das Rechte verfälschen könne; sie hängt vom Denken ab und verliert in dem Rangstreit mit dem Verstand[20]). Das Zusammengehörige wurde getrennt nach dem Grundsatz: „Auseinandergehalten bleibe das Schlechte und das Bessere“; zwischen den Ariern sogar richtete man die Schranken der Kastenordnung auf und stützte sie durch die Lehre, daß die einzelnen Kasten aus verschiedenwertigen Körperteilen des Urwesens entstanden seien[21]). Die versklavten Voreinwohner traf nur noch stille Verachtung. Listen der bekannten Völker, zumeist ohne Blickweite und schematisch den

---

[13]) Atharvaveda 11, 7, 1, Deussen, Geschichte Bd. 1, S. 308 (Name und Gestalt); 10, 8, 1–3 S. 318 f. (Zeit und Götter); 2, 1, 3 S. 254 (Namengebung); 10, 8, 33 S. 323 (heilige Rede); 10, 2, 7 S. 266; 10, 2, 17 S. 268 (Schöpfung der Zunge).

[14]) Satapatha-Brahmana 2, 2, 4, Deussen, Geschichte Bd. 1, S. 187.

[15]) Pancavinsa-Brahmana 20, 14, 2, Deussen, Geschichte Bd. 1, S. 206.

[16]) Satapatha-Brahmana 11, 1, 6, 18, Deussen, Geschichte Bd. 1, S. 207; dazu Walter Ruben, Die Philosophen der Upanishaden, Bern 1947, S. 85, 95.

[17]) Taittiriya-Brahmana 2, 2, 7, Deussen, Geschichte Bd. 1, S. 186.

[18]) Satapatha-Brahmana 4, 6, 7, übers. Julius Eggeling, in: The Sacred Books of the East, Bd. 26, Oxford 1885, S. 436 (Nachkommenschaft). Zu Name und Ding: Hermann Oldenberg, Die Weltanschauung der Brāhmana-Texte, Göttingen 1919, S. 79.

[19]) Satapatha-Brahmana 1, 1, 1, 13, zitiert nach Mensching, Wort 24.

[20]) Satapatha-Brahmana 3, 2, 4, Eggeling (o. Anm. 18) S. 53–57; 1, 4, 5, Deussen, Geschichte Bd. 1, S. 194; dazu Ruben (o. Anm. 16) S. 95 f.

[21]) Pancavinsa-Brahmana 6, 1, Deussen, Geschichte Bd. 1, S. 184 f. Vgl. Rigveda X, 90, 11 f., Geldner Bd. 3, S. 288.

Himmelsrichtungen zugeordnet, wurden zwar verfertigt[22]), aber selbst die Windrose diente der Kastenteilung: Der Norden, der Brahmanenkaste zugelegt, überragte an Wert alle anderen Richtungen, am weitesten den Westen[23]) – und aus ihm waren die Arier einst gekommen. Die magische Weltdeutung führte zur ständisch-statischen Schichtung mit engem Horizont.

Gegen Ende der jungvedischen Zeit suchten die Priester so intensiv nach dem letzten Weltprinzip, daß sie sich in den Upanischaden (ca. 750–550 v. Chr.) von der Mythologie und der historischen Wirklichkeit radikal distanzierten, die freilich noch immer nur durch das Gezänk der Kleinkönige, immerhin auch durch Handel mit semitischen Völkern repräsentiert wurde. „Keine Seele entsteht jemals, kein Entstehen ist in der ganzen Welt; das ist die höchste Heilswahrheit, daß es nirgend ein Werden gibt"[24]). Die Mannigfaltigkeit wurde zugleich verdammt: „Nicht ist hier Vielheit irgendwie"[25]); „Alle Vielheit ist Blendwerk"[26]). Die Geschichte ist wesenlos; zu den Füßen der unbewegten Gottheit „hinrollend in Jahr und Tag geht die Zeit"[27]). Stammtafeln, diese Zeugnisse primitiver Chronologie und Geschichtstheologie, wurden nur noch abstrakten Begriffen beigelegt, die man ins logische System fassen wollte[28]); im Grunde ist das Ewige „unsichtbar, ungreifbar, ohne Stammbaum"[29]). Die Welt ist nur ein Ausschnitt, „die Erde mit ihren Ozeanen, ihren Bergen, ihren sieben Inseln, die wisse man als (der Weltschöpfungsformel) erste Zeile"[30]); die „neun Erdräume" sind nur eine Analogie der „neun Himmelsräume"[31]). Daß es auf der Welt Verschiedenheit gibt, hören wir nur bei Aufzählungen von jetzt meist sieben Völkernamen[32]); bei den Schöpfungsberichten werden die Welten und der Mensch erwähnt, die Völker und Sprachen vergessen[33]) – haben doch selbst die arischen Stämme und ihr Land keinen gemeinsamen Namen, aber um ihre Welt herum liegt nur das weite Land der Wilden. Die geschichtliche Welt ist vergänglich: Wohin sind alle die berühmten Helden der Vorzeit gekommen?[34])

---

[22]) Kirfel (o. Anm. 12) S. 70 ff., 106 ff. stellt sie zusammen.
[23]) Taittiriya-Brahmana 3, 12, 9, 1 und 4, Deussen, Geschichte Bd. 1, S. 263.
[24]) Sechzig Upanishads des Veda, übers. Paul Deussen, 3. Aufl., Leipzig 1921: Mandukya-Karika 3, 48 und 4, 71, S. 593, 601.
[25]) Kathaka-Upanischad 4, 11, Deussen (o. Anm. 24) S. 280.
[26]) Mandukya-Upanischad 1, 17 f., Deussen (o. Anm. 24) S. 580.
[27]) Brihadaranyaka-Upanischad 4, 4, 16, Deussen (o. Anm. 24) S. 478.
[28]) Brihadaranyaka-Upanischad 6, 5, 1, Deussen (o. Anm. 24) S. 520 ff.
[29]) Mundaka-Upanischad 1, 1, 6, Deussen (o. Anm. 24) S. 547.
[30]) Nrisinhapurvatapaniya-Upanischad 1, 2, Deussen (o. Anm. 24) S. 755.
[31]) Atharvasira-Upanischad 6, Deussen (o. Anm. 24) S. 724.
[32]) Kauschitaki-Upanischad 4, 1, Deussen (o. Anm. 24) S. 52; vgl. die Zusammenstellung bei Deussen, Geschichte Bd. 2, S. 193 f.
[33]) Mundaka-Upanischad 2, 1, 3, Deussen (o. Anm. 24) S. 551 u. ö.
[34]) Maitrayana-Upanischad 1, 4, Deussen (o. Anm. 24) S. 316 f. Die Frage ist noch im abendländischen Mittelalter ein beliebtes Predigtmotiv.

Das allgemeine Weltprinzip (Brahman) wird vielmehr gefunden in dem unvergänglichen eigenen Selbst (Atman) und mit ihm gleichgesetzt[35]). Dieses kosmische Ich ist als Schöpfergott auch der Initiator der göttlichen Sprache[36]). Freilich, auch „des Menschen Essenz ist die Rede“[37]), sie ist überall verbreitet als „mannigfache Reden“[38]) und macht Recht und Unrecht, Wahrheit und Lüge kund[39]); aber sie kann wie alles Greifbare täuschen[40]); über die Dinge hat sie keine Gewalt[41]), denn der bloße Name und das ansprechbare Einzelding sind nichtig[42]). Man kann ohne Sprache leben, „denn wir sehen Stumme“[43]), ja sie vertuscht das Wesentliche, Allgemeine: „Der Rede Reden, sie ist Hauch des Hauches... der Weise läßt sie fahren“[44]) und geht „erlöst von Name und Gestalt zum göttlich höchsten Geiste ein“[45]). Das Unvergängliche ist ohne Rede, und die Rede kennt ihrerseits das wahre Lebensprinzip nicht; das Heilswissen, einst an das magische Wort gebunden, löst sich von ihm; es bleibt die simple Alltagssprache, die das Kind von keinem Gott, nur vom Vater lernt, der ihm nach der Geburt dreimal ins Ohr ruft: „Sprache, Sprache!“[46]). Die Scheidung der Bereiche war vollzogen; dem Wirklichen und Geschichtlichen, gar den Dutzenden von indischen Sprachen und Rassen war der feste Boden des Allgemeinen entzogen.

Gewiß waren die Verfasser der Upanischaden nur eine kleine Schar von Priester-Philosophen, die Sanskrit sprachen und der Menge stumm blieben; doch ihre Auffassung prägte alle Späteren, auch ihre Gegner, auch Mahavira und Buddha, die gegen die patriarchalische Priesterherrschaft städtische Intellektuellenbünde gründeten und die Masse in den mittelindischen Volksdialekten ansprachen. In ihrer Zeit, als sich größere Reiche in Indien konsolidierten und die Kaufleute weithin zu reisen begannen, sind Fremde in Nordwestindien eingebrochen, die Perser des Darius. Am unteren Ganges kümmerte das

---

35) Brihadaranyaka-Upanischad 1, 4, 10, Deussen (o. Anm. 24) S. 395 u. ö.

36) Aitareya-Upanischad 1, 1, 4, Deussen (o. Anm. 24) S. 16.

37) Chandogya-Upanischad 1, 1, 2, Deussen (o. Anm. 24) S. 68; dazu Ruben (o. Anm. 16) S. 131; ähnlich Atma-Upanischad 2, Deussen (o. Anm. 24) S. 620 f.

38) Baschkala-Upanischad, Deussen (o. Anm. 24) S. 840.

39) Chandogya-Upanischad 7, 2, 1, Deussen (o. Anm. 24) S. 175.

40) Kauschitaki-Upanischad 3, 8, Deussen (o. Anm. 24) S. 49 f.

41) Aitareya-Upanischad 1, 3, 3, Deussen (o. Anm. 24) S. 17.

42) Chandogya-Upanischad 6, 1, 3 ff., Deussen (o. Anm. 24) S. 160 f.; zur Stelle Ruben (o. Anm. 16) S. 85, 96, 160 f.

43) Kauschitaki-Upanischad 3, 3, Deussen (o. Anm. 24) S. 45; ähnlich Chandogya-Upanischad 5, 1, 8 S. 134; Brihadaranyaka-Upanischad 6, 1, 8 S. 503.

44) Kena-Upanischad 1, 2, Deussen (o. Anm. 24) S. 205.

45) Mundaka-Upanischad 3, 2, 8, Deussen (o. Anm. 24) S. 558; ähnlich Prasna-Upanischad 6, 5 S. 572; Kschurika-Upanischad 12 S. 635; dazu Ruben (o. Anm. 16) S. 188.

46) Brihadaranyaka-Upanischad 3, 7, 17 (Unvergängliches), 6, 4, 25 (Alltagssprache), Deussen (o. Anm. 24) S. 442, 519.

wenige Denker. Mahavira (gest. vielleicht 477, angeblich im Alter von 72 Jahren) und seine Dschainas leugneten nicht die Realität der Außenwelt, sie schieden die Welt zwar in Arier und Barbaren, doch man wußte mehr als 50 Völkernamen aufzuzählen; das waren freilich sonderbare Sagenvölker: einige von ihnen seien einbeinig und ohne Sprache. Dabei besaß die Sprache im Dschainismus gar kein Eigengewicht: sie entsteht in der Seele, entwickelt sich erst allmählich im heranwachsenden Kind, sie ist nur vorhanden, solange sie gesprochen wird und endigt am Ende der Welt[47]). Nur dadurch, daß sie die Wahrheit sagen kann, ist sie dem ethischen Rigorismus verbunden, sonst gehört sie für die Dschainas zur Geschichte, zu dem sinnlos sich drehenden Zeitrad. Erst später haben die Dschainas den Prakrit-Dialekt ihres Gründers und ihrer ältesten heiligen Texte als Sprache der Götter und Ursprache, Mutter auch des Sanskrit, gefeiert[48]).

Gautama Buddha (vielleicht 560–480) lehnte wie die Upanischaden und Mahavira das Geschichtliche grundsätzlich ab. Nur wenn er nicht zugegen war, wagten seine Jünger über das zu reden, was einen Herodot zuerst interessiert hätte: „...allerhand gemeine Dinge, als wie über Könige, über Räuber, über Fürsten und Soldaten, über Krieg und Kampf, ... über Dörfer und Burgen, über Städte und Länder, ... über die Altvorderen und über die Veränderungen, über Volksgeschichten und Seegeschichten, über dies und das und dergleichen mehr". Für Buddha, den Sohn eines Kleinkönigs, war die Geschichte nur ein begehrlicher Streit zwischen Herrschern, „Elend des Begehrens", ein nichtiges Konglomerat; für den Heiligen gibt es „kein Sehnen nach vergangener Zeit, kein Hoffen auf die Zukunft hin"; das Werden gehört zu dem, was der Erwachte in sich auflösen muß[49]). Er zählt die 16 Länder in den vier Erdquadranten[50]), er blickt „über tausend Welten hin"; die eigene Heimat ist Gefängnis; „aus Erbarmen für die Welt" ziehen Buddhas Jünger missionierend zu den „rohen, wilden Völkern" Mittelindiens. Das Gute kennt keine Landesgrenzen; „Jonier, Kabuler und andere Grenzvölker" sind Buddhas Kronzeugen im Kampf

---

[47]) Walther SCHUBRING, Die Lehre der Jainas nach den alten Quellen dargestellt (Grundriß der indoarischen Philologie III, 7), Berlin-Leipzig 1935, S. 142 über Arier und Barbaren; hier auch zu den Völkernamen, dazu KIRFEL (o. Anm. 12) S. 226 f.; zur Sprachauffassung SCHUBRING S. 93, 98, 103.

[48]) Helmuth von GLASENAPP, Der Jainismus, Eine indische Erlösungsreligion, Berlin 1925, S. 244 ff. (Geschichtsauffassung), 83 ff. (Ursprache).

[49]) Herbert GÜNTHER, Die buddhistische Kosmogonie, in: ZDMG 98 (1944) 44–83, hier S. 70 f. zur Geschichtsauffassung. – Die folgenden Zitate stammen aus: Die Reden Gotamo Buddhos aus der Mittleren Sammlung, übers. Karl Eugen NEUMANN, 3 Bände, München 1922: Bd. 2, S. 363 (gemeine Dinge); wörtlich wiederholt Bd. 2, S. 394, 431 f., 443; Bd. 1, S. 196 f. (Elend des Begehrens); Bd. 3, S. 427 f. (kein Sehnen); Bd. 1, S. 108 (Auflösung des Werdens).

[50]) KIRFEL (o. Anm. 12) S. 183.

gegen die Kastenordnung. Familie, Sippe, Dorf, Stadt, Land und Welt werden in einem Atem genannt und allesamt „verworfen und verleugnet“[51]. Wirklich universaler Herrscher bis zum Ozean, „Leiter der Männerherde, Meister der Götter und Menschen“ kann kein nimmersatter König sein, nur der Buddha selbst, „der wahre König aller Welt“, der die Begierde nicht mehr kennt[51a]. Die Sprache ist in ihrer logisch-begrifflichen Funktion eitel, auch Name und Gestalt müssen aufgelöst werden, der Name ist bloßes Menschenwerk und schwankend, subjektiv; Worte sind hohl und leer. Immerhin kennt Buddha um der Gesinnungsethik willen eine der chinesischen „Richtigstellung der Bezeichnungen“ verwandte, das Wesen treffende Benennung für den guten Menschen, und auch die aufrüttelnde Kraft des predigenden Wortes wird nicht angezweifelt: die „rechte Rede“ ist ein Teil des Achtfältigen Pfades. Doch sie ist ganz von der Situation bedingt, Vehikel der Liebe, nicht der Meinungen; welches unter den indischen Idiomen das ist, geht den Buddha so wenig etwas an wie die Rassen- und Kastenzugehörigkeit[52]. Erst die spätere Legende verdeutlichte das auf ihre Weise: Schon vor dem ersten Schulgang habe der Buddha nicht nur die Sprache der Tiere und der Vögel, sondern auch alle 64 Schriften der Erde verstanden. Die Zahl 64 ist rein schematisch und geht wohl auf die eben genannten 16 Länder und vier Erdquadranten zurück; trotzdem ist es bedeutungsvoll, daß sie dem unpolitischen Weltheiland beigelegt wird.

Nach Buddhas Lehre hat Indiens größter König gelebt, Aschoka (wohl 273–232 v. Chr.); sein Großvater Tschandragupta und sein Vater Bindusara hatten zum ersten Mal auch politisch fast den ganzen „Kontinent des Rosenapfelbaumes“ – so unpolitisch ist Indiens Ehrenname[53] – geeint. Mußte hier nicht Buddhas Universalismus sich ins Praktische wenden und der vielgestaltigen Wirklichkeit zu Ansehen verhelfen? Aschoka hieß bald „der Herr der Welt“ und wurde Herr Indiens; er wollte allen Menschen ohne Rücksicht auf Grenzen den Frieden bringen, „alle Menschen sind meine Kinder“, „meine

---

[51]) Neumann (o. Anm. 49) Bd. 1, S. 507 f. (1000 Welten); Bd. 2, S. 15; Bd. 3, S. 154 (Heimat als Gefängnis); Bd. 3, S. 582 (Mission); Bd. 2, S. 134 (keine Landesgrenzen); Bd. 2, S. 697 (Jonier usw.); Bd. 1, S. 657 f.; Bd. 2, S. 693 ff. (gegen Kastenordnung); Bd. 1, S. 495 f.; Bd. 3, S. 354 ff. (Familie und Welt).

[51a]) Neumann (o. Anm. 49) Bd. 2, S. 684 ff., 741, ähnlich Bd. 1, S. 399 (Weltherrscher); Bd. 1, S. 156, 420; Bd. 2, S. 660 (Leiter der Männerherde); Bd. 2, S. 515 (Länderhunger der Könige); Bd. 2, S. 687 (wahrer König).

[52]) Neumann (o. Anm. 49) Bd. 1, S. 118, 608, 696 f. (Sprache eitel); Deussen, Geschichte Bd. 3, S. 163, 166 (Name und Gestalt); Glasenapp (o. Anm. 5) S. 365 (Menschenwerk); Neumann Bd. 1, S. 389, 668 (hohle Worte); Bd. 2, S. 542 ff. (treffende Benennung); Bd. 1, S. 104 und sehr oft über die rechte Rede; Bd. 1, S. 308 (situationsbedingt), ähnlich Bd. 1, S. 125, 422, 666 f.; Bd. 3, S. 511, 518.

[53]) In der o. S. 49 Anm. 44 zitierten Legende des Buddha, S. 48. Hier auch zum Vorhergehenden.

Pflicht ist das Wohl der ganzen Welt". Die Unterschiede verblaßten, aber sie wurden nicht verachtet; in Aschokas Felseninschriften spiegeln sich die Dialekte aller Provinzen seines Reiches; dahinter spüren wir die neue Nuance, die wir suchen: „Das Wachstum des Wesentlichen ist mannigfaltig", aber eben doch vorwiegend im Religiösen: „Alle Sekten dürfen sich überall ausbreiten"[54]).

Dem Buddhismus war es nicht in seiner Heimat, aber in Hinterindien, Tibet und China vergönnt, dieses zarte Verständnis für alle Eigenart weiterzupflegen; hier schuf er, zum Teil mit Hilfe seiner Literatursprache, des Pali, eine übernationale geistige Gemeinschaft, die auf der Religion, nicht auf dem Staate beruhte und sich ohne Rücksicht auf Grenzen und Sprachen ausdehnte; dieser ersten der drei großen Weltreligionen fehlte zudem eine hierarchische Zentralorganisation und eine allgemein anerkannte Orthodoxie, was die Anpassung an die verschiedensten Verhältnisse und die Übernahme fremder Motive erleichterte. Der praktischen Toleranz, die unterhalb der buddhistischen Einheit die Vielfalt der Sondermeinungen ungestört wuchern ließ, entsprach indes keine theoretische Besinnung auf dieses Problem, weil die Welt und ihre Geschichte der denkerischen Durchleuchtung nicht für wert gehalten wurde[55]). Es sind mehr Stimmungen als Gedanken, und sie haben auch Buddhas hinduistische Gegner angerührt, die eben die zahlreichen Lokalkulte mit dem Prinzip des einen absoluten Gottes zu kombinieren suchten und daher am Verhältnis von Einheit und Vielheit interessiert sein mußten. Freilich waren es auch hier nicht die Theologen, sondern die Laien mit ihren bisweilen unscharfen Gefühlen, die darauf ansprachen.

Die adlig-volkstümlichen Erzählungen, die es in Indien wie überall anderwärts gab, wurden zwischen dem 6. vorchristlichen und dem 4. nachchristlichen Jahrhundert in den beiden Epen Mahabharata und Ramajana gestaltet. Die bunte Adelswelt versammelte sich in diesen riesigen Gedichten, und ohne tiefsinnig über Herkunft und Sinn der Völker und Sprachen zu spekulieren, reichte ihr Blick über die Fülle der Völker, vom fernen Griechenland bis Ceylon; bisweilen blickt man wie Konfuzius spöttisch oder zornig auf die Barbaren, die sich mit Rindfleisch, Fisch und Lauch ernähren und Gebranntes von Zucker und Reis trinken, also nicht wissen, was Sitte ist; aber ihre Sprache wird nicht diffamiert, und ritterlich begegnen sie sich alle, „Könige aus Ost und West und Nord und Süd, Barbaren, Arier und auch der Jägerhorden Häupt-

---

[54]) Jules BLOCH, Les inscriptions d'Asoka, Paris 1950, S. 137, 141 (alle Menschen), 108 (Wohl der Welt), 121 f. (Wachstum des Wesentlichen), 110 (Sekten); dazu Fritz KERN, Aśoka, Kaiser und Missionar, hg. Willibald KIRFEL, Bern 1956, S. 48 ff.

[55]) Constantin REGAMEY, Der Buddhismus als asiatischer Einheitsfaktor, in: RANDA, Handbuch 585 f., 735.

linge"[56]). Der genealogische Faden wurde weitergesponnen, bis zu den ersten Göttern hinauf reichten die Ahnentafeln; und wenigstens im ewigen Traum vom Universalherrscher Indiens suchte diese Welt ihre Einheit[57]). Freilich, das den Hindus heiligste Stück des Mahabharata, die kaum vor dem 4. Jahrhundert v. Chr. entstandene Bhagavadgita, war schon wieder ein philosophisches Lehrgedicht, das Denken und Handeln scharf voneinander schied und den Kriegshelden zum Zuschauer seiner eigenen Taten machte: „Wer gegen Freund und Widerpart, Gleichgültige, Feinde und Sippen, gegen Gute wie Böse gleichgesinnt ist, der ragt empor", und der theologische Hintergrund, die Beziehung alles Lebens auf die Liebe zu dem einen Gott, wird sichtbar, wenn Gott Krischna sagt: „Der Redner Rede, das bin ich"[58]).

Die „Alten Überlieferungen" des Hinduismus indes, die Puranas, im wesentlichen um 400 n. Chr. fertig vorliegend, bewahrten den Dingen und Menschen eine fast scheue Liebe. Die historische Mythologie lockerte die All-Einheitslehre der Upanischaden fühlbar auf. Die Aufstellung von Ahnentafeln wurde hier – die deutschen Arier erinnern sich – geradezu als die Pflicht des Menschen bezeichnet, doch nicht um zu spalten, sondern um zu binden, denn alle die zahllosen Genealogien in den Puranas führten zurück zum ersten Mann, Manu, dem Sonnensohn, der die ganze Erde unter seine Söhne teilte und von dem ganz Indien abstammt[59]). Von diesem Ursprung spannen sich die Erzählungen über Sintflut und Neuschöpfung, Weltordnung und Weltalter. Von diesem „anderen Indien" wird wie die Zeit so auch der Raum ganz abgeschritten. Indien gilt freilich als Synonym der Erde; die Vorstellungen von dem einen Zentralkontinent und den sechs um den Berg Meru gelagerten Ringkontinenten sind weithin sagenhaft und nicht an der geographischen Wirklichkeit nachgeprüft[60]); nur nebenbei erscheinen die Halbmenschen des Himalaya und die eroberungslüsternen Yavanas des Alexanderheeres; nur ein schräger Blick trifft die unreinen Hirtenstämme der letzten Kaste, „das unterste Volk, das vom

---

[56]) Adolf Holtzmann, Indische Sagen, 2. Aufl., Jena 1921, S. 57 (Rindfleisch), 37, 228 (Ost und West). Zur Erwähnung der Griechen vgl. jedoch Hermann Jacobi, Das Râmâjana, Geschichte und Inhalt, Bonn 1893, S. 94, 100.

[57]) Ernst Waldschmidt, Indien in vedischer und frühbuddhistischer Zeit, in: Historia Mundi, Bd. 2, München 1953, S. 533 (Stammbäume); Ludwig Alsdorf, Indien (Weltpolitische Bücherei), 4. Aufl., Berlin 1940, S. 15 (Universalherrscher).

[58]) Bhagavadgita, des Erhabenen Sang, übers. Leopold von Schroeder, Jena 1941: VI, 9 S. 32 (Freund und Widerpart); X, 32 S. 49 (Krischna). Zur Entstehungsgeschichte Hermann Oldenberg, Das Mahabharata, Seine Entstehung, sein Inhalt, seine Form, Göttingen 1922, S. 70 ff.

[59]) Frederick Eden Pargiter, Ancient Indian Historical Tradition, London 1922, S. 15 (Ahnentafel), 288 (Manu), 144 ff. (Zusammenstellung der Stammtafeln).

[60]) Luise Hilgenberg, Die kosmographische Episode im Mahābhārata und Padmapurāna, textgeschichtlich dargestellt (Bonner Orientalistische Studien 4), Stuttgart 1934, S. X ff.

Hundefleisch lebt". Aber der Held, der allen Wesen freund ist, der gute Universalherrscher, und sein Widerpart, der Weltusurpator mit seinen 21 Unterkönigen, brauchen die ganze Welt als Bühne[61]). Die Zahl 21 ist nicht neu; in den Brahmanas, bei der erwähnten Herleitung der Kasten aus den Gliedern des Urwesens, bezeichnet die Zahl die Füße des Urwesens und die unterste Kaste, die der Sudras[62]); sie hatte also schon lange negativen Beiklang.

Ähnlich scheint es auch der Zahl 72 bei den Indern ergangen zu sein. Im Rigveda war sie astronomisch gemeint, 720 Tage und Nächte des Jahres wurden da erwähnt[63]). Vielleicht ist es makrokosmische Ausdeutung des Menschenleibes, wenn die Upanischaden mehrfach von 72000 Adern reden[64]), und daran knüpfen sich die 72 Körpersubstanzen der buddhistischen Medizin[65]). In der Kosmographie ist die Zahl selten, nur die Höhe eines berühmten Tempels wird einmal mit 72 Yojana angegeben. Auf Java hat man immerhin um 750–800 einen gewaltigen buddhistischen Tempel als Abbild des Universums errichtet; auf den Rändern der drei kreisförmigen Terrassen stehen 72 kleine Stupas mit Buddha-Bildern[66]). Zeitlich meinten die Dschainas die Zahl: das Leben Mahaviras währte 72 Jahre[67]), doch zählten die späteren Dschainas genau 720 göttliche Verkörperungen[68]). Auch die Puranas selber sprechen von „mehr als 71 mal 4 Weltaltern"[69]). Immer ist es das Vergängliche, nicht das Wesentliche, das damit charakterisiert wird; die 72 Stücke des ältesten indischen Zauberbuches sind vermutlich babylonischer Import[70]); die unlängst geäußerte Meinung, die Formel von 72 Sprachen könne eine indische Quelle haben[71]), hat wenig Wahrscheinlichkeit für sich.

---

[61]) Heinrich ZIMMER, Maya, Der indische Mythos, Stuttgart 1936, bringt Auszüge aus den Puranas: Matsya-Purana S. 48 f. (Schöpfung und Sintflut); Narasimha-Purana S. 288 (Halbmenschen); Brahma-Purana S. 378 (Yavanas); S. 404, 83 (unreines Volk); Narasimha-Purana S. 179 (allen Wesen freund); Kurma-Purana S. 476 (Universalherrscher); Narasimha-Purana S. 220 ff. (Weltusurpator), hier S. 222 f. die Zahl 21.

[62]) Pancavinsa-Brahmana 6, 1, DEUSSEN, Geschichte Bd. 1, S. 184.

[63]) Rigveda I, 164, 11, GELDNER Bd. 1, S. 229.

[64]) DEUSSEN (o. Anm. 24) S. 411, 565, 636 u. ö.; auch Julius JOLLY, Medizin (Grundriß der indoarischen Philologie und Altertumskunde III, 10), Straßburg 1901, S. 44 und RUBEN (o. Anm. 16) S. 267.

[65]) GLASENAPP (o. Anm. 5) S. 334.

[66]) KIRFEL (o. Anm. 12) S. 253 (Yojana); Constantin REGAMEY, Hinterindien und Indonesien, in: RANDA, Handbuch 626 (Java).

[67]) DEUSSEN, Geschichte Bd. 3, S. 119.

[68]) Arthur Berriedale KEITH, Indian (The Mythology of all Races 6), Boston 1917, S. 220.

[69]) Matsya-Purana, ZIMMER (o. Anm. 61) S. 207.

[70]) Julius von NEGELEIN, Zur Religionsgeschichte Indiens, in: Orientalistische Literaturzeitung 11 (1908) 447–456, hier Sp. 449.

[71]) WEIGAND, Languages 248.

Auch in den Puranas ist die Gottheit als „Herr der Welt" Herr über die Sprache; Krischna kann die Sprache eines Menschen erstarren lassen, und Wischnu fördert die Wortmagie, indem er sich erst bei allen seinen hundert Namen rufen läßt, bevor er dem Bittenden hilft[72]). Doch wirkte auch hier das historische Ferment, zumindest in jenem Mythos, den sein Entdecker „das klare Vorbild des Turms von Babel" genannt hat: Der Wata-Baum des Lebens und der Erkenntnis verband als eine Himmelsleiter Götter und Menschen, unter ihm redeten alle die gleiche Sprache. Da zerriß die Gottheit aus unbekanntem Grund den Baum und die Einheit der Sprache; die zerschlagenen Äste wurden in der Welt umher neu gepflanzt zu 21 neuen Wata-Bäumen, aus denen die Völker und die Sprachen erwuchsen[73]). Hier ist die Entstehung der irdischen Vielfalt als geschichtlicher Vorgang verstanden worden, ähnlich wie einige Jahrhunderte zuvor in der biblischen Erzählung; aber hier ist die Strafe der Gottheit unbegreiflich, vielleicht nur ein Willkürakt, und die Zahl 21 verrät uns deutlich, daß der Inder nicht das zerteilte, sondern das allgemeine Wort liebt.

Indessen wurden die Gelehrten inne, daß die Worte zerteilt sind. Man liebte es, auch neue Erkenntnisse in die Form von Kommentaren zu kleiden, aber die Kluft zwischen der lebendig weiterwachsenden Sprache und den erstarrten Formen der alten Gebete und Hymnen war nicht mehr durch Exegese allein zu schließen; man begann zu trennen. Da es auf richtigen Wortlaut und rechte Aussprache der Veda-Worte ankam, mochte man meinen, daß sie anderen Gesetzen unterlägen als die Worte der Umgangssprache; diese richte sich nur nach dem Sinn, jene nach der Grammatik. Damit war die indische Sprachwissenschaft konstituiert[74]). Ihr großer Vollender, Panini, suchte sich im vierten vorchristlichen Jahrhundert genau Rechenschaft zu geben über Form und Inhalt der vedischen Selbstoffenbarung Gottes, um auf diese Weise zur vollkommenen Erkenntnis und zur Erlösung zu gelangen[75]). Das Ziel dieser Grammatik ist also eigentlich exegetisch und religiös; nur erzwingt das Dazwischen-

---

[72]) Brahma-Purana, ZIMMER (o. Anm. 61) S. 360 (Herr der Welt); Matsya-Purana S. 198 (Herr der Sprache); Brahma-Purana S. 364 (Krischna); Narasimha-Purana S. 171 (Wischnu).

[73]) Niklas MÜLLER, Glauben, Wissen und Kunst der alten Hindus, Bd. 1, Mainz 1822, S. 303 ohne jede Quellenangabe. Doch scheint mir der Zusammenhang die Einordnung bei den Puranas nahezulegen. Nicht erreichbar war Stith THOMPSON – Jonas BALYS, Motif and Type Index of the Oral Tales of India, Bloomington 1956.

[74]) Theodor BENFEY, Geschichte der Sprachwissenschaft und orientalischen Philologie in Deutschland seit dem Anfange des 19. Jahrhunderts mit einem Rückblick auf die früheren Zeiten (Geschichte der Wissenschaften in Deutschland, Neuere Zeit 8), München 1869, S. 46 ff.; Paul THIEME, Grammatik und Sprache, Ein Problem der altindischen Sprachwissenschaft, in: Zeitschrift für Indologie und Iranistik 8 (1931) 23–32, hier S. 25 ff.

[75]) DEUSSEN, Geschichte Bd. 3, S. 399; ARENS, Sprachwissenschaft 146 f.

treten der Sprachgeschichte eine stärkere Konzentration auf die Formalien; die Grammatik wird zu einem Präliminare der Theologie.

Aus derselben Differenzierung von heiliger Sprache und Umgangssprache ergibt sich die schwerwiegende Frage, was das Wort überhaupt gilt. Darum ist Macht oder Ohnmacht des Wortes gerade einer der Punkte, über die sich die zeitgenössischen Hindu-Theologen und -Philosophen zerkriegen in jenen sogenannten orthodoxen Systemen, die in den Jahrhunderten vor und nach Christus blühten. Die Mehrheit dieser Schulen, vor allem die erste, die Mimamsa, verteidigt den alten Theologen- und Exegetenstandpunkt, daß Sprache und Name Gottes Schöpfung seien, ja sogar, daß jedes Wort ewig, nicht einmal erschaffen sei. Insbesondere das heilige Veda-Wort ist unwandelbar; „der Zusammenhang des Wortes mit seiner Bedeutung ist ursprünglich", ja das Wort ist die Welt, die mit ihm ewig ist[76]). Gegen die Brahmanen, die auf diese Weise die heiligen Schriften allem Streit entheben wollten, meldeten sich die Logiker und Skeptiker zu Wort. Das dritte der sechs Systeme, der wohl erst nach der Zeitwende ausgebildete, vorwiegend auf Logik gestützte Nyaya, ging vom wahrnehmbaren Schall aus, nicht von der Theologie: „Ferner ist kein natürlicher Zusammenhang von Wort und Bedeutung, da man nicht sieht, daß der, der die Worte Speise, Feuer oder Messer ausspricht, davon satt wird, verbrannt wird oder geschnitten wird". Mit der magischen Kraft fiel überhaupt der göttliche Ursprung: „Das Verstehen des Wortinhaltes beruht auf der Tradition", auf der Wortgeschichte und der Konvention der Sprechenden; darauf verweist auch die Vielfalt der Sprachen, daß nicht die Gottheit sie geschaffen hat: „Und ferner ist keine natürliche Verbindung von Wort und Bedeutung, weil sie bei jedem Volke beliebig ist". Das war beileibe keine positive Wertung der Sprachenvielfalt, denn dieselbe skeptische Schrift hob stolz „die Arya, das Volk in der Mitte der Erde" von den umwohnenden Barbaren ab[77]). Und noch einmal wurde auch der Geschichte abgesagt im fünften und wohl spätesten der Systeme, im Samkhya, das dem Nyaya mit der reinlichen Scheidung von Geist und Materie, Ding und Benennung zu Hilfe kam und das Argument fand: „Die Laute sind nicht ewig, weil man beobachtet, daß sie hervorgebracht werden"[78]).

---

[76]) Bruno Liebich, Über den Sphota, Ein Kapitel über die Sprachphilosophie der Inder, in: ZDMG 77 (1923) 208–219, hier S. 209 über Wort und Ding; vgl. auch Strauss (o. Anm. 5) S. 104, 126 ff. Das Zitat stammt aus Mimamsa-darsana I, 1,5 nach Ruben (nächste Anm.) S. 35.

[77]) Walter Ruben, Die Nyâyasûtras (Abhandlungen für die Kunde des Morgenlandes 18, 2), Leipzig 1928, S. 36 (Sprache), 163 (Arya).

[78]) Richard Garbe, Samkhya-pravacana-bhâshya (Abhandlungen für die Kunde des Morgenlandes 9, 3), Leipzig 1889, S. 29 (Geist-Materie), 312 f. (Ding-Benennung), 295 (Laute nicht ewig). – Die älteste Darstellung des Samkhya-Systems umfaßt übrigens 72 Strophen: Deussen, Geschichte Bd. 3, S. 410.

Gedanke und Erscheinung traten feindlich auseinander, und zwischen beiden stand merkwürdig unbeachtet die Welt der Ereignisse. Mit dem Göttlichen hatte sie nichts gemein.

Die Inder hatten seit dem zweiten vorchristlichen Jahrhundert bis zur Gegenwart reichlich Gelegenheit, in den Invasionen zunächst der Saken, Parther, Kuschan und Hunnen diese Welt der Geschehnisse zu würdigen. Aber die indische Geistesentwicklung war um diese Zeit abgeschlossen, und die frühen Eroberer, wie etwa Kanischka, ergaben sich rasch der im ganzen Fernen Osten und Indonesien siegreichen Kultur und Sprache der Besiegten, die ihre Gleichgültigkeit gegen alles Besondere nun erst recht nicht ablegten[79]). Indiens größter Dichter erhob sich noch einmal frei über die „ganze vom Weltmeer schwarz umdunkelte Erde" mit ihren sieben Inseln. Kalidasa wußte im 5. Jahrhundert die sinnliche Schönheit der Welt und die Askese der Büßer tief zu verbinden; das Plappern kleiner Kinder spiegelt beide Regionen: „Entzückende kleine Wortteile kommen aus ihrem Munde, und man hofft, den dunklen Sinn bald zu fassen"; wo ist hier die Grenze zwischen der unbegreiflichen Göttergabe und der natürlichen Sprachentwicklung?[80]) Aber diese Intellektuellen achteten doch scharf auf ihre Würde: in den Dramen der Zeit sprachen Götter, Könige und Helden Sanskrit, Weiber und Knechte den Prakrit-Dialekt[81]). Die islamische Eroberung Indiens hat seit dem 11. Jahrhundert zwar in wiederholten Ansätzen ein einiges Indien geschaffen, aber unter Fremdherrschern vorwiegend persischer Zunge, die ihrerseits die Schätze des indischen Geisteslebens hoch achteten und viele Übersetzungen ins Persische veranlaßten. Nun entwickelten sich zwar gleichzeitig die „neuindischen" Literaturen, vor allem des Hindi, aber die Inder blieben von der Differenz der Sprachen ebenso unberührt wie von der reichen historischen Literatur der Eroberer. Man hielt sich, wie der Dichter der „Hitopadescha", Narajana zwischen dem 9. und 14. Jahrhundert, an zwei widersprechende Maximen, die allgemeine „Warum sollen die Fremden an sich schon böse sein? Auch hier gibt's Vorzügliche, Durchschnittsmenschen und Schlechte" und die spezielle „Nie sollst Du einem Manne Wohnung geben, der Dir nach Stamm und Sinn ein Fremdling ist"[82]). An Weltgeschichte war bei einer solchen Haltung nicht zu denken. Die große sogenannte Universalhistorie der Dschainas aus dem 9. Jahrhundert war in Wahrheit eine Biographie Mahaviras mit vielen legendarischen Ausschmückungen und angelagerten weiteren

---

[79]) Ernst WALDSCHMIDT–Ludwig ALSDORF, in: Geschichte Asiens, München 1950, S. 3–307, hier S. 75 ff.

[80]) Kalidasa, Sakuntala, deutsche Übersetzung, Hagen o. J., S. 23, 88 (Welt), 81 (Kindersprache).

[81]) WINTERNITZ (o. Anm. 11) Bd. 1, S. 39 und Bd. 3, S. 173 f.

[82]) Hitopadescha, übers. Johannes HERTEL, Leipzig (1895), S. 133 (Fremde an sich), 28 (Wohnung).

Biographien, die durch zahlreiche Genealogien zwar miteinander, aber nicht mit dem Weltganzen verbunden wurden[83]). Mit anderen, verwandten Werken der Dschainas steht es ebenso[84]). Und das einzige Werk wirklicher indischer Geschichtsschreibung, die 1148 abgeschlossene Chronik der Könige von Kaschmir, von Kalhana verfaßt, fing nicht mit der Weltschöpfung an, betrachtete aber auch die Gegenwart mit halb geschlossenen Augen und vertrat die träumerische Ansicht: „Wer anders als der Dichter, der dem Schöpfer gleich die lieblichsten Gestalten hervorzuzaubern weiß, vermag vergangene Zeit als Gegenwart zu zeigen?“[85]). Gar für die Vedanta-Philosophie des Schankara war die Welt nur Illusion und Vorstellung[86]). Wie die Kaste, so war nun auch die Religion eine wichtigere Scheidelinie als Herkunft und Sprache; denn noch immer bezog sich die Sprache auf den Glauben. Der gottbegeisterte Wischnuit Jiva Gosvami schrieb im 16. Jahrhundert eine ekstatische Sanskrit-Grammatik mit dem Titel „Der Nektar des Gottesnamens“, in der alle Worte der Sprache dem göttlichen Wort zugeordnet wurden; die Sprache war nur das durchsichtige Zeichen der Gottheit, immerhin noch eine Realität. Das heilige Buch der Sikhs, einer wischnuitischen Sekte, ist in mehreren Sprachen abgefaßt, die freilich der Mehrzahl der Gläubigen nicht verständlich sind. Bei schiwaitischen Sekten hingegen, wie bei den asketischen Paschupata, suchte man sich durch unsinniges Reden, durch Glossolalie, aus der Welt zu lösen[87]); wie bei Schankara hatte das Irdische keinen Wert mehr, kaum noch Existenz. Andere Schiwaiten, wie die Anhänger des magisch-ritualistischen Tantrismus, nahmen wieder die brahmanische Lehre vom ewigen, göttlich geoffenbarten Worte auf, das sich in der Sprache der Veden, wenn auch nur unvollkommen, verwirklicht[87a]). Magie und Spiritualismus verbündeten sich, um die Einsicht in die Mannigfaltigkeit des Hiesigen hintanzuhalten. Scharf hoben sich dagegen die Bestrebungen der Großmogule um Ausgleich und Toleranz ab; sie führten zu synkretistischen Sekten und um 1500 zur Entstehung des Urdu (Hindustani),

[83]) Klaus BRUHN, Silankas Caupannamahapurisacariya, Ein Beitrag zur Kenntnis der Jaina-Universalgeschichte (Alt- und Neuindische Studien 8), Hamburg 1954, S. 40 ff., 80 ff., 114 ff.

[84]) Ludwig ALSDORF, Harivamsapurana, Ein Abschnitt aus der Apabhramsa-Welthistorie von Puspadanta (Alt- und Neuindische Studien 5), Hamburg 1936, S. 11 ff., 80 ff.

[85]) Kalhanas Rajatarangini, A Chronicle of the Kings of Kashmir, übers. Marc Aurel STEIN, Bd. 1, Westminster 1900, S. 2; dazu Buddha PRAKASH, The Hindu Philosophy of History, in: Journal of the History of Ideas 16 (1955) 494–505, hier S. 494 f.

[86]) GLASENAPP (o. Anm. 5) S. 74, 80 ff., 110 ff., 185 ff.

[87]) Walther EIDLITZ, Indische Gottesliebe, in: RANDA, Handbuch 594 (Gosvami); Constantin REGAMEY, Hinduismus und Islam, ebenda 1112 (Paschupata).

[87a]) Sir John WOODROFFE, The Garland of Letters (Varnamala), Studies in the Mantra-Shastra, Madras-London 1922, S. 1 ff., 77 ff.

einer persisch-arabisch-indischen Mischsprache. Aber der Gegensatz zwischen Muslimen und Hindus war dadurch nicht zu beseitigen.

Auch als die Engländer 1835 auf Macaulays Empfehlung ihre Sprache den Indern aufdrängten, während das Sanskrit zur selben Zeit in Europa als Ursprache gefeiert wurde, da erreichten sie nur eine dünne Bildungsschicht und verhalfen, ohne es zu wollen, dadurch den Volksdialekten dazu, anstelle des Sanskrit das Vehikel des von Europa ererbten, gegen Europa gewandten indischen Nationalismus zu werden.

Dieser Nationalismus blieb religiös und ist mit einer Erneuerung des Hinduismus verknüpft; einer seiner ersten Führer predigte die Rückkehr zum Veda-Wort, also zu dem alten heiligen Idiom; und wenn man die Schranke zwischen Religion und Politik wenigstens lüften wollte, mußte man 1909 dem Götterhimmel noch die Göttin Mutterland hinzufügen[88]). Wer auf Indiens Einheit drang, mußte die Sprachenwirrnis als Hindernis empfinden; Mahatma Gandhi bemühte sich eine Zeitlang, das Hindustani als Landessprache durchzusetzen; aber vergebens[89]). Noch heute verbreitet der indische staatliche Rundfunk seine Sendungen in 14 Sprachen und 125 Dialekten[90]). Aber auch die 1947 errungene Unabhängigkeit Indiens war gefolgt von einer Teilung nicht nach Sprachen oder Rassen, sondern nach Religionen, Gandhi ist selbst das Opfer dieses religiösen Fanatismus geworden.

Die jüngste Entwicklung illustriert das Grundthema der indischen Anschauung, in der Sprachen und Völker, Geschichte und Werden gar nichts, die Religion alles gilt. Niemand hat sie gültiger zusammengefaßt und ihre hohe, von allem Gruppenegoismus freie Würde genauer präzisiert als Gandhi: „Ich glaube an den Spruch, daß jenes Volk am glücklichsten ist, das keine Geschichte hat... Namen und Formen haben wenig zu bedeuten, sie erstehen und schwinden. Das, was ewig ist, und also notwendig, enthebt den Geschichtsschreiber der Beachtung von Tatsachen. Die Wahrheit ist größer als die Geschichte"[91]).

---

[88]) Hans Kohn, Geschichte der nationalen Bewegung im Orient, Berlin 1928, S. 276, 291 ff. (religiöser Nationalismus), 52 f. (Veda-Wort), 301 (Mutterland). Einen Ausdruck für „Vaterland" hatte bis dahin keine der indischen Sprachen, nach Willibald Kirfel, Die Kultur der Inder, in: Handbuch der Kulturgeschichte, Bd. II, 1, Potsdam 1936, S. 114.

[89]) Wilhelm Emil Mühlmann, Mahatma Gandhi, Der Mann, sein Werk und seine Wirkung, Tübingen 1950, S. 35, 240.

[90]) Wilhelm Rau, Die indische Staatssprache während der letzten fünf Jahre, in: Saeculum 6 (1955) 180–185; vgl. auch Alsdorf (o. Anm. 57) S. 10 f.

[91]) Kurt Quecke, Der indische Geist und die Geschichte, in: Saeculum 1 (1950) 362–379, hier S. 377 f. das Zitat aus: Mahatma Gandhis Leidenszeit, Zürich-Leipzig 1925, S. 347 f.

5. Der Alte Orient

Das Land zwischen Indien und Ägypten stand, inmitten einer üppigen, unberechenbaren Natur, seit jeher allen Überfällen aus Wüste und Bergland offen; besonders das Kerngebiet, Mesopotamien, entbehrte starker staatlicher Ordnung, die erst im Ausgreifen bis an die Grenzen des riesigen Raumes von Eroberern erzwungen wurde; das Land blieb durch ständig flutende Völkerwellen und ein Gewirr von Sprachen gekennzeichnet.

Und doch wurde die Ebene zwischen Euphrat und Tigris zum Sammelbecken einer ziemlich homogenen Kultur; bereits das älteste Volk, die Sumerer, gab für alle Späteren den Ton an. Die Sumerer kannten die Vielfalt. Nicht nur, daß sie die Keilschrift erfanden und trotz ihrer eigenartig klangvollen, nichtsemitischen Sprache damit weltweiten Handel trieben[1]); die mannigfachen Gewalten der Natur und der Geschichte galten ihnen als Ausfluß eines beseelten, freilich zugleich unheimlichen Alls; göttliche Kräfte ließen nach ihrer Meinung die fremden Horden in das blühende Land einfallen, der Auftrag des Gottes gab der einen der Städte die Vormacht. Auch die Geschicke der Sprachen und Völker liegen in der Hand der Götter. Zwar meldet der sumerische Paradies-Mythos von Enki und Ninhursag nichts über die Entstehung der Sprache; doch in dem Sintflutmythos hören wir, wie die Götter Enki und Ninhursag „das schwarzköpfige Volk" schufen, den „fünf Städten" ihre Namen gaben und sie verschiedenen Göttern unterstellten[2]). Die Formeln meinen hier wie später[3]) wohl die ganze Menschheit, nicht nur Volk und Land von Sumer. Es hat den Anschein, als hätten die Einfälle der Guti die naiven Verallgemeinerungen zerstört; das Kurzepos von Gilgamesch und Agga wußte danach schon von den „Völkern in fremden Ländern"[4]); und Sehnsucht nach der verlorenen Unschuld spricht noch aus der semitischen Bearbeitung des Epos von Enmerkar, das um 2000 v. Chr. auf einer bruchstückhaft erhaltenen Steintafel in Nippur aufgezeichnet wurde: „In jenen Tagen gab es keine Schlange, keinen Skorpion... Das geeinte Volk lobte Enlil in einer Sprache"; Ost, Süd, West und Nord waren in diesem Goldenen Zeitalter des Anfangs

---

[1]) Hartmut Schmökel, Das Land Sumer, Die Wiederentdeckung der ersten Hochkultur der Menschheit (Urban-Bücher 13), 2. Aufl., Stuttgart 1956, S. 45 ff. (Sprache), 113 ff., 162 ff. (Schrift).

[2]) Enki und Ninhursag, Pritchard, Texts 37 ff.; Sintflutmythos, Zeile 48 und 91 ff., Pritchard, Texts 43.

[3]) Schwarzköpfiges Volk: Inschrift auf der Statue des Königs Kurigalzu, Fragment B, Pritchard, Texts 58; Klagelied auf den Fall von Ur, Zeile 116, 194, 236, 357, 396, 408, 410, 421, Pritchard, Texts 457 ff.; noch bei den Assyrern: Daniel David Luckenbill, Ancient Records of Assyria and Babylonia, 2 Bände, Chicago 1926–27, hier Bd. 2, S. 116 Nr. 233 (Sanherib); ebenda S. 366 Nr. 943 (Assurbanipal).

[4]) Zeile 78 und 96, Pritchard, Texts 46 f.

vereint[5]). Mittlerweile war die Vergänglichkeit des Wortes beklemmend deutlich geworden; in dem Kurzepos von Gilgamesch und Huwawa bemüht sich der Titelheld darum, seinen Namen für dauernd zu setzen, um dem Auf und Ab des Geschehens entrückt zu sein[6]). Universal und ewig ist nur der Gott; zwar schützt er Sumer besonders, doch er ist zugleich „der Vater aller Länder"; er „führt die Aufsicht über der Welt Regionen"; der „Hirte der Schwarzköpfigen" und „Herr des feststehenden Wortes" ist zugleich „Herr der Länder"[7]). Freilich ist das kein Monotheismus, nicht der Glaube an einen alles lenkenden Schöpfer; vielmehr ist der Gott des Herrschervolkes henotheistisch über die andern Gottheiten gesetzt; „der Gott des herrschenden Volkes ist der wahre Herrscher des Alls"[8]), und diese Wächter wechseln nach unbekannten Gesetzen; die geschichtliche Frage, etwa wie jene Spracheinheit des Ursprungs verloren ging, wurde nicht gestellt. Die Herrscher suchten den Weg zurück, ähnlich wie Gilgamesch; die sumerische Königsliste sollte beweisen, daß das ganze Land schon Hunderttausende von Jahren vor der Sintflut stets unter einem König stand und daß das Königtum „vom Himmel herabkam"[9]). Immerhin wurde nicht verdeckt, daß es Wandlung und Vielfalt gab; ob die Späteren nach ihrem Sinn fragen würden?

Das semitische Großreich der Akkader löste die Sumerer ab, ohne ihre Kultur zu verdrängen; man übernahm die sumerische Schrift und behielt das Sumerische als Kultsprache. Diese Rezeption der Fremdsprache führte zu sumerisch-altbabylonischen Wörterlisten, zu erster philologischer Betätigung[10]). Freilich entwickelte sich hier ein andersartiges geschichtliches Denken, das sich, ganz ähnlich wie später bei Schih Huang Ti und Thutmosis III., nicht auf Alter, sondern auf Macht berief; über die vier Weltgegenden, die die Götter geschaffen haben[11]), herrscht der „König der vier Weltgegenden"[12]); hier

---

[5]) Samuel Nathan Kramer, Sumerian Mythology, A Study of Spiritual and Literary Achievement in the Third Millennium B.C. (Memoirs of the American Philosophical Society 21), Philadelphia 1944, S. 107.

[6]) Zeile 5 ff. und 31 ff., Pritchard, Texts 48.

[7]) Frankfort-Wilson-Jacobsen, Frühlicht 158; Albright, Steinzeit 192; Kramer (o. Anm. 5) S. 59; Schmökel (o. Anm. 1) S. 145.

[8]) Sabatino Moscati, Geschichte und Kultur der semitischen Völker, Eine Einführung (Urban-Bücher 3), 2. Aufl., Stuttgart 1955, S. 202.

[9]) Sumerische Königsliste, Pritchard, Texts 265 f.; dazu Schmökel (o. Anm. 1) S. 118 f.

[10]) Bernhard Wyss, Sumer und Akkad, in: Randa, Handbuch 207, 210 f.

[11]) Mythos von Etana C 1, 11, Pritchard, Texts 115; Ischtarhymnus, Pritchard, Texts 383; auch noch in der babylonischen „Weidnerschen Chronik", vgl. Hans-Gustav Güterbock, Die historische Tradition und ihre literarische Gestaltung bei Babyloniern und Hethitern bis 1200, in: Zeitschrift für Assyriologie 42 (1934) 1–91, hier S. 54.

[12]) Die Formel kommt zuerst bei Naramsin vor, vgl. Wyss (o. Anm. 10) Sp. 207; dann in der 3. Dynastie von Ur, vgl. Luckenbill (o. Anm. 3) Bd. 1, S. 11 Nr. 20.

wurde zum ersten Mal der Gedanke von der Weltherrschaft formuliert. Sie stand auf Eroberung, nicht auf Tradition; der Herrscher, schon Sargon, verschleierte seine Herkunft, behauptete, von einem Wasserträger adoptiert und von den Göttern zur Herrschaft über das „schwarzköpfige Volk“ ermächtigt zu sein[13]); folgerichtig begann die „Sargon-Chronik“, die nüchterne altbabylonische Königsliste, später als die legendenhafte sumerische, nämlich wohl erst bei der Sintflut[14]). Mächtig war nicht das Uralte, sondern das Präsente; alle Ursprungsfragen wogen wenig.

Hammurabis babylonisches Reich suchte die Verschmelzung von Sumerern und Akkadern auch im Nebeneinander der sumerischen Kultsprache und der akkadischen Geschäfts- und Literatursprache zu praktizieren; zahlreiche Dialekte blieben daneben bestehen[15]). Hier aber versuchte die von der Vermengung herausgeforderte theoretische Besinnung, die Welt auf ihre Anfänge hinzuordnen. Die Chroniken begannen vielleicht damals schon bei der Gründung Babylons und eröffneten die Königsgenealogien mit Göttern[16]). Noch viel tiefgreifender war der Gedankengang des Gilgamesch-Epos, das trotz einiger, oben angeführter sumerischer Vorläufer im wesentlichen eine akkadische Neuschöpfung sein dürfte. Gilgamesch sucht die Unsterblichkeit, denn „seit Urzeiten gibt es keine Dauer“; nur die Götter leben ewig, die Menschheit vergeht wie der Wind; darum sucht Gilgamesch einen Namen, der dauert[17]). Die Verankerung des wechselvollen Daseins in den ewigen Ursprüngen ist erst recht das Thema des Weltschöpfungsgedichts „Enuma elisch“, das wohl schon unter Hammurabi selbst entstand; es versuchte, Ursprung und Ende der Menschheit aufzuhellen, die Erschaffung des Universums und die Geheimnisse des Jenseits zusammenzufassen[18]). Bei diesem Unternehmen wurden ganze Genealogien der rivalisierenden Götter gegeben, die von späteren Priestergenerationen ausgebaut und exegetisch gepflegt werden konnten; der Ursprung des Alls wurde genau fixiert; alle Dinge, Himmel, Erde und Götter traten ins Dasein, als der Schöpfergott Apsu ihnen Namen gab: „Mit Namen wurden sie genannt“. Als Marduk, der Retter des Weltalls und Schöpfer der Menschen, Herr im Himmel wurde, da stand sein Wort unveränderlich fest und bestimmte das Schicksal; vollends im Munde der Schwarzköpfigen, die er schuf, dauern seine Worte.

---

[13]) Legende von Sargon, Zeile 1 ff. und 14, PRITCHARD, Texts 119; dazu GÜTERBOCK (o. Anm. 11) S. 62 ff.

[14]) Sargon-Chronik, PRITCHARD, Texts 266; dazu GÜTERBOCK (o. Anm. 11) S. 2 ff., 35 f.

[15]) Giuseppe FURLANI, Babylonien und Assyrien, in: Historia Mundi, Bd. 2, München 1953, S. 263, 275.

[16]) GÜTERBOCK (o. Anm. 11) S. 2 ff., 54 ff. rekonstruiert die Listen.

[17]) Das Gilgamesch-Epos, übers. Albert SCHOTT, Leipzig (1934): 10, 6, 32 S. 64 (keine Dauer); 2, 141 ff. und 160 S. 27 f. (Wind, Name). Zur umstrittenen Entstehung des Epos zusammenfassend PRITCHARD, Texts 72 f.

[18]) MOSCATI, Geschichte 72.

Marduk, Hammurabis Reichsgott, tat noch mehr: er schuf sich die Stadt Babylon als Ruhesitz; aus Ziegeln wurde es gemauert, die älteste Stadt der Erde, gekrönt durch den Bau des Turmes Esagila, der so hoch ist wie die tiefsten Wasser des Abgrundes. So ist Babylons Rang von Ewigkeit her gesichert und über das Gewimmel der Schwarzköpfe hinausgehoben.

Auch auf andere Weise wurde die Vielfalt als Ausdruck einer inneren Einheit gedeutet: Marduk ließ, als die Stadt errichtet war, „die 50 großen Götter" ihre Plätze einnehmen, und sie sprachen preisend: „Kommt, laßt uns seine 50 Namen verkünden!"[19]. Aus dem politischen Göttersynkretismus erwuchs also der Gedanke, daß die Gottheit viele Namen habe, weil sie viele Kräfte, Formen und Auswirkungen hat, die alle nicht sie selbst erfassen, aber alle unablösbar zu ihr gehören. Wir sind der Vorstellung von 100 Gottesnamen schon in den indischen Puranas begegnet, sie wird uns noch bis ins abendländische Mittelalter hinein verfolgen. Diese magisch-primitive Art des Namenszaubers galt in Hammurabis Zeit überall; ein Hymnus auf den Mondgott Sin rühmt: „Dein Wort läßt Recht und Gerechtigkeit entstehen, so daß die Menschen Rechtheit reden"[20]. Im Mythos von Zu verstummt der Gott Enlil, sobald Zu ihm die Kraft raubt; das machtvolle Wort gehört dem Räuber, bis Enlils Rächer die „Macht der Sprache" zu brechen weiß und wieder Ordnung schafft[21]. Auch wenn Hammurabi selbst „in der Sprache des Landes" Gesetz und Gerechtigkeit aufrichtet, beruft er sich auf die Könige der Götter; sie nannten Babylon bei seinem erhabenen Namen und machten es herrschend über die Schwarzköpfe und die vier Weltenden, die Hammurabi untertan sind. Namenszauber herrscht auch den irdischen Dingen gegenüber: Der Name ist den Dingen von der Gottheit gegeben und drückt ihr Wesen aus. Hammurabi bestimmt, wer unebenbürtige Kinder einmal mit „Meine Kinder" angesprochen habe, müsse sie als ebenbürtig anerkennen; dem Adoptivkind, das zu seinen Erziehern nicht „Meine Eltern" sagt, wird die Zunge abgeschnitten[22]. Ja eine Sache war erst dann vorhanden, wenn sie einen Namen hatte; wer diesen kannte, hatte auch rechtlich Macht über sie[23].

---

[19] Schöpfungsepos I, 1 ff., PRITCHARD, Texts S. 60 f. (Apsu); II, 127 ff. S. 64 u. ö. (Marduks Wort); VII, 31 S. 70 (Schwarzköpfe); VI, 57 ff. S. 68 f. (Babylon); VI, 80 S. 69 (50 Götter); VI, 122 ff. S. 69 ff. (50 Namen); vgl. auch Alexander HEIDEL, The Babylonian Genesis, The Story of the Creation, 2. Aufl., Chicago 1951, S. 29 ff.

[20] Text bei DÜRR, Wort 6.

[21] II, 2 (altbabylonische Version), PRITCHARD, Texts 111; II, 23 (assyrische Version) S. 113; III, 55 (altbabyl.) S. 516.

[22] Codex Hammurabi, Prolog V, 20 f., PRITCHARD, Texts 165 (Sprache des Landes); I, 16 ff. S. 164 (Babylon); V, 1 ff. S. 165 (Schwarzköpfe); § 170 S. 173 (Kinder); § 192 S. 175 (Adoptivkinder); dazu FURLANI (o. Anm. 15) S. 286.

[23] Georges CONTENAU, Le déluge babylonien, suivi de Ishtar aux enfers, La tour de Babel, 2. Aufl., Paris 1952, S. 41 ff.

Auf der Suche nach dem allgemeinen Gesetz in der Fülle der Erscheinungen haben die Babylonier damals auch die Grundlagen der Zahlensymbolik gelegt durch jene Vereinigung von rechnerischer Praxis und astrologischer Spekulation, die ihr Erbe an alle späteren Kulturen geworden ist. Hier ist auch die Zahl 72 wohl zum ersten Mal in der Verwendung als Symbolzahl begegnet, die wir bereits bei den Chinesen und Indern konstatiert haben. Im Altbabylonischen ist ihr Anwendungsbereich allerdings begrenzt; in der Kosmologie kommt sie nirgends vor[24]), kann also keine zentrale Rolle gespielt haben. Man hat sie, obgleich die Babylonier die 7-Tage-Woche benutzten, aus einer Einteilung des Jahres in 72 Wochen zu 5 Tagen erklären wollen[25]); andere haben auf das astronomische Pentagramm der Ischtar verwiesen; das Symbol der Göttin sei das reguläre Fünfeck, so daß jede Seite 72 Grad überschneide[26]); wieder andere brachten die Zahl gar mit der Entdeckung des Vorrückens der Tag- und Nachtgleiche in Beziehung[27]), obwohl den Babyloniern selber diese Entdeckung erst im 4. Jahrhundert v. Chr. oder noch später gelang[28]). Jedenfalls ist neben einer astronomischen früh eine andere Verwendung bezeugt, die als „bedeutungslose Rundzahl"[29]); schon vor Sargons Zeit lesen wir von 72 Klagepriestern; die Zahl war wohl hier schon – wie fast überall später – nicht starr fixiert und zog ihre nächsten Nachbarn mit: da wurden 75 Mittel gegen alle Krankheiten empfohlen, und zur selben Zeit war schon ein Bierrezept im Schwang, das für 100 Sila Bier 72 Sila enthülste Emmer vorsah[30]).

---

[24]) Peter Jensen, Die Kosmologie der Babylonier, Studien und Materialien, Straßburg 1890, wurde daraufhin durchgesehen.

[25]) Hugo Winckler wiederholt, u. a.: Altorientalische Geschichtsauffassung, in: Ex oriente lux, Bd. 2, Leipzig 1906, S. 92; auch Steinschneider, in: ZDMG Bd. 57, S. 493; ferner Wilhelm Bousset, Hauptprobleme der Gnosis, Göttingen 1907, S. 358–361; Robert Eisler, Weltenmantel und Himmelszelt, Religionsgeschichtliche Untersuchungen zur Urgeschichte des antiken Weltbildes, 2 Bände, München 1910, hier Bd. 1, S. 33; Franz Rolf Schröder, Germanentum und Hellenismus, Untersuchungen zur germanischen Religionsgeschichte (Germanische Bibliothek II, 17), Heidelberg 1924, S. 11; Alfred Jeremias, Das Alte Testament im Lichte des Alten Orients, 4. Aufl., Leipzig 1930, S. 825; auch Hermann Hirt, Vom Zählen und den Zahlen, in: Nord und Süd, Eine deutsche Monatsschrift 87 (1898) 372–380, hier S. 375.

[26]) Endres, Zahl 171.

[27]) Ernst von Bunsen, Die Überlieferung, Ihre Entstehung und Entwicklung, Bd. 1, Leipzig 1889, S. 101; ihm folgte Selmar Lüttich, Über bedeutungsvolle Zahlen, in: Domgymnasium Naumburg a. S., Jahresbericht Ostern 1891, S. 25.

[28]) Albright, Steinzeit 340, 450 f.

[29]) Eberhard Schrader, Die Keilinschriften und das Alte Testament, 3. Aufl., Berlin 1903, S. 628 f., 634.

[30]) Bruno Meissner, Babylonien und Assyrien, 2 Bände (Kulturgeschichtliche Bibliothek I, 3–4), Heidelberg 1920–25, hier Bd. 2, S. 58 (Klagepriester), 317 (Heilmittel; anderswo werden 60 Krankheiten erwähnt: S. 34, 184); Bd. 1, S. 241 (Bierrezept).

Wer wollte hier geheimnisvolle Hintergründe aufspüren? Wollte Engidu die Sternenwelt und Himmelsordnung beschwören, als er im Gilgamesch-Epos mit der Holztür vor dem Forst von Chumbaba zürnte: „Sechsmal zwölf Ellen betrug deine Höhe, zweimal zwölf Ellen betrug deine Breite"[31])? Bei dem schon von den Sumerern erfundenen Sexagesimalsystem mußte die Zahl, die Hälfte von 12 × 12, ja immer wieder auftauchen[32]) und mochte neben der 6, 12, 24 und 36 auch in der Astrologie vorkommen, die die Gestirne als die Geheimschrift des Himmels verehrte; zu Hammurabis Zeit zählte man am Himmel im Norden 33 Sterne, zu beiden Seiten des Äquators 23 und am Südhimmel 15, das waren zusammen 71 Sterne[33]). In solchen Zahlen spiegelte sich die Ordnung alles Irdischen durch Marduk, sie gehörten fast zu seiner Verehrung.

Diesem Gott Marduk suchte man „entgegenzukommen" auch durch jene Tempeltürme, deren berühmtester später unmittelbar mit der Sprachen- und Völkerteilung in Verbindung gebracht wurde. Die ältesten Stufentürme dieser Art stammen von den Sumerern, wenn nicht aus noch älteren Zeiten und sind die ersten Gotteshäuser, die die Weltgeschichte kennt[34]). Ihre Haupt- und Nebenzwecke sind bis heute umstritten: Vielleicht sind sie zuerst irdische Wohnung des Gottes, später ein Abbild auch der himmlischen Residenz[35]), eine Art von „Götterberg"[36]); Babels Name selbst bedeutet ja „Götterpforte"; Babel ist der Ort, wo die Götter zur Erde kommen, und der Turm Esagila war schon im Weltschöpfungsepos besonders eindringlich als Marduks Schöpfung und Ruhesitz geschildert worden. Solche Türme sollten vielleicht die Verbindung zwischen Himmel und Erde herstellen[37]) oder gar so etwas wie eine Himmelsleiter sein[38]). Aber der Himmel sollte nicht erstürmt, sondern besänftigt werden; damit mag sich der Zweck des astronomischen Observatoriums wohl

---

[31]) Gilgamesch-Epos 7, 1, 43, SCHOTT (o. Anm. 17) S. 46.

[32]) François THUREAU-DANGIN, Esquisse d'une histoire du système sexagésimal, Paris 1932, S. 16 ff., 78 ff. über die Ursprünge; Beispiele bei Vincent Foster HOPPER, Medieval Number Symbolism, Its Sources, Meaning and Influence on Thought and Expression (Columbia University Studies in English and Comparative Literature 132), New York 1938, S. 19 ff.

[33]) MEISSNER (o. Anm. 30) Bd. 2, S. 407.

[34]) Heinrich QUIRING, Sintflut, Stufenturm und erstes Gotteshaus, in: Saeculum 1 (1950) 397–404; SCHMÖKEL (o. Anm. 1) S. 101 ff.

[35]) L.-Hugues VINCENT OP, De la tour de Babel au temple, in: Revue biblique 53 (1946) 403–440, hier S. 425, 438. Diese Auffassung geht auf Herodot zurück.

[36]) Eckhard UNGER, Der Turm zu Babel, in: ZATW 45 (1927) 162–171, hier S. 171; DERS., Babylon, die heilige Stadt nach der Beschreibung der Babylonier, Berlin-Leipzig 1931, S. 191 ff., 200.

[37]) André PARROT, La tour de Babel (Cahiers d'archéologie biblique 2), Neuchâtel-Paris 1953, S. 48 f.; DERS., Ziggurats et tour de Babel, Paris 1949, S. 211.

[38]) EISLER, Weltenmantel Bd. 1, S. 299. Diese Ansicht knüpft an Homers Giganten an.

verbunden haben[39]). Am wenigsten hat die These für sich, diese Türme seien, wie die ägyptischen Pyramiden, der Eingang in das Totenreich[40]) und Göttergräber gewesen[41]). Jedenfalls aber waren diese Bauwerke kein Dokument menschlicher Hybris, sondern der reinen Frömmigkeit. Der „Turm von Babel" ist nun nicht etwa beim Tempel von Birs Nimrud zu suchen[42]), sondern identisch mit dem Nordturm Etemenanki des dem Marduk geweihten Esagila-Heiligtums in Babylon. Der jüngste Turm, an dieser Stelle von Koldewey ausgegraben, muß etwa 90 Meter hoch gewesen sein, ungefähr gleich hoch wie die New Yorker Freiheitsstatue[42a]). Die zahlreichen Rekonstruktionsversuche, die meist an Herodots Beschreibung anknüpfen, brauchen uns hier so wenig zu beschäftigen wie die Datierungsversuche[43]); es genügt uns, daß wahrscheinlich zu Hammurabis Zeiten ein ähnlich gewaltiges Bauwerk wie das Koldeweysche schon an dieser Stelle stand, das mehrfach abgebrochen und durch Asarhaddon[44]), zuletzt durch Nebukadnezar wieder aufgebaut wurde, den Babyloniern ein stolzes Symbol, den Fremden ein Weltwunder oder, wie dem Verfasser der biblischen Genesis, eine Gotteslästerung. Es mag sein, daß die Babylonier ihren Turm bald mit Legenden umrankten, wie sie auch ihre Stadt für die erste der Welt und den Ausgangspunkt der Menschheit hielten[45]); daß sie, wie man oft behauptet hat, den Turm schon mit der Verteilung der Sprachen und Völker in Verbindung gebracht hätten, beruht auf der falschen Lesung eines Keilschrifttextes und ist recht unwahrscheinlich[46]).

Eine solche Sage hätte sich nämlich nur bilden können, wo die Verschiedenheit der Sprachen und Völker zu einem Problem geworden war, und das

---

[39]) Hugo Gressmann, The Tower of Babel (The Hilda Stich Stroock Lectures at the Jewish Institute of Religion), New York 1928, S. 18 nach einer zuerst von Diodor geäußerten Meinung.

[40]) Th. A. Busink, De Toren van Babel, Zijn vorm en zijn beteekenis, Batavia-Java 1938, S. 48 f.

[41]) Marguerite Rutten, Babylone (Que sais-je? 292), Paris 1948, S. 86 f. einer These Strabos folgend.

[42]) The Encyclopedia Americana, Bd. 3, New York-Chicago 1950, S. 5 sucht ihn immer noch dort; ebenso die Russen W. Nikolski – N. Jakowlew, Warum die Menschen in verschiedenen Sprachen sprechen, Berlin 1947, S. 21.

[42a]) Robert Koldewey, Das wieder erstehende Babylon, 4. Aufl., Leipzig 1925, S. 189 ff.

[43]) Ich nenne nur noch die nicht anderwärts zitierten Arbeiten von Theodor Dombart, Der Stand des Babelturm-Problems, in: Klio 21 (1927) 135–174 und Günter Martiny, Der Turm zu Babel, in: Forschungen und Fortschritte 10 (1934) 30–31.

[44]) Bericht bei Luckenbill (o. Anm. 3) Bd. 2, S. 253 Nr. 659 D.

[45]) Für das Vorhandensein solcher Legenden treten ein: Gressmann, Tower 4; Wilhelm Bousset, Die Religion des Judentums im späthellenistischen Zeitalter, 3. Aufl., hg. Hugo Gressmann (Handbuch zum Neuen Testament 21), Tübingen 1926, S. 493; Jeremias, ATAO 183, 192, 196; Contenau (o. Anm. 23) S. 226 ff. Vgl. u. S. 84 und 116 f.

[46]) S. u. Anm. 65.

war sie, wie überhaupt die geschichtliche und natürliche Mannigfaltigkeit, in Alt-Babylon keineswegs. Die babylonisch-akkadische Sprache war bis Ägypten hin die internationale Verkehrssprache des zweiten Jahrtausends; der Stolz der Weltbeherrscher machte immun gegen alle Fragen nach dem Sinn des geschichtlichen Ablaufs, der durch die Gottheit bestimmt war; die Welt war überhaupt ein wohlgeordneter kosmischer Staat, und diese Ordnung wurde durch die Verschiedenheit von Sprache und Herkunft nicht berührt; Sprache und Volk sind miteinander nicht verbunden und haben in einem Reich, dessen Herren sich „König des Weltalls" nennen, wenig Gewicht[47]).

Viele Anregungen gab Alt-Babylon, das den erobernden Kassiten rasch seine Sprache und Gesittung aufprägte, auch später noch; seine unmittelbaren Erben lernten vor allem von ihm, daß die verworrene Wirklichkeit der Ordnung bedurfte, soweit sie die Götter betraf, und im übrigen ungestört bleiben konnte. Für die fremden Sprachen hatte man schon in Babylon Wörterbücher; aber eine zusammenhängende Geschichtsschreibung gab es – von Königsinschriften und -listen abgesehen – nicht; die Geschichte wurde als ein Wechsel von Heils- und Unheilszeiten, ohne inneres Gesetz, aufgefaßt[48]); die Zeit war eine Entdeckung der Astronomen, nicht der Politiker: nicht die Chronik, sondern der Kalender wurde hier erfunden, dann übernommen von den geistloseren, aber mächtigeren Assyrern. Die in Handel und Verkehr expansiven Assyrer sprachen einen vom Babylonischen nur mundartlich verschiedenen Dialekt und lernten von den Babyloniern auch jene Prunkinschriften von Bauunternehmen und Heereszügen, die am Anfang der assyrischen Geschichtsschreibung stehen. In diesen Inschriften nennt sich schon Hammurabis Zeitgenosse Schamschi-Adad I. „König des Weltalls" und beruft sich darauf, daß die Götter ihm seinen Namen gaben[49]); spätere Nachfolger wiederholten bis zum Überdruß die Versicherung, die Götter hätten ihre Namen von Alters her gekannt[50]). „Herr der vier Weltgegenden, König des Weltalls" wurde zum Titel der assyrischen Herrscher[51]), und stets gab ihnen der Gott dazu die Legitimation.

Zu Beginn ihrer Ausdehnung betete Tugulti-Ninurta I. (ca. 1243–1207), der Ninos der Griechen, zu seinem Nationalgott Aschschur als dem Herrn der

[47]) Hugo Winckler, Der Alte Orient und die Bibel, in: Ex oriente lux, Bd. 2, Leipzig 1906, S. 27 (Sprache und Volk).

[48]) Güterbock (o. Anm. 11) S. 13.

[49]) Inschrift bei Luckenbill (o. Anm. 3) Bd. 1, S. 16 Nr. 43.

[50]) Bei Assurnasirpal II., Luckenbill (o. Anm. 3) Bd. 1, S. 139 Nr. 438; ähnlich S. 188 Nr. 518. Bei Schamschi-Adad V., S. 254 Nr. 714. Bei Sargon II., Bd. 2, S. 63 f. Nr. 120 usw.

[51]) Tugulti-Ninurta I., Luckenbill (o. Anm. 3) Bd. 1, S. 50 Nr. 142; Tiglatpileser I., Pritchard, Texts 274 f.; Assurnasirpal II., Luckenbill Bd. 1, S. 169 Nr. 481; Salmanassar III., ebenda S. 201 Nr. 556; Sargon II., Bd. 2, S. 39 Nr. 77 u. ö.; Sanherib, S. 115 Nr. 233; Asarhaddon, S. 228 Nr. 583; Assurbanipal, S. 321 Nr. 835 usw.

Länder und König der Erdengötter[52]). Seit dem 9. Jahrhundert trat Aschschur die Nachfolge Marduks als Weltherrscher auch faktisch an. Die Eroberungsberichte meldeten mit satanischer Genauigkeit die Hekatomben der geschlachteten Ausländer; von der Eigenart der unterworfenen Völker und Sprachen berichtete keiner. Erst in der Zeit Sargons II. (722–705) fallen einige Bemerkungen darüber, und Sargon selbst erklärt uns die Ursache: er herrsche über Länder, die so weit abliegen, daß seit den Tagen, als Assur von den Assyrern besiedelt wurde, keiner seiner königlichen Vorfahren auch nur ihren Namen gehört habe. Es ist also ein Teil von Sargons Ruhm, wenn in seinen Inschriften mehrmals der Name eines syrischen Palastes „in der Sprache der Amurru" mitgeteilt wird, wenn von einem fremden Land berichtet wird, „dessen Namen nicht leicht zu schreiben sind", wenn Sargon in seiner neuen Residenz Dur-Scharrukin „Völker aus allen vier Erdgegenden, von fremder Zunge und verschiedener Sprache" ansiedelt[53]). Daraus spricht kein Respekt vor der Vielfalt der Sprachen – immer wieder haben Assyrerkönige die Namen ausländischer, vor allem ägyptischer Städte auf assyrisch umbenannt[54]) –; aber die Assyrer respektierten nicht einmal die eigene Sprache. Sie erkannten nicht ihren akkadischen Dialekt als Verwaltungssprache an, sondern das aramäische, mit der phönizischen Buchstabenschrift verbundene Idiom. Sanheribs Unterhändler reden 701 mit den Vertretern Judas aramäisch, aber sie wissen ebensogut hebräisch zu sprechen[55]). Das Gewimmel der Sprachen war noch immer so selbstverständlich, daß ein Besucher aus dem fernen Lydien den letzten großen Assyrerkönig Assurbanipal (668–630) zu dem erstaunten Ausruf veranlaßte: „Die Sprachen von Ost und West, die Aschschur mir zu eigen gegeben – einen, der seine Sprache verstand, gab es nicht, da seine Sprache niemand gehört hatte"[56]). Freilich hatte man demselben Herrscher prophezeit, er werde „das Volk der vier Sprachen", also wohl die Welt beherrschen[57]), und er rühmte sich nun wenigstens, daß Lydiens Name keinem seiner Vorgänger bekannt gewesen sei[58]). Assurbanipal war indes ehrlich interessiert an der Welt der Sprachen; der

---

[52]) Zitiert nach Albright, Steinzeit 216.

[53]) Inschriften, Luckenbill (o. Anm. 3) Bd. 2, S. 102 f. Nr. 186, auch bei Pritchard, Texts 284 (königliche Vorfahren); Luckenbill Bd. 2, S. 37 Nr. 73, S. 53 Nr. 100, S. 55 Nr. 102 (Sprache der Amurru); S. 96 Nr. 172 (nicht leicht zu schreiben); S. 44 Nr. 86, S. 65 f. Nr. 122 (Dur-Scharrukin).

[54]) Sanherib, Luckenbill (o. Anm. 3) Bd. 2, S. 118 Nr. 237 u. ö. Asarhaddon, S. 236 Nr. 608, doch vgl. hier Pritchard, Texts 293 f. Assurbanipal, Luckenbill Bd. 2, S. 346 Nr. 892, S. 364 Nr. 939 usw.

[55]) 2 Reg. (= 4 Reg. Vulg.) 18, 26–28; die Episode ist bei Josephus, Antiquitates Judaicae X, 1, 2 breit ausgesponnen. Dazu Moscati, Geschichte 152 f. und Martin Noth, Geschichte Israels, 2. Aufl., Göttingen 1954, S. 274.

[56]) Meissner (o. Anm. 30) Bd. 1, S. 19.

[57]) Orakel des Ninlil, Pritchard, Texts 451.

[58]) Inschrift, Luckenbill (o. Anm. 3) Bd. 2, S. 297 Nr. 784, S. 352 Nr. 909.

König ließ Wörterbücher und Grammatiken der in seinem Reich gesprochenen Idiome anlegen[59]) und pflegte auch die Übersetzertätigkeit, besonders aus dem Altakkadischen. „Ich lese die kunstvollen Tafeln in Sumerisch, das verdeckte Akkadisch, das schwer zu meistern ist, ich verstehe den Wortlaut von Steinschriften aus der Zeit vor der Sintflut, die völlig rätselhaft sind“[60]). Das königliche Selbstbekenntnis enthüllt die Wurzeln seines Interesses, den Wunsch nach Sicherung im Uralten, Heiligen. Aus der Bibliothek des Königs stammt ein Hymnus an den Sonnengott Schamasch, der die vier Weltgegenden, alle Völker der Erde beaufsichtigt: „Von allen Ländern, auch den in der Sprache verschiedenen, kennst Du die Pläne und beobachtest ihren Lauf“[61]). Der König mußte es dem Gott gleichtun; aber konnte er es? Unter seinen Tontafeln in Ninive stand auch ein Hymnus an den Mondgott, der resigniert schloß: „Dein Wort, das weit weg im Himmel und auf Erden verborgen ist, ist etwas, was niemand sehen kann“[62]). Wieder gab es von dem mächtigen Wort des Gottes zur zersplitterten Sprache der Menschen keine Brücke; man war sich der Sprachverschiedenheiten durchaus bewußt, nur ein religiöses, überhaupt ein theoretisches Problem stellten sie nicht. Für den Assyrer lag das Schwergewicht nicht in solchen Erfahrungen, sondern im Kosmisch-Astralen. Noch die assyrische Chronik des 7. Jahrhunderts, die bis auf Assurbanipal geführte sog. „synchronistische Geschichte“ ist nicht mehr als eine Zusammenstellung der Königslisten von Babylon und Assur zu praktischem Gebrauch[63]).

Nebukadnezar II. (605–562) hat nach dem Sturz des Assyrerreiches noch einmal, nach seinen eigenen Worten, „die Stadt Babylon zur ersten unter den Ländern und allen menschlichen Behausungen“ gemacht und Babels Namen „zum höchsten Ruhm unter den heiligen Städten“ erhoben[64]); er hat auch den Turm Etemenanki neu errichten lassen. Man hat eine Zeitlang geglaubt, der König habe in einem Keilschrifttext aus Birs Nimrud gesagt, der Turm sei von einem alten König gebaut und von den Menschen seit der Sintflut verlassen worden, „indem sie ihre Worte in Unordnung vorbrachten“; doch ist diese Lesung irrig[65]). Erst in der hellenistischen Brechung babylonischen Denkens

---

[59]) Moscati, Geschichte 43.

[60]) Inschrift, Luckenbill (o. Anm. 3) Bd. 2, S. 379 Nr. 986; die deutsche Übersetzung nach Herbert Kühn, Der Aufstieg der Menschheit (Fischer-Bücher 82), Frankfurt/Main–Hamburg 1955, S. 67.

[61]) I, 12, 23, 49, Pritchard, Texts 387 f.

[62]) Hymnus an Sin, Pritchard, Texts 386.

[63]) Text bei Pritchard, Texts 272 ff.; dazu Albert Ten Eyck Olmstead, Assyrian Historiography (The University of Missouri Studies, Social Science Series 3, 1), Columbia-Miss. 1916, S. 29 ff.

[64]) Wadi-Brisa-Inschrift, Pritchard, Texts 307.

[65]) Jules Oppert, Inscription de Borsippa, relative à la restauration de la tour des langues par Nabuchodonosor, in: Journal asiatique, Serie 5, Bd. 9 (1857) 125–209, 490–548; Bd. 10 (1857) 168–226, hier Bd. 9, S. 496 ff.; Bd. 10, S. 218; wiederholt

sind wohl derartige Gedanken auch hier aufgetaucht, zur Zeit des Seleukiden Antiochos Soter, „Königs aller Länder“, der sich noch einmal um Babel und um seinen Turm bemühte[66]). Damals wußte ein Gebet an Bel, den „König der Länder, der die Gegenden teilt“, daß Babylon Bels Wohnung sei und „Dein Haus der Tempel Esagila in der Mitte der Erde“[67]). Zur selben Zeit, um 280 v. Chr., schrieb der letzte Alt-Babylonier, der Mardukpriester Berossos, für Griechen und in griechischem Geist die Geschichte seiner Heimat, vielfach auf verlorenen Materialien aufbauend und uns nur noch in Fragmenten erhalten. Das meiste hat sich rekonstruieren lassen, und dabei ist folgende Erzählung: Der Schöpfergott Bel baute mit den ersten Menschen zusammen das gewaltige Babylon und seinen riesigen Turm. Unter seiner Herrschaft lebten die Menschen einsprachig und einträchtig, bis der neidische Gott Nabu, der Erfinder der Schreibkunst, die Menschen trennte und sie verschiedene Sprachen lehrte; dennoch kamen noch immer viele Menschen aus allen Völkern zu der geliebten Metropole[68]). Hier haben wir gleichsam die Antwort auf die seit dem akkadischen Epos schwelende Frage: Daß die Menschen nicht mehr geeint in einer Sprache den Gott preisen, ist nicht ihre Schuld, sondern den Rivalitäten der Götter zuzuschreiben; wer auf Bel neidisch ist, schlägt sein Babel. Das Dasein liegt also hier noch immer in den Händen der ungreifbaren Mächte, die das All regieren[69]); der Mensch ist ohnmächtig und durchschaut das Spiel nicht. „Das Sinnen eines Gottes ist wie tiefes Wasser; wer ermäße es?“[70]); „Menschen können nicht verstehen, was ein Gott will“, obgleich es die Götter waren, die den Menschen „geistreiche Rede“ gaben[71]). Die Semiten drängten nicht zur Erfassung der Welt als eines sinnvollen, in sich gegliederten Ganzen[72]) – und zwar aus Religion.

*

bei DEMS., Expédition scientifique en Mésopotamie, Bd. 1, Paris 1863, S. 213, hat die Lesung vertreten; sie wurde von vielen aufgegriffen, u. a. von BENFEY, Sprachwissenschaft 29 ff.; Franz KAULEN, Die Sprachverwirrung zu Babel, Linguistisch-theologische Untersuchungen über Gen. XI, 1–9, Mainz 1861, S. 172 f.; Max SCHLESINGER, Geschichte des Symbols, Ein Versuch, Berlin 1912, S. 395. Doch haben schon Henry RAWLINSON und William Henry Fox TALBOT die Inschrift ganz anders gelesen. Die Konfusion wurde richtiggestellt u. a. durch Peter JENSEN, Babylonischer Turm und babylonische Sprachverwirrung, in: Reallexikon der Assyriologie, Bd. 1, Berlin–Leipzig 1932, S. 384 ff.

66) Keilinschrift, PRITCHARD, Texts 317.

67) Tempelprogramm zum Neujahrstag, PRITCHARD, Texts 331 f.

68) Paul SCHNABEL, Berossos und die babylonisch-hellenistische Literatur, Leipzig-Berlin 1923, S. 41, 68, 92 f. hat die Erzählung rekonstruiert.

69) FRANKFORT-WILSON-JACOBSEN, Frühlicht 141 ff.; auch MOSCATI, Geschichte 54 ff.

70) Ludlul bel nemeqi, Zeile 36 ff., bei PRITCHARD, Texts 435; zu dem Gedicht FRANKFORT-WILSON-JACOBSEN, Frühlicht 234 ff.

71) Sog. babylonischer Ecclesiastes, Zeile 264, 279 f., PRITCHARD, Texts 440.

72) Hans Heinrich SCHAEDER, Der Vordere Orient, in: Handbuch der Kulturgeschichte, hg. Heinz KINDERMANN, Bd. II, 1, Potsdam 1936, S. 161–248, hier S. 168 f.

Anders und doch ähnlich spiegelt sich die Welt bei den Indogermanen Vorderasiens. Ihre ersten Vertreter im Vorderen Orient, die Hethiter des 18. bis 13. Jahrhunderts, haben die Weltherrschaft nicht beansprucht; „Königin aller Länder" ist nur die Sonnengöttin, nicht die Hethiterkönigin, die zu ihr betet; die Göttin hat in verschiedenen Ländern verschiedene Namen, das versteht sich hier[73]). Die Götter führen in ihrer eigenen Sprache eine andere Benennung als in der menschlichen[74]); der Abstand zwischen Mensch und Gott ist groß. Bei den Göttern ist der Name wichtig: Bevor der „Vater aller Götter", deren einmal siebzig, ein andermal tausend gezählt werden, seinen Sohn benennt, fragt er sich: „Welchen Namen soll ich ihm geben?"[75]). Aber unter den Menschen kommt es nicht auf bestimmten Wortklang an; die Hethiter haben selber verschiedene anatolische und indogermanische Sprachen nebeneinander benutzt, auch babylonische und syrische Wörterbücher angelegt und wurden durch ihren extremen Polytheismus ohnehin zu weitherziger Toleranz geführt[76]). Der irdischen Sprachenvielfalt gegenüber war das Ergebnis dasselbe wie bei den späten Assyrern; man erregte sich nicht darüber. Weiter griff der erste arische Religionsstifter, Zarathustra, der irgendwann zwischen dem 10. und 6. vorchristlichen Jahrhundert in Nordwestiran auftrat, abseits von allen Großmachtbildungen, inmitten eines viehzüchtenden Stammes von einfachstem Lebensstand[77]). Familie, Dorf und Stamm sind die höchsten Gemeinschaftsformen, die Zarathustra in seinen avestisch verfaßten Hymnen nennt, er denkt nicht an die ganze Welt. Und doch sucht er auf seinem begrenzten Schauplatz die das Göttliche und Menschliche übergreifende rechte Ordnung wiederherzustellen, die von bösen Mächten gestört wurde: zwei Heerlager stehen sich seit der Schöpfung feindlich gegenüber und werden sich erst am Weltende im Feuer scheiden und vereinen[78]). Damit hat Zarathustra, wenn Dualismus und Eschatologie auf ihn selbst zurückgehen und nicht erst spätere Zuspitzungen sind, ein zeitliches, in die Ewigkeit eingebettetes Weltdrama umschrieben, in dem der Mensch sich hier und heute entscheiden muß und frei entscheiden

---

[73]) Gebet der Pudu-hepas, Gemahlin des Hattuschilisch, PRITCHARD, Texts 393.

[74]) Johannes FRIEDRICH, Göttersprache und Menschensprache im hethitischen Schrifttum, in: Sprachgeschichte und Wortbedeutung, Festschrift Albert Debrunner, Bern 1954, S. 135–139.

[75]) Gesang von Ullikumis, PRITCHARD, Texts 122–4.

[76]) Sir John Linton MYRES, Kleinasien, in: Historia Mundi, Bd. 2, München 1953, S. 458 f., 469; Albrecht GÖTZE, Kleinasien, in: Kulturgeschichte des Alten Orients (Handbuch der Altertumswissenschaft 3, 1, 3, 3), München 1933, S. 48–60.

[77]) Walter Bruno HENNING, Zoroaster, Politician or Witch-Doctor? (Ratanbai Katrak Lectures 1949), London 1951, S. 20 ff., 35 ff. und Franz ALTHEIM, Zarathustra, in: Die Neue Rundschau 63 (1952) 165–190 diskutieren Z.s Zeit- und Lebensumstände.

[78]) Hans Heinrich SCHAEDER, Zarathustras Botschaft von der rechten Ordnung, in: Corona 9 (1940) 575–602, hier S. 594 f.

kann; aber auch eine Geschichte der Taten Gottes, ja Weltgeschichte als Heilsgeschichte wird hier, unabhängig vom Alten Testament, intendiert[79]). Damit wird der Kreis magischer Geschichts- und Sprachbetrachtung allenthalben durchbrochen. Der gute Gott ist zwar der Schöpfer der rechten Sprache: „Mazda hat das inspirierte Wort der Vernunft geschaffen", aber die Worte werden gewogen nach Wahr und Falsch; und dafür ist der Mensch selber verantwortlich, danach wird ihm vergolten[80]). So wirkt der Dualismus Zarathustras auch sprachreformerisch; die Dinge des täglichen Lebens werden im Ausdruck streng geschieden, je nachdem, ob von guten, ahurischen oder bösen, daevischen Geschöpfen die Rede ist. Obgleich bereits Alt-Iran erhebliche Dialektunterschiede aufweist, wird die Sprachverschiedenheit ebenso wesenlos wie der Völkerstammbaum: es geht um die Seele des Einzelnen[81]). Auch hier also wird die Mannigfaltigkeit des Geschichtlichen inmitten aller aufkeimenden Geschichtstheologie beiseite gelassen.

Es ist umstritten, ob die Achämeniden Anhänger des Zarathustra waren[82]); als sie zum letztenmal das Erbe des Alten Orients versammelten, nannten sie sich, wie es seit Darius üblich wurde, „König der Länder aller Zungen", allerdings fast nur in ihren babylonisch abgefaßten, nicht in den aramäischen, ägyptischen, griechischen, selten in den persischen Titeln[83]). Die Könige mußten also die Duldung der Völker und Sprachen nicht erst von Zarathustra lernen. Sie haben sie allerdings bis zum Ende durchgeführt, auf die assyrischen Deportationen verzichtet, nicht an Mission für ihren Gott gedacht und die Götter ihrer Völker nebeneinander bestehen lassen. Reichssprache wurde unter Darius I. offiziell für das ganze Reich, nicht nur für seine Westprovinzen, das

---

[79]) Richard Reitzenstein–Hans Heinrich Schaeder, Studien zum antiken Synkretismus aus Iran und Griechenland (Studien der Bibliothek Warburg), Leipzig-Berlin 1926, hier S. 206 f.

[80]) Jacques Duchesne-Guillemin, Zoroastre, Étude critique avec une traduction commentée des Gâthâ (Les dieux et les hommes 2), Paris 1948: Yasna 33, 3 S. 189, Yasna 46, 1 S. 213 (Familie, Dorf und Stamm); Yasna 29, 7 S. 197 (Mazdas Wort); Yasna 43, 5 S. 268, Yasna 31, 12 S. 248, Yasna 49, 11 S. 261 (Menschenwort).

[81]) Günter Lanczkowski, Heilige Schriften, Inhalt, Textgestalt und Überlieferung (Urban-Bücher 22), Stuttgart 1956, S. 81 (Sprachreform); Arthur Christensen, Die Iranier, in: Kulturgeschichte des Alten Orients (o. Anm. 76) S. 255 f. (Dialektverschiedenheiten).

[82]) Henrik Samuel Nyberg, Die Religionen des alten Iran (Mitteilungen der Vorderasiatisch-Ägyptischen Gesellschaft 43), Leipzig 1938, S. 343–355 verneint die Frage; Schaeder, Orient 185 (und öfter anderswo) bejaht sie; vermittelnd Albright, Steinzeit 359.

[83]) Tafel aus Persepolis, Pritchard, Texts 316; zu dem Titel Robert Dick Wilson, Titles of the Persian Kings, in: Festschrift Eduard Sachau zum 70. Geburtstage, Berlin 1915, S. 179–207, hier S. 187 Nr. 2, 2; S. 205 Nr. 7, 1. Nach babylonischer Manier nennt sich Kyros „König der vier Weltgegenden" und Herr über die Schwarzköpfe: Keilinschrift, Pritchard, Texts 315 f.; dazu Wilson S. 183 Nr. 6, 3.

„Reichsaramäisch", nicht das Altpersische; das erzwang eine Mehrsprachigkeit zumindest der Kanzleischreiber[84]), und sie war beabsichtigt, denn Darius ließ seine Grabschrift in drei weiteren Sprachen, Altpersisch, Neubabylonisch, Elamisch verfassen[85]). Aber die gleiche Inschrift nannte 30 unterworfene Völker[86]); 23 waren schon auf der ebenfalls dreisprachigen Felseninschrift von Behistun erschienen[87]), Herodot zählt einmal gar 61 unterworfene Stämme auf[88]), und anderwärts nennt er, doch wohl auf Grund amtlicher persischer Listen, je nachdem, wie man Doppelerwähnungen mitrechnet, 70 oder 72 oder 76 den Persern tributpflichtige Völker[89]). Trotz aller Toleranz wurde also doch das eigene Reich mit der ganzen Welt gleichgesetzt[90]), und die wohl von den Babyloniern übernommene Zahl 72 hatte nur dies zu bekräftigen: 72 Säulen standen im Empfangssaal der Königsburg von Persepolis[91]).

Später wurde Zarathustras Lehre mit babylonischen und anderen Elementen durch die „Magier" zu einer bunten und wirren Theologie verknüpft, deren heiliges Buch das erst unter den Sassaniden in der jung-avestischen Priestersprache niedergeschriebene Avesta wurde. Hier feierte die Zahl 72 ihren Triumph: in 72 Kapitel sind die Gebete eingeteilt[92]). Aber die Universalität war nur scheinbar. Mithras, der Gott, dessen Kult zum gefährlichsten Gegner des jungen Christentums geworden ist, galt zwar als Herr der streitenden Völker, sein Reich ist „weit wie die Erde, dehnt sich über die irdische Welt aus, breit, unbegrenzt"; aber während der Gott Ahura Mazda hier noch immer wenigstens 20 Namen trägt, weiß der Text nur noch 16 Länder der Erde aufzuzählen, und eigentlich sind nur die arischen von Ahura Mazda geschaffen worden, das persische Land ist „die Mitte der Welt"; nur die avestischen „wahr gesprochenen Worte" lassen die Welt wachsen[93]). Hierin spiegelt sich das

---

[84]) Hans Heinrich SCHAEDER, Iranische Beiträge I (Schriften der Königsberger Gelehrten Gesellschaft, Geisteswiss. Kl., 6. Jg., Nr. 5), Halle 1930, S. 1 ff., 27 ff.

[85]) Henrik Samuel NYBERG, Das Reich der Achämeniden, in: Historia Mundi, Bd. 3, München 1954, S. 92 f., 97.

[86]) JEREMIAS, ATAO 164 f.; etwa dieselbe Zahl nennt Xerxes als unterworfen: Inschrift aus Persepolis, PRITCHARD, Texts 316. Dazu Oscar LEUZE, Die Satrapieneinteilung in Syrien und im Zweistromlande von 520 bis 320 (Schriften der Königsberger Gelehrten Gesellschaft, Geisteswiss. Kl., 11. Jg., Nr. 4), Halle 1935, hier S. 93.

[87]) NYBERG (o. Anm. 85) S. 80 f. zur Inschrift; vgl. LEUZE (o. Anm. 86) S. 88.

[88]) Herodot, Historiae VII, 61–99; dazu LEUZE (o. Anm. 86) S. 99.

[89]) Herodot, Historiae III, 89 ff.; dazu LEUZE (o. Anm. 86) S. 43 ff., 85 f., 99.

[90]) Hans Heinrich SCHAEDER, Das persische Weltreich, Breslau 1941, S. 5 ff.

[91]) ENDRES, Zahl 172.

[92]) August Friedrich POTT, Die Ungleichheit menschlicher Rassen, hauptsächlich vom sprachwissenschaftlichen Standpunkte, Lemgo-Detmold 1856, S. 245; auch im Großen Brockhaus, 16. Aufl., Bd. 1, Wiesbaden 1952, S. 554; ich konnte die Angabe nicht nachprüfen.

[93]) The Zend-Avesta, übers. James DARMESTETER (The Sacred Books of the East 4, 23 und 31), 3 Bände, Oxford 1880–87: Mihir Yascht 8 Bd. 2, S. 122 (streitende

Schicksal des Sassanidenreiches, dessen Herrscher sich göttlicher und achämenidischer Herkunft rühmten; zu Beginn waren sie, wie Schahpurs I. Inschriften in Parthisch, Persisch und Griechisch zeigen, mehrsprachig; bald wurde das unter den Arsakiden noch gepflegte Griechisch durch das parthische Pehlevi verdrängt, der Staat wurde, auf die erstarrte zoroastrische Kirche gestützt, reaktionär und aggressiv[94]). Die Exegese der kosmologischen Legenden, etwa im Bundahischn des 7. Jahrhunderts, kannte zwar 33 Arten von Ländern auf der Welt[95]) – vielleicht noch eine Reminiszenz an die 33 nördlichen Sterne – und stellte die Entstehung der Menschheit aus einem Urpaar dar, das sieben Paare zeugte, die Stammeltern der sieben Menschenrassen[96]); aber die gleiche Schrift schildert inmitten aller krausen und obszönen Schöpfungsmythen auch, wie sich ein Teufel ein Weib nahm „und aus ihrer Vermischung kamen der Unterirdische, Gottlose, Neger, Araber der Wüsten"[97]). Eben diesen Arabern ist das Sassanidenreich alsbald ruhmlos und spurlos erlegen. Den Persern und ihrer Sprache allerdings werden wir noch im Islam wiederbegegnen.

Erst ganz spät kam in das System von Zarathustras Anhängern ein Zug universaler Weite, nun wohl schon unter islamischem Einfluß und unter dem Eindruck des indischen Sprachengewirrs. Die Parsen Indiens, die im 11. Jahrhundert Persien vor den streng sunnitischen Seldschuken hatten verlassen müssen, beteten im 19. Jahrhundert noch zu den verschiedenen Tagesgöttern, auch zu einer Gottheit, „die den Vorsitz hat über alle Sprachen der Welt. Diese Sprachen sind 72 an der Zahl, wie es dem ruhmreichen Gott und uns bekannt ist"[98]). Noch hier ist die Zahl nicht der Ausdruck irdischer Buntheit, sondern das Attribut des mächtigen Gottes, Zeugnis für eine wohlgeordnete, aber menschlichem Willen unerreichbare prästabilierte Weltharmonie. Die Zahl selber ist wohl islamisches Gut.

Der Alte Orient hat also vielerlei Ansätze und Gedankensplitter für Spätere bereitgestellt; die Zahl 72 und die Zählbarkeit der Gottesnamen haben ebenso hier ihre Wurzeln wie Zarathustras religiöses Geschichtsdenken. Aber nirgends, weder bei den Semiten noch bei den Indogermanen, hat die religiöse Sprach-

---

Völker); ib. 44 S. 130 (Mithras' Reich); Ormazd Yascht 7 f. S. 24 f. (20 Namen); Vendidad 1, 2 Bd. 1, S. 4 ff. (16 Länder); Farvadin Yascht 87 Bd. 2, S. 201; Astad Yascht 2 S. 284 (Schöpfung der Arier); Zamyad Yascht 86 S. 306 (Mitte der Welt); Sirozah I, 18 S. 10; Aban Yascht 17 S. 57; Raschn Yascht 39 S. 178 (avestisch).

[94]) Schaeder, Orient 197 f.

[95]) Jensen (o. Anm. 24) S. 176.

[96]) Albert Josef Carnoy, Iranian (The Mythology of all Races 6), Boston 1917, S. 297 f. (nach Bundahischn 15, 1–24).

[97]) Konrad Schwenck, Die Mythologie der asiatischen Völker, Bd. 5, Frankfurt/Main 1850, S. 159 (nach Bundahischn 23).

[98]) John Wilson, The Parsi Religion as contained in the Zand-Avastá, Bombay 1843, S. 556.

betrachtung sich mit dem Interesse für irdische Geschichte verbunden, und zwar, weil die Welt als Spielball höherer Mächte galt; vielleicht war diese Welt zwischen Indien und Ägypten wirklich allzu bunt, um verständlich zu sein. Für die Völker und Sprachen, deren Vielfalt man hier täglich vor Augen hatte, war im Denken offenbar kein rechter Platz.

Hier wie in Indien war es also keineswegs der Gruppenegoismus, sondern scheinbar umgekehrt die Vielfalt der historischen Erscheinungen selber, die das Verständnis der Mannigfaltigkeit als Gottes Willen unmöglich machte; gegenüber dieser Vielfalt hat sich die indische wie die babylonische Religion auf das Überirdische zurückgezogen und dabei, auch hier im Gegensatz zum ägyptischen und chinesischen Denken, den Eigenwert des Irdischen, ja des Menschen selbst, gering veranschlagt.

Aber damit sind wir noch immer bei vorletzten Ursachen; denn es gibt eine Kultur, die den Menschen und zugleich die historische Mannigfaltigkeit so ernst nahm wie keine vorher, und die dennoch Sprachenvielfalt und Völkerstammbaum nicht als Problem sah; erst nach ihrer Betrachtung werden wir zusammenfassend urteilen können.

6. Hellas

Die griechische Kultur ist das Werk von Einwanderern und Eroberern, die sich in den weitgespannten Kreis der ägäischen Kultur am östlichen Mittelmeer einfügten, ohne zu zerstören. Möglicherweise haben die Griechen ihren Vorgängern schon früh die griechische Sprache mitgeteilt; sie lernten ihrerseits von ihnen zumindest die ritterliche Lebensführung und damit eine gewisse Blickweite und Distanzierung vom Nächstliegenden[1]). Die darauf nach der Dorischen Wanderung weiterbauende Adelskultur der Hellenen wurde zwischen dem 10. und 8. Jahrhundert nicht auf die Einheit der dialektisch recht zerfaserten Sprache oder der indogermanischen Herkunft gegründet, sondern – soweit das bei einer vorwiegend mündlichen Adelskultur überhaupt möglich war – auf die neue Schrift, die über die ägäische Bilderschrift weit hinausging, indem sie dem phönizisch-aramäischen Konsonantenalphabet präzisierend die Vokale hinzufügte. Allerdings war diese Schrift nicht religiös sanktioniert: kein Gott hat die Schrift erfunden, die Götter schreiben nicht, es gibt keine heilige Schrift, der religiöse Bereich bleibt mündlich[2]). Eben die Religion ist das

---

1) Fritz SCHACHERMEYR, Geschichte der Hellenen bis 356, in: Historia Mundi, Bd. 3, München 1954, S. 116 ff.; DERS., Das Problem der griechischen Nationalität, in: X Congresso Internazionale di Scienze Storiche, Relazioni, 7 Bände, Florenz 1955 (im folgenden abgekürzt: CISS), hier Bd. 6, S. 663.

2) Franz MILTNER, Wesen und Geburt der Schrift, in: Historia Mundi, Bd. 3, München 1954, S. 37 ff.; Richard HARDER, Die Meisterung der Schrift durch die

wichtigste Band dieser Kultur, die von Homer und Hesiod nicht erst neugeformte, aber erst durch sie notdürftig genealogisch gestützte Göttermythologie[3]). Diese Kultur ruhte also, wie die chinesische, nicht auf dem Bewußtsein langen gemeinsamen Erlebens, sondern auf der bewußten Pflege zweier zerbrechlicher Geistesgüter; und beide wurden, anders als in China, erst spät und künstlich in eine ferne Urzeit zurückprojiziert; Ahnenkult und Verehrung der Vergangenheit blieben hier blaß und zweitrangig[4]). Vielleicht hebt sich auch darum das hellenische Gemeinschaftsbewußtsein von dem anderer Völker deutlich ab; die Selbständigkeit der einzelnen politischen Gebilde tritt so eindrucksvoll hervor, daß man die Griechen nicht als ein Volk, sondern als Völkerfamilie hat bezeichnen können[5]). Sprachen- und Völkervielfalt mußten dabei freilich ganz anderes Gewicht als in geschlosseneren Kulturen erhalten.

Der Jonier Homer, dessen Kunstsprache die griechischen Dialekte überwölbte, gab Ende des 8. Jahrhunderts, wenn er selber den Schiffskatalog in die Ilias brachte, eine Heerschau der griechisch-jonischen Städte, aber von einer „Völkertafel" ist diese Aufzählung von 28 griechischen und 16 trojanischen Heerhaufen weit entfernt, und selbst diese Liste hätte der Sänger ohne Hilfe der Musen nicht aufstellen können, auch wenn er zehn *γλῶσσαι* hätte. Die gespaltene irdische Rede ist ohne Unterstützung unverbindlich und arm. Man kennt die Vielsprachigkeit der Ägäis wohl; in diesem Schiffskatalog heißen die Karer, deren Sprache bis heute nicht einzuordnen ist und die zur Urbevölkerung Griechenlands gehören mögen, *βαρβαρόφωνοι*; doch bedeutet das keine Herabminderung der „Andersredenden", denn Homer hält die Karer und ihre Frauen für durchaus ebenbürtig[6]). Die Sprachenvielfalt im Heer der Trojaner wird ohne abfälligen Kommentar hingenommen: „Vielfach gemischt war die Sprache, und mancherlei Stammes die Völker". Diese Vielfalt gehört zum notwendigen Gesetz des Lebens, es gibt eben „andere von anderer Sprache der weit zerstreuten Menschen"; die Menschen sind nun einmal *μέροπες*, das heißt – wenigstens nach der gängigen Übersetzung – „redend, andersredend". Trotz-

---

Griechen, in: Das neue Bild der Antike, hg. Helmut BERVE, Bd. 1, Leipzig 1942, S. 91–108, hier S. 104 f.

[3]) Hans SCHAEFER, Das Problem der griechischen Nationalität, in: CISS Bd. 6, S. 681, 692 ff.

[4]) Richard HARDER, Eigenart der Griechen, Freiburg i. Br. 1949, S. 30 ff.

[5]) Hans Erich STIER, Grundlagen und Sinn der griechischen Geschichte, Stuttgart 1945, S. 73 ff. Vgl. die Diskussion in CISS Bd. 7, S. 143 ff.; Atti, Rom (1957), S. 230 ff., 276 ff.

[6]) Opera, hg. David Binnig MONRO–Thomas William ALLEN, 5 Bände, 2. Aufl., Oxford 1938–50 (unpaginiert): Ilias 2, 484 ff. (Schiffskatalog; die umstrittene Echtheit wird verteidigt u. a. von Wolfgang SCHADEWALDT, Von Homers Welt und Werk, 2. Aufl., Stuttgart 1952, S. 77, 190, 384, 388); Ilias 2, 867 (Barbaren; dazu Julius JÜTHNER, Hellenen und Barbaren, Aus der Geschichte des Nationalbewußtseins [Das Erbe der Alten, NF 8], Leipzig 1923, S. 2); über die Karer sonst Ilias 4, 141 f.; 10, 428.

dem unterreden sich Griechen und Trojaner ohne Dolmetscher. Das Eigene hat keinen Vorzug: die fernen skythischen Abier sind die gerechtesten der Menschen, und gar die Götter machen keinen Unterschied: Am wohlsten fühlt der Sonnengott sich bei den unsträflichen Äthiopiern, und Zeus ist bei Troern und Amazonen nicht minder heimisch als bei den Hellenen[7]). Wie wenig gelang es diesem Werk, das „einen ausgesprochenen Welt-Charakter hat", „die Götter der griechischen Religion so, wie es im Nahen Osten natürlich war, mehr mit ‚Nationen' als mit Daseinsbereichen zu verbinden"[8])! Homer weiß zwar und redet wiederholt davon, daß die Götter die Dinge anders benennen als die Menschen, und er kennt die Flüchtigkeit der Sprache genau: „Leicht ist die Zunge der Menschen gewandt, viel sind auch die Reden aller Art, und weit ist das Gefild' hinstreifender Worte"; aber er entscheidet in keinem Falle, welches denn nun das „richtige" Wort und ob etwa die Sprache überhaupt göttliches Geschenk ist; die „Göttersprache" und Menschenrede unterscheiden sich nicht als unverständlich und verständlich, uralt und gebräuchlich, sondern nur als poetisch-vieldeutig und nüchtern definierend voneinander[9]); an die Geschichte der Sprachen und der Völker denkt der „ungenealogische" Homer nicht. Zwar ist der Vorrang des älteren Stammbaums ein Ruhmestitel, und einzelne Helden sind stolz auf ihre göttlichen Ahnen, Achilles auf Zeus, der künftige Herr der Trojaner und ihrer Kindeskinder Aeneas auf die Zeustochter Aphrodite. Doch Götter und Menschen sind nicht gleichen Stammes, und die Geschlechter der Menschen sind vergänglich wie die Blätter im Walde; dies wächst und jenes verschwindet[10]) – welche Bedeutung könnte die Geschichte da noch haben?

In der Odyssee lenken die Götter mehr noch als in der Ilias in gewissem Sinn das menschliche Geschehen, doch sind die Olympier selber Partei und einig nur gegen gigantische und titanische Werke, wie die den Göttern zum Trotz gebaute Achäermauer und den Versuch der Poseidonssöhne, den Ossa und Pelion auf den Olymp zu türmen, um den Himmel zu erklettern[11]). Weit davon entfernt leben die Menschen ihr eigenes Leben; sie sind *αὐδήεντες* und *μέροπες*,

---

[7]) Ilias 4, 438 (vielfach gemischt); 2, 804 (von anderer Sprache); 2, 285; 9, 340 u. ö. („redend"); 5, 274 ff. (ohne Dolmetscher); 13, 6 (Abier); 1, 423; 23, 205 ff.; Odyssee 1, 22 ff. (Äthiopier usw.; dazu ALBRIGHT, Steinzeit 217).

[8]) SCHADEWALDT (o. Anm. 6) S. 100 (erstes Zitat); Karl KERÉNYI, Eigenart der griechischen Religion, in: RANDA, Handbuch 437 (zweites Zitat).

[9]) Ilias 1, 403 f.; 2, 813 f.; 14, 291; 20, 74; Odyssee 10, 305; 12, 61 (Göttersprache); Ilias 20, 248 f. (Menschensprache); dazu GÜNTERT, Göttersprache 89 ff., besonders S. 111.

[10]) Ilias 15, 166; 23, 789 f. (älterer Stammbaum); 21, 187 ff. (Achilles); 20, 209 und 307 f. (Aeneas); 5, 441 f. (Götter und Menschen); 6, 145 ff. (Blätter im Walde). Ungenealogisch ist Homer nach Willy THEILER, Griechisches Dichten und Denken, in: Historia Mundi, Bd. 3, München 1954, S. 220.

[11]) Ilias 7, 446 ff.; 12, 8 f.; Odyssee 11, 305 ff. Dazu Hubert SCHRADE, Die Achaiermauer und der babylonische Turm, in: Die Welt als Geschichte 11 (1951) 12–25.

„sprechend", ja sogar *αλλόϑροοι*, „andersredend", nicht nur in fernen Ländern: Auf Kreta sogar wohnen Achäer, Kreter, Dorer, Pelasger, Völker verschiedener Sprachen, friedlich beisammen. Und wenn die Sintier auf Lemnos *ἀγριόφωνοι*, „wildredend" sind, nimmt der Dichter das ebensowenig übel wie Hephäst, dessen Lieblinge die Sintier sind. Die Völker scheiden sich nicht nach der Sprache, sondern nach der Gesittung: ob man mit Salz gewürzte Speisen nicht kennt oder ob man fromm und gastfreundlich ist, entscheidet über ihr Ansehen. Zwar ist das Sprechen so sehr ein Teil des geliebten Lebens, daß es den Toten versagt bleibt; vollends der Name, der nach dem Tode fortlebt, ist der wichtigste Teil des Menschen; aber auf die Verschiedenheiten kommt es nicht an, Odysseus kann sich ohne Dolmetscher mit Lotophagen und Kyklopen, Menelaos mit den Ägyptern verständigen[12]). Auch der homerische Hymnus an Aphrodite weiß davon, daß die Sprache der Phrygier und der Trojaner verschieden ist; doch Aphrodite spricht sie beide[13]). Den oder die Verfasser aller dieser Gedichte kann man mit Fug und Recht als „Ahn der griechischen Geschichtsschreibung" feiern[14]), aber soviel „geschichtliches Bewußtsein", Erinnerung an Vergangenes und Versuch, es genealogisch zu ordnen, auch in den homerischen Mythen steckt[15]), das Geschehen unterliegt nicht einer dauernden, vom Ausgang zum Ziel einheitlichen Lenkung; eher als die göttlichen Eingriffe beherrscht die Moira das Panorama der göttlichen und menschlichen Leidenschaften; in ihm ist Platz für alles Vielfältige, das aber nicht eigens in den Sinnzusammenhang des Geschehens gerückt wird.

Verändert ist die Situation bei dem Böotier Hesiod um 700. Er suchte, „tendenziöser" als Homer, die Oberherrschaft des Zeus zu rechtfertigen und tat dies, vielleicht nicht ohne ältere Vorlagen[16]), durch eine genealogische Erzählung vom Kampf der Götter, vom Nacheinander des Chaos und der Gaia, des Uranos, Japetos und anderer, des Kronos und des Zeus. Die Genealogie ist fast schon eine „Geschichtstheologie", beherrscht von dem revolutionären Gedanken: „Die Götter sind geworden"[17]). Hesiod scheidet bereits die Welt-

---

[12]) Odyssee 6, 125; 20, 49 („sprechend"); 1, 183; 3, 302; 14, 43; 15, 453 („andersredend"); 19, 175 ff. (Kreta); 8, 294 („wildredend"); 11, 123; 23, 270 (mit Salz gewürzt); 6, 120 f.; 13, 201 f. (fromm und gastfrei); 11, 141 ff. (sprachlose Tote); 24, 93 (Fortleben des Namens); 8, 550 ff. (wichtigster Teil des Menschen).

[13]) Hymnus V, 113, in: Opera, hg. Thomas William ALLEN, Bd. 5, Oxford 1946, S. 68.

[14]) Wolfgang SCHADEWALDT, Die Anfänge der Geschichtsschreibung bei den Griechen, in: Die Antike 10 (1934) 144–168, hier S. 148 ff.

[15]) Bruno SNELL, Die Entdeckung des Geistes, 3. Aufl., Hamburg 1955, S. 203–210.

[16]) Ulrich von WILAMOWITZ-MOELLENDORFF, Der Glaube der Hellenen, 2. Aufl., Bd. 1, Darmstadt 1955, S. 332–337; vgl. auch Wilhelm Süss, Hellen, in: RE 8, Stuttgart 1912, Sp. 170–173.

[17]) Werner JAEGER, Die Theologie der frühen griechischen Denker, Stuttgart 1953, S. 19 f.

alter und muß auch die Hellenen von der Göttergenealogie her sehen: Er war es wohl, der die Sagengestalt des Hellen einführte und ihm als Söhne die Äolier und Dorer, als Enkel die Jonier zusprach[18]). Eine historisch sinnvolle Folge sollte die Einheit der – von den Früheren nicht geordneten – Götter- und Menschenwelt begründen: gleichen Ursprungs sind nun die Götter und die sterblichen Menschen; uns kümmert es dabei wenig, ob hinter dem Griechenstammbaum nur der Wunsch reiner Konstruktion oder historisch-politische Realität stand[19]); wichtiger ist uns, daß auch Hesiod über der Einheit die Vielfalt nicht vergaß, sie aber nicht „theologisch" begründete. Von den Stämmen der Menschen im Goldenen Zeitalter redet er unbefangen im Plural, als glaubte er an ihre ursprüngliche Einheit nicht; die Sonne kommt zu den dunkelfarbigen Männern eher als zu den Hellenen, und als „redend" gelten alle Menschen, nicht nur die der griechischen Sprache mächtigen. Für den Verteidiger des Zeus ist die Sprache zwar göttliche Schöpfung, von Hermes dem Menschen in die Wiege gelegt, von den Musen zum Dichterwort geläutert, doch sie ist in die Hand des Menschen gegeben, der seine Worte „gerade machen" oder „Trug reden" kann[20]). Schon dabei achtete man nicht auf Alter und Herkunft der Sprache, sondern auf ihre richtige Anwendung hier und jetzt; nicht ob sie von Göttern oder Menschen einst erfunden wurde, sondern ob sie brauchbar ist, wurde zum Problem[21]). Gerade der Abstand vom Gewordenen, kritische Sichtung auf gegenwärtige und allgemeine Wahrheit hin bildeten das griechische Thema bei Betrachtung der Sprache; auf die Vielzahl der Idiome kam es nicht an. Selbst die naheliegende Frage, wie denn ein und dasselbe Ding bei verschiedenen Völkern überhaupt gültig auf so verschiedene Weise benannt werden könne, tauchte zunächst nirgends auf.

Die griechische Lyrik des 7. und 6. Jahrhunderts wurde durch alle theoretischen Fragen und politischen Unruhen zunächst nicht in der Sicherheit ihrer zeitlosen Aussagen gefährdet. Der abenteuerlustige Äolier Alkaios rühmte sich

---

[18]) Hesiodi Carmina, hg. Alois RZACH, Leipzig 1902: Theogonie 116 ff. S. 21 ff. (Genealogie); Werke und Tage 108 ff. S. 146 ff. (Weltalter); Fragment 7 S. 323 (Hellen).

[19]) Hermann BENGTSON, Hellenen und Barbaren, Gedanken zum Problem des griechischen Nationalbewußtseins, in: Unser Geschichtsbild, Wege zu einer universalen Geschichtsbetrachtung, München 1954, S. 25–40, hier S. 35 hält gegen STIER an der Realität fest.

[20]) Werke und Tage 90, RZACH (o. Anm. 18) S. 143 (Stämme); 527 f. S. 221 (Sonne); 143 S. 153; 180 S. 159 (redende Menschen); 61 f. S. 139; 79 f. S. 142 (Sprachschöpfung); 263 f. S. 174 (gerade Worte); Theogonie 27 f. S. 7 (Trugreden, den Musen in den Mund gelegt). Dazu Walter Friedrich OTTO, Die Musen und der göttliche Ursprung des Singens und Sagens, Darmstadt 1955, S. 32 f.

[21]) Erich HEINTEL, Sprachphilosophie, in: Deutsche Philologie im Aufriß, hg. Wolfgang STAMMLER, Bd. 1, Berlin 1952, Sp. 453–498, hier Sp. 457 f.

zwar um 600 v. Chr., Ägypten zu kennen, und schwärmte von fernen Ländern, doch mehr fesselte ihn die Politik der Vaterstadt[22]). Seine Zeitgenossin Sappho konstruierte zwar Göttergenealogien, aber hingegebener besang sie die Liebe[23]). Doch Solon (ca. 640 bis nach 561) klagte, daß sich die Sprachen rasch ändern; das Edle ist flüchtig und dem Verfall ausgesetzt; die Athener, die vor dem Schuldzwang fliehend in der Fremde umherirren, sind schon dem Klang der attischen Sprache entwöhnt[24]). Und der Thebaner Pindar (ca. 518 – ca. 446), einer der letzten aus der alten Adelswelt, umkreiste schon von vielen Seiten unsere Themen. Das Irdische wechselt schnell und wandelt die Menschen; die Dichter allein bewahren das Alte und die edlen Taten der Vergangenheit auf. „Worte dauern länger als Taten", das recht gesprochene Wort ist unsterblich; vor allem das Wort der Götter, doch auch das wahre und das edle Wort haben Kraft. Namen zu geben, ist ein göttliches Geschäft, Beredsamkeit kommt von den Göttern, das Singen und Sagen ist göttlich, denn Zeus hat die Musen geschaffen. Wer so fromm am Alten haftet, sieht es gefährdet; die Gelassenheit Homers ist dahin, auch den fremden Völkern gilt kein freundliches Wort, den schwärzlichen Kolchiern so wenig wie den barbarischen Sprachen, rauh von Art und widrig; Götter und Menschen sind wohl eines Geschlechts, aber es gibt Unterschiede: der Grieche Japetos, Kind des Himmels und der Erde, ist Stammvater der Menschen nach der Flut; der Mittelpunkt der Erde ist Delphi[25]). Der Kreis, dem die Griechen ihre Liebe schenken, scheint sich zu verengen.

Doch dieser Schluß ist trügerisch, denn im gleichen 6. Jahrhundert regten sich andere Kräfte, freilich zumeist nichtgriechischer Herkunft, mit Zentren außerhalb des griechischen Mutterlandes. Da sie viele Nachfolger fanden, ist uns ihr Gedankengut nur in später Spiegelung zugänglich – nur unbenutzte Kirchen werden nicht immer wieder umgebaut –; deutlich ist, daß die Orphiker schon früh den Gott ahnten, der in allen ist, auch wenn er verschiedene Namen

---

[22]) Alkaios, hg. Max TREU, München 1952: S. 86 (Ägypten, nach Strabo I, 37); Apollohymnus, S. 20; An Antimeneidas, S. 62 (ferne Länder).

[23]) Sappho, hg. Max TREU, München 1954, S. 100 (Genealogien).

[24]) Dichtungen, hg. Eberhard PREIME, München 1945, S. 30.

[25]) Pindari carmina, hg. Otto SCHROEDER, Leipzig 1908: Olympia 7, 173 ff. S. 45; Isthmia 3, 29 ff. S. 239 (Wandel des Irdischen); Isthmia 5, 32 ff. S. 246 f.; 7, 23 ff. S. 256 (bewahrende Dichter); Nemea 4, 10 f. S. 182 (Worte und Taten); Isthmia 4, 68 f. S. 242 (recht gesprochenes Wort); Olympia 7, 125 f. S. 43; Pythia 1, 130 ff. S. 88 (Götterwort); Olympia 1, 45 ff. S. 5 (wahres Wort); Pythia 2, 82 f. S. 96 (edles Wort); Olympia 10, 59 ff. S. 63; Pythia 4, 211 f. S. 113 (Namengebung); Pythia 1, 79 ff. S. 86 (Beredsamkeit); über die Musen OTTO (o. Anm. 20) S. 28; Pythia 4, 377 f., SCHROEDER S. 120 (Kolchier); Isthmia 6, 34 ff. S. 251 (barbarische Sprachen); Nemea 6, 1 ff. S. 194 (Götter und Menschen); Olympia 9, 75 ff. S. 55 (Japetos); Pythia 6, 3 f. S. 134; 11, 17 S. 160 (Delphi).

trägt; und folgerecht suchten sie auch den Ursprung in der Zeit: Die Menschen waren tierisch, bis der göttliche Sänger Orpheus sie unterrichtete – und was eher als die Sprache konnte er sie lehren?[26]) Pythagoras von Samos (gest. ca. 496) pries den Ordner der Sprache und Erfinder der Namen als den weisesten der Menschen, ob er nun ein Gott, ein Mensch oder ein göttlicher Mensch sei. Das Griechische genoß höchste Achtung, die Pythagoreer schrieben seinen Gebrauch ihren griechischen Anhängern vor, denn sie mißbilligten das Reden in einer Fremdsprache. Aber wenn jeder in seiner Muttersprache reden sollte und Nichtgriechen nicht ausgeschlossen wurden, bedeutete gerade diese Vorschrift eine hohe Schätzung aller Sprachen. Auch im Griechischen gebe es, so hieß es, verschiedene Stufen: Dorisch sei der älteste, Attisch der jüngste der Dialekte, und Doros, Vater des Hellen und der Griechen, war vielleicht der erste, der es sprach. Das Wort und die Sprache erhielten hier ein ungewohntes Gewicht; den Taten die Namen zuzulegen ist das Zweitweiseste; das Weiseste ist indes die Zahl[27]). Sie drückt noch mehr als das Wort das Wesen der Dinge aus, vor allem in der Musiktheorie und Astronomie; seit Pythagoras haben die Zahlen bei den Griechen kosmische Bedeutung[28]). Die 72 ist noch nicht unter den Bevorzugten; erst im 2. nachchristlichen Jahrhundert hat eine hermetische Schrift dem Pythagoras 72 goldene Verse in den Mund gelegt[29]).

Aber auch diese neue Richtung wurde gleich wieder durchkreuzt. War ihre Formel für das Weltverständnis nicht zu vordergründig? Konnte man auf Wort und Zahl wirklich schwören? War ihre Kraft nicht auf jene ferne Vorzeit beschränkt, von der Aesops Fabeln um 550 meldeten, daß es noch eine Sprache gab, „daß alle Tiere eine Sprache redeten", „die gleiche Sprache wie die Menschen"?[30]) Der Eleate Parmenides glaubte jedenfalls um 500 den Worten nicht mehr und traute auch ihren ersten Schöpfern nicht: Nach dem Schein drückten die Menschen bloße Namen, trügerische Worte, „Namensstempel" den Dingen auf; sie haben nur eine Teilwahrheit, denn das eine Wahre und das viele Trügerische unterscheiden sich wie das Sein vom Werden, wie die Dinge von den

---

[26]) Orphicorum fragmenta, hg. Otto KERN, Berlin 1922, S. 251 f. Nr. 239 b (Gott in allen); S. 302 ff. Nr. 292 (Orpheus).

[27]) Jamblichos, De vita Pythagorica, hg. Ludwig DEUBNER, Leipzig 1937: Nr. 56 S. 30 f. (Ordner der Sprache); Nr. 241 S. 129 (Griechisch); Nr. 242 f. S. 130 (Dorisch und Doros); Nr. 82 S. 47 (das Zweitweiseste). Dazu Ernst HOFFMANN, Die Sprache und die archaische Logik (Heidelberger Abhandlungen zur Philosophie und ihrer Geschichte 3), Tübingen 1925, S. 22 f.

[28]) Gustav JUNGE, Die Sphärenharmonie und die pythagoreisch-platonische Zahlenlehre, in: Classica et Mediaevalia 9 (1947) 183–194, hier S. 185 ff.

[29]) Pieter Cornelis van der HORST, Les vers d'or pythagoriciens, Leiden 1932, S. XXXVIII. Danach ist ENDRES, Zahl 171 zu verbessern.

[30]) Aesopische Fabeln, hg. August HAUSRATH, München 1944: Nr. 39 S. 52; Nr. 42 S. 56; Nr. 62 S. 72.

Worten[31]). Daß die Sprache geschichtlich ist, wurde hier entdeckt; aber eben durch diese Entdeckung verlor sie allen Kredit. Vielfalt ist trügerisch.

Als den jonischen Naturphilosophen das Ganze der Welt problematisch wurde, suchten auch sie hinter den Erscheinungen die intellektuell erfaßbare Einheit, nicht die Fülle der Erscheinungen, erst recht nicht die historische Eigenart. Für Heraklit von Ephesus, der doch Wandel und Werden noch am meisten betonte, war um 500 die Weltordnung nicht geschaffen, sondern ewig, eine Kreislinie mit gleichem Anfang und Ende. Daher ist Vielheit nur ein Name, und der Name gibt das Wesen nicht richtig wieder: so heißt der Bogen *βιός* und bringt doch nicht *βίος*, das Leben, sondern den Tod. Man denkt an Lao Tses umgekehrte Worte; doch ist für Heraklit der Name nicht bloße Willkür der Namengeber, er deutet durch seine Paradoxie auf tieferliegende Zusammenhänge, auf die Harmonie der Gegensätze, auf die Wahrheit und das versteckte Wesen der Dinge, auf den göttlichen Logos, der das All lenkt. Nur in diesem Zusammenhang achtet man auf das Wort, das, für sich genommen, meistens falsch ist[32]). Damit wurde die hesiodische Frage nach der Sprachrichtigkeit aufgenommen und kam nun nicht mehr zur Ruhe. Diese Frage aber, ob Wort und Sein miteinander identisch sind oder nicht, nimmt auf die Geschichte der Sprache und auf die Verschiedenheit der Zungen keine Rücksicht.

Die Differenzierung der Völker wurde ernst genommen; als Hekataios von Milet um 500 die Grundlagen der Geographie und Ethnographie legte, reihte er die Völker *ἐθνικῶς* aneinander; aber wiederum wurde das historische Problem nicht angerührt. Hekataios versicherte zwar: „Das Folgende schreibe ich, wie es mir wahr zu sein scheint, denn die Berichte der Hellenen sind, wie sich mir zeigt, widerspruchsvoll und lächerlich"; aber der Rationalist ließ die Hellenenstammtafel des Hesiod nicht nur gelten, sondern verlängerte sie sogar bis zum ersten Menschen Deukalion zurück[33]). War es denn nicht „widerspruchs-

---

[31]) Die Fragmente der Vorsokratiker, hg. Hermann Diels, Bd. 1, 6. Aufl., Berlin 1951: Fragment B 8, 39 S. 238 (bloße Namen); B 19 S. 245 (nach dem Schein, Namensstempel); B 8, 3 ff. S. 235 f. (Sein und Werden). Dazu Hoffmann (o. Anm. 27) S. 8 ff.

[32]) Fragmente, hg. Bruno Snell, 4. Aufl., München 1944: Fragment B 30 S. 14 (ewige Weltordnung); B 103 S. 32 (Kreislauf); B 48 S. 18 (Bogen); B 8 S. 8 (Harmonie der Gegensätze); B 112 S. 34 (Wahrheit); B 123 S. 36 (verstecktes Wesen); A 16 S. 42 (göttlicher Logos). Dazu Cassirer, Philosophie 57 ff.; Hoffmann (o. Anm. 27) S. 1 ff.; Hans Diller, Weltbild und Sprache im Heraklitismus, in: Das neue Bild der Antike, hg. Helmut Berve, Bd. 1, Leipzig 1942, S. 303–316, hier S. 313 f.; Bruno Snell, Der Aufbau der Sprache, Hamburg 1952, S. 207 ff.

[33]) Fragment 1 a, bei Felix Jacoby, Die Fragmente der griechischen Historiker, 3 Bände, Berlin und Leiden 1923–55, hier Bd. 1, S. 7 f. Zur Anordnung der Völker Karl Trüdinger, Studien zur Geschichte der griechisch-römischen Ethnographie, Diss. phil. Basel 1918, S. 9 ff. Zu den Genealogien Lionel Pearson, Early Ionian Historians, Oxford 1939, S. 96 ff.

voll und lächerlich", nur den Hellenen eine Stammtafel zu geben, wenn man rings um sich die Fülle der Völker sah? Hekataios selbst, der seine Ahnentafel mit einem Gott begann, wurde ganz kleinlaut, als er die um ein Vielfaches längeren Genealogien der Ägypter sah[34]). Freilich, auch hier entschied nirgends die Vergangenheit, der uralte Segen der Götter und ihrer Schöpfungskraft über den Wert des jetzigen Augenblicks; und nirgends erhielt die Mannigfaltigkeit erhöhten Wert.

In der neuen Zeit des Stadtstaates behielten die Griechen ihren weiten Horizont und suchten meist auch den Fremden gerecht zu werden; das neugierige ethnographische und geographische Interesse verstärkte sich, obgleich jetzt Näherliegendes als Schrift und Mythologie, etwa die „Neigung für den eng umschlossenen, leicht überschaubaren Raum" oder das Erlebnis der Kolonisation die Griechen enger zusammenband[35]). Auch die Perserkriege machten hierin keine Epoche; sie weckten das geschichtliche Bewußtsein, aber nicht den Stolz auf die eigene Vergangenheit. Eher lösten sich die alten Ordnungen auf, wie es die Reihe der drei großen Tragiker zeigt.

Aischylos (525/4–456/5) stand noch in fast pindarischen Ordnungen. Er kannte zwar die Verschiedenheit der Sprachen: Orest ahmt, um sich zu verstellen, die fremde Mundart nach; Perser und Trojaner haben ihre eigenen Idiome, Kassandra spricht „mit fremder Zunge", kann allerdings auch Griechisch. Aber die Heimat hat den Vorrang: Zeus soll Theben nicht vernichten, weil die hellenische Sprache in ihm tönt; eine Fremdredende wird gern getadelt, ihre Sprache klingt wie das Zwitschern der Schwalbe und bedarf des Dolmetschers. Auch die Völker sind verschieden; die Natur kleidet uns nicht in Züge gleicher Art; bei den schwarzen Äthiopiern und am Nil wächst ein anderes Geschlecht als in Hellas. Doch auch hier sind die Akzente klar gesetzt: nur die Argiver stammen von Zeus; die Mitte der Erde ist Delphi. „Die Zeit wandelt sich, und alles wandelt sich mit ihr", aber die Götter stehen über ihr; zwar tragen sie viele Namen, aber ihr Wort ist wahr und wird zur Tat; der Name ist frei gewählt, aber oft trifft er das Schicksal des Trägers[36]). Die

---

[34]) Herodot, Historiae II, 143; dazu SCHADEWALDT (o. Anm. 14) S. 156 f. und Wilhelm NESTLE, Griechische Geistesgeschichte von Homer bis Lukian, in ihrer Entfaltung vom mythischen zum rationalen Denken dargestellt, Stuttgart 1944, S. 99 f.

[35]) Richard HARDER, Weltöffentlichkeit bei den alten Griechen, in: Studium Generale 6 (1953) 129–137, hier S. 129 (überschaubarer Raum); SCHAEFER (o. Anm. 3) S. 687 ff. (Kolonisation).

[36]) Tragoediae, hg. Gilbert MURRAY, 2. Aufl., Oxford 1955: Totenopfer 563 S. 300 (Orest); Perser 406 f. S. 69 (Persersprache); Agamemnon 325, 1200, 1254 S. 220, 255, 257 (Trojaner, Kassandra); Sieben gegen Theben 69 ff. S. 157 (Theben); Schutzflehende 973 S. 43 (Tadel); Agamemnon 1050 f., 1062 S. 248 f. (Schwalbe, Dolmetscher); Schutzflehende 496 ff. S. 23 (Natur); Gefesselter Prometheus 809 S. 134 (Äthiopier); Schutzflehende 291 ff. S. 15 (Argiver; der Vers in den „Persern" 146

Griechen stehen im Schutz der Götter; die Vielfalt des Geschehens rührt sie nicht an.

Auch bei Sophokles (495–406) blieb, inmitten aller tragischen Verflechtungen, dieser Bereich sakrosankt. Woher die Sprache kommt? Der Mensch erlernte sie wie die windschnellen Gedanken. Von wem? Vernunft pflanzten dem Menschen die Götter ein. Darum treffen die Namen die Dinge durchaus; auch wenn die Götter viele Namen haben und verschiedenen Orts anders heißen, bleiben Sprechen und Tun - wenigstens der Forderung nach - beisammen. Und diese Sprache ist griechisch; an ihr erkennt Philoktet die Freunde, ihr Gegensatz ist ἄγλωσσος, „sprachlos". Teukros, ein Sklavensohn, spricht eine Barbarensprache, vergleichbar dem unverständlichen Geschrei der Vögel. Aber nur die Sprache und Bildung, nicht der Stammbaum macht den Hellenen, denn selbst Agamemnon stammt von barbarischen Phrygern her[37]). Den naheliegenden Schritt von den vielnamigen Göttern zum gleichen Recht aller Sprachen tat Sophokles nicht; der nächste Schritt zerriß den Zusammenhang von Gedanken, Wort und Tat auf unerwartete Weise.

Euripides (ca. 484–407) war schon ein halber Sophist, wenn er lehrte, daß viele anders reden, als sie denken, daß man der falsch schwörenden Zunge nicht trauen dürfe – und doch sei sie mächtiger als die Tat und sei die einzige Königin der ganzen Welt. Nun werden die Standpunkte auswechselbar: auf Tauris stimmen Griechenmädchen barbarische, fremdtönende Gesänge an; ja, Iphigenie selbst singt, nach dem Bericht des Thrakerboten, barbarische Hymnen, die die Thraker nicht verstehen. Weit in der Ferne sind nun die schweigenden Götter, deren Namen der Mensch nicht mehr kennt. In der Erdmitte wohnt noch immer der delphische Apoll, Hellas bleibt das Land der Gesetze und des Maßes, aber über alle Grenzen hinweg reicht die Gemeinschaft der Edelgesinnten; man kann die Götter auch „in Asiens Sprache" verehren[38]). Der Ab-

---

S. 58, der die Herkunft der Perser von Perseus erwähnt, ist unecht); Eumeniden 165 f. S. 331 (Delphi); 286 S. 336 (Wandel der Zeit; die Echtheit des Verses wird bestritten); Gefesselter Prometheus 210 S. 111 (viele Götternamen); 1032 f. S. 143; Schutzflehende 598 f. S. 27 (Götterwort); Agamemnon 160 ff. S. 213 (frei gewählter Name); 681 ff. S. 234 (Name und Schicksal).

[37]) Fabulae, hg. Alfred Chilton PEARSON, Oxford 1946 (unpaginiert): Antigone 354 f. (Sprache, windschnelle Gedanken); 683 (Vernunft); Aias 430, 914 (Name und Ding); Antigone 1115 (vielnamige Götter); Oedipus auf Kolonos 41 ff. (verschiedene Benennungen); Philoktet 98 f. (Sprechen und Tun; die hier von Odysseus vorgetragene Meinung ist der des Dichters sichtlich entgegengesetzt); Philoktet 225 (Griechisch); Trachinierinnen 1060 („sprachlos"; dazu JÜTHNER, Hellenen und Barbaren 4); Aias 1263 ff. (Teukros und Agamemnon); Antigone 1001 f. (Geschrei der Vögel).

[38]) Fabulae, hg. Adolph KIRCHHOFF, 3 Bände, Berlin 1867–68: Andromache 451 f. Bd. 1, S. 61 (Reden und Denken); Schutzflehende 395 Bd. 2, S. 104 (Zunge); Hippolyt 612 S. 156 (falsch schwören); Hekabe 1187 ff. Bd. 1, S. 175 (mächtiger als die Tat); ebenda 816 ff. S. 163 (Königin der Welt); Iphigenie auf Tauris 180 Bd. 2, S. 252 (Griechenmädchen); ebenda 1337 f. S. 289 (Iphigenie); Fragment 781, 13 (schweigende Götter; dazu Hermann USENER, Götternamen, Versuch einer Lehre von der religiösen

stand von der eigenen Art wächst, aber auch der alte Glaube verliert seine haltende Funktion – müßte man ihn nicht mit der neuen Blickweite versöhnen?

In dieser Absicht schrieb der Nachfolger des Hekataios, Herodot von Halikarnaß (ca. 484–425) um 450 Weltgeschichte, die erste der Weltliteratur überhaupt, mit großem Abstand von der eigenen Welt, mit leidenschaftlichem Bemühen um ihre Erweiterung besorgt. Die Geschichte gewann hier theologischen Rang als der Wettstreit der Völker vor dem Schiedsgericht der Götter. Im Kreislauf der irdischen Dinge und hinter ihm fällt das Sichtbare mit dem Unsichtbaren zusammen; die Geschichte deutet den Glauben. Das Einzelne wird aus seinen Ursprüngen her begreiflich, gerade auch das Andere und Fremde[39]). Dieses Fremde wurde bei Herodot als Panorama geschildert, mehr sezierend und differenzierend als zusammenfassend; die widersprechendsten Mythen und Vorstellungen blieben nebeneinander stehen, wurden eher noch auseinandergespalten als kondensiert, und die kunstvoll lockere literarische Form des Werkes mit zahlreichen Exkursen schien die fast theologische Bedeutung der Mannigfaltigkeit nur zu unterstreichen.

Weit über Hekataios hinausgehend, der nur Europa und Asien geschieden hatte, trat Herodot für die Vierteilung der Erde ein und gab damit der späteren griechischen Geographie das Stichwort[40]); in den Randgebieten sah er nicht Barbarei, sondern Glück und Frieden. Die Völkerursprünge wurden ebenfalls differenziert; zwar heißt es: „Ich bin verpflichtet, zu berichten, was man sich erzählt, ganz und gar nicht bin ich verpflichtet, es zu glauben"; doch seine Vorliebe für Stammbäume hat vermuten lassen, daß Herodot selber in den Ursprüngen das Ganze suchte[41]), so bei den Makedonen, die von den drei Söhnen eines Temenos ausgehen, auch bei den Skythen, dem jüngsten aller Völker, das die drei Kinder des Targitaos als seine Ahnen verehrt[42]). Allerdings blieb

---

Begriffsbildung, 3. Aufl., Frankfurt/Main 1948, S. 5); Iphigenie auf Tauris 1258 Bd. 2, S. 287 (Delphi); Medea 536 f. Bd. 3, S. 106 (Hellas); Fragment 902 und 1041 (Gemeinschaft der Edelgesinnten); Bacchantinnen 158 f., 1034 Bd. 1, S. 96, 123; Orestes 1397 Bd. 3, S. 183 (fremde Sprachen).

[39]) Harder (o. Anm. 35) S. 135 (Schiedsgericht); Karl Reinhardt, Herodots Persergeschichten, in: Von Werken und Formen, Vorträge und Aufsätze, Godesberg 1948, S. 163–224, hier S. 167 f. (Geschichte und Glaube); Walter Friedrich Otto, Herodot und Thukydides, in: Rudolf Stadelmann (Hg.), Große Geschichtsdenker, Ein Zyklus Tübinger Vorlesungen, Tübingen-Stuttgart 1949, S. 11–33, hier S. 22–29 (Einzelnes und Ursprünge); Trüdinger, Ethnographie 14–36 (Interesse für Fremdes).

[40]) Walter Mohr, Die ethnographische Vierteilung der bewohnten Erde bei den Griechen, in: Petermanns Geographische Mitteilungen 87 (1941) 250–263, hier S. 251; auch Hugo Berger, Geschichte der wissenschaftlichen Erdkunde der Griechen, 2. Aufl., Leipzig 1903, S. 87.

[41]) Hermann Kleinknecht, Herodot und die makedonische Urgeschichte, Antrittsvorlesung an der Universität Münster am 30. 6. 1954 (ungedruckt).

[42]) Historiae, hg. Charles Hude, 3. Aufl., 2 Bde., Oxford 1947 (unpaginiert): II, 16, 1; IV, 42, 1 (vier Erdteile); VII, 152, 3 (Verpflichtung zum Bericht); VIII, 137 f.

Herodot bei solchen Erzählungen stehen, er suchte sie nicht miteinander zu verknüpfen; im Gegenteil, nicht ohne Ironie erzählte er vom Hochmut der Ägypter, die sich das älteste Volk der Welt dünken und erst durch den Versuch des Psammetich belehrt werden; ebenso unverkennbar teilte der Historiker nicht die Ansicht der Perser, die sich für die vollkommensten Menschen halten und diejenigen am meisten verachten, die am weitesten von ihnen entfernt wohnen. Getreulich gab er die Liste der etwa 72 den Persern tributpflichtigen Völker wieder, aber ohne den doch wohl dazugehörigen Anspruch der Perser, die ganze Welt zu besitzen; der Jonier Herodot verzeichnete gelassen die Jonier als das erste unter diesen Völkern. Alles Übermaß war ihm verdächtig; der Turm von Babel, den Herodot allerdings nicht richtig beschreibt, wird ausführlich geschildert, doch daß er mit dem Glauben der Babylonier zu tun habe, wird dem Leser durch ein „Ich glaube es aber nicht“ verleidet[43]). Im Wettbewerb der Völker gibt es keine Vorgabe; auch die Hellenen müssen sich die nüchternste Behandlung gefallen lassen. Daß bei ihnen der Mittelpunkt der Welt läge, will Herodot nicht mehr wahr haben. Über ihre Abstammung von den Göttern hören wir nichts; nur gegenüber den Persern, nicht a priori sind sie verbunden durch eine Sprache, einen Götterglauben und den gleichen Kult. Herodot hat zwar entschieden behauptet, die Hellenen hätten immer dieselbe Sprache besessen; aber die Gemeinsamkeit der Sprache ist, etwa im Fall der Karer und ihrer Verwandten, beileibe kein Indiz für gleiche Herkunft; die gemeinsame Mundart kann nachträglich entstanden sein. Wie sorgfältig achtet Herodot auf die Sprachen und auf ihre Geschichte! Wer von wem die Sprache übernahm, ist – im gleichen Fall der Karer – durchaus unsicher; ihre Sprache ist den Griechen unverständlich, aber woher sie kommt, wer weiß das? Wenn ein Volk seine alte Sprache beibehalten hat, ist das eigener Erwähnung wert; von der ursprünglichen Sprache der Pelasger weiß man jedenfalls nichts. Vermutlich war es eine Barbarensprache, und wenn das für alle Pelasger zutrifft, dann haben auch die Attiker früher barbarisch geredet; da aber jetzt Pelasger und Attiker verschieden sprechen, müssen die letzteren ihre Sprache gewechselt haben. Auch die kleinasiatischen Jonier, die doch eines Stammes sind, haben vier Idiome. Asien ist polyglott; Meder und Skythen reden verschieden, die Skythen, die auch Griechisch lernen, brauchen für ihren Handelsverkehr sieben Dolmetscher in sieben Sprachen; das Kolchische ist dem Ägyptischen wohl

---

(makedonische Urgeschichte); IV, 5, 1 (skythische Urgeschichte; dazu korrigierend Wilhelm Brandenstein, Die Abstammungssagen der Skythen, in: Wiener Zeitschrift für die Kunde des Morgenlandes 52 [1953/55] 183–211).

[43]) Historiae II, 2; II, 15, 2 (Ägypter und Psammetich); I, 134, 1 f. (Perser); III, 90, 1 ff. (72 Völker; dazu vgl. o. S. 87 Anm. 89); I, 181 f. (Babelturm; dazu berichtigend Friedrich Delitzsch, Zu Herodots babylonischen Nachrichten, in: Festschrift Eduard Sachau, Berlin 1915, S. 87–102, hier S. 97 f.).

entfernt ähnlich, aber nicht gleich; die Skythen unterscheiden sich sprachlich von ihren nächsten Nachbarn, ebenso die Nasamoner von den Libyern. Daß die Sprache der Garamanten wie das Geschwirr von Fledermäusen klang, mag Herodot geglaubt haben, aber nur mit Augenzwinkern erzählt er von den ägyptischen Priestern in Hellas, die von den Griechen Tauben genannt wurden, weil sie ihre Sprache nicht verstanden. Wenn Ägypter Griechisch lernen wollen, brauchen sie Dolmetscher oder müssen die Sprache lernen, ebenso wie die Perser in Äthiopien und bei den Griechen – und nicht anders die Griechen selber, die sich mit Persern verständigen wollen. Herodot selbst nennt und erklärt persische, medische, skythische, ägyptische, libysche und äthiopische Wörter, meist Namen, und ist weit davon entfernt, das Fremde als barbarisch zu verachten[44]). Hinter alledem steht eine Art polytheistischer Theologie, die die Geschichte voll miteinbezieht und die Unterschiede der Sprachen und Rassen überall hellsichtig hervorhebt. Die Welt muß in dieser Mannigfaltigkeit gewollt sein, ebenso wie sie von ihren Ursprüngen her determiniert ist. Aber der Weg vom Ursprung zur Mannigfaltigkeit bleibt verborgen in seinem Sinn, es verwirklicht sich keine Planung der Gottheit; was geschieht, wird hier vom Neid der Götter, dort von der Störung früherer Ordnungen zu neuen Zielen bewegt, die keine umfassenderen Werte vertreten. Dann wiederum durchkreuzt die Fabulierlust des Autors, die Intention auf den Augenblick jede zusammenhängende geschichtstheologische Deutung, es bleibt bei der Feststellung dessen, was ist; freilich kann alles, was ist, jederzeit auch theologisch von Bedeutung sein[45]). Geschildert zu haben, wie verschieden die Sprachen der Menschen und die Stammbäume der Völker allüberall sind, das gehört zu den unsterblichen Verdiensten Herodots; den Grund dieser Erscheinung hat er – sei es nun aus Naivität oder aus Ehrfurcht – nicht bloßgelegt.

Was hier noch an mythologischer Sehweise und ökumenischer Blickweite stehen blieb, hat der um eine Generation jüngere, aus Thrakien stammende Athener Thukydides (ca. 456–396) erbarmungslos eliminiert. Trocken bemerkte

---

[44]) Historiae VIII, 144 (Hellenen-Gemeinschaft); I, 58 (dieselbe Sprache); I, 171 f. (Karer); VIII, 135, 2 f. (Karisch unverständlich); VI, 119, 4 (alte Sprache); I, 57; VI, 138, 2 (Pelasger und Attiker); I, 142, 3 f. (Jonier); I, 73, 3 (Meder und Skythen); IV, 24 (skythische Dolmetscher); IV, 78, 1 (Skythen und Griechisch); II, 105 (Kolchisch); IV, 106; 108, 2 (Skythen und Nachbarn); II, 32 (Nasamoner); IV, 183, 4 (Garamanten); II, 56 f. (Ägypter in Hellas); II, 154, 2 (Griechisch in Ägypten); III, 19, 1 (Perser in Äthiopien); IX, 16, 2 (Perser und Griechisch); VI, 29, 2 (Griechen und Persisch); VI, 98, 3; IX, 110, 2 (persische Wörter); I, 110, 1 (medische Wörter); IV, 52, 3; 110, 1 (skythische Namen); II, 59, 2; 112; 137, 5; 143, 4; 144, 2; 153; III, 26 (ägyptische Namen); IV, 155, 2; 192 (libysche Namen); II, 30, 1 (äthiopische Sprache). Bodmer, Sprachen 161 behauptet freilich, Herodot deute nirgends Kenntnisse von Fremdsprachen an. Zu seinem Interesse an den Sprachen vgl. John Linton Myres, Herodotus, Father of History, Oxford 1953, S. 43 ff.

[45]) Schadewaldt (o. Anm. 14) S. 165.

er, die Hellenen hätten wohl von Anfang an eine gemeinsame Sprache gehabt und sich später nach dem Stammvater Hellen, dem Sohn Deukalions, auch einen gemeinsamen, freilich noch dem Homer nicht vertrauten Namen gegeben, aber vor dem Trojanischen Krieg hätten sie nichts Wichtiges gemeinschaftlich ausgerichtet. Also nicht Sprache und Abstammung prägen das Volk, sondern das politische Geschehen allein; nur um der militärischen Vorkommnisse willen wird an wenigen Stellen über Ahnentafel und Sprache halbbarbarischer Völker, wie der Amphilochier, Pelasger und Sizilier, referiert. Der Zusammenhang von Barbarei und Sprachverschiedenheit wird dabei fast propagandistisch verwertet: Wenn die Ätolier verächtlich gemacht werden sollen, sagt Thukydides, sie hätten eine ganz unverständliche Sprache und lebten, wie es heiße, von rohen Speisen[46]). Sprachen und Völker sind nur noch Funktionen im Kräftespiel, keine Werte mit Eigengewicht, noch weniger ein Hinweis auf den verborgenen Sinn. „Gott hat in diesem Geschichtsbild offiziell keinen Platz“[47]).

Einer solchen Anschauung kann die Sprache nicht als heilig gelten. Sie bietet nun vielmehr Stoff für Witze. Schon die Diktion des Aristophanes (ca. 445 bis ca. 388) spielt ständig mit der Auswechselbarkeit der Worte; jede Etymologie kann ihn zum Lachen reizen, nicht weniger die Kindersprache; erst recht, wenn ein angeblicher persischer Gesandter, wenn der plumpe Megarer und Böotier in derbem Dialekt reden. Für Ausländer gibt es kein Pardon, der Thraker wird seiner Sprache wegen als Schwalbe verspottet, auch das Lydische klingt wie Vogelgezwitscher; doppelt komisch, wenn der ohnehin hintergangene skythische Wächter nun auch noch griechisch radebrecht, wenn der Wiedehopf den vorher barbarischen Vögeln die Sprache – wohl das Griechische – beibringt; atemberaubend, wie die barbarischen Triballer-Götter ihr Kauderwelsch, „kreischend wie die Illyrier“, zwitschernd wie die Schwalben, zum Besten geben: auch der Olymp ist nicht mehr sicher. Die Götter sind vielnamig, aber ihre Sprache ist dunkel und kann von den Menschen darum nach ihrem Belieben ausgelegt werden. Es gibt keinen Bezugspunkt mehr, zumal der Mensch selbst den Ursprung gesetzt hat; vielleicht ist auch dieser Ursprung nur Zufall. Wie dem auch sei, Euripides hat mit seiner Hochschätzung der Sprache unrecht: sie ist nichts wert. Das Archaische, Altfränkische wird auf offener Bühne verlacht[48]). Demokrit von Abdera (ca. 460 bis ca. 370) schloß denn

---

[46]) Historiae, hg. Henry Stewart JONES–John Enoch POWELL, 2 Bände, 2. Aufl., Oxford 1953-55 (unpaginiert): I, 3, 2 (Hellenen); II, 68, 5 (Amphilochier); IV, 109, 4 (Pelasger); VI, 1 ff. (Sizilier); III, 94, 5 (Ätolier; dazu JÜTHNER, Hellenen und Barbaren 29).

[47]) SCHADEWALDT (o. Anm. 14) S. 167.

[48]) Comoediae, hg. August MEINEKE, 2 Bände, Leipzig 1860: Vögel 184 Bd. 2, S. 10 (etymologischer Witz); Wolken 1382 ff. Bd. 1, S. 157 (Kindersprache); Acharner 100 ff., 729, 860 ff. S. 7, 28, 34 (Perser, Megarer, Böotier); Frösche 679 ff. Bd. 2, S. 208

auch geradezu aus der Tatsache, daß es mehrere verschiedene Bezeichnungsweisen gebe, auf den konventionellen, zufälligen Ursprung der Sprache überhaupt. Sprachfähigkeit und Sprache mochten natürlich sein, ihre Ausbildung war das Werk einzelner Heroen der Urzeit, das doch die Heutigen nicht mehr verpflichtete; Wunder und Vorsehung waren dem atomistischen Denken ohnehin fremd[49]).

Die Sprachenvielfalt war den Griechen längst bekannt; von Xenophon (ca. 430–355), dem Fortsetzer des Thukydides, erfuhren sie wieder einmal, daß man im Ausland Dolmetscher für Persisch und Armenisch brauchte. Allerdings kannten die Perser das Griechische, die Lyder versuchten böotisch zu reden, auch thrakische Weinschenken und Odrysen-Häuptlinge bemühten sich um das Hellenische[50]). Kein Wunder, daß Xenophon Athen für die Mitte nicht nur Griechenlands, sondern der Ökumene hielt[51]). Auch der Sophist Gorgias (gest. ca. 380), der ältere Zeitgenosse des Sokrates, konnte sich damit beruhigen: Wenn der Hellene mit dem Barbaren zusammenkommt, finden sich gewiß Dolmetscher, die für Verständigung sorgen. Das zugrundeliegende Problem, sobald es nur praktisch, durch Dolmetscher, gelöst scheint, wird nicht mehr weiterverfolgt. Die Fragen an die Sprache gehen in andere Richtung: Gorgias hält im Grunde jede Mitteilung durch Worte für unmöglich, jede Belehrung für zwecklos, weil die Empfindungen der einzelnen voneinander zu sehr abweichen und nicht in Vokabeln gefaßt werden können[52]). Wer denkt noch an die Barbaren, wenn die Hellenen einander nicht mehr verstehen? Problematisch wurde nun erneut der Platz der Sprache im Gefüge der Werte, nicht ihre eigene Struk-

---

(Thraker); Ritter 522 f. Bd. 1, S. 69 (Lyder); Thesmophorien 1001 ff. Bd. 2, S. 166 (Skythe); Vögel 199 f. S. 11 (Wiedehopf); ebenda 1520 ff., 1615 ff., 1681 S. 62, 66 f., 69 (Triballer); Thesmophorien 320 S. 141 (vielnamige Götter); Ritter 1014 ff. Bd. 1, S. 87 (dunkle Göttersprüche); Wolken 1421 f. S. 159 (menschlicher Ursprung); Vögel 471 ff. Bd. 2, S. 22 (Zufall); Frösche 892 S. 215 (gegen Euripides); Wolken 915 Bd. 1, S. 139 (gegen das Archaische). Emile Janssens, Les étrangers comme élément comique dans les comédies d'Aristophane, in: Mélanges Georges Smets, Brüssel 1952, S. 455–460 bringt nur eine Aufzählung der Stellen. Olaf Hansen, Zum Persischen im Vers 100 der Acharner des Aristophanes, in: Festschrift für Max Vasmer zum 70. Geburtstag, Wiesbaden 1956, S. 177–180 sucht hinter der Verballhornung doch echtes Altpersisch.

[49]) Fragmente B 26 und B 142, bei Diels (o. Anm. 31) Bd. 2, 6. Aufl., Berlin 1952, S. 148, 170; dazu Hoffmann (o. Anm. 27) S. 19 f.

[50]) Anabasis, hg. Walter Müri, München 1954: II, 5, 35 S. 122; IV, 2, 18 S. 202; IV, 5, 10 S. 224; IV, 5, 34 S. 230 ff.; VII, 2, 19 S. 396 (Dolmetscher für Persisch); IV, 8, 4 S. 248 (für Armenisch); I, 2, 17 S. 16; I, 8, 1 S. 58; I, 8, 12 S. 60; II, 3, 17 S. 100; IV, 4, 5 S. 216 (Perser können Griechisch, meist Dolmetscher); III, 1, 26 ff. S. 142 ff. (Lyder); VII, 3, 25 S. 408 (Weinschenk); VII, 6, 8 f. S. 430 (Odrysen).

[51]) De vectigalibus 1, 6, hg. Johann Hendrik Thiel, Wien 1922, S. 5.

[52]) Palamedes 7, in: Antiphontis orationes et fragmenta, hg. Friedrich Blass, Leipzig 1871, S. 154; dazu Hoffmann (o. Anm. 27) S. 17 f.

tur. Die Frage, ob die Sprache den natürlichen Gegebenheiten entspreche, ist allerdings bei dem größten griechischen Philosophen doch in ein merkwürdiges Zwielicht getaucht.

Der von der Politik seiner Vaterstadt enttäuschte Athener Platon (427–347) fragte auch nicht eigentlich, wann und wie die Sprache zustande kam, sondern welches die göttlichen, die „wohlgelungenen" Worte sind. Aber er bezweifelte nicht, daß die „notwendig richtigen" Worte „einer höheren Macht als menschliche es ist" zuzuschreiben seien und nannte diese Macht, wohl bewußt unklar, „den Gesetzgeber". Er verband also doch irgendwie den göttlichen Ursprung der Sprache mit ihrem naturgemäßen Wesen, auf eine Weise, die den alten Lyrikern und Tragikern nahekommen mochte. So kann Platon den Namen des Hermes als *ἑρμηνεύς*, „Dolmetscher", ausdeuten; der Gott, der das Reden ersann (*τὸ εἴρειν ἐμήσατο*), heißt mit Recht „Hermes". Nachdem aber der Mensch „göttlicher Güter teilhaftig" geworden war, konnte er seine quasigöttliche Macht selbst ausnutzen: „Er schuf und gliederte auch bald die Laute der Stimme und gestaltete sie zu Worten". Es mag also eine „richtige" Sprache geben, fast eine „lingua adamica"[53]); indes ist ihr Ursprung nicht so wichtig wie ihre Treffsicherheit. Für diese entscheidende Frage war es gleichgültig, ob „der Verstand der Götter oder der Menschen oder beider" die ersten Worte formte; im Gegenteil, Platon ließ den Sokrates spotten über diejenigen, die sich mit dem Deus ex machina aus der Affäre ziehen und versichern, die Götter hätten diese Worte eingeführt und darum seien sie richtig. „Nicht: wie ist die Sprache entstanden? lautet die Frage, sondern: von welchem Wesen ist sie?"[54]) Hierbei ist wieder die Differenzierung der bestehenden Idiome belanglos. Platon bemerkte diese Unterschiede dennoch. Er wandte sich gegen die Zweiteilung der Menschheit in Hellenen und Barbaren, weil der letztere Begriff keine Einheit bedeute, denn die Barbaren sprächen die verschiedensten Idiome; nur der Grieche hört sie und versteht sie nicht. Zwar werden die Hellenen ihnen gegenüber als „gleichsprachige Staaten" zusammengefaßt; aber auch hier gibt es Unterschiede; weil dem lesbischen Dialekt die Kunst fehle, die Worte richtig zu unterscheiden, nennt Platon Sapphos Sprache barbarisch, und nicht anders

---

[53]) Opera, hg. John Burnet, 5 Bände, Oxford 1899–1907 (unpaginiert): Kratylos 397 C; 438 C (richtige Worte); 407 E f. (Hermes); Protagoras 322 A (Laute der Stimme; dazu Günter Rohr, Platons Stellung zur Geschichte, Eine methodologische Interpretationsstudie [Episteme 1], Berlin 1932, S. 95). Zur Lingua adamica Hoffmann (o. Anm. 27) S. 25 f.

[54]) Kratylos 416 C (Götter und Menschen); 425 D (Sokrates' Spott). Das Zitat bei Steinthal, Sprachwissenschaft Bd. 1, S. 183. Zur Sprachtheorie Platons vgl. Allen, Ideas 36 ff.; Erich Haag, Platons Kratylos, Versuch einer Interpretation (Tübinger Beiträge zur Altertumswissenschaft 19), Stuttgart 1933, S. 23 ff. (nicht ganz überzeugend), und vor allem Alfons Nehring, Plato and the Theory of Language, in: Traditio 3 (1945) 13–48, hier besonders S. 13–30.

heißen die alten, nicht mehr gebräuchlichen Worte des Griechischen. Sprachgeschichte und Sprachverschiedenheit sind also wohl bekannt, werden aber, Platons wachem geschichtlichem Bewußtsein zum Trotz, nicht anerkannt, denn es geht um „die natürliche Richtigkeit der Namen, die für jedermann, für Hellenen wie Barbaren, die gleiche sei“[55]). Dabei darf man nun nicht das Griechische allein zugrundelegen; manche Wörter erklären sich nur aus phrygischem Ursprung; keine Beschränkung auf die eigene Sprache soll den Blick ablenken, der die „Etymologie“, die „wahre“ Bedeutung der Worte sucht – und weil sie wahr sein muß, darum eben muß man göttlichen Eingriff annehmen, obgleich es daneben willkürliche, später gesetzte Zeichen gibt; in ihrem Kreis herrschen Spannungen, wie zwischen Wort und Gedanken, Faktum und Namen, und Sokrates hatte recht, „gleichgültig gegen bloße Namen“ zu sein[56]). Worte sind auch für Platon zuerst Verständigungsmittel, keine absolute Quelle der Wahrheit, aber ein Fingerzeig, sie hier und da zu finden; die Ursprünglichkeit einer Sprache spielt dabei keine Rolle. Denn wo Platon ernstlich nach dem Ursprung fragt, denkt er nicht an Sprache und Abstammung, sondern allein an die Entstehung des Staates. Wenn dabei die Frage erörtert wird, ob die Einwohner eines Staates aus mehreren Gegenden stammen dürften, wird zwar die Einheit der Herkunft vorgezogen, aber die Einheit der Sprache nicht erwähnt. Nachdem Solon die griechischen Geschichten vom ersten Menschen Phoroneus erzählt hat, belehrt ihn Platon durch den Mund des ägyptischen Priesters: „Ihr tragt euch nicht mit irgendwelcher auf ehrfurchterweckender Kunde beruhenden uralten Meinung und mit keinem altersgrauen Wissen“; die Griechen sind ein junges Volk mit kurzem Gedächtnis; sie wissen nicht, „daß die trefflichste und edelste Menschenrasse ihren Sitz in eurem Land gehabt hat“; erst der Ägypter muß den Griechen kundtun, daß eine Göttin den besten Ursprungsort für sie ausgesucht und sich die Griechen nach ihrem eigenen Bild geschaffen habe. Platon modifiziert diese Erzählung an der Parallelstelle auf bedeutsame Weise: Die Götter hätten einst die ganze Erde nach den einzelnen Gegenden unter sich verteilt; es fand eine rechtliche Zuweisung statt, und die Götter betrachteten die Menschen ihrer Gegenden wie Hirten ihre Herde; „so führten und leiteten sie das ganze Menschengeschlecht“. Hephaistos und Athene aber bemühten sich, das ihnen zugewiesene Athen besonders hervorzuheben[57]). Wir

---

[55]) Politikos 262 DE (Hellenen-Barbaren-Scheidung); Theaetet 163 B (hören und nicht verstehen); Menexenos 242 A (gleichsprachig); Protagoras 341 C (Lesbisch); Kratylos 421 CD (Altgriechisch); 383 A (natürliche Richtigkeit).

[56]) Kratylos 410 A (Phrygisch); Theaetet 154 ff.; Gastmahl 199 A (Wort und Gedanke); Phaidon 71 B (Faktum und Name); Politikos 261 E (Sokrates).

[57]) Nomoi 676 A ff. (Ursprung des Staates); 708 B (Herkunft der Bewohner; zu beiden Stellen Rohr, o. Anm. 53, S. 9 ff., 53); Timaios 22 A ff. (Solon und die Ägypter); Kritias 109 B ff. (Hephäst und Athene).

haben einen Ansatz zu solchen Lehren bereits im alten Ägypten gefunden, aber nirgends ist der Gedanke so klar hervorgetreten wie bei Platon: Die Erde ist unter die Götter aufgeteilt, kein Land ist der Gottheit auserwähltes Kleinod, jedes Land ist der gleichen Entwicklung fähig. Die jüdisch-christliche Lehre von den Völkerengeln konnte hier anknüpfen; die Mannigfaltigkeit der Völker wurde von Platon unmittelbar theologisch motiviert. Doch das ist nur ein Ansatz geblieben; schon die naheliegende Folgerung, daß jeder Gott seinem Landstrich eine eigene Sprache schenkte, wurde nicht gezogen, noch weniger die andere, daß die Geschichte des einzelnen Gebietes von seinem Gott gelenkt wurde – und solche Folgerungen waren unmöglich, solange es auch Platon nicht um die Eigenart des Individuellen, sondern um die Verbindlichkeit des Allgemeinen ging.

Wie universal Platons theologische Ansätze waren, erkennt man beim Vergleich mit seinem Zeitgenossen, dem athenischen Redner Isokrates (436–338). Er rühmte 380 stolz, daß die Bürger seiner Heimatstadt autochthon waren; „unsere Stadt ist die älteste und größte und bei allen Menschen berühmteste", und auch dies erinnert an die Chinesen, daß er die attische Bildung unter den Barbaren verbreitet sehen wollte, damit der Name „Hellene" nicht mehr die Geburt, sondern die Bildung bezeichne[58]), und noch kurz vor seinem Tode forderte Isokrates Philipp von Makedonien auf, die Griechenherrschaft über möglichst viele Barbaren auszudehnen, um sie auf den Hochstand griechischer Bildung hinaufzuziehen[59]). Das war zugleich die Zeit, da man begann, die attische Hochsprache von den „barbarischen" hellenischen Gemeinsprachen zu scheiden[60]). Was draußen lag, wurde da in seiner Eigenart kaum wahrgenommen, noch weniger anerkannt. Und ähnlich dachte Aristoteles (384–322). Für ihn konnte der ideale Staat nicht bei den geistlosen Draufgängern Europas noch bei den weichen und furchtsamen Asiaten liegen, die Hellenen halten örtlich wie ihrem Naturell nach die mittlere Höhe[61]). Ihre besondere Stellung ist nun wieder nicht von Alter oder vornehmer Abkunft bedingt; alles Alte weist vielmehr nach Ägypten. Aber nur in Hellas konzentriert sich das Ideale, wenn auch überall auf der Erde der eine oder der andere Vorzug blühen mag. Die „theoretische" Betrachtungsweise des Aristoteles ist keineswegs „aufgeklärt", son-

---

[58]) Discours, hg. Georges MATHIEU–Emile BRÉMOND, Bd. 2, Paris 1942: Panegyrikos 23–25 S. 19 f. (Athen); 50 S. 26 (Hellenenname). Dazu Hans Erich STIER, Isokrates Panegyr. 50 und Ephoros Fr. 20 Jac. in ihrer Bedeutung für die Interpretation des Hellenennamens, in: CISS Bd. 7, S. 143–147; Atti S. 276–278.

[59]) Orationes, hg. Gustav Eduard BENSELER, Bd. 1, Leipzig 1913: Philippos 154 S. 124.

[60]) JÜTHNER, Hellenen und Barbaren 38 ff.

[61]) Aristotelis opera, Preußische Akademie-Ausgabe, hg. Immanuel BEKKER, 5 Bände, Berlin 1831–1870: Politik VII, 7 S. 1327 b.

dern in ihrem Kern „theologisch“[62]); aber die Sprache wird aller theologischen Wertung entzogen. Die Laute sind nur Zeichen der in der Seele hervorgerufenen Vorstellungen[63]); wie die Schrift ein Zeichen für die Laute ist, so sind diese nur der Ausdruck der Seelenkräfte, nicht auf die äußere Wahrheit der Dinge gewandt; sie haben mit „wahr“ und „falsch“ nichts zu tun, denn jeder Laut ist konventionell, erst durch Übereinkunft bestimmt. Die einfachen seelischen Vorstellungen, die die Sprache anzeigt, sind zwar bei allen Menschen die gleichen, aber „wie nicht alle dieselbe Schrift haben, so sind auch die Laute nicht bei allen dieselben“[64]). Warum das so ist, wird an anderer Stelle dargelegt: Wenn auch die Stimme überall dieselbe ist, so sind doch die Laute verschieden, bei den Tieren und erst recht bei den Menschen; hier richten sie sich *κατὰ τόπους*, nach der geographischen Eigenart[65]). Ob diese Differenzen etwa auch historische Gründe haben können, wird nicht gefragt. „Noch nicht: wie die Dinge werden, sondern nur: aus welchen Teilen sie bestehen, ist die Aufgabe, die sich Aristoteles stellt“[66]).

Es ist fast unmöglich, das griechische Denken auf einen Nenner zu bringen; man kann nicht einmal sagen, daß ihm „der Kern unseres historischen Denkens: der Universalgedanke und der Entwicklungsgedanke“ völlig abgehe[67]), noch weniger, daß es Ursprung und Mannigfaltigkeit nicht als wichtige Faktoren erkannt hätte. Es gibt eine ganze griechische Literaturgattung, die den „ersten Erfindern“ gewidmet ist[68]), sie hatte freilich das Machbare im Auge, nicht das den Menschen Geschenkte; und nur des Machbaren schien man sich versichern zu können, es war jederzeit von neuem präsent zu machen. Denn fast überall ging es um den ewigen Augenblick, entweder in der bunten Hülle der Erscheinungen oder um das abstrakte, losgelöste, „nackte“ Sein; selbst die Völker konnten dabei ihren historischen Untergrund einbüßen und zu Typen werden[69]). Das berechtigt noch längst nicht zu dem beliebten Vorwurf, den Griechen habe „die elementare Kenntnis der menschlichen Verschiedenheiten“

---

[62]) Politik VII, 10, 8 S. 1329 b (Ägypter). Zur Theorie vgl. Joachim Ritter, Die Lehre vom Ursprung und Sinn der Theorie bei Aristoteles (Arbeitsgemeinschaft für Forschung des Landes Nordrhein-Westfalen 1), Köln-Opladen 1952, S. 36 ff.

[63]) Von der Seele III, 4 S. 429 a – 430 a; dazu Hoffmann (o. Anm. 27) S. 67 ff.

[64]) Peri hermeneias I S. 16 a; dazu Steinthal, Sprachwissenschaft Bd. 1, S. 185 ff.

[65]) Geschichte der Tiere IV, 9 S. 536 b. Dazu Richard McKeon, Aristotle's Conception of Language and the Arts of Language, in: Classical Philology 41 (1946) 193–206; 42 (1947) 21–50, hier S. 201.

[66]) Steinthal, Sprachwissenschaft Bd. 1, S. 183.

[67]) Heinrich Ritter von Srbik, Geist und Geschichte vom deutschen Humanismus bis zur Gegenwart, 2 Bände, München-Salzburg 1950–51, hier Bd. 1, S. 25.

[68]) Adolf Kleingünther, *Πρῶτος εὑρετής*, Untersuchungen zur Geschichte einer Fragestellung (Philologus Supplement Bd. 26, 1), Leipzig 1934.

[69]) Harder (o. Anm. 4) S. 52.

gefehlt[70]); sie haben diese Verschiedenheiten nur nicht thematisiert. Die Sprache verlor alle ihre emotionalen Werte – es ist zumindest mißverständlich, die Hellenen als Erfinder der „Muttersprache" zu preisen[71]), und verfehlt ist die Annahme, sie hätten nur an ihre eigene Sprache gedacht[72]) – dafür gab ihr Studium dem Forscher „Kunde vom Wahren", Etymologie, so wie die Völkerbeschreibung Kunde vom Menschen, Anthropologie. Mit diesem Griff hinter die Erscheinungen haben die Griechen für die spätere Betrachtung der Sprachen und Völker bis auf den heutigen Tag den entscheidenden Schritt getan, denn auch auf unserem Sektor beginnt mit den Griechen der Traditionszusammenhang der abendländischen Geisteswelt. Nur für das Geschichtsdenken über Sprachen und Völker sind die Hellenen fast ganz wirkungslos geblieben, vor allem, wenn man sie an dem andern Ahnherrn unserer Kultur, am Volke Israel, mißt. Die Ursachen für die „Ungeschichtlichkeit" dieses Denkens sind aber offenbar nicht in einem Mangel an geschichtlichem Sinn zu suchen, sondern darin, daß die Griechen mehr als alle anderen zuvor nicht das Individuelle in seiner Mannigfaltigkeit in das Zentrum ihrer Betrachtung stellten, sondern daß sie das Allgemeine suchten, auch im geschichtlichen Ablauf. Und hier, scheint mir, sind wir bei der letzten Ursache, die erklärt, warum Naturvölker, Ägypter und Chinesen, Inder, Mesopotamier und Griechen die Sprachenvielfalt und den Völkerstammbaum nicht als ernstes Problem sahen: nicht aus Mangel an religiösem oder geschichtlichem Sinn, sondern weil ihnen allen das Prinzip, das die Welt erklärt, ein Allgemeines war.

*

Dieses Allgemeine war jeweils recht verschieden: die Universalität der eigenen Kultur, die Ablösung vom irdischen Getriebe, die Suche nach der ewigen Wahrheit. Überall war es die Religion, die das Erklärungsprinzip des Daseins abgab, und darum ist es begreiflich, daß fast überall bereits die allgemeine Beziehung zwischen Religion und Sprache gesehen wurde. Daß die Sprache dem Menschen von Gott geschenkt werden kann, daß Gott redet, daß sein Name heilig ist, daß Gottes Wort als objektive Größe schöpferisch wirkt[73]), daß Wort und Ding eine enge Beziehung zueinander haben, ist überall bekannt; freilich bildet sich an der Frage, wie weit die Worte den Dingen adäquat sind, in China, Indien und Griechenland erst das autonome Denken aus. Der Zusammenhang zwischen Sprache und Religion ist aber noch enger. An mehreren Stellen mani-

---

[70]) Robert Heinrich Lowie, The History of Ethnological Theory, New York 1937, S. 4.
[71]) Weisgerber, Muttersprache 35 ff. tut es.
[72]) R. H. Robins, Ancient and Mediaeval Grammatical Theory in Europe with Particular Reference to Modern Linguistic Doctrine, London 1951, S. 11.
[73]) Mensching, Wort 7 ff.

festiert sich das Heilige Wort als Heilige Schrift; es hält die Sprache in einem Stadium fest, während sie sich daneben weiterentwickelt. Sobald der Abstand zwischen Heiliger Schrift und gesprochener Rede bewußt wird, entstehen überall fast notwendig die grammatische Sprachbetrachtung, der soziologische Abstand zwischen Priestern, die das Heilige Wort verstehen, und Laien, die es sich erklären lassen, und endlich die Exegese, die die lebendige Fortentwicklung des Denkens seit der Kodifizierung des Heiligen Worts zu überbrücken sucht oder gar negiert. Der dadurch offenbar werdende Bruch zwischen Alt und Neu ist zugleich der Anfang geschichtlichen Bewußtseins. Wird die Sprache der heiligen Bücher über den Wandel hinausgehoben, so erhält eine bestimmte Sprache kanonischen Wert; dann gibt es differenzierende Sprachvergleichung. Damit gewinnt auch die Völkervergleichung, die Suche nach dem möglichst alten Stammbaum, ihren Sinn, wenn es das Uralte zu hüten gilt und die eigenen Ursprünge der Gottheit möglichst nahegerückt werden sollen. Dasselbe Ergebnis wie das Festhalten an Heiligen Schriften und kultischen Sprachen haben oft auch kriegerische Invasionen Fremder, wenn sie von einiger Dauer sind. Auch sie können den Bruch der Kontinuität hervorrufen, die historische Reflexion anregen, zu genealogischen und sprachlichen Rückgriffen auf den verlorenen Besitz der Vergangenheit führen, die Sprachvergleichung provozieren; oft ist mit ihnen auch ein Neubeginn der Sprachentwicklung verbunden. All dies wird uns noch oft wiederbegegnen; wichtig ist für die archaischen Kulturen, daß sie den tatsächlichen Bruch nicht bejahen, gleichgültig, wie weit sie in der Entfaltung vom magischen zum mythischen und zum rationalen Denken gediehen sind; kennzeichnend ist „ihr Widerstreben gegen die konkrete Zeit, gegen die Geschichte, ihr Zurückstreben in die große, mythische Urzeit“[74]). Parallel damit geht eine absichtliche räumliche Beschränkung; wenn sie von einzelnen Welteroberern durchbrochen wird, ist meist – von Naramsin bis Dschinggis Chan – auch die Verehrung der Vergangenheit aufgehoben; darum können sich Universalität und Geschichte nirgends miteinander verbinden, sie bilden eher einen Gegensatz. Wo man räumlich die Grenzen eng zieht, sucht man zeitliche Tiefe; der Graben zwischen Vergangenheit und Gegenwart wird fast überall bewußt überbrückt, das Zeitbewußtsein wird, auch bei den Griechen, auf einen festen Punkt bezogen, den man fast den archimedischen Punkt der jeweiligen Kultur nennen könnte, das Alte Reich bei den Ägyptern, die Zeit der Urkaiser bei den Chinesen, die ewige Gegenwart der Naturvölker und der Griechen, die in der auch dem Alten Orient und den Indern vertrauten Kreislauftheorie dieses punktuelle Zeitdenken bis zur möglichen Grenze trieben.

---

[74]) Mircea ELIADE, Der Mythos der ewigen Wiederkehr, in: RANDA, Handbuch 189; DERS., Der Mythos der ewigen Wiederkehr, Düsseldorf 1953, S. 77 ff.

Der erstrebte Ort liegt bisweilen, wie bei den Indern, jenseits der irdischen Zeit; aber überall ist er mit dem Göttlichen identisch, und darum gibt es kein „religiöses Geschichtsdenken“. Das Ideal hat keine Geschichte, solange es gültig ist – es darf keine haben. Platons Ideenlehre zeigt in letzter Klarheit, daß das Göttliche zugleich das Allgemeine ist, und so bleibt das Besondere, Individuelle als Wille der Gottheit ebenso undenkbar wie der zeitlich sinnvolle Ablauf.

Es ist also nicht zu viel gesagt, wenn wir behaupten, daß es die Religion selber gewesen ist, die eine religiöse Verankerung der Geschichte und ihrer Mannigfaltigkeit, also auch die vertiefte Erkenntnis der Sprachen- und Völkervielfalt verhindert hat. Die allzu unmittelbare und einseitige Verknüpfung von Religion, Sprache und Volk, die allzu starre Ausrichtung der Religion an einem Allgemeinen haben zusammengewirkt, um das universale Verständnis der individuellen Kräfte hintanzuhalten, um die individuelle Wertung des Mannigfachen unmöglich zu machen. Bevor dieser Bann gebrochen war, hat man die Menschheit nicht zugleich als differenziert und als eine Einheit empfinden können; dieser Gedanke ist keineswegs allgemeinmenschlich, sondern das Ergebnis eines einmaligen, weltgeschichtlichen Durchbruchs. Dieser Durchbruch ist die Tat der Juden.

II. AUFBAU

Die Bibel des Alten Testaments ist zum grundlegenden Buch der Weltliteratur über Geschichtsschreibung und Sprachbetrachtung geworden; denn sie hat die Idee von dem einen Gott formuliert, der in der Zeit handelt und alles Geschehen vom Ursprung in die Mannigfaltigkeit lenkt[1]); Gottes ist auch die Vielfalt der Sprachen und Völker.

Die Bibel hätte ihre Wirkung nicht entfalten können, wäre ihr nicht eine andere Strömung entgegengekommen, die gleich ihr auf das Besondere im Allgemeinen abzielte, aber nicht auf Gottes Willen, sondern auf die Eigenart des Menschen. Man kann der hebräischen und, im weiteren Sinn, semitischen Gottesidee den hellenistischen Humanismus zur Seite stellen; er hat den Gedanken von der einen Gemeinschaft aller edlen Menschlichkeit gefaßt; über alle Grenzen hinweg begegnen sich hier Einzelne, unverwechselbar und einmalig.

Beide Bewegungen haben sich, so sehr sie einander widersprechen, zusammengefunden, und aus diesem Zusammentreffen sind die fruchtbarsten und folgenreichsten Kräfte hervorgegangen. Hier wurde auf den Fundamenten, die wir bloßgelegt haben, weitergebaut, nachdem einmal der einheitliche Plan gefunden war, eben jenes geschichtliche Bewußtsein, das sich unter dem Eindruck starker Erschütterungen und im Bewußtwerden einer neuen Situation konstituiert, auf die Ursprünge zurückgreift und sie mit der Gegenwart verbindet, in allem die Idee Gottes suchend, in der einen Weltgeschichte, in der einen Ursprache, in dem einen Ursprung der Menschheit, aber auch in allen Verzweigungen.

Wir schreiten zunächst nur das Feld der Begegnung zwischen Juden und Griechen ab und lassen fürs erste die Erben, das Abendland, beiseite; vom Hellenismus bis nach Byzanz und zum Islam werden wir überall kraftvolle Triebe der gleichen Wurzel finden. Um so sorgfältiger müssen wir auch hier zwischen Tradition und Neubeginn scheiden; denn auch nach einem einmal für immer erfolgten Durchbruch pflanzen sich nirgends zwangsläufig diese oder jene Gedanken fort; sie müssen ergriffen und angeeignet werden – und dabei

---

[1]) Rudolf BULTMANN, Die Bedeutung der alttestamentlich-jüdischen Tradition für das christliche Abendland, in: Glauben und Verstehen, Gesammelte Aufsätze, Bd. 2, Tübingen 1952, S. 236–245, hier S. 240 f.

verändern sie sich ständig. Was zwischen Genesis und Koran mit unseren Problemen der Sprachen- und Völkervielfalt geschah, ist die Grundlage für das abendländische Denken darüber geworden; wir müssen auch diese Schicht sorgfältig abheben, auf taubes Gestein nicht weniger als auf die Flöze achten und an Brüchen und Verwerfungen die Kräfte zu erkennen suchen, die die Schwerkraft der Tradition zu stören oder zu stärken vermochten.

1. Israel

Die Israeliten müssen schon frühzeitig eine Gottesvorstellung besessen haben, die von der des umgebenden Vorderen Orients abwich; bereits die aus ihrer Heimat, vielleicht aus Nordmesopotamien, über Kanaan bis Ägypten wandernden Patriarchenfamilien verknüpften Gott nicht mit außergewöhnlichen Naturkräften oder heiligen Orten, sondern mit bestimmten Geschlechtsverbänden; den halb nomadischen Hirten ging im Wagnis des ungesicherten Wanderns der Traum eines verheißenen Ziels und die Ahnung eines göttlichen Heilswillens, einer Lenkung der Geschichte auf[1]). Im Ausbruch aus Ägypten haben die versklavten Israeliten dann unter Moses im 13. Jahrhundert ihre Einheit als Sakralverband der 12 Stämme begründet; sie bildeten nach kanaanäischen Mustern ihre Buchstabenschrift, die offenbar auch den „Ungebildeten" zugänglich war; sie übernahmen auch „die Sprache Kanaans", die seit der Zeit des Hellenismus erst „Hebräisch" hieß, und gaben damit ihren früheren, wohl altaramäischen Dialekt auf. Durch Schrift und Sprache festigten die zwölf Stämme ihren ursprünglich religiösen Zusammenhalt, fügten sich aber zugleich in den großen Umkreis der semitischen Völker und Dialekte ein, der sich auch im Alten Testament vielfach spiegelt[2]). Überdies siedelten sie in einem Raum, den seine Lage zwischen Ägypten, Mesopotamien und Kleinasien zu einem Zentrum des Fernhandels, aber auch politischer Bedrohungen und Einflüsse machte und in dem die Buntheit der Sprachen- und Völkerwelt früh bewußt werden mußte. Auch die innere Neuordnung Israels wurde begriffen als Gottes Wille, der die Geschicke nicht nur dieses „Volkes", sondern aller Welt lenkt. Der Kreislauf, dem der Orient und die Griechen huldigten, wurde hier durch-

---

[1]) Walther EICHRODT, Religionsgeschichte Israels, in: Historia Mundi, Bd. 2, München 1953, S. 378 f.

[2]) Martin NOTH, Geschichte Israels, 2. Aufl., Göttingen 1954, S. 12, 30, 44 f. (Sakralverband usw.); DERS., Die Welt des Alten Testaments, Einführung in die Grenzgebiete der alttestamentlichen Wissenschaft, 3. Aufl., Berlin 1957, S. 177 ff. (Sprachen). Zur inneren Struktur der Bibelsprache vgl. Mary Ellen CHASE, Leben und Sprache im Alten Testament, München 1957, S. 115 ff.; Rudolf MEYER, Bibel, in: RGG³ Bd. 1, Sp. 1126 ff. „Sprache Kanaans" bei Is. 19, 18; „Hebräisch" seit Esth. 3, 7.

brochen, auch der Mythos wurde historisiert zu einem sinnvollen Nacheinander[3]).

Sage und Geschichte sind dabei nicht scharf getrennt; vor schriftlicher Fixierung kann man schwerlich Quellengruppen scheiden; in der patriarchalischen Ordnung des Bauernvolkes wird auch die Geschichtslegende unbefangen weitergetragen[4]). Es ist also nicht ausgeschlossen, daß Moses den Kern der ihm zugeschriebenen Traditionen wirklich geformt hat[5]); ihre schriftliche Fixierung mag allerdings wirklich in die Zeit Salomons und Davids, in die erneute Einigung des Reiches gegen die Philister gehören und zwischen dem 10. bis 8. Jahrhundert das Werk des sog. Jahwisten, des ersten Geschichtsschreibers in Israel, gewesen sein[6]). Der Autor suchte die Einheit des 12-Stämme-Reiches auch in der Vergangenheit nachzuweisen und stellte das Gericht Gottes über die Menschen neben den Gedanken vom Schöpfer- und Geschichtsgott[7]). Die Geschichte als Drama zwischen Gottes Lenkung und des Menschen Schuld vollzieht sich in der dreifachen Katastrophe der Menschheit am Schöpfungsmorgen, bei der Sintflut und beim Turm von Babel[8]). Man hat neuerdings wahrscheinlich machen wollen, daß diese tragenden Elemente der Genesiserzählung bereits um 1500 von den wandernden Hebräern aus Nordwestmesopotamien mitgebracht wurden[9]); ihre Prägung dürften sie erst im Umgang mit den Ägyptern erhalten

---

[3]) Artur WEISER, Glaube und Geschichte im Alten Testament (Beiträge zur Wissenschaft vom Alten und Neuen Testament IV, 4), Stuttgart 1931, S. 23 ff., 44.

[4]) Martin BUBER, Moses, 2. Aufl., Heidelberg 1952, S. 15 ff.; Johannes HEMPEL, Glaube, Mythos und Geschichte im Alten Testament, in: ZATW 65 (1953) 109–167, hier S. 120 ff.

[5]) Das ist die orthodoxe jüdische Auffassung, z. B. bei Benno JACOB, Das erste Buch der Tora, Genesis übersetzt und erläutert, Berlin 1934, S. 9 f. Auch ALBRIGHT, Steinzeit 238 f., 249 ff., 258 und die katholischen Autoren tendieren dahin, obwohl sie die Möglichkeit späterer Ergänzungen meist offenlassen. Diese Möglichkeit ist bestritten worden von Marie-Joseph LAGRANGE, L'authenticité mosaïque de la Genèse et la théorie des documents, in: Revue biblique 47 (1938) 163–183, hier S. 176. Sehr viel vorsichtiger äußert sich der Brief des Sekretärs der Päpstlichen Bibelstudienkommission P. Jacques-Marie VOSTÉ OP an Kardinal Suchard, in: Revue biblique 55 (1948) 581–584, hier S. 582, wiederabgedruckt bei Heinrich DENZINGER, Enchiridion symbolorum, definitionum et declarationum de rebus fidei et morum, 30. Aufl., hg. Karl RAHNER SJ, Freiburg i. Br. 1955, Nr. 3002.

[6]) Gustav HÖLSCHER, Die Anfänge der hebräischen Geschichtsschreibung (Sitzungsberichte der Heidelberger Akademie der Wiss., Phil.-Hist. Kl., Jg. 1941/2, Nr. 3), Heidelberg 1942, S. 5 ff.; NOTH, Geschichte 203.

[7]) Johannes HEMPEL, Altes Testament und Geschichte (Studien des Apologetischen Seminars 27), Gütersloh 1930, S. 10 ff., 21; Leonhard ROST, Zum geschichtlichen Ort der Pentateuchquellen, in: Zeitschrift für Theologie und Kirche 53 (1956) 1–10, hier S. 4 f.

[8]) Jakob OBERSTEINER, Biblische Sinndeutung der Geschichte, Graz-Salzburg-Wien 1946, S. 10, vgl. S. 27 ff. Christopher Richard NORTH, The Old Testament Interpretation of History, London 1946, S. 20 ff. behandelt nur die literargeschichtliche Seite dieser „Sagas".

[9]) Sigmund MOWINCKEL–William Foxwell ALBRIGHT, The Babylonian Matter in the

haben, und zwar von einem Kopf, der seinesgleichen in der Religionsgeschichte sucht, nicht durch anonyme und fast automatische Kompilationen. Diese Mythen konnten nur von einem Volk angenommen werden, das viele Sprachen verstand[10]) und die Wechselfälle des Irdischen gründlich kannte.

Das Ereignis von Babel wird in der heutigen, in ihrer Ursprünglichkeit nicht gesicherten Form von Gen. 11, 1–9 so erzählt:

„1. Die ganze Erde aber hatte eine Sprache („Lippe") und einerlei Worte.
2. Und als sie von Osten her aufbrachen, fanden sie eine Ebene im Lande Sinear und ließen sich daselbst nieder.
3. Da sprachen sie zueinander: Wohlan, lasset uns Ziegel formen und sie hart brennen. Und Ziegel dienten ihnen als Bausteine und Asphalt als Mörtel.
4. Da sprachen sie: Wohlan, wir wollen uns eine Stadt bauen und einen Turm, dessen Spitze bis in den Himmel ragt, und wollen uns ein Denkmal machen, daß wir nicht über die ganze Erde uns zerstreuen.
5. Da stieg Jahwe herab, um die Stadt und den Turm zu beschauen, den die Menschen gebaut hatten.
6. Und Jahwe sprach: Fürwahr, ein Volk ist es, und eine Sprache haben sie alle, und das ist (erst) der Anfang ihres Tuns; fortan wird für sie nichts unausführbar sein, was sie sich auch vornehmen mögen.
7. Wohlan, lasset uns herabsteigen und dort ihre Sprache verwirren, so daß keiner mehr die Sprache des andern versteht.
8. So zerstreute sie Jahwe von dort über die ganze Erde, und so mußten sie vom Bau der Stadt ablassen.
9. Darum nennt man ihren Namen ‚Babel', denn dort hat Jahwe die Sprache der ganzen Erde verwirrt und von dort hat Jahwe sie über die ganze Erde zerstreut"[11]).

„Babel" wird hier erklärt als das im Hebräischen ähnlich lautende „Verwirrung" und auf Babylon bezogen, dessen Name aber in Wirklichkeit „Haus Gottes" (*bab-ili*) bedeutet. Haben die Juden hier „eine falsche Volksetymologie" angewandt, die vielleicht schon unter den Babyloniern selbst entstehen konnte?[12]) Babylonische Herkunft hat man auch wegen des Plurals in Vers

---

Predeuteronomic Primeval History (JE) in Gen. 1–11, in: Journal of Biblical Literature 58 (1939) 87–103, hier S. 99; vgl. auch ALBRIGHT, Steinzeit 238 f.

[10]) Franz DORNSEIFF, Antikes zum Alten Testament. I: Genesis, in: ZATW 52 (1934) 57–75, verweist S. 66 darauf.

[11]) Gen. 11, 1–9, in: Biblia Hebraica, hg. Rudolf KITTEL–Paul KAHLE u. a., 9. Aufl., Stuttgart 1954, S. 14; die Übersetzung nach Paul HEINISCH, Der Turmbau von Babel, in: Studia Catholica 1 (1925) 139–169, hier S. 141.

[12]) Franz M. Th. BÖHL, Die Etymologie von „Babel", Genesis 11, 9, in: ZATW 36 (1916) 110–113 war dieser Meinung.

7 vermutet, der auf einen polytheistischen Hintergrund verweisen soll[13]); doch sprechen die meisten anderen Indizien gegen eine solche Vermutung. Eher schon liegt ein um den philologischen Gehalt des Wortes unbekümmertes Wortspiel zugrunde, ein Witz[14]), der nicht aus Babylon selber stammt, sondern die Metropole des Vorderen Orients kritisch und spöttisch unter die Lupe nimmt. Aber sollte die ganze Geschichte wirklich nur eine „ätiologische Erklärung" des Namens Babel geben?[15]) Ebenso unwahrscheinlich ist die Gegenthese, der Erzählung liege ein tatsächliches Geschehnis zugrunde, das allen Völkern bekannt war[16]). Mehr hat die Auffassung für sich, daß der Autor ein „schijn-historisch verhaal" geben wollte, eine Erzählung ohne realen Hintergrund, die die religiöse Entwicklung der Menschheit anschaulich darstellen sollte[17]) und sich des allbekannten Babelturms dazu bediente. Vers 8 deutet vielleicht darauf hin, daß Babylon nicht mehr, wie zu Hammurabis Zeiten, eine politische Macht war; seit dem Beginn der assyrischen Ausdehnung um 1100 mochte es eindringlich den Verfall einstiger Größe dokumentieren[18]); der mächtige Turm lag vielleicht in Trümmern und zeugte noch vom Hochmut der Babylonier. Wir sahen schon, daß der Turm in Wahrheit kein Bau des Hochmuts, sondern der Frömmigkeit gewesen war; ein Hebräer mochte das Bauwerk anders beurteilen. Aber es geht, auch nach der Erzählung des Jahwisten, nicht um den Turm, sondern um ein Denkmal, um „Namen" oder „Ruhm" (*šem*), „damit man nicht zerstreut werde". Wollten sich die Babylonier also einen Namenszauber gegen das Schicksal schaffen durch Begründung eines Weltreichs?[19]) Es liegt nahe, Gen. 10, 10 hinzuzuziehen, wo Babel als Anfang von Nimrods Reich geschildert wird. Nimrod erscheint hier „als erster Herrscher über die Menschen, der das mesopotamische Stadtkönigtum gründet, das später als Weltmacht gegen das Gottesvolk Israel auftreten sollte"[20]). Die Exe-

---

[13]) Bernhard STADE, Der Turm zu Babel, in: ZATW 15 (1895) 157–166, hier S. 157 schloß daraus auf babylonischen Ursprung; ähnlich viele andere, z. B. BENFEY, Sprachwissenschaft 28 ff.

[14]) JACOB (o. Anm. 5) S. 301.

[15]) Gegen diese These von Hermann GUNKEL, u. a. in: RGG² Bd. 5, Sp. 1326, wendet sich mit Recht ALBRIGHT, Steinzeit 58 ff.

[16]) Johannes NIKEL, Genesis und Keilschriftforschung, Ein Beitrag zum Verständnis der biblischen Ur- und Patriarchengeschichte, Freiburg i. Br. 1903, S. 198 ff. nach vielen Vorläufern.

[17]) Jules DE KEULENAER, Losse Beschouwingen over den Torenbouw van Babel en de Talenverwarring volgens Genesis XI, 1–9, in: Collectanea Mechliniensia 26 (1937) 468–483, hier S. 483.

[18]) Albert BROCK-UTNE, Gen. 11, 1–9 im Lichte der Kulturgeschichte des Nahen Orients, in: Archiv für Religionswissenschaft 32 (1935) 293–310, hier S. 301 f.

[19]) Karl THIEME, Nimrod, Kusch und Babel, Zum universalhistorischen Ertrag der „biblischen Urgeschichte", in: HJb 74 (1955) 1–11, hier S. 8 f.

[20]) Heinrich GROSS, Weltherrschaft als religiöse Idee im Alten Testament (Bonner biblische Beiträge 6), Bonn 1953, S. 64.

gese zog frühzeitig den Schluß, Nimrod müsse der Bauherr des Babelturms gewesen sein. Das sagt der Text nun freilich nicht. Indes gehören Herrschaft, Stadt und Turm eng zusammen; und daß man eine Stadt und einen Turm zugleich baute, sind keineswegs zwei verschiedene Erzählungen, deren eine mit der Völkerteilung, die andere mit der Sprachentrennung verbunden wäre[21]): der Turm ist das Wahrzeichen der Stadt, genau wie der Turm einer mittelalterlichen Kathedrale, genau wie der Eiffelturm. Man wollte also eine Metropole errichten, in städtischer Lebensweise zusammenwohnen, ein Volk bleiben oder werden. Eine solche Konzentration der Macht und diese Volksbildung ist nur unter Gottes Schirmherrschaft zulässig, im Bunde mit ihm; sonst ist sie dem Schöpfergott zuwider und ist menschlicher Hochmut: Gott allein lenkt die Geschichte. Wer bis zum Himmel baut und sich dieser göttlichen Lenkung entzieht, muß gestraft werden. Mag es eine babylonische Sage ähnlichen Inhalts zuvor gegeben haben, diese Tendenz der Geschichte ist neu und untrennbar mit dem Kern der mosaischen Religion verbunden. Der Pluralis maiestaticus in Vers 7 ist oft als Überrest heidnischen Denkens, als Erinnerung gar an die Sage von den himmelsstürmenden Titanen gedeutet worden[22]); andere haben gemeint, Gott habe hier mit seinen Engeln geredet – so die geläufige spätjüdische Auslegung[22a]) – oder sich selbst in der Dreifaltigkeit angesprochen – dies ist die mittelalterliche Exegese. Schwerlich hat der Jahwist selber an dergleichen gedacht. Aber hat er sich eigentlich deutlicher geäußert über die wichtigere Frage, was denn nun den Turmbauern geschah? Man hat alsbald behauptet, Gott habe den Turm umgestürzt, und wir werden dieser Auslegung noch oft begegnen. Der Wortlaut von Vers 8 widerspricht ihr eindeutig: Gott verwirrte die Sprache, nichts weiter; die Folge war das Ablassen vom Bau und die Zerstreuung über die Erde. Zuvor war die Sprache, die „Lippe“ (*śāpā*) einheitlich gewesen. Das Wort „Lippe“ wird auch für „Rede“, „Dialekt“ verwendet – aber besagt Vers 1, daß Satzbau, Flexion und Wortschatz überall identisch waren oder nicht bloß die Ansichten und Meinungen? Das wird hier nicht entschieden[23]); der Streit der Exegeten wird uns durch die folgenden Jahrhunderte begleiten. Hat Gott plötzlich neue Sprachen erfunden oder die

---

[21]) Die These der zwei Erzählungen wurde begründet von Hermann GUNKEL, u. a. in: Genesis, 5. Aufl. (Göttinger Handkommentar zum Alten Testament), Göttingen 1922, S. 99; DERS., Turmbau, in: RGG² Bd. 5, Sp. 1325 f. Ihr folgt noch Walther ZIMMERLI, 1. Mose 1–11, Die Urgeschichte (Prophezei, Schweizerisches Bibelwerk für die Gemeinde), 2 Bände, Zürich 1943, hier Bd. 2, S. 211, 220; aber auch der katholische Exeget Joseph CHAINE, La tour de Babel (XI, 1–9), in: Mélanges E. Podechard, Lyon 1945, S. 63–69; fast wörtlich wiederholt bei DEMS., Le livre de la Genèse (Lectio Divina 3), Paris 1949, S. 159–167.

[22]) HÖLSCHER (o. Anm. 6) S. 46 schließt sich dieser Meinung an.

[22a]) CHAINE (o. Anm. 21) S. 68 wiederholt sie.

[23]) NIKEL (o. Anm. 16) S. 189 sah das.

alten verändert? Schickte er nur eine vorübergehende Bewußtseinstrübung? Nichts von alledem kümmerte den Erzähler; nur wenn es ihm um die Details gegangen wäre, hätte er sich deutlicher ausdrücken müssen; ihm ging es um das Wunder Gottes. Gott trennt das Vereinte, nicht weil er nichts Großes auf Erden duldet oder gar, wie man gemeint hat, neidisch ist [24]); er trennt, was ohne ihn geschaffen wird und sich schon dadurch gegen ihn richtet. Der Autor ist nun zweifellos der Meinung gewesen, daß alle Gemeinschaft mit der Sprache steht und fällt; Volk und Sprache sind ihm offenbar identisch; die Differenzierung der Welt ist aus der Verwirrung der Sprache erwachsen. Man wird darum auch kaum, wie es versucht wurde, die Völkertrennung als einen Segen, die Sprachenteilung als Strafe oder Fluch Gottes auseinanderreißen können [25]); Sprachen und Völker gehören zusammen [26]). Ob die Trennung überhaupt Segen oder Fluch ist, darüber hat sich der Jahwist wiederum nicht ausgesprochen; Gottes Strafe kann sich immer auch als Segen erweisen, den Jahwisten geht das hier nichts an. Er will auch nicht etwa die Kinder Israels, deren Bund mit Gott zuvor und danach erzählt wird, besonders hervorheben und die übrigen Völker verdammen; wiederum geht die Frage, ob das Ereignis von Babel universal gewesen sei oder etwa die Juden nicht am Turm mit gebaut hätten, an der Intention des Autors vorbei; er will gar nicht erklären, warum die Sprachen und Völker so verschieden sind, er will nur belehren: Gott allein ist der Herr der Geschichte; das Tun dessen, der ohne ihn wirkt, wird zunichte.

Wenn der Mensch mit Gott zusammenwirkt, hat er alle Machtfülle. Und die bildlose, ganz auf das Hören eingestellte Art der Israeliten mußte dabei vor allem an das „Wort" Gottes denken. Denn in Israel wie überall im Alten Orient ist der Name und das Wort, vor allem Gottes Name und Wort, Verkörperung der Macht [27]). Der Jahwist erzählt in Gen. 2, 19, Gott habe dem Adam die Tiere vorgeführt, daß er sie benenne, und zwar weil sie ihm unterworfen sein sollen; Adam benennt auch Eva und gibt ihr den Namen „Männin", denn sie ist, anders als die Tiere, dem Manne gleichwertig. Bereits eine hebräische in den Text geratene Glosse muß den Akzent der Erzählung ins Lexikalische verlagert haben,

---

[24]) Otto Procksch, Die Genesis (Kommentar zum Alten Testament, hg. Ernst Sellin), 2./3. Aufl., Leipzig-Erlangen 1924, S. 92 huldigt u. v. a. dieser Meinung, gegen die Nikel (o. Anm. 16) S. 188 f. sich schon wandte.

[25]) Pieter A. H. de Boer, Genesis XI 1–9, Een vertaling met aanteekeningen en een opmerking over de beteekenis, in: Nieuwe Theologische Studiën 24 (1941) 304–309, hier S. 308 f. die oben abgelehnte Meinung, die im Mittelalter viele Anhänger hatte.

[26]) Paul Heinisch, Probleme der biblischen Urgeschichte, Luzern 1947, S. 154 hat recht.

[27]) Friedrich Giesebrecht, Die alttestamentliche Schätzung des Gottesnamens und ihre religionsgeschichtliche Grundlage, Königsberg 1901, S. 41 ff., 88 ff.; Dürr, Wort 38 ff.; Kohn, Idee 59; differenzierter Thorleif Boman, Das hebräische Denken im Vergleich mit dem griechischen, Göttingen 1952, S. 47 ff.

wenn sie sagt, daß die von Adam den Tieren gegebenen Namen diesen geblieben seien, ihre „richtigen" Namen seien [28]). Die Stelle ist bald zum Ausgangspunkt aller jüdisch-christlichen Sprachbetrachtung geworden, aber so war sie nicht gemeint. Weder ist hier gesagt, daß das Hebräische die älteste Sprache der Erde ist, noch auch, daß die Sprache von Gott geschenkt oder vom Menschen erfunden wurde [29]). Ein gewisser Akzent liegt auf der „natürlichen" Fähigkeit des Menschen, aber nur, soweit er mit Gott im Bunde ist; daß man nur mit Gott zusammen das Rechte tun kann, ist die Tendenz auch dieser Erzählung.

Die gleiche Moral hat die Stelle Gen. 9, 25–27. Der gerechte Noah, mit Gott im Bunde, verflucht ohne erkennbaren Grund nicht seinen Sohn Cham, der über Noahs Blöße gelacht hat, sondern dessen Sohn Kanaan und verheißt den beiden frommen Brüdern, die seine Blöße pietätvoll bedeckt hatten, ihren Lohn: Schem wird zum Herrn über Kanaan eingesetzt; dem Japhet wird die Ausbreitung versprochen in einem Wortspiel zwischen „Japhet" und dem daneben stehenden, klanglich ähnlichen Verb „er wird ausbreiten". Der Völkervater setzt die Geschicke seiner Kinder ohne besonderen Auftrag Gottes, scheinbar willkürlich, vorweg fest; aber da er in Gottes Bunde steht, führt Jahwe Noahs Plan gewaltig aus. Um dies zu zeigen, läßt der Autor gleich darauf die große Völkertafel von Gen. 10 folgen, in der Noahs Nachkommen, „nach ihren Sprachen, Familien und Völkern" getrennt, vorgeführt sind, so als wäre die dann in Gen. 11, 1–9 erzählte Trennung der Sprachen und Völker schon eingetreten [29a]). So ist es aber nicht gemeint, und alle Versuche, die Kapitel 10 und 11, 1–9 zu vertauschen, sind unverständig. Die Völkertafel gibt an, wie Jahwe Noahs Nachkommen verteilt, im Einklang mit dem Erzvater; die ihr zugrundeliegende Idee ist offenbar dieselbe wie in Gen. 9, 25–27: Cham führt die unterworfenen Völker, Schem die hervorragenden und herrschenden Gruppen, Japhet die kriegerischen Eindringlinge [30]); und die Erzählung von Babel berichtet den aktuellen Anlaß dieser Teilung, die Auflehnung der Menschen; beides klingt so ineinander, daß man Gottes weise Fügung und seine Strafe gar nicht voneinander sondern kann. Und auch hierbei sind Sprache und Volk miteinander verzahnt.

---

[28]) Heinrich Lausberg betont dies in einer Rezension in: Zeitschrift für romanische Philologie 69 (1953) 444 Anm. 1.

[29]) Steinthal, Sprachwissenschaft Bd. 1, S. 12; Thomsen, Sprachwissenschaft 2 u. a. sind also auch im Unrecht, wenn sie als Intention der Genesis die natürliche, menschliche Erfindung der Sprache annehmen.

[29a]) Otto Eissfeldt, Einleitung in das Alte Testament, Entstehungsgeschichte, 2. Aufl., Tübingen 1956, S. 227 hält Gen. 10 mit Gen. 11, 1–9 nicht für vereinbar.

[30]) Theodor Arldt, Die Völkertafeln der Genesis und ihre Bedeutung für die Ethnographie Vorderasiens, in: Wiener Zeitschrift für die Kunde des Morgenlandes 30 (1917/18) 264–317, hier S. 315 f.; ähnlich Martin Noth, Überlieferungsgeschichte des Pentateuch, Stuttgart 1948, S. 233.

Doch wir müssen uns diese Völkertafel näher ansehen, weil sie eine große Zahl von Problemen stellt, die bis heute nicht eindeutig geklärt sind und einen Großteil jener geistreichen oder naiven Erklärungen hervorgerufen haben, mit denen sich unsere Darstellung befassen wird. Die Tafel in ihrer heute überlieferten Form ist nicht einheitlich; es lösen sich auf den ersten Blick die Verse 8–12 über Nimrod, der Anhang über Philister und Kretenser in Vers 14, möglicherweise die Verse 16–19, die von Kanaans Nachkommen handeln, nach anderer Meinung die Verse 8–19 im ganzen, auch die Verse 24 (oder 25)–30 über Ebers Nachfahren und einiges andere deutlich ab [31]); man hat diese Teile dem Jahwisten zugeschrieben, alles übrige erst dem Priesterkodex beigelegt [32]). Die Liste ist allerdings in Jahrhunderten aus verschiedensten Quellen gespeist, mündlich weitergetragen und ergänzt worden wie andere sagenhafte Genealogien [33]). Sie mag, spätestens vom Augenblick der schriftlichen Festlegung an, als „gelehrtes" Produkt gegolten haben, in dem man die besseren Kenntnisse späterer Zeiten ergänzend oder erläuternd nachgetragen hat; indes lassen sich heute schwerlich einzelne Redaktionen unterscheiden, die dann mit Schere und Klebstoff säuberlich aneinandergefügt worden wären; dazu ist das vergleichbare Namenmaterial der zeitgenössischen Quellen allzu dürftig und zu wenig historisch fixierbar. Nimmt man eine aus vielerlei Wurzeln sehr unregelmäßig zusammenwachsende Gestalt der Völkertafel an, so dürfte man der Wahrheit am nächsten kommen. Denn die Liste zeigt sich ja heute noch als ein wildes Gewächs, das keiner logischen Gliederung folgt; die geographische, ethnologische, sprachliche und politisch-historische Gliederung sind ohne Prinzip nebeneinander verwendet [34]); auch eine rassographische oder klimatologische Gliederung läßt sich nicht ohne Zwang herausschälen [35]). Von einem bestimm-

---

31) Julius WELLHAUSEN, Die Komposition des Hexateuchs und der historischen Bücher des Alten Testaments, Neudruck Berlin 1889, S. 6–8; andere Aufteilung bei Gerhard von RAD, Das erste Buch Mose, Genesis Kapitel 1–12, 9 (Das Alte Testament deutsch, Neues Göttinger Bibelwerk), Göttingen 1949, S. 116–121.

32) Ernst SELLIN, Völkertafel, in: RGG² Bd. 5, Sp. 1613–15; ZIMMERLI (o. Anm. 21) S. 172 f.; NOTH (o. Anm. 30) S. 12, 17, 29; Curt KUHL, Die Entstehung des Alten Testaments (Sammlung Dalp 26), München 1953, S. 62, 71 und viele andere.

33) Franz von HUMMELAUER SJ, Commentarius in Genesim, Paris 1895, S. 298 f.; neuerdings ALBRIGHT, Steinzeit 52–58 legen Gewicht auf mündliche Überlieferung.

34) Edouard DHORME, Les peuples issus de Japhet d'après le chapitre X de la Genèse, in: Syria 13 (1932) 28–49, hier S. 28 hat das erkannt, die meisten anderen Exegeten nicht; Wilhelm BRANDENSTEIN, Bemerkungen zur Völkertafel in der Genesis, in: Sprachgeschichte und Wortbedeutung, Festschrift Albert Debrunner, Bern 1954, S. 57–83 vermutet eine geographische Ordnung, verbunden mit politisch-historischen Prinzipien.

35) August WAGNER, Zur Ethnografie der Biblischen Völkertafel, Neue Untersuchungen, Saarbrücken 1930, S. 5 ff., 39 versucht eine rassographische Gliederung nachzuweisen; Gustav HÖLSCHER, Drei Erdkarten, Ein Beitrag zur Erdkenntnis des hebräischen Altertums (Sitzungsberichte der Heidelberger Akad. d. Wiss., Philos.-

ten Augenblick an blieb die Liste konstant; die Späteren haben ihre Bestandteile nur ehrfürchtig tradiert, nicht verändert; sie haben nicht einmal die Perser einzufügen gewagt, geschweige denn „redigiert". Das Alter der Liste läßt sich schwer abschätzen; vor dem 7. Jahrhundert und dem Auftreten der Perser muß sie abgeschlossen sein; daß die in ihr erwähnten Kimmerier zuerst 721 auftauchten, gilt neuerdings nicht mehr als sicherer Terminus post quem[36]); sie könnten auch bis ins 10. Jahrhundert zurückreichen, also in die Zeit des Jahwisten[37]). Die zugrundeliegende Idee ist wiederum, wie bei der Erzählung vom Babelturm, nur der mosaischen Religion eigen: die ganze bekannte Welt in allen ihren Völkern stammt von einem einzigen Menschen ab, von Noah, den Jahwe gesegnet hat. Wer sind diese Völker? Schon die Namen der drei Noachiden haben ihre Tücken. Schem heißt „Name, Ruhm"; Japhet kennen wir schon als „Ausbreitung"; Cham besagt etwa „Sonnenbrand". Der letztere Name deutet auf südliche, etwa ägyptische Landschaften; den Japhet bringt man gerne mit dem griechischen Japetos zusammen, und so hätte man in den Noachiden die Vertreter der drei Erdteile Afrika, Europa und Asien, in gewissem Grad vielleicht auch von drei Klimazonen zu sehen[38]). Doch was besagte den Israeliten der Begriff des Kontinents und der Klimazone? Überdies stimmen noch in der heutigen Redaktion die Anteile der drei Noachiden nicht mit den Erdteilen überein; die drei nicht nach einheitlichem Prinzip gebildeten Namen selber sprechen gegen eine ursprünglich geographische Teilung ihrer Bereiche.

Dagegen lassen sich die dann folgenden Namen, zum Teil durch Keilschriftfunde, leichter lokalisieren[39]). In Vers 2–4 sind zuerst Japhets Kinder genannt.

Hist. Kl., Jg. 1944/48, Nr. 3), Heidelberg 1949, S. 42 denkt an eine klimatologische. Johan SIMONS, The 'Table of Nations' (Gen. X): Its General Structure and Meaning, in: Oudtestamentische Studiën 10 (1954) 155–184, hier S. 173 ff. sucht mit z. T. sehr gewagten Emendationen die rein geographische Struktur der Völkertafel zu erweisen.

[36]) Hubert JUNKER, Genesis (Die Heilige Schrift in deutscher Übersetzung, Echter-Bibel), Würzburg 1949, S. 36 f. nahm noch zuletzt diesen Terminus an.

[37]) ALBRIGHT, Steinzeit 251, 434 f.

[38]) Philipp BUTTMANN, Über den Mythos von den Söhnen Noahs (Abhandlungen der Kgl. Akademie der Wiss. in Berlin aus den Jahren 1816–17, Hist.-Philol. Kl.), Berlin 1819, S. 145–162, hier S. 150 f. ist m. W. der erste, der die im Mittelalter ziemlich verbreitete „Erdteil-Theorie" mit philologischen Gründen stützte. Sie ist seither wieder beliebt, z. B. bei JACOB (o. Anm. 5) S. 273; ARLDT (o. Anm. 30) S. 270 irrt sich gründlich, wenn er meint, die Beziehung Japetos-Japhet sei bisher nicht beachtet worden; sie findet sich bei BUTTMANN schon.

[39]) SCHMIDTKE, Japhetiten 32–95 ist mit den Verbesserungen von DHORME (o. Anm. 34) im folgenden für die Erklärung der japhetitischen Namen zugrundegelegt, für die übrigen ARLDT (o. Anm. 30), BRANDENSTEIN (o. Anm. 34), HÖLSCHER (o. Anm. 35) S. 14 ff., 45 ff.; viele andere wurden verglichen, auch Donald John WISEMAN, Genesis 10: Some Archaeological Considerations, in: Journal of the Transactions of the Victoria Institute 87 (1955) 13-24, 113–118, der die Liste in Moses' Zeit datiert.

Gomer sind unzweifelhaft die indogermanischen Kimmerier; Magog ist nicht klar nachzuweisen, gehört aber wohl in die Nähe von Medien, vielleicht nach Armenien; andere denken, wie Josephus und die meisten Neueren, an die Skythen. Madai sind die Meder, Jawan die „jonischen" Griechen, wohl die der südkleinasiatischen Küste; beide Lokalisierungen stehen seit Josephus fest. Unklar ist die Einordnung Tubals; er könnte einen Teil der Hethiter, die Tibarener in Südwestkappadokien bezeichnen. Meschek (in der Vulgata und LXX: Mosoch) verweist auf die phrygischen Moscher. Über Tiras gehen die Meinungen auseinander; während Josephus und Spätere darin die Thraker sahen, denkt man neuerdings an die Tyrsener und Etrusker. Dies sind Japhets sieben Söhne. Es folgen die drei Kinder Gomers, also Untergruppen der Kimmerier: Aschkenaz ist umstritten; er könnte zu den Kimmeriern gehören, vielleicht also die Skythen meinen; manche neueren Forscher wollen lieber die Phrygier in ihm sehen; Josephus erklärte ihn mit einem unbekannten Stamm, den Rheginern; andere dachten an Bithynier oder Armenier; wie er zum Ahnherrn der Goten und der Deutschen wurde, wird uns noch beschäftigen. Auch Riphat ist undeutlich und am ehesten noch mit Josephus in Paphlagonien zu suchen; der dritte Gomeride Togarma gehört an den Euphrat oder nach Westarmenien, wo ihn schon Josephus suchte; auch das von manchen Modernen vorgeschlagene Tarsus-Gebiet liegt in der Nähe. Nun folgen die vier Kinder Jawans, die Unterstämme der Griechen also. Elischa ist nicht sicher identifiziert; Kreta, Karthago, Sizilien, Süditalien, eine Insel vor Kilikien wurden vorgeschlagen; am nächsten liegt vielleicht noch die Insel Zypern, obwohl wir ihr gleich noch einmal begegnen werden. Tarschisch, das noch später in der Bibel als Ziel von Handelsschiffen wiederkehrt, ist mit einiger Wahrscheinlichkeit das griechische Tartessos in Spanien, nicht das kilikische Tarsus, das Josephus und noch neueste Interpreten vorziehen; noch weniger haben die Tyrrhener für sich[40]). Problematisch sind wieder die Kittim; von Josephus bis heute wurde dafür, wohl mit Recht, Zypern benannt, aber frühzeitig hat sich daneben die Gleichsetzung mit den ägäischen Inseln, mit dem Peloponnes, Makedonien und dann mit Italien eingebürgert. Neuestens hat man stattdessen die Hethiter dahinter vermutet. Dodanim endlich, das auch heute noch gelegentlich als „Dardaner" gedeutet wird, ist schon von den biblischen Chronikbüchern und der LXX zu „Rhodier" emendiert worden, und dies ist die wahrscheinlichste Lösung, zumal paläographisch die Verschreibung von „R" zu „D" oder ihren entsprechenden älteren Vorstufen[41]) naheliegt. Im ganzen ist das Bild ziemlich

---

[40]) Hennig, Terrae incognitae Bd. 1, S. 51 ff.; Hölscher (o. Anm. 35) S. 15 referieren den Stand der Kontroverse um Tarschisch-Tartessos.

[41]) Hans Jensen, Die Schrift in Vergangenheit und Gegenwart, Glückstadt-Hamburg 1935, S. 205 Abbildung 213. Doch kommen auch sehr verschiedene

geschlossen: Japhet umfaßt den Norden und Osten, alle nichtsemitischen Völker Kleinasiens und Europas; das ganze Mittelmeer liegt im Blickfeld des Autors, aber auch die unruhige nördliche Steppenzone. Die Zahl der Japhetiten beträgt 14, wenn man, wie billig, den Stammvater Japhet selbst nicht mitrechnet.

Es schließen sich in Vers 6–18 die Hamiten an. Chams Söhne sind Kusch (in der Vulgata und LXX: Chus), der, seit Josephus anerkannt, für Äthiopien steht, bisweilen aber noch heutzutage in Südwestpersien oder gar bei den Bantu-Negern gesucht wird; Misraim bedeutet Ägypten, Put ist möglicherweise das Land Punt am südlichen Roten Meer, vielleicht aber auch Libyen, wie die LXX, Josephus und manche Exegeten der Gegenwart annehmen; Kanaan vertritt die von den Israeliten unterworfene Vorbevölkerung Palästinas. Die Kinder des Kusch sind fünf „äthiopische" Völker in Arabien und rund ums Rote Meer: Seba deutet wohl auf die Sabäer in Hadramaut, möglicherweise ist aber auch ein ostafrikanischer Stamm gemeint; Chawila bezieht sich auf eine arabische Landschaft, Sabta (in der Vulgata: Sabatha) gehört wohl nach Hadramaut, und auch Ra'ma, der Regma der Vulgata, ist wohl südarabisch; Sabteka, in der Vulgata Sabatacha, ist ganz ungewiß; man könnte es an den Küsten des Persischen Golfes vermuten. Zwei Kinder des Ra'ma sind Scheba, später Saba, das mit dem äthiopischen Wort für „Mensch" zusammenhängen mag, und Dedan, wohl auch in Arabien zu suchen. Nach einem Einschub, der dem Kuschiten Nimrod gewidmet ist, folgen die Kinder Misraims, also die Ägypter: die Ludim sind als die Lyder leicht zu erkennen, übrigens von Josephus noch nicht entdeckt worden; auch neuerdings hat man stattdessen gelegentlich einen Berberstamm dafür vorgeschlagen. Die Anamim könnten auf eine südägyptische Oase oder aber auf die Delta-Bewohner hindeuten, die Lehabim, in den Versionen Laabim, auf die Libyer; die Naphtuchim sind wohl Unterägypter, obwohl andere auf das altäthiopische Napata verweisen, die Patrusim vielleicht Oberägypter. Die Kasluchim gehören vielleicht in die Nähe der Amons-Oase, werden in der Forschung freilich bisweilen als Indogermanen in Anspruch genommen, während die hier in einem Einschub angehängten Pelischtim, die Philistim der Vulgata, nach Palästina weisen und die Kaphtorim die Insel Kreta bedeuten. Doch ist diese Zuweisung nicht unbestritten; schon die LXX und die Vulgata haben „Cappadocia" übersetzt, und diese Lokalisierung ist jüngst wieder verteidigt worden[42]). Den Beschluß der Hamiten machen die 11 Kinder Kanaans in Palästina: Sidon ist die Stadt in Phönizien, Chet (in der

---

Schreibweisen von d und r vor, vgl. die Übersicht S. 210 Abb. 222. (Hinweis von Prof. Alfred Schmitt-München).

[42]) G. A. Wainwright, Caphtor – Cappadocia, in: Vetus Testamentum 6 (1956) 199–210. In der LXX und Vulgata Deut. 2,23; Amos 9, 7; Jer. 47, 4 (nicht in LXX, Jer. 29,4).

Vulgata *Etthaeus*) sind vielleicht die Hethiter; Chaibusi, die Jebusäer, wohnen bei Jerusalem; Emorri, der *Amorrhaeus* der Vulgata, ist das Reich von Amurru; Girgaschi, die Gergesäer, und Chivi, die Eväer, sind auch palästinensisch; Arki, die Aracäer, vertreten die nordphönizische Stadt Arka; Sini oder die Sinäer sind die benachbarten Siniter; Arvadi oder Aradius bezeichnen die gleichnamige phönizische Insel; Semari, die Samaräer, sind mit den Samaritanern wohl nicht identisch, sondern eine eigene Gruppe, die ganz in der Nähe der Sini und Arki zu denken ist; Chamati, die Amathäer, muß man in Hamath bei Antiochia suchen. Auch die Wohnsitze der Hamiten sind im ganzen geschlossen: Nordost- und Ostafrika, Arabien und Palästina ist ihr Anteil. Mit den hamitischen Sprachen meint man allerdings heute nur noch die kuschitischen und Berbersprachen, nicht mehr das Ägyptische. Die Zahl der Hamiten beträgt 30, wenn man die Philister und Kretenser mitzählt, aber Nimrod wegläßt; denn er wird nur als Städtegründer, nicht als Völkerstifter genannt: er habe Babylon erbaut.

Zuletzt behandelt die Völkertafel in Vers 21–29 die Kinder Schems. Söhne des Ahnherrn sind Elam, die ostpersische Landschaft gleichen Namens, Aschschur, die Assyrer, und Arphakschad, der vielleicht stellvertretend für ganz Babylonien steht und dessen Name die verschiedensten Deutungen erfuhr: ist er hebräischen Ursprungs, so könnte er „Land der Chaldäer" bedeuten; ist er iranisch, so wäre vielleicht „Reich der Mitte" damit gemeint[43]); jedenfalls hat ihn schon Josephus mit den Chaldäern, also mit dem Zweistromland verbunden. Lud bedeutet vielleicht die kleinasiatischen Lyder, nach anderen gehört auch er in den Südteil Mesopotamiens; Aram sind gewiß die Aramäer und Syrer. Des letzteren vier Kinder schließen sich gleich an: Us, südlich von Damaskus oder, nach anderer Ansicht, in der Nähe des Euphrat, ist als Hiobs Heimat vertraut; Chul hat man seit Josephus in Armenien oder auch bei Aleppo finden wollen; Geter sind vielleicht die Baktrianer; Masch, in der Vulgata Mes, repräsentiert wohl das Zweistromland. Mit dem Vers 24 beginnt eine neue Darstellungsweise, die chronologische: Arphakschads Sohn Schalach (Sale) wird genannt, dann dessen Kind Eber, der Namenspatron der Hebräer; seine zwei Kinder sind Peleg (Phaleg) und Joqtan. Auf den letzteren folgen seine 13 Kinder, die wohl Südarabien vertreten; nur Ophir, das südarabische oder afrikanische Goldland Salomons, ist einigermaßen zu identifizieren[44]). Die Zahl der Semiten ist, wieder ohne Schem selbst, 26; sie bewohnen das Land zwischen Mittelmeer und Persischem Golf, und wenigstens Assyrer, Aramäer und Hebräer sind auch sprachlich so verwandt, daß man sie noch heute, allerdings zusammen mit

---

[43]) Hölscher (o. Anm. 35) S. 46 f. gibt die hebräische, Brandenstein (o. Anm. 34) S. 59 ff. die iranische Deutung.

[44]) Hennig, Terrae incognitae Bd. 2, S. 474 ff.; Hölscher (o. Anm. 35) S. 15 f. fassen die Meinungen zusammen.

Arabern, Äthiopiern und Kanaanäern als „Semiten“ zusammenfaßt[45]). Dies Beispiel zeigt indes, daß dem Autor nicht an sprachlicher Gliederung lag, denn die Äthiopier sind zu Cham verwiesen, ebenso Kanaan, obwohl das Hebräische ein kanaanäischer Dialekt ist.

Die Blickweite dieser Völkertafel ist schlechterdings einzigartig; es gibt in der gesamten antiken Literatur nichts annähernd Vergleichbares, vor allem, wenn man sich die beschränkten Eigenkenntnisse des wenig zur See fahrenden Volkes Israel vergegenwärtigt[46]). Sie ist ein universaler Kanon der Geographie, und alle Völker sind genealogisch zusammengebunden, ohne daß – das ist das Erstaunlichste – den Israeliten eine Ehrenstellung eingeräumt würde. Erst mit Gen. 11, 10 beginnen die Völkergeschichten, von denen dann allerdings wirklich nur die des semitischen Gottesvolkes eingehend behandelt wird. Der uns vor allem angehende Komplex Gen. 9, 25–11, 9 bildet also genau die Brücke von der universalen und einheitlichen Urgeschichte der Menschheit zu ihrer Differenzierung in Völker und Sprachen. Halten wir noch einmal zusammenfassend fest: Was Moses, der Jahwist und wer immer sonst noch an diesem Buch der Genesis gearbeitet hat, hier aussagen, ist grundstürzend neu. In keinem Kulturkreis der Erde war bis dahin die Einheit des Menschengeschlechts und die einheitliche Lenkung seiner Geschichte durch einen Gott verkündet worden. Hier geschieht es, und dabei fallen gleichsam nebenbei die Grundurkunden der Weltgeschichtsschreibung, der Sprachbetrachtung und der Völkerkunde ab; denn die Autoren wollten gar keine weltliche Wissenschaft lehren, sondern Gottes Führung der Geschichte nachzeichnen, fromm den Schöpfer und Richter erkennen in seinem immer wieder durch die Schuld des Menschen unterbrochenen Gespräch mit der Krone der Schöpfung. Damit gewinnen nun freilich die Kreaturen, auch die Völker und Sprachen, einen auf Gott bezogenen eigenen Wert, den sie bislang nirgends hatten. Menschliche Schuld mochte wohl der Anlaß für die Differenzierung der Welt sein, aber diese war nun doch Gottes Werk und also gut. Die liebevolle Versenkung in das Individuelle war damit noch nicht ausgesprochen, aber erst möglich geworden; religiöses Geschichtsdenken, theologische Sprachbetrachtung und das Nachdenken über den Völkerstammbaum sind hier grundgelegt, obgleich sie alle hier noch nicht thematisch sind.

Die Harmonie von Gott und Welt drückte sich vielmehr zuerst in der Zahlensymbolik aus. Addiert man die Namen der Völkertafel, so ergibt sich die Summe 70. Man hat sie oft als „zufällig“ hingestellt[47]), und im einzelnen ist sie

---

[45]) Moscati, Geschichte 21 f.; Theodor Nöldeke, Die semitischen Sprachen, Leipzig 1887, S. 1 f.

[46]) Hölscher (o. Anm. 35) S. 14 ff. stellt diese Kenntnisse zusammen.

[47]) Hermann Leberecht Strack, Die Genesis, 2. Aufl., München 1905, S. 44 sei für alle andern genannt.

nicht eindeutig zu errechnen[48]); es ist leicht möglich, daß spätere Spekulation sie „gefunden" hat; aber die Zahlensymbolik des Alten Testaments läßt sich nicht einfach abstreiten[49]). Diese Zahl 70 hat im Pentateuch immerhin auch sonst ihren Platz: Der tote Jakob wurde in Ägypten 70 Tage lang beweint[50]); mit 70 Seelen war er dorthin gezogen[51]). Bei der Rückkehr aus Ägypten fanden die Juden eine Oase mit 12 Wasserbrunnen und 70 Palmenbäumen[52]); in Leviticus 19 sind etwa 70 Gottesgebote zusammengetragen[53]); und vor allem erwählte sich Moses aus den 12 Stämmen 70 Älteste[54]). Beim Laubhüttenfest werden am ersten von sieben Tagen dreizehn Farren, an jedem folgenden Tag einer weniger geschlachtet, was zusammen 70 Farren ergibt; man opfert eine Silberschale von 70 Schekel[55]). In späteren Schriften des Alten Testaments begegnet die Zahl 70 gleichfalls oft: Abdon, Achab und Gideon haben 70 Kinder, die letzteren werden für 70 Silberlinge umgebracht[56]); auch Baal hat 70 Priester[57]); von 70 Jahren liest man oft[58]); die 70 Jahrwochen gehören in diesen Bereich[59]). Überall hat diese Zahl eine Beziehung auf eine von Gott gewollte, meist positiv gewertete Gesamtheit; daß man auch die Völkerzahl der Welt in diesen Konnex bringen wollte – vielleicht nicht von Anfang an, aber doch recht früh –, scheint mir unbestreitbar. Einiges an diesen Zahlen mag auf babylonisches Vorbild zurückgehen, obgleich es reichlich gesucht klingt, wenn man dahinter astrologische Geheimbedeutungen konstruiert[60]); außerdem ist die aus dem Dezimalsystem stammende Zahl 70 kaum aus dem babylonischen Sexagesimalsystem herübergenommen, sondern eher die verzehnfachte Sieben, die ja überall, schon lange vor Matth. 18, 22, eine heilige Zahl ist. Die Zahl 72 ist im Alten Testa-

---

[48]) Jacob (o. Anm. 5) S. 295 f. macht den aussichtslosen Versuch; auf seine Schwierigkeiten verwies schon Paul Heinisch, Das Buch Genesis (Die Heilige Schrift des Alten Testaments I, 1), Bonn 1930, S. 194.

[49]) Endres, Zahl 170 ff.; Hopper, Symbolism 23 ff. geben eine erste, sehr lückenhafte Übersicht über sie.

[50]) Gen. 50, 3 (Jahwist).

[51]) Gen. 46, 27 (Priesterquelle); Parallelstellen, wie Ex. 1, 5; Deut. 10,22, haben ebenfalls „70". Erst die Septuaginta setzt bei Gen. 46, 27 stattdessen „75", und daraus ist die Zahl in Act. 7, 14 übernommen.

[52]) Ex. 15, 27 (Elohist); Num. 33, 9.

[53]) Samuel Krauss, Les préceptes des Noachides, in: Revue des études juives 47 (1903) 32–40, hier S. 38 über die Zahl.

[54]) Ex. 24, 1 und 9; Hauptstelle ist Num. 11, 16 und 24 f.; später etwa Ez. 8, 11; vgl. 1 Esdr. 8, 7 und 14.

[55]) Num. 29, 13–32 (Farren); 7, 13 ff. (Silberschale).

[56]) Jud. 12, 14 (Abdon); 4 Reg. 10, 1 (Achab); Jud. 8, 30; 9, 4 (Gideon).

[57]) Dan. 14, 9.

[58]) Gen. 5, 12; 11, 26; Ps. 89 (90), 10; Is. 23, 15 und 17; Jer. 25, 11 f.; 29, 10; Dan. 9, 2; Zach. 7, 5.

[59]) Dan. 9, 24.

[60]) Eisler, Weltenmantel Bd. 1, S. 265 tut das.

ment bemerkenswert selten verwendet[61]). Wenn schon ein vorjüdischer Einfluß zugrunde liegt, wird es weniger der babylonische als der – durch die 70 Baalspriester schon nahegelegte – kanaanäische sein: in den „Gedichten über Baal und Anath" aus Ugarit heißt es schon im 14. vorchristlichen Jahrhundert, dem Baal würden 70 Tiere von jeder Art geopfert[62]), und nach der ugaritischen „Legende vom König Kereth" hat der König 70 Pairs unter sich[63]). Doch wird man auch diese Verwandtschaft nicht zu eng nehmen dürfen, denn während die Rundzahlen sich fast überall sonst auf über- und außerirdische Ganzheiten beziehen, verwendet das Alte Testament diese Zahlen stets in irdisch-konkreten Zusammenhängen, und das ist wieder nur möglich für einen Glauben, der die Dinge der Welt in ein enges und geordnetes Verhältnis zu Gott stellt.

Daß die Völker der Erde in diesen Bezug gehören, hat das im 7. Jahrhundert zuerst zusammengestellte Deuteronomium ausgesprochen, in einem Lied, das sehr viel älter und Moses' Zeit recht nahe ist: „Als der Allerhöchste die Völker zerteilte und die Kinder Adams zerstreute, da setzte er die Grenzen der Völker nach der Zahl der Kinder Israels"[64]). So heißt es im hebräischen, samaritanischen und syrischen Text, in dem Lobgesang des Moses über die Wohltaten, die Gott an Israel tat. Der enge Zusammenhang der Stelle mit Gen. 10 ist früh bemerkt worden; was sie eigentlich besagt, ist dunkel. Die Zahl der Kinder Israels – soll man das auf die 12 Stämme oder auf die 70 Jakobiden beziehen, wie es die spätjüdische Exegese seit den Targumim tat? Die abendländische Exegese sah hier einen Hinweis auf die 70 oder 72 Völker der Erde; ausgesprochen ist er nicht. Albright und andere, die den Vers in das 10. vorchristliche Jahrhundert setzen, möchten mit der später noch zu besprechenden Variante der LXX hier lesen „nach der Zahl der Gottessöhne". Doch wer sind die Gottessöhne? Schwerlich die Sterne[65]), eher schon die Israeliten[66])

---

[61]) Num. 31, 38 ist die einzige Stelle; dabei dreht es sich um geraubte Rinder, von denen ein Fünfhundertstel, eben 72, geopfert werden sollen. JEREMIAS, ATAO 825 f. hat die Stellen für 70 sorgsam notiert und die 72 für eine Variante der 70 erklärt, aber keine einzige Stelle des Alten Testaments dafür benannt.

[62]) Baal I, 1, 20 ff., bei Godfrey Rolles DRIVER, Canaanite Myths and Legends (Old Testament Studies 3), Edinburgh 1956, S. 109.

[63]) III, IV, 6, bei DRIVER (o. Anm. 62) S. 39. Zur Göttin Atirat und ihren 70 Söhnen s. u. Anm. 68.

[64]) Deut. 32, 8. Zur Datierung Eberhard BAUMANN, Das Lied Mose's (Dt XXXII 1–43) auf seine gedankliche Geschlossenheit untersucht, in: Vetus Testamentum 6 (1956) 414–424, hier S. 421.

[65]) ALBRIGHT, Steinzeit 295 f. Zur Septuaginta s. u. S. 142 Anm. 32. Albright muß die kanaanäische Religion und die Stelle Hiob 38, 7 zu Hilfe nehmen, um die Identifizierung der Sterne mit den Gotteskindern zu erklären.

[66]) Paul WINTER, Der Begriff „Söhne Gottes" im Moselied Dtn 32, 1–43, in: ZATW 67 (1955) 40–48, hier S. 48. Winters Nachtrag, ebenda S. 292, scheint aber doch auch an die Engel zu denken.

oder auch die Engel; so wäre hier, lange vor Daniel, die Idee der Völker- und Schutzengel bereits angerührt[67]). Kürzlich hat man auch daran erinnert, daß die kanaanäische Göttin Atirat 70 Söhne hatte, und in unserem Vers eine Anspielung darauf sehen wollen[68]); andere Gelehrte haben bemerkt, daß das ganze Moseslied 69 Zeilen, also dreimal die Zahl der hebräischen Buchstaben umfasse, und wollten damit die versteckte Anspielung im Vers 8 erklären[69]). Indes läßt sich auf keine Weise zeigen, warum die nicht genannte Zahl gerade die 69 oder 70 gewesen sein muß. Ob überhaupt der Vers dadurch verständlicher wird, daß man in ihm nach einer bestimmten Zahl sucht? Grenzen sind nicht nach Zahlen festzulegen. Es wird wohl doch gemeint sein, die Grenzen der Völker seien so festgesetzt, daß Israel Platz behält, sich in der Mitte auszudehnen, das Volk, das „auserwählt ist unter allen Völkern, die auf Erden sind"[70]). Hier setzt in der Tat bereits Israel sich als Maß für alle andern; der Blutsverband Israel – streng genommen umfaßt er nur noch Juda – wird nun mit dem Gottesvolk identifiziert, wenn auch die übrigen Völker noch zum Heile zugelassen bleiben[71]); bis dahin waren die Wörter für „Volk" sowohl im Singular wie im Plural, für das eigene Volk ebenso wie für die Fremdvölker unterschiedslos gebraucht worden[72]). Das änderte sich nun; gerade im Zusammenhang mit der strengen Theokratie, für die das Deuteronomium plädierte, wurden aus den „Völkern" die „Heiden", alles Fremde wurde hinausgedrängt[73]).

Es ist wohl schon ein Symptom dieser Verengung, daß im Alten Testament selten die Rede von fremden Sprachen ist. Noch Gen. 31, 47 erwähnte die Verschiedenheit von Aramäisch und Hebräisch – die Ursprünglichkeit der Stelle wird allerdings bezweifelt[74]) –; Gen. 41, 45 teilte noch in wohlwollendem Ton zwei ägyptische Wörter mit. In den Psalmen betete David zwar bereits, Gott

---

[67]) Patrick William SKEHAN, The Structure of the Song of Moses in Deuteronomy (Deut. 32: 1–43), in: The Catholic Biblical Quarterly 13 (1951) 153–163, hier S. 154.

[68]) R.-J. TOURNAY OP, Les psaumes complexes, in: Revue biblique 56 (1949) 37–60, hier S. 53.

[69]) SKEHAN (o. Anm. 67) S. 163. Bemerkt sei immerhin, daß wenigstens im Spätjudentum, seit Josephus, statt 23 auch 22 Buchstaben des hebräischen Alphabets gezählt wurden, wobei die Buchstaben śîn und ṡîn anscheinend nicht getrennt wurden.

[70]) Deut. 14, 2.

[71]) Albrecht OEPKE, Das neue Gottesvolk in Schrifttum, Schauspiel, bildender Kunst und Weltgestaltung, Gütersloh 1950, S. 94 f., 102 ff.

[72]) Nils Alstrup DAHL, Das Volk Gottes, Eine Untersuchung zum Kirchenbewußtsein des Urchristentums (Skrifter utgitt av det Norske Videnskaps-Akademi i Oslo, Hist.-Philos. Kl., Jg. 1941, Nr. 2), Oslo 1941, S. 2 ff.; NOTH, Geschichte 12. Man vergleiche Gen. 17, 4 mit Deut. 19, 1.

[73]) Alfred BERTHOLET, Die Stellung der Israeliten und der Juden zu den Fremden, Freiburg i. B. – Leipzig 1896, S. VIII, 88.

[74]) Walter BAUMGARTNER, Aramäisches in der Bibel, in: RGG³ Bd. 1, Sp. 532 f.

möge die Sprache seiner Feinde zerteilen, aber das hier, Ps. 54, 10 (Vulgatazählung; 55, 10 im Hebräischen und bei Luther), gebrauchte Wort *lašon* bezeichnet zuerst die „Zunge“ und deren Rede, kann freilich dann auch „Dialekt“ bedeuten. Ebenso undeutlich ist die Stelle Ps. 80 (81), 6, Israel habe beim Auszug aus Ägypten eine fremde „Lippe“ gehört; ist das die in Ps. 113 (114), 1 als barbarisch bezeichnete ägyptische oder die neue Sprache Gottes? Beide Auslegungen werden noch heute vertreten. Nachdenklich stimmt es, daß das nur in Ps. 113, 1 vorkommende Wort, das LXX und Vulgata mit „barbarisch“ übersetzen, zusammenhängt mit den Wörtern für „Kehle“ und für „verspotten, täuschen, stammeln“[75]); die fremde Sprache wäre also unwürdig und unglaubwürdig. Es mag sein, daß dem Psalmendichter dieser Zusammenhang nicht gegenwärtig war, daß ihm nicht die eigene Sprache als die einzig anerkannte galt. Aber die Tendenzen der Propheten mußten bald in diese Richtung weisen. Die geschichtliche Sendung der Propheten bestand allerdings gerade umgekehrt darin, ihren unter Machtlosigkeit und Fremdherrschaft leidenden Volksgenossen klarzumachen, daß Jahwe nicht der Gott dieses unterlegenen Volkes, sondern der Herr der ganzen Welt und Weltgeschichte ist; freilich, mit allem, was geschah, hatte es Gott, in Lohn und Strafe, eben doch auf dieses kleine Israel, auf die Mitte der Weltgeschichte, abgesehen[76]).

Der älteste Prophet, Amos, hat um 750, inmitten der Ohnmacht der geteilten Reiche, schroff betont, daß Jahwe nicht nur der Gott Israels ist, sondern auch über die Äthiopier, die Philister und die Aramäer wacht[77]); und dieses Bewußtsein ging niemals verloren. Im 7. Jahrhundert verhieß Sephania den Völkern, daß sie reine „Lippen“ bekommen und einträchtig den Herrn loben würden[78]); das heißt eigentlich nur, wie bei Jesaja 5, 5–7, daß die Gesinnung gereinigt werden soll, aber die Rückkehr zur reinen Rede der Gottesdiener wird hier doch auch den Fremden in Aussicht gestellt; kein anderer als Hieronymus wertete die Stelle als Verheißung der allen gemeinsamen hebräischen Endsprache.

Aber die Predigt der Propheten richtete sich doch vor allem an die Landsleute, und den Fremdvölkern, so sehr sie als Gottes Werkzeuge auftraten, blieben dabei wenig Sympathien. Freilich galten auch ihnen die Heilsweissagungen; aber schwer konnte man sich der Ambivalenz entziehen, die darin lag, daß Jahwe, der Weltkönig, eben doch zugleich der Gott Israels war[79]). Schon im 8. Jahrhundert verhieß Jesaja seinem Volk, verschwinden werde Assur, das

---

[75]) Ludwig Koehler – Walter Baumgartner, Lexicon in Veteris Testamenti libros, Leiden 1953, S. 483 f.

[76]) Dahl, Volk Gottes 25 ff., 30 ff.; Noth, Geschichte 231 f.

[77]) Amos 9, 7.

[78]) Soph. 3, 9.

[79]) Gross (o. Anm. 20) S. 120 mit bequemer Konkordanz der Stellen.

Volk von tiefer „Lippe", die man nicht vernehmen, und von undeutlicher „Zunge", die man nicht verstehen kann. Das waren die gleichen Assyrer, die die mosaische Völkertafel noch unter die stammverwandten Semiten rechnete. Hier sind sie zu „Barbaren" geworden. Sie haben in der Tat später die „zehn verlorenen Stämme" rücksichtslos verschleppt. Wenn Ägyptens Städte sich zum wahren Glauben bekehren, werden sie die Sprache Kanaans übernehmen; und die Ungläubigen unter den Juden werden umgekehrt gestraft: Jesaja droht ihnen, der Herr werde ihnen noch mit unverständlicher „Lippe" und anderer „Zunge" predigen als jetzt[80]). Man kann diese Reden nicht als Bevorzugung der „Muttersprache" werten, sollte sie aber bei der Vorgeschichte dieses Gedankens nicht vergessen[81]). Die fremden Völker sind Gottes Werkzeug, aber sie haben vor Ihm kein Eigengewicht mehr: „Denn die Völker sind vor Ihm wie ein Tropfen am Eimer", sagt Deuterojesaja[82]). Immer wieder dieselbe Drohung, auch im Deuteronomium: über die Unbußfertigen wird ein Volk vom Ende der Welt kommen, „dessen Sprache Du nicht verstehst"[83]). Ganz ähnlich prophezeite im 7. Jahrhundert Jeremia, als hätte er vorhergewußt, daß er als Flüchtling in Ägypten sterben werde[84]). Ezechiel aber ließ sich vom Herrn trösten, daß er nur zum Hause Israel gesandt sei, nicht zu großen Völkern, die fremde „Lippe" und unbekannte „Zunge" haben – und das ist nach 587 geschrieben, im babylonischen Exil! Nicht als hätte Ezechiel die Heidenvölker vergessen; er sang ein Klagelied auf den Untergang von Tyrus, das mit vielen Völkern Handel trieb, und dabei werden über 20 Namen aus der Völkertafel aufgezählt; aber in der Heilsgeschichte spielen sie eine Nebenrolle gegenüber Israel, das im „Nabel der Welt" wohnt. Zornig fährt Ezechiel die Nachbarvölker an, und Gog, der Fürst des Stammes Meschek und Tubal, dessen Name vielleicht an den des Lyderfürsten Gyges anknüpft[85]), ist bei ihm zum dämonischen Widersacher des Gottesreiches geworden, der die Barbaren, die Kusch, Put, Gomer und Togarma, also Hamiten und Japhetiten gegen die frommen Semiten heranführt. Alle Welt scheint sich gegen das kleine Judenvolk zu verbinden[86]).

---

[80]) Is. 33, 19 (Assyrer); 19, 18 (Ägypten); 28, 11 (Drohung).

[81]) Weisgerber, Muttersprache, hat das Alte Testament nicht erwähnt.

[82]) Is. 40, 15.

[83]) Deut. 28, 49.

[84]) Jer. 5, 15; zur Stelle Gross (o. Anm. 20) S. 56.

[85]) Hölscher (o. Anm. 35) S. 22 über Gog-Gyges. Zur Geschichte der Gog-Magog-Deutung, deren endzeitlicher Teil bei unseren Studien außer Betracht bleibt, vgl. Karl Georg Kuhn, in: Theologisches Wörterbuch zum Neuen Testament, hg. Gerhard Kittel, Bd. 1, Stuttgart 1933, S. 790–92 und Andrew Runni Anderson, Alexander's Gate, Gog and Magog, and the Inclosed Nations (Monographs of the Mediaeval Academy of America 5), Cambridge-Mass. 1932, S. 3 ff.

[86]) Ez. 3, 5 f. (fremde Lippe); 27, 5–23 (Tyrus); 38, 12 (Nabel der Welt); 38, 2–6 (Gog und Barbaren). Zu Ezechiels historischer Situation vgl. Noth, Geschichte 267 f.

Im ausgehenden 6. und beginnenden 5. Jahrhundert wurde auch den Juden unter der toleranten Perserherrschaft das Tor zur Welt erneut aufgestoßen; eben um 525 brachten phönizische Karthager Kunde von Troglodyten und Äthiopiern, deren Sprache nicht einmal von afrikanischen Dolmetschern verstanden werde[87]). Die Vielfalt der Welt drang ins Bewußtsein, und darum war auch unter den Juden der jetzt herrschende Universalismus ein anderer als der des Jahwisten. Der Prophet Sacharia weissagt, daß Männer aus allen Zungen der Völker sich um die Israeliten drängen werden, zehn Männer werden einem Juden folgen. Man hat die Stelle als Hoffnung auf politische Weltherrschaft Israels ausgelegt[88]); von einem Ergebnis dieses Ereignisses verlautet freilich bei Sacharia nichts, es geht den Juden nur um seines eigenen Glaubens willen etwas an, nicht einmal wegen seiner Sprache: eben damals setzte sich das Reichsaramäische gegenüber den kanaanäischen Dialekten durch; auf eine „auserwählte Sprache" konnten die Juden nicht mehr pochen[89]). Tritojesaja sagt, der Herr werde alle Völker und Zungen sammeln und Boten senden nach Tarschisch, Put, Lud, zu Tubal und Jawan[90]); aber wieder ist nicht gesagt, ob und wie in diesen verheißenen Endzeiten auch die „Völker" am Heile Anteil haben. Das letzte historische Buch des Alten Testaments, die Chronik, hat um 400 v. Chr. noch einmal scheinbar weitausholend mit einer Völkergenealogie begonnen, die den Stammbaum von Gen. 10 straffend wiederholt, Wort für Wort, abgesehen von der Verbesserung der Dodanim zu Rodanim und dem Versehen, daß Arams Söhne zu seinen Brüdern gemacht wurden; ferner wurde an die Stelle des Aramiten Masch der Japhetite Meschek gesetzt, der auch bei seiner Sippe stehen blieb; auch hier ergaben sich also etwa 70 Namen, nur ist hier Nimrod nicht abgesondert[91]). Dem Chronisten ging es wohl nicht mehr darum, Maß und Ordnung in der Völkerwelt nachzuweisen, er gab nur eine dürre Namenliste, die sich erst bei David und dem Tempel belebte; denn der Verfasser war Tempelpriester und ließ so die Weltgeschichte auf den Tempel in Jerusalem zulaufen. Alle universale Überschau stand in Wahrheit im Dienst des eigenen Glaubens.

Unbefangen blickte nur das Buch Esther um sich, zwischen 400 und 150 entstanden; dafür ist es das religiös ärmste Buch des Alten Testaments. Immer wieder beneidet es den König Xerxes, der Briefe an seine Untertanen

---

[87]) Hannonis periplus 8 und 11, in: Geographi Graeci minores, hg. Carl Müller, Bd. 1, Paris 1885, S. 6, 9; dazu Hennig, Terrae incognitae Bd. 1, S. 86 ff.

[88]) Zach. 8, 23; dazu Gross (o. Anm. 20) S. 146 ff.

[89]) Noth, Geschichte 271 ff., besonders S. 274 f.

[90]) Is. 66, 18 f. „Put" ist eine Korrektur der Septuaginta, der hebräische Text liest „Pul".

[91]) 1 Par. 1, 5–25. Charles Cutler Torrey, The Chronicler's History of Israel, New Haven 1954, S. XIV ff. datiert in die Mitte des 3. Jahrhunderts.

schickt, „zu jeglichem Volk nach seiner Zunge“, der königliche Dolmetscher hat und zwischen Indien und Äthiopien 127 Länder beherrscht, an die er je in ihrer Schrift und Sprache schreiben läßt[92]). Daneben steht allerdings, vielleicht erst im 4. Jahrhundert schreibend, der namenlose Dichter des Hiob-Buches, der noch einmal den höchsten Standpunkt, den des Jahwisten, einnimmt: Gott allein ist mächtig, er macht die Völker groß und verdirbt sie, er stellt die unterjochten Völker wieder her[93]). Hier ist die Geschichte und die Welt nicht um ihrer selbst willen wichtig, sondern nur als Fingerzeig für Gottes Willen. Aber während das Hebräische am Erlöschen war und das Aramäische an seine Stelle trat, stellte der persische und noch mehr der hellenistische Einfluß auch die Juden vor die Alternative, ob sie in der Abschließung ihr bestes Teil retten oder im Synkretismus sich der Welt verschenken sollten.

Bis hierhin jedenfalls hat die alttestamentliche Religiosität nirgends die Welt als Welt liebevoll ernstgenommen, sondern nur als den Stoff für Gottes geschichtliches Wirken beachtet, doch darum auch als ein Ganzes gesehen. Es bedurfte aber nur einer Blickwendung, um in der Bibel plötzlich die Fülle der menschlichen Weisheiten, ein Kompendium der irdischen Individualität zu entdecken und dann zu bemerken, daß hier auch die Vielfalt der Sprachen und Völker „erklärt“ war. Nur war diese Sehweise nicht die altjüdische, sondern hellenistisch.

2. Der Hellenismus

Den Griechen erschloß sich mit den Alexanderzügen die Welt Vorderasiens; sie brachten ihr und der Ökumene die griechische Kultur und Sprache, die sich bald von der attischen Grundlage aus zur Koine entwickelte. Nun wurden auch für die Hellenen die Fragen der Sprachen- und Völkervielfalt akut; denn nun begannen vielerlei Religionen, Völker und Sprachen zwischen Spanien und Indien miteinander in Austausch zu treten. Zwar war es nur eine dünne Intelligenzschicht, die über die Grenzen hinweg das Gespräch pflegte – auf griechisch, die übrigen Sprachen achtete man nicht; und umgekehrt waren auch die orientalischen Religionen mit ihren Sakralsprachen recht exklusiv[1]); und doch gingen die Motive des religiösen Denkens auch in weniger gebildeten Kreisen durch die Welt und schufen überall eine neue Beunruhigung und sogar eine Art Aufgeschlossenheit gegenüber dem Eigenwert historischer Bildungen.

---

[92]) Esther 1, 22 (Briefe); 3, 12 (Dolmetscher); 8, 9 (127 Länder); letztere Stelle ist wiederholt bei 3 Esdra 3, 2. Die Zahl der Länder ist übernommen von Josephus, Antiquitates XI, 3, 2; 6, 1; 6, 6; 6, 12.

[93]) Job 12, 23.

[1]) Harder (o. S. 97 Anm. 35) S. 132 f.

Alexander d. Gr. (356–323), der Schüler des Aristoteles, hat diese Ansätze offenbar rasch und kühn zu Ende gedacht; wenigstens rühmten Spätere von ihm, er habe den Unterschied zwischen Hellenen und Barbaren aufgehoben und versucht, „die Völker aus aller Welt in einem einzigen Staate zu vereinigen...; nach seinem Befehl sollten alle die Erde als ihr Vaterland... ansehen“[2]). Dahinter stand, wieder nach der Angabe Plutarchs, Alexanders Glaube, daß die Gottheit der gemeinsame Vater aller Menschen sei. Alexander selbst, dessen Königsgeschlecht sich auf Herakles zurückführte, ließ sich bald Herkunft von dem griechisch-ägyptischen Zeus-Amon nachsagen und nahm es mit Nachsicht hin, wenn ihn der Hohepriester in der Amons-Oase in fehlerhaftem Griechisch ansprach; gerade der Barbarismus „O paidios“ statt „O paidion“ schien Alexanders göttliche Sendung zu verkünden. Auch von indischen Brahmanen ließ er sich in indischer Sprache begrüßen; in Persien achtete er das Persische[3]).

Mag dies auch erst nachträgliche Reflexion überspitzt formuliert haben, die Griechen wandten sich jedenfalls mit neuem Interesse der äußeren Welt zu, in der sie nicht mehr nur Kuriositäten, sondern eine stabilierte Ordnung des Einzelnen zu sehen geneigt waren. Schon ein Schüler des Isokrates, der kleinasiatische Historiker Ephoros von Kyme (gest. ca. 330) muß nach 341 bemerkt haben, daß die Menschheit ein sehr vielgliedriges Gebilde ist; er schrieb eine Universalgeschichte der Antike, vorwiegend noch eine Zusammenfassung einzelner Stadtgeschichten, aber auch Ägypter und Perser wurden berücksichtigt; es war ein Bild der Welt, wie sie sich dem nüchternen, nicht auf Ursprungsfragen versessenen Griechen im 4. Jahrhundert darbot[4]), vielleicht auch auf ägyptische Quellen, jedenfalls auf griechische Geographentradition gestützt. Das Fremde gewann, etwa in Gestalt der Skythen, idealen Glanz[5]). Doch überraschend bleibt die Behauptung des Ephoros noch immer, daß es auf Erden 75 Sprachen gebe[6]). Man hat die nur im späteren Exzerpt erhaltene Stelle für unecht erklärt[7]), obgleich der Referent, Klemens von Alexandrien, sich polemisch gegen diese Auffassung wandte und schon darum allen Grund hatte, genau zu zitieren. Was Ephoros sich dabei dachte, ist schwer auszumachen; aber eine

---

[2]) Moralia, De Alexandri Magni fortuna aut virtute I, 6, hg. Gregor N. Bernardakis, Bd. 2, Leipzig 1889, S. 415 f.

[3]) De Vita Alexandri, in: Vitae parallelae, hg. Carl Sintenis, Bd. 3, Leipzig 1874: c. 27 S. 310 f. (gemeinsamer Vater, Amonspriester); c. 64 S. 351 (Inder); c. 37 S. 322 f. (Perser). Dazu Johann Gustav Droysen, Geschichte Alexanders des Großen, hg. Helmut Berve, 3. Aufl., Stuttgart 1941, S. 209 f., 479 ff.

[4]) G. L. Barber, The Historian Ephorus, Cambridge 1935, S. 22 u. ö.

[5]) Trüdinger, Ethnographie 140.

[6]) Klemens v. Alexandria, Stromata I, 142, 1 ff., GCS Bd. 15, S. 88 gibt das Exzerpt.

[7]) Jacoby, Fragmente Bd. II C, S. 103 erläutert nicht, warum er Bd. II A, S. 109, Fragment Nr. 237, die Stelle für unecht hält. Auch Barber (o. Anm. 4) sagt darüber nichts.

solche Äußerung war jetzt erst in griechischem Munde möglich: man überblickte die Ökumene.

Verfehlt wäre aber der Schluß, mit dieser Weitung des griechischen Blickfeldes sei allgemein eine Vertiefung des historischen Bewußtseins verbunden gewesen; eher trifft das Gegenteil zu. Wenigstens einige der großen hellenistischen Dichter kümmerten sich um die gewachsene Geschichte nun kaum noch, auch nicht um die eigene. Der Athener Menander (342–290), dessen kultivierte Komödien rein menschliche Probleme, keine politischen Absichten mehr verfolgten, nannte einen unbarmherzigen Griechen „barbarisch“ und versicherte, auch ein Äthiopier oder ein Skythe könne ein edler Mensch sein[8]); Stammbaum und Abstammung, aber auch die Sprachen spielen in den erhaltenen Komödien Menanders gar keine Rolle; selbst das aristophanische Mittel, mit barbarischen Dialekten Lacherfolge zu erzielen, hat Menander, soviel ich sehe, verschmäht. Seine Haltung ist ganz verwandt dem Diktum des ökumenischen Geographen Eratosthenes (ca. 295–214), der sich gegen die Zweiteilung der Menschheit in Hellenen und Barbaren aussprach: man solle die Menschen nach ihrem Wert und nicht nach ihrer Herkunft beurteilen[9]). Was solche Forderungen im Auge hatten, war nicht die Achtung vor dem Individuum, sondern die Nivellierung der Unterschiede, allein den ethisch-moralischen ausgenommen.

Daß diese Nivellierung nur das Gleichzeitige anverwandeln konnte, muß man indes früh bemerkt haben, vor allem in der neuen Metropole des hellenistischen Geistes. Den alexandrinischen Gelehrten fiel, schon bei ihrem Unternehmen wissenschaftlicher Textausgaben, die Differenz zwischen der klassischen Schriftsprache und der gesprochenen Koine auf; die Verschiedenheiten regten zu grammatischem Vergleich an[10]), machten aber auch die Geschichtlichkeit der Sprache deutlich. Manche sehnten sich nach der verlorenen Sicherheit zurück; der Libyer Kallimachos (ca. 310–240), alexandrinischer Bibliothekar, gehörte zu ihnen. Seine verspielte Gelehrsamkeit wurde vom Altertümlichen, sein dichterisches Pathos vom Ungewöhnlichen angezogen, und so liebte er die Rückprojektionen: Die Ptolemäerkönige stammen von Zeus ab; man muß die Übereinstimmung von Wort und Ding wiederherstellen, wie sie in den Tagen noch bestand, als die Tiere sprachen. Die Götter, aber auch die Städte

---

[8]) Menandri quae supersunt, hg. Alfred Koerte, 2 Bände, Leipzig 1938–53: Epitrepontes 578, 604 Bd. 1, S. 36 f. (griechischer Barbar); Fragment 612 Bd. 2, S. 195 (Äthiopier usw.).

[9]) Strabo, Geographia I, 4, 9, hg. Horace Leonard Jones, Bd. 1, London 1917, S. 246 ff.; dazu Jüthner, Hellenen und Barbaren 49.

[10]) Benfey, Sprachwissenschaft 138 ff.; Jüthner, Hellenen und Barbaren 39 ff.; Robins, Grammatical Theory 37 f.

haben an verschiedenen Orten und zu unterschiedlichen Zeiten vielerlei Namen; aber es gilt, hinter die Erscheinungen zu greifen[11]).

Dieser Wille konnte zu einer Art von Historismus werden, wie bei dem Bibliotheksvorstand von Alexandria, Apollonios von Rhodos (ca. 295–215). In seinem Argonauten-Epos führte er die empfindsamen Helden durch alle den Gelehrten bekannten Länder von den Kolchiern, wo die Sonne aufsteigt und darum Helios' Sohn Herrscher ist, bis zu den Libyern und den Kelten. Zwar verstehen sich der Grieche Jason und die Kolchierin Medea, aber nur, weil die Zauberin Griechisch kann; wenn sie nach ihrer Muttersprache (*ἐμφύλιος ὀμφή*) gefragt wird – und Apollonios läßt diese Frage stellen –, antwortet sie kolchisch. Wo sich die Völker mischen, wie bei Skythen und Thrakern, wird darauf hingewiesen. Auch die Urgeschichte wird nicht verkürzt: Deukalion, Enkel des Japetos, ist „der erste König der Menschen", aber dafür ist Ägypten „das Mutterland der frühesten Menschen"[12]). Hier bleibt also die Welt pluralistisch, von Unterschieden und Grenzen durchzogen, auch historisch geschichtet.

Konservative Naturen mochten inmitten des expandierenden Universums in der Beschränkung auf das Alte ihren Trost finden; kritische Geister mußten den eigenen Standort neu fixieren. Eine merkwürdige Mischung beider Tendenzen findet sich bei dem Periegeten Heraklides dem Kritiker, der in der Mitte des 3. Jahrhunderts die kanonische Bedeutung von „Hellenisch reden" und „Attisch reden" bestritt, dabei aber nun Sprache und Stammbaum mit neuer Unmittelbarkeit verkettete, die über die Ansätze bei Herodot und Platon weit hinausging: „Hellenen sind diejenigen, die ihrer Herkunft nach von Hellen abstammen und die von diesem ihrem Stammvater her hellenisch sprechen. Die Athener aber, die Attika bewohnen, sind Attiker von Herkunft und sprechen die attische Sprache, wie die Dorer, die von Doros abstammen, die dorische sprechen, die von Aiolos Abstammenden aiolisch und die von Jon, dem Sohne des Xuthos, Abstammenden jonisch sprechen"[13]). Die griechischen Dialekte – und das Attische ist nur einer von ihnen – gehen also auf die Stammesgründer zurück, die alle Söhne oder Enkel des Hellen sind. Die Konsequenz dieser Aufstellung konnte nur sein, daß die Sprache des Menschen historisch bedingt ist; und das war denn doch für griechische Ohren etwas Neues.

---

[11]) Callimaque, hg. Emile CAHEN, 3. Aufl., Paris 1948: S. 217 (Könige), 113 (Wort und Ding), 156 (Tiersprache), 227 (Götternamen), 263 f. (Stadtnamen).

[12]) Argonautica, hg. R. C. SEATON, Oxford 1936 (unpaginiert): IV, 725 ff. (Kolchisch); IV, 320 (Skythen usw.); III, 1089 (Deukalion); IV, 268 (Ägypten).

[13]) Friedrich PFISTER, Die Reisebilder des Herakleides (Sitzungsberichte der Wiener Akad. d. Wiss., Philos.-Hist. Kl., Jg. 227, Nr. 2), Wien 1951: I,30 S. 86 f. (Sprache und Stammbaum), III, 2 und 4 S. 90 ff. (das Zitat; dazu der Kommentar S. 225 ff.).

Diese Strömung mußte schon recht stark sein, wenn sie jenen Philosophen ergreifen konnte, der den Menschen nicht als Gemeinschaftswesen, sondern als Atom betrachtete und von den Göttern weniger hielt als vom einfachen, glücklichen Leben des Zurückgezogenen. Der auf Samos aufgewachsene Athener Epikur (341–271) wandte sich gegen die lächerliche Meinung des Hesiod vom göttlichen Sprachenspender Hermes und hielt die Sprache für eine menschliche, aber darum nicht weniger den Bedürfnissen entsprechende, naturwahre Hilfe bei der wahren Erkenntnis der Dinge. Epikur mochte damit, wie überhaupt mit seiner Lehre, dem Einzelmenschen und der Freundschaft, die die Ökumene umtanzt, zum Siege helfen; doch Epikur verband damit als erster nun auch die historische Frage: Wie kommt es zur Entstehung dieser Sprache und zur Verschiedenheit der gegenwärtigen Idiome? Wie er sich überhaupt die Anfänge des Menschengeschlechts als halbtierisch dachte, so ließ er auch bei der Entstehung der Sprache der Vernunft wenig, dem göttlichen Wirken gar keinen Raum. Die Natur bringe die Sprache hervor, aber sie sei nicht überall dieselbe, vielmehr abhängig von den klimatischen Bedingungen und von den Unterschieden der Leidenschaften und Vorstellungen bei den einzelnen Nationen: darum sei die Sprache nicht überall die gleiche. Wahrnehmung und Gefühl, die beiden Grundpfeiler epikureischer Psychologie, erklären die Verschiedenheit der Sprachen, und diese wird dadurch fast schon geheiligt. Daß später das Volk die ihm gemeinsamen Ausdrücke kanonisiert habe, daß erfahrene Männer nach reiflicher Überlegung oder unter einer Art natürlichen Zwangs neue Wörter hinzuerfanden, das erhöhte nur noch diese Naturheiligkeit der differenzierten Sprachen[14]). Freilich blieb bei Epikur wie bei seinem Lehrer Demokrit hinter der atomisierten Natur keine höhere Einheit bestehen; aber eben das Einzelne wurde dabei vollauf gewürdigt.

Der große Gegner Epikurs dachte weniger an das Mannigfaltige als an die Einheit, obwohl oder weil er kein Grieche, sondern wohl ein Semit und wahrscheinlich zeitlebens zweisprachig war. Der Begründer der Stoa, Zenon (ca. 333 bis ca. 262), nach den Angaben Späterer gerade 72 Jahre alt geworden, bemerkte wohl den Unterschied zwischen seiner flexionslosen phönizischen Muttersprache und dem Griechischen und wurde dadurch zum Schöpfer der griechischen Flexionslehre[15]). Aber vielleicht kannte er das Elend der Zersplitterung

[14]) Diogenes Laertius, De vita philosophorum 10, 75, hg. Robert Drew Hicks, Bd. 2, London-Cambridge 1950, S. 604 überliefert das Diktum. Dazu Steinthal, Sprachwissenschaft Bd. 1, S. 325 ff.; Allen, Ideas 43 und vor allem Johannes Hellfried Dahlmann, De philosophorum Graecorum sententiis ad loquellae originem pertinentibus capita duo, Diss. phil. Leipzig 1928, S. 5 ff.

[15]) Max Pohlenz, Die Begründung der abendländischen Sprachlehre durch die Stoa, in: Nachrichten von der Gesellsch. d. Wiss. zu Göttingen, Philol.-Hist. Kl., NF Fachgruppe 1, Band 3, Nr. 6, Göttingen 1939, S. 151–198, hier S. 167 ff.

zu genau, um in ihr sein Ideal zu finden; jedenfalls hat er den Ordnungsgedanken eindrucksvoll vertreten und die attischen Ansätze zu einer Menschheitsidee kraftvoll durchgesetzt[16]). Plutarch hat Zenons Lehre so zusammengefaßt: „... daß wir nicht mehr nach Städten und Völkern getrennt wohnen sollen, geschieden voneinander durch die verschiedenen Rechte, vielmehr sollen wir alle Menschen als unsere Mitbürger und Landsleute ansehen“[17]). Dahinter stand die Lehre von einem Weltstaat und seiner Universalharmonie, von einer Allgottheit und der Vorsehung. Man hat die Stoa „die Philosophie des Hellenismus“ genannt; sie legte in der Tat keinen Wert auf die Verschiedenheit der irrationalen Werte, auch der Sprachen und Völker, sondern auf das, was ihnen allen gemeinsam ist, auf die Richtigkeit des vernünftigen Denkens, das sich in der Sprache ausdrückt und aus den allgemeinen Vorstellungen des Menschen hervorgeht. Man glaubte also auch, die Sprache sei aus dem Logos entstanden, durch das bewußte und vernünftige Denken der ersten Menschen, das dabei von der Physis, der Natur selber, sinnvoll geleitet wurde. Das ist derselbe Logos, von dem Zenons Schüler Kleanthes um 300 sang, Zeus führe alle Menschen zu einem Logos, zu einer Vernunftordnung zusammen[18]). Herkunft und Zukunft verschlingen sich in eins; das Wahre ist zeitlos. Darum suchte man hier auch wieder nach der „wahren“ Bedeutung der Worte, nach der „Etymologie“ und normierten Grammatik[19]). Wohl glaubte man, daß die „Urworte“ sich später wandelten und differenzierten; bisweilen sah man dann – wie Platon – auch auf nichtgriechische Sprachen und ihren Einfluß, aber vorwiegend, um durch Analyse des Verschiedenen zum Ursprünglichen zurückzufinden[19a]). Die permanente Bestimmung, nicht den historischen Wandel zu beachten, kennzeichnet die Stoa; und diese Haltung muß sich auch in der Art der Exegese äußern: Chrysipp, der wie sein Lehrer Zenon erst nachträglich Griechisch lernte, begann damit, die homerischen Mythen auf ihren philosophischen und religiösen Gehalt hin zu untersuchen und mit Hilfe der allegorischen Methode exegetisch auszuwerten[20]). Nicht was Homer gemeint hat, sondern was er uns und allen

---

[16]) Max POHLENZ, Der hellenische Mensch, Göttingen 1947, S. 126, 242, 445.

[17]) An der o. Anm. 2 zitierten Stelle.

[18]) Zeushymnus 16 f., in: Stoicorum veterum fragmenta, hg. Hans von ARNIM, Bd. 1, Leipzig 1905, S. 122 Nr. 537. Die Übersetzung der Stelle „Ihm der Wesen einzigem liehst Du der Stimme Wunderklang“ (Rudolf Franz MERKEL, Gebete der Völker, München o. J., S. 36) ist verfehlt.

[19]) Max POHLENZ, Die Stoa, Geschichte einer geistigen Bewegung, 2 Bände, Göttingen 1948, hier Bd. 1, S. 37–47; Bd. 2, S. 21–27 zusammenfassend über die stoische Sprachauffassung; dort auch die ältere Literatur, aus der STEINTHAL, Sprachwissenschaft Bd. 1, S. 329 ff. und DAHLMANN (o. Anm. 14) S. 58 ff. herausragen.

[19a]) Karl BARWICK, Probleme der stoischen Sprachlehre und Rhetorik (Abhandlungen der Sächs. Akad. d. Wiss., Philol.-Hist. Kl., Bd. 49, Nr. 3), Berlin 1957, S. 29 ff., 67.

[20]) Fritz WEHRLI, Zur Geschichte der allegorischen Deutung Homers im Altertum, Diss. phil. Basel 1928, S. 40 ff., 52 ff., 85.

Menschen zu sagen hat, wurde aufgespürt. Diese stoische Einstellung, so ahistorisch sie sein mag, regte doch auch die Weltgeschichtsschreibung erneut an, denn sie war einer der möglichen archimedischen Punkte, die man braucht, wenn man Welthistorie schreiben will.

Weniger die Darstellung des historisch Individuellen als die Suche nach dem Gesetz der Weltgeschichte reizte den Griechen Polybios (ca. 200–120), mit vollem Bewußtsein den Faden des Ephoros wiederaufzunehmen[21]). Er begriff die Weltgeschichte als das Zusammenwachsen des Römischen Reiches, die Ökumene als römisch beherrschte Welt[22]); die unstete Tyche hat allen Ereignissen diese Richtung auf einen Punkt hin gegeben. Dennoch ist der Weg der Natur und der Geschichte ein Kreislauf, nur die Naturtendenz des Augenblicks ist die römische, ohne daß Polybios die fremden Völker dabei anschwärzte. Mit Befriedigung vermerkt er, Philopoimen habe viele, auch barbarische Völker besucht und sei mit vielen „Männern aus verschiedenen Völkern und unterschiedlichen Sprachen" zusammengekommen[23]). Der Gebildete muß die ganze Welt kennen. Erst beim Fortsetzer des Polybios wurden diese Prinzipien indes wirklich auf die ganze Völkerwelt angewandt, bei Poseidonios (ca. 135 bis ca. 51) aus dem syrischen Apamea. Die Völker wurden hier mit universaler Blickweite überschaut, aber zugleich platonisierend auf Typen reduziert: so galten Armenier, Syrer, Araber als Teile eines erst nachträglich aufgespaltenen Typs; auch die Sprache war dabei nur ein Einteilungsprinzip: die Stimme der Nordvölker ist rauh, die der Südvölker hoch, die der Mittelvölker angenehm; die klimatische Verschiedenheit prägt die Volkscharaktere; Nachbarn haben gleiche Sprache und gleiches Äußere[24]). Das Ideal lag einst in den Ursprüngen, als von Göttern belehrte Weise alles heute noch Gültige erfanden, wohl auch die Sprache; aber das Ideal ist eigentlich zeitlos; Rom steht ihm nahe, denn es liegt in der Mitte der Erde, zwischen allen schädlichen Gegensätzen, ausgleichend und erhaben[25]). Alle diese Konstruktionen verbanden sich zu einer geheimen Weltsympathie; sie ordnete sich nach gewissen astrolo-

---

[21]) F. W. Walbank, The Geography of Polybius, in: Classica et Mediaevalia 9 (1947) 155–182, hier S. 168.

[22]) Ernst Howald, Vom Geist antiker Geschichtsschreibung, Sieben Monographien, München-Berlin 1944, S. 92 f.

[23]) Historiae, hg. Theodor Büttner-Wobst, 4 Bde., Leipzig 1889–1905: I, 4, 1 Bd. 1, S. 5 (Tyche); VI, 9, 10 ff. Bd. 2, S. 250 (Kreislauf); XXIII, 13, 2 Bd. 4, S. 145 (Philopoimen). Vgl. die handliche Stellensammlung bei Fritz Wagner, Geschichtswissenschaft, Freiburg-München 1951, S. 13–24.

[24]) Strabo, Geographia I, 2, 34, Jones (o. Anm. 9) Bd. 1, S. 150 ff.; dazu Berger (o. S. 99 Anm. 40) S. 556 ff.; Trüdinger, Ethnographie 81–125 mit allen Quellenangaben.

[25]) Fragmente 45 ff., bei Jacoby, Fragmente Bd. II A, S. 252 ff.; dazu Karl Reinhardt, Poseidonios, München 1921, S. 84 f.

gischen Zahlenverhältnissen, die Poseidonios babylonischer Belehrung verdanken mochte. Die Bedeutung dieser Denkweise wird uns erst klar, wenn wir beachten, daß damals in Alexandria die Stoiker Aristarch und Dionysios Thrax die Grundlagen der philologischen Homerexegese und der Grammatik legten und durch die strenge Anwendung der Analogie auch die spätere Bibelexegese erst ermöglichten[26]): Alles schien sich auf eine einzige Ebene projizieren zu lassen und vergleichbar zu werden. Von solcher Theologisierung wurden auch die Gegenspieler der Stoa erfaßt; aber bei den Epikureern nahmen sich die neuen Konkretisierungen doch merkwürdig simpel aus, etwa bei dem Syrer Philodemos von Gadara. Als er um 60 v. Chr. die Meinungen Epikurs und seines Nachfolgers Hermarchos zu resümieren suchte, war ihm seine Art von Sprache so selbstverständlicher Besitz, daß er sie auch den Göttern aufdrängte. Die Götter müssen Sprachen haben, denn sonst wären sie ja verkrüppelt. „Und beim Zeus, man darf glauben, sie sprechen die hellenische Sprache oder eine ähnliche... Wir wissen ja auch, daß nur solche, die sich der hellenischen Sprache bedienen, Weise geworden sind; ... die Sprache dieser findet die meiste Anwendung, nicht nur in den hellenischen Städten, sondern auf dem ganzen Erdkreis"[27]). Vielleicht konnte nur ein Syrer so stolz vom Griechischen schwärmen; in römischen Augen spiegelt sich Epikurs Lehre ganz anders. Aber man begreift, daß die stoischen Ansichten eine größere Anziehungskraft für die Fremden hatten als die epikureischen. Poseidonios etwa wurde zum großen Anreger der christlichen Genesisexegese, die die Welt und ihre Wunderwerke als Abzeichen eines hinter allem stehenden Willens betrachtete. Es ist unmittelbar einleuchtend, daß diese Denkart in nächste Nähe des jüdischen Glaubens führen, ihm aber zugleich etwas von heidnischer Erdnähe vermitteln konnte. Sehen wir näher zu.

*

Das Judentum kam der einheitlich werdenden hellenistischen Welt weit entgegen, vor allem, wie es scheint, unter der konzilianten Herrschaft der Ptolemäer und insbesondere in der Hauptstadt der damaligen Welt, Alexandria. Hier nahmen die Juden bald an Stelle der aramäischen die griechische Sprache an; möglicherweise haben sie schon hier ihre ersten – uns nicht erhaltenen – Bibelillustrationen versucht, die sich nach den Mustern der – uns nur in spärlichen Resten bekannten – heidnischen Homer-Bebilderung gerichtet haben

[26]) Steinthal, Sprachwissenschaft Bd. 2, S. 82 ff.; Albright, Steinzeit 453 f.

[27]) Philodemos, Über die Götter, Drittes Buch, hg. Hermann Diels (Abhandlungen der Kgl. Preuß. Akad. d. Wiss., Philos.-Hist. Kl., Jg. 1916, Nr. 4), Berlin 1917, S. 37 (Text); ebenda Nr. 6, S. 50 (Übersetzung). Dazu Willy Theiler, Die Sprache des Geistes in der Antike, in: Sprachgeschichte und Wortbedeutung, Festschrift Albert Debrunner, Bern 1954, S. 431-440, hier S. 435.

könnten[28]); hier vor allem entstand die sog. Septuaginta (LXX), die Übersetzung des Alten Testaments ins Griechische, noch im 3. vorchristlichen Jahrhundert, wenn auch nicht im Auftrag Ptolemaios' II., wie die Legende will. Was die Übersetzer am hebräischen Original verändert haben, ist ein schwieriges Problem, da uns die hebräische Bibel nur in viel späterer Fassung vorliegt und auch die LXX überarbeitet wurde; die meisten Änderungen mögen auf ältere hebräische Textvarianten zurückgehen. Aber merkwürdig steht es doch mit der Übersetzung der mosaischen Völkertafel. Da haben die Übersetzer in der Genealogie der Japhetiten nach Jawan, dem Vertreter des Griechentums, *καὶ 'Ελισα* eingeschoben als Bruder Jawans, obwohl gleich darauf derselbe Elisa unter Jawans Söhnen noch einmal vorkommt. Wer mag an ein bloßes Versehen glauben, wenn auf diese Weise das Gewicht des Volkes, in dessen Sprache man übersetzte, sozusagen genealogisch verdoppelt wurde und wenn genau derselbe Zusatz in der Übersetzung des 1. Chronikbuches wiederkehrte? Zwei andere Zusätze sind weniger aktuell: unter den Semiten wurde als sechster Sohn Sems ein Kainan eingefügt, den die hebräische Genesis nur als Henochs Sohn (Gen. 5) kannte. Sollten damit etwa die Kanaanäer anstatt den Hamiten nun den Semiten zugezählt werden, vielleicht weil man sich jetzt an die Verwandtschaft der Sprachen erinnerte? Denn derselbe Kainan taucht nun gleich noch einmal auf als Sohn des Arphakschad und Vater Sale's: ein neuer Großvater Ebers und der Hebräer also! Sollte den Juden eine etwas internationalere Ahnenreihe unterschoben werden? Derartig grobe Textveränderungen sind, soviel ich sehe, den LXX-Übersetzern sonst selten nachgewiesen worden[29]), aber daß die Übertragung nicht nur philologisch, sondern eine Anpassung an den griechischen Geist war, hat man schon betont[30]). Doch auch die jüdischen Traditionen und das jüdische Eigeninteresse kamen dabei nicht zu kurz[30a]); so schrieben die Übersetzer den Patriarchen durchweg höhere Zeugungsalter zu als im hebräischen Text, wodurch sich das Alter des jüdischen Volkes beträchtlich erhöhte, jedenfalls weit über die Chronologie der griechischen Mythen hinaus. Natürlich bleibt die Möglichkeit, daß die Übersetzer alle inzwischen angehäuften Varianten gewissenhaft mit aufnehmen wollten und auf diese Weise manche Zahlen summierten und manche Namen zweimal brachten.

---

[28]) Noth, Geschichte 314 f. (Sprache); Erich Dinkler, Altchristliche Kunst, in: RGG³ Bd. 1, Sp. 278 (Illustrationen).

[29]) Franz Wutz, Systematische Wege von der Septuaginta zum hebräischen Urtext, 1. Teil, Stuttgart 1937, handelt S. 144 ff. über kleinere, S. 421 ff. über größere Einschübe, ohne krasse Änderungen zu verzeichnen.

[30]) Georg Bertram, Zur Septuaginta-Forschung, in: Theologische Rundschau NF 10 (1938) 69–80, 133–159, hier S. 158 f.; Leipoldt-Morenz, Heilige Schriften 72 ff.

[30a]) John William Wevers, Septuaginta-Forschungen, in: Theologische Rundschau NF 22 (1954) 171–190, hier S. 175 f., 182.

Aber die Übersetzer haben unter Joqtans Söhnen auch einen ausgelassen, Ebal; auf diese Weise kommt es, daß die Gesamtzahl der Völkerschaften nun 15 Japhetiten statt 14, nach wie vor 30 Hamiten, aber statt 26 Semiten deren 27 beträgt, wenn wieder die drei Noahkinder und der Einzelgänger Nimrod nicht mitgezählt werden. Die Gesamtsumme ergab also jetzt 72 Völker. Wir werden noch sehen, von welcher Bedeutung diese Veränderung war, wollen aber nicht behaupten, daß von hier aus die Formel von „72 Völkern und Sprachen" wirklich ihren Ausgang genommen, daß sie etwa schon die Änderungen der Übersetzer bestimmt habe. Es bedurfte eines anderen Anstoßes, um nach der Zahl 72 zu suchen; war er erst einmal gegeben, dann fand man die Zahl allerdings auch in der Septuaginta, und von da an war es nicht ein unverständliches und ungenaues Schwanken, wenn die Juden 70 und die Christen 72 Völker und Sprachen zählten; die einen beriefen sich auf den hebräischen, die anderen auf den griechischen Bibeltext, wie sie ihn zu verstehen meinten[31]).

Nicht minder folgenreich wurde eine andere kleine Änderung, vielmehr eine schiefe Übersetzung. Nimrod wurde in Gen. 10, 8 als „mächtig" charakterisiert; die LXX machte daraus *γίγας*, und der Riese Nimrod spukte im Abendland noch mehr als tausend Jahre herum, nachdem die Vulgata längst die richtige Übersetzung *potens* gegeben hatte.

Vor allem im Spätjudentum wirkte sich eine weitere Neufassung aus, die von Deut. 32, 8. Wir erwähnten schon, daß die LXX an die Stelle der Worte: „nach der Zahl der Kinder Israels" habe Gott die Völker geteilt, nun „nach der Zahl der *ἄγγελοι θεοῦ*" setzte. Die Tendenz ist offensichtlich die Zurückdrängung der israelitischen Vorrangstellung. Die neue Fassung, wie man immer über ihre Ursprünglichkeit denken mag, wurde zum Ausgangspunkt der Lehre von den Völkerengeln, wie sie bei Daniel und noch bei Origenes auftritt[32]). Man konnte nun fragen, wie viele Engel es gebe. Überhaupt die Zahlen! Woher hatte denn diese „Septuaginta" ihren Namen? Wir wissen, daß die Übersetzung von einer vielgliedrigen Gelehrtenkommission veranstaltet wurde und daß etwa Genesis und Deuteronomium von anderen bearbeitet wurden als der übrige Pentateuch[33]). Dieser Tatbestand wurde Anlaß zu einer Legende, die der sog. Pseudo-Aristeas-Brief spätestens 60 v. Chr. erzählte, die man aber

---

[31]) Moritz STEINSCHNEIDER, Die kanonische Zahl der muhammedanischen Sekten und die Symbolik der Zahl 70–73, aus jüdischen und muhammedanisch-arabischen Quellen nachgewiesen, in: ZDMG 4 (1850) 145–170, hier S. 151 ist m. W. der einzige, der das bemerkt hat; WEIGAND, Languages 248 f. und die Heerschar der Genesisexegeten achten nicht darauf.

[32]) Septuaginta, hg. Alfred RAHLFS, 5. Aufl., 2 Bände, Stuttgart 1952: Bd. 1, S. 13 f. (Gen. 10), 752 f. (1 Par.), 7 (Gen. 5,3 ff., Zeugungsalter), 347 (Deut.).

[33]) Johannes HERRMANN – Friedrich BAUMGÄRTEL, Beiträge zur Entstehungsgeschichte der Septuaginta, Berlin-Stuttgart-Leipzig 1923, S. 49 f., 59, 62.

neuerdings bis in die Entstehungszeit der LXX selbst hat hinaufrücken wollen[34]). Die 12 Stämme Israels hätten ein jeder sechs Übersetzer nach Alexandria geschickt, und diese 72 Übersetzer hätten ihre Arbeit in 72 Tagen vollendet, „als sei dieses Zusammentreffen beabsichtigt gewesen“[35]). Wir wollen die Parallele zu den 72 Völkernamen der LXX-Übersetzung nicht pressen; aber die Zahl 72 scheint in Ägypten, vielleicht unter babylonischem Einfluß, einiges Gewicht gehabt zu haben; schwerlich hat der Autor des Briefes bereits, wie man gemeint hat, mit der Zahl die weltmissionarische Tendenz des Judentums verschlüsselt predigen wollen[36]); „die Welt“ bedeutete die Zahl damals noch nicht. Aber war man nicht schon auf dem besten Weg dazu?

Um 200 v. Chr. zog Jesus Sirach nach Ägypten und schrieb seine Spruchsammlung, die er, nach seinem Vorwort zu schließen, gleich für Übersetzung ins Griechische vorsah. Hier finden wir einen wahren Hymnus auf Einheit und Vielfalt des Menschengeschlechts und auf die göttliche Lenkung der Geschichte; in der Formel, Gott wolle die Vielfalt, obgleich er alle Menschen aus dem einen Adam schuf, schwingt eine neue Anerkennung des Irdischen mit. Dazu gehört auch, daß Gott jedem Volke einen Lenker setzte: alle Völker der Erde stehen unter Gottes Schutz, aber nicht unter seiner unmittelbaren Leitung; nur Israel hat, wenn wir die dunkle Stelle recht verstehen, keinen Engel, sondern den Herrn selbst zum Leiter[37]). Hier ist, aus der LXX-Übersetzung von Deut. 32, 8 und vielleicht dem platonischen Mythos zusammengebogen, die Lehre von den Völkerengeln ausgebildet.

In der Makkabäerzeit, während der halsstarrigen Hellenisierung durch die Seleukiden, suchte um 166/5 v. Chr. der Verfasser oder Kompilator des Danielbuches seinem Volk den Mut zu stärken, zum großen Teil in westaramäischer,

---

[34]) ALBRIGHT, Steinzeit 325, 347, 452 f. Anders BOUSSET, Judentum 27 f. Bruno Hugo STRICKER, De Brief van Aristeas, De hellenistische codificaties der praehelleense godsdiensten (Verhandelingen der Kon. Nederlandse Akad. van Wetenschappen, Afd. Letterkunde, NF 62, Nr. 4), Amsterdam 1956, S. 19 läßt die Spanne zwischen 200 v. und 30 n. Chr. offen; anderer Ansatz bei Wilhelm MICHAELIS, Aristeasbrief, in: RGG³ Bd. 1, Sp. 596.

[35]) Aristeae ad Philocratem epistula, hg. Paul WENDLAND, Leipzig 1900: Nr. 32 S. 11 f.; Nr. 39 S. 14; Nr. 46 S. 16 (je 6 aus 12 Stämmen); Nr. 47 ff. S. 16 f.; Nr. 187 ff. S. 51 ff. (Aufzählungen der 72); Nr. 307 S. 81 (72 Tage). Zur Symbolik dieser Stellen vgl. STRICKER (o. Anm. 34) S. 124 ff., 163 mit vielen Parallelstellen. Zur Theologie des Briefes Peter DALBERT, Die Theologie der hellenistisch-jüdischen Missions-Literatur unter Ausschluß von Philo und Josephus (Theologische Forschung 4), Hamburg-Volksdorf 1954, S. 92 ff.

[36]) Samuel KRAUSS, Die Zahl der biblischen Völkerschaften, in: ZATW 19 (1899) 1–14, hier S. 12 f.; WEIGAND, Languages 249 f.

[37]) Ecclesiasticus, Prolog (Übersetzung); 33, 10–13 (Einheit – Vielfalt); 17, 17 (LXX) = 17, 14 f. (Vulg., Völkerengel); zur letzteren Lehre vgl. (mit Vorbehalten) BOUSSET, Judentum 321–325.

nicht in hebräischer Sprache[38]). Der Autor griff auf die Prophetenverheißungen zurück, aber mit neuer Wucht sprach er von allen Völkern, Stämmen und Sprachen, die zunächst dem Nebukadnezar, dann dem Darius gehorchen, bis sie am Ende der Zeiten dem verheißenen Menschensohn zufallen werden. Hier wurden zum erstenmal im jüdischen Schrifttum Völker und Sprachen in einem Atem genannt, so als gehörte die Sprache zur Definition des Volkes und umgekehrt, eine Verbindung, wie wir sie vorhin bei Heraklides auch antrafen. Man mag dahinter das Streben nach dem Begriff des „reinen" Volkes sehen, das organisch gestaltet und in sich selbst, auch in seiner Sprache, eins ist; nur wird man dann nicht vergessen dürfen, daß dieses Ideal in der stärksten Völker- und Sprachenmischung entstanden ist. Der Verfasser des Danielbuches negierte indes diese Mischung nicht; er kannte die vielsprachige Welt, Daniel selbst erlernte am Perserhof „Chaldäisch", also Reichsaramäisch; und in dieser Sprache kündete auch Gottes Geisterschrift dem Belsazar das Verhängnis. Israel hebt sich besonders heraus, der Engelfürst Michael wird sich seines Volkes annehmen; die „Mittler" zwischen Gott und Mensch traten in dieser Zeit überall in den Vordergrund. Doch nicht nur das Gottesvolk ist Objekt der göttlichen Leitung. Wie immer man das Traumgesicht werten mag, das dann die Lehre von den vier Weltreichen begründete, es ist eine Deutung dessen, „wie es hernach gehen würde", eine geschichtliche Vision. Und was es auch mit den 70 Jahrwochen Daniels auf sich haben mag, sie bezeugen, daß auch das zeitliche Geschehen sich in Gottes Zahlenordnung fügt. Mit alledem war der Grund für die spätere christliche Universalhistorie gelegt; hinter den Einzelheiten stand der Glaube, daß das historische Geschehen in jeder Phase und scheinbaren Absonderlichkeit Gewicht hat[39]).

Noch der Haß der Makkabäer gegen die Fremden vermochte die Weltoffenheit nicht zu erschüttern; zwar versuchten die Makkabäer, die altehrwürdige hebräische Sprache neu zu beleben – in ihr sind die späteren Teile des Danielbuches und wahrscheinlich auch das erste Makkabäerbuch verfaßt –, aber ohne dauernden Erfolg: die beiden Makkabäerbücher sind uns nur griechisch erhalten[40]). Die griechische Wissenschaft wurde nun zum Forum, vor dem sich die Traditionen Israels rechtfertigen konnten; in diesem Sinn lehrte der hellenisierte Jude Aristobul den „tieferen Sinn" der Heiligen Schrift und meinte, offenbar im Anschluß an die stoische Einteilung der sieben Seelenkräfte: „In

---

[38]) Zur historischen Lage Noth, Geschichte 322 ff., 331 f., 355.

[39]) Dan. 3, 4 und 7 und 29 und 31 (die beiden letzten Verse = 3, 96 und 98 LXX und Vulg.); 5, 19; 6, 26 (= 6, 25 Vulg.); 7, 14 (Sprachen und Völker); 1, 4; 2, 4 („Chaldäisch"); 10, 13 und 21; 12, 1 (Völkerengel); 2, 29 ff. (Traumgesicht); 9, 24 (Jahrwochen); 5, 25 ff. (Geisterschrift; Josephus, Antiquitates X, 11, 3 hat sie erläutert).

[40]) Noth, Geschichte 322, 344 zur sprachlichen Situation.

der Siebenzahl bewegt sich die ganze Welt"[41]). Damit war der allegorischen Zahlen-Exegese Tür und Tor geöffnet; wir werden die Folgen bald spüren. Zunächst bemerkt man den Willen zur Anpassung: ein den hellenisierenden Sadduzäern nahestehendes, sadokitisches Werk dieser Zeit, die sog. Damaskusschrift, verlangte vom Zensor im jüdischen Lager, er solle „Meister aller menschlichen Geheimnisse und jeder Sprache sein", und wenn die Völker der Noahkinder verdammt und vernichtet werden, dann wegen ihres abtrünnigen Eigensinns, nicht wegen ihrer Volkszugehörigkeit[42]).

Daß sich das bedrohte Volk zusammenschloß, spürt man aus dem ältesten Teil des ersten Henochbuches, das in dem Jahrhundert zwischen Makkabäern und Pompeius stückweise zusammengetragen wurde. Die drei Noachiden werden hier drei Stieren verglichen; der schwarze Stier Cham und der rote, Japhet, bringen allerlei Tiere zur Welt, auch Löwen und Wölfe. Der weiße Stier aber, Schem, gebiert zwölf Schafe, die mitten unter den Wölfen wohnen und von diesen wild verfolgt werden, bis endlich Gott die Schafe an 70 Hirten übergibt, die sie bewachen sollen; sie begünstigen aber nur die Wölfe und werden darum vom Herrn gerichtet und ins Feuer geworfen[43]). Hier ist wohl nach Deut. 32, 8 und in Verbindung mit Gen. 10 die Zahl der Völkerengel zum ersten Mal auf 70 festgelegt worden; doch sie stehen bereits auf der Seite der Wölfe, der „andern". Der wilde Haß, Reflex der Makkabäerkämpfe, bricht dicht daneben im „Testament des Simeon" durch[44]): „Doch Kanaans Stamm kommt um; von Amalek bleibt nichts mehr da; auch alle Kappadokier gehn zugrunde, und die Chittiter werden alle ausgetilgt. Vergehen wird das Land des Cham und jeglich Volk kommt um" – und dann wird Friede sein[45]); dann herrscht „das Volk des Herrn mit einer Sprache", wie das „Testament des Juda" die Juden nannte[46]).

---

41) Fragmente bei Eusebius, Praeparatio evangelica XIII, 12, 3 f. und 12 f., GCS Bd. 43, 2 S. 191, 196. Übersetzung nach Paul RIESSLER, Altjüdisches Schrifttum außerhalb der Bibel, übersetzt und erläutert, Augsburg 1928, S. 179, 184. Zu Aristobul vgl. NOTH, Geschichte 354; DALBERT (o. Anm. 35) S. 102 ff.

42) Damaskus-Schrift 17, 6, bei RIESSLER, Schrifttum 939 (Sprachen); 4, 1–9 S. 922 f. (Noachiden). Die Datierung nach BOUSSET, Judentum 15. Zum Verhältnis der Sadokiten zu den Sadduzäern vgl. NOTH, Geschichte 335 Anm. 2.

43) Das Buch Henoch 89 f., GCS Bd. 5, S. 110–120; deutsch bei RIESSLER, Schrifttum 422–431. Zum Fremdenhaß dieser Zeit DAHL, Volk Gottes 53 ff., 85 ff.

44) Marinus DE JONGE, The Testaments of the Twelve Patriarchs, A Study of their Text, Composition and Origin, Assen 1953, S. 117 ff. sucht nachzuweisen, daß die Testamente von einem Christen, vielleicht in Syrien, um 190–225 n. Chr. kompiliert seien; doch liegt jedenfalls jüdisches Material zugrunde. Zum Testament des Naphtali, das m. E. nachtalmudisch ist, vgl. u. S. 204 Anm. 49.

45) Testament des Simeon 6, 3 f., RIESSLER, Schrifttum 1158. Zur Stelle DE JONGE (o. Anm. 44) S. 95, 155 Anm. 280.

46) Testament des Juda 25, 3, RIESSLER, Schrifttum 1191. Zur Stelle DE JONGE (o. Anm. 44) S. 95; DAHL, Volk Gottes 88.

Neben solchen, seit Daniel auf das Ende der Zeiten bauenden Gedanken stand das Erbe der alten Bücher; es hellenisierte sich unaufhaltsam. Die homerische Sage von den Titanen, die die Berge aufeinandertürmten, um den Olymp zu erstürmen, mußte zum Vergleich herausfordern, zumal seitdem die LXX auch den Nimrod zum Riesen gemacht hatte. Der alexandrinische Jude Eupolemos hat wohl nach 145 v. Chr. in griechischer Sprache beide Sagenkreise kombiniert: Vor einer neuen Sintflut hätten die Giganten sich gefürchtet und darum den berühmten Turm erbaut; durch Gottes Kraft sei er eingefallen, und die Giganten hätten sich in alle Welt verstreut. Die Tendenz des Eupolemos wird anderswo deutlicher, wo er Moses als den ersten Weisen bezeichnet, der den Juden die Buchstabenschrift vermittelte; von diesen hätten sie die Phönizier und dann erst die Griechen übernommen[47]). Hier beginnt das Streben, die jüdische Urgeschichte der antiken voranzuschalten und so beider innerste Einheit zu demonstrieren. Das ist die Wurzel, aus der 350 Jahre später die christliche Chronographie erwuchs. Doch schon um 133 v. Chr., in dem eben eingerichteten freien Staat der Hasmonäer, zog die Hellenisierung der jüdischen Urgeschichte weitere Kreise, in den ältesten Teilen der sog. Jüdischen Sibylle. Sie gaben in griechischer Sprache eine bildkräftige Auslegung der Turmbaugeschichte. Der Turm stand, so hieß es nun, im Land Assyrien und sollte den Menschen dienen, um in den gestirnten Himmel hinaufzusteigen. Da habe Gott einen starken Wind geschickt; der stürzte den Turm um und verursachte Streit unter den Menschen, die bis dahin einzige Sprache der Ökumene schied sich in viele Zungen, die Erde füllte sich mit Menschen, die Reiche bildeten sich, und zwar wurde die Erde geteilt, wie das Los einen jeden Noachiden traf. Diese Noachiden aber hießen Kronos, Titan und Japetos! Später stritten sie sich, und es kam zu den Kämpfen, die man aus Hesiod kennt. Damit nicht genug, wurde die Translation der Weltreiche nach Ägypten, Persien, zu den Medern und Äthiopiern, Assyrern und Babyloniern, den Makedonen, Ägyptern und Römern, wie sie Daniel nur angedeutet hatte, mit kräftigen Strichen ausgeführt, nicht ohne eine Huldigung an die Ptolemäer[48]). Das erstaunliche Buch ist viel umstritten worden, gerade weil sein Rationalismus – der Wind, das Los! – so unjüdisch scheint. Manche hielten es für die jüdische Bearbeitung einer Babylonischen Sibylle, die auf Berossos fuße, und zwar, weil die gleich zu erwähnenden heidnischen Benutzer der Jüdischen Sibylle anstelle des Singulars „Gott"

---

[47]) Eusebius, Praeparatio evangelica IX, 17, GCS Bd. 43, 1 S. 502 ff. (Turmbau); IX, 26, 1 S. 519 (Moses); vgl. Fragment Nr. 3, bei Carl Müller, Fragmenta Historicorum Graecorum, Bd. 3, Paris 1883, S. 211 f.; unvollständig abgedruckt als Fragment Nr. 19 bei Jacoby, Fragmente Bd. III A, S. 100. Zu Eupolemos vgl. Noth, Geschichte 344 Anm. 1; Dalbert (o. Anm. 35) S. 35 ff., besonders S. 40 f.

[48]) Oracula Sibyllina III, 97–165, GCS Bd. 8, S. 52 ff.; handlicher ediert von Alfons Kurfess, Sibyllinische Weissagungen, München 1951, S. 76–80.

einen polytheistischen Plural setzten, der also über die Jüdische Sibylle auf ein heidnisches Werk zurückgehen müsse[49]). Ein ärmliches Argument! Daß ein Jude diesen Plural unverändert abgeschrieben hätte, ist doch viel unglaubwürdiger, als daß ein Grieche den jüdischen Singular „verbesserte". Das Stück mag sich für andere Einzelheiten auf ältere, vielleicht wirklich berossische Quellen gestützt haben, im wesentlichen ist es eine selbständige Auslegung der Genesis[50]). Doch was ist aus der biblischen Erzählung geworden! Nicht Gottes Kraft verwirrt die Sprache, sondern Winde stürzen den Turm, und daraus ensteht Streit; nicht Noahs Befehl, das neutrale Los verteilt die Erde; die natürlichen Mittelursachen treten, ähnlich wie bei Daniels Völkerengeln, an die Stelle göttlichen Wirkens, und von den drei Noachiden ist nur noch Japhet in der euhemeristischen Verkleidung kenntlich geblieben. Aber unleugbar war das Ergebnis eine farbige, bewegte Schilderung der Weltgeschichte und ihres Gewoges von Völkern und Reichen, für Juden und Griechen gleichermaßen verständlich.

Auf dieser Jüdischen Sibylle baute die in Palästina ursprünglich hebräisch oder aramäisch geschriebene „Kleine Genesis" auf, meist Jubiläenbuch genannt. Sie ist mit Bestimmtheit nicht in das erste nachchristliche Jahrhundert zu setzen[51]), sondern zwischen 135 und 104 v. Chr. entstanden[52]); neuere Ansätze greifen bis in das 3. vorchristliche Jahrhundert zurück, weil in diesem Buch noch kaum hellenistischer Geist spürbar sei[53]). Doch es ist zweifellos nicht mehr altjüdischer, sondern priesterlicher, vielleicht pharisäischer Geist, der aus dieser Sagensammlung, Genesisexegese und Weltchronik spricht: schon die Verbindung dieser drei Genera ist erst dem hellenistischen Zeitalter gemäß. Mit genauer Chronologie will das Buch die Zeitfolge der Ur- und Patriarchengeschichte festlegen; aber es füllt sie zugleich mit lebendigen Gestalten. Da verschwindet der Abstand, den noch Gen. 2, 19 zwischen Mensch und Tier gesetzt hatte; bis zum Tage, da Adam und Eva aus dem Paradies getrieben wurden, sprachen alle Tiere mit den Menschen „mit einer Lippe und einer Sprache". Mit

---

[49]) Johannes GEFFCKEN, Die babylonische Sibylle (Nachrichten von der Kgl. Gesellschaft der Wiss. zu Göttingen, Phil.-Hist. Kl.), Göttingen 1900, S. 88–102, hier besonders S. 91 f.; ihm folgend zahlreiche andere, z. B. BOUSSET, Judentum 18, 493 f.; DALBERT (o. Anm. 35) S. 106 ff., der zur Theologie der Sibylle zu vergleichen ist.

[50]) SCHNABEL, Berossos 73–82, 87–93 mit durchschlagenden Gründen.

[51]) August DILLMANN, Das Buch der Jubiläen oder die Kleine Genesis, in: Jahrbücher der biblischen Wissenschaft 2 (1849) 230–256; 3 (1851) 1–96, hier S. 88 die falsche Datierung, die noch Hermann ROENSCH, Das Buch der Jubiläen oder die Kleine Genesis, Leipzig 1874, S. 417 und Heinrich GELZER, Sextus Julius Africanus und die byzantinische Chronographie, 2 Bände, Leipzig 1880–98, hier Bd. 2, S. 259 übernahmen.

[52]) BOUSSET, Judentum 13 f.; NOTH, Geschichte 357.

[53]) ALBRIGHT, Steinzeit 345 f.

der Betonung des Natürlichen wächst der Abstand zu Gott: Nicht dieser selbst, sondern die Engel bringen die Tiere zu Adam, daß er sie benenne. In Pelegs Tagen tun sich die Noachiden zusammen, um die Erde zu teilen; erst hinterher erfährt Noah selber davon, nicht von ihm kommt der Anstoß zur Teilung. Der Erzvater drittelte nun die Erde durch das Los – das Motiv kann nur aus der Jüdischen Sibylle stammen –, und Schem zog die Erdmitte als Erbteil; dort, wo der Garten Eden und der Berg Sion, der Erdnabel, liegen, sollte er wohnen; Noah freute sich, daß es sein Liebling so gut traf. Japhet bekam alle die nördlichen Länder, wo es kalt ist, Cham erhielt den heißen Süden. Nicht mehr tat Noah. Die Kinder selbst verteilten ihren Anteil weiter: Cham vergab Afrika, von Osten nach Westen, an Kusch, Misraim, Put und Kanaan. Die Kanaanäer müssen also, weil die Aufzählung in der Bibel der geographischen Lage nach verstanden wird, im Berberland zu Hause sein. Schem vererbte Vorderasien; Elam bekam den nach Indien zugewandten Teil, Aschschur das östliche Zweistromland, Arphakschad das westliche, das Land der Chaldäer, Aram Nordmesopotamien und Lud das Gebirgsland, den Taurus. Alle diese Angaben treffen die in der biblischen Völkertafel gemeinten Gegenden vorzüglich. Japhets Gebiete beginnen mit Gomer im Osten, am „Tina“, was wohl der Don, der antike Tanais, sein könnte; Magog besiedelt das Land im Norden, Madai die Gebiete bis zu den Inseln – also wohl den Balkan –, Jawan die Inseln vor der Küste Luds, offenbar die Ägäis; Tubal erhält Griechenland und Italien, Meschek die „dritte Zunge“, was nur Spanien bezeichnen kann. Gadir, das spanische Cadiz, ist Japhets Grenzpunkt; Don und Cadiz werden bis zum Ende des abendländischen Mittelalters immer wieder als Grenzen Japhets, also Europas, genannt werden; auf das Jubiläenbuch geht diese Anschauung zurück. Tiras erhält die vier Inseln des Mittelmeeres, Korsika, Sardinien, Sizilien und vielleicht Malta. Hier sind die Umstellungen deutlich darauf gerichtet, das westliche Mittelmeer zu füllen und Madai, Tubal, Meschek und Tiras aus Kleinasien herauszunehmen; man wollte die bekannte Welt umfassen, und deren Kenntnis hatte sich seit der mosaischen Völkertafel eben nach Westen hin erweitert. Merkwürdig ist, daß das Perserreich, Karthago und vor allem Rom in diesem Prospekt fehlen. Aber man darf doch deshalb nicht die Geographie des Jubiläenbuches für besonders urtümlich halten[54]); vielmehr sucht die Einteilung die Einheiten der Stämme, nicht der Staaten und Reiche darzulegen.

Auch in der Turmbaugeschichte liegt der Akzent nicht beim Herrscher,

---

[54]) Paul RIESSLER, Zur Geographie der Jubiläen und der Genesis, in: Theologische Quartalschrift 96 (1914) 341–367, hier S. 362 ff. die Rückdatierung ins 6./7. vorchristliche Jahrhundert. Die Urbibel entdeckte im Jubiläenbuch Albert HERRMANN, Die Erdkarte der Urbibel, Braunschweig 1931, S. 17 ff. Die Frage ist in rechte Bahnen gelenkt seit HÖLSCHER (o. S. 121 Anm. 35) S. 57 ff.

etwa bei Nimrod und seiner Reichsgründung. Erst lange nach der Aufteilung der Erde verfallen die gottlosen Menschen auf den Plan, eine Stadt und einen Turm zu bauen. 40 Jahre dauert die Bauzeit, Breite und Höhe des Baus werden registriert. Da fährt Gott mit seinen Engeln nieder – der Plural von Gen. 11, 7 wird mit der zeitgemäßen Engellehre kombiniert – und verwirrt die Sprachen; die Menschen ziehen auseinander zu ihren Völkern. Hier wirkt also noch Gott selbst; aber er schickt auch hier – wie in der Jüdischen Sibylle – einen Wind, der den Turm umstößt. Der Turm stand zwischen Assur und Babylon – diese Vermittlung zwischen Bibel und Jüdischer Sibylle ist erst nach der letzteren möglich.

Nun folgen einige kleine Völkerwanderungen; Kanaan zieht jetzt erst in das Land am Libanon, auch Meschek ist in Spanien unzufrieden und siedelt sich in Medien an. Das ist bedeutsam: Der Autor hat das Durcheinander der Völkertafel geographisch zu ordnen gesucht und erklärt nun die Durchbrechung dieser Ordnung als nachträgliche, geschichtliche Ereignisse; die Völker sitzen heute nicht mehr da, wohin sie einst gehörten.

Das alles klingt, als schriebe ein hellenistischer Jude. Doch sobald die Rede auf Abraham kommt, wendet sich das Blatt. Gott schickt seinen Engel zu Abraham, und dieser Engel erzählt: „Da sprach Gott der Herr: ‚Öffne seinen Mund und seine Ohren, daß er höre und mit seinem Mund in der ihm geoffenbarten Sprache rede‘. Denn sie verschwand aus dem Mund all der Menschenkinder seit dem Tage des Umsturzes. Da öffnete ich seinen Mund und seine Lippen und begann mit ihm hebräisch, in der Sprache der Schöpfung, zu reden.“ Mit diesem Satz tritt eine neue Vorstellung in die Geistesgeschichte ein, die heilige hebräische Ursprache. In ihr hat Gott die Welt geschaffen; sie ist Gottes Sprache. Der Mensch hat sie nicht erfunden; sie wird ihm geoffenbart. Auch den Juden war sie entzogen worden und muß ihnen neu geschenkt werden, während – so muß man doch deuten – alle andern Menschen sich mühsam, durch Erfindung, ihre neuen Idiome schaffen. Das konnte erst in einer Zeit gesagt werden, in der das Hebräische verfallen und fast nur noch als Kultsprache lebendig war; erst die „tote“ Sprache wird zur heiligen Sprache.

Die Lehre von den Völkerengeln ist hier auch scharf profiliert: „Denn viel sind die Völker und zahlreich die Nationen, und sie alle gehören Ihm, und über alle hat Er Geister gesetzt. ... Dagegen hat Er über Israel keinen Engel und keinen Geist gesetzt; Er allein ist vielmehr ihr Herrscher...“. Über die Zahl der Völkerengel erfahren wir hier nichts; aber überall sonst ist die Zahlensymbolik Trumpf: Die Arten der Schöpfungswerke Gottes und die Häupter der Menschheit von Adam bis Jakob sind 22 an der Zahl – so viele Buchstaben hat das hebräische Alphabet –; die Zahl der Jakobiden in Ägypten ist natürlich 70, und unmittelbar muß die Völkertafel einwirken bei der Angabe: „Im Lande Kanaan waren zwei Söhne Judas, Ger und Onan, kinderlos gestorben (vgl. Gen. 46, 12). Die Söhne Israels begruben sie, die umkamen, und sie wurden unter die siebzig Heidenvölker gerechnet“[55]). Hier ist die Gleichung vollzogen: Es gibt 70 Völker. Aber diese 70 sind die „andern“, Israel gehört nicht zu ihnen. Exegetisch ist diese von nun an im ganzen Spätjudentum verbreitete Zählung falsch: Unter den 70 Namen der Völkertafel befinden sich vier direkte Vorfahren Israels, Arphakschad, Schalach, Eber und Peleg. Dennoch wirkte das Jubiläenbuch, die erste Interpretation der Genesis, mit alledem, mit der Erklärung der Völkertafel, der Proklamation der hebräischen Ursprache und der Formel von 70 Völkern, weithin auf die jüdische und, in griechischer Übersetzung, auf die griechische Exegese und Weltchronistik; in Byzanz hat noch Kedrenos, in Syrien Barhebraeus das Jubiläenbuch verwertet[56]); die Nachwirkungen, etwa der Erzählung vom Babelturm, den der Wind umwarf, reichen bis ins 18. Jahrhundert; der erste Kommentar zur Genesis war zugleich der wirksamste, weil er die dunklen Stellen einsichtig erläuterte und die Religion in Geschichte verwandelte.

Alles, was danach das erste Jahrhundert v. Chr. an jüdischen Schriften hervorbrachte, erreicht die Geschlossenheit des Jubiläenbuches nicht; in den Streitigkeiten zwischen Pharisäern und Sadduzäern, auch unter den Hasmonäern verfiel die Kraft der Gemeinde, die es zwar noch zum Beginn der Bibelexegese in der pharisäischen Schule brachte[57]), aber bald Pompeius und dem Hellenismus erlag. Nun tauchte, im „Testament des Hiob“, einer Auslegung des kanonischen Hiob-Buchs, der Glaube an eine Engelsprache auf, die auch den Menschen zugänglich sein könne[58]); die Mittlerwesen sind unentbehrlich geworden. Um 40 v. Chr., schon unter römischer Herrschaft, erzählte ein späterer Teil der Jüdischen Sibylle noch einmal die Geschichte vom Turmbau und Einsturz, von Sprachenteilung und Völkertrennung; der Autor versprach, die Zahl – der Menschen oder der Sprachen – in Akrostichen zu nennen, aber das ist nur eine der zahlreichen dunklen Anspielungen, auch über die Abfolge der Reiche, hinter denen nichts steht[59]). Erst die volle Hellenisierung, das Zeitalter der Philon und Josephus, brachte wieder neue kräftige Blüten. Sie vollendeten, was sich zwischen Septuaginta und Sibylle angebahnt hatte: die hellenistische Deu-

---

[55]) Jubiläenbuch 3, 28, Riessler, Schrifttum 548 (Tiersprache); 3, 1 S. 546 (Adams Namengebung); 8,8 – 9,15 S. 562–566 (Erdverteilung); 10, 18–35 S. 568 f. (Turmbau und Völkerwanderungen); 12, 25 f. S. 574 (Abraham); 15, 31 f. S. 581 (Völkerengel); 2, 15 und 23 S. 544 (22 Arten; zur mittelalterlichen Nachwirkung vgl. Curtius, Literatur 495, der aber die Quelle nicht kennt); 44, 33 f. S. 655 (Jakob und die Heidenvölker).

[56]) Roensch (o. Anm. 51) S. 251–422 hat die Nachwirkungen untersucht, freilich ohne die späteren abendländischen zu bemerken.

[57]) Albright, Steinzeit 353 f.

[58]) Testament des Job 48, 3; 49, 2; 50, 1, Riessler, Schrifttum 1132.

[59]) Oracula Sibyllina XI, 1–18, GCS Bd. 8, S. 175 f.; Kurfess (o. Anm. 48) S. 184 ff.

tung des Alten Testaments als eines Geschichtswerkes und einer Enzyklopädie irdischer Begebenheiten.

*

Mittlerweile waren die jüdischen Traditionen, die ja zum guten Teil bereits in griechischer Sprache vorlagen, zu den heidnischen Autoren der Antike hinübergewandert. Freilich waren es nur wenige, denen die krausen Spekulationen zusagten und die hinter ihnen die uralte Weisheit suchten. Der Milesier Alexandros Polyhistor, der unter Sulla als Sklave nach Rom kam und dort freigelassen wurde, benutzte wohl um 40 v. Chr. nicht nur die Bibel[60]), sondern auch die Jüdische Sibylle und die verlorene Schrift des Berossos, um daraus ein mythisch-historisches Bild von der Sprachentrennung zu komponieren, wie es vor ihm kein Grieche gewagt hatte. Er erzählte dabei polytheistisch von den Göttern, die durch Wind den Turm umstürzten, und das war gewiß kein Versehen beim schnellen Exzerpieren[61]), sondern bewußte Anpassung an die hellenistische Religion, auch wenn die Griechen dabei nicht Homers Titanenmotiv unterschoben, wie man jüngst gemeint hat[62]). Auf diesem Wege erhielt das hellenistische Denken eine Begründung für die Sprachenvielfalt, und anscheinend bedurfte man jetzt einer solchen mythischen Erklärung. Sonst hätte schwerlich der Schüler Polyhistors, der Fabeldichter Hyginus, nun schon in lateinischer Sprache und in augusteischer Zeit, die Berossos-Exzerpte seines Lehrers weiter ausgeschlachtet. Er erzählte von der einen Weltsprache, die in der Goldenen Zeit unter Jupiter herrschte; endlich habe Merkur, der Hermes Hesiods, der hier ganz unantikisch als Gegner des Göttervaters auftrat, die Sprachen und Völker der Menschen geteilt und Zwietracht unter sie gesät; damit habe die Geschichte der Macht begonnen. Zugleich – nicht zuerst – wurde durch die Erzählung der Name des Dolmetschers, *ἑρμηνευτής*, als des Vertreters von Hermes-Merkur erläutert[63]).

Während Hyginus schrieb, war unter der Herrschaft des Augustus ein neues Goldenes Zeitalter begonnen worden, das der römischen Weltherrschaft und griechischen Weltkultur. Die Verbindung von römischer Macht und griechi-

---

[60]) NIKEL (o. S. 117 Anm. 16) S. 194 meinte das.

[61]) SCHNABEL, Berossos 82, der im übrigen S. 73 ff., 134 ff. auch hier eine überzeugendere Analyse gibt als GEFFCKEN (o. Anm. 49) S. 91. Zutreffend schon GELZER, Africanus Bd. 2, S. 27 f. – Text bei JACOBY, Fragmente Bd. III A, S. 109–111, Fragment 79, aus Eusebius, Chronicon I, 4, GCS Bd. 20, S. 12, der den Plural zum Singular rückverwandelt hat, doch ist der Plural gesichert durch den Griechen Abydenos (2. Jh. n. Chr.), dessen Text ebenfalls Eusebius, Praeparatio evangelica IX, 14, 2, GCS Bd. 43, 1 S. 500 mitteilt.

[62]) SCHRADE (o. S. 91 Anm. 11) S. 21 f.

[63]) Fabulae, hg. Herbert Jennings ROSE, Leiden (1933), S. 104 Nr. 143. Über die Zusammenhänge mit Berossos vgl. SCHNABEL, Berossos 92.

schem Geist war eine so überzeugende Vereinigung von Einheit und Vielfalt, daß sie auch für unseren Problemkreis von entscheidender Bedeutung werden mußte. Daß sie es wurde, lag daran, daß die Römer sich dem griechischen Denken öffneten, aber nicht preisgaben. Sie hatten schon lange vor Augustus ihre eigenen Ansichten über Herkunft und Verzweigung der Sprachen und Völker.

*

Das Denken der Römer war von Haus aus nicht auf die ganze Welt und die Fülle ihrer Sprachen gerichtet. Sinn für Ordnung und Stufung, Ahnenstolz und Bauernglaube hielten sie an der Heimat fest. Daneben und dagegen stand aber, wohl schon seit dem sechsten Jahrhundert, spannungsreich die Anlage zu humaner Weitherzigkeit[64]), gefördert durch die ethnischen und linguistischen Zustände der Halbinsel. Besiedelt wurde Italien von Illyriern, Ligurern und indogermanischen Italikern, die nicht einmal untereinander gleichsprachig waren; bestimmt wurde das Schicksal des Landes wenigstens zum Teil durch fremdsprachige Etrusker, Phönizier, Griechen und Kelten, und im 6. Jahrhundert war fast etwas wie eine übersprachliche Kulturgemeinschaft lebendig gewesen. Bald nach dem Schwinden des etruskischen Einflusses, allgemein seit der hannibalischen Zeit, machten sich die Römer die griechische Sprache und Kultur zu eigen, behielten dabei aber eine Distanz von ihren Lehrern und von sich selbst, wie wir sie bisher selten trafen.

Der erste römische Geschichtsschreiber, Quintus Fabius Pictor, erzählte im ausgehenden 3. Jahrhundert, mitten in Roms schwerer Krise, auf griechisch und für Griechen die Geschichte seiner Vaterstadt, vor allem die punischen Kriege. Aber nicht die Gegenwart allein fesselte ihn. Seit Stesichoros, Hellanikos und Timaios lag in der griechischen Dichtung das Motiv bereit, der Trojaner Aeneas sei ins Westland gefahren[65]); Fabius Pictor griff es auf und präzisierte es: Aeneas herrschte über die Latiner[66]). So wurde Roms Urgeschichte und Chronologie der griechischen eingefügt, aber doch auf eigene Weise: Aeneas und die Seinen waren vor Troja die Gegner der Griechen gewesen; welcher Hellene hätte sich trojanischer Abkunft gerühmt? Freilich war Aeneas schon bei Homer Nachfahre der Venus-Aphrodite, und an sie erinnerte Quintus Ennius (239–169), als er in seinem Epos von Roms Geschichte den Faden der

[64]) Franz BECKMANN, Humanitas, Ursprung und Idee (Abhandlungen der Gesellschaft zur Förderung der Westfälischen Wilhelms-Universität 3), Münster 1952, S. 9 ff.; Karl KERÉNYI, Eigenart der römischen Religion, in: RANDA, Handbuch 505 f.

[65]) JÜTHNER, Hellenen und Barbaren 70 ff. Eine Untersuchung der antiken Trojanerfabel wäre dringend nötig.

[66]) Historicorum Romanorum reliquiae, hg. Hermann PETER, Bd. 1, Leipzig 1914: Fragment Nr. 4 S. 5 f.

Trojanerfabel weiterspann: Venus lehrte den Anchises, dem sie den Aeneas gebar, die Rede, *fari donavit*[67]). Wahrscheinlich war damit nicht die Sprache, sondern die prophetische Rede gemeint, doch die Trennungslinie ist unscharf; jedenfalls war damit die römische Eigenart auf eine mythologisch-urzeitliche Wurzel zurückgeführt und quasi-historisch begründet. Die Sprache prägte den Menschen; Ennius soll gesagt haben, er habe drei Herzen (*corda*), weil er drei Sprachen spreche, Griechisch, Oskisch und Latein[67a]). Er mochte sich selbst als Monstrum empfinden, aber seine Weitherzigkeit blieb nicht vereinzelt.

Von hier aus erklärt sich die souveräne Gelassenheit der Römer gegenüber fremden Sprachen und Völkern. Der erste bedeutende römische Komödiendichter, Titus Maccius Plautus (ca. 254–184), ist gleich ihr erster Zeuge. Er bezeichnete seine Vatersprache gegenüber dem Griechischen wiederholt als barbarisch; er scheute sich nicht, in seine Sprache neben vielen Umgangsformeln auch zahlreiche halbgriechische Wörter aufzunehmen, und selbst das Punische war nicht verpönt. Plautus hat uns in seinem „Poenulus" fast die einzigen Überreste des Punischen aufbewahrt, eine Reihe von Versen, die wie bei Aristophanes drollige Mißverständnisse hervorrufen sollen, aber den Fremden nicht lächerlich machen; der Karthager Hanno ist die imposanteste Gestalt des Stückes. Trotzdem verkündet der Prolog das Unbehagen des Römers über die polyglotte, allzu gewandte Art wenn nicht Hannos, dann seiner Landsleute:

Et is omnis linguas scit, sed dissimulat sciens
se scire: Poenus plane est[68]).

Freilich rührten sich im 2. Jahrhundert auch sonst die Gegner der Überfremdung; Marcus Porcius Cato (234–149) ist ihr Wortführer. Er schrieb das erste große Geschichtswerk lateinischer Sprache, die „Origines", gegen die griechische Infiltration. Andere Götter mochten andere Städte und Reiche begründet haben, den Älteren Cato ging vorzugsweise die Heimat an, die von Romulus und Remus, den Aeneas-Kindern und Mars-Sprößlingen, gestiftet worden war. Cato gab zu, daß Romulus und die Seinen noch Griechisch, und zwar Äolisch, sprachen. Aber es gab schon vor Aeneas Bewohner Italiens, die *Aborigines*, und nicht die „Phryger" allein, sondern Ureinwohner und trojanische Abkömmlinge zusammen wurden die Ahnherren der Latiner[69]). Die

[67]) The Annals of Quintus Ennius, hg. Ethel Mary Steuart, Cambridge 1925: Buch I, Fragmente 6–8 S. 2 f.; dazu der Kommentar S. 101 f.

[67a]) Aulus Gellius, Noctes Atticae XVII, 17, hg. Carl Hosius, Bd. 2, Leipzig 1903, S. 219.

[68]) Comoediae, hg. Wallace Martin Lindsay, 2 Bände, Oxford 1903 (unpaginiert): Trinummus 19; Asinaria 11; Miles gloriosus 211 (Latein barbarisch); Poenulus 112 f. (Punier).

[69]) Fragment 19, Peter (o. Anm. 66) Bd. 1, S. 61 (Romulus und Äolisch); Frgm. 5 S. 56 (Aborigines).

erhaltenen Fragmente lassen leider nicht erkennen, wie sich Cato den Übergang von der griechischen zur lateinischen Sprache dachte; unzweifelhaft war es sein Bemühen, „Roms Sache durchzusetzen, das römische Selbstbewußtsein vor dem eingedrungenen Griechentum zu retten und die Überlegenheit der Römer zu bewähren“[70]). In diesem Sinne konnte um 100 v. Chr. Aelius Stilo, der im übrigen der griechischen, stoischen Sprachlehre nahestand, das Latein des Plautus als Musensprache preisen: *Musas Plautino sermone locuturas fuisse, si Latine loqui vellent* [71]). Und warum hätten sie nicht lateinisch reden wollen?

Dennoch konnte sich gerade das auf die Ursprünge ausgehende Denken nicht den griechischen Anregungen entziehen. Der vielfach auf Poseidonios aufbauende Schüler des Aelius Stilo, Marcus Terentius Varro (116–27), mochte die römische Zeitrechnung mit der Gründung der Vaterstadt beginnen lassen; er konnte und wollte doch wie Plautus nicht leugnen, daß das Lateinische barbarisch, nur eine verderbte Abart des Griechischen sei. Wer so streng alles an den Ursprüngen prüfte, konnte auch leicht die stoische Lehre von der Entstehung der Sprache annehmen, allerdings in einer für die römische, politische Denkungsart recht bezeichnenden Abwandlung. Hatte die Stoa erklärt, die Sprache sei von der Natur gültig eingesetzt, so meinte Varro nun, sie sei durch die ersten Menschen, nicht immer ganz unanfechtbar, aber vernünftig und überlegt gesetzt worden, zwar nach dem Vorbild der Natur: *natura... enim dux fuit ad vocabula imponenda homini*, aber *illi, qui primi nomina imposuerunt rebus*, richteten die Sprache nicht so sehr nach der Wahrheit, sondern nach dem praktischen Nutzen der Verständigung ein, *utilitatis causa*. So war auch die Verschiedenheit der Völker und Sprachen kein Problem, sondern eine Frage der Zweckmäßigkeit, ganz davon abgesehen, daß für Varro die *varietas* eine *iucunditas* bedeutet[72]).

Varro prägte das römische Sprachdenken weithin; die Gräzisierung schritt fort. Die römischen Grammatiker übernahmen die griechischen Schemata und konnten es, weil beide Sprachen miteinander verwandt sind – eine Verwandtschaft, die von den Zeitgenossen oft unterstrichen wurde. In Rom lernte man

---

[70]) Friedrich KLINGNER, Römische Geisteswelt, 3. Aufl., München 1956, S. 76.

[71]) Marcus Fabius Quintilianus, Institutio oratoria X, 1, 99, hg. Ludwig RADERMACHER, Bd. 2, Leipzig 1935, S. 254. Dazu THEILER, Sprache 435 f., der das Zeugnis als „Bonmot“ zu niedrig wertet.

[72]) De lingua latina, hg. Roland G. KENT, 2 Bände, London-Cambridge 1938, Bd. 1 in 2. Aufl. 1951: VIII, 64 S. 422 (Latein barbarisch); VI, 3 S. 174 (Natur); VIII, 7 S. 374 (illi qui primi); VIII, 27 S. 392 (utilitas); IX, 46 S. 472 (varietas). Zum Ganzen grundlegend Hellfried DAHLMANN, Varro und die hellenistische Sprachtheorie (Problemata, Forschungen zur Klassischen Philologie 5), Berlin 1932, S. 12 ff.; ferner POHLENZ (o. Anm. 19) Bd. 1, S. 265; Bd. 2, S. 23, 136 mit allen Belegen; daneben vgl. noch immer STEINTHAL, Sprachwissenschaft Bd. 1, S. 342 ff.

eifrig Griechisch; seit Sulla konnten fremde Gesandte vor dem römischen Senat ohne Dolmetscher griechisch sprechen[73]). Dennoch blieb die Reserve.

Der glänzendste Repräsentant der Gräzisierung, Marcus Tullius Cicero (106–43), steht eigenartig zwischen den Fronten: Er hat die varronische Lehre von der Sprachschöpfung durch die Menschen übernommen, aber von der sinnbannenden Kraft des Worts, die sich für die Stoa von selbst verstand, nicht allzuviel gehalten: *Quot hominum linguae, tot nomina deorum*. Und dennoch hat er die Sprache gerühmt, „die Herrin von allen, die beredte Sprache, wie ist sie köstlich, wie göttlich!“[74]). Er hat notiert, daß es unzählig viele Sprachen gebe, hat unter ihnen die Vorrangstellung des Griechischen anerkannt, doch auch wieder den Stolz auf den *patrius sermo* nicht verschwiegen: „Je besser sie griechisch können, desto weniger taugen sie“, sagte schon Ciceros Großvater von den Sklaven; die lateinische Sprache sei reicher als die griechische[75]). Aus alledem spricht der Literat und Rhetor, der die Sprache gewandt handhabt, aber auch nicht so gründlich bis in ihre Probleme verfolgt wie Cato und Varro. Auch Volk und Völker galten dem Aristokraten nicht als grundlegende Werte, und so übernahm er leicht die Vorstellung von der *societas generis humani*, denn alle Menschen haben die gleiche Zahl von Vorfahren, alle entstammen der gleichen Quelle, und nur der Flug der Zeit und seine Wechselfälle haben inzwischen die Lose geschüttelt; alle Welt ist wie eine einzige Stadt. Und dennoch wußte Cicero, daß nicht die allgemeine Menschenliebe das stärkste Band ist; unter den *gradus societatis hominum... propior est eiusdem gentis, nationis, linguae, qua maxume homines coniunguntur*[76]). Hat der römische Realismus diese Bahn aber weiterbeschritten und etwa zwischen der Eigenart der Sprachen und Völker und der allgemeinen Menschennatur den Ausgleich gesucht?

Bei den Historikern hat es nicht diesen Anschein; doch sie sind zu sehr mit ihrer Gegenwart beschäftigt, als daß sie über den Parteien stünden. Gaius Julius Caesar (100–44) gab in den 50er Jahren eine exakte Beschreibung der Völker Galliens; gleich zu Beginn sagt er, sie unterschieden sich u. a. der Sprache nach. Und danach kommt der an der lateinischen Grammatik und Sprache lebhaft interessierte Feldherr auf die Dialekte der Gallier mit keiner

---

[73]) Robins, Grammatical Theory 48 ff. (Grammatik); Jüthner, Hellenen und Barbaren 63 f. (Sprachkenntnisse).

[74]) Scripta quae manserunt omnia, hg. Carl Friedrich Wilhelm Mueller – Wilhelm Friedrich, 4 Bände, Leipzig 1889–1908: De natura deorum I, 30, § 84 Bd. 4, 2 S. 31. Das Lob auf die Sprachkunst bei Klingner, Geisteswelt 618.

[75]) Tusculanae disputationes V, 39, § 116 Bd. 4, 1 S. 464 (Vielzahl); II, 15, § 35 S. 341 (Griechisch). Zum patrius sermo Weisgerber, Muttersprache 47–52; De oratore 2, 265 Bd. 1, 2 S. 136 (Sklaven); De finibus bonorum et malorum I, 3, § 10 Bd. 4, 1 S. 96 (Latein reicher).

[76]) De legibus I, 7, § 23 Bd. 4, 2 S. 389 und I, 23, § 61 S. 402 (Gemeinschaft aller Menschen); De officiis I, 17, § 53 Bd. 4, 3 S. 19 (Sondergemeinschaften).

Silbe mehr zurück, obgleich ihn doch „Fremdartiges und Merkwürdiges um seiner selbst willen" interessiert. Auch die Herkunft der Gallier ist bei Caesar, der seinen Stammbaum auf die Göttin Venus zurückführte, nur in der Bemerkung gestreift, sie rühmten sich ihrer Abstammung von dem Vater Dis[77]). Freilich, Caesar erzählte den Römern von seiner Entdeckung der gallischen Völker; war denen die Sprache und Abkunft ihrer neuen Untertanen so gleichgültig?

Nicht anders erging es nach 44 v. Chr. dem Gaius Sallustius Crispus (ca. 86 bis ca. 35), als er mit dem Blick auf die innerrömischen Verhältnisse[78]) den Jugurthinischen Krieg beschrieb. Daß die Sprache der Afrikaner barbarisch sei, ist das einzige, was er darüber meldete, und alle Gesittung kam nicht vom Urwüchsigen, Einheimischen, sondern durch spätere Ankömmlinge, Meder, Perser und Armenier dorthin. Es ist, als würde erst das Hochzivilisierte und fast schon Dekadente für Sallust interessant[79]); Sprache und Stammbaum zählten nicht dazu.

Es mußte schon ein Philosoph, ein popularisierender Schüler Epikurs sein, der die Frage nach der Sprache erneut aufrollte und als erster Römer auch das gesammelte ethnographische Material der Antike wirklich zu verwerten und zu deuten versuchte; doch auch Titus Lucretius Carus (96–55) tat es nur, um zu erklären: „Es ist töricht, sich einzubilden, irgend ein einzelner Mensch habe den Dingen die Namen gegeben", denn wie hätte einer vor den anderen etwas voraushaben, wie seine Kenntnis den tauben und unvermögenden Genossen mitteilen sollen? Es ist nicht der Gott und der Heros, sondern die natürliche Gemeinschaft, die die Sprache bildet, vielmehr der Zwang der Natur und das Bedürfnis (*utilitas*), und „was ist denn dabei so sehr zu verwundern, wenn wirklich unser Menschengeschlecht, dessen Stimme und Zunge gesund war, nach den verschiedenen Gefühlen den Dingen verschiedenen Laut gab?" Auch die Laute der Tierwelt sind doch verschieden[80]). Das Problem war für Lukrez also nicht einmal mehr der Verwunderung wert. Die Abwehr des stoisch-varronischen Standpunkts führte den Dichter auf eine Bahn, die nicht nur den zeitgenössischen griechischen Epikureern, wie Philodemos, fremd sein mußte, sondern auch Epikurs eigene Position verschob: die von Epikur unterschie-

---

[77]) Commentarii belli Gallici, hg. Alfred KLOTZ, 4. Aufl., Leipzig 1952: I, 1 S. 1 (Sprachen); VI, 18 S. 145 (Dis). Das Zitat aus Franz BECKMANN, Geographie und Ethnographie in Caesars Bellum Gallicum, Dortmund 1930, S. 138; hier sind S. 123 ff. die ethnographischen Angaben zusammengestellt.

[78]) HOWALD, Geschichtsschreibung 145 f.; KLINGNER, Geisteswelt 88.

[79]) Bellum Jugurthinum, hg. Axel W. AHLBERG, Editio maior, Leipzig 1919: 18, 10 S. 69 (Sprache); 18, 1–4 S. 68 f. (Ankömmlinge).

[80]) De rerum natura, hg. Cyril BAILEY, Oxford 1950 (unpaginiert): V, 1013–1090 S. 484 ff. Über Lukrezens Verhältnis zu Epikur vgl. KLINGNER, Geisteswelt 183 f., zu seiner Sprachtheorie DAHLMANN (o. Anm. 14) S. 14 ff.; zu seiner ethnographischen Bedeutung STOLL, Völkerkunde 14; PLISCHKE, Barbaren 24 f.

denen Stufen der Sprachentwicklung mit späteren Zusätzen erfahrener Männer, kurz, das historische Moment – alles dies fiel bei Lukrez weg.

Die Zeitgenossen setzten sich zur Wehr; als das Werk des Lukrez nach seinem Tode durch Cicero publiziert wurde, stellte sich der Neupythagoreer Publius Nigidius Figulus noch einmal auf den varronisch-stoischen Standpunkt, die Namen seien zuerst mit Vernunft und *ratione naturae*, und zwar sowohl im Griechischen wie im Lateinischen, gegeben worden[81]). An einen tieferen Sinn der Namen, sogar in der etruskischen Sprache, glaubte auch der Elegiker Sextus Aurelius Propertius (ca. 50–15) noch; er verwies auch sonst gern auf die Ursprünge, etwa der *Troica Roma*, oder auf des Augustus „phrygische" Ahnen[82]). Noch als die etruskischen und oskischen Sprachreste auszusterben begannen, rühmte sich Maecenas seiner etruskischen Vorfahren.

Doch die Zeit begann sich zu wandeln; sie blickte nicht mehr gebannt auf die Anfänge, sondern auf das Neue, das in der Gegenwart geschah, auf die Überwindung des Chaos, wie sie Augustus für die Ökumene zu leisten schien. Dazu paßte in der Sprachlehre die Ansicht Epikurs; für den Schützling des Maecenas, den jungen Quintus Horatius Flaccus (65–8), war es um 35 ein vertrauter Gedanke, daß die Menschen zunächst als *mutum et turpe pecus* umherirrten,

> *donec verba, quibus voces sensusque notarent,*
> *nominaque invenere;*

dann erst begannen sie gesittet zu werden, Städte zu bauen und sich Gesetze zu geben. Nicht gnädige Götter und urzeitliche Heroen, sondern das tägliche Mühen und die Gunst der Stunde setzen die Normen. Erst als Augustus den Janus-Tempel schließt und den *ordo rectus* herstellt, sind Vergangenheit und Gegenwart versöhnt:

> *Troiamque et Anchisen et almae*
> *progeniem Veneris canemus*[83]).

Weitgespannt und schwankend war die Brücke zwischen Alexandria, Jerusalem und Rom; aber in der Zeit zwischen Alexander und Augustus festigte sie sich: die griechische Koine wurde zur Weltsprache; die hellenistischen Diadochenreiche fielen dem römischen Zugriff anheim; orientalische Religionen breiteten sich überall aus. Die bekannte Welt wurde eins und blieb doch viel-

---

[81]) Aulus Gellius, Noctes Atticae X, 4, 1 ff., hg. Carl Hosius, Bd. 1, Leipzig 1903, S. 345 berichtet darüber.

[82]) Elegiarum libri IV, hg. Mauriz Schuster, Leipzig 1954: IV, 2, 47 f. S. 140 (Namen); IV, 1, 87 S. 136 (Troica Roma); II, 1, 41 f. S. 34 (Augustus).

[83]) Opera, hg. Friedrich Klingner, Leipzig 1950: Sermones I, 3, 100 ff. S. 174 f. (Ursprünge); Carmina IV, 15, 31 f. S. 131 (Troja).

fältig; griechische Abstraktion, jüdischer Glaube und römisches Beharren begegneten sich fürs erste, ohne sich zu durchdringen. Doch sobald dieses wirre Gemenge zum Gefüge wurde – und das wurde es unter der ordnenden römischen Herrschaft –, mußten alle stoischen, jüdischen und römischen Ansätze zur Menschheitsidee erst recht akut werden, mußte das Verhältnis der Einheit zur Mannigfaltigkeit weit über alle theoretischen Erörterungen hinaus praktisch bestimmt werden, mußte die jüdische und römische Frage nach der Geschichte sich des Problems der Sprachenvielfalt und Völkerherkunft bemächtigen.

In der Tat haben sich in den zweihundert Jahren nach Augustus alle unsere Fragen zu Antworten verdichtet, die für wenigstens ein Jahrtausend gültig blieben.

3. Der spätantike Synkretismus

Nach den Verlautbarungen der Zeitgenossen umfaßte zwar das augusteische Reich die ganze Ökumene – das waren etwa sieben Prozent der Erdoberfläche –[1]), aber dieser *orbis terrarum* war allenfalls militärisch und politisch, nicht geistig, religiös und sprachlich eine Einheit. Das lag schon an der Eigenart der Römer, die den griechischen Geist offen annahmen, auch orientalischen Göttern einen Platz gönnten und niemals versuchten, ihre Sprache den Unterworfenen aufzudrängen. Allerdings war die Sprache der Herrschaft, auch in Griechenland, stets lateinisch, *quo scilicet Latinae vocis honos per omnes gentes venerabilior diffunderetur*[2]), und im Westen, in Nordafrika, Gallien und Spanien – den späteren Zentren christlicher Latinität – überlagerte das Latein ziemlich schnell die einheimischen Dialekte, nahm dabei freilich mundartliche Besonderheiten an[3]). Im östlichen Mittelmeer verlief die Entwicklung eher umgekehrt, die griechische Koine blieb zwar auf lange hinaus – und noch für das byzantinische Mittelalter – die Sprache der Bildung, doch daneben drängten sich seit dem zweiten Jahrhundert die Lokaldialekte in den Vordergrund; die orientalischen Religionen und das Christentum verhalfen ihnen zum Rang von Literatursprachen. Diese orientalischen Religionen bestimmten nun aber im ganzen Römerreich zunehmend das geistige Klima; der Widerstand zunächst der Römer, seit dem zweiten Jahrhundert der Griechen gegen diese Über-

---

[1]) Joseph Vogt, Orbis Romanus, Zur Terminologie des römischen Imperialismus (Philosophie und Geschichte 22), Tübingen 1929, S. 9 ff.; Curtius, Literatur 37.

[2]) Valerius Maximus, Factorum et dictorum memorabilium II, 2, 2, hg. Karl Kempf, Leipzig 1888, S. 62.

[3]) Vittorio Bertoldi, Contatti e conflitti di lingue nell' antico Mediterraneo, in: Zeitschrift für romanische Philologie 57 (1937) 137–169, hier S. 138 ff.; Walther von Wartburg, Die Entstehung der romanischen Völker, 2. Aufl., Tübingen 1951, S. 39 ff.

fremdung komplizierte die Lage nur noch mehr, und sie spiegelt sich getreulich im Denken der Zeit. Allenthalben sah man die Vielgestalt der irdischen Formen und suchte sie auf wenige Prinzipien zurückzuführen, ohne daß dem polytheistischen Synkretismus wirklich die *reductio ad unum* als Ideal vorschwebte; je später je mehr wurde in Auseinandersetzung mit dem Christentum die Unableitbarkeit der Vielfalt zum theologischen Prinzip; die überall gesuchte Einheit stand jenseits des Irdischen.

Kennzeichnend für diese Haltung ist, was in augusteischer Zeit auf Andros, in Kyme und anderwärts von der Göttin Isis gesungen wurde: Die ägyptische Göttin, die im ganzen Römerreich, auch in Rom, verehrt wurde, sei von dem griechischen Gott Hermes „erzogen worden und erfand die heiligen Schriften"; „ich habe Griechen und Barbaren verschiedene Sprachen gegeben"[4]). Die altägyptischen Hymnen hatten den Gott gepriesen, der die Völker und ihre Zungen schied, „den einen vom andern"; jetzt hatte die Göttin nur zwischen Griechen und Barbaren zu trennen; nicht das Ganze, sondern das Vorzügliche stand im Mittelpunkt.

Dieses Vorzügliche war weithin zugleich das Ägyptische. Diodor von Sizilien, ein später Nachfahre der Ephoros und Polybios, bewunderte es in seiner „Historischen Bibliothek" um 20 v. Chr. aufrichtig: die Ägypter seien die ersten und die ältesten Menschen des Universums; der Gott Thot, der ägyptische Hermes, habe die Sprache erfunden, viele noch undefinierte Dinge benannt und auch die Buchstaben ersonnen. Der Name des Hermes verrät – hier wie im Isis-Hymnus –, wie wenig altägyptisches Gut da tradiert wird; wir stehen vielmehr an den Anfängen der hermetischen Bewegung, einer rein hellenistischen Mysterienreligion, die enge Beziehungen zur babylonischen Astrologie hat. Diodor erzählt uns nämlich auch, daß es 30 göttliche Tierkreiszeichen gebe; die Zahl kam wohl aus einer Vermengung der 36 babylonischen Himmelsdekane mit den 30 Tagessternen des Monats zustande; hinzu kommt, daß – wieder nach Diodor – Ägypten 36 Gaue hat. Von da ist es zur 72 nicht weit: die Ägypter beweinen nach Diodors Bericht den verstorbenen Pharao 72 Tage lang. Hier bahnte sich ein neues Weltverständnis an, das in allem die göttliche Ordnung suchte und dem Alten, Geheimnisvollen fromm vertraute. Mit den Vorstellungen Epikurs von den niedrigen Ursprüngen war es schwer vereinbar, und doch fanden auch sie bei Diodor Unterschlupf; er hatte sie wohl einem anderen Eklektizisten abgelauscht. Die Urmenschen hätten wie Tiere gelebt

---

[4]) Hymnus in Isim Andrius 112 ff., bei Werner PEEK, Der Isishymnus von Andros und verwandte Texte, Berlin 1930, S. 19 f.; zur Datierung hier S. 100 f. Ähnlich Isidis aretalogia Cymaea 31, ebenda S. 124; Übersetzung nach Carl SCHNEIDER, Geistesgeschichte des antiken Christentums, 2 Bände, München 1954, hier Bd. 2, S. 54.

und erst, von diesen Tieren angegriffen, sich durch die Furcht gezwungen zusammengetan und bemerkt, daß sie Geschöpfe derselben Art seien. Ihre Stimme sei anfangs unbezeichnend (ἄσημος) und verworren gewesen; allmählich hätten sie ihre Ausdrücke artikuliert und untereinander gewisse Zeichen für jeden Gegenstand vereinbart. Weil aber in der ganzen Ökumene dergleichen menschliche Verbände entstanden seien und jeder planlos (ὡς ἔτυχε) seine Worte geformt habe, hätten die Sprachen verschieden werden müssen. Aus diesen ursprünglichen Gruppen aber hätten sich zugleich die ersten Nationen der Welt gebildet[5]). Dieser Gedanke, daß Sprache und Volk zusammen entstanden, hielt sich eigentümlich abseits der herrschenden Idee, nach der ein jeder, der die gebildete Sprache kennt, sein zufälliges, barbarisches Volkstum abgestreift hat. Diodor hat sich freilich wie wenige vor ihm um die Mythen dieser barbarischen Völker bemüht; sein ganzes Werk ging darauf aus, durch die Betrachtung der Weltgeschichte und ihres regelmäßigen Turnus die Regeln für das Leben des Einzelmenschen wie die Gesetze des Kosmos kennenzulernen[6]).

Derselbe Drang zu enzyklopädischer Umschau und kosmischer Abstraktion kehrt zu Augustus' Zeiten bei nichtrömischen Reichsuntertanen öfter wieder; auch dieselbe Verbindung von Sprache und Volk – man konnte sie bei den Griechen und bei Cicero ja angedeutet finden – begegnet zur gleichen Zeit bei dem von der Schwarzmeerküste stammenden Historiker und Geographen Strabo (ca. 63 v.– ca. 24 n. Chr.). In seinem um Christi Geburt verfaßten Überblick über die Mittelmeerwelt erzählte er unter vielen anderen Exkursen, in Sebastopol auf der Krim seien 70 Nationen zusammengekommen, um dort Handel zu treiben; andere hätten sogar 300 Nationen gezählt, und eine jede habe ihre eigene Sprache geredet. Man hat hier an jüdischen Einfluß denken wollen, als hätten durch diese Zahlen die Völker „aller Welt" symbolisiert werden sollen; doch wer wollte den Krimskythen soviel Zahlensymbolik zumuten und wie kämen die Griechen dazu, das Zentrum der Welt auf der Krim zu suchen? Immerhin, daß Sprache und Volk sich verketten, daß die Zahlen der Sprachen und Völker sich angeben lassen, war wenigstens den Griechen kein fremder Gedanke mehr. Doch achtete Strabo auf die Wirklichkeit der Sprachen und Völker viel zu genau, als daß er sich mit Symbolismus und Abstraktion begnügt hätte. Zwar liebte auch Strabo die Gleichung von Stamm und Sprache: Im alten Griechenland habe es vier Stämme und ebensoviele Dialekte gegeben. Auch daß alle Armenier dieselbe Sprache haben und daß die

---

[5]) Bibliotheca historica, hg. Charles Henry Oldfather, Bd. 1, London-Cambridge 1946: I, 10, 1 S. 34 (Alter der Ägypter); I, 16, 1 S. 52 (Hermes-Thot); II, 30, 6 S. 450 (Tierkreise); I, 54, 3 S. 190 (Gaue); I, 72, 2 S. 248 (Trauertage); I, 8 S. 28 ff. (Urgeschichte der Sprache; dazu Dahlmann, o. S. 137 Anm. 14, S. 22 ff.).

[6]) Fritz Landsberg, Das Bild der alten Geschichte in mittelalterlichen Weltchroniken, Diss. phil. Berlin 1934, S. 8 f.

westlichen und östlichen Äthiopier sich verstehen, wird mit Genugtuung vermerkt. Doch die Differenzen werden nicht weniger akzentuiert: Die Kelten Galliens reden die verschiedensten Dialekte; auch Kleinasien ist keine sprachliche Einheit, wie schon Homer am Beispiel der Karer bemerkt habe, doch auch die ausgestorbene Sprache der Lyder sei gesondert; die kaukasischen Albaner allein bilden 26 Sprachzonen; ein schiffbrüchiger Inder ist in Ägypten solange hilflos, bis er Griechisch lernt. Ein paar lateinische und etruskische Namen teilte Strabo selber mit[7]). Wer sein umfangreiches Werk durchstudierte, mußte erdrückt werden von dem unübersichtlichen Gewimmel von Menschen und Gruppen. Ließ es sich nicht historisch ordnen, wenn nicht von den Ursprüngen her, dann doch vom eben erreichten Endpunkt der römischen Weltherrschaft aus?

In der Tat regte das augusteische Zeitalter auch die Universalhistorie an. Herodes d. Gr. schickte den Erzieher der Kinder von Antonius und Kleopatra, Nikolaos von Damaskus, nach Rom, und er schrieb dort in bezeichnender Verbindung eine Biographie des Augustus und eine Weltgeschichte. Nur wenig ist davon erhalten; Ninus – das ist Tugulti-Ninurta I. –, Semiramis und die Assyrer eröffneten jedenfalls den Reigen[8]). Der Gallier Pompeius Trogus schrieb, gleichfalls unter Augustus, eine Geschichte der nichtrömischen Völker, die deren Schicksale am Ende in Roms Reich aufgehen ließ, den Gedanken der *translatio imperii* zum ersten Mal berührte und mit Augustus gipfelte. Am Beginn stand die goldene Urzeit, jäh beendet durch den ersten Gewaltherrscher Ninus und die Assyrer; erst mit der *pax Romana* schließt sich der Kreis zu neuem Glück. Dazwischen lag die Vielzahl der Völker und Sprachen; der Gallier notierte sogar die skythischen Dialekte[9]). Aber man durfte hoffen, die Zersplitterung bald überwunden zu haben.

Ähnliche Gedanken zündeten nun auch bei den Römern selbst. Auf den Wunsch des Augustus baute Publius Vergilius Maro (70–19) seit 29 v. Chr. ein weltgeschichtliches Drama um die Trojanervorfahren der Römer und ihre Herkunft von Saturn, Jupiter und Dardanus herum. Er bog dabei Ursprung und augusteische Vollendung zusammen; das geliebte und bedrohte Rom allein

---

[7]) Geographia, hg. Horace Leonard JONES, 8 Bände, London 1917–32: XI, 2, 16 Bd. 5, S. 208 (300 Nationen; dazu STEINSCHNEIDER, Zahlen 476, 151: jüdischer Einfluß); VIII, 1, 2 Bd. 4, S. 4 ff.; XIV, 5, 26 Bd. 6, S. 366 (griechische Stämme und Dialekte); XI, 14, 5 Bd. 5, S. 324 (Armenier); II, 3, 5 Bd. 1, S. 388 (Äthiopier); IV, 1, 1 Bd. 2, S. 162 (Kelten); XIV, 2, 28 Bd. 6, S. 300 ff. (Karer); XIII, 4, 17 Bd. 6, S. 192 (Lyder); XI, 4, 6 Bd. 5, S. 228 (Albaner); II, 3, 4 Bd. 1, S. 376 ff. (Inder in Ägypten); III, 1, 4 Bd. 2, S. 6 (Latein); V, 4, 2 Bd. 2, S. 428 (Etruskisch).

[8]) Fragment 1 f., bei JACOBY, Fragmente Bd. II A, S. 328 ff.

[9]) M. Juniani Justini epitoma historiarum philippicarum Pompei Trogi, hg. Otto SEEL, Leipzig 1935: I, 1 ff. S. 3 f. (Ninus); XLI, 1, 1 ff. S. 276 (Dialekte). Dazu LANDSBERG, Weltchroniken 9 f.

stand im Mittelpunkt, sein Geschick war das Schicksal der Welt[10]), seinem Ruhm dienten die Völkerreihen der Nomaden und Afrikaner, der Stämme vom Euphrat und Rhein;

... incedunt victae longo ordine gentes
quam variae linguis, habitu tam vestis et armis.

Von Kennern der Vogelsprache redet die Aeneis zweimal, von Dolmetschern und verschiedenen Sprachen außer an der genannten Stelle gar nicht; die Phönizierin Dido unterredet sich mit dem Trojaner Aeneas ebenso mühelos wie dieser mit Latinus. Wo Vergil den homerischen Topos übertreibend aufnahm und von hundert *linguae* sprach, die nicht ausreichten, um das Gemeinte recht zu schildern, da dachte er längst nicht mehr an die Verschiedenheit der Sprachen; alles schien zusammenzuklingen zum Lobpreis des ewigen Rom[11]).

Titus Livius (59 v.–17 n. Chr.) nahm zur selben Zeit zwar wieder die Motive des Polybios auf, aber mit verengertem Grundplan: er wollte nur für das „führende Volk der Welt“ schreiben, dessen Berufung zur Weltherrschaft als göttlichen Heilsplan schildern. Zwar versagte er sich dem Glauben der älteren Mythe, Romulus sei der Sohn des Gottes Mars, aber göttlich war der Heros doch, und die Römer kamen aus Troja; Aeneas und der Aboriginer Latinus tauschen bei Livius wohlgesetzte lateinische Reden[12]). Es mag sein, daß seine Erzählungen anmuten, als handelten sie nicht von einmaligen Schicksalen Roms, sondern seien ein „ewiges Bilderbuch politisch-menschlichen Geschehens“; aber die ganze Darstellung zielte doch, wie bei Vergil, insgeheim auf den beiläufig erwähnten Augustus hin und verherrlichte die göttlichen Grundlagen des römischen Gemeinwesens, das der Provinzler aus Padua im hehrsten Lichte sah[13]). Der Weg von der Stadt zur Welt schien geradlinig zu sein; er bedurfte, auch in dieser letzten beim Ursprung beginnenden Geschichte Roms, des Umwegs über die Vielfalt nicht; sie wurde vielmehr aufgehoben.

Freilich, in Rom waren die großen Gesten leicht; da konnte Publius Ovidius Naso (43 v. Chr.–ca. 18 n. Chr.) wieder die hundert *linguae* beschwören, gelehrt griechische und lateinische Namen notieren und fordern, zwei Sprachen müsse

---

[10]) KLINGNER, Geisteswelt 288 f.

[11]) Opera, hg. Remigio SABBADINI, Bd. 2, Rom 1930: Aeneis VII, 202 ff. S. 221 ff. (Saturn usw.); VIII, 721 ff. S. 278 (das Zitat); III, 361 S. 87; X, 177 S. 324 (Vogelsprache); VI, 625 S. 200 (hundert linguae, wiederholt in Georgica II, 43, ebenda Bd. 1, S. 118).

[12]) Ab urbe condita, hg. Robert Seymour CONWAY – Charles Flamstead WALTERS, Bd. 1, Oxford 1955 (unpaginiert): Praefatio 3 (führendes Volk); Praef. 6 f. (Romulus und Mars); I, 4, 1 f. (göttliche Herkunft); I, 1, 8 f. (Trojaner).

[13]) HOWALD, Geschichtsschreibung 173, 190 (Bilderbuch); Gerhard STÜBLER, Die Religiosität des Livius (Tübinger Beiträge zur Altertumswissenschaft 35), Stuttgart-Berlin 1941, S. 3 ff. (religiöse Haltung).

man beherrschen. Ovid dichtete einen eleganten Brief der Briseis in lateinischen Versen, immerhin mit der etwas gönnerhaften Bemerkung, die barbarische Hand habe ihn *vix bene* auf griechisch geschrieben. Gar in der Liebeskunst liegt nichts an Linguistik: das Mädchen mag barbarisch sein und kein Latein verstehen, dem Verliebten kann es doch viel erzählen[14]). Es ist erschütternd, den verwöhnten Hauptstädter im pontischen Exil wiederzutreffen:

Barbarus hic ego sum, qui non intelligor ulli,
et rident stolidi verba Latina Getae.

Griechisch können hier nur wenige; Latein versteht keiner. Ovid muß *Sarmatico more* reden und sogar *Getico sermone* schreiben; er kann kaum mehr Latein und fürchtet, Barbarismen zerstörten seine Sprache bald ganz. Ovids Verzweiflung ist echt und tief, aber er vermag sie nicht zu läutern; die Geten bleiben *stolidi* und *inhumani*; anders als lateinisch oder griechisch zu reden und zu schreiben, blieb für den Römer eine Schande[15]).

Währenddessen erzählte Vitruvius Pollio in seinem Leitfaden der Architektur von den Ursprüngen der Sprache nach Epikur und Diodor, daß die Menschen sich *cotidiana consuetudine* die Sprache bildeten; *et ita sermones inter se procreaverunt*. Doch dieses *inter se* meinte nicht die Verschiedenheit der Idiome, wie sie Ovid erleben mußte[16]). Auch Manilius plauderte in seinem Handbuch der Astronomie nur auf stoische Weise von der sprachschöpferischen Tat des *sagax usus*, der allmählich der *lingua barbara* Gesetze auferlegte[17]). Wer kümmerte sich damals um die Grammatik der Fremdsprachen? Man begnügte sich damit, die Traditionen in die Schulbücher zu setzen und erdrückte damit die lebendige Frage.

Aber die stadtrömische Sicherheit des Fortschrittsglaubens war längst gefährdet[18]); vor allem in den Provinzen spürte man neue Veränderungen. Es klang noch harmlos, wenn der Platoniker Onasander um 58 keine einheitliche Befehlssprache im Heer mehr voraussetzen konnte und dem Feldherrn empfahl, seine Befehle durch Zeichen zu geben; „das ist besonders nützlich gegenüber

[14]) P. Ovidius Naso, hg. Rudolf EHWALD, 3 Bände, Leipzig 1903–24: Metamorphosen VIII, 533 Bd. 2, S. 244 (hundert linguae); Fasti VI, 547 Bd. 3, 2 S. 180 (Griechisch und Latein); Ars amatoria II, 122 Bd. 1, S. 207 (zwei Sprachen); Heroides III, 2 S. 77 (Briseis); Remedia amoris 335 S. 256 (Mädchen).

[15]) Tristia V, 10, 37 f. Bd. 3, 1 S. 135 (das Zitat); V, 2 b, 23 f. S. 118 (kein Griechisch und Latein); V, 7, 51 ff. S. 130 (Sarmatico more); Ex Ponto IV, 13, 19 f. S. 284 (Getico sermone).

[16]) De architectura II, 1, hg. Fritz KROHN, Leipzig 1912, S. 29.

[17]) Astronomica I, 83 ff., hg. Alfred Edward HOUSMAN, 2. Aufl., Bd. 1, Canterbury 1937, S. 8 f.

[18]) Karl Dietrich BRACHER, Verfall und Fortschritt im Denken der frühen römischen Kaiserzeit, Studien zum Zeitgefühl und Geschichtsbewußtsein des Jahrhunderts nach Augustus, Diss. phil. (Masch.-Schr.) Tübingen 1948, S. 12 ff.

Verbündeten, die verschiedene Sprachen reden; denn sie können eine fremde Sprache nicht sprechen oder verstehen"[19]). Man mochte es, wie der Spanier Marcus Annaeus Lucanus (39–65), als ein Zeichen der Stärke ansehen, wenn Pompeius seine Truppen aus allen Ländern von Indien bis Cadiz, von Äthiopien bis Skythien sammelte, *tam variae cultu gentes, tam dissona volgi ora*[20]). Lukans Onkel Lucius Annaeus Seneca (4 v. Chr. bis 65 n. Chr.) war sich der Bedrohung deutlicher bewußt. Zwar hielt er es für einen Wesenszug des Menschen, daß er anders als das Tier eine ungebundene Sprache, *in motus varios soluta*, habe, und er betonte, daß bei Übersetzungen von einer Sprache in die andere beide gleiches Recht hätten: die *vis*, nicht die *facies* der fremden Sprache müsse man beibehalten. Doch die beiden einzigen Sprachen, denen sein Augenmerk galt, waren Griechisch und Latein, letztere wohl ärmer, aber kräftiger. Eben ihre Herrschaft fühlte er bedroht; er wünschte, daß *linguae Latinae potentia aut Graecae gratia* für ein *longissimum aevum* bestehen bleiben möge; an ihre ewige Präponderanz wagte nicht mehr zu glauben, wer die Zukunft für zweifelhaft und nur die Vergangenheit für einen dauernden und ungestörten Besitz *(perpetua et intrepida possessio)* hielt[21]). Resigniert blickte auch Aulus Persius Flaccus (34–62) auf die *mille hominum species et rerum discolor usus*; wenigstens dem Sittich und dem Specht löste als *magister artis* nur der Hunger die Zunge[22]); Sprachen und Völker schienen nicht von einem sinnvollen Prinzip durchwaltet, wenigstens nicht die Überfülle ihrer Spielarten, die nun auf die Römer eindrang.

Sie veranlaßte sogar den geduldigsten Sammler aller Naturerscheinungen, Gaius Plinius Secundus (23–79), zu dem erstaunten Ruf: *Tot gentium sermones, tot linguae, tanta loquendi varietas, ut externus alieno paene non sit hominis vice!* Der Ältere Plinius nahm tatsächlich fremde Sprachen nicht für voll: von Fabelwesen sagte er, ihre Sprache klinge wie Hundegebell; und wenn Römer sich auf Ceylon nicht mit den Eingeborenen verständigen konnten, lag die Schuld bei den Orientalen: ihre Sprache ist zur Unterhaltung untauglich. Interessant wurde die Sprachenvielfalt wie alles zwischen Astrologie und Mineralogie erst dort, wo sie sich nach Zahl und Maß ordnen ließ. Hier fanden sich auch Strabos

---

[19]) Strategikos XXVI, 2, in: Aeneas Tacticus, Asclepiodotus, Onasander, hg. William Oldfather u. a., London-Cambridge 1948, S. 466 ff.

[20]) Belli civilis libri X, hg. Alfred Edward Housman, Oxford 1926: Pharsalia III, 169 ff. S. 65 ff. (Völkerkatalog); III, 289 S. 71 (das Zitat). Das Heer des Pompeius war in der Tat bunt zusammengewürfelt, vgl. Matthias Gelzer, Pompeius, München 1949, S. 228 f.

[21]) Opera, hg. Emil Hermes, 3 Bände, Leipzig 1905–21: Dialogi III, 3, 7 Bd. 1, 1 S. 50 f. (motus varios); IX, 2, 3 S. 247 (Übersetzungen); Epistula ad Lucilium LVIII, 1 ff. Bd. 3, S. 177 (Latein ärmer); Dialogi XI, 2, 6 Bd. 1, 1 S. 313 (potentia-gratia); X, 10, 2 und 4 S. 292 f. (Vergangenheit und Zukunft).

[22]) Die Satiren des Persius, hg. Otto Seel, München 1950: V, 52 ff. S. 52 (discolor usus; der Vers 53 a: dissimilis cunctis vox vultus vita voluntas, ist noch deutlicher, aber ein Scholion); Prooemium 8 ff. S. 6 (magister artis).

300 Sprachen von Sebastopol ein, während die niedrigere, weniger imposante Zahl weggelassen wurde – es ist schwer einzusehen, wieso die 300 „römischer" sein soll als die 70. Plinius tradierte auch, daß der Gegner des Pompeius und letzte große Widersacher Roms, König Mithridates VI. von Pontos (ca. 132 bis 63 v. Chr.) alle 22 Sprachen der ihm untertanen Völker ohne Dolmetscher habe sprechen können und daß er mit dieser Sprachkenntnis unter allen Sterblichen alleingestanden habe. Der König ist auf diese Weise bis ins 19. Jahrhundert hinein zum Patron der Polyglotten geworden; für Plinius aber war die Sprachenvielfalt eine Sache der Reichsgegner und der wilden Grenzstämme. Der Freund Vespasians verschmähte es, in das Gewimmel Ordnung zu bringen; das war ja gerade Roms Verdienst, daß es *tot populorum discordes ferasque linguas sermonis commercio contraheret ad colloquia et humanitatem homini daret breviterque una cunctarum gentium in toto orbe patria fieret*. Überschaubarer war der Himmel und seine Ordnung: Die gewaltige Breite des Himmels werde geschieden in 72 Zeichen, d. h. Bilder von Dingen oder Tieren, in die die Weisen den Himmel eingeteilt hätten[23]). Man hat dahinter eine babylonische Zahl sehen wollen; es könnte auch eine einfache Addition früherer Tierkreisberechnungen sein[24]); jedenfalls bekam damit die Zahl 72 in antiken Quellen Heimrecht. Eine gewisse Offenheit für die nichtrömische Welt ist überhaupt bei Plinius unverkennbar.

Diese Aufgeschlossenheit trug aber vorwiegend politischen Charakter; der Spanier Marcus Valerius Martialis (ca. 40–ca. 104) meinte es als Huldigung an Domitian, wenn er schrieb: „Vielfach klingt die Stimme der Völker, eine jedoch ist es, wenn sie des Vaterlands wirklichen Vater Dich nennt". Im übrigen verabscheute er die barbarischen Sprachen; der gebildete Römer ist mit zwei Sprachen vertraut, er kann Griechisch, das ist genug[25]). Publius Papinius Statius (40–96) bescheinigte einem Zeitgenossen ausdrücklich:

Non sermo Poenus, non habitus tibi,
externa non mens: Italus, Italus[26]).

---

[23]) Naturalis historia, hg. Detlef DETLEFSEN, 6 Bände, Berlin 1866–82: VII, 1 Bd. 2, S. 8 (tot gentium); VII, 2 S. 11 (Fabelwesen); VI, 22 Bd. 1, S. 249 (Ceylon); VI, 5 S. 233 (300 Sprachen, dazu KRAUSS, ZATW Bd. 19, S. 12: „römischer"); VII, 24 Bd. 2, S. 23; XXV, 2 Bd. 4, S. 71 (Mithridates); III, 5 (6) Bd. 1, S. 137 (Roms Verdienst; dazu KLINGNER, Geisteswelt 30 f.); II, 41 Bd. 1, S. 93 (72 Tierkreiszeichen). – Aus den 22 Sprachen des Mithridates hat man später 25 gemacht: Gellius (o. S. 153 Anm. 67a) XVII, 17 Bd. 2, S. 219.

[24]) EISLER, Weltenmantel Bd. 1, S. 33 (babylonisch); Franz BOLL, Sphaera, Neue griechische Texte und Untersuchungen zur Geschichte der Sternbilder, Leipzig 1903, S. 389 (Addition).

[25]) Epigrammata, hg. Wallace Martin LINDSAY, Oxford 1902 (unpaginiert): De spectaculis 3, 11 f. (Domitian); IV, 19, 2 (barbarische Sprachen); X, 76, 6 (zwei Sprachen); IX, 44, 4 f. (Griechisch).

[26]) Silvae IV, V, 45, hg. Henri FRÈRE – H. J. IZAAC, Bd. 2, Paris 1944, S. 156.

Die Schärfe dieses Purismus war nackte Notwehr; Decimus Junius Juvenalis (ca. 60 bis ca. 138) zeigt es mit seiner Klage, Rom sei eine *Graeca urbs*, alles tue man auf griechisch, Syrisch herrsche am Tiber; die Sprache sei verdreht und schief; niemand achte mehr auf die Lehre, daß jedes Volk seine Eigenart habe, die zu übernehmen für andere lächerlich sei. Juvenals Leitbild war noch einmal die Urzeit, als die Vernunft von der *caelestis arx* herabkam; die Römer erinnerte er, freilich nicht ohne Ironie, an ihre Herkunft aus Troja; die *Troiugenae* schienen sich in der Weite zwischen Ganges und Gades zu verlieren; ein alter Stammbaum war nichts mehr wert[27]).

Aber konnte unter den fremden Völkern nicht manch eines den Römern Lehrmeister sein? Als Publius Cornelius Tacitus (ca. 55–ca. 116) im Jahre 98 die Germanenstämme beschrieb, stützte er sich dabei wohl auf das verlorene Germanenwerk des Plinius; ungewöhnlich war es immerhin, daß er in herodotischer Weise den Stammbaum der Germanen von ihrem Göttervater Tuisto an ausbreitete, zwar nur referierend, aber ohne ein Wort der Kritik, als stammten wirklich alle Germanenvölker von diesem Gotte her. Alarmierend war für römische Ohren auch der Hinweis, daß einige germanische Völkernamen *vera et antiqua nomina* seien; welcher Grieche oder Römer hätte aus dem Alter eines „barbarischen“ Namens auf seine „Richtigkeit“ geschlossen? Tacitus verlor auch hier kein mißbilligendes Wort; war das Alte nicht auch für sein Geschichtsbild das Wahre? Dies Alte drohte zu zerfallen wie die Sprache der Römer, seitdem sie ihre Kinder den *Graeculae ancillae* zur Erziehung überließen. Die Sprache der Germanen kam in dem knappen Traktat gleich zweimal vor, und ob man Grenzstämme noch den Germanen zuzurechnen habe, entschied der Autor an ihrer Sprache[28]). Die schlichte Einfachheit der Verhältnisse, in denen Sprache und Volk noch identisch waren, mochte dem Römer imponieren; er mochte sie mit der alten *virtus Romana* vergleichen, von der er träumte[29]); und darum steht hinter der Idealisierung des Fremden gewiß die pädagogische Tendenz: „Beim Griechen ist das Interesse universal. Er sieht bei der Beschreibung eines Stammes die ganze Völkertafel der übrigen Erde;

---

[27]) Saturae, hg. Ulrich KNOCHE, München 1950: III, 61 ff. S. 16 (Graeca urbs, Syrisch); VI, 187 ff. S. 46 (alles auf griechisch); VIII, 32 ff. S. 76 (verdrehte Namen); XIII, 164 ff. S. 123 (Eigenart); XV, 146 ff. S. 144 (Urzeit); I, 100 S. 4 (Troiugenae); VIII, 131 ff. S. 79 (alter Stammbaum).

[28]) Libri qui supersunt, hg. Carl HALM – Georg ANDRESEN – Erich KOESTERMANN, Bd. 2, 2, 7. Aufl., Leipzig 1949: Germania 2, 2 f. S. 6 (Stammbaum und Namen); 45, 2 S. 31 und 46, 1 S. 32 (Sprache); Dialogus de oratoribus 29, 1 S. 95 (Graecula ancilla).

[29]) Joseph VOGT, Das römische Geschichtsdenken und die Anschauung des Tacitus, in: STADELMANN, Geschichtsdenker 35–56, hier S. 47 f. (virtus); KLINGNER, Geisteswelt 459 ff. (Ideal).

Tacitus hat nur Rom im Sinne"[30]). Darum blieb freilich hier auch die Sinnfrage der Geschichte ungelöst, weil die Gegenwart und das flavische Geschichtsbild höchst kritisch an der idealisierten Vergangenheit punktuell gemessen wurden; das mächtigste Volk der Weltgeschichte legte seinen Weg unter dem Alpdruck des Dekadenzbewußtseins zurück und fand nicht den Zugang zur Idee der Weltgeschichte als Einheit[31]). Selbst der Gedanke, diese Vergangenheit nun im Frieden des Römerreiches aufgehoben und erfüllt zu sehen, blieb ephemer. Zwar war seit langem die im Grunde griechische Vorstellung eingebürgert, daß das römische Reich die Ökumene umfasse; die führende Schicht hat den Provinzialen zwar in Europa ihre Sprache, zum Teil für immer, aufgeprägt, aber mehr als eine starke Rechtsordnung hat sie nicht geboten. Völker und Sprachen blieben unter römischer Herrschaft ziemlich unbehelligt, und auf diese Weise erst konnten den Griechen die Augen dafür aufgehen, welches Problem hinter der Mannigfaltigkeit des Vielvölkerreiches sich verbarg; aber das ist auch schon beinahe der einzige Beitrag, den die Römer dazu leisteten. Seit Hadrian, dem Kaiser mit dem Philosophenbart, wandten sich die Lateiner erst recht der griechischen Kultur und Sprache zu; Hadrians zeitweiliger Kabinettschef Gaius Suetonius Tranquillus (ca. 70 – ca. 140), selbst ein Philhellene und zweisprachig, hob hervor, daß der Anfang zur lateinischen Grammatik von *semigraeci* gemacht wurde[32]) und daß wie die großen römischen Literaten auch die Kaiser von Caesar bis Claudius das Griechische förderten; nur nebenbei noch erwähnt Sueton eine etruskische oder sabinische Vokabel[33]). Wir müssen, um den Fortgang und das entscheidende Zusammenschießen unserer Motivgruppen zu verfolgen, in den griechisch sprechenden Vorderen Orient zurückkehren.

*

Dort war unter den Untertanen Roms alles in Gärung. Wir lassen hier noch ganz beiseite, was sich im jungen Christentum ereignete, und beginnen bei den Juden. Hier schien seit der Eroberung durch Pompeius der Hellenismus alles tiefere religiöse Gefühl wegzuschwemmen. Es hielt sich in den essenischen

---

[30]) Gerold WALSER, Rom, das Reich und die fremden Völker in der Geschichtsschreibung der frühen Kaiserzeit, Studien zur Glaubwürdigkeit des Tacitus, Basel 1951, S. 154.

[31]) Adalbert BRIESSMANN, Tacitus und das flavische Geschichtsbild (Hermes, Einzelschriften 10), Wiesbaden 1955, S. 105 u. ö. (Kritik am flavischen Bild); VOGT (o. Anm. 29) S. 56 (Dekadenz und Weltgeschichte).

[32]) Reliquiae, hg. August REIFFERSCHEID, Leipzig 1860: De grammatica 1 S. 100.

[33]) Opera, hg. Max IHM, Bd. 1, Leipzig 1907: Vita Caesaris 39, 1 S. 20; Vita Augusti 43, 1 S. 77; Vita Tiberii 70, 1 S. 158; Vita Caligulae 20 S. 174; Vita Claudii 42, 1 S. 228 (Griechisch bei den Kaisern); Vita Augusti 97, 2 S. 112 (Etruskisch); Vita Tiberii 1, 2 S. 119 (Sabinisch).

Sekten und Konventikeln, von denen neuerdings einige Schriften ans Licht gekommen sind. Sie mögen in das erste Jahrhundert gehören; doch ist ihre Datierung noch sehr umstritten. In einer dieser Schriften, dem „Kampf der Söhne des Lichts gegen die Söhne der Finsternis", werden die Feinde des Gottesvolkes schlechthin als Kittim bezeichnet; nicht mehr Makedonen und Griechen oder auch schon Römer sind damit gemeint, sondern alle Heiden zusammen[34]). Unter den Feinden der Juden befinden sich auch alle Söhne Sems von Gen. 10, 22, auch die Nächstverwandten also[35]). Die Stellen genügen, um den Haß der Frommen gegen die griechisch-römischen Einflüsse zu kennzeichnen; entziehen konnte man sich ihnen auf die Dauer schwer, wenigstens in die Zahlensymbolik drang seit Aristobul das Fremde ein. Im „Leben Adams und Evas" droht Gott dem Stammvater mit 70 Plagen, die er ihm senden werde[36]); in der „Mosesapokalypse" sind daraus 72 Plagen geworden[37]); 70 Stufen der Hölle zählt das „Gesicht des Esra"[38]), und die Elias-Apokalypse sieht eine 72 Ellen hohe Flamme, die das End-Ungeheuer verschlingen wird[39]). Die Zahlen haben meist einen negativen Beigeschmack; aber bereits am Vordringen der 72 zeigt sich eine Verschiebung der Bewußtseinslage. Daß diese Verschiebung die volle Hellenisierung bedeutet, muß man allerdings nicht an den obskuren Autoren studieren, sondern an Philon von Alexandria (20 v. bis 45 n. Chr.). Er kannte die Zahl 70 in mancherlei Zusammenhängen, vor allem als die Anzahl der mosaischen Ältesten[40]). Man hat mit Recht bemerkt, daß sich der Kosmopolit den Vergleich mit den 70 Völkern der Welt nicht hätte entgehen lassen, wenn er davon gewußt hätte, vor allem nachdem er auf die Göttlichkeit der Zahl 7 einen wahren Hymnus gesungen hatte[41]). Ebensowenig wußte er von 70 Sprachen der Welt, denn er schrieb von der Trennung *εἰς μυρίας διαλέκτων ἰδέας*; ihre Zahl schien ihm noch unbestimmbar; und auch

---

[34]) Jean Carmignac, Les Kittim dans la ‚Guerre des fils de lumière contre les fils de ténèbres', in: Nouvelle revue théologique 77 (1955) 737–748, hier S. 745. Ich datiere nach Noth, Geschichte 358 f.; andere Ansätze bei Paul E. Kahle, Die Bibelhandschriften vom Toten Meere, in: Randa, Handbuch 780.

[35]) Jean Carmignac, Les citations de l'Ancien Testament dans ‚La guerre des fils de lumière contre les fils de ténèbres', in: Revue biblique 63 (1956) 234–260, 375–390, hier S. 242 f.

[36]) Leben Adams und Evas 34, Riessler, Schrifttum 676.

[37]) Moses-Apokalypse 8, Riessler, Schrifttum 140.

[38]) Gesicht des Esra 2, Riessler, Schrifttum 350.

[39]) Elias-Apokalypse 40, 21, Riessler, Schrifttum 124.

[40]) Philonis Alexandrini opera quae supersunt, hg. Leopold Cohn – Paul Wendland, 7 Bände, Berlin 1896–1930: De vita Mosis 188 Bd. 4, S. 165; De gigantibus 24 Bd. 2, S. 46; De migratione Abrahami 198 ff. Bd. 2, S. 307 f.; De fuga et inventione 183 Bd. 3, S. 150.

[41]) Isaak Heinemann, Philons griechische und jüdische Bildung, Kulturvergleichende Untersuchungen zu Philons Darstellung der jüdischen Gesetze, Breslau 1932, S. 136. Der Hymnus auf die Zahl 7 in: De opificio mundi 97 ff. Bd. 1, S. 33 ff.

die 70 ist bei ihm, was immer man darüber auch vermutet hat[42]), nicht als Universalzahl verwendet. Nicht auf dem Gebiet der Zahlensymbolik kam Philon der umgebenden Welt entgegen, sondern mit seiner Methode der Bibelexegese. Die hergebrachte wörtliche Auslegung war ihm nicht genug, er wollte daneben eine neue, philosophische Methode setzen, die allegorische[43]). Sie wird angewandt auch auf Gen. 11, 1–9. Es leuchtete Philon nicht recht ein, daß Gott eine so nützliche Sache wie die Sprachgemeinschaft des Menschengeschlechts zerstört haben sollte; ihren angeblichen Sinn, die Missetaten der Menschen zu verhindern, habe diese Maßnahme ja bis zur Stunde nicht erreicht. Also, schloß Philon, da Gott etwas so Unvernünftiges nicht getan haben kann, meint die Erzählung etwas ganz anderes: Die „eine Stimme" der Menschen bedeute die schlechte Symphonie, das Zusammenwirken der Bösen. Das Feld Sennaar weise auf das „Schwanken" hin, das bösen Menschen eigen sei. Das Ziegelbrennen sei der Versuch, durch begriffliche Gliederung den bösen Taten einen inneren Zusammenhalt zu geben. Der Turm sei der Staat der Laster. Und Gott habe alle diese Schlechtigkeit zum Verstummen gebracht. So müsse man die Sache wohl verstehen, denn wenn wirkliche Sprachen in Babel entstanden wären, hätte von Teilung, nicht von Verwirrung (*σύγχυσις*) gesprochen werden müssen. Philon wollte seine Meinung nicht aufdrängen: „Die aber nur das Äußere und Obenaufliegende verfolgen, glauben, daß hiermit die Entstehung der griechischen und barbarischen Sprachen beschrieben sei. Ohne ihnen Vorwürfe zu machen – vielleicht ist auch ihre Meinung richtig –, möchte ich sie auffordern, nicht dabei stehenzubleiben, sondern zu der figürlichen Auslegung überzugehen in der Überzeugung, daß der Wortlaut der Gottessprüche dem Schatten der Körper gleicht, die durch den Wortlaut veranschaulichte Bedeutung aber den tatsächlich vorhandenen Gegenständen"[44]). Wir werden dieser Auslegung des Turmbaus, vor allem im christlichen Abendland, immer wieder begegnen, denn Philon hat noch weit mehr als durch die Einführung des Frage- und Antwortespiels in die Genesisexegese[45]) eben durch seine allegorische Methode gewirkt[46]). Allerdings ist diese Methode schon hier – und immer wieder – vom schlechten Gewissen derer begleitet, die sie anwenden: Darf man den

---

[42]) De confusione linguarum 9 Bd. 2, S. 231 (Sprachenzahl); irrig Weigand, Languages 250.

[43]) Harry Austryn Wolfson, Philo, Foundations of Religious Philosophy in Judaism, Christianity and Islam, Bd. 1, Cambridge-Mass. 1948, S. 62.

[44]) De confusione linguarum 190 Bd. 2, S. 265; die Übersetzung folgt Edmund Stein, Die Werke Philos von Alexandria, Bd. 5, Breslau 1929, S. 149.

[45]) Gustave Bardy, La littérature patristique des Quaestiones et responsiones sur l'écriture sainte, in: Revue biblique 41 (1932) 210–236, 341–369, 515–537; 42 (1933) 14–30, 211–229, 328–352, hier Bd. 41, S. 212 ff.

[46]) Beryl Smalley, The Study of the Bible in the Middle Ages, 2. Aufl., Oxford 1952, S. 3 ff.

Wortlaut beiseiteschieben? Man darf es nur, wenn man Philons Sprachtheorie hat, die aus den zitierten Sätzen bereits deutlich wird: Das Wort ist nur der Schatten, Idee und tiefere Bedeutung sind der Körper. Dank diesem konsequenten Platonismus, den Platon selber niemals auf die Sprachtheorie angewandt hatte, konnte Philon das jüdische Erbe, das er nie verleugnete, glänzend mit dem griechischen Denken versöhnen. Das zeigte schon die Turmbaugeschichte; denn wenn hier nicht, dann ist auch nirgends sonst in der Bibel die Sprachenvielfalt behandelt, und sie fällt in das Ressort der natürlichen Erklärung. Man kann aber auch, z. B. aus Gen. 2, 19, auf diese Weise mehr machen, als die Stelle sagt: Philon meinte, sie zeige, daß Gott die Sprache geschenkt habe; er habe die Ideen aller Namen schon vorher gewußt – das versteht sich, er schuf die Dinge –, aber die Namengebung, die den Ideen sozusagen ihre Körper gab, habe Gott dem Menschen überlassen[47]). Man sieht, wie sich hier die göttliche und menschliche Sphäre verquicken und die klaren Lösungen unmöglich werden. In der Tat kommt seit Philon ein Schillern in die Aussagen der Sprachtheologie; die Autoritäten sind nicht mehr eindeutig, sie haben keinen „eigentlichen" Sinn mehr. Dasselbe trifft für die Völkertheologie zu; wer sind noch Semiten, Japhetiten und Hamiten, wenn Sem „das Gute", Cham „das Böse" und Japhet „das Indifferente" bedeutet?[48]) Nun hat die Allegorese gewiß auch ihre Kehrseite; sie ist erst möglich, wo die Tradition feststeht und der Glaube an die göttliche Inspiration jedes einzelnen Bibelwortes allgemein geworden ist, und so ist Allegorese durchaus nicht Sache der „Aufklärer"[49]). Was Ursache, was Folge ist, ist schwer zu sagen, aber mit der Allegorese beginnt der Versuch, die heiligen Texte im Lichte einer ihnen fremden Weisheit zu lesen; und von diesem Makel kann sich künftig auch die „wörtliche" Auslegung nicht mehr befreien; der Graben ist und bleibt übersprungen.

Das zeigte sofort der Römerfreund unter den Juden, Flavius Josephus (37–ca. 100). Er dachte nicht an Allegorese, ihm ging es um den handfesten Nachweis, daß die Juden ein uraltes Volk sind und Gott die ganze Geschichte planvoll lenkt; er kümmert sich um die menschlichen Angelegenheiten und alles trifft nach seiner Verkündigung ein. Um 93 n. Chr. sammelte Josephus in seinen „Jüdischen Altertümern" aus allen erreichbaren Quellen, was ihm dafür zu sprechen schien; auch heidnische Zeugen verschmähte er nicht, sie dienten „als Beweis dafür, wie manchmal die Schriften der Ägypter mit den unseren übereinstimmen"; und er übersetzte sein Buch ins Griechische, „eine fremde,

---

[47]) De opificio mundi 148, COHN-WENDLAND (o. Anm. 40) Bd. 1, S. 51 f.

[48]) Quaestiones in Genesim II, 79, in: Philo, Supplement I, übers. Ralph MARCUS, London-Cambridge 1953, S. 170.

[49]) Hans KÖHLER, Die Wirkung des Judentums auf das abendländische Geistesleben, Berlin 1952, S. 42–44.

ungewohnte Sprache", die er gleichwohl zu beherrschen sich rühmte. Haß gegen Fremde lag ihm fern; er ließ Salomon Gott bitten, er möge auch die Fremden erhören, „selbst von den äußersten Gegenden des Erdkreises"; denn im Grund sind trotz aller Verschiedenheiten doch alle „wahre Geschöpfe Gottes"[50]). Das war eine recht weltgewandte Frömmigkeit. Josephus war zu sehr „halber Renegat und kluges Weltkind"[51]), um sich an Spintisierereien zu verlieren; aber die Zahlensymbolik blühte auch bei ihm. Der aus 70 Teilen bestehende Leuchter des jüdischen Gotteshauses bedeutete ihm die Zeichen, durch die die Planeten gehen, die sieben Lampen sind die Planeten selbst. Hier kehrt die aus Plinius bekannte Lehre von 72 Tierkreiszeichen nahezu wieder, und die Astrologie macht deutlich, daß diese Religion, die die ganze Sternenwelt in ihre Kultgeräte einfängt, eine Weltreligion sein will. Die übrigen Kultgegenstände symbolisieren ebenfalls Himmel und Erde, Land und Meer, die Elemente, die ganze Natur und die Zeit. Das Alte Testament hat 22 Bücher, weil das Alphabet so viele Buchstaben hat. Die Zahlensymbolik ist noch sehr ambivalent, mißbilligend wird von Salomons 70 Gattinnen berichtet; die Zahl der „höchstens 70" Palmbäume von Ex. 15, 27 reizt noch nicht zu Vergleichen und Verknüpfungen, auch die Zahl der am Laubhüttenfest zu schlachtenden Farren wird noch nicht – wie im Jubiläenbuch – ausgedeutet. Eine Neigung für die den Juden früher ungewohnte Zahl 72 zeichnet sich ab: Aus den 70 Königen von Jud. 1, 7 werden bei Josephus 72, aus den 77 Lämmern von 2 Esdr. 8, 35 ebenfalls 72; ein Bath hat 72 Sextarien, so werden wir nun erst belehrt. Bisweilen schwankt der Autor: die „70 Greise" übersetzten die Septuaginta in 72 Tagen[52]). Doch durch Zahlensymbolik allein kann man nicht überzeugen; die Religion muß sich rational verständlich machen. Die Dunkelheiten der Bibel, die Philon durch Allegorese bannen wollte, sucht Josephus durch gelehrte Konjekturen zu emendieren. Kompromißlos jüdisch ist seine Vorstellung von der Urgeschichte der Sprache: Gott ist ihr Herr und schenkte sie anfangs den Tieren und Bäumen; er raubte sie der verführerischen Schlange. Adam gab den Tieren die Namen, „die sie heute noch haben"; Adams und Evas Namen sind nur hebräisch sinnvoll. Erst die Turmbaugeschichte ist ein

---

[50]) Flavii Josephi opera, hg. Benedikt Niese, 6 Bände, Berlin 1888–95: Antiquitates Judaicae X, 8, 3 Bd. 2, S. 296 (Gottes Eingreifen); VIII, 6, 2 Bd. 2, S. 174 (ägyptische Schriften); I prooem. 2 Bd. 1, S. 4 (ungewohnte Sprache); XX, 12 Bd. 4, S. 269 (Griechischkenntnis); VIII, 4, 3 Bd. 2, S. 166 (Salomons Gebet); XII, 2, 2 Bd. 3, S. 60 (wahre Geschöpfe).

[51]) Bousset, Judentum 39.

[52]) Antiquitates III, 7, 7 Bd. 1, S. 146 (Leuchter); Contra Apionem 1, 8 Bd. 5, S. 8 (22 Bücher); Antiquitates VIII, 7, 5 Bd. 2, S. 180 (Salomons Frauen); III, 1, 3 Bd. 1, S. 119 (Ex. 15, 27); III, 10, 4 S. 156 (Laubhüttenfest); V, 2, 2 S. 245 (Jud. 1, 7); XI, 5, 2 Bd. 3, S. 24 (2 Esdr. 8, 35); VIII, 2, 9 Bd. 2, S. 155 (Bath); XII, 2, 4 ff. Bd. 3, S. 63 ff. (Septuaginta).

Muster gelehrten Bemühens. Gott habe den Menschen befohlen, sich „um der Vermehrung der Menschen willen“ in anderen Gegenden anzusiedeln, damit sie nicht untereinander in Streit gerieten und damit sie durch Bebauung größerer Flächen reichere Ernten erzielten. Das ging ad hominem: Welchen Kummer hatte Rom mit der Getreideversorgung! Die Menschen weigerten sich im Unverstand, sie wollten ihr Glück nicht Gott, sondern der eigenen Kraft verdanken – noch in der Renaissance hat diese Begründung die Exegeten entzückt –; ihr Anführer wurde Nimrod. Die Rebellen zitterten vor Gottes Strafe, doch Nimrod wußte Rat: Falls Gott eine neue Sintflut schicken wolle, werde er einen Turm bauen, so hoch, daß die Flut ihn nicht übersteigen könne, und dann wolle er sich an Gott auch gleich für die Vernichtung der Vorfahren rächen. Der Turm wurde gebaut, aber Gott sandte nicht Wasser, sondern die Sprachenverwirrung, die begleitet war vom Streit der Bauleute. Josephus fügte aus der Jüdischen Sibylle noch den Wind hinzu, der den Bau einstürzte – und aus dem gewaltigen Herrn des Alten Testaments war etwas geworden, was einem bauernschlauen Zauberer verzweifelt ähnlich sieht. Obendrein hatte man nun einen Schuldigen, Nimrod hatte alles angestiftet, die Menschheit im ganzen war salviert. Die Völker zerstreuten sich und behielten zum Teil ihre Namen, zum Teil änderten sie sich. Ein Seitenhieb gegen die Griechen: Sie seien so ruhmsüchtig gewesen, daß sie andern Völkern mit ihrer Stadtverfassung auch neue Namen aufdrängten – zwischen den Zeilen steht, daß die Römer dergleichen nicht tun oder nicht tun sollen – und daher komme es, daß man die Namen der Völkertafel heute nicht mehr alle verstehen könne. Dennoch gab Josephus eine Darstellung dieser Völkergeographie von Gen. 10, und so verzerrend seine Konjekturen zu Gen. 11, 1–9 waren, so treffend sind die meisten seiner Identifizierungen zu Gen. 10; wir haben es schon bei der Besprechung der Völkertafel selbst oben angemerkt[53]). Josephus hat dabei übrigens – wie für seine auf der hebräischen Bibel beruhende Chronologie – die LXX nicht herangezogen; den Japhet-Sohn Elisa erwähnte er nicht. Dafür trat er den Beweis an für seinen Vorwurf gegen die Griechen: Dem Arphakschad gehöre der Stamm zu, „den die Griechen Rhegines nennen“; tatsächlich weiß man bis heute nicht, wer sich hinter diesen *Ῥήγινες* versteckt. Ihren Namen freilich kannte man auch sonst im Altertum[54]). Elam wurde nun zum

---

[53]) Antiquitates I, 1, 4 Bd. 1, S. 10; V, 7, 2 S. 263 (Tiere und Bäume); I, 1, 4 S. 11 (Schlange); I, 1, 2 S. 9 (Adam und Eva); I, 4, 1 bis 6, 4 S. 20–26 (Turmbau und Völkertafel).

[54]) Pausanias V, 27, 8, Spiro (u. Anm. 67) Bd. 2, S. 86 nennt sie. Schon dadurch erledigt sich die Behauptung von Alfred von Gutschmid, Untersuchungen über den *Διαμερισμὸς τῆς γῆς* und andere Bearbeitungen der mosaischen Völkertafel, in: Kleine Schriften von A. v. G., hg. Franz Rühl, Bd. 5, Leipzig 1894, S. 585–717, hier S. 601: „Kein Schriftsteller des Altertums weiß etwas von den Rheginen“. Einen

Stammvater der Perser, die somit endlich auch der Völkertafel einverleibt waren, Joqtans dreizehn Kinder wurden nach Indien verwiesen, wo man sie noch im abendländischen Mittelalter suchte. Doch es fehlten die Römer; die Kittim bedeuteten nur die Kyprioten. Und das, obwohl Josephus das Jubiläenbuch und dessen Neuverteilung der Japhetiten über das westliche Mittelmeer kannte. Es fehlte auch die dem Josephus bekannte abenteuerliche Gleichsetzung der Noachiden mit den Kronoskindern aus der Jüdischen Sibylle. Symptomatisch ist auch, daß Josephus das Rätselraten um den Verbleib der zehn israelitischen Stämme von 4 Reg. 17, 6 begann; er meinte, sie seien nach Medien und Persien weggeschleppt worden. Bei der Behandlung der Völker war Josephus also sehr vorsichtig und scheute alle Modernisierungen der jüdischen Altertümer; nur die später so folgenreiche Gleichsetzung der Araber mit den in Gen. 25, 12 ff. genannten Nachkommen des Ismael steht schon bei ihm, und auch die Troglodyten von 2 Par. 12, 3 wurden an eine Nebenfrau Abrahams angeschlossen, wie denn ein Enkel Abrahams, Heophren, dem ganzen Erdteil Afrika den Namen gegeben haben soll[55]). Doch blieb dies alles im Rahmen des gelehrten Konjizierens; die Völkertafel enthielt nach Josephus' Meinung nicht alle zeitgenössischen Völker. Um so unbekümmerter hat er die Erzählungen des Alten Testaments umgedeutet; und beide Haltungen haben denselben Grund: die Bibel war für Josephus Gegenstand antiquarischen, nicht aktuellen Interesses, sie war für ihn noch weniger als für Philon das Buch der Bücher.

Hinter diese Hellenisierung konnten auch die frommen Juden nicht mehr zurückkehren, von denen Josephus etwas scheelblickend sagte, sie hielten nicht viel von denen, die in vielen Sprachen bewandert sind, sondern nur von denen, die das Gesetz kennen[56]). Die Ironie will es, daß wir nur in einer lateinischen Übersetzung aus dem Griechischen eine ursprünglich hebräisch verfaßte Schrift dieser Richtung kennen, die sich den Namen Philons aneignete und dem Gebaren des Josephus folgte. Diese pseudo-philonischen „Biblischen Altertümer" entstanden wohl ohne Kenntnis von Josephus kurz nach der Zerstörung des jerusalemischen Tempels, aber noch im ersten Jahrhundert nach Christus als Kommentar zum ersten Chronikbuch, sind also das älteste Beispiel historischer Haggada. Der Turmbau, ein Werk aller Menschen, wurde hier

---

Brief an Rhéginos enthält der gnostische Codex Jung; vgl. Henri-Charles Puech – Gilles Quispel, Les écrits gnostiques du Codex Jung, in: Vigiliae Christianae 8 (1954) 1–51, hier S. 40 ff.

[55]) Antiquitates IX, 14, 1 Bd. 2, S. 269 und XI, 5, 2 Bd. 3, S. 23 (zehn Stämme; zur späteren Suche nach ihnen vgl. Allen Howard Godbey, The Lost Tribes, A Myth, Suggestions towards Rewriting Hebrew History, Durham N. C. 1930, S. 1 ff.); I, 12, 4 Bd. 1, S. 38 (Araber); I, 15 Bd. 1, S. 41 (Afrika).

[56]) Antiquitates XX, 12 Bd. 4, S. 269. Hier wie im vorhergehenden ist die Übersetzung von Heinrich Clementz, 2 Bände, Halle 1900, teilweise benutzt.

erläutert als eine Tat des Stolzes und als Zeugnis menschlicher Gemeinschaft, die ewig währen soll. Weil diese Absicht böse war, wollten 12 Männer sich nicht beteiligen; ihr Führer war der auf Gott allein vertrauende Abraham, der sich trotz aller Verlockungen und Foltern mitzubauen, aber auch zu fliehen weigerte. Sprachenteilung und Völkerzerstreuung waren vorwiegend ein Strafgericht Gottes an Abrahams Peinigern; Gott sagte zürnend: „Ich werde sie wie Wassertropfen erachten und sie mit Speichel vergleichen; ... von allen diesen werde ich meinen Diener Abraham erwählen". Gott änderte sogar die Gesichter der Bauleute, so daß die Mißgestaltigen einander nicht mehr erkannten. Für die Juden war das nur Anlaß zu frommem Triumph: „Fürwahr, vom hohen Himmel hat der Herr uns seine Herrlichkeit gezeigt, wie er an früheren Orten tat, indem er seine Stimme sandte, der Menschen Sprache zu verwirren, und unser Volk erwählte". Das war nun nicht minder eine Verfälschung des Gehalts von Gen. 11, 1–9 als bei Philon und bei Josephus; der Bruch ist allenthalben vollzogen. Die Zahlensymbolik suchte einiges zu heilen: Jakobs Kinder sind angeblich 72, obwohl die beigegebene Liste je nach der Zählung der verschiedenen Handschriften 70, 74 oder 76 aufführt, übrigens zum Teil mit anderen Namen als bei Josephus; die Nachfahren Noahs sind – wiederum je nach den einzelnen Handschriften variierend – ungefähr 144 Söhne, die Verdoppelung der 72, die auch in der christlichen Apokalyptik als die Zahl der 12 Auserwählten aus den 12 Stämmen ihre Rolle spielte. Die 144 Namen wurden bei Pseudo-Philo sogar genannt; viele Namen mit anscheinend aramäischem Einschlag ergänzten die kanonische Völkertafel. Die Möglichkeit einer Modernisierung blieb dabei ungenutzt; die zusätzlichen Japhetiten bezeichnen fast nur Stämme und Städte am Schwarzen Meer und in Kleinasien, umschließen also dieselbe Zone wie in Gen. 10 auch[57]). Die ablehnende Haltung erklärt sich allerdings leicht durch das Ereignis des Jahres 70. Auch die anpassungswilligen Juden zogen sich nun vor den „anderen" zurück und verzichteten darauf, die Welt zu missionieren. Die Esra-Apokalypse hat es in dem Wortspiel, das wir eben bei Pseudo-Philo trafen, klassisch ausgedrückt: „Die andern Völker aber, die von Adam stammen, die hast Du für ein Nichts erklärt; sie seien Speicheltropfen gleich. Und ihren Überschwang verglichst Du mit dem Tropfen an dem Eimer"[58]). Was diese Völker betrifft, rückt in eine Fabelwelt. In der

---

[57]) Pseudo-Philo's liber antiquitatum biblicarum, hg. Guido Kisch (Publications in Mediaeval Studies 10), Notre Dame 1949: 6, 1–7, 5 S. 126–132 (Turmbau und Zerstreuung); die hier erwähnte Gesichtsverzerrung der Bauleute ist noch im 13. Jahrhundert bildlich dargestellt worden. 32, 1 S. 203 (Herrlichkeit des Herrn); 8, 11–14 S. 135 f. (Jakobs Kinder); 4, 1–10 S. 118–121 (144 Stämme); dazu die Erläuterungen von Riessler, Schrifttum 1315–17; hier S. 739 ff. eine deutsche Übersetzung, der ich folge.

[58]) Esra-Apokalypse (= 4 Esdra) 4, 56 (= 6, 56 Vulg.); Übersetzung nach Riessler, Schrifttum 270.

Baruch-Apokalypse sieht man in der Hölle Menschen, die Hunden gleichen und Hirschfüße haben; das sind die Turmbauer, die einst 363 Ellen hoch mauerten und mit einem Bohrer den Himmel anbohrten, um zu sehen, ob er tönern, ehern oder eisern sei; Gott schlug sie mit Blindheit und Verwirrung und stürzte sie in die Hölle[59]). Noch immer spukten also bei den Juden die hellenistischen „natürlichen" Erklärungen, die den religiösen Kern der Erzählung gar nicht mehr trafen; noch in der Negation waren die Juden davon befangen. Erst in der Neubesinnung des Talmud sollten sie sich davon befreien.

*

Römer und Juden gaben im zweiten Jahrhundert, im Zeitalter der Antonine, das Wort an die Griechen; aber auch diese waren unschlüssig und uneins: Mußte die Entschränkung aller Traditionen nicht auch das Beste am Erbe der Alten zunichte machen? Oder sollte man die Unordnung des Daseins, wie man sie vor Augen sah, ohne Illusionen und ohne Widerstand hinnehmen? Oder boten die orientalischen Religionen einen neuen und festeren Halt jenseits der schwankenden Erscheinungen? Von diesen drei Positionen war die erste zunächst die stärkste; von hier aus suchte man das Ererbte zu sichern, das Fremde in Schranken zu halten. Der Platoniker Plutarch von Chaironeia (ca. 50–nach 120), weitgereist und heimatliebend, widmete zwar den fremden Kulturen, vor allem der ägyptischen, offenkundige Anteilnahme; aber sein Lebenskreis blieb griechisch. Er hatte Verständnis dafür, daß Themistokles Persisch lernte, um ohne Dolmetscher sprechen zu können, doch die Sprache der Meder klang ihm barbarisch, dem Hundegebell vergleichbar; auch wer viele Sprachen beherrscht, spricht doch am liebsten Griechisch; diese Sprache soll der gutgebildete Knabe vor allen lernen. In Hellas ist – wie bei Aristoteles – alles Gute heimisch, weit mehr als im kriegerischen Norden oder im weichlichen Süden. Und wessen Geschenk wäre die Rede, wenn nicht des leitenden Hermes?[60])

Der phrygische Stoiker Epiktet (ca. 50–138) konnte als ehemaliger Sklave nicht so exklusiv hellenisch denken: der Mensch sei ein Weltbürger, weil er mit Gott verwandt sei; auch was der Syrer und Ägypter glaube, könne wahr sein.

---

[59]) Baruch-Apokalypse (= 4 Bar.) 3, 5–8, Riessler, Schrifttum 42; zur Datierung Bousset, Judentum 37 f.

[60]) Moralia, hg. Gregor N. Bernardakis, 7 Bände, Leipzig 1888-96: Apophtegmata 185 F Bd. 2, S. 38 (Themistokles). – Vitae parallelae, hg. Carl Sintenis, 5 Bände, Leipzig 1873–75: Kimon 490 Bd. 2, S. 493 (Meder). – Moralia, De defectu oraculorum 421 A, Bernardakis Bd. 3, S. 97 f. (viele Sprachen und Griechisch); De liberis educandis 4 A Bd. 1, S. 7 (Kindererziehung); Consolatio ad Apollonium 113 A Bd. 1, S. 276 (Hellas, Norden, Süden); Maxime cum principibus viris philosopho esse disserendum 777 B Bd. 5, S. 4 (Hermes' Geschenk).

Doch für Epiktet wie für so viele nicht im Herkommen Verwurzelte war der Wille weltbewegend; er entschied auch über Wert und Wesen der Sprache. Sie ist menschlich, nicht göttlich; in die Macht der Menschen gaben die Götter den rechten Gebrauch der Vorstellungen, auch das Sprachvermögen ist dem freien Willen unterstellt. Dennoch kann und soll der Mensch – wie bei Konfuzius – aus den Benennungen seine Pflichten finden, um sie zu erfüllen[61]). Welche Sprache dabei zugrundegelegt wird, ist nebensächlich; auch Epiktets Schüler Flavius Arrianus kümmerte sich nicht darum. Zwar wußte der zeitweilige Statthalter Kilikiens recht gut, daß die Griechen mit den Orientalen nur durch Dolmetscher verkehren konnten[62]), aber welche Sprachen die Inder redeten, ob sie wirklich, wie Megasthenes meine, 118 Volksstämme aufwiesen, teilte Arrian dem Leser nicht mit[63]). Daran lag auch dem Philosophenkaiser nichts. Marcus Aurelius Antoninus (121–180) beobachtete scharf; er sah, daß die Sprachen sich wandeln, daß viele fremde Völker, ein Mischmasch aus den fremdartigsten Bestandteilen, an ihm vorüberzogen, auch sie stetem Wandel unterworfen. Kein böses Wort fiel über die Barbaren, mit denen der Kaiser in schweren Kämpfen lag; er suchte sich ans Unvergängliche zu halten, nicht an den Wechsel des Irdischen, den die Grabschriften aller Zeiten und Völker bezeugen. Wer ihn erkannt hat, weiß alles, es geschieht ja immer dasselbe, die Welt dreht sich im Kreise; der Augenblick ist exemplarisch. Ähnlich steht es mit der Sprache, auch ihre Worte geben eine tiefe Lehre und haben einen verborgenen Sinn; doch die stoische Freude an der Etymologie ist überschattet von der Einsicht, daß der Name – und wohl die Sprache überhaupt – bloßer Schall und Nachklang ist: nur die Vernunft, nicht die Sprache, ist eine und dauert, nur sie macht uns alle zu Bürgern eines Reiches, einer Stadt; und alle Mannigfaltigkeit ist nur gut, sofern sie über sich hinaus auf diese Erkenntnis hinweist[64]). Wir wollen an des Kaisers vielbewunderter Weisheit nicht herumkritteln; aber sie war eine, wenn auch die edelste Resignation vor der gestellten Aufgabe.

Anderen ging es nicht besser. Marc Aurels Arzt Galen (129–199) referierte unbewegt die Meinung anderer, daß die Barbaren den Griechen unterlegen und

---

[61]) Dissertationes, hg. Heinrich SCHENKL, Leipzig 1894: I, 9, 5 S. 33 (Weltbürger); II, 11, 15 S. 136 (Syrer, Ägypter); I, 1, 7 S. 5 (Gebrauch der Vorstellungen); II, 23, 19 S. 193 (Sprachvermögen); II, 10, 1 ff. S. 130 ff. (Benennungen und Pflichten).

[62]) Anabasis VII, 1, hg. Anton Gerard Roos, Leipzig 1907, S. 338 ff.; dazu HENNIG, Terrae incognitae Bd. 1, S. 199 ff.

[63]) L'Inde VII, 1, hg. Pierre CHANTRAINE, 2. Aufl., Paris 1952, S. 31.

[64]) In semet ipsum libri XII, hg. Heinrich SCHENKL, Editio maior, Leipzig 1913: IV, 33, 1 S. 41 (Wandel der Sprachen); VI, 48 S. 86 (Mischmasch); VIII, 30 S. 116 (Wandel der Völker); IV, 32, 3 S. 40 (Grabschriften); VI, 1 S. 77 (immer dasselbe); VIII, 28, 1 S. 115 (im Kreise); III, 15 S. 30; IX, 8, 1 S. 125 (tiefer Sinn); V, 33, 1 S. 60 (Schall und Nachklang); IV, 4, 1 ff. S. 33 f. (Vernunft).

nicht so vernunftbegabt seien wie sie[65]); der Platoniker Maximus von Tyrus bemerkte achselzuckend, die Barbarensprachen seien vom Griechischen getrennt und könnten nur durch Dolmetscher verstanden werden[66]). Sprachverschiedenheiten näher zu untersuchen, lohnte sich nur auf klassischem Boden; als der Kleinasiate Pausanias zwischen 160 und 180 Griechenland bereiste, hielt er sorgfältig fest, daß die Messener den dorischen Dialekt bis zur Gegenwart bewahrten und daß die Argiver früher ebenso sprachen wie die Athener. Einzelne Vokabeln der Galater, Phönizier und Ägypter flossen mit ein, aber sie regten die Frage nach der Sprache der Hebräer, Araber, Inder, Äthiopier, ja selbst der Römer nicht an. Ebenso parteiisch sah Pausanias die Geschichte der Völker; er spottete über unglaubwürdige Genealogien, aber daß es in Griechenland Ureinwohner gibt, daß die Geschichte Achaias mit Hellen, die Arkadiens mit Pelasgos beginnt, litt keinen Zweifel[67]).

Und war es denn etwa nicht der Wille der Götter, daß das Verschiedene auch getrennt blieb? Der Platoniker Kelsos stellte um 180 diesen Gedanken dem Christentum geistreich entgegen: Asiaten, Europäer und Libyer, Hellenen und Barbaren passen nicht in ein gemeinsames Gesetz; unüberbrückbar ist ja schon der Gegensatz zwischen der barbarischen und der griechisch-römischen Sprache. Keiner wird die ganze Wahrheit für sich haben; man kann Gott benennen und anrufen in jeder Sprache; ob griechisch, hebräisch, ägyptisch oder skythisch, zählt wenig; nur bleibe jeder in seinen Grenzen und vermenge nicht, wie die Christen es tun, griechische Bildung mit barbarischen Gottesnamen und Kultformen[68]). Wir werden noch hören, wie schwer die Christen mit dieser Argumentation zu ringen hatten; sie war die einleuchtendste und frömmste Formulierung, die dem Polytheismus möglich war. Allerdings erkannten alle diese konservativen Griechen von Plutarch bis Kelsos die Vielfalt mehr theoretisch an; der praktische Vorrang der griechischen Kultur und Religion wurde dadurch nicht angetastet; mochte sie auch nicht für alle gültig sein, die beste war sie doch.

War das im Grunde nicht eine selbstgefällige Illusion? Mußte man erst die

---

[65]) De Hippocratis et Platonis placitis II, 2, in: Opera omnia, hg. Karl Gottlob Kühn, Bd. 5, Leipzig 1823, S. 218.

[66]) Philosophumena VIII, 8, hg. H. Hobein, Leipzig 1910, S. 97.

[67]) Graeciae descriptio, hg. Friedrich Spiro, 3 Bände, Leipzig 1903: IV, 27, 11 Bd. 1, S. 394 (Messener); II, 37, 3 S. 228 (Argiver); X, 19, 11; 36, 1 Bd. 3, S. 153, 207 (Galater); IX, 12, 2 S. 26 (Phönizier, Ägypter); VIII, 53, 5 Bd. 2, S. 386; X, 6, 5 Bd. 3, S. 115 (Spott); V, 1, 1 Bd. 2, S. 1 (Ureinwohner); VII, 1, 2 Bd. 2, S. 168 (Hellen); VIII, 1, 4 Bd. 2, S. 258 (Pelasgos).

[68]) Origenes, Contra Celsum VIII, 72, GCS Bd. 3, S. 288 (Asiaten, Barbaren); VIII, 37 S. 252 (Sprachgegensatz); I, 24, GCS Bd. 2, S. 74; V, 45, GCS Bd. 3, S. 48 (Anrufung in jeder Sprache); VI, 39 f. S. 108 f. (Christen). Dazu Carl Andresen, Logos und Nomos, Die Polemik des Kelsos wider das Christentum (Arbeiten zur Kirchengeschichte 30), Berlin 1955, S. 190 ff., 200.

Götter bemühen, um mit der Vielgestalt des Irdischen fertig zu werden? War dieser Zustand der Welt nicht einfach hinzunehmen? Dann war es freilich auch mit dem Vorrang einer oder der anderen Kultur vorbei. Der kleinasiatische Epikureer Diogenes von Oinoanda betonte denn auch fast zornig, es gebe keine Fremden, nur verschiedene Geburtsländer; in Wahrheit sei die ganze Erde, der ganze Kosmos das Vaterland aller. Aber dann war es auch unmöglich, daß, „wie einige sagen", die Sprache von einem Gott, etwa von Hermes erfunden worden sei; nicht weniger leeres Geschwätz sei die Rede von Gründerheroen, die die Sprache gesetzt hätten. Von allem Lächerlichen das Lächerlichste sei die Annahme, ein einzelner habe die ganze Menge der Worte erfinden können: wie denn sollte er seine Entdeckungen seinen Zeitgenossen verkünden, wenn sie noch keine Sprache verstanden, und wie konnte er sie festhalten, wenn es noch keine Schrift gab? Nein, die Menschen hatten sich die Sprache ganz natürlich, nicht durch Setzung, selbst gebildet[69]) – und dann verstand sich ihre Verschiedenheit von selbst wie der Unterschied zwischen Blume und Baum.

Dann brauchte man die Götter nicht mehr, ja die Verschiedenheit der Sprachen wurde zum Argument gegen den Glauben überhaupt. Wie die Gottheit denn rede, fragte um 150 höhnisch der Arzt Sextus Empiricus; sie „muß aber irgendeine Sprache sprechen. Warum soll sie dann aber lieber griechisch als barbarisch sprechen?... Nun kann sie doch nicht alle (Dialekte) zugleich sprechen, also überhaupt keinen. Denn wenn sie griechisch spricht, wie soll sie barbarisch sprechen, wenn sie nicht darin Unterricht nähme? Oder falls sie barbarisch spricht, wie soll sie unser Gebet verstehen, wenn sie nicht Dolmetscher hielte, ähnlich wie sie bei uns dies Geschäft verstehen? So muß man also sagen, die Gottheit bedient sich der Sprache nicht, folglich existiert sie nicht". Der Skeptiker war auf seine Weise fromm, aber er wich dem Dilemma nicht aus: Entweder gibt es nur Lokalgötter, die nur ihre eigene Sprache reden, oder es gibt eine Gottheit für alle, die alle versteht; aber Polytheismus und Glaube an die Welteinheit lassen sich nicht auf die Weise der Konservativen vermengen. Nun ließe sich an die Stelle Gottes die Natur setzen, doch auch hier widersprach der Skeptiker. Die Verschiedenheit der Idiome erlaubt nach Sextus nicht die Annahme, die Sprache sei von Natur für alle eingesetzt worden, denn sonst müßten einander Griechen und Barbaren, Barbaren und Griechen, Barbaren und Barbaren verstehen. Dasselbe Argument wurde zur gleichen Zeit in Indien im Nyaya-System vertreten, mit dem gleichen Ergebnis: Die Sprache ist rein menschliche, willkürliche Setzung[70]).

---

[69]) Fragmenta, hg. Johannes WILLIAM, Leipzig 1907: XXIV S. 30 (Geburtsländer); X f. S. 17 f. (Sprachursprung); dazu DAHLMANN (o. S. 137 Anm. 14) S. 21 f.

[70]) Opera, hg. Hermann MUTSCHMANN – J. MAU, 3 Bde., Leipzig 1912–54: Adversus mathematicos IX, 179 Bd. 2, S. 252 (Sprache der Gottheit; die Übersetzung folgt

Dann blieb nur der Glaube an die Unordnung. Sein Apostel war der syrische Spötter Lukian von Samosata (ca. 125–ca. 180). Das Leben der Menschen ist Disharmonie, die Menschen gleichen einem Chor, in dem jeder sein eigenes Lied singt; sie weichen voneinander in den Sprachen ab, erst mit dem Tod verstummt ihr ungeregelter, im Grunde lächerlicher Gesang. Nun gar die Griechen mit dem Stolz auf ihre Sprache! Hannibal bekennt ironisch, sein Aufenthalt in der Unterwelt habe ihm wenigstens die Kenntnis des Griechischen eingetragen; zuvor habe er weder den Homer deklamiert noch sei er dem Sophisten Aristoteles gefolgt, sondern nur seiner guten und natürlichen Veranlagung. Hohn und Spott war es auch, was die „Wahren Geschichten" erzählten: Am Ende der Welt finden sich Erzsäulen mit griechischen Inschriften; im Wunderland begrüßen die Rebstöcke die Ankömmlinge teils auf lydisch, teils auf indisch, vornehmlich aber auf griechisch; auch auf dem Mond spricht man geläufig Griechisch ebenso wie bei den Korkfüßlern und auf der Kobold-Insel. Nur zaubern muß man auf ägyptisch[71]).

Doch dieser letzte Spaß Lukians beleidigte schon die Gegenpartei, die sich den neuen, orientalischen Weisheiten verschrieben hatte und von ihnen nicht die Resignation der Konservativen, nicht die Ent-täuschung der Skeptiker, sondern die Lösung der Widersprüche erhoffte. Es waren meist orientalisierte Griechen, die fast alle dem ägyptischen Boden entstammten oder seinem Geistesleben nahestanden. Nicht als ob hier viele Reste altägyptischen Denkens überlebt hätten; was hier gedieh, kam aus vielen Wurzeln, vor allem ägyptischen und babylonischen, doch die Absicht war hellenistisch: die Suche nach dem einen Weltprinzip, das alle verschiedenen Erscheinungen verständlich macht und als Harmonie zusammenhält. Der Zahlensymbolik fiel dabei eine wichtige Stelle zu, zumal seit dem 2. Jahrhundert v. Chr. die babylonische Astronomie in Ägypten neu aufblühte[72]). Wir erinnern uns, daß die Zahl 72 schon seit den Tagen der LXX in Ägypten beliebt war; nun häufen sich die Zeugnisse. Von Diodors Berichten war schon die Rede; die Rolle der 72 beruhte dabei wohl auf relativ jungen Astralmythen, ebenso wie in der Erzählung Plutarchs, der ägyptische Gott Typhon habe tückisch Isis und Osiris nachgestellt und zusammen mit 72 Mitverschworenen Osiris getötet. Plutarch wußte auch, daß nach ägyptischer Lehre die Erde das 72fache Volumen des Mondes

---

Diels, o. S. 140 Anm. 27, Abhandlung Nr. 6, Berlin 1917, S. 52); I, 145 Bd. 3, S. 38 (Sprachenverschiedenheit); ähnlich Pyrrhonica hypothesis II, 214 Bd. 1, S. 119.

[71]) Die Hauptwerke des Lukian, hg. Karl Mras, München 1954: Ikaromenipp 17 S. 304–6 (Chor, Sprachen); Totengespräche 12, 3 S. 208–10 (Hannibal); Wahre Geschichten I, 7 S. 332 (Erzsäulen); I, 8 S. 334 (Rebstöcke); I, 11 S. 338 (Mond); II, 4 S. 378 (Korkfüßler); II, 46 S. 416 (Kobold-Insel); Lügenfreund 31 S. 458 (Zaubern).

[72]) Albright, Steinzeit 340 f.

habe. Hinter solchen scheinbaren Spielereien stand der ernste Glaube, daß die Vielfalt der Welt geheimnisvoll und doch rational geordnet sei, auch in der Sprache: es gibt viele Namen, aber nur ein schaffendes Wort bei allen Völkern, bei Hellenen und Berbaren; am ersten mochte es im Herzen der Welt, in Ägypten, rein zu finden sein. Wo auch immer, man durfte wie die „Magier" glauben, daß am Ende der Zeiten alle Welt ein Gemeinwesen (*πολιτεία*) seliger Menschen sein werde, die alle dieselbe Sprache reden[73]). An die Einheit hinter der Vielfalt hatten schon unter Augustus diejenigen geglaubt, die den Isishymnus von Andros sangen; ein ähnlicher Hymnus aus dem frühen 2. Jahrhundert verwies ausdrücklich darauf, daß Isis viele Namen habe[74]); dennoch ist sie nur eine. Diese Gedanken fanden neue Resonanz in der Hermetischen Bewegung des zweiten Jahrhunderts. Sie schuf sich ihren Ruhepunkt in den Ursprüngen, in dem „Wort", das die Welt geschaffen hat und sie bis zum Ende lenkt; dieses Wort – die hermetische Offenbarung – hatte nur im unveränderten ägyptischen Wortlaut seine Kraft und Wirkung, ließ sich vor allem nicht ins Griechische übersetzen; denn die griechische Sprache und Philosophie sei nur eine Spielerei mit leeren Worten[75]). Doch traten die Hermetiker aus dieser Exklusivität hier und da heraus und richteten ihren Blick in die Weite des Raums und auf die Fülle der Zeit; denn auch sie waren eschatologisch gerichtet; das Weltall rundete sich auch zeitlich zu einer kosmischen Einheit. An die 36 Dekane und 72 Sterngottheiten des Plinius erinnerte sich um 150 n. Chr. eine hermetische Schrift[76]). In den Kreisen um Hermes Trismegistos hat man um 150 auch die platonisch-jüdische Lehre von den Völkerengeln aufgegriffen: die 36 Himmelsdekane galten da als Herrscher über die 36 Völker[77]); und damit gewann die

---

[73]) De Iside et Osiride, hg. Gustav PARTHEY, Berlin 1850: c. 13 S. 21 f. (Typhon); c. 67 S. 117 (schaffendes Wort); c. 33 S. 58 (Herz der Welt); c. 47 S. 83 (Endsprache). – Le *περὶ τοῦ προσώπου* de Plutarque, hg. P. RAINGEARD, Paris 1935: De facie in orbe lunae 932 A S. 24 (Erde und Mond).

[74]) Oxyrhynchus-Papyrus 1380, bei Bernard G. GRENFELL – Arthur Surridge HUNT, The Oxyrhynchus Papyri, Bd. 11, London 1915, S. 197.

[75]) Corpus Hermeticum, hg. Arthur Darby NOCK – André Jean FESTUGIÈRE, 4 Bände, Paris 1945–54: IV, 1 Bd. 1, S. 49 (Welt geschaffen durch das Wort); XVI, 1 f. Bd. 2, S. 231 f. (Griechisch; SCHNEIDER, Geistesgeschichte Bd. 1, S. 552 ist danach zu ergänzen).

[76]) Oxyrhynchus-Papyrus 465, bei GRENFELL-HUNT (o. Anm. 74) Bd. 3, London 1903, S. 128 ff.; dazu Franz BOLL, Aus der Offenbarung Johannis, Hellenistische Studien zum Weltbild der Apokalypse (Stoicheia 1), Leipzig-Berlin 1914, S. 51; auch Josef KROLL, Die Lehren des Hermes Trismegistos (Beiträge zur Geschichte der Philosophie des Mittelalters XII, 2–4), Münster 1914, S. 211, der sich die Zahl 72 nicht zu erklären weiß. Auf die jüdische Lehre von den Völkerengeln verweist Eduard ZELLER, Die Philosophie der Griechen in ihrer geschichtlichen Entwicklung, 5. Aufl., Bd. 3, 2, Leipzig 1923, S. 753. Abenteuerliche Zahlenspiele treibt mit dieser Lehre EISLER, Weltenmantel Bd. 2, S. 344 ff., 357, 656.

[77]) André Jean FESTUGIÈRE, La révélation d'Hermès Trismégiste, Bd. 1, 3. Aufl. (Etudes bibliques 11), Paris 1950, S. 115–117.

Welt, der die Hermetiker zu entfliehen suchten, eine neue Ordnung. In bewegten Worten sprach ein Traktat des Corpus Hermeticum, zwischen dem 2. und 4. Jahrhundert, vielleicht schon unter neuplatonischem Eindruck geschrieben, von der Welteinheit: Bei den Menschen sei die Sprache nach jedem Volke verschieden, aber trotzdem sei die Menschheit eins; ebenso sei „das Wort" in allen verschiedenen Ausprägungen ein und dasselbe und gehe von Sprache zu Sprache, in Ägypten wie in Persien wie in Griechenland verständlich[78]). Der Stolz einer „synkretistischen", aber allen Menschen zugänglichen Heilslehre spricht auch aus der Gewohnheit dieser Kreise, den Gottesnamen in möglichst vielen Sprachen anzurufen, auf ägyptisch, syrisch, phrygisch, persisch, auch hebräisch; mochten sie auch dem Betenden nichts besagen, für die Götter haben sie alle ihre Bedeutung[79]).

Diese Lehren drangen weithin durch das Reich; der lateinisch schreibende Afrikaner Apuleius (ca. 125–180) fand in ihnen seine Seelenruhe. Schon Apollo, *quanquam Graecus et Ionicus*, läßt im Scherz ein Orakel auf lateinisch geben, obgleich nicht jeder, auch Apuleius selber angeblich nicht, des *Quiritium indigena sermo* ebenso wie des Griechischen mächtig ist. Selbst die griechisch-römischen Götter fügen sich der Zeitströmung, Merkur wird zum *Deus vocalis*, der wohl die Sprache auch schuf. Doch die menschliche Sprache ist arm, sie vermag die Götter nicht recht zu benennen; vollends die *dea multinominis*, Isis, hat viele Namen, auch unter den „dreisprachigen Siziliern" gibt es keine gültige Bezeichnung, ebenso nicht beim ältesten Volk der Welt, den *primigenii Phryges*. Psammetichs Experiment wurde nur halb ernst genommen: von allen Völkern haben nur die durch uralte Weisheit ausgezeichneten Ägypter den wahren Namen der Göttin, Isis. Wie dem auch sei, sie thront über allen, *numen unicum multiformi specie, ritu vario, nomine multiiugo*[80]). Damit bekam die Welt Ordnung und Sinn, Maß und Zahl.

Bei diesem Zusammenschießen der Traditionen konnte die griechische Kosmographie nicht ganz fehlen; wenigstens der Zahlensymbolik bemächtigte sie sich jetzt mit Vorliebe. Der Alexandriner Appian versicherte um 165 n. Chr., Seleukos I. habe 72 Satrapien eingerichtet[81]). Die klassischen Philologen haben

---

[78]) Corpus Hermeticum XII, 13, NOCK-FESTUGIÈRE (o. Anm. 75) Bd. 1, S. 179.

[79]) Richard REITZENSTEIN, Poimandres, Studien zur griechisch-ägyptischen und frühchristlichen Literatur, Leipzig 1904, S. 55 ff.; GÜNTERT, Göttersprache 27 f.; MENSCHING, Wort 36.

[80]) Metamorphosen oder der goldene Esel, hg. Rudolf HELM, Darmstadt 1956: IV, 32, 3 S. 130 (Apollo); I, 1, 2 f. S. 28; IX, 39, 3 f. S. 282 (Lateinkenntnisse); VI, 7, 1 S. 168 (Merkur); IV, 28, 1 S. 128; XI, 25, 5 S. 348 (Armut der Sprache; an der zweiten Stelle eine neuerliche Steigerung der 10 Zungen Homers: nun sind es mille linguae); XI, 2, 5 ff. S. 324 (Unsicherheit der Götternamen); XI, 22, 6 S. 344 (dea multinominis); XI, 5, 2 f. S. 328 (Namen der Isis).

[81]) Historia Romana, hg. Paul VIERECK – Anton Gerard Roos, Bd. 1, Leipzig 1939: Syriaca c. 62 S. 411.

sich bei der Erklärung beruhigt, daß Seleukos höchstens 30 Satrapien besessen habe, daß Appians Angabe also irreführend sei und mit ihr „nicht viel anzufangen" sei[82]). Daß Appian dabei an die 72 tributpflichtigen Völker gedacht haben könnte, die Herodot dem Perser Darius zuschreibt, hat, soviel ich sehe, niemand bemerkt; und doch liegt nichts näher, als daß der Grieche Appian den Seleukiden, dem er überdies ein Alter von 73 Jahren zuschrieb, nicht hinter dem Achämeniden zurückstehen lassen mochte. Die Zahl war virulent geworden.

Zur Zeit des Antoninus Pius hat der aus Ägypten stammende Geograph und Astronom Claudius Ptolemäus, nach den vier Weltteilen gegliedert, eine astrologisch-geographische Länder- und Völker-Liste zusammengestellt. Zu Europa, dem „Nordwesten", rechnete Ptolemäus 11 Länder, von *Bretannia* bis *Bastarnia* und *Hispania*, auch *Italia* ist darunter; zu den neun Kernländern dieses Bereiches zählt vor allem Hellas. Der „Südosten", Asien also, umschließt 9 Randgebiete von Indien bis Mesopotamien, und 7 Kernländer, die sich um Judäa herumlagern. Der „Nordosten", Nordasien, hat 9 Randländer am Schwarzen Meer, daneben 9 Kernzonen um Antiochia. Endlich ist der „Südwesten" aus 9 afrikanischen Randgebieten, bis Mauretanien hin, und 9 Mittelländern zusammengesetzt; zum Zentrum gehört auch ein so abgelegenes Völkchen wie die Troglodyten, aber insbesondere Ägypten, wie denn überhaupt die ganze Einteilung der Himmelsrichtungen sichtlich von Alexandria aus gedacht ist. Besonders merkwürdig ist die Neunteilung der Namen, die im Nordwesten, freilich auch im Südosten durchbrochen wird; Boll hat vermutet, daß ein Name, der der germanischen Bastarner, nachträglich eingeschoben sei. Träfe das aber nicht zu, so enthielte die ursprüngliche Liste genau 72 Namen[83]). Ein Zufall? Zur gleichen Zeit kam einer der bedeutendsten Gnostiker, der in Alexandria gebildete Valentin, auf den Gedanken, daß es 72 Namen Gottes gebe[84]); und das paßt recht gut in Valentins Ansichten von der Macht des Gottesnamens, die über alles Begreifen geht: Den Namen des Vaters kennt niemand; der Vater aber hat den Sohn im Anfang genannt, und so ist der Sohn der Name des Vaters. Dieser Name ist unsichtbar, er besteht nicht aus nichtigen Konsonanten und Vokalen wie andere Namen, die nur „als Lehen empfangen" sind auf dem Wege der suchenden Seele vom Namen zum Sein; erst wer die Gnosis

---

[82]) Felix Staehelin, Seleukos I, in: RE Bd. II A 1, Stuttgart 1921, Sp. 1227 f. mit Literatur.

[83]) Tetra biblos II, 2; dazu Franz Boll, Studien über Claudius Ptolemäus, in: Jahrbücher für classische Philologie, Supplement Bd. 21, Leipzig 1894, S. 49–244, hier S. 196–198.

[84]) Moses Gaster, Studies and Texts in Folklore, Magic, Medieval Romance, Hebrew Apocrypha and Samaritan Archaeology, 3 Bände, London 1925–28, hier Bd. 1, S. 291–293.

erreicht hat, erhält seinen „eigenen" Namen und schreitet von der Vielfalt zur Einheit fort[85]). Wesen und Erscheinung werden auseinandergerissen, allenfalls durch Wort- und Zahlenmagie verbunden; die Kraft des Schöpferwortes und die Wirkung der Zahlen sind Valentin auch sonst vertraut[86]). Nicht alle Gnostiker folgten solchen Gedanken; Bardesanes von Edessa (gest. 222) glaubte nicht weniger an die Macht der Sterne und des Schicksals, doch die Verschiedenheit der Menschen fügte sich in kein System; sie paßt nicht in die sieben Klimata, in die 12 Tierkreise oder die 36 Dekane; die Varianten sind *μύριοι*, unendlich an Zahl[87]). In Ägypten jedenfalls blühte die Idee von den 72 Teilen eines universal geordneten Ganzen, das unter göttlicher Hut steht, im zweiten nachchristlichen Jahrhundert.

Bei den Juden war, wie wir sahen, bereits im Jubiläenbuch die Formel von 70 Völkern vorgekommen; Philon und Josephus haben sie freilich nicht aufgegriffen. In der antiken Erdbeschreibung war seit Diodor und Strabo die Gleichsetzung von Volk und Sprache immerhin möglich geworden; nehmen wir die Entwicklung der Zahlensymbolik hinzu, so ist die These nicht zu kühn, daß im zweiten Jahrhundert, vor 180, in Ägypten die Formel von 72 Völkern und Sprachen zum ersten Mal verwendet worden sein muß. Denn der palästinensische Talmud, Irenäus von Lyon und der Alexandriner Klemens kennen den Topos bereits. Den „Erfinder" können wir nicht namhaft machen; seine Umwelt ist uns deutlich. Die Vorstellung, daß alle Völker und Sprachen der Erde in einer Symbolzahl enthalten, wohlgeordnet dem Schöpfer unterworfen seien, gehört in die Zeit der Pax Romana, der „Guten Kaiser", als die Ökumene wirklich geeint und friedlich war, während schon die Mysterienreligionen am Sternenhimmel oder sonstwo jenseits der Welt Erlösung von der Geschichte suchten und, längst auch in Rom selbst, in den alten orientalischen Mythen fanden. Nur in dieser schillernden Grenzsituation fand die schillernde Zahl jene Form, in der sie dann für eineinhalb Jahrtausende wirksam wurde und die gottgewollte Harmonie der Völker- und der Sprachenwelt zu bezeugen schien.

*

Mit dem dritten Jahrhundert begann die Krise des römischen Reiches, die mit seiner Christianisierung und dem Zerfall in Germanenreiche und byzantinisches

---

85) Evangelium veritatis, hg. Michel Malinine – Henri-Charles Puech – Gilles Quispel (Studien aus dem C. G. Jung-Institut Zürich 6), Zürich 1956, S. 41 (Name des Vaters), 39 (Sohn), 17 (Konsonanten), 43 (Lehen), 25 (Weg zum Sein), 15 (Gnosis), 21 (Vielheit – Einheit).

86) Hans Leisegang, Die Gnosis, 4. Aufl., Stuttgart 1955, S. 284 f., 293 ff.

87) Liber legum regionum (vielleicht von einem Schüler des Bardesanes verfaßte Erweiterung seines Werkes), bei Eusebius, Praeparatio evangelica VI, 10, 37, GCS Bd. 43, 1 S. 341.

Kaisertum endete. Die griechischen Denker dieser Spätzeit waren wenig originell und wiederholten zumeist nur referierend und kommentierend Früheres; doch das Thema des zweiten Jahrhunderts, die Suche nach der Einheit der Welt, ergriff sie fast alle noch.

Als der Neupythagoreer Philostrat nach 216 das Leben des Wundermannes Apollonios von Tyana beschrieb, malte er eine Szene bewundernd aus: Ein Schüler des Apollonios, aus Ninive stammend, sagt dem Meister, er beherrsche die verschiedenen Sprachen der Barbaren, Armenisch, Medisch, Persisch und andere. Der Prophet erwidert: „Und ich, mein Freund, verstehe alle Sprachen und habe doch keine einzige gelernt“[88]). Wer die ganze Welt retten will, muß alle verstehen. Andere zögerten, sich in die Weite zu verströmen; in dem Roman des Syrers Heliodor setzte sich der griechische Eigenwille noch einmal kräftig durch: Verhaßt sind die Ägypter, Räuber und Zauberer, die seltsam und barbarisch reden und kein Griechisch können; ebenso barbarisch sind die Perser. Als edel gelten nur die Hellenen, Nachfahren von Hellen, Deukalions Sohn, vielleicht von Achill; gleich adelig sind nur die fernen Äthiopier, ihre Ahnen sind der Sonnengott, Perseus und Andromeda; die Äthiopier sprechen Griechisch[89]). Die Sehnsucht nach der Ferne war hier doch nur Angst vor der Umwelt. Auch in dem Roman des Xenophon von Ephesus war es nur der Räuberhauptmann Hippothoos, der durch seine Sprachkenntnis die Herzen gewann[90]).

Ein Großer vermochte sich noch einmal über das kleinliche Hin und Her hinwegzusetzen, doch trieb es den ägyptischen Griechen Plotin (ca. 204–270) auch über die sichtbare Welt hinaus. Er sah sie und gönnte ihr Eigenwert: die Mannigfaltigkeit der Welt, auch die Gestalt und Farbe der Menschen, hängt nicht von den Sternen, nicht vom Klima allein ab. Doch das Verschiedene weist auf die Einheit, die Vielheit ist Abfall von dem Einen, oder, in freundlicherem Bilde, alle Dinge führen in ihrem bunten Chor gleichsam einen einzigen Reigen auf. So wurde auch das Wort nicht verachtet, Gott begabte ja den Menschen mit den Organen und ihren Fähigkeiten; doch der ausgesprochene Gedanke ist nur das Abbild des Gedankens in der Seele; mehr als ein Bedeutungsträger ist die Sprache nicht[91]). Der Neuplatoniker strebte in höhere Regionen; ob

---

[88]) The Life of Apollonius of Tyana I, 19, hg. Frederick Cornwallis CONYBEARE, Bd. 1, London-Cambridge 1948, S. 52.

[89]) Aethiopica, hg. Aristide COLONNA, Rom 1938: VI, 14 S. 202 f. (ägyptische Zauberer); I, 3 f. S. 7 ff.; I, 8 S. 12 f. (Räuber ohne Griechisch); VII, 19 S. 234 (Perser); II, 34 S. 85 f. (Hellen, Achill); IV, 8 S. 123 (Sonnengott); X, 6 S. 320 (Perseus, Andromeda); IX, 1 S. 282 f.; IX, 25 S. 311 f.; X, 9 S. 324 (Griechisch in Äthiopien).

[90]) Les Ephésiaques III, 1, 2, hg. Georges DALMEYDA, Paris 1926, S. 35.

[91]) Opera, hg. Paul HENRY – Hans-Rudolf SCHWYZER, Bd. 1, Paris-Brüssel 1951: Enneaden III, 1, 5 S. 261 (Gestalt und Farbe). – Ennéades, hg. Emile BRÉHIER, Bände

seine Schüler ihm folgen konnten und sich nicht doch mit bequemeren Konkretisierungen begnügten?

Plotins Schüler Porphyrios (ca. 232–304) kehrte denn auch auf das Niveau des Kelsos zurück, dem er auch in der Bekämpfung des Christentums folgte. Zwar hatten Barbaren und Hellenen menschliche Rede, die sie alle vom Tier unterschied; doch war nicht das Skythische, Thrakische oder Syrische ebenso unverständlich wie die Tiersprache?[92]) Man mußte das Gute vom Schlechten trennen; Porphyrios wunderte sich über die Praxis der Religionen, fremdländische Gottesanrufe den einheimischen vorzuziehen[93]). Ihm antwortete sein Schüler Jamblichos (gest. ca. 330), daß auch Ägypter und Assyrer eine heilige Sprache hätten; der Verkehr mit den Göttern solle in der ihnen gleichartigen Sprache stattfinden. Denn die Sprache sei doch nicht vom Menschen gemacht; nicht in allen Sprachen hätten Namen dieselbe Kraft, durch Übersetzungen verlören sie. Am mächtigsten sei die älteste Sprache, das Ägyptische, denn die Ägypter hätten zuerst die Gegenwart der Götter erlangt. Nicht von ungefähr tauchten hier auch die 72 Sterngottheiten wieder auf; die Ordnung der Welt ist groß und geheimnisvoll. Auch Worte, die uns nichts bedeuteten, hätten doch, sagt Jamblichos, ihren Sinn, denn sie seien göttlich; je weniger wir verstünden, desto göttlicher seien sie[94]). So verband sich die platonische und plotinische Idee mit der Magie.

Man konnte den Akzent verschieden setzen; der kaiserliche Schüler Jamblichs, Julian „der Abtrünnige" (332–363), tat es, als er die schon von Kelsos vorgebrachten Meinungen, neuplatonisch verbessert, vortrug. Es gibt einen Weltschöpfer, König aller Menschen; doch er hat die Völker ausgeteilt unter die Götter, die je nach ihrer Natur die Nationen verschieden prägten. Damit war die Mannigfaltigkeit zwar gebilligt, aber auf eine ungeschichtliche, metaphysische Weise, denn für den Neuplatoniker waren die Nationen und ihre Götter die Verkörperung präexistenter Ideen[95]); es brauchte eigentlich keine Schöpfung. Darum meinte Julian, gegen Moses gewandt, die Menschen seien von Anfang an, von Natur aus oder, wenn man so wolle, von Gott recht verschieden geschaffen worden, gerade die Differenzierung der Dialekte weise darauf hin. Klima und Landschaft hätten das Ihre getan; für die Teilung der

---

4–6, Paris 1928–38: VI, 6, 1 Bd. 6, 2 S. 17 (Abfall); IV, 4, 33 Bd. 4, S. 139 (Chor); VI, 7, 1 Bd. 6, 2 S. 67 (Begabung des Menschen); V, 1, 3 Bd. 5, S. 18 (Abbild); VI, 1, 5 Bd. 6, 1 S. 64 (Bedeutungsträger).

[92]) Opuscula selecta, hg. August Nauck, Leipzig 1886: De abstinentia 3, 3 S. 188 ff.; Vita Pythagorae 24 S. 29.

[93]) Eusebius, Praeparatio evangelica V, 10, 9, GCS Bd. 43, 1 S. 243 f.

[94]) De mysteriis, hg. Gustav Parthey, Berlin 1857: VII, 4 S. 254–256 (heilige Sprachen); VII, 5 S. 257 (Ägyptisch); VIII, 3 S. 264 (Sterngottheiten).

[95]) Joseph Bidez, Julian der Abtrünnige, 5. Aufl., München 1947, S. 324 f.

Sprachen und Völker brauche man deshalb kein besonderes Dekret Gottes und erst recht nicht den Mythos vom Turmbau, den Moses sich bei Homer und seiner Erzählung von den Titanen abgesehen habe. War schon dies eine Umkehrung christlicher Gedankengänge, so nicht minder Julians „natürliche Theologie", die den Neigungen des Origenes nicht allzu fern steht: „Denn verschiedenartige Naturen, sagt Julian, müssen von Anfang an bestanden haben in den Dingen, die nachher bei den Völkern differenziert werden sollten. Das sieht man, wenn man betrachtet, wie sehr etwa die Germanen und Skythen von den Libyern und Äthiopiern körperlich verschieden sind"[96]). Der Alemannensieger, der dann im Kampf gegen Persien fiel, kannte die Gegner seines Reiches und hatte die Nachbarn scharf beobachtet, aber der Geschichte maß er wenig Bedeutung bei; die Vielfalt ließ sich auch unhistorisch begreifen.

Dafür kennzeichnend ist eine andere heidnische Schrift, freilich weit unter Julians Rang, die Abhandlung über die ägyptischen Altertümer, die wohl zwischen 379 und 395 in Konstantinopel der Grammatiker Horapollo Nilous erscheinen ließ. Hier wurde von Hundsköpfen gefabelt, die dem Hermes heilig sind und wie dieser alle Buchstaben verstehen; sie sterben bei genügender Pflege in den Tempeln nicht auf einmal, sondern 72 Tage lang, weil die Alten sagen, es gebe in der Ökumene 72 Länder[97]). Das scheint ein letzter Abglanz hermetischer und gnostischer Gedanken zu sein, in die hier auch schon die Vorstellung der 72 Sprachen und Völker eingedrungen sein mag; jedenfalls war man nun geneigt, die Vielfalt der Völker und Sprachen wirklich ernst zu nehmen und nicht mehr durch Rekurs auf das Allgemeine zu umgehen.

Ägypten gab noch im 5. Jahrhundert den Ton an; nach der Meinung des ägyptischen Griechen Nonnos, der Astrologie und Universalgeschichte in den Dienst seiner Dionysos-Begeisterung stellte, brachte Kadmos aus Ägypten die Schrift, ein Geschenk voll Sinn und voll Sprache. Hermes ist beredt, aber eher noch kann Bakchos-Dionysos Stummen Sprache verleihen. Wenn Dionysos gegen Indien zieht, befinden sich in seinem buntgemischten Heer allerdings keine Barbaren, nur die homerischen „vielsprachigen Bewohner Kretas"; wie sich das aus „allen Stämmen Europas, den Völkern Asiens" zusammengesetzte Kontingent wohl verständigte, erläuterte Nonnos nicht. Die Begeisterung für Dionysos eint sie. Die Feinde nur sind „der Inder vielsprachige Sippe", barbarisch wie die fremdenmordenden Kolchier[98]). Während Nonnos bald im

---

[96]) Contra Galilaeos 143 D ff.. in: The Works of the Emperor Julian, hg. Wilmer Cave Wright, Bd. 3, London–New York 1953, S. 356–358.

[97]) Horapollinis Niloi Hieroglyphica I, 14, hg. Conrad Leemans, Amsterdam 183,5 S. 21–23. Zur Datierung vgl. Leemans S. XVIII und o. S. 41 Anm. 62.

[98]) Dionysiaca, hg. Arthur Ludwich, 2 Bände, Leipzig 1909–11: IV, 259 f. Bd. 1, S. 95 (Kadmos); III, 423 S. 82 (Hermes); XXVI, 288 f. Bd. 2, S. 45 (Stumme);

Christentum einen festeren Halt fand, verteidigte Proklos (410–458), das Haupt des athenischen Neuplatonismus, noch einmal die Kraft der Sprache; sie sei nicht willkürlich gesetzt, sondern wahr; vollends Götternamen seien Emanationen geistiger Mächte, vor allem chaldäische Worte hätten besondere Kraft[99]). Hier trafen sich die letzten, freilich nur mehr kommentierenden Vertreter heidnischer Sprachtheorie; im 6. Jahrhundert formulierte der Aristoteles-Exeget Ammonios in Alexandria noch einmal den Glauben, daß die Worte zwar durch Willkür der Sprachgemeinschaft entstanden seien, daß Wort und Ding sich aber doch aufeinander bezögen. Denn die Gedanken seien Kinder der einen Natur und daher allen Menschen gemeinsam; nur die Ausdrucksformen seien willkürlich und darum eigenartig. Auch die Verschiedenheit der Sprachen habe ihren tiefen Sinn, da durch sie die Staaten gesondert blieben und einander nicht behelligten. Die Gedanken der Menschen seien überall dieselben, aber ihre Worte brauchten es bei Griechen, Phöniziern und Ägyptern nicht zu sein[100]). Noch einmal sollte, wie so oft seit Diodor und Strabo, die Sprache die Gemeinschaften definieren; noch einmal sollte die Mannigfaltigkeit der Völkerwelt eine Rechtfertigung des Polytheismus ermöglichen.

Als dann aber Kaiser Heraklios den letzten Vertreter alexandrinischer Gelehrsamkeit in seine Hauptstadt rief, da würdigte dieser Stephan von Alexandria in seinem Perihermeneias-Kommentar den Satz des Aristoteles, wie die Schrift, so seien auch die Laute verschieden, weder der Erwähnung noch gar eines Kommentars[101]). Ähnlich dachten die großen Grammatiker, obwohl sie erst schrieben, als die lateinische Sprache zerfiel und die Geschichtlichkeit auch der klassischen Sprachen vor aller Augen sichtbar wurde. Aelius Donatus sah um 350 nichts von Ursprung und Verschiedenheit der Idiome: was dem *communis sermo* nicht gemäß, etwa aus einer *peregrina loquela* übernommen war, hieß *barbarismus*[102]). Man mochte zugeben, daß die *maiores nostri* einst, da sie nicht wußten, wie die Dinge hießen, sich selbst die Regeln der Sprache erfanden[103]); doch durch den langen Gebrauch waren sie geheiligt; der Grammatiker mußte das Bleibende zur Norm nehmen, auch wenn es schon vergangen war.

XIII, 222 Bd. 1, S. 275 (Kreter); XIII, 41 S. 266 (Europa, Asien); XXVI, 84 Bd. 2, S. 35 (Inder); XIII, 248 Bd. 1, S. 277 (Kolchier).

[99]) In Cratylum Platonis 16, 19 und 32, 5. Da mir die Ausgabe von Giorgio Pasquali (1908) nicht zur Hand ist, zitiere ich nach Theiler, Sprache 432, 437.

[100]) In Aristotelis de interpretatione commentarius, hg. Adolf Busse (Commentaria in Aristotelem Graeca 4, 5), Berlin 1897, S. 18 f.

[101]) In librum Aristotelis de interpretatione commentarium, hg. Michael Hayduck (Commentaria in Aristotelem Graeca 18, 3), Berlin 1885, S. 5.

[102]) Ars grammatica II, 18, hg. Heinrich Keil, Grammatici latini, Bd. 4, Leipzig 1864, S. 392.

[103]) Sergius, Explanationes in Artem Donati I, bei Keil (o. Anm. 102) S. 488.

Den Versuch einer vergleichenden Grammatik machte auch Priscian zu Beginn des 6. Jahrhunderts nicht, obgleich der aus Mauretanien Stammende in Konstantinopel wirkte, um Latein zu lehren; am Anschauungsmaterial fehlte es nicht. Priscian wußte auch, daß die Sprache der Punier der chaldäischen, hebräischen und syrischen verwandt ist, und er vermerkte, daß die Schrift von den Chaldäern erfunden worden sei; doch das war schon das Äußerste. Hebräische Namen gehörten für Priscian unter die *barbara indeclinabilia*, die nicht nach den klassischen Regeln behandelt werden können; damit war das Problem gelöst[104]).

Der Gesamtertrag des spätantiken Denkens über Sprachen und Völker ist nicht gering zu schätzen. Zwar hinderten immer wieder die alten exklusiven Schemata eine unbefangene Betrachtung des Fremden, das aus dem Osten reichlich zuströmte; die bedeutendsten Geister suchten ihren Halt weit jenseits dieses Pro und Contra, führten darum den Synkretismus auch nicht zu einer Synthese. Aber im allgemeinen Bewußtsein verstärkte sich doch das Gefühl, daß die Weite und Vielfalt der Welt nicht verächtlich sei, daß sie vielleicht auf die Gottheiten hinweise, die hinter ihr stehen. Aus diesem Gefühl stammt die Formel von den 72 Sprachen und Völkern und der Glaube an die religiöse Kraft des Wortes, das am Anfang von der Gottheit geschaffen wurde und als heilige Sprache weiterwirkte, vielleicht sogar am Ende alles vereinen wird. Im ganzen freilich war die spätantike Betrachtungsweise statisch, nicht historisch; die Vielfalt war von den Göttern gewollt und deshalb gut; sie schien nicht durch einmalige Ereignisse erst ausgelöst zu sein. Für eine Strafe hat man die Mannigfaltigkeit nirgends gehalten, im Grunde deshalb, weil der Polytheismus sie zu fordern schien. Doch daß sie und mit ihr auch die individuellen Verschiedenheiten theologischen Rang erhielten und mit den allgemeinsten Prinzipien der Weltdeutung in Verbindung traten, ist ein bedeutsamer Fortschritt über die voraugusteischen Zeiten hinaus. Zur vollen Einheit ließ sich die Vielfalt indes nicht ohne historisches und monotheistisches Denken zurückführen. Ob aber der extremen Gegenposition, der spätjüdischen, nicht statt dessen die Ehrfurcht vor der Mannigfaltigkeit verloren gehen mußte?

4. Das Spätjudentum

Wir sind an dem äußersten Punkt angelangt, bis zu dem das Nachdenken über die Sprachen- und Völkervielfalt vor dem Sieg des Christentums vorangetrieben werden konnte. Um zu zeigen, was daraus im reinsten Monotheismus ohne

---

[104]) Institutionum grammaticarum libri XVIII, hg. Martin HERTZ (Grammatici latini, hg. Heinrich KEIL, Bd. 2), Bd. 1, Leipzig 1855: V, 11 S. 148 (Punier, hebräische Namen); I, 7 S. 8 (chaldäische Buchstaben).

christlichen Universalismus werden würde, skizzieren wir nun die weitere Entwicklung bei dem Volk, das den ersten Durchbruch in der mosaischen Genesis vollzogen hatte.

Seit der Vernichtung der jüdischen Selbständigkeit und des Tempels gewann die halb an den Hellenismus verlorene jüdische Religion Abstand vom lokalen Kult und von der Priesterherrschaft; das grausige Ende des Bar Kochba-Aufstands vernichtete weithin den Missionsoptimismus und verlagerte das geistige Zentrum zu den nicht aus dem Exil Zurückgekehrten ins Zweistromland, die sich längst schon des Aramäischen bemächtigt hatten. Die gelehrten Rabbiner, im Sanhedrin als politische Akademie vereint, wurden die Führer des in alle Welt verstreuten Volkes[1]). Sie suchten das biblische Gesetz nicht der Gegenwart anzugleichen, eher ihr zum Trotz zu bewahren und auch die bisher mündlich überlieferten Traditionen und Auslegungen schriftlich zu fixieren. Damals begann die neue Blütezeit des Hebräischen; denn diese Sprache gab das Verständnis des heiligen Buches, Halt und Trost auf dem Leidensweg in die feindselige Fremde. Man richtete den Blick auf die reiche Vergangenheit, wollte über den gewaltsamen Bruch hinweg das Erbe retten, verzichtete auf Teilnahme an der Geschichte und damit auf Geschichtsschreibung; „der Jude bewirkt nicht mehr Geschichte, er erleidet sie"[2]) und findet Trost in dem Gedanken, daß Gott trotz allem seine Pläne durchzusetzen wisse[3]). Was konnte dabei noch aus der Anerkennung der Sprachen- und Völkervielfalt werden? Die Gedanken dieser Rabbiner schlugen sich nieder in der Mischna, der spätestens um 200 n. Chr. abgeschlossenen Sammlung der jüdischen Religionsgesetze. Sie ist das erste Denkmal der neuhebräischen Sprache, steht freilich stark unter dem Einfluß des Aramäischen. Nicht nur in der Sprache sind die fremden Elemente sichtbar; die hellenistische Zahlensymbolik ist längst übernommen: 72 Kettenschnüre hat der Tempelvorhang[4]); 72 Mitglieder sitzen im Sanhedrin, obgleich der Disput kein Ende nimmt, ob es 70, 71 oder 72 sein sollten; hier gerät die genuin jüdische Symbolzahl 70 mit der vom Hellenismus vermittelten babylonischen Zahl 72 in Konflikte[5]); in der historischen

---

[1]) Cecil ROTH, Geschichte der Juden von den Anfängen bis zum neuen Staate Israel, Teufen-St. Gallen 1954, S. 136 ff.

[2]) Robert Raphael GEIS, Das Geschichtsbild des Talmud, in: Saeculum 6 (1955) 119–124, hier S. 123.

[3]) Nahum Norbert GLATZER, Untersuchungen zur Geschichtslehre der Tannaiten, Ein Beitrag zur Religionsgeschichte, Berlin 1933, S. 4 ff., 14 ff., 26 ff.

[4]) Schekalim VIII, 5, in: Die sechs Ordnungen der Mischna, Bd. 2, hg. E. BARNETH u. a., Berlin 1927, S. 292. – Zur Entstehungszeit hier wie in allem Folgenden: Hermann Leberecht STRACK, Einleitung in Talmud und Midraš, 5. Aufl., München 1921, hier S. 1.

[5]) Sebachim I, 3, in: Die sechs Ordnungen der Mischna, Bd. 5, hg. J. COHN, Berlin 1925, S. 6; ferner Sanhedrin I, 6, hg. Samuel KRAUSS (Die Mischna IV, 4), Gießen 1933, S. 89.

Wirklichkeit dieser Zeit nach der Tempelzerstörung hatte der Sanhedrin 71 Mitglieder[6]). Doch das hellenistische Ideal wirkte noch weiter. Mardochai, der die Schriftworte ausdeuten kann, ist der 70 Sprachen kundig. Die Auslegung des Gesetzes, der Thora, muß in den 70 Sprachen erfolgen, weil sie für alle Sprachen gültig ist. Auf dem in Deut. 27, 8 erwähnten Altar stehen „die Worte der Thora in den 70 Sprachen, wie es heißt, deutlich und gut"[7]). Darum darf die Thora, im Unterschied zu anderen hebräischen Religionstexten, auch in jeder Sprache aufgeschrieben werden; selbst Rigoristen, die nur eine einzige Fremdsprache dafür zulassen wollten, erlaubten die Niederschrift auf griechisch, und das ließ sich durch Gen. 9, 27 begründen, wenn man das Griechische als Prototyp des Japhetitischen auffaßte[8]). Es ist, trotz allem, eine erstaunliche Weite, die sich in der Mischna äußerte, wenn auch viel davon mehr missionarischen Hoffnungen als universaler Einsicht zugeschrieben werden mag.

Dennoch ist die Einengung des Blickfeldes deutlich. Zwischen 245 und 256 haben die Juden von Dura-Europos ihre Synagoge ausgemalt, scheinbar im hellenistischen Stil, aber mit Themen des Alten Testaments. Doch diese erste „Bilderbibel", von der wir wissen, war nicht kosmopolitisch oder universalhistorisch, sondern rein jüdisch orientiert: kein Bild betrifft die Zeit vor Abraham; Turmbau und Völkerteilung sucht man vergebens[9]). Und in rabbinischen Texten der Zeit liest man doch recht ängstliche Vorschriften, welche Gebete man in allen Sprachen, welche nur in der „Heiligen Sprache" des Hebräischen verrichten dürfe. Nur wer das Hebräische nicht beherrscht, darf auch in anderen Zungen beten, denn Israel ist getrennt von allen Völkern. Deut. 32, 8 gab den Anknüpfungspunkt: „Als der Heilige, gelobt sei er, den Nationen ihr Teil gab, setzte er ihre Grenzen so fest, daß sie getrennt seien und nicht in das Land einträten" und teilte den Nationen die Hölle zu; denn, wie ein altes Gebet sagt, „Du hast uns unter allen Nationen und Sprachen auserwählt"[10]). Die Distanzierung von der Umwelt bedeutete indes keineswegs allerorts eine grundsätzliche Verdammung der Nichtjuden[11]).

---

[6]) Kurt Schubert, Die Religion des nachbiblischen Judentums, Freiburg-Wien 1955, S. 26 f., 210 f.

[7]) Schekalim V, 1, Barneth (o. Anm. 4) S. 278 (Mardochai); Sota VII, 5, hg. Hans Bietenhard (Die Mischna III, 6), Berlin 1956, S. 117 (70 Sprachen der Thora).

[8]) Megilla I, 8, Barneth (o. Anm. 4) S. 437.

[9]) Conte du Mesnil du Buisson, Les peintures de la synagogue de Doura-Europos 245–256 après J.-C., Rom 1939. Die hier S. 107 f. ausgesprochene Vermutung, ein arg zerstörtes Bild, auf dem nur zwei Vögel erkennbar sind, stelle den Auszug aus der Arche dar, hat wenig für sich; in unserem Sinn Schneider, Geistesgeschichte Bd. 2, S. 118 f., 129.

[10]) Sifre Deut. 26, 5 und 32, 8, bei Joseph Bonsirven SJ, Textes rabbiniques des deux premiers siècles chrétiens pour servir à l'intelligence du Nouveau Testament, Rom 1955, S. 77 und 81 (Sprachen); Schemā, bei Bonsirven S. 1 (auserwählt).

[11]) Joseph Samuel Bloch, Israel und die Völker nach jüdischer Lehre, Berlin-Wien 1922, S. 15 ff. mit zahlreichen Belegstellen.

Auch die pessimistische Weltansicht drang nicht überall durch, vor allem nicht an der Stätte einstiger Größe, in Palästina, wo erst 425 mit der Aufhebung des Sanhedrinpräsidiums der letzte Rest jüdischen Eigenlebens vor den Christen weichen mußte. Das Dilemma zwischen Altem und Neuem wird drastisch klar an dem Disput, den der westaramäisch geschriebene Palästinensische Talmud, wohl um 360, spätestens zu Anfang des 5. Jahrhunderts abgeschlossen, von zwei Gelehrten des 1./2. Jahrhunderts wiedergibt. Rabbi Eliezer stritt sich mit Rabbi Jochanan um die Ursprache. „Nach dem einen (Eliezer) redete man in 70 Sprachen, die alle verstanden, nach dem andern in der Sprache des Einzigen der Welt, das ist in der heiligen Sprache". Hier ist die Idee von 70 Weltsprachen, die Eliezer sicher nicht erfunden hat, ausgesprochen und in scharfe Antithese gesetzt zu dem zuerst vom Jubiläenbuch formulierten Glauben an die heilige hebräische Ursprache. Durch Eliezers Rede hört man die hellenistische Lehre von der aus menschlichem Bedürfnis verschiedenenorts verschieden erfundenen Sprache und von der Einheit der mannigfaltigen Menschheit noch durch; Jochanan predigte die Überlegenheit, aber auch schon die Absonderung des auserwählten Volkes. Die Sammler des Talmud müssen eine Witterung für die stärkere der beiden Positionen gehabt haben, wenn sie gleich anschließend die Meinung des Rabbi Jonathan von Beth Gobrin verzeichneten; nach ihr gibt es „vier Sprachen, welche würdig sind, daß sich ihrer die Welt bedient, die griechische eignet sich zum Gesang, die römische zum Kriege (bisweilen auch: zur juristischen Darlegung), die syrische zur Elegie und Trauerklage – dafür steht anderwärts: zum Schreiben oder zum Handel –, die hebräische zur Rede". Die Varianten zeigen, wie beliebt das Diktum war, es wurde kolportiert und abgewandelt. Auf die treue Charakteristik kommt dabei wenig an; keinem andern Volk war es bislang eingefallen anzuerkennen, daß für bestimmte Zweige des menschlichen Lebens die eigene Sprache nicht die ausdrucksstärkste sein könne, daß man also, um sich immer passend zu äußern, mehrere Sprachen beherrschen müsse. Ergänzend fügten die selbstkritischen Kompilatoren hinzu, daß das Hebräische zwar als Sprache, nicht aber als Schrift vollkommen sei; in dieser Hinsicht sei es dem Syrischen unterlegen. Dem Grundsatz der Mischna, daß das Gesetz ins Griechische übertragen werden dürfe, gab man das Argument mit, in dieser Sprache gelinge die Übersetzung am besten. Freilich wies der Talmud selber gleich dreizehn Stellen nach, an denen die Septuaginta aus dogmatischen oder anderen Gründen den hebräischen Text verändert habe. Die Diskussionen unter den Gebildeten müssen sehr lebhaft gewesen sein: soll ein Jude Griechisch lernen? Einige lehnten ab, in dieser Sprache seien Schmähungen und Lügen verbreitet worden; andere lenkten ein, die Sprache sei ein Schmuck ohne Gefahr. Allerdings, selig wird, wer Hebräisch spricht; doch verachten soll man die übrigen Sprachen nicht, vor allem nicht das Syrische, das ja sogar im Pentateuch und bei den Propheten gelegentlich vorkommt[12]). Es paßt zu dieser Weltoffenheit, daß der Jerusalemische Talmud die Mischna ergänzte: die Thora sei in 70 Sprachen niedergeschrieben, damit alle Nationen sie hören und annehmen könnten. Die 70 Hauptvölker der Welt wurden noch einmal nach 14 Japhetiten, 30 Hamiten und 26 Semiten, also streng nach dem hebräischen Text von Gen. 10, hergezählt, und nur dem Cham und seinen Nachkommen, den Negern, wurde die schwarze Haut als Sündenstrafe angekreidet, ohne daß man alle Nichtjuden in Bausch und Bogen verdammte. Auch die Namen der Völkertafel wurden erläutert; man suchte hier nicht wie Josephus Gelehrsamkeit, sondern Bezug zur Gegenwart; die Bibel mußte das Kompendium auch der Ethnographie sein. Gomer wurde dabei nach Afrika zu den Garamanten versetzt, aber Magog bedeutete die Goten; die Germanen wurden an hervorragender Stelle der Urgeschichte eingereiht. Madai für Medien und Jawan für Griechenland blieben unverändert; für Tubal wußten die Kommentatoren nur „Vithinia", wohl Bithynien, einzusetzen; für Meschek war „Mosia" vorgesehen, entweder das kleinasiatische Mysien oder, wahrscheinlicher, das bulgarische Mösien; das „Tharka" bei Tiras verweist wohl nach Thrakien; doch auch die Variante Persien wurde registriert. Gomers Kinder wurden nun freilich in Kleinasien gesucht, nicht in Afrika: Für Aschkenaz schlug man das kleinasiatische „Asia" vor, für Riphat Adiabene, für Togarma „Germanikia" in Kommagene; die Kittim waren Griechen, die Dodanim wurden nach „Dardania", zu den alten Trojanern oder nach Mösien, versetzt; auch bei den Hamiten wurden Neuerungen angebracht[13]). Die Goten kannte der Talmud auch sonst, ebenso wie Roms Geschichte und seine Gründer Romulus und Remus; freilich sah man die vier Weltreiche schwarz in schwarz: Israel leide unter den Despoten von Babylon, Medien, Griechenland und Rom[14]). Doch die Welt stand den Juden immer noch offen vor Augen, während sie allenthalben aus ihr verdrängt wurden.

---

[12]) Le Talmud de Jérusalem, übers. Moïse Schwab, 11 Bände, Paris 1879–1902: Megilla I, 8 Bd. 6, S. 211 f., 217 f. (Ursprache und vier Sprachen); diese Stelle auch bei August Wünsche, Der Jerusalemische Talmud in seinen haggadischen Bestandteilen, Zürich 1880, S. 165. Pea I, Schwab Bd. 2, S. 8 (Diskussion um Griechisch); Schabbath I, 3 Bd. 4, S. 17 (Hebräisch); Sota VII, 1 Bd. 7, S. 296–9 (Syrisch). Zur Fremdsprachen-Kenntnis der Zeitgenossen vgl. Samuel Krauss, Talmudische Archäologie, Bd. 3, Leipzig 1912, S. 132 ff., 139 ff.

[13]) Sota VII, 5, Schwab Bd. 7, S. 306 (Thora); Taanith I, 6 Bd. 6, S. 150 (Cham); Megilla I, 8 S. 211 (Völkertafel); dazu Adolphe Neubauer, La géographie du Talmud, Paris 1868, S. 421–429; ergänzend, zum Teil abweichend Samuel Krauss, Die biblische Völkertafel in Talmud, Midrasch und Targum, in: Monatsschrift für Geschichte und Wissenschaft des Judentums 39 (1895) 1–11, 49–63. Nicht erreichbar war mir Dov Neuman, Motif-Index of Talmudic-Midrashic Literature, Ann Harbor 1954.

[14]) Sanhedrin II, 1, Schwab Bd. 10, S. 244 (Goten); Aboda Zara I, 3 Bd. 11, S. 181 f. (Rom); Taanith II, 2 Bd. 6, S. 157 (Weltreiche).

Auch im Zweistromland war die weltoffene Haltung des Rabbi Eliezer noch nicht ganz tot, obwohl die neupersische Ideologie der Sassaniden den Juden hier wenig Raum ließ. Der Babylonische Talmud, in ostaramäischer Sprache Ende des 5. Jahrhunderts abgeschlossen, pflegte zwar naturgemäß mehr die Geographie der östlichen Länder, war aber auch dabei sehr großzügig. Mit Magog wurde nun „Kitaj“ bezeichnet, also China; wenn Gomer nach „Germania“ gesetzt wurde, ist nicht klar, ob man an die Germanen, die Garamanten oder Kirman am Persischen Golf dachte; Tiras wurde entweder in die Türkei oder nach Persien, Meschek nun eindeutig nach Mysien verlegt. Abschließen wollte man sich auch hier keinesfalls. „Man wähle in das Synedrium nur solche Leute, die eine stattliche Figur haben, weise sind, ein schönes Aussehen haben, gesetzten Alters sind, Zauberei verstehen und in den 70 Sprachen kundig sind, damit das Synedrium nicht auf einen Dolmetscher angewiesen zu sein braucht.“ Das Kollegium trug also wenigstens fiktiv die Last der ganzen Welt. Einer von diesen Weltweisen des Sanhedrin, Mardochai, wird uns nicht nur, wie in der Mischna, theoretisch, sondern in lebendiger Erzählung als Kenner der 70 Sprachen vorgestellt; nichts, was irgendwo Menschen Böses planten, entging ihm. Freilich stand hinter solchen Idealisierungen mehr der Wunsch nach universaler Überlegenheit als die allgemeine Menschenliebe; darum auch erlernte der ägyptische Joseph – immer nach den Angaben des Babylonischen Talmud – alle 70 Sprachen. Denn es gehört zu den königlichen Eigenschaften, alle Sprachen zu beherrschen; auch Pharao spricht in 70 Zungen, aber Joseph ist ihm überlegen, denn der Ägypter kann die Heilige Sprache, die einundsiebzigste also, nicht. Josephs Sprachlehrer war der Erzengel Gabriel; dieser muß allerdings als einziger Engel alle Sprachen beherrschen; seine Untergebenen, „die Dienstengel verstehen die aramäische Sprache nicht“; die Juden sollen nicht in der Allerweltssprache des Nahen Ostens beten. Dieser wird dennoch ein Kompliment gemacht: „Adam der Urmensch sprach aramäisch“; ein Wort aus Psalm 139, 17 schien das zu bestätigen. Aber in der Gegenwart gehört es zum Ruhm der wahren Menschen, wie die Dienstengel die Heilige Sprache zu reden[15]). Nach diesem Schema: alles kennen, aber für die Juden das Beste, ist auch die Thora, wie die Mischna schon gesagt hatte, in 70 Sprachen aufgeschrieben worden[16]); Gottes Wort teilt sich, wie erläuternd hinzu-

---

[15]) Der babylonische Talmud, übers. Lazarus GOLDSCHMIDT, 12 Bände, Berlin 1929–36: Yoma p. 10 a Bd. 3, S. 24 (Völkerliste); Sanhedrin p. 17 a Bd. 8, S. 522 (Man wähle); Megilla p. 13 b Bd. 4, S. 55 (Mardochai); Sota p. 33 a, 36 b Bd. 6, S. 113, 126 (Joseph); Schabbath p. 12 b Bd. 1, S. 467 (Aramäisch und Dienstengel), ähnlich Sota p. 33 a Bd. 6, S. 112; Sanhedrin p. 38 b Bd. 8, S. 610 (Adam); Chagiga p. 16 a Bd. 4, S. 289 (Menschen und Dienstengel).

[16]) Sota p. 32 a, 36 a, GOLDSCHMIDT Bd. 6, S. 110, 123; dazu Ludwig BLAU, Zur Einleitung in die Heilige Schrift (17. Jahresbericht der Landesrabbinerschule in Budapest), Budapest 1894, S. 98 f. mit reichen Nachweisen späterer Vorkommen.

gefügt wurde, in 70 Sprachen, „wie ein Hammer, der Felsen zersplittert"; aber die Juden allein haben die Thora behalten. Am Laubhüttenfest sollen in 7 Tagen 70 Farren geopfert werden, sagt der Talmud; sie entsprechen den 70 Nationen; doch am achten Tag wird nur ein Stier dargebracht, „entsprechend der einzigen Nation". Die Universalzahl 72 blieb rezipiert, aber nun fast ausschließlich für das Heilige vorbehalten: Neben die 72 Bibelübersetzer, die in 72 Kammern arbeiteten, traten die 72 Glöckchen am hohenpriesterlichen Gewand. Das Ereignis von Babel indes ging den frommen Juden nichts mehr an; über die Motive der Turmbauer ließ sich trefflich streiten. Wollten sie nicht in den Himmel steigen und Gott mit Äxten schlagen, damit sein Wasser ausfließe? Aber wie denn, erwiderte die Gegenpartei, warum baute man den Turm in einem Tal, in Sinear, und nicht auf einem hohen Berg? Vielleicht wollte man gar nicht den Himmel stürmen, nur auf dem Turm wohnen, vielleicht auch einen götzendienerischen Kultbau errichten oder sich gegen Gottes Eingriffe verschanzen? Konnten nicht alle drei Gründe bei verschiedenen Baumeistern verschieden wirken? Dann wäre der Turmbau auch auf dreierlei Weise bestraft worden: die auf dem Turm nur hätten wohnen wollen, seien zerstreut worden; die dort mit Gott Krieg führen wollten, hätten sich in Affen, Geister und Dämonen verwandelt; wer Götzendienst zu treiben gedachte, dem sei die Sprache verwirrt worden[17]). Das alles war Stoff für geistreiche Konjekturen und volkstümliche Gruselgeschichten, aber kein Kernproblem für die Juden, die nicht am Turmbau mitgebaut hatten; er betraf „die anderen". Die Absonderung von der Welt schien die Oberhand über die Weltaufgeschlossenheit zu gewinnen.

Die in den ersten christlichen Jahrhunderten zumeist in Mesopotamien entstandenen aramäischen Bibelparaphrasen, die sog. Targumim („Übersetzungen"), waren volkstümlicher im Ton als der Talmud; sie sollten ja auch dem Volke die nicht mehr allgemein verständlichen heiligen Bücher in der Umgangssprache darbieten und erläutern. So waren sie schon kaum mehr auf die Welt im ganzen bedacht. Um so eindringlicher verwies etwa das Targum Jonathan im 4. Jahrhundert auf den Vorrang der einen heiligen, hebräischen Sprache, in der die Welt geschaffen worden sei. Der Turmbau war nur noch eine Veranstaltung der Götzendiener; sie stellten obenauf ein Götzenbild mit einem Schwert in der Hand. Da fuhr Gott hernieder, und seine 70 Engel – hier ist die seit dem Henochbuch zu erwartende Zahl – teilten den 70 damals geschaffenen Völkern ihre Sprachen mit; nach Deut. 32, 8 und unter Hinweis auf

---

[17]) Schabbath p. 88 b, Goldschmidt Bd. 1, S. 695 f. (Hammer); Sukka p. 55 b Bd. 3, S. 411 (Laubhüttenfest); Megilla p. 9 a Bd. 4, S. 33 f. (Bibelübersetzer); Zebachim p. 88 b Bd. 10, S. 272 (Glöckchen; vgl. o. S. 40 f. Anm. 59); Sanhedrin p. 109 a Bd. 9, S. 127 f. (Turmbau).

die 70 Jakobiden von Gen. 46, 27 kombinierte man die Zahl der Engel, Sprachen und Völker, und jeder Engel wurde zum Sprachlehrer seines Volkes. Die anderen Sprachen, von himmlischen Mittlerwesen gelehrt, wurden nicht verachtet, aber was galten sie noch neben der „Sprache des Einzigen der Welt"? Die Völkertafel wurde fast lustlos traktiert. Gomer kam wieder nach Afrika, wie im Palästinensischen Talmud, aber nun rückte Magog nach Germania; das war ein Kompromiß zwischen den beiden Talmudfassungen, der später Früchte tragen sollte, denn Magogs Ältester war Aschkenaz, nach Martin Luther der Deutschen Vater. Das Targum nannte ihn freilich noch nicht, brachte aber auch den anderen Kontrahenten der Völkerwanderung in die Bibel: die Kittim wurden nun unmittelbar als „Italia" interpretiert[18]). Aber unverkennbar konzentrierte sich das Interesse der Targumim auf die Juden selber; hierher möchte man die Notiz des Hieronymus stellen, nach einigen Rabbinern des 4. Jahrhunderts sei das Hebräische die Sprache, die dereinst im Himmel gesprochen werde[19]). Das etwas jüngere Targum Jeruschalmi übernahm vom Targum Jonathan die Deutung für Gomer und Magog, kehrte aber für die Kittim wieder zu „Achaia" zurück; der Standpunkt war auch sonst niedriger, enger, denn bei Deut. 32, 8 sagte das Targum, die Völker seien nach der Zahl der Stämme der Kinder Israels geteilt worden[20]); die Welt bestand also nur aus 12 Teilen und war nur ein Abklatsch des Gottesvolkes. In späteren Targumim trat die 70 noch einmal zutage, wenn nicht nur dem Mardochai, sondern auch dem Salomon Kenntnis aller Sprachen zugeschrieben wurde[21]); aber das war ein leerer Ruhmestitel, nicht mehr.

Die eigentliche Bibelexegese, für lange Zeit die Hauptproduktion des jüdischen Geistes, wurde seit dem 4. Jahrhundert, aber noch bis ins 11. Jahrhundert hinein gesammelt in Kommentaren, die man beim Gottesdienst brauchte, in namenlosen und schwer datierbaren „Auslegungen", den sogenannten Midraschim. Einer der ältesten ist der Midrasch Bereschit Rabba, der „große Genesiskommentar", wohl in Palästina vor dem 6./7. Jahrhundert verfaßt. Seine Erläuterung der Völkertafel ist traditionell, Gomer ist Afrika, Magog Germania, Kittim Italia; über Tiras streitet man sich, er könnte Persien oder Thrakien vertreten; Aschkenaz ist wieder Asia, doch erhält nun

[18]) Targum Jonathan zu Deut. 32, 8 und Gen. 10–11, in: Brian Walton u. a., Biblia polyglotta, Bd. 4, London 1657, S. 380, 17–19; die Genesisteile in deutscher Übersetzung bei: Die aramäischen Bibelversionen (Targumim), Bd. 1, hg. Moritz Altschueler (Orbis antiquitatum I, 1), Wien-Leipzig 1909, S. 40–44.

[19]) In Sophoniam 3, 9, MPL Bd. 25, Sp. 1378.

[20]) Targum Jeruschalmi, bei Altschueler und Walton (o. Anm. 18) an den dort genannten Stellen, im Paralleldruck zum Targum Jonathan.

[21]) Targum Esther 2, 22, bei Walton (o. Anm. 18) Bd. 2, S. 10 (Mardochai); Targum Schemi zu Esther 1, 2, bei Micha Josef bin Gorion, Die Sagen der Juden, 5 Bände, Frankfurt/Main 1913–27, hier Bd. 5, S. 156 f. (Salomon).

Togarma im besonderen Germanien zugewiesen: An den Germanen lag doch allen jüdischen Exegeten besonders, während die Araber, die stammverwandten Welteroberer, weniger hervortraten. Die sagenhaften Züge der Turmbaugeschichte, das Götzenbild mit dem Schwert, kehrten wieder, doch hören wir noch einmal einen nachdenklichen Ton: Vielleicht sollte der Turm nur den Himmel gegen Beben stützen? Und die Turmbauer wurden nicht vernichtet, sie waren doch nicht grundschlecht, denn „sie liebten sich gegenseitig, wie es heißt: ‚Und es war eine Sprache'." Daß man auf philonische Art die ganze Erzählung allegorisch zu verstehen habe, wird ausdrücklich gesagt; die wirkliche Sprachenteilung fand also nicht in Babel statt. Jeder kehrte nach dem Turmbau in das Land zurück, das er zuvor besaß, und da waren die 70 Völker von selbst getrennt. Freilich, sie alle waren Jakob unterstellt, und für sie ließ Gott die Thora in 70 Sprachen verkünden, obgleich die Thora wie die Welt selbst „in der heiligen Sprache" geschaffen war. Doch das Tor blieb offen, und auch mit Modernisierungen war der Midrasch nicht kleinlich: Woher hatten die später entstandenen Nationen, z. B. die Araber, eine eigene Sprache, wenn es deren nur 70 gab? Da ließ man eben 30 Geschlechter Noachiden in Überschwemmungen zugrundegehen, und es war Platz. Die Zahlen blieben heilig und unangetastet: bis zu Gen. 3, 15 wird der Name Gottes 71mal erwähnt; die in diesem Vers genannte Schlange gebiert nach 72 Jahren, und 71 Mitglieder zählt der Sanhedrin. Der Midrasch brachte neben diesen auch die herkömmlichen Auslegungen, er suchte die These von der hebräischen Ursprache durch Etymologien aus der Genesis zu erweisen[22]). Erstaunlich bleibt die Spannweite und Freiheit der Interpretation; der Schöpfergott hält seine Hand doch noch über alles und jedes, das ist der beherrschende Eindruck.

Der ebenfalls alte Leviticus-Kommentar vermochte sich noch fromm zu verwundern: „Herr der Welt! Wie kommt es, daß Du unter den 70 mächtigen Völkerschaften, die Du in Deiner Welt hast, (dem Moses) nur Befehle an Israel aufträgst?" Das verstand sich keineswegs von selbst, daß Gott gerade Israel „durch 72 Buchstaben", durch seinen heiligen Namen, erlösen werde[23]). Der etwas jüngere Hoheliedkommentar frohlockte bereits, daß Israel bei Gott beliebter sei als die 70 Völker; doch die Vorzugsstellung bringt auch Verantwor-

---

[22]) Der Midrasch Bereschit Rabba, das ist die haggadische Auslegung der Genesis, übers. August Wünsche, Leipzig 1881, S. 163–172 (zu Gen. 10–11), 177, 319 (zu Gen. 12, 2 und 27, 29 über die Jakob Unterworfenen), 230 (zu Gen. 18,17 über 70 Sprachen), 79 (zu Gen. 2, 23 über die heilige Sprache und Ursprache), 172 (zu Gen. 11, 8 über den Untergang von Noachiden), 88 (zu Gen. 3, 15 über Zahlensymbolik). Zur Ursprachenlehre vgl. Güntert, Göttersprache 23.

[23]) Der Midrasch Wajikra Rabba, das ist die haggadische Auslegung des dritten Buches Mose, übers. August Wünsche, Leipzig 1884, S. 13 (zu Lev. 1, 2); vgl. Steinschneider, Zahlen 160.

tung; Israel opfert beim Laubhüttenfest die 70 Farren, um die Sünden der Völker zu sühnen und Gott zu bitten, „damit nicht die Welt von ihnen verwüstet werde“[24]).

Die Nuancen sind bereits verschoben in einer Predigtsammlung zum Pentateuch, die noch vor 700 entstanden sein könnte. Dieser Midrasch Tanchuma sah Israels Sonderstellung nicht nur durch Gott respektiert: „Er schuf 70 Völker und erwählte eins“, sondern sogar durch die bösen Ägypter, die sich unter allen „70 Zungen der Welt“ gerade die Juden zur Fronarbeit aussuchten. Ihre Sprache, die Ursprache, ist Gottes Stimme; als diese die 10 Gebote sprach, teilte sie sich in sieben Stimmen und erscholl alsdann in 70 Sprachen, damit jede Nation sie in ihrer eigenen Sprache vernehme. Noch ist die Mission also die Aufgabe der Juden, aber auf die Einigung der Welt ist wenig Hoffnung; Gott spricht: „In dieser Welt sind durch die Macht des bösen Triebes meine Geschöpfe voneinander getrennt und in 70 Zungen geteilt worden. Aber dereinst werden sie sich alle zusammentun, Schulter an Schulter, und werden meinen Namen anrufen und mir dienen“[25]). In alledem lag noch wenig Stolz der Juden; die universale Frömmigkeit brach durch alle Neigungen zur Isolierung immer wieder durch, besonders deutlich in den gnostisch und hellenistisch beeinflußten sogenannten Kapiteln des Rabbi Eliezer, die Anfang des 9. Jahrhunderts in Palästina geschrieben wurden. Das Buch suchte Gottes Wirken in der Schöpfung und in der Geschichte Israels darzulegen. Adam kann die Tiere benennen, während die Engel es nicht können: daß Adam dabei Hebräisch redete, wurde nicht gesagt. Nur wenn die Kinder der Engel und Menschen sündigen, kennzeichnet es ihren Frevel, daß sie beim Tanzen die heilige Sprache benutzten: Hebräisch darf keine Umgangssprache sein. In diesem Kompendium der Heilsgeschichte liest man, daß der böse Cham schwarz wie ein Rabe wurde; Schem ist zwar schwarz, aber lieblich, Japhet ist weiß und schön. Die törichten Menschen unterwarfen sich, aller Warnungen Abrahams ungeachtet, einem Sklavensohn und Hamiten – alle Hamiten sind Sklaven –; so wurde Nimrod ihr König und nach Gott der zweite unter den acht bekannten Königen über alle Welt. Die Menschen bauten, um nicht noch einmal wie nach der Sintflut zerstreut zu werden, ihre mächtige Stadt und den nutzlosen Turm, Abrahams Ermahnungen zum Trotz; sieben oder, nach anderer Lesart, sogar siebzig Meilen hoch wurde er. Bis dahin hatte alle Welt eine Sprache geredet; nun stieg Gott mit seinen 70 Engeln herab und gab jedem Volke eine beson-

---

[24]) Der Midrasch Schir ha-Schirim, übers. August WÜNSCHE, Leipzig 1880, S. 21 (zu Cant. 1, 2 über Israel), 49, 102 (zu Cant. 1, 15 über das Laubhüttenfest).

[25]) Midrasch Tanchuma, Bamidbar § 17, GORION (o. Anm. 21) Bd. 3, S. 119 (Auserwählung Israels); Vajeze § 9 Bd. 4, S. 122 (Ägypter); Jethro § 11 S. 224 (70 Sprachen); Noah § 18 f. Bd. 2, S. 52 (Vereinigung, zu Soph. 3, 9).

dere Sprache, den 70 Nationen 70 Sprachen, je eine eigene Schrift und einen Wächterengel; diese Wächterengel hatten zuvor im Himmel gelost, welches Volk einem jeden zufallen solle, und da traf das Los Abrahams und seiner Nachkommen auf Gott den Herrn; Abraham, dem Irdischen entrückt, sprach nun wieder die Heilige Sprache. Es war also nicht Verdienst, sondern Zufall und Gnade, daß Israel Gottes Volk wurde und Sprache und Schrift des Höchsten behielt. Gnade war es, wenn Gott unter den 70 Nationen, die alle seine Geschöpfe sind, nur Israel mit seinem heiligen Namen auszeichnete, während die anderen Völker Gottes Thora ausschlugen, sich zerstreuten und einander zu bekämpfen begannen. Gnade war es, daß auf dem Schiff des Jonas im wütenden Sturm die Reisenden aus allen 70 Sprachen vergeblich zu ihren Götzen riefen, weil der Gott der Hebräer zürnte. Gnade war es sogar, zu diesen 70 Sprachen und Völkern zu zählen: den verhaßten Samaritanern wurde dieser Rang ausdrücklich bestritten[26]).

Gott begab sich hier aber seiner Allmacht und stellte sein Wirken unter das Los; in fast schon kabbalistischen Geheimlehren suchte man nun allenthalben die Magie solcher anonymen Mächte zu fassen, etwa im 3. Henochbuch, das wahrscheinlich im Zweistromland irgendwann zwischen dem 4. und 9. Jahrhundert geschrieben wurde. Den 70 Wächterengeln treten hier 70 Namen des Gottesboten Henoch-Metatron zur Seite, auf die 70 Zungen der Welt verteilt und den 70 Aspekten der Thora entsprechend; bisweilen sind es auch 72 Sprachen, ebenso viele Nationen und Engel und demgemäß 72 Namen Gottes oder 72 Buchstaben des Gottesnamens. Die Lehre von 70 oder 72 Gottesnamen oder Buchstaben des Gottesnamens ist, nach den Ansätzen der Genesis- und Leviticus-Kommentare, hier zum erstenmal voll ausgebildet; sie sollte, vor allem in der Magie, eine lange Nachwirkung haben, und diesen magischen, weltflüchtigen Klang hatte die Formel schon im Henochbuch. Die Wächterengel sind zugleich die Lenker der 72 Völkerplaneten und leiten also das Schicksal der Völker indirekt; die Zwischenschichten zwischen Gott und Mensch gewannen an Einfluß. Noch einmal hieß es, daß Moses auf dem Sinai alle Weisheit in 70 Sprachen lernte[27]), aber das war schon fast so fabelhaft wie die späteren Berichte von Weisen und Wundertieren, die alle 70 Sprachen verstehen: der Leviathan, ein

---

[26]) Pirkê de Rabbi Eliezer, übers. Gerald FRIEDLANDER, London 1916: c. 13 S. 91 (Adam); c. 22 S. 161 (Kains Kinder); c. 23 S. 172 f. (Schem, Cham, Japhet); c. 11 S. 80 (Nimrod Weltkönig); c. 24 S. 174–178 (Turmbau); c. 26 S. 188 (Abraham); c. 30 S. 221 (Israel, 70 Nationen); c. 41 S. 319 (Angebot der Thora); c. 10 S. 67 f. (Jonas); c. 38 S. 298 (Samaritaner).

[27]) 3 Enoch or The Hebrew Book of Henoch, hg. Hugo ODEBERG, Cambridge 1928, z. B. S. 6–8, 48, 50, 102, 105, 160, 169 f., 172, 175 f. Zur jüdischen Lehre von 70 Gottesnamen vgl. Samuel S. COHON, The Name of God, A Study in Rabbinic Theology, in: Hebrew Union College Annual 23 (1950) 579-604, besonders S. 600.

Skorpion, der Erfinder des Golem[28]), noch wiederholt Moses[29]) und andere[30]), auch die Engel Gottes, die die Seligen in allen 70 Sprachen unterrichten werden[31]). Klingt dies letztere noch nach einem internationalen Himmel, so sind wir mitten in der Legende, wenn sich fromme Rabbiner vom Leviathan oder von einem Frosch oder Fisch die 70 Sprachen lehren lassen[32]). Nur in Wünschen und Träumen umspannte man noch die ganze Welt.

Die Zahlensymbolik überwucherte alles andere; der Deuteronomium-Kommentar, von etwa 900 und aus Palästina, kannte die 72 Buchstaben des Gottesnamens[33]) ebenso wie der Sepher Raziel des 10. Jahrhunderts, der von 72 heiligen Schriftzeichen und diesmal 73 Namen des Herrn wußte[34]). Diese Andacht vor den Kleinigkeiten konnte indes jederzeit wieder fruchtbar werden, und sie wurde es in der Berührung der Juden mit dem Islam.

Der aus dem Fajjum stammende babylonische Gaon Saadia ben Joseph (882–942) hat, an die islamischen Mutaziliten angelehnt, die jüdische Religionsphilosophie erst begründet, aber auch zu einem fast schon kabbalistischen „Buch der Schöpfung" 931 einen Kommentar verfaßt, der freilich nur die Zahlen 6 und 12, 7 und 10, nicht die 72 mit Gottes Schöpfung in Verbindung brachte. Schrift, Zahl und Wort sind die drei Formen, in denen Gott die Welt schuf; das Heilige läßt sich nur in den Worten wirklich ausdrücken, die Adam schon verwendete; neue Namen für die Dinge und erst recht für Gott lassen sich nicht finden, denn alle Namen auf Erden sind wandelbar und richten sich nach den Umständen, taugen also wenig, um den Ewigen zu nennen[35]). Die starke

---

[28]) Micha Josef BIN GORION, Der Born Judas, Legenden, Märchen und Erzählungen, 6 Bände, Leipzig 1916–22: Alphabet des Ben Sira VII Bd. 4, S. 28 (Leviathan); unedierte Sagensammlung Bd. 6, S. 191 (Skorpion); Niphlaoth Maharal Bd. 5, S. 179 (Golem).

[29]) Alphabet des Rabbi Akiba, in: Aus Israels Lehrhallen, hg. August WÜNSCHE, Bd. 4, Leipzig 1909, S. 260, 262.

[30]) Bernhard HELLER, Das hebräische und arabische Märchen, in: Johannes BOLTE–Georg POLIVKA, Anmerkungen zu den Kinder- und Hausmärchen der Brüder Grimm, Bd. 4, Leipzig 1930, S. 317, 347 bringt Beispiele.

[31]) Midrasch Ketapuach, GORION (o. Anm. 21) Bd. 4, S. 247, 249.

[32]) Sepher Maaseh, bei Johann Andreas EISENMENGER, Entdecktes Judentum, 2 Bände, Frankfurt/Main 1700, hier Bd. 1, S. 419, 811.

[33]) Der Midrasch Debarim Rabba, das ist die haggadische Auslegung des fünften Buches Moses, übers. August WÜNSCHE, Leipzig 1882, S. 7 (zu Deut. 1, 1).

[34]) Sepher Raziel, GORION (o. Anm. 21) Bd. 1, S. 263, 33; dazu Moses GASTER, Zur Quellenkunde deutscher Sagen und Märchen, in: Germania 26 (1881) 199–213, hier S. 203 f.; auch GASTER, Studies Bd. 1, S. 293–301; Bd. 2, S. 1075 f. über den Sepher Raziel als ältestes Zeugnis für die Vorstellung von 73 (72) Gottesnamen. Die Einwände von Johannes BOLTE, Über die 72 Namen Gottes, in: Zeitschrift des Vereins für Volkskunde 13 (1903) 444–450, hier S. 449 f. überzeugen nicht; das 3. Henochbuch hat die Lehre schon früher als der Sepher Raziel, man kann sie den Juden nicht wohl abstreiten.

[35]) Commentaire sur le Séfer Yesira ou livre de la création par le Gaon Saadya de Fayyoum, hg. u. übers. Mayer LAMBERT (Bibliothèque de l'Ecole pratique des Hautes

Berufung auf die ewigen Ursprünge hinderte indes Saadia nicht, die von ihnen abweichende Gegenwart ebenso ernst und eindringlich zu betrachten. Er schrieb nicht nur eine hebräische Grammatik und das erste alphabetische Bibelwörterbuch, allen denen zu Nutze, „die an der Sprache der heiligen Engel Gefallen haben“; er übersetzte die Bibel selbst ins Arabische und richtete seine Gedanken auf „die Worte der Menschenkinder und auf die Sprache, wie sie bei jeglichem Volke gesprochen wird“; er zählt zu den Vätern der semitischen Sprachvergleichung[36]).

Die Verwandtschaft der Sprachen und auch der Religionen von Juden und Arabern mußte bald allgemein das jüdische Geistesleben neu inspirieren. Auch dem Nordwestafrikaner Jehuda ibn Koreisch fiel zu Ende des 9. oder Anfang des 10. Jahrhunderts die Verwandtschaft des Aramäischen und Hebräischen mit dem Arabischen auf, und er erklärte sie genealogisch: Abrahams Vater war ein Aramäer; Ismael und die Seinen redeten „von den Zeiten der Sprachenteilung her“ arabisch; nur die Stammväter Israels hielten fest „an der Heiligen Sprache, die schon die Adams gewesen war“. Andere Zeitgenossen zogen daraus den einfachen Schluß, Arabisch sei verderbtes und unreines Hebräisch[37]); aber mit solchen Bosheiten beginnt jede vergleichende Sprachwissenschaft.

Die alte, buchstabengetreue Exegese gewann gleichfalls um diese Zeit an Kraft, nachdem seit dem 7. Jahrhundert durch die Arbeit der Masoreten die Verständlichkeit und genaue Wiedergabe des Bibeltextes gesichert worden war. Islamischen Einfluß wird man auch hier vermuten dürfen, zumindest zwang die Apologetik zur Exaktheit. Um 850 schrieb wohl der Rabbi Simon aus Fostat (Alt-Kairo) ein in Spanien und Nordafrika viel benutztes Talmud-Kompendium, die sogenannten Halachoth Gedoloth; der Autor hielt es nun für nötig, die 70 Völker im einzelnen nachzuweisen. Dabei wurde Nimrod mitgezählt, aber die Philister fielen weg, und so ergab die Musterung die korrekten Angaben von 14 Japhetiten, 30 Hamiten und 26 Semiten[38]). Gewiß ist diese Rech-

---

Etudes, Sciences philologiques et historiques 85), Paris 1891: Zu III, 4 S. 84 f. (7 und 10); I, 1 S. 1 (Schrift, Zahl, Wort); Saadias Vorwort S. 21 (Adams Bezeichnungen); zu I, 1 S. 36 ff. (Namen wandelbar).

[36]) Wilhelm Bacher, Die hebräische Sprachwissenschaft vom 10. bis zum 16. Jahrhundert, in: Jakob Winter – August Wünsche u. a., Geschichte der rabbinischen Literatur während des Mittelalters und ihrer Nachblüte in der neueren Zeit (Die jüdische Literatur seit Abschluß des Kanons, Bd. 2), Trier 1894, S. 133–235, hier S. 138–141 mit Zitaten.

[37]) Bacher (o. Anm. 36) S. 142 f. (Jehuda), 144 f. (verderbtes Hebräisch, nach Dunasch ibn Tanun aus Kairo).

[38]) Halachoth Gedoloth, zitiert nach Krauss, ZATW Bd. 19, S. 6; doch meint Krauss zu Unrecht, bei der Zählung sei Aschschur (Gen. 10, 11) ausnahmsweise weggelassen worden: er wurde fast nie mitgezählt. Zu den H. G. Heinrich Graetz, Autorschaft, Abfassungszeit und Komposition der Halachot Gedolot, in: Monatsschrift für Geschichte und Wissenschaft des Judentums 7 (1858) 217–228.

nung durch verwunderte Fragen von Mohammedanern veranlaßt worden, denn der Islam hatte – wir kommen darauf noch zurück – die christliche Zählung nach 72 Völkern und Sprachen übernommen.

Dergleichen Nachweise wurden nun öfter nötig; vor 1040 gab auch der in Palästina geschriebene Psalmen-Kommentar eine Aufgliederung der 70 Namen der Völkertafel[39]), und während der an den Midrasch Tanchuma angelehnte Exodus-Kommentar des 11./12. Jahrhunderts nur wieder von dem in 70 Sprachen geteilten Gotteswort redete[40]), machte sich der Numeri-Kommentar, nicht vor dem 12. Jahrhundert redigiert, ernsthafte Gedanken über die 70 Gottesnamen, die hier alle aufgezählt wurden[41]), aber auch über die 70 Sanhedrinmitglieder, die eigentlich 72, sechs aus jedem Stamm, gewesen seien; die 70 Stiere des Laubhüttenfestes wurden auch hier als stellvertretendes Opfer der ganzen Welt definiert; die 70 Völker sind Bestandteil der Heilsgeschichte, denn über sie, „von einem Ende der Welt bis zum anderen" herrschen zwei Könige: in der Vergangenheit Salomon, in der Zukunft der Messias. Endlich gibt Cant. 6, 8 (6, 7 der Vulgata) Veranlassung zu einer Nachprüfung der Völkerzahl. Zwar weist alles auf 70 Völker der Erde hin, aber nur 60 davon kennen ihren Stammvater, jedoch gibt es 80 Völker, die ihre Stammutter benennen können[42]). Die Stelle wäre unverständlich, wenn wir nicht den „Großen Kommentar" hätten, den Midrasch Haggadol, einen Sammelmidrasch, der die Kommentare zu einzelnen Bibelbüchern zusammenfaßte, ganz ähnlich wie gleichzeitig im Abendland die Glossa ordinaria oder die Catena aurea. Dieser Midrasch Haggadol, nicht vor dem 13., vielleicht im 14. Jahrhundert in Jemen komponiert[43]), erläuterte Cant. 6, 8 so: Die 60 Königinnen sind die 60 Völker. Sie wurden in der üblichen Weise aufgezählt, ohne Nimrod, mit den Philistern. „Sollte Dir jemand sagen, es gebe 70 Völker, so antworte ihm: Die 10 Vätervölker können nicht mitgezählt werden, nämlich Japhet, Gomer, Jawan, Cham, Kusch, Ra'ema, Misraim, Schem, Aram und Joqtan"; mit anderen Worten: Diejenigen Personen der Völkertafel, von denen auch die Söhne angegeben sind, können kein eigenes, von dem der Söhne unterschiedenes Volk gebildet haben. Das

---

[39]) Der Midrasch Tehillim oder haggadische Erklärung der Psalmen, übers. August WÜNSCHE, Trier 1892, S. 86 (zu Ps. 9, 6).

[40]) Der Midrasch Schemot Rabba, das ist die haggadische Auslegung des zweiten Buches Moses, übers. August WÜNSCHE, Leipzig 1882, S. 55 f. (zu Ex. 4, 27).

[41]) A. NAGER, Über Schem ha-mephorasch, in: ZDMG 35 (1881) 162–167, hier S. 166 f. mit weiteren Quellen.

[42]) Der Midrasch Bemidbar Rabba, das ist die allegorische Auslegung des vierten Buches Mose, übers. August WÜNSCHE, Leipzig 1885, S. 408 (zu Num. 11, 16 über den Sanhedrin), 521 (zu Num. 29, 35 über das Laubhüttenfest), 323 (zu Num. 7, 13 über Salomon), 157 (zu Num. 5, 17 über Cant. 6, 8).

[43]) Midrash Haggadol on the Pentateuch Numbers, hg. S. FISCH, Manchester 1940, S. 6–16.

war eine mutige Durchbrechung einer tausendjährigen Tradition – im Abendland ist man auf denselben Gedanken erst hundert Jahre später gekommen –; allerdings war die Interpretation künstlich, denn bei der bisher üblichen Zählung von 70 Völkern waren ja schon Schem, Cham und Japhet ausgelassen worden, durften also nicht noch einmal abgezogen werden; ferner hätten auch Kanaan als Vater der 11 Kanaanäer und die Kasluchim als Ahnen der Philister aus der Rechnung gestrichen werden müssen, und dann wären die erwünschten 60 verfehlt worden. So stand also Exegese gegen Exegese, aber die neue Stelle Cant. 6, 8 hatte den unschätzbaren Vorteil, daß man nun auch die später entstandenen Völker unterbringen konnte, ohne nachträglicher Überschwemmungen und Katastrophen unter den Noachiden zu bedürfen: die 80 Kebsweiber sind nämlich die jüngeren Völker. Die geschichtlichen Veränderungen wurden hier zum ersten Mal wirklich einkalkuliert; auch die Zahl der Länder war nicht mehr 72, sondern 104, unter denen Japhet mit 44 Ländern voranstand; die Sprachenzahl konnte nun ebenfalls neu festgesetzt werden, und zwar nach christlicher und mohammedanischer Weise auf 72 Sprachen, die aber nicht den Proportionen der Völkertafel entsprechend unterteilt wurden: es gibt 22 japhetitische, 24 hamitische und 26 semitische Sprachen. Mit den Sprachen sind nun wieder die Schriften nicht mehr gekoppelt; nach dem christlichen Syrer David von Beth Rabban, von dem wir noch sprechen werden, nimmt der Midrasch Haggadol nur 16 Schriftarten der Erde an[44]). Bei diesen Berechnungen hat möglicherweise der Diamerismos des römischen Christen Hippolyt eingewirkt[45]); sie zeigen jedenfalls eine erhebliche historische Auflockerung der starren, exegetisch gewonnenen formelhaften Proportionszahlen.

Diese verheißungsvolle Entwicklung schien sich zu beschleunigen, seitdem die geistige Führung im Judentum in andere Länder gewandert war, die den Greueln des Mongolensturms ferne lagen und der Toleranz des Islam sicher schienen: Nordafrika und Spanien mit Ausläufern in den christlichen Ländern Südfrankreich und Süditalien. Aus dieser Verlagerung und Berührung mit neuen Mächten erwuchs seit dem 9. Jahrhundert ein neuer Ansatz zu jüdischer Weltgeschichtsschreibung, in der Gattung wohl an die christliche Weltchronistik angelehnt – die Zusammenhänge müßten eingehender untersucht werden –, vor allem aber um Aus- und Angleich der Traditionen bemüht. Ein hervor-

---

[44]) Midrasch Haggadol, Gorion (o. Anm. 21) Bd. 2, S. 9 ff. (zu Gen. 10 über die Völkertafel). Die hier offenbar fehlerhafte Übersetzung Gorions ist korrigiert nach Samuel Poznanski, Zur Zahl der biblischen Völker, in: ZATW 24 (1904) 301–308, hier S. 302–4; über die Schrifttafel S. 304–7 und bei Samuel Krauss, Zur Zahl der biblischen Völkerschaften, in: ZATW 20 (1900) 38–43; 26 (1906) 33–48, hier Bd. 26, S. 38 ff.

[45]) Eberhard Nestle, Miscellen, in: ZATW 25 (1905) 201–223, hier S. 211 ff. und ergänzend Krauss, ZATW Bd. 26, S. 37–46.

ragender Vertreter dieser neuen Literaturgattung ist der Sepher Hajaschar, das „Buch des Gerechten", eine wohl in Süditalien zwischen dem 8. und 12. Jahrhundert, eher früher als später, abgefaßte Legendensammlung. Sie brachte die üblichen Erzählungen vom Turmbau zu Babel, erweitert um die Variante, daß die Erbauer des Turms mit Pfeilen in den Himmel schossen; das ist eine eher iranische als chinesische Legende, der wir im Islam wiederbegegnen werden[46]). Auch sonst war die Sammlung nicht puristisch eng. Die traditionelle Zahl 70 trat zurück, Abraham belehrte 72 Konvertiten; die Völkertafel wurde völlig neu gedeutet, wohl weil der Autor glauben mochte, daß in der josephischen und talmudisch-midraschitischen Genesisexegese die neue europäische Heimat zu kurz gekommen sei. Und so stellte er, ohne philologische Rücksichten, die Weltansicht der Juden auf den Kopf. Gomer sind in Weiterbildung der Germanen-Gleichung des Talmud die „Franken", die Franzosen, „die an dem Strom Seine wohnen"; Riphat sind die Bretonen „am Fluß Loire"; die Kinder Togarmas sind die asiatisch-europäischen Wandervölker, Chazaren, Petschenegen, Alanen, Bulgaren, Tataren, Türken, Ungarn und andere. Jawan und Madai bleiben den Griechen und Medern, doch Tubals Kinder sind nun die, „die im Land Toskana an dem Fluß Pisah wohnen", die Sabiner; sogar der Raub der Sabinerinnen fügt sich hier ein. Tiras wird an die Russen vergeben, zugleich an Polen und „Anglier"; die „Alemannen" sind Nachfahren des Jawaniden Elischa – vielleicht ein Reflex der Trojanerfabel –; vom gleichen Ahnherrn stammen die Lombarden. Die Kittim sind natürlich die Römer „an dem Strom Tiber", während die Dodanim im Norden am Atlantik wohnen; anscheinend sind die Dänen und überhaupt die Skandinavier gemeint[47]). Den Japhetiten wurde also wirklich ganz Europa zugewiesen; es fehlte nur das Land, an das ein Jude zuerst denken mußte, Spanien. Es gehörte den Mohammedanern, also den Semiten; die Interpretation kann daher nicht lange nach dem Beginn der Reconquista geschrieben sein. An den sonstigen Erklärungen für Hamiten und Semiten änderte der Sepher Hajaschar nichts; aber das bisherige Bild war gesprengt.

Ebenfalls nach Italien und wohl in das 9., nicht erst in das 11. Jahrhundert, gehört die sog. Chronik des Joseph ben Gorion oder Josippon. Sie hat die

---

[46]) James Darmesteter, La flèche de Nemrod en Perse et en Chine, in: Journal asiatique, Serie 8, Bd. 5 (1885) 220–228, hier S. 227 für chinesischen Ursprung, doch liegen die islamischen Zeugnisse früher.

[47]) Sepher ha-Jaschar, übers. Jacques-Paul Migne, Dictionnaire des apocryphes (Encyclopédie théologique III, 24), Bd. 2, Paris 1858, S. 1103–1110 über Turmbau und Völkertafel; einiges davon auch bei Gorion (o. Anm. 21) Bd. 2, S. 68–72, 209–211; zur Verwendung der 72 vgl. ebenda Bd. 2, S. 147; Bd. 3, S. 132, 148. Hier ist auch Steinschneider, Zahlen 478 ff. zu ergänzen. – Die Datierung ist sehr unsicher; vgl. die weit auseinandergehenden Ansätze von Bousset, Judentum 44 und Strack (o. Anm. 4) S. 217.

Völkertafel des Sepher Hajaschar fast genau übernommen, nur den Schluß erweitert: Die Dodanim wurden hier ausdrücklich als Dänen bezeichnet und von ihnen die Kroaten, Tschechen, Böhmen und andere Slaven hergeleitet[48]). Ganz Mittelosteuropa wurde also, wieder ohne jede Rücksicht auf die bisherige Exegese, ergänzend eingebaut. Und endlich hat in Spanien, wohl im 11. oder eher im 12. Jahrhundert, ein anonymer Kompilator eine Art jüdischer Historienbibel zusammengestellt, in der viele alte Traditionen erhalten sind, darunter Pseudo-Philos Biblische Altertümer und das „Testament des Naphtali", das sehr alt sein mag und von einigen Gelehrten sogar in die Zeit des Jubiläenbuchs gesetzt wird, aber über Turmbau und Sprachenverwirrung einige nachtalmudische Motive erzählt: Die 70 Völkerengel lehren die 70 Sprachen; Michael stellt den 70 Völkern die Wahl frei, welchen Engel sie als Fürsprecher benennen wollen; da wählt sich Nimrod, der Anführer der Turmbauer, den Engel, der ihn „in einer Stunde" das Kuschitische gelehrt hat, und so alle; nur Abraham erwählt sich Gott zum Fürsprech, bei ihm bleibt deshalb die heilige Sprache[49]). Doch zurück zu dem eigenen Text der Historienbibel, den ein Jerachmeel kompilierte. Er überlieferte die neue Völkertafel des Sepher Hajaschar; vielleicht war es seine eigene Konjektur, die aus den „Sibsani" des Meschek nun schlicht und einfach die Sachsen machte. Doch genügte dem Jerachmeel auch diese Liste noch nicht, vielleicht weil Spanien in ihr fehlte, und so stellte er eine andere zur Wahl: Danach waren Gomer die Galater und Rheginer des Josephus, Jawan nicht nur die Griechen, sondern auch Armenier und Franken – wieder eine, freilich sehr weitläufige Assonanz an die Trojanerfabel –; Tubal waren nun, wie bei allen Christen seit Hieronymus, auch bei Jerachmeel die Spanier; und Magog, den der Sepher Hajaschar ausgelassen hatte, wurde nun in einem merkwürdigen Anklang an die sog. „Fränkische Völkertafel" und die Genealogien des Nemnius nicht nur an Skythen und Goten verteilt, sondern auch an Piraten, Normannen, Bayern, Langobarden, Sachsen, Gascogner. Schon diese Kühnheit hätte kein abendländischer Christ gewagt; Jerachmeel ging noch weiter und sprach von 72 Völkern, 15 Japhe-

---

[48]) Josephus Hebraicus, videlicet rerum memorabilium in populo judaico gestarum libri VI, hg. u. übers. Johann Friedrich BREITHAUPT, Gotha-Leipzig 1710, S. 2–9. Die Datierung folgt STRACK (o. Anm. 4) S. 217 und nicht Percy Ernst SCHRAMM, Kaiser, Rom und Renovatio, Studien und Texte zur Geschichte des römischen Erneuerungsgedankens vom Ende des karolingischen Reiches bis zum Investiturstreit (Studien der Bibliothek Warburg), 2 Bände, Leipzig-Berlin 1929, hier Bd. 2, S. 112 ff. Die Völkertafel Josippons ist eingehend, aber ohne Kenntnis der Parallel-Listen, untersucht bei Joachim LELEWEL, Géographie du moyen âge, 5 Bände, Brüssel 1852–57, hier Bd. 3, S. 10 ff.

[49]) Testamentum Naphtali 8, 4–10, 2, RIESSLER, Schrifttum 1220 f.; auch übers. GASTER, Studies Bd. 1, S. 84, dazu der Kommentar S. 71–77. Zur Textgeschichte des Testaments DE JONGE (o. S. 145 Anm. 44) S. 52 ff.

titen, 30 Hamiten und 27 Semiten, ganz so wie alle Abendländer und so wie zuvor kein Jude. Damit nicht genug. Schem erhielt nach Jerachmeel 406 Nationen und 27 Sprachen zugewiesen, Cham 394 Länder und 22 Sprachen, Japhet aber 23 Sprachen und 300 Länder; diese Berechnung stammt, bis auf die allerletzte Zahl, die aus „200" verändert wurde, aus dem Psalmenkommentar des jüngeren Arnobius, wie ihn Beda dem christlichen Mittelalter überliefert hatte. Der Überraschungen ist kein Ende: Bei Jerachmeel tauchte ein vierter Noahsohn, Jonithes, auf, der ein Astrolog gewesen sei; wir werden seine Geschichte, die im 6. Jahrhundert im christlichen Syrien begann, noch zu verfolgen haben; kein Jude hatte bisher dergleichen Sagen ernstgenommen. Und allen Ketzereien wurde die Krone aufgesetzt durch die Behauptung des Jerachmeel, Nimrod, der verfluchte Turmbauer, sei Semit gewesen. Man möchte fast glauben, daß ein Christ der Verfasser dieser Historienbibel gewesen sein müßte; aber dies las man in Spanien in hebräischer Schrift und Sprache[50]).

Andere Juden mußten vor dieser Emanzipation erschrecken, insbesondere die Exegeten. Dabei hatte sich auch die jüdische Bibelexegese seit dem 10. Jahrhundert grundlegend gewandelt; sie wandte sich von den Traditionen der Midraschim vollends ab und suchte im einfachen Schriftsinn ein neues Bibelverständnis[51]); parallel damit ging, vor allem in Spanien, eine Förderung der hebräischen Grammatik und Lexikographie. Ihre Grundlagen bei Saadia wurden nun ausgebaut; die Vielsprachigkeit der Juden war dabei hilfreich. Der Dolmetscher und Finanzminister der spanischen Omajjaden, Chasdai ibn Chaprut (ca. 915–990), der auch mit einer Gesandtschaft Ottos d. Gr. lateinisch zu verhandeln verstand, schrieb dem Chazaren-Chan einen Brief, der sich nach dem Glauben des fremden Volkes erkundigte, aber auch nach der Sprache, die es redete. Ob es etwa das Hebräische sei?[52]) Andere zogen den Kreis enger oder gruben tiefer. Als der auch durch allegorische Bibelerklärung hervorgetretene Dichter Salomon ibn Gabirol (1020–1070) seine philosophische Schrift vom „Lebensquell" schrieb, machte er sich die neuplatonische Terminologie ganz zu eigen, und dieser Rückgriff zur Spätantike ließ für Vielfalt und Geschichte wenig Raum. Das Eine steht am Anfang, das Zusammengesetzte ist später als das Eine; *commixtio* ist der unterste Grad. Zwar ist die Einheit auch in den *diversa et divisa* verstreut und hält als *retentrix omnium* alles zusammen; doch das Ziel des Denkens ist nur dies Eine, Ursprüngliche. Die *locutio* und die

---

[50]) The Chronicles of Jerahmeel or the Hebrew Bible Historiale, übers. Moses Gaster (Oriental Translation Fund, New Series 4), London 1899, S. 65–70. Die Datierung nach Bousset, Judentum 44 f.

[51]) Wilhelm Bacher, Die jüdische Bibelexegese vom Anfange des zehnten bis zum Ende des fünfzehnten Jahrhunderts (in dem o. Anm. 36 zitierten Sammelwerk) S. 236–339, hier S. 257 ff.

[52]) Winter-Wünsche (o. Anm. 36) S. 356.

vox ist ein Gleichnis dieses Einen, denn auch der Schöpfer erschuf die Welt sprechend. Diese *vox* ist eine *materia universalis*, die alle *voces particulares* umfaßt; auch die schon sehr differenzierte *forma* entläßt aus sich partikuläre Formen des Wortes, die Mannigfaltigkeit des Besonderen[53]); daß dabei die Vielfalt des Irdischen abseits liegen blieb, versteht sich. Bei manchen jüdischen Neuplatonikern verquickten sich Philosophie und Religion, so daß das Jüdische als das tragende Prinzip der Welt erschien. Der aus Spanien nach Südfrankreich gekommene, vor allem astronomisch-mathematisch interessierte Neuplatoniker Abraham ben Chija (ca. 1050–ca. 1136) wandte sich energisch gegen die Vermengung des wahren Glaubens mit dem allgemein menschlichen Meinen; seine Anthropologie befaßte sich nur mit dem gläubigen Israeliten: Wie der Mensch von Gott unmittelbar geschaffen und von den anderen Lebewesen streng getrennt ist, so ist auch Israel von den Völkern geschieden. Derselbe Mann, der sich von den Christen, vielleicht von Isidor von Sevilla, die Parallele zwischen den Schöpfungstagen und den Weltaltern ausborgte, um die Zeit des kommenden Messias zu bestimmen, kehrte sich doch um 1120/29 gegen die „Gelehrten der Völker", die von 72 Nationen sprachen: zwei davon sind die jüdischen, nämlich die Familien des Moses und des Levi, die übrigen 70 sind die „andern"[54]). Das war noch eine halbe Anerkennung der christlichen Zählung; aber mit solchen nicht streng exegetischen Argumenten – Levi und Moses stehen nicht in der Völkertafel – war ebensowenig zu retten wie mit den Häufungen der Parallelstellen, durch die im 11. Jahrhundert in Narbonne der Midrasch Thadsche noch einmal die Kette der 70 Gottesnamen, Völker, Sanhedrinmitglieder, Jakobskinder, Thora-Namen zu rechtfertigen suchte[55]). Die strengen Exegeten waren weitherziger; Salomon ben Jarchi, meistens Raschi genannt, (ca. 1040–1105), der neben die midraschitische die buchstäbliche Exegese setzte, gab freilich die Traditionen ungern auf, er dozierte, das Hebräische sei die Ursprache gewesen; den 72buchstabigen Gottesnamen behielt er auch bei, und die

---

[53]) Avencebrolis Fons Vitae, hg. Clemens BAEUMKER (Beiträge zur Geschichte der Philosophie des Mittelalters I, 2–4), Münster 1895: III, 2 S. 76 (Eines früher); V, 35 S. 321 (commixtio, diversa, retentrix); V, 43 S. 336 (vox, locutio); zum Ganzen Julius GUTTMANN, Die Philosophie des Judentums (Geschichte der Philosophie in Einzeldarstellungen I, 3), München 1933, S. 102 ff. und Abraham HESCHEL, Das Wesen der Dinge nach der Lehre Gabirols, in: Hebrew Union College Annual 14 (1939) 359–385.

[54]) Megillat ha-Megalle, aus der Handschrift Oxford, Bodleian Library 160, f. 84, übersetzt bei STEINSCHNEIDER, ZDMG 57 (1903) 477; über den Verfasser Georges VAJDA, Les idées théologiques et philosophiques d'Abraham Bar Hiyya, in: AHDL 15 (1946) 191–223; zu seiner Geschichtslehre GUTTMANN (o. Anm. 53) S. 130 f. und Georges VAJDA, Introduction à la pensée juive du moyen âge (Etudes de philosophie médiévale 35), Paris 1947, S. 101 f.

[55]) Midrasch Thadsche, in: Aus Israels Lehrhallen, hg. August WÜNSCHE, Bd. 5, 2, Leipzig 1910, S. 104–108.

70 Völker und Sprachen konnte er rein exegetisch durch den Hinweis auf Gen. 46, 27 stützen; auch bei Deut. 32, 8 – nicht hingegen bei Ex. 15, 27 – seien die 70 Sprachen gemeint. Doch kam nun auch die philonische Allegorese wieder zu Ehren, Raschi gab zu, daß man die Erzählung vom Turmbau auch allegorisch von Eintracht und Zwist der Meinungen verstehen könne und verschloß sich auch nicht der Ansicht des Genesis-Midrasch, daß die Schuld der Turmbauer nicht sehr groß war, weil sie in Liebe und Eintracht beisammen leben wollten[56]). Das war ein neuer Anlauf, die Schranken niederzureißen.

Raschis leiblicher Enkel, Samuel ben Meir (Raschbam, ca. 1080– nach 1158) beschnitt allerdings erneut die Allegorese und bestritt die Anwendbarkeit von Deut. 32, 8 auf die Lehre von 70 Völkern: das Deuteronomium meine nur die 12 Stämme Israels [57]). Mit Raschbam starb Raschis kritisch-nüchterne Schule bereits ab; wie stark sie die exegetische Erneuerung im christlichen Frankreich des 12. Jahrhunderts mitbestimmt hat, bedarf noch der Untersuchung; die Proteste gegen die hochmütige Isolierung rissen nicht ab. Keiner hat die Geschichtlichkeit der hebräischen Sprache schärfer gesehen als ihr größter nachbiblischer Dichter, Jehuda Halevi (ca. 1085– nach 1140). In dem arabisch geschriebenen fingierten Religionsgespräch zwischen Christen und Muslimen am Hofe des Chazarenkönigs wird gerade die Geschichte des Gottesvolkes zum Beweis für die Wahrheit des jüdischen Glaubens; das religiöse Vermögen ist nur Israel eigen und hat sich seit Adam immer nur auf einen Auserwählten vererbt, der den Kern der Menschheit bildet; die Gunst des Klimas im Heiligen Land mochte Israel wachsen lassen wie einen edlen Weinstock, der nicht überall gedeiht. Doch ist Israel nicht für sich, sondern nach Deut. 32, 8 für alle Völker der Führer zum Heil; im messianischen Zeitalter wird sich Israel alle Völker angeglichen haben. Trotzdem bleibt Israel und vor allem seine Sprache den Wechselfällen der Geschichte voll unterworfen: „Der hebräischen Sprache widerfuhr das Schicksal ihrer Träger; sie verfiel bei ihrem Verfall und wurde arm, als sie abnahmen". Hebräisch ist die vornehmste Sprache, dem Menschen von Gott eingegeben, wie die Etymologien in der Genesis beweisen; Eber trug sie über die Sprachentrennung hinweg, doch dann schieden sich die Wege: Abraham, der ein Aramäer war, behielt Hebräisch als Kultsprache bei, benutzte aber Syrisch-Aramäisch als Profansprache, die sein Sohn Ismael zu den Arabern brachte. So ist also seither Hebräisch keine Volks- und Umgangssprache mehr,

---

[56]) Raschis Pentateuchkommentar, übers. Selig BAMBERGER, 3. Aufl., Frankfurt/Main 1935, S. 27 f. (Turmbau, Ursprache), 523 (70 Sprachen). Zum Gottesnamen vgl. BACHER (o. Anm. 51) S. 325 (aus dem Talmudkommentar zu Sukka 45 a). Zu R.s Exegese BACHER S. 275 ff.

[57]) KRAUSS, ZATW Bd. 19, S. 3.

sondern nur die heilige Sprache[58]), die nicht „nationalistisch" gepflegt werden kann.

Ähnlich vermittelnd wirkte der letzte jüdische Neuplatoniker, Abraham ibn Esra (1092–1167), ein jüdisch-spanischer Sprachwissenschaftler und Exeget. Er verkündete in seinem sehr nüchternen und haggadischen Ausschmückungen abholden Pentateuchkommentar von etwa 1160 wiederum die herkömmlichen Thesen, den Altersprimat des Hebräischen, der sich aus den Etymologien der Namen in der Genesis erweisen lasse, erörterte auch die 70 Völkerengel, die den Planeten vorstünden, die 70 Völker und Sprachen und die 70 möglichen Auslegungen der Thora. Doch seine kritische Unabhängigkeit zeigte Ibn Esra, als er Nimrod in Schutz nahm: sein Name habe nichts mit „Rebell" zu tun, er habe sich nicht gegen Gott aufgelehnt, sondern als Jäger nur die legitime Herrschaft des Menschen über das Tier ausgeübt. Auch den Turmbau, von dem Nimrod distanziert wurde, suchte Ibn Esra zu rechtfertigen als ein Wahrzeichen für verirrte Schäfer. Hier wie überall bei ihm erhielt die irdische Welt ihren eigenen, von allem Ewigen gesonderten Platz angewiesen; wie bei Halevi hatte das Historisch-Vielfältige seinen eigenen Rang und Reiz[59]).

Der bedeutendste Kopf des jüdischen Mittelalters, der aus Spanien nach Ägypten geflohene Moses ben Maimon (1135–1204), stützte um 1185 durch seine neue „hellenistische" Art der philosophischen Exegese zwar wieder die alten Traditionen: Das Kapitel 10 der Genesis zeige den Menschen, woher sie kämen; alle, auch die an die verschiedensten Enden der Erde Zerstreuten und ihre voneinander abstechenden Sprachen waren früher eine Einheit, weil alle Welt von einem einzigen Menschen abstammt. Doch verschwieg Maimonides, daß die Ursprache das Hebräische gewesen sei[60]), und Sultan Saladins Arzt baute auch damit den Andersgläubigen Brücken. Maimonides, der seine Bücher zum Teil arabisch schrieb, ermahnte seine Glaubensgenossen, man solle, wenn man ein Gedicht höre, es nach dem Inhalt, nicht nach der Sprache prüfen; ver-

---

[58]) Das Buch Kusari des Jehuda ha-Levi, hg. u. übers. David CASSEL, 4. Aufl., Berlin 1920: I, 47 S. 41; I, 95 S. 64 ff. (Israel Kern der Menschheit); II, 12 S. 96 (Klima); II, 16 S. 102 (Deut. 32, 8); I, 115 S. 81; IV, 23 S. 337 f. (Angleichung der Völker); II, 68 S. 166 ff. (Sprachen). Dazu GUTTMANN (o. Anm. 53) S. 144 ff.

[59]) Abraham LEVENE, The Early Syrian Fathers on Genesis, from a Syriac Ms. on the Pentateuch in the Mingana Collection, London 1951, S. 201 f., 211 f., 215 teilt Motive des Pentateuchkommentars mit; anderes bei Wilhelm BACHER, Salomon ibn Parchon's hebräisches Wörterbuch, in: ZATW 11 (1891) 35–99, hier S. 67. Nicht zugänglich war mir Wilhelm BACHER, Abraham ibn Ezras Einleitung zu seinem Pentateuch-Kommentar, Wien 1876. Die Datierung des Kommentars nach BACHER (o. Anm. 51) S. 289.

[60]) Führer der Unschlüssigen III, 50, übers. Adolf WEISS (Philosophische Bibliothek 184 c), Bd. 3, Leipzig 1924, S. 333 f. Zu seiner Exegese BACHER (o. Anm. 51) S. 315 f.; zu seiner vermittelnden Philosophie VAJDA (o. Anm. 54) S. 129 ff.

werfliche hebräische Poesie sei einem edlen arabischen Gedicht nie vorzuziehen; „es ist auch kein Unterschied, ob man in der Heiligen Sprache oder in der arabischen oder in der aramäischen lernt; es kommt nur darauf an, ob man es mit Verständnis tut, ... in welcher Sprache auch immer“[61]).

Es ist charakteristisch, daß man den Gelehrten dieser Zeit gern die Kenntnis aller 70 Sprachen zuschrieb oder wenigstens ihre Sprachenkenntnis rühmte[62]); die abendländischen Fürsten der Zeit haben sich ja stets gern der Juden als Dolmetscher bedient[63]). Von einem der einflußreichsten Exegeten der Zeit, Moses ben Nachman (1194 bis ca. 1270) aus Gerona, weiß man, daß er Spanisch, Arabisch, Latein und Griechisch konnte; der Gegner des Maimonides wandte sich zwar 1267 auch gegen Ibn Esra und meinte, Nimrod sei doch der erste Tyrann der Erde gewesen, indes begann auch er zwischen Gottes übernatürlichem Wirken und dem natürlichen historischen Gang der Dinge zu trennen[64]). Sein Tochtersohn, der Aristoteliker Levi ben Gerson (1288–1374), stellte die Mannigfaltigkeit des Einzelnen gar außerhalb des göttlichen Schaffens und Wissens; sie ließ sich eher durch die Gestirne bestimmen, die das Leben des Menschen und der Völker lenken[65]). Alte Vorurteile wurden weiter mitgeschleppt: so erzählte der Talmudist Jakob ben Ascher (1283–1340) von seinem Vater, er habe das Gebet in jeder uns geläufigen Sprache gestattet – nur aramäisch dürfe es nicht sein[66]). Doch so unausgeglichen die Widersprüche zwischen Glauben und Erkennen, Offenbarung, Philosophie und Historie, auch zwischen Historikern und Exegeten waren, die anpassungsfreudige Richtung des abendländischen Judentums schien überall die Oberhand zu behalten über die separatistischen Bestrebungen; hierin

---

[61]) Kommentar zu Mischna Aboth I, 15 und Brief an Joseph ben Gaber, bei Winter-Wünsche (o. Anm. 36) S. 394, 408.

[62]) Von Maimonides meldet der Sepher ha-Maasijoth fast mißbilligend, er habe das Arabische vollkommen beherrscht, sei aber des Chaldäischen und Medischen nicht mächtig gewesen (Gorion [o. Anm. 28] Bd. 5, S. 106). – Der Salseleth ha-Kabbalah des Gedalja ben Jochia sagt 1588 von Salomon ibn Gabirol, er sei „ein Kenner sowohl der heiligen als auch der griechischen Sprache“ gewesen (ebenda S. 104). – David Reubeni, ein Phantast, der sich 1524 in Italien als Gesandter eines jüdischen Wüstenreiches ausgab (zu ihm vgl. Köhler, o. S. 170 Anm. 49, S. 87), beherrschte „außer der heiligen Sprache nur noch die arabische“ (Gorion S. 123): Zeugnis zugleich für den späteren Verfall der tatsächlichen Kenntnisse.

[63]) Als Beispiel diene der Jude Isaak, den Karl d. Gr. zu Harun ar-Raschid schickte: Annales regni Francorum a. 801 f., SrG S. 116 f.; dazu Hennig, Terrae incognitae Bd. 2, S. 144 ff. Über jüdische Dolmetscher zusammenfassend Moritz Steinschneider, Die hebräischen Übersetzungen des Mittelalters und die Juden als Dolmetscher, Neudruck Graz 1956, S. 971 ff.

[64]) Levene (o. Anm. 59) S. 202 (zu Nimrod); Joseph Perles, Über den Geist des Commentars des Rabbi Moses ben Nachman zum Pentateuch, in: Monatsschrift für Geschichte und Wissenschaft des Judentums 7 (1858) 81–97, 113–116, 117–136, 145–159, hier S. 87, 91 (Sprachenkenntnis, Datierung).

[65]) Guttmann (o. Anm. 53) S. 226 ff. mit allen Belegen.

[66]) Orach Chaim c. 101, bei Winter-Wünsche (o. Anm. 36) S. 508 f.

und in der stärkeren Beachtung der Realitäten klangen die Neuinterpretationen der Völkertafel durch die Historiker, die von der Tradition absehende nüchterne Exegese der Theologen und die philosophischen Tendenzen zusammen.

Diese Entwicklung wurde, gerade in der Zeit zwischen Raschi und Maimonides, jäh unterbrochen. Mit den Kreuzzügen und Judenverfolgungen begann eine neue, die größte Leidenszeit in der Geschichte der Juden. Während ihre Heilige Schrift rezipiert war und ihre Sprache im Abendland als die älteste der Welt galt, wurden die „Gottesmörder" verfolgt und schlossen sich ab[67]). Der Jude flüchtete sich in den Trost seiner geheimnisvollen Heiligen Bücher, klammerte sich an ihre Sprache, an ihren Buchstaben, an die Mystik der Kabbala. Daß es auch zuvor Zahlenspielereien und abstruse Buchstabenmystik gegeben hatte, sahen wir; nun wurden sie allgemein. Das Hauptbuch der Kabbala, der in Kastilien zwischen 1275 und 1290, wahrscheinlich von Moses von Leon geschriebene Sohar bezeichnet die verwandelte Situation. Die hebräische Sprache, so heißt es in diesem ins Riesenhafte angewachsenen Pentateuchkommentar, sei mit den Dingen geschaffen und definiere sie genau. Dabei ist das Buch selbst nur zum kleinen Teil hebräisch geschrieben, in der Hauptsache in einem künstlichen Aramäisch, in der Sprache, die nach Angabe des Prologs die Engel Gottes nicht verstehen. „Die Sprache in ihrer reinsten, d. h. hebräischen Form spiegelt nach den Kabbalisten die im Grunde geistliche Natur der Welt wider; sie hat, in anderen Worten, mystischen Wert. Die Sprache erreicht Gott, weil sie von Gott kommt"[68]). Aber, sagt der Sohar, gerade dadurch ist die Sprachverwirrung notwendig geworden. „Weshalb wurde ihre Sprache verwirrt? Weil sie alle in der heiligen Sprache redeten, welche ihnen helfende Kräfte brachte...; darum wurde ihre Sprache verwirrt, damit ihr Wille nicht Macht gewinnen könne durch die heilige Sprache"; denn die „Oberen Wesen", die Engel, die den Menschen beistehen, kennen keine andere Sprache als das Hebräische[69]). Um Israels willen wurde die Welt geschaffen; darum ist es über alle Nationen gesegnet, kein anderes Volk, keine Sprache sonst ist von Gott erwählt. Die Welt und die Völker sind auf Israel hin geordnet: Jerusalem ist der erhabenste Ort der bewohnten Erde; es gibt 70 Nationen mit 70 Fürsten und auch 70 Zonen des Himmels und der Erde, weil die Zahl der Jakobskinder in Ägypten 70

---

67) Ernst Ludwig Dietrich, Das Judentum im Zeitalter der Kreuzzüge, in: Saeculum 3 (1952) 94–131, hier S. 97, 128.

68) Gerhard Gershom Scholem, Major Trends in Jewish Mysticism, New York 1946, S. 17; ähnlich Vajda (o. Anm. 54) S. 207. Zu Sprache und Verfasser Schubert (o. Anm. 6) S. 152 ff.

69) The Zohar, übers. Harry Sperling – Maurice Simon, 5 Bände, London 1949: Prolog 9 b Bd. 1, S. 39 (Engel verstehen kein Aramäisch); Bereschit 75 b–76 a Bd. 1, S. 256 ff. (Sprachverwirrung; dieser Abschnitt auch bei Ernst Müller, Der Sohar, das heilige Buch der Kabbala, Wien 1932, S. 191 f.).

war. Diese 70 Nationen können nicht ohne Israel sein, das ist der Sinn von Deut. 32, 8: Israel ist das Herz der Welt, das allein Gottes Namen unzerteilt bewahrte. Auch Ex. 15, 27 deutet auf diese Auserwählung: Im Himmel steht ein Baum mit 70 Zweigen, der an die 12 Grenzen der Erde reicht; Israel ist der Stamm; wenn es zur Herrschaft kommt, wird es die 70 Zweige halten und aller Welt Frieden geben. Nichts anderes besagt das Opfer der 70 Farren am Laubhüttenfest, es erfleht den Frieden der Nationen; fast sind die 70 Reiche der Welt eine Untergliederung der 12 Stämme Israels[70]). Darum auch kann die Thora auf 70 Arten ausgelegt werden – nicht mehr nur, wie seit dem Talmud, in 70 Sprachen –; doch die Völker sind widerspenstig; wie es 70 böse Engel gibt, so gleichen die 70 Häuptlinge der 70 Nationen See-Ungeheuern. Mit ihren Anführern Edom und Ismael, dem „verfluchten Rom" und den Arabern also, sind sie Satans Hofstaat[71]). Übrigens kam daneben auch die 72 zu ihrem Recht: 72 Arten von Wissenschaften sind im Buch der heiligen Geheimnisse verzeichnet; in einem anderen Buch stehen die 72 Buchstaben, die Adam gegeben worden waren und mit deren Hilfe er alle Weisheit der Engel wußte; 72 Gottesnamen gibt es, oder der heilige Name hat 72 Buchstaben, die man aus Ex. 14, 19–21 errechnen kann; 72 Mitglieder des Sanhedrin gibt es, wie am Himmel 72 Sterne stehen, von denen 70 einen Kreis um die Welt bilden[72]). Stets ist die aus dem Hellenismus stammende Zahl 72 also auf die geheime Ordnung, das esoterische Wissen bezogen, die im Alten Testament schon geläufige 70 auf Ordnung und Chaos des äußeren Daseins[73]). Wo sich alle Weisheit der Welt

[70]) Vayikra 7 a, Sperling Bd. 4, S. 338; Schemot 14 b Bd. 3, S. 47 (Welt um Israel geschaffen); Vayischla 177 b Bd. 2, S. 180 (kein anderes Volk); Vayikra 10 a Bd. 4, S. 346 (Jerusalem); Waera 30 b Bd. 3, S. 99 (70 Nationen und Zonen); Schemot 16 b S. 52 (Jakobskinder); Schemot 5 b S. 15; Pirchas 221 b Bd. 5, S. 331 (Herz der Welt); Mischpatim 95 b Bd. 3, S. 288 (allein Gottes Namen); Beschalach 58 b, 62 b S. 183, 195 (Baum, Farren); Miqez 199 a Bd. 2, S. 256 (12 Stämme und 70 Reiche).

[71]) Bereschit 54 a, Sperling Bd. 1, S. 171 (Thora-Auslegung; daneben aber auch oft 49 Auslegungsarten: Schemot 15 b Bd. 3, S. 49 u. ö.); dazu Wilhelm Bacher, L'exégèse biblique dans le Zohar, in: Revue des études juives 22 (1891) 33–46, 219–229, hier S. 35; Bereschit 23 b Bd. 1, S. 96 (70 böse Engel); Bereschit 46 b S. 146 (See-Ungeheuer); Vayera 119 a S. 370 (Edom und Ismael); Vayikra 19 a Bd. 4, S. 361 (verfluchtes Rom); dazu Moritz Steinschneider, Polemische und apologetische Literatur in arabischer Sprache zwischen Muslimen, Christen und Juden (Abhandlungen für die Kunde des Morgenlandes VI, 3), Leipzig 1877, S. 252, 266, 271, 360, 368 mit einer Fülle von Zitaten; vgl. auch Eisenmenger (o. Anm. 32) Bd. 1, S. 808 ff.

[72]) Bereschit 55 b, Sperling Bd. 1, S. 176 (72 Wissenschaften); Vayera 118 a S. 366 (Adams Buchstaben); Prolog 7 b S. 30 f.; Aharemoth 73 a Bd. 5, S. 74 (72 Gottesnamen; doch daneben auch 70: Prolog 5 b Bd. 1, S. 23); Bereschit 17 a Bd. 1, S. 71; Beschalach 51 b Bd. 3, S. 158 (72 Buchstaben des Gottesnamens; doch daneben auch 42 Buchstaben: Prolog 9 a Bd. 1, S. 38; Bereschit 30 a S. 115 u. ö.); Schemot 6 a Bd. 3, S. 15 (Sanhedrin); Vayechi 229 a Bd. 2, S. 334 (72 Sterne).

[73]) August Wünsche, Schöpfung und Sündenfall des ersten Menschenpaares im jüdischen und moslemischen Sagenkreis, in: Ex oriente lux, Bd. 2, Leipzig 1906, Heft 4, S. 14 ff. bringt weiteres Material.

um Israel konzentrierte, gab es keine Wissenschaft von den Völkern; die biblische Völkertafel wurde im Sohar nicht kommentiert. Schem bedeutete, ungefähr wie bei Philon, „rechts", Cham „links", Japhet „Mitte". Ähnlich allegorisch ließ sich das 11. Kapitel der Genesis interpretieren: Daß die Welt eine Sprache hatte, bedeutete den einen Glauben an den Allerhöchsten; Nimrods Absicht war die Einführung des Polytheismus und die Welteroberung; der Turmbau sollte Symbol der Rebellion gegen Gott sein, die Gottes Ruhm anderen übertragen, neue Religionen begründen wollte und dafür Kirchen und Schulen errichtete[74]) – ein Hieb gegen die Christen, aber zugleich eine Rückwendung zum Glauben, der nun von der historischen Wirklichkeit erneut und nach dem Werk der jüdischen Religionsphilosophen endgültig abgeschnitten ist.

Nicht als ob die Kabbala das jüdische Denken ganz okkupiert hätte; aber die späteren Generationen, ob Kabbalisten oder nicht, fanden den Weg zurück in die unbefangene Aneignung des Fremden nicht mehr. Der spanische Kabbalist Rabbi Bachja ben Ascher (Bechai, ca. 1260 bis ca. 1340) mochte in seinem Pentateuchkommentar von 1291 schwanken, ob man 70 oder, mit Israel, 71 Völker und Sprachen zu zählen habe; den verfluchten Esau hielt er doch für den Fürsten des Römerreichs und betonte den absoluten Primat des Hebräischen; wie die 70 Engelfürsten der Völker unter Gott stehen, so stehen Israel und seine Sprache über ihnen allen[75]). In der hebräischen Grammatik des meist Ephodi genannten Prophiat Duran war 1403 das Hebräische die von Gott geoffenbarte heilige Sprache, die vollkommen ist, weil sie mit der Natur der Dinge übereinstimmt; Aramäisch und Arabisch sind nur verderbtes Hebräisch, erst recht bleiben alle anderen Sprachen, auch Griechisch und Latein, weit unter der Sprache des Gottesvolkes[76]). Gar der Hauptvertreter der deutschen kabbalistischen Exegese, Rabbi Menachem ben Meir aus Speyer, gab im 15. Jahrhundert in seinem Pentateuchkommentar „Zioni" die 70 Völker preis; sie stehen unter der Herrschaft von besonderen Göttern und im Grunde unter der Tyrannei der Sterne; ihre Welt ist so pervers, daß der Turmbau möglicherweise sogar der positiv zu wertende Versuch war, dieser Herrschaft der Mittelwesen zu entrinnen und sich mit der Herrlichkeit Gottes in Verbindung zu setzen[77]); der Versuch konnte nur scheitern. Der Spanier Abraham ibn Zachut (ca. 1450–1510) aus Salamanca

---

[74]) Noah 73 a–75 a, SPERLING Bd. 1, S. 246–254 (Völkertafel, Turmbau); Bereschit 25 b S. 99 (Kirchen und Schulen).

[75]) EISENMENGER (o. Anm. 32) Bd. 1, S. 803–807, 840; zur Datierung BACHER (o. Anm. 51) S. 321. Über Bechais Meinung vom Rang des Hebräischen vgl. Max GRÜNBAUM, Einige Bemerkungen... über die Samaritaner, in: ZDMG 16 (1862) 389–416, hier S. 395.

[76]) Maase Ephod, zitiert nach BACHER (o. Anm. 36) S. 217 ff.

[77]) Auslegung der fünf Bücher Moses, Cremona 1560, S. 31 a, 105 a, zitiert nach GORION (o. Anm. 21) Bd. 2, S. 62 f. und EISENMENGER (o. Anm. 32) Bd. 1, S. 809.

wagte 1475 noch einmal in seinem „Buch der Genealogie" eine Modernisierung der biblischen Völkertafel, in der der Noachide Jonicus, Erfinder der Astrologie, ebensowenig fehlte wie die 72 Noachiden, 15 Japhetiten, 32 Hamiten und diesmal 25 Semiten; Gomer und Magog zusammen waren nun die Goten, Madai die Chazaren, Meschek die Russen, Tubal die Spanier, Tiras die Bosnier, Aschkenaz die Böhmen, Riphat die Leute von Aquileia, Togarma die Türken. Kittim und Dodanim wurden freilich richtig nach Zypern und Rhodos verwiesen, auch die Semiten und die Hamiten orthodox erklärt[78]), doch Zachut war auch schon der letzte, der das Experiment des Jerachmeel wiederholte. Auch Spanien vertrieb seine Juden, sie zogen nach Osten, aber an der Levante sprachen sie noch lange spanisch, so wie die nach Polen gejagten Juden das Jiddisch, nahezu eine deutsche Mundart, pflegten. Freilich gab es auch im Osten Puristen wie den Karäer Elias Baschiatzi (1420–91) aus Adrianopel, der sich nach der türkischen Eroberung in Konstantinopel niederließ und versicherte, man müsse auf hebräisch beten, „denn diese ist eine reine Sprache, sie hat keine Benennungen für unwürdige Gegenstände"; auch Daniels Chaldäisch war nur ein Zugeständnis an seine Hörer[79]). So vollständig war die Weltbedeutung des Aramäischen vergessen; man begreift, warum es unter den vom Islam beeinflußten Karäern kaum Sprachwissenschaft gab.

Im Abendland gedieh sie auch nach der Judenvertreibung von 1491 weiter. Der nüchterne Philologe und Staatsmann Isaak Abravanel (1437–1508) aus Lissabon fand freilich keinen Boden mehr unter den Füßen; er verteidigte 1505 im venezianischen Exil die herkömmliche Zahl der 70 Sprachen; doch Völker gebe es 73. Es blieb keine Ordnung mehr in den Dingen, wenn sich selbst der Zusammenhang von Sprache und Volk löste; die Völkerengel hätten mit den Planeten nichts gemein – auch die kosmische Harmonie galt nicht mehr. Seit der Sintflut brach die Welt Stück für Stück auseinander. Die Noachiden sprachen noch Hebräisch, die vollkommene Sprache Gottes, und verkörperten alle zusammen noch die Idee des ganzen Menschen, Cham seine animalische, Japhet die politische und Schem die rationale Komponente; doch schon waren die Menschen von weit geringerer Art als einst die Kinder Adams. Leicht ließen sie sich verlocken, als der Hamit Nimrod die erste Großstadt Babel baute; sie vergaßen auf das einfache Landleben und zivilisierten sich. Für die neuen Bedürfnisse städtischer Zivilisation reichte die geniale Einfachheit des Hebräischen nicht mehr aus; es trennten sich die Sprachen, danach die Stände, Staaten und

---

[78]) Sepher Juchassim, zitiert nach Samuel BOCHART, Geographiae sacrae pars prior: Phaleg, seu de dispersione gentium et terrarum divisione facta in aedificatione turris Babel, Caen 1651, S. 351–360.

[79]) Adereth Eliahu, Sittenlehre Abschnitt 5, zitiert nach WINTER-WÜNSCHE (o. Anm. 36) S. 117. Zur Sprachwissenschaft bei den Karäern BACHER, ebenda S. 135.

Nationen. Die Einheit und das Maß verloren sich; alle Hamiten wurden schwarz und häßlich, geil und haltlos; die Japhetiten waren nur noch tapfer und politisch gewandt; bei den Semiten blieb die Weisheit, doch ohne Blut und Kraft. Geist und Macht traten auseinander; seit Babel gibt es keine Weltgeschichte mehr, nur noch die Geschichte Israels und die Geschichte der Nationen. Nicht leicht konnte man die Turmbaugeschichte tiefsinniger und hintergründiger deuten, als Abravanel es tat. Der Verfall scheint das historische Gesetz zu sein, ohne Gottes Wunder wirkt es, die Menschen kommen ihm entgegen in ihrer Blindheit. Scharfsichtig wurden die Eigentümlichkeiten der Rassen als Einseitigkeiten entlarvt und auch die Juden nicht geschont; in Lissabon wie in Venedig, die beide zu Europas blühendsten Handelsstädten gehörten, mochte Abravanel die Gefahr der Großstadt und ihres „sekundären Systems" gewittert haben. Doch der Weg zurück zur Natur schien ihm versperrt; die Wurzel des Übels lag tiefer. In seiner Resignation suchte er „die geoffenbarte Religion ganz aus der Sphäre des Natürlichen herauszuheben" und baute allein auf die bald kommende Herrschaft des Gottesvolkes, auf das Ende[80]). Solche Erwartungen erwuchsen auch aus kabbalistischen Träumereien und gaben dem Kabbalisten Chaim Vital (1543–1640) Trost in den Leiden seines Volkes: „Das ist das Geheimnis, warum über Israel verhängt wurde, den 70 Völkern untertan zu sein, um aus ihnen die (göttlichen) Strahlen, die unter sie fielen, herauszuführen"[81]).

Neue Lichtblicke bot zuweilen der Humanismus, seitdem Reuchlin die hebräischen Studien belebt hatte. Der Hebräischlehrer vieler Humanisten, der in Franken geborene und meist in Italien tätige Grammatiker Rabbi Elias Levita (ca. 1469–1549) bezweifelte zwar mit Recht die Ursprünglichkeit der hebräischen Vokalzeichen, aber nicht das Alter der Sprache: Adam redete Hebräisch, Syrisch war eine Korruption[82]). Die Humanisten Europas und noch die Orthodoxen der reformierten Länder übernahmen diese These gern. Auch die Juden paßten sich hier und da noch willig an ihre Umwelt an; Abravanels Sohn Leone Ebreo (ca. 1460–nach 1521) schrieb als einer der ersten Philosophen seine Werke, vor allem einen pantheistischen Hymnus an die Liebe, auf italienisch[83]); ähnlich baute im 16. Jahrhundert die Geschichtschronik des Gedalja ben Jochia

[80]) Krauss, ZATW Bd. 19, S. 6 (73 Völker); Eisenmenger (o. Anm. 32) Bd. 1, S. 805 f., 812 (Sprachen, Planeten); B. Netanyahu, Don Isaac Abravanel, Statesman and Philosopher, Philadelphia 1953, S. 140 ff. (Zerfall); das Zitat aus Guttmann (o. Anm. 53) S. 268.

[81]) Sepher Likkutim, zitiert nach Schubert (o. Anm. 6) S. 237.

[82]) Lexicon Chaldaicum, Isnae 1541, S. 1. Zu E. vgl. Frank Rosenthal, The Study of the Hebrew Bible in Sixteenth-Century Italy, in: Studies in the Renaissance, hg. William Peery (Publications of the Renaissance Society of America 1), Austin 1954, S. 81–91, besonders S. 87 ff.

[83]) Eugenio Garin, Der italienische Humanismus, Bern 1947, S. 148 ff.; zur Sprache Guttmann (o. Anm. 53) S. 272.

dem italienischen Gastland goldene Brücken mit der aus der römischen Lokaltradition übernommenen Sage, Noah sei nach der Sintflut aus Armenien nach Italien gezogen[84]); doch die Flucht aus dem Ghetto mißlang trotz alledem.

Selbst ein so liebenswerter Mann wie der Freund Keplers und Brahes, der Rabbiner David Ganz (1541–1613) aus Lippstadt, konnte in seiner 1592 erschienenen Weltchronik nur noch versichern, daß alle Welt von den drei Noachiden abstamme und in 70 Völker zerfalle; die Christen hätten nur versehentlich den Aschschur von Gen. 10, 11 und die Philister mitgezählt, eine etwas weltfremde Geste angesichts der erbitterten Kämpfe, die seit Luther im christlichen Abendland um die Sprachenzahl ausgefochten wurden. Ebenso hilflos war die freundliche Behauptung des Rabbiners, auch in der deutschen wie in allen übrigen Sprachen fänden sich Reste der Ursprache, z. B. „Paradies" oder „Sack"; im Abendland war man seit der hebräisch-deutschen Sprachvergleichung des Trithemius und Aventin längst weiter. Daß Aschkenaz die Deutschen verkörpere, hatte Ganz wohl von Lutheranern gehört; aber auch er konnte den Abgrund nicht schließen, und bei aller Bemühung, seinen Glaubensgenossen den Begriff der Weltgeschichte wieder nahezubringen, mußte auch er alle Völker und Sprachen doch als Abirrung vom Ursprungsvolk der Hebräer bezeichnen[85]). Das war ein Versuch, noch einmal die Einheit von Glauben und Geschichte zu retten; für die meisten Juden war der Bruch unheilbar vollzogen. Auch die Sprache hatte nichts mit der Natur zu tun; nach dem venezianischen Prediger Asarja Figo (um 1630) gehörte „dieser Vorzug der Sprache nicht zu den Fähigkeiten und Anlagen, die Gott in die Wesen der Erde mit ihrer Schöpfung hineingelegt hat. Eine freiwillige Gabe ist es vielmehr, daß Gott dir mit dem Worte deines Mundes den Vorzug der Sprache verlieh"[86]). Wer die Dinge der Welt von ihrer Immanenz her betrachtete, war kein gläubiger Jude mehr.

Die Kabbalisten lösten derweilen alles in wirren Fieberträumen auf und verloren sich an abstruse Märchen. Die kabbalistische Kommentarsammlung zum Pentateuch, der sog. Jalkut Reubeni, den ein Prager Rabbiner des 17. Jahrhunderts zusammenstellte, ließ die Erde unwirklich werden: Als Adam sündigte, stieg Gott bereits mit 70 Engeln herab; aus 70 Völkern wurden 74, offenbar weil sie der heiligen Zahl nicht wert waren. Erschütternd ist in ihrer armseligen Naivität die Erzählung des Jalkut von den Turmbauern: Sie wohnen jetzt in der Nähe der Hölle, „sie leben dort in Herrlichkeit und in Reichtum, umgeben von Edelsteinen; sie sind weise und verstehen sich auf Wahrsagekünste; sie säen und pflanzen, doch kennen auch sie keinen Weizen und keine

---

[84]) Salseleth ha-Kabbalah, Gorion (o. Anm. 21) Bd. 1, S. 240.

[85]) Chronologia sacra-profana a mundi conditu ad annum mundi 5352 vel Christi 1592, übers. Wilhelm Heinrich Vorstius, Leiden 1644, S. 163.

[86]) Predigt 68, zitiert nach Winter-Wünsche (o. Anm. 36) S. 659.

der sieben Pflanzenarten"[87]). Was hatte dies noch mit der Intention des Genesisverfassers zu tun?

In kleinerem Maßstab versuchten die Anpassungswilligen weiterhin, den Gastländern nachzugeben, so, wenn 1784 auch die Türken der Völkertafel inkorporiert wurden; sie galten dann als Nachfahren des Togarma, wie es seit dem Sepher Hajaschar im Judentum möglich, aber längst schon im Islam und bei den Türken üblich war[88]). Doch das geschah im Osten. In Deutschland zog 1764 ein mystischer Kodex wieder den klaren Schnitt: „Das Geschlecht jener Zeit machte einen Turm, und von dort sind sie in 70 Völker zerfallen. Und künftighin wird der König Messias, der vom Hause Davids ist, alle besiegen und wird allein herrschen. Der Turm Davids aber soll wieder gutmachen, was der Turm zu Babel verdorben hat"[89]). Die Hoffnung auf das baldige Ende und auf den Messias war der letzte Rettungsanker.

In Polen bemächtigte sich zu Ende des 18. Jahrhunderts der Juden fieberhafte Erregung; die Zeit schien nahe, da die ungeheure Flamme des schwarzen Feuers sich über die 70 Völker wälzen würde und die Gog und Magog kämen; war Napoleon nicht Gog?[90]) Die Gegner dieser Endzeithoffnungen, die Chassidim, verkündeten dagegen eine neue, ganz andere Einheit von Gott und Welt, die aus der selbstlosen Liebe zu beiden erwuchs. Der Stifter des Chassidismus, Israel ben Eliezer von Mesbiž (1700–60), genannt der Baal-schem-tow, lehrte, wer seinen Sinn ganz auf Gott richte, dessen Sprache sei recht und wahr, „denn alle Worte sind dann an ihre obere Wurzel gebunden". Der Liebende kann, wie der Baalschem, mit jedem Geschöpf der Erde und mit jedem Himmelswesen in dessen Sprache reden. Seine Schüler verwundern sich, wie Gabriel den ägyptischen Joseph in einer einzigen Nacht die zahllosen Wörter der 70 Sprachen lehrte – da erkennen sie aus der Lehrrede des Meisters, die scheinbar von ganz anderen Dingen handelt, in einer Art Pfingstwunder Quell und Wesen des Türkischen, Tatarischen, Griechischen und aller andern Sprachen. Hier wurde das Jüdische völlig entschränkt. Einem der eigenwüchsigen Schüler des Baalschem, Rabbi Pinchas von Korez (gest. 1791), sagte man nach, er verstehe die Sprache der Vögel und Gewächse, und jedenfalls verstand er sich auf die tiefe Deutung der irdischen Mannigfaltigkeit. Die Menschen seien verschieden, „weil der Mensch im Bilde Gottes erschaffen ist. Jeder saugt die göttliche Le-

---

[87]) Jalkut Reubeni, Gen. p. 17 d–21 d, Gorion (o. Anm. 21) Bd. 1, S. 289 (Adam), 331 f. (Turmbauer); Steinschneider, Zahlen 150 (74 Völker). Zur Entstehungsweise des Buchs vgl. Strack (o. Anm. 4) S. 223.

[88]) Eqtan d'mar Jaakob, Jerusalem 5545 (a. m.), S. 2 ff., zitiert nach Gorion (o. Anm. 28) Bd. 5, S. 15 f.

[89]) Schne Luchoth Habrith, Fürth 1764, S. 177 a, zitiert nach Gorion (o. Anm. 21) Bd. 2, S. 63.

[90]) Martin Buber, Gog und Magog, Eine Chronik, Heidelberg 1949, S. 64 f., 188 f.

benskraft von einem andern Ort, und alle zusammen sind sie der Mensch. Darum sind ihre Antlitze verschieden". Und darum kann auch die Differenzierung der Sprachen für Pinchas keine Strafe sein. Als Gott die Menschen schuf, da verstand ein jeder die heilige hebräische Sprache und seine besondere Volkssprache; auch die Idiome der Völker sind demnach geheiligt. „Was Gott tat, als er sie strafte, war, daß er ihnen die heilige Sprache nahm" und so das gemeinsame Band zerschnitt. In dieser genialen Synthese des Rabbi Pinchas sind die Meinungen der Disputanten aus dem jerusalemischen Talmud aufgehoben; der Fluch ist von der Verschiedenheit der Sprachen genommen. Auch spätere Chassidim haben ihn nicht erneuert, obgleich sie sich wieder vom Irdischen entfernten: Adam habe die Geschöpfe mit ihrem rechten Namen versehen, da er die Seelenwurzeln alles Irdischen in der oberen Welt kannte. Diese Namen waren hebräisch. „Jedes Volk – so sagte ein zweiter – hat seine eigene Melodie, keines singt die eines andern. Israel aber singt sie alle mitsammen, um sie Gott darzubringen." Aber was soll die Sprache vor Gott? Mit ihm, so meinte ein dritter, könne man auch in wirren Stammellauten, mit Glossolalie reden, er verstehe sie wie die Mutter das lallende Kind. So wurde alles Irdische doch wieder still beiseitegelegt; der „Heilige Jude", Jakob Isaak von Pžysha (gest. 1813), tat es mit den schönen Worten: „Wenn du dahin kommst, aus dem Grunde zu fassen, was du selber redest, wirst du die Sprache aller Wesen verstehen lernen. Denn so viele Sprachen es gibt, die Sprache der Wesen ist eine"[90a]). Man muß daneben nur das dänische Lied halten – „Wenn du alle Sprachen sprechen kannst, sind sie dir alle gleich"[90b]) –, um zu spüren, daß auch die chassidische Innigkeit aus der Welt hinausstrebte, nicht in sie hinein. So zielte auch der Chassidismus über die Geschichte hinweg. Wo man konkret blieb, lagen die Kurzschlüsse näher als die Einsichten; im 19. Jahrhundert vermutete man in Polen, Jesus habe wahrscheinlich polnisch gesprochen, denn er war ja ein Jude[91]). Wir wollen die wilden Haßgesänge anderer übergehen und nur noch jenen Ausspruch stillen und verzweifelten Glaubens zitieren, an dem sich die Juden der Türkei noch 1907 aufrichteten: „Wir sind doch das schwächste unter allen Völkern; nähme sich Gott unser nicht besonders an, wie könnten wir, ein Schaf unter 70 Wölfen, unter den 70 Völkern der Erde bestehen?"[92]). Noch

---

[90a]) Martin Buber, Die Erzählungen der Chassidim (Manesse-Bibliothek), Zürich 1949, S. 131 (obere Wurzel), 146 (jedes Geschöpf), 142 f. („Pfingstwunder"), 414 (Vögel und Gewächse), 230 (Verschiedenheit), 239 f. (Hebräisch und Volkssprachen), 262 (Adam), 515 (eigene Melodie), 345 f. (Glossolalie); Buber (o. Anm. 90) S. 278 f. (Sprache der Liebe).

[90b]) Otto Jespersen, Mankind, Nation and Individual from a Linguistic Point of View, Oslo 1925, S. 3.

[91]) Bloch (o. Anm. 11) S. 499.

[92]) S. Rosanes, Geschichte der Juden in der Türkei, Bd. 2, Husiatyn 1907, S. 288 f., zitiert nach Gorion (o. Anm. 28) Bd. 5, S. 216.

immer sind die Bilder der Genesis lebendig, und die Motive des Henochbuchs kehren wieder; aber aus der Völkerfamilie sind die Wölfe geworden, aus den gottgewollten Sprachen die Attribute der Henker. Die eigene Sprache sogar ist den Juden stumm geworden; kurz vor seinem Tode klagte der volkstümliche neuhebräische Dichter Chaim Nachman Bialik (1873–1934): „Wir haben keinen Mund, aus dem wir lernen können, außer dem Mund des Buches. Wir haben keinen andern Mund, weil unser Volk nicht spricht“[93]).

Es war nicht die Schuld der Juden, daß sie den weiten Blick ihres ältesten und bedeutendsten Geschichtsschreibers verloren trotz aller Anregungen, die ihnen Islam und Christentum mitgaben und trotz aller Bemühungen der Juden, der geschichtlichen Mannigfaltigkeit gerecht zu werden. Sie verdanken es der mosaischen Genesis und ihrer Auffassung von der Heilsgeschichte, daß sie, das einzige Volk des Alten Orients, bis heute als geschlossene Einheit am Leben geblieben sind[94]); aber eben der weithin gewahrte Zusammenhang von Sprache und Herkunft hat die Juden gehindert, sich aus der Besonderheit ihres Schicksals zu lösen. Als sie von sich aus im abendländischen Mittelalter den Konnex von Volk und Sprache zu trennen versuchten und der irdischen Vielgestalt ihr Eigenrecht zubilligen wollten, haben die Judenverfolgungen, aber auch ihre eigene Tradition sie daran gehindert: Die Scheidung von Volk und Sprache war hier zugleich die Sonderung zwischen Natur und Geschichte einerseits und Religion andererseits. Es bedurfte einer anderen Vorstellung vom „Gottesvolk“, wenn die Ansätze der Genesis zum Reifen kommen sollten. Der diesen neuen Weg bahnte, war der Menschensohn aus Israel.

5. Das Frühchristentum

Das Christentum, in der römisch regierten Welt des Hellenismus aus jüdischer Wurzel erwachsen, schien zunächst kaum mit der geschichtlichen Wirklichkeit und Mannigfaltigkeit Fühlung zu nehmen; im Unterschied zu gleichzeitigen jüdischen Strömungen schien es von der Zeit gar nicht beeinflußt zu sein und deshalb befähigt, eine um so überzeugendere Antwort für ihre Nöte zu geben.

Jesus von Nazareth ist ganz unabhängig von den Strömungen seiner Umwelt. Er ist cin Rabbi und beruft sich auf das Alte Testament – aber er ist kein Exeget und verkündet seine Botschaft „ohne das sichernde Gefüge heiliger vorgegebener Traditionen und Texte“[1]). Jesu Vorstellung von den Heiden-

---

[93]) Hans Joachim SCHOEPS, Jüdische Geisteswelt, Zeugnisse aus zwei Jahrtausenden, Darmstadt-Genf 1953, S. 276.

[94] MOSCATI, Geschichte 112.

[1]) Günther BORNKAMM, Jesus von Nazareth (Urban-Bücher 19), Stuttgart 1956, S. 52.

völkern ist im wesentlichen die jüdische; aber nicht weniger deutlich ist seine Distanz vom zeitgenössischen Judentum; sie hat dazu geführt, daß man ihn dem hellenistischen Denken naherücken wollte[2]); doch was hat Jesus mit Philon gemeinsam? Er liebte nicht die gelehrten Allegorien, sondern die Gleichnisse mit einfachen Bildern aus dem Alltag; in diesen Umkreis seines Wirkens stellte er sich ganz, scheinbar nur auf das Nächstliegende bedacht. Er hat sich offenbar nicht um die großen Ereignisse seiner Zeit bekümmert, so sehr gerade in seiner Heimat die großen geschichtlichen Kräfte und die verschiedensten Völker sich ein Stelldichein gaben. Augustus und selbst Herodes dienen in den Evangelien nur der Datierung. Jesus wird sich auch kaum daran gestoßen haben, daß er und seine Jünger im Alltag westaramäisch[3]), im Gottesdienst hebräisch redeten, während als Bildungssprache in Palästina wie überall das Griechische, als Regierungssprache das Lateinische galt. In der Aufschrift auf Jesu Kreuz, die hebräisch, griechisch und lateinisch abgefaßt war, spiegelte sich wohl diese Überlagerung der Sprachen und Kulturen[4]); ein Problem bildeten sie zunächst kaum. Noch weniger wurde Christi Lehre von den Problemen des Völkerlebens berührt; zwar hat er seine Botschaft zunächst nur an die Juden gerichtet, doch auch schon die Mission in alle Welt befohlen. Alle Menschen sind Brüder im Geist, sie sollen alle eins sein. Eine Anerkennung oder gar Verherrlichung bestehender Zustände war damit nicht verbunden, vielmehr predigte Christus Umkehr und Buße und betrachtete die bisherige Zeit und ihre Geschehnisse nur als sekundäre Werkzeuge göttlichen Heilswillens. Das Irdische wurde nicht vom Anfang, auch nicht von einem fernen Ende, sondern von der nächsten Gegenwart her gesehen; das Auftreten des Gottessohnes versöhnt den gefallenen Menschen mit Gott und erfüllt das Geschehen; der Besitz der Welt wiegt nichts gegen die Rettung der Seele, man kann dem Kaiser lassen, was des Kaisers ist, weil alles Weltliche etwas zu Überwindendes und schon fast Überwundenes ist, dessen Ende mit dem Reich Gottes nahe herangekommen ist[5]).

---

[2]) DAHL, Volk Gottes 144 ff. über Jesus als Juden; zu seinem „griechischen Denken" Johannes LEIPOLDT, Jesu Verhältnis zu Griechen und Juden, Leipzig 1941, S. 57, 221; ähnlich SCHNEIDER, Geistesgeschichte Bd. 1, S. 51, 74.

[3]) Paul KAHLE, Das zur Zeit Jesu in Palästina gesprochene Aramäisch, in: Theologische Rundschau NF 17 (1948/49) 201–216 (wieder abgedruckt in: P. K., Opera minora, Leiden 1956, S. 79–95) über die schwierige Frage, welches Aramäisch dies war.

[4]) Joh. 19, 20; auch Luc. 23, 38, doch hält man die Angabe bei Luc. für einen späteren Zusatz. Er steht indes in der griechischen Koine, der lateinischen Vulgata und der Lutherbibel. Zugrundegelegter Text hier wie im folgenden: Novum Testamentum Graece, hg. Eberhard NESTLE, 21. Aufl., Stuttgart 1952, hier S. 224.

[5]) Oscar CULLMANN, Christus und die Zeit, Die urchristliche Zeit- und Geschichtsauffassung, 2. Aufl., Zollikon-Zürich 1948, S. 31 ff. (im einzelnen problematisch); an Cullmann angelehnt Karl LÖWITH, Weltgeschichte und Heilsgeschehen, Die theologischen Voraussetzungen der Geschichtsphilosophie (Urban-Bücher 2), Stuttgart 1953, S. 168 ff.

Die unerhörte, vielfach paradoxe Lehre stellte sich nicht in den Strom des geschichtlichen Lebens, weil in Christus Gott selber Mensch geworden ist und so die menschliche Geschichte im ganzen erneuert und vollendet; sie bezog sich nicht auf einen archimedischen Punkt in der Zeit – und konnte gerade so die Zeit als Ganzes begreifen; sie ließ alle Probleme der Sprachen- und Völkervielfalt außer acht, ordnete sich nirgends der historischen Mannigfaltigkeit ein und konnte sie gerade so ganz in den Griff bekommen. Auf diese Weise hat Jesu Evangelium, das weniger als irgendeine andere Urkunde der Religionsgeschichte über unsere Fragen aussagt, am nachhaltigsten auf die Geschichte dieser Problematik eingewirkt.

Das beginnt schon bei Paulus. Der Sohn jüdischer Eltern, mit römischem Bürgerrecht und Namen, griechischer Bildung und Sprache voll teilhaftig, hat Jesu Lehre im Hinblick auf die Völker- und Sprachenwelt seiner Zeit aktualisiert in einer Weise, die ihn weit über die Rabbiner hebt, denen er in seiner Exegese nahestand. Christus ist, so sagte er in seinen zwischen 49 und 63 n. Chr. verfaßten Briefen immer wieder, zu den Heidenvölkern und Griechen ebenso gesandt wie zu den Juden[6]). Das heißt nicht die Völker als gottgegebene Gebilde anerkennen, sondern alle, vor allem geschichtlich gewachsene Schranken niederlegen; der neue Standort ist Christus allein. Daß es viele Sprachen gibt, trennt die Christen also nicht mehr voneinander. Wenn allerdings die Begeisterung der neuen Gemeinschaft dazu führt, daß man ekstatisch in neuen, unverständlichen Zungen redet, ist Paulus tief besorgt; er kann selbst besser als alle anderen das Lob Gottes ekstatisch künden, aber es kommt auf nüchternes Verständnis an, das auch den Laien und den Heiden zugänglich ist. Es gibt so viele Sprachen in der Welt; alles hat Stimme. Aber man muß wissen, was die Stimme besagt, sonst „bin ich dem, der spricht, ein Barbar, und er ist es mir"[7]). Für den Völkerapostel, der selbst Griechisch, Hebräisch, Aramäisch und vielleicht Lateinisch verstand, galt nur, daß alle Sprachen der Erde Gott loben sollten[8]); einen Vorrang konnte unter ihnen keine haben. Geheiligte Formeln mochten in der gewohnten Weise weiter klingen: inmitten seiner griechischen Briefe ließ Paulus einen aramäischen Gebetssatz stehen. Aber wie viele oder wie wenige Sprachen es gab, war die läppischste aller Fragen; sie gehörte zu jener „Weltweisheit und leeren Täuschung, die auf Menschenüberlieferung

---

[6]) Rom. 1, 5 und 14; 10, 12; Col. 3, 11; Eph. 2, 14. Dazu Dahl, Volk Gottes 237 ff.

[7]) 1 Cor. 12, 30; 13, 8; 14, 2 und 9–23. Dazu Theodor Grentrup SVD, Religion und Muttersprache (Deutschtum und Ausland 47–49), Münster 1932, S. 129 ff.; auch Schneider, Geistesgeschichte Bd. 1, S. 227 f. Zum Zungenreden Hans Rust, Das Zungenreden, Eine Studie zur kritischen Religionspsychologie (Grenzfragen des Nerven- und Seelenlebens 118), München 1924, S. 32 ff.

[8]) 1 Tim. 2, 7 (Völkerlehrer); Rom. 14, 11; Phil. 2, 11.

beruht, auf den Weltelementen, aber nicht auf Christus"[9]). Mit Christus ist das Alte vergangen, das Neue gekommen, der Tag des Heils. Die Vergangenheit ist überwunden; niemand hat heftiger als Paulus gegen die „Fabeln und endlosen Geschlechtsregister" geeifert, mit denen sich später noch Matthäus und selbst Lukas ihres historischen Standorts vergewisserten. Paulus hat – wenn die Areopagrede sein und nicht des Lukas geistiges Eigentum ist – den Athenern zwar eindringlich vor Augen gestellt, daß Gott alle Menschen von einem einzigen hat abstammen lassen und daß er ihnen ihre Zeit und auch ihre Wohnung auf Erden zugewiesen hat; das mochte an Deut. 32, 8 anklingen[10]), bedeutete aber gerade keine Determination der Zeit: der gegenwärtige Augenblick trägt die Erfüllung in sich, Heilsplan und Weltzeit fallen zusammen, weil es der ewige Gott ist, der beide wirkt. Über die Vergangenheit, und das heißt vor allem das Judentum, wurde nun Gericht gehalten, aber es war nicht Vergangenheit schlechthin, sondern Stufe, vor der die natürliche Welt schon fertig ausgebildet lag. Alles ist Stufe zu dem neuen Volk Gottes aus allen Völkern, das sich in der Kirche eine neue, nicht an Sprache oder Herkunft gebundene Gemeinschaft gibt[11]).

Bereits die Evangelisten haben die Lehre Jesu und ihre Verdeutlichung durch Paulus nicht alle vollständig und nicht alle auf gleiche Weise verstanden, je nachdem, wieviel Abstand sie vom zeitgenössischen Judentum bereits gewonnen hatten. Das kürzeste und wohl älteste Evangelium, das des Markus, ist auf die schlichte und knappe Erzählung der Heilstaten gerichtet und redet wenig von Sprachen, Völkern und Geschichte, obwohl es vielleicht in Rom, vielleicht von einem des Lateinischen mächtigen Autor, niedergeschrieben und für Heidenchristen berechnet wurde. Jesus ist zu allen Völkern gesandt, zu Menschen vielmehr aus allen Himmelsrichtungen und aus allen Ländern zwischen Himmel und Erde. Wer an ihn glaubt, wird „mit neuen Zungen reden", nicht neue Sprachen lernen, sondern vom Geist beflügelt unerhörte Ausdrucksweisen empfangen. Dies alles wandte sich aus der geschichtlichen Welt hinaus, über die Realitäten hinweg[12]).

Bei dem Judenchristen Matthäus, der in Syrien oder Palästina, vielleicht in

---

[9]) 1 Cor. 16, 22 (Aramäisch); Col. 2, 8 (Weltweisheit).

[10]) 1 Tim. 1, 4; Tit. 3, 9 (Geschlechtsregister); vergleichbar ist auch der nicht von Paulus stammende Hebr. 7, 3. Act. 17, 26 vor den Athenern; die paulinische Herkunft wird heute meist bestritten, z. B. von Walther ELTESTER, Areopagrede, in RGG³ Bd. 1, Sp. 589 f.

[11]) Heinz-Dietrich WENDLAND, Geschichtsanschauung und Geschichtsbewußtsein im Neuen Testament, Göttingen 1938, S. 23–39; vgl. Alois DEMPF, Sacrum Imperium, Geschichts- und Staatsphilosophie des Mittelalters und der politischen Renaissance, Neudruck Darmstadt 1954, S. 77 ff.

[12]) Marc. 13, 10 und 27 (alle Völker); 16, 17 (neue Zungen). Zu M.s Sprachkenntnis SCHNEIDER, Geistesgeschichte Bd. 1, S. 98 f.

aramäischer Sprache, geschrieben haben mag, finden wir die Auseinandersetzung mit der geschichtlichen Umwelt in vollem Gange. Da werden die Kanaanäer noch mit Hunden verglichen, Jesus selbst sei als jüdischer Messias nur zu den Juden gesandt. Das Geschlechtsregister bei Matthäus ist die Stilisierung solcher Anschauungen; es beginnt mit Abraham, dem Stammvater der Juden, und paßt sich in einer dreifach gegliederten Kette von je 14 Gliedern kunstvoll den Epochen der jüdischen Geschichte ein; diese wurde schon dadurch mit der Heilsgeschichte aufs engste liiert[13]). Die Sprache wird nur an einer Stelle erwähnt; sie hat hier keinen theologischen Akzent, beleuchtet aber kraß die Kleinräumigkeit dieser „vorpaulinischen“ Welt: Petrus verrät sich in Jerusalem durch seinen Dialekt als Galiläer. Daneben stehen allerdings bereits bei Matthäus die Weisen aus dem Morgenland, die auf die universale Mission des in Bethlehem Geborenen weisen; die Flucht nach Ägypten wird beachtet; daß später Jesus das Judentum verwirft, wird zwar bezeichnenderweise nur in Gleichnisreden eingehüllt wiedergegeben, aber so wenig verschwiegen wie Jesu Hinwendung zum römischen Hauptmann von Kapernaum und der schließliche Missionsbefehl: „Gehet hin und lehret alle Völker !“[14]).

Schon jenseits solcher Auseinandersetzungen stand der Paulusschüler Lukas, der wohl in Antiochia auf griechisch schrieb. Er machte die ersten Ansätze, Jesu Wirken in den Rahmen der Weltgeschichte einzuordnen: er erwähnte das Gebot des Kaisers Augustus und das fünfzehnte Jahr des Tiberius. Seine Ahnenreihe Jesu setzte nicht bei Abraham, sondern beim Ahnherrn der ganzen Menschheit, bei Adam ein und enthielt wie selbstverständlich etwas über 70 Namen. Im griechischen Original sind es 76 Ahnen; die lateinische Vulgata und die Lutherbibel haben im Vers 33, vielleicht in Erinnerung an Matth. 1, 4, den Admin ausgelassen und behielten 75 Namen; unter den von Lukas Aufgezählten befand sich auch der Arphakschad-Sohn Kainan aus der LXX, der auf diese Weise noch lebendig blieb, nachdem die Vulgataübersetzung ihn aus der Genesis wieder gestrichen hatte. Von der Bedeutung solcher runden Zahlen wußte Lukas; denn nur bei ihm liest man in der sog. ägyptischen Rezension und der Koine von 70, in wenigen anderen Handschriften und in der lateinischen Vulgata sogar von 72 Jüngern, die Jesus in alle Welt gesandt habe[15]). Man hat gemeint, die Zahl solle die Zuordnung je eines Jüngers zu je einem der 72 Gottesnamen bedeuten; doch ist die Lehre von 72 Gottesnamen auch im Judentum,

---

[13]) Matth. 15, 26 (Kanaanäer); 10, 6; 15, 24 (Judenmission); 1, 2–17 (Geschlechtsregister); dazu SCHNEIDER, Geistesgeschichte Bd. 1, S. 46.

[14]) Matth. 26, 73 (Galiläer); 21, 18 ff.; 22, 1 ff. (Gleichnisreden); 8, 10 (Hauptmann); 24, 14; 28, 19 (Missionsbefehl).

[15]) Luc. 2, 1 (Augustus); 3, 1 (Tiberius); dazu BORNKAMM (o. Anm. 1) S. 178 Anm. 5; Luc. 3, 23–38 (Ahnenreihe); dazu CULLMANN (o. Anm. 5) S. 81 f.; Luc. 10, 1 und 17 (Aussendung); die Handschriften-Varianten nach NESTLE (o. Anm. 4) S. 177.

wie wir sahen, viel jünger[16]). Auch eine überzeugende „hellenistische" Begründung hat sich bisher nicht finden lassen. Wahrscheinlich bezog sich Lukas auf die 70 oder mehr Mitglieder des Sanhedrin bei Num. 11, 16[17]). Die bei Jesus und Paulus sehr schwach ausgebildete Zahlensymbolik kann bei Lukas nur bewußte Wiederaufnahme hebräischer Vorbilder sein[18]); der Streit der Rabbiner um die genaue Zahl der Ratsmänner[19]) konnte ihn allerdings nicht mehr berühren. Aber gewiß dachte Lukas auch nicht an die 70 oder mehr Völker der Welt, eine Formel, die – wir sahen es – zwar schon im Jubiläenbuch anklang, aber erst einige Menschenalter nach Lukas sich durchsetzte[20]). Daß Lukas die ganze Ökumene im Blick hatte, beweist nicht nur die ausführliche Schilderung von Erlebnissen mit Samaritanern; Lukas sagte programmatisch, daß aus Ost und West, Nord und Süd die Auserwählten herbeikommen[21]). Hellhörig war er deshalb für Sprachen und ihre Verschiedenheit. Er bemerkte in der Apostelgeschichte, daß Paulus das Lykaonische nicht verstand, aber Griechisch und Hebräisch sprach und daß der Völkerlehrer vor den Athenern mit griechischen Dichterworten den einheitlichen Ursprung des Menschengeschlechtes vertrat. Obwohl Gott „in den vergangenen Zeiten alle Völker ihre eigenen Wege gehen ließ", wies diese gottgewollte Vielfalt auf einen Ursprung und ein Ziel hin. Daß die Stimme vom Himmel hebräisch mit Paulus redete, wurde vermerkt, doch auch, daß in der jungen Christengemeinde Hebräisch und Griechisch miteinander wetteiferten[22]); diese Verschiedenheiten stören die Eintracht nicht, unterstreichen sie nur. „Menschen aus jedem Volk, das unter dem Himmel ist", kamen nach Lukas zu den Aposteln; allerdings fehlte unter den 15 Sprachen und Völkern, die er dabei aufzählte, das Griechische,

---

[16]) Endres, Zahl 171 glaubte an die Parallele.

[17]) Hans Joachim Schoeps, Theologie und Geschichte des Judenchristentums, Tübingen 1949, S. 96, 290, hier m. E. überzeugend. Was Schoeps S. 96 f. (dort auch die weitere Literatur) für die Ursprünglichkeit der Lesart „72" vorbringt, ist hingegen nicht zwingend.

[18]) Hopper, Symbolism 69–71.

[19]) Hermann Leberecht Strack – Paul Billerbeck, Kommentar zum Neuen Testament aus Talmud und Midrasch, 4 Bände, München 1922–28, hier Bd. 2, S. 166 stellt die jüdischen Paralleltexte zu Luc. 10, 1 zusammen; wir haben sie oben S. 189 Anm. 5 ff. behandelt.

[20]) Die falsche Parallele ist beliebt: Emil Kautzsch, Zahlen bei den Hebräern, in: PRE Bd. 21, S. 606; Krauss, ZATW Bd. 20, S. 41; Weigand, Languages 250; Georg Kretschmar, Himmelfahrt und Pfingsten, in: Zeitschrift für Kirchengeschichte 66 (1954/55) 209–253, hier S. 238–243.

[21]) Luc. 9, 53; 10, 30 ff. (Samaritaner); 13, 29 (Nord und Süd).

[22]) Act. 14, 11 ff. (Lykaonisch; im Gegensatz zur herrschenden Meinung will Schneider, Geistesgeschichte Bd. 1, S. 552 daraus doch auf Kenntnis des Lykaonischen schließen, schwerlich mit Recht); 21, 38 (Pauli Sprachkenntnis); 17, 26 (Athener; s. o. Anm. 10); 14, 16 (eigene Wege); 26, 14 (Himmelsstimme); 6, 1 (Gemeinde).

und nur die römische Reichssprache wies über den provinziellen Rahmen Palästinas und seiner Nachbarn hinaus. Aber gerade in diesem beschränkten Kreis schildert Lukas die grandioseste Vision des Sprachenproblems seit der mosaischen Genesis, und sie könnte geradezu ein bewußtes Gegenstück zur Erzählung von der babylonischen Sprachenverwirrung sein: das Pfingstwunder. Der Heilige Geist steigt in Gestalt von feurigen Zungen auf die Apostel herab, und sie beginnen in anderen Zungen zu reden; jeder der Anwesenden hört die Apostel in seiner eigenen Sprache reden, „und es waren Menschen aus jedem Volk, das unter dem Himmel ist, in Jerusalem“[23]). Durch die Herabkunft des Heiligen Geistes, durch ein Wunder wurde die unselige Sprachentrennung überwunden; in der durch diesen Akt begründeten Kirche Gottes war man aller Sprachen mächtig, nicht wie die Weisen des Sanhedrin dank überlegener Bildung, sondern allein dank Gottes Gnade, der Herr auch über die Sprachen ist. Die Sprachen waren in ihrer Vielgestalt geheiligt worden und konnten hinfort der einmütigen Verkündigung von Gottes Taten in aller Welt dienen. Wie diese Ausgießung der Gnade vor sich ging, ob man an ein Hör- oder ein Sprachwunder, an eine vorübergehende oder dauernde Gabe denken sollte, ob alle 120 Anwesenden oder nur die 12 Apostel die Sprachengabe erhielten, welcher Art die neuen Sprachen waren, ob bekannte Idiome oder ekstatisches Zungenreden, das schien Lukas weniger als Paulus zu bekümmern; er sagte nichts darüber – vielleicht sogar mit Absicht –, und bis heute geht darum der gelehrte Streit[24]). Auch die Frage nach Quellen und Vorbildern hilft kaum weiter; es mag eine gewisse Verwandtschaft bestehen zwischen dem Pfingstwunder und dem Wunder am Sinai, wo Gott unter Donnern und Blitzen den Bund mit Israel schloß; wenigstens hat die rabbinische Exegese bei Gelegenheit von Ex. 19, 16 ff. seit dem zweiten Jahrhundert auch von 70 Sprachen gewußt, in die sich Gottes Wort teilte[25]). Doch steht die These, auch Lukas habe vielleicht an diese 70 Sprachen gedacht[26]), auf schwankenden Füßen[27]). Nicht weniger gewagt ist die Deutung mit hellenistischen Motiven; etwa, daß das ekstatische

[23]) Act. 2, 1–11.

[24]) Die Geschichte dieses Streites ist dargestellt von Johann Baptist Englmann, Von den Charismen im allgemeinen und von dem Sprachen-Charisma im besonderen, oder historisch-exegetische Abhandlung über 1 Kor. 12–14, Regensburg 1848, S. 223 ff. und von Nikolaus Adler, Das erste christliche Pfingstfest, Sinn und Bedeutung des Pfingstberichtes Apg 2, 1–13, Diss. theol. Münster 1938, S. 1 ff.

[25]) Strack-Billerbeck (o. Anm. 19) Bd. 2, S. 604 f. sammeln die schon oben S. 193 Anm. 16 ff. behandelten Stellen.

[26]) Paul Fiebig, Jüdische Wundergeschichten des neutestamentlichen Zeitalters unter besonderer Berücksichtigung ihres Verhältnisses zum Neuen Testament, Tübingen 1911, S. 55 ff. verfocht diese These; vgl. auch o. Anm. 20.

[27]) Adler, Pfingstfest 46 ff. weist sie zurück; David Daube, The New Testament and Rabbinic Judaism (Jordan Lectures 1952), London 1956 geht auf Luc. 10, 1 und Act. 2, 1 ff. gar nicht ein.

Stammeln an Pfingsten „ausgesprochen zu einer hellenistisch-dionysischen Frömmigkeit" gehöre[28]), setzt das Unbekannte voraus, daß nämlich wirklich die Apostel ekstatisch stammelten[29]). Aber Lukas wollte etwas anderes, als das Phänomen analysieren. Da es keine allgemein verständliche Weltsprache gab, konnte das Gotteswort nur durch ein Sprachenwunder aller Welt vermittelt werden, und dies Wunder ist zugleich Voraussetzung und Legitimation universaler Mission[30]); seine übernatürliche Kraft entzieht sich adäquater Schilderung, auf seine fortdauernde Nachwirkung kommt es allein an.

Alle Sprachen und Völker vereinigen sich im Lobe Gottes: die Apokalypse nahm, vielleicht noch vor der Jahrhundertwende, diesen Gedanken wieder auf, der ja im Danielbuch und in der zeitgenössischen hellenistischen Literatur schon vorgebildet war. Nun transponierte man allerdings die Vereinigung der Sprachen und Völker schon in die Zukunft der Endzeit[31]); einige Völker, die Gog und Magog, erhielten im Anklang an Ezechiel die Rolle, die Heiden von den vier Enden der Welt zu sammeln, um diese Einigung auf Erden zu pervertieren. Die gegenwärtige Welt der Sprachen und Völker symbolisierte sich nicht mehr wie bei Daniel in vier aufeinanderfolgenden Gestalten, sondern nur noch in der einen großen Hure Babel[32]); inmitten der ersten Christenverfolgungen schien sich das christliche Denken den Realitäten noch mehr zu entfremden. Auch das Johannesevangelium, vielleicht doch vom Verfasser der Apokalypse noch im ersten Jahrhundert geschrieben, identifizierte Jesus, den Erlöser des Kosmos, mit dem griechischen Logos, dem gesprochenen Wort, das damit über die alltägliche, gar über die in Sprachen differenzierte Rede weit hinausgehoben wurde in das Gebiet göttlicher Schöpfungsmacht[33]). Man kann diese

---

[28]) Schneider, Geistesgeschichte Bd. 1, S. 94.

[29]) Das ist allerdings die heute herrschende These, etwa bei Güntert, Göttersprache 23 ff.; Rust (o. Anm. 7) S. 62 ff.; Johannes Behm, *γλῶσσα*, in: Theologisches Wörterbuch zum Neuen Testament, hg. Gerhard Kittel, Bd. 1, Stuttgart 1933, Sp. 724. Daß Lukas, bewußt zweideutig, Glossolalie und Sprachen nicht trennte, glaubt Kretschmar (o. Anm. 20) S. 234 ff. Die Deutung auf neue Idiome findet sich heute meist bei Katholiken, etwa bei Grentrup, Muttersprache 123 ff.; daß die Apostel etwa zwölf ihnen schon vorher bekannte Sprachen radebrechten, ist die Meinung von Ernst Kalinka, Das Pfingstwunder. Die Urform der griechischen Tragödie (Commentationes Aenopontanae 10), Innsbruck 1924, S. 23 ff.

[30]) Arnold Joseph Toynbee, A Study of History, Bd. 5, London 1951, S. 486 ff. scheint mir das Richtige getroffen zu haben.

[31]) Apoc. 5, 9; 7, 9; 10, 11; 11, 9; 13, 7; 14, 6; 17, 15.

[32]) Apoc. 20, 8 (Gog-Magog); 17, 5 ff. (Babylon). Vgl. Wendland (o. Anm. 11) S. 49–68.

[33]) Joh. 1, 1 ff. (Logos); 4, 42 (Welterlöser). Zur johanneischen Sprachauffassung Viktor Warnach OSB, Erkennen und Sprechen bei Thomas von Aquin, Ein Deutungsversuch seiner Lehre auf ihrem geistesgeschichtlichen Hintergrund, in: Divus Thomas 15 (1937) 189–218, 263–290, hier S. 263 ff.; Heintel, Sprachphilosophie 455 f., 459 f.

Spekulation auf ihren jüdisch-alttestamentlichen Gehalt, auf die Wertung des Gottesnamens im Alten Testament, oder auf den hellenistischen Charakter der Logos-Idee zurückführen[34]); auch hier erklären die Quellen wenig. Denn neu und unabgeleitet ist der Gedanke, daß dieser Logos göttlich und doch Fleisch geworden ist; so fügt er sich auch in den irdischen Sprachleib ein und weiht damit die Sprache und die Sprachen als Werkzeuge der göttlichen Offenbarung[35]). Zugleich damit – und nicht im Gegensatz dazu – war alles Nachdenken über Sprachen und Völker hinfällig geworden; das neue Gottesvolk, von dem der erste Petrusbrief spricht[36]), übersprang alle Schranken. Ignatius von Antiochia (gest. ca. 110) sagte kurz vor seinem Märtyrertode: Die Christen sind eine neue Einheit, sie singen Gottes Lob *ἐν φωνῇ μιᾷ*[37]), als gäbe es keine Verschiedenheit der Sprachen. Das mag daran liegen, daß sich das junge Christentum alsbald der hebräischen und aramäischen Sprache entledigte und die griechische Weltsprache der Bildung übernahm auf eine ganz ähnliche Weise wie die jüdische Diaspora der Zeit[38]). Doch widerspricht der sprachliche Befund der Evangelien selbst: in ihrem griechischen Text sind einige Worte Jesu in aramäischer Sprache stehen geblieben, gewiß nicht aus Unachtsamkeit etwaiger Übersetzer[39]), wohl nur aus Ehrfurcht vor Gottes Wort, gleich in welche Sprache es sich kleidet. Der Grund liegt also tiefer, und es ist nicht mehr derselbe, der die eigenartig unbeteiligte Haltung des Alten Testaments rechtfertigt, nach der die reine Religion über die Wirklichkeit hinweggriff, sie fast achtlos beiseite ließ. Im Frühchristentum war zwar noch weit stärker als im alten Judentum die Geschichte aus den Angeln gehoben und „ein neuer Grund gelegt, welcher ist Jesus Christus“. Doch dieser neue Grund trug nun auch die Wirklichkeit der Sprachen und Völker mit. Es gehört in diese Neuwertung, daß im Frühchristentum Übersetzungen der Bibel bereits seit dem zweiten Jahrhundert häufig wurden: Man predigte den Völkern das Christentum nicht etwa in der griechischen Weltsprache – die freilich damals schon gegen lokale Dialekte zu kämpfen hatte –, sondern in der jeweiligen Volkssprache, koptisch, syrisch, lateinisch, äthiopisch, georgisch, armenisch, gotisch, slavisch, irisch; und der Prozeß ihrer Christianisierung dauert bis heute fort.

---

[34]) Dürr, Wort 158 ff. tut das erstere, Schneider, Geistesgeschichte Bd. 1, S. 137 ff. das letztere.

[35]) Hier wie an einigen anderen Stellen dieses Kapitels ist mir die Kritik von Prof. Ernst Benz-Marburg förderlich gewesen.

[36]) 1 Petr. 2, 10.

[37]) Epistola ad Ephesios c. 4, MPG Bd. 5, Sp. 648; auch bei Joseph Anton Fischer, Schriften des Urchristentums, Bd. 1, Darmstadt 1956, S. 144.

[38]) Hans Lietzmann, Geschichte der alten Kirche, Bd. 1, 3. Aufl., Berlin 1953, S. 82 ff.

[39]) Matth. 27, 46 = Marc. 15, 34; auch Marc. 5, 41; 7, 34; 14, 36; dazu Walter Baumgartner, Aramäisches in der Bibel, in: RGG[3] Bd. 1, Sp. 534.

Er hat die meisten dieser Umgangssprachen erst zu Literatursprachen erhoben, sie zum Ausdruck der allgemeinsten und höchsten Gedanken geschmeidig gemacht[40]). Doch war dies nicht die einzige mögliche Folgerung aus dem Evangelium; auch die prinzipielle Mißachtung der verworrenen Vielfalt und geschichtlichen Buntheit konnte aus Jesu Lehre herausgelesen werden.

Von hier aus ließen sich alle Fragen der Wirklichkeit, auch die der Sprachen- und Völkerwelt, entweder souverän verachten oder universal verstehen; die polytheistische Zersplitterung der Heiden und die partikularistische Beschränkung der Juden waren unmöglich, hier mußte man die Welt ganz fassen oder fahren lassen. Von hier aus haben denn auch die verschiedensten Strömungen ihren Ausgang genommen, aber sie alle zielten auf die ganze Welt in ihrer Einheit und Vielfalt.

6. Griechische Kirchenväter

Trotz seiner universalen Forderung war das Christentum den Partikularitäten der Geschichte nicht enthoben; selbst sein Anspruch konnte nur mit den vorhandenen Denkmitteln, vor allem mit dem Hellenismus und seiner Sprache, durchgesetzt werden. Die „offizielle Sprache" der jungen Kirche war anfangs vielleicht Aramäisch[1]); doch schon die Evangelisten – allein Markus ausgenommen – schrieben weder hebräisch noch aramäisch, und selbst wenn den Evangelien, wie man neuerdings meint, aramäische Originale zugrundelagen, wurden sie doch alsbald griechisch verbreitet. Die folgenden christlichen Generationen bemühten sich erst recht, die christlichen Normen mit dem antiken Erbe zu verbinden[2]) und mußten dabei bald auf die gerade im zweiten nachchristlichen Jahrhundert voll ausgebildeten hellenistischen Anschauungen von der Ökumene und ihrer Einheit in der Mannigfaltigkeit stoßen. Zunächst beherrschte dabei der Gedanke an das unmittelbar bevorstehende Ende der Zeiten das Feld und ließ eine liebevolle Versenkung in die geschichtliche Wirklichkeit noch nicht zu.

Der „Hirt des Hermas", eine apokryphe Apokalypse, vielleicht zwischen 140 und 150 vom Bruder des römischen Bischofs Pius I. geschrieben, nahm in dieser Absicht das Turmgleichnis aus dem Alten Testament auf. Der Turm der Kirche wird errichtet aus Steinen von 12 Bergen, denn „zwölf ist die

---

[40]) Benfey, Sprachwissenschaft 170 ff. Unzulänglich Günter Lanczkowski, Heilige Schriften, Inhalt, Textgestalt und Überlieferung (Urban-Bücher 22), Stuttgart 1956, S. 35 f.

[1]) Charles Cutler Torrey, The Aramaic Period of the Nascent Christian Church, in: ZNTW 44 (1952/53) 205–223, hier S. 205; Albright, Steinzeit 379–382.

[2]) Hans Frhr. von Campenhausen, Die griechischen Kirchenväter (Urban-Bücher 14), Stuttgart 1955, S. 10.

Zahl der Völker, die den ganzen Erdkreis behaupten" – man sieht auch von hier aus, daß die Formel von den 70 Völkern um 150 noch nicht bekannt war –; Engel fügen diesen Turm zusammen. Und alle Völker, die unter der Sonne wohnen, *μίαν φρόνησιν ἔσχον και ἕνα νοῦν, καὶ μία πίστις αὐτῶν ἐγένετο καὶ μία ἀγάπη*[3]). Die eine Gesinnung, die eine Stimme wurde nicht mit einer irdischen Sprache gleichgesetzt, aber schon war – offensichtlich in bewußter Antithese zum Turm von Babel – behauptet, daß die Kirche Gottes, indem sie alle Völker in einem Glauben versammelt, den Fluch der vorchristlichen Sprachen- und Völkertrennung unwirksam gemacht habe. Hermas schrieb noch ganz in der Erwartung der baldigen Parusie; bald mußte man sich mit der irdischen Welt einläßlicher befassen.

Der bedeutendste Apologet des 2. Jahrhunderts, der Märtyrer Justin (ca. 100 bis ca. 165) nahm die Dinge konkreter. Christus sei nicht nur zu den Juden gekommen, sondern *ὑπὲρ τῶν ἐκ παντὸς γένους ἀνθρώπων*; seine Anhänger sind ein neues Volk, und ihr Vater war Abraham, der nicht dem Stamme Israel allein angehörte. Schon damit war die geschichtliche Betrachtung der Kirche eingeleitet; sie verband sich augenblicks mit neuen exegetischen Methoden, denn für Justin deutete alles im Alten Testament auf das Neue hin. Dabei spielte einmal auch die Zahlensymbolik mit herein: Das Kreuzesholz Christi, das für alle Welt zum Heile dienen sollte, schien ihm präfiguriert in den 70 Palmbäumen von Ex. 15, 27[4]). Hier deutete die Zahl 70 in fast noch jüdischer Weise auf die Allgemeinheit der christlichen Botschaft. So weitete sich das Blickfeld sehr; im Grunde waren alle Menschen, die jemals vernunftgemäß lebten, Christen gewesen, bei den Griechen Sokrates und Heraklit, bei den „Barbaren" Abraham, Elias und viele andere, und keine irdische Grenze hielt mehr stand, am wenigsten die Sprachgrenze. Justin erkannte auch diejenigen Christen voll an, die „wie Barbaren reden, aber einen weisen Glauben haben"[5]). In Zeit und Raum griff das Christentum weit aus, alles als eine große Einheit betrachtend und erst vor dem ganz Anderen eine Grenze setzend: Gott habe, sagte Justin wie die Griechen und anders als die Juden, keinen Namen, weil er alle Namen gegeben habe[6]). Der Herr der Sprache blieb noch ganz jenseits aller menschlichen Vergleiche; sie griffen im jungen Christentum noch nicht so

---

[3]) Pastor Hermae, Similitudines 9, 17, 4, GCS Bd. 48, 1 S. 91. Die Datierung und alle näheren Angaben sind hier wie im folgenden meist entnommen aus Berthold Altaner, Patrologie, Leben, Schriften und Lehre der Kirchenväter, 4. Aufl., Freiburg 1955, hier S. 63 ff.

[4]) Dialogus cum Tryphone Judaeo c. 95, MPG Bd. 6, Sp. 701 (aus jedem Volk); c. 119 Sp. 752 (Abraham); c. 86 Sp. 681 (Ex. 15, 27).

[5]) Apologia I pro Christianis c. 46, MPG Bd. 6, Sp. 397 (Sokrates, Elias); c. 60 Sp. 420 (Barbaren).

[6]) Apologia II pro Christianis c. 6, MPG Bd. 6, Sp. 453; dazu Schneider, Geistesgeschichte Bd. 1, S. 349.

hoch, aber in den Himmel griffen sie doch schon. Die „Himmelfahrt des Jesaja“, eine griechische Kompilation des späten 2. Jahrhunderts, berichtete, daß in jedem der sieben Himmel der Lobgesang der Engel anders klingt, also wohl in verschiedenen Sprachen verkündet wird[7]).

Die neue Universalität mußte bald auch die Zahlensymbolik zu Hilfe rufen; doch blieb sie im Christentum anfangs merkwürdig schwach. Mancher Gnostiker mag wohl bemerkt haben, daß nach hellenistischer Buchstaben-Mathematik das Wort *Ἐκκλησία* die Zahl 71 ergab, also 70 Glieder und ein Haupt[8]); doch die Zeugnisse sind spärlich. Die phrygische Aberkios-Inschrift aus der zweiten Hälfte des 2. Jahrhunderts behauptet, der vielgewanderte Aberkios sei 72 Jahre alt geworden[9]), und ein anderer Christ, Flavius Zeuxis, rühmte sich, er sei 72mal nach Rom gereist[10]). Offenbar hat aber das Gefühl der Weite die Oberhand behalten über den Gedanken der Ordnung; man war ja über den griechischen Raum hinausgewachsen. Der sogenannte Diognet-Brief wies um 200 darauf hin, die Christen seien weder durch Wohnort noch durch Sprache oder Sitte von den übrigen Menschen verschieden; sie wohnten unter Griechen und Barbaren[11]). Zwar war das Griechische im zweiten Jahrhundert „eine Art Kirchensprache der abendländischen Christen“[12]); doch verwechselte man nicht die Reichweite griechischer Bildung mit der idealen Universalität des Christentums, weil sich die christlichen Schriftsteller nicht nur gegen Vorwürfe der Juden und der Heiden, sondern gegen die viel gefährlichere innere Unterhöhlung durch die Gnosis zu wehren hatten.

Der Wortführer gegen die Gnosis hielt sich von jeder Einengung völlig frei; der Kleinasiate Irenäus (ca. 140 bis ca. 202) war griechisch erzogen, lernte aber noch im Alter Keltisch und meinte, das barbarische Idiom habe auf seinen Stil abgefärbt; doch von Ovids Klage war er weit entfernt. Bischof in Lyon geworden, empfand er es um 180 als Erfüllung der irdischen Zwecke, als Bestätigung des nahen Weltendes, daß die Barbaren, auch wenn sie Schrift und Sprache der Griechen und Römer nicht beherrschten – *quantum ad sermonem nostrum barbari* –, durch den Christenglauben der wahren Ökumene beitraten;

---

[7]) Ascensio Isaiae 7, 15 ff., bei Edgar HENNECKE, Neutestamentliche Apokryphen, 2. Aufl., Tübingen 1924, S. 309 f.

[8]) Peter FRIESENHAHN, Hellenistische Wortzahlenmystik im Neuen Testament, Leipzig-Berlin 1935, S. 111 leider spekulativ, ohne Quellenbelege.

[9]) Abercii Epitaphium, bei Marie Joseph ROUET DE JOURNEL SJ, Enchiridion patristicum, 14. Aufl., Freiburg i. Br. 1947, S. 77. Zu der hellenistischen Art der Inschrift Hermann STRATHMANN, Aberkiosinschrift, in: RGG³ Bd. 1, Sp. 63.

[10]) Wilhelm DITTENBERGER, Sylloge inscriptionum graecarum, 3. Aufl., Bd. 3, Leipzig 1920, S. 373 Nr. 1229.

[11]) Epistola ad Diognetum V, 1 ff., in: Patrum apostolicorum opera, hg. Oscar von GEBHARDT – Adolf HARNACK – Theodor ZAHN, Bd. 1, 2, Leipzig 1878, S. 157.

[12]) CAMPENHAUSEN (o. Anm. 2) S. 25.

die Kirche wurde nun wirklich auf der ganzen Erde bis zu ihren Grenzen ausgebreitet; *αἱ κατὰ τὸν κόσμον διάλεκτοι ἀνόμοιοι* waren kein Hindernis mehr, denn Germanen, Kelten und Iberer sprachen zwar verschieden, glaubten aber ein und dasselbe. Hier wurde zum ersten Mal die konkrete Sprachenvielfalt ins Auge gefaßt; Christus spreche, sagt Irenäus, alle Völker, Sprachen und Generationen der Menschen an. Auch Irenäus schied wie Justin scharf zwischen dem göttlichen und dem menschlichen Wort; in menschlicher Sprache sei Gott namenlos; nur in Gott fielen Denken und Sprechen zusammen. Eine „Sprache Gottes" konnte es darum nicht geben. Dennoch wurde die Welt und ihre Geschichte fast geheiligt; ihre Dauer von 7000 Jahren ließ sich nach Irenäus in Analogie zum Siebentagewerk errechnen; Gott sorgt auch jetzt noch für die Einsetzung der rechten Könige, er lenkt die Geschichte unmittelbar, sie spiegelt seine Macht in jeder Einzelheit. Hier, wo die Welt in ihrer Vielfalt in das religiöse und exegetische Denken einbezogen wurde, begegnet uns zum ersten Mal im Christentum die Formel von 72 Sprachen und Völkern der Welt. Irenäus hat sie wohl nicht selbst erfunden, aber mit einem anderen Sinn erfüllt als die Hermetiker in Ägypten. Sie sollte nun erweisen, daß Christus der zeitliche und räumliche Mittelpunkt der Weltgeschichte ist, der auch die fernen Zeiten des Alten Testaments und die entlegensten Völker mit umschließt. Lukas habe 72 Ahnen Christi von Adam an aufgezählt – die Zahl stimmt nicht – und so das Ende mit dem Anfang verbunden, *significans quoniam ipse est, qui omnes gentes exinde ab Adam dispersas et universas linguas et generationes hominum cum ipso Adam in semetipso recapitulatus est.* Das ist die berühmte Rekapitulations-Idee des Irenäus, auf der seine Geschichtstheologie mit beruht: in Christus wiederholt sich die ganze Menschheits-Geschichte. Noch waren die Beziehungen nicht plump ausgesprochen, selbst daß die Zahl der Sprachen und Völker mit der von Christi Ahnen identisch sei, ist nicht eindeutig gesagt. Irenäus hat auch sonst die Traditionen nicht zu glätten und harmonisieren versucht und etwa die Zahl der LXX-Übersetzer, die wie bei Pseudo-Aristeas vom Heiligen Geist beflügelt alle den gleichen Text verfertigt haben sollen, entgegen dem Aristeasbrief bei 70 belassen[13]); aber der Urheber der katholischen Geschichtstheologie und Exegese, der durch den Gedanken von der fortschreitenden Erziehung des Menschengeschlechts sowohl die Geschichtstheologie wie die Exegese erst rechtfertigte[14]), hat für solche Glättungen und Vergleiche den

[13]) Adversus haereses I prol. 3, MPG Bd. 7, Sp. 444 (Keltisch); III, 4, 2 Sp. 855 f. (Barbaren); I, 10, 1 f. Sp. 549 ff. (Grenzen und Sprachverschiedenheit); III, 22, 3 Sp. 958 (72 Sprachen, nur in der lateinischen Fassung erhalten); III, 21, 2 Sp. 947 (70 Übersetzer).

[14]) Jean Daniélou SJ, Saint Irénée et les origines de la théologie de l'histoire, in: Recherches de science religieuse 34 (1947) 227–231, hier S. 228 f.; Schneider, Geistesgeschichte Bd. 1, S. 206.

Weg bereitet, indem er die diesseitige Welt und ihre Geschichte als eigenen Faktor des göttlichen Heilsplans erkannte.

Um 180 wurde die historische Frage auch anderswo akut. Der Bischof Theophilos von Antiochien suchte gegenüber dem Heidentum den Altersbeweis des Christentums zu führen; Juden und Christen machten sich den griechischen Glauben zunutze, daß alles Alte aus Ägypten und dem Orient, nicht aus Griechenland stamme. Die LXX leistete mit ihrer Chronologie auch für Theophil treffliche Hilfestellung: Moses müsse 900 bis 1000 Jahre vor dem Trojanischen Krieg gelebt haben; Noah heiße bei einigen Deukalion. Als das Uralte war nun das Biblische um seiner selbst willen interessant, und hier wurde zum ersten Male Gen. 10–11 christlich interpretiert. Der Hellenist Theophil, im ehemaligen Seleukidenreich aufgewachsen, konnte im Bau einer großen Stadt kein Unrecht sehen und betonte, daß es schon einige Städte vor der Sprachverwirrung gab; Babylon mit ihrem König Nimrod ist die erste. Damals war auf Erden noch eine Sprache. Da wollten die Menschen noch eine weitere Stadt, nicht nach Gottes, sondern nach ihrem Willen errichten, mit einem Turm, der bis an den Himmel reichen sollte, damit sie sich einen Namen machten. Aber weil sie das große Werk ohne Gott versuchten, zerstörte es dieser und brachte in die Sprache Verschiedenheit; er gab jedem einzelnen eine besondere Sprache, wie es die Jüdische Sibylle sagt. Noch wurden nicht die Völker als die handelnden und leidenden Träger des Geschehens angesehen, sondern „jeder einzelne". Doch nun wurde der Herr der Sprache bereits zum Lenker der Sprachgeschichte; Gott selbst spricht, indem er aus sich den *Λόγος προφορικός* entläßt, der mit Adam im Paradiese redet; und dies ist derselbe Logos, der als Sohn Gottes alles, auch den ersten Menschen, schuf. Seine Worte, die Evangelien wie die Schriften des Alten Bundes, sind darum auch „heiliges, göttliches Wort"[15]). Die Verbindung zwischen Gott und Welt wurde fester gezogen, und die Geschichte war eines der Bänder zwischen beiden.

Wenig später, um 195, befaßte sich mit ähnlichen Fragen auch Klemens von Alexandria (ca. 150– vor 215). Auch er suchte nach den Ursprüngen. Die Wahrheit sei zuerst bei den weisen Barbaren heimisch gewesen und dort noch heute besser als bei den Griechen aufgehoben[16]); denn die griechischen Philosophen, sagte Klemens um 208–211, befaßten sich nur mit den Wörtern der Wahrheit, diese selbst aber sei „bei uns, den Barbaren". Barbarisch sei wohl auch die erste und ursprüngliche Sprache; ihre Worte hätten, wie es an Gebeten in barbarischer Sprache ersichtlich sei, eine besonders wirksame Kraft. Wer diese ur-

---

[15]) Ad Autolycum III, 21, MPG Bd. 6, Sp. 1152 (Moses und Troja); II, 30 Sp. 1100 (Noah); II, 31 Sp. 1100 f. (Turmbau); II, 22 Sp. 1088 (Gottes Wort).

[16]) Protreptikos VI, 70, 1, GCS Bd. 12, S. 53; zu dem neuen Barbarenbegriff Jüthner, Hellenen und Barbaren 87 ff.

sprünglichen Barbaren sind, ist leicht zu erraten: Juden und Christen. So findet sich hier, in verschleierter Form freilich, zum ersten Mal in christlichem Munde die These von der hebräischen Ursprache. Doch auch von den Griechen wollte Klemens lernen. Sie haben ja nach seiner Ansicht vieles dem Alten Testament entnommen, wenn nicht entwendet. Stets um Sammlung der vorchristlichen Wahrheitselemente bemüht, immer zur akademischen Diskussion auch weltlicher Themen mit den Griechen bereit und anscheinend in mindestens fünf Sprachen bewandert, sah sich Klemens vor der merkwürdigen Meinung des Ephoros von Kyme und, wie Klemens sagt, vieler anderer Geschichtsschreiber; wir haben auch von Ephoros nur durch das Exzerpt des Klemens Kenntnis. Diese antiken, heidnischen Autoren behaupten, es gebe 75 Sprachen auf der Welt. Manche Juden und Christen mochten solche Sätze vorher gelesen haben und blätterten weiter; Klemens dachte an die nach seiner Meinung 75 Jakobskinder in Ägypten (Gen. 46, 27) und stutzte. Wieder einmal, so mochte er denken, wäre erwiesen, daß die heidnischen Autoren ihre Weisheit aus dem Alten Testament bezogen; aber da fiel er sich selbst ins Wort, denn „wie unsere Schriften überliefern", gibt es auf Erden 72 und nicht 75 Sprachen. Welches waren *αἱ ἡμέτεραι γραφαί*? Klemens konnte sich nicht auf das Alte Testament selbst beziehen, wie wohl jener moderne Übersetzer meint, der die Stelle mit „unsere heiligen Schriften" wiedergibt; auch die Pseudo-Klementinen, an die man erinnert hat, sind später geschrieben; eigene Exegese brachte Klemens kaum zu dieser Folgerung, denn er hat die biblische Völkertafel, Luk. 10, 1 und alle andern naheliegenden Bibelstellen in seinen Werken nirgends zitiert und sich aus den Zahlenkombinationen der Hebräer sonst wenig gemacht. Es gibt eine Lösung, auf die bisher niemand verfiel, weil sie zu nahe liegt: Klemens hat Irenäus gelesen, wo freilich die Zahl 72 noch nicht eindeutig auf die Sprachen der Erde bezogen war. Doch auch der weltgewandte Kirchenvater machte keinen Topos aus der Lesefrucht und fügte hinzu, daß es neben diesen 72 Grundsprachen noch viele Mundarten gebe, die durch Vermengung aus jenen hervorgegangen seien. Dann folgte gleich eine Erörterung der platonischen Sprachtheorie, über deren Richtigkeit sich Klemens, außer einigen beifälligen Äußerungen zu Einzelheiten, nicht im ganzen äußerte. Die Frage der Sprache und der Sprachen war für den Alexandriner wohl keine Sache des Glaubens, sondern der reinen Empirie, ein Adiaphoron, das auch mit der Geschichte – und das hieß weithin mit dem Alten Testament – wenig zu schaffen hat. Daß über die Völker besondere Engel gesetzt seien, hat Klemens in vielen jüdischen Schriften seit Daniel und Henoch lesen können und auch wiedergegeben: „Denn über die Völker und Städte ist die Fürsorge der Engel verteilt; vielleicht sind aber auch einigen einzelnen Menschen einzelne Engel zugeteilt". Wer so vorsichtig formulierte, konnte nicht über die Zahl der Engel reflektieren, sie mit der Völkerzahl verbinden[17]). Strenger als bei Irenäus blieben die Bereiche des Göttlichen und des Natürlichen voneinander getrennt; auch wenn sie harmonisierend nebeneinandergestellt wurden, stand dabei die Rolle der Heilsgeschichte nicht im Vordergrund.

Auf eine sehr viel volkstümlichere Weise haben kurz danach zwei Apostelromane das gleiche Thema behandelt; wahrscheinlich interessierte es die einfacheren Geister mehr als den großen Gelehrten, hinter dessen Namensvetter sich die Autoren versteckten. Wann und wo diese Pseudo-Klementinen entstanden, ist umstritten, doch deutet manches auf Syrien oder das Ostjordanland und die Jahre um 220. Diese Romane wollten alles genauer wissen als die Gelehrten und klammerten sich deshalb an die jüdischen Traditionen. Die Rekognitionen erkannten als erste christliche Schrift den Altersprimat der hebräischen Sprache an: Sie allein, die Gott lieb war, herrschte, bis der Götzendienst die Menschen auseinandertrieb. Die Schuld daran trug allem Anschein nach Cham, der Vater des Misraim; denn von letzterem stammten Ägypter, Babylonier und Perser ab, und sie hingen dem Erfinder der magischen Kunst an; dies war eben der Ägypter Misraim, der bei seinen Völkern auch Zoroaster genannt wurde. Die Kunde von der ägyptischen und babylonischen Magie, aber mehr noch der Groll gegen das arsakidische, vielleicht schon gegen das sassanidische Persien wurde wohl zur Quelle dieser genealogischen Diffamierung und des zweifelhaften Ruhmes, den Zarathustra als Erfinder der Zauberei noch im ganzen abendländischen Mittelalter genoß. Daß Babel näherhin die Veranlassung für die Entstehung neuer Sprachen und für die Völkerteilung war, verschwieg der Anonymus; doch er machte sich die jüdische Lehre von 70 Völkerengeln zu eigen, aus denen, wohl an die Völkertafel der LXX angelehnt, hier 72 Nationen und Engel wurden[18]). Die pseudo-klementinischen Homilien aber bemaßen wie die meisten Juden nach der Zahl der Engel, den Grenzen der Völker und der Menge der Kinder Israels die Sprachenzahl auf 70[19]); die oft geäußerte Vermutung, daß die Pseudo-Klementinen von Judenchristen verfaßt seien, wird dadurch vollauf bestätigt. Diese genauen Angaben über Sprachen

---

[17]) Stromata VI, 151, 2, GCS Bd. 15, S. 509 (Wörter der Wahrheit); I, 143, 6 S. 89 (Kraft der barbarischen Sprache; dazu THEILER, Sprache 432 f.); I, 142, 1 ff. S. 88 (72 Sprachen). Die m. E. falsche Übersetzung in: Bibliothek der Kirchenväter, Reihe II, Bd. 17, München 1936, S. 119 f. (von Otto STÄHLIN). An die Ps.-Klementinen erinnert die Fußnote Otto STÄHLINS in der Ausgabe. Stromata VI, 157, 5 S. 513 (Völkerengel).

[18]) Recognitiones 1, 30, MPG Bd. 1, Sp. 1224 (Hebräisch); 4, 27 Sp. 1326 (Zoroaster); 2, 42 Sp. 1268 f. (Völkerengel). Julius BERGMANN, Les éléments juifs dans les Pseudo-Clémentines, in: Revue des études juives 46 (1903) 89–98, hier S. 96 über die jüdische Herkunft des letztgenannten Motivs.

[19]) Homilien 18, 4, 3, GCS Bd. 42, 1 S. 243. Zur „gnostischen Geschichtsphilosophie" der Pseudo-Klementinen DAHL, Volk Gottes 199 f.

und Völker beruhten wie bei Irenäus auch hier auf typologischen Beziehungen, nicht auf exakten empirischen Erhebungen; aber sie bezeugen trotz ihrer „gnostischen Geschichtsphilosophie", wie die innere Beteiligung der Christen an der Wirklichkeit des vielgliedrigen Lebens zunahm.

Aus einer ähnlichen Bewußtseinslage ging die Literaturgattung der christlichen Weltchronik hervor, die den Versuch unternahm, die Volksgeschichten durch die Geschichte des Gottesvolkes zu überwölben; diese war im Kern jüdisch-christliche Geschichte, wenigstens bei dem ersten christlichen Weltchronisten, Sextus Julius Africanus (ca. 160– nach 240), den schon sein Lebenslauf zwischen alle geschichtlichen Mächte stellte. In Jerusalem geboren, dem jungen Origenes begegnet, dem Fürstenhaus von Edessa nahestehend, mit Ägypten bekannt, tat Africanus eine Weile in Rom bei Alexander Severus Dienst. Seine Weltchronik von 221 suchte nun historisch stringent nachzuweisen, was Justin und der von Africanus nicht berücksichtigte Klemens mit ihren locker gefügten Diskussionen angestrebt hatten, daß die jüdische Geschichte weiter zurückreiche als die antike und daß die baldige Erwartung des Weltendes sich nicht chronologisch rechtfertigen lasse. Die starke historisch-kritische Begabung des Autors sprach aus seinem ersten Brief, in dem er schonungslos die Differenzen in den von Matthäus und Lukas gebotenen Stammbäumen Christi aufdeckte[20]). Wie weit Africanus die Traditionen von Völkern und Sprachen der Erde in seiner Chronik ähnlich kritisch behandelte, ist aus den Fragmenten des später oft exzerpierten Werkes nicht zu ersehen; über den Turmbau von Babel und über die Teilung der Sprachen und Völker muß er gehandelt haben, wahrscheinlich beschloß er das erste und begann das zweite seiner fünf Bücher mit der Sprachverwirrung und Völkerteilung zu Phalegs Zeiten; nicht dieses Ereignis, aber immerhin Phalegs Tod im Jahre der Welt 3000, in der Hälfte der Weltzeit, galt ihm als einschneidende Epoche. Aus der Übereinstimmung seiner späteren Abschreiber darf man entnehmen, daß die hebräische Ursprache und die Formel von 70 oder 72 Sprachen und Völkern bei Africanus bereits vorkamen[21]). Die Einbeziehung der historischen Details in die heilsgeschichtliche Darstellung ist mehr oder weniger aus der Auseinandersetzung mit dem Judentum erwachsen und zum guten Teil auch in Palästina und Syrien geleistet worden. Nach dem Westen wurde sie verpflanzt

---

[20]) Die Briefe des Sextus Julius Africanus an Aristides und Origenes, hg. Walther Reichardt (Texte und Untersuchungen zur Geschichte der altchristlichen Literatur 34, 3), Leipzig 1909, S. 1 ff., 58 f.

[21]) Gelzer, Africanus Bd. 1, S. 24 ff. (A.s Eigenart), 29 (Abschluß des 1. Buchs), 84 (Babel). Die Erwähnung von 70 Völkern und Sprachen ist erschlossen von Gutschmid, Diamerismos 696 ff. – Anna-Dorothee von den Brincken, Studien zur lateinischen Weltchronistik bis in das Zeitalter Ottos von Freising, Diss. phil. Münster, Düsseldorf 1957, S. 50 ff. über Tendenz und Quellen.

durch den wohl aus Kleinasien stammenden Hippolyt von Rom, dessen Werk wir, obwohl es in griechischer Sprache verfaßt ist und auf die byzantinische und christlich-orientalische Weltkunde von großem Einfluß war, erst bei den lateinischen Kirchenvätern behandeln.

Im griechischen Bereich, insbesondere in Alexandria, setzte sich die historische Betrachtung der Welt weit weniger durch als die philosophische. Was Klemens schon begonnen hatte, vollendete der Mann, der vielleicht Klemens' Schüler, aber auch mit Sextus Julius Africanus befreundet und mit Hippolyt bekannt war, Origenes (ca. 185 bis ca. 254). Dem genialen Theoretiker ging es so wenig wie Klemens um die Einzelerfahrung oder um die geschichtliche Tradition, doch er war in ganz anderem Maße als Klemens Gelehrter, Philologe, Systematiker. Hat er doch den für wörtlich inspiriert gehaltenen Text der LXX-Bibel als erster und einziger altchristlicher Theologe in der „Hexapla" mit dem hebräischen Urtext, seinen Umschriften und sonstigen Übersetzungen verglichen, sich also zuerst um einen genauen Text bemüht. Mit dieser Arbeit, die Origenes zwischen 230 und 240 vollendete, ist die christliche Philologie eigentlich begründet worden. Dabei korrigierte er manche Stellen der LXX nach dem hebräischen Original. Doch bei Deut. 32, 8 hielt er sich um 230 an die LXX und entwickelte daraus die von Klemens und den Pseudo-Klementinen schon angedeutete Lehre von den Völkerengeln: Israel allein ist der Teil des Herrn, alle übrigen Nationen sind Schutzengeln anvertraut; die Grenzen der Völker sind nach der Zahl der Gottesengel bestimmt. Diese Völker sind untereinander recht verschieden, es gibt unter ihnen Barbaren und Griechen und unter den Barbaren wilde und milde; doch die Engel sorgen für alle[22]). Sie wachen über die Völker wie die Hirten über die Herde[23]); an sie ist, wie Origenes kurz nach 233 sagte, die Erde aufgeteilt *ab exordio*, also nicht erst seit Babel[24]); der um 238 abgeschlossene Johanneskommentar ließ dann doch die geschichtliche Entwicklung zu und knüpfte, noch sehr locker, ein Band zwischen Babel und den Völkerengeln[25]). Der nach 244 verfaßte Numeri-Kommentar griff dies auf und ließ die jüdischen Vorstellungen stärker wirken: er notierte, daß nach anderer Lesart von Deut. 32, 8 die Kinder Israels und nicht die Gottesengel das Maß für die Völkergrenzen setzten; doch Origenes hielt sich nicht an diese dem hebräischen und heutigen masoretischen Text entnommene Variante, sondern spann seinen Faden weiter, ließ Engel und Völker beisammen. Die Engel hätten in Babel den Völkern je eine Sprache mit-

---

[22]) De principiis I, 5, 2, GCS Bd. 22, S. 71 (Deut. 32, 8); II, 9, 3 S. 166 (Griechen und Barbaren).
[23]) In Cantica Canticorum II, GCS Bd. 33, S. 136.
[24]) In Lucam Homilia XXXV, GCS Bd. 35, S. 209.
[25]) In Johannem Commentarii IV, 38, GCS Bd. 10, S. 278.

geteilt: „Einer der Engel gab einem Menschen damals die babylonische Sprache, ein anderer einem anderen die ägyptische und ein anderer die griechische"; die Sprache Adams blieb bei dem, der nur Gott angehörte und keinen Völkerengel hatte, bei den Hebräern, *ut putamus*[26]). Den weiteren Schritt in die Zahlensymbolik tat Origenes nur zögernd, obwohl er mit ihrer Hilfe sonst gerne die Divergenzen zwischen den beiden Testamenten auszugleichen suchte, so daß man diese Berechnungen sehr zu Unrecht in die „Domäne der Kuriosa" verweist[27]). Aber die Zahl der Engel, Völker, Sprachen, Kinder Israels wurde nicht geklärt; Origenes schwankte zwischen 70 und 72 und sprach etwa bei Ex. 15, 27 einmal von 70, ein andermal von 72 Bäumen, die den Jüngern Christi entsprächen, aber beließ es bei nur 70 mosaischen Ältesten[28]).

Daß die Lehre von den Völkerengeln sehr wörtlich verstanden, nicht etwa auf das geistliche Israel der Kirche bezogen wurde, ist umso verwunderlicher, als fast überall sonst Origenes mit seiner allegorischen Exegese über die wörtlich-historische Auslegung hinaus zu einem zeitlosen System vorzudringen suchte; freilich entsprach die Deutung der Völkerengel diesem fast gnostischen Denken bereits aufs beste. Als aber in dem Genesiskommentar von 231 von der allen Menschen gemeinsamen Sprache gehandelt werden mußte, lenkte Origenes sofort die Aufmerksamkeit auf die wahrhaftig nicht naheliegende Stelle Joh. 10, 30: „Ich und der Vater sind eins". Origenes meinte, daß hier die in Babel zerstörte, von Christus reformierte Eintracht des Menschen mit Gott bezeichnet sei; das in Babel Getrennte wurde vereint durch das Pfingstwunder, nach dem alle eines Sinnes und Herzens waren und demselben Gotte glaubten[29]). Daß in Babel wie an Pfingsten – beide Ereignisse wurden hier zuerst miteinander verglichen – auch an den realen Sprachen und Idiomen etwas geschah, blieb ganz am Rande. Alle Ereignisse des Alten Testaments haben ihren Sinn als Vorausdeutung auf das Neue[30]), aber bei der Weiterentwicklung der philonischen Methode wurde das einmalige historische Ereignis höchstens als Störung der göttlichen Ruhe empfunden: worin unterscheiden sich denn nun noch der Zustand vor Babel und der nach Pfingsten? Erst in seinem Alterswerk von 248, in der Auseinandersetzung mit dem heidnischen Platoni-

---

[26]) Homiliae in Numeros 28, 4, GCS Bd. 30, S. 284 (Kinder Israels); 11, 4 S. 84–86 (Völkerengel und Sprache).

[27]) Joseph Coppens OP, Les harmonies des deux Testaments (Cahiers de la Nouvelle revue théologique 6), Tournai-Paris 1949, S. 128 tut es.

[28]) Homiliae in Numeros 27, 11, GCS Bd. 30, S. 271 (Ex. 15, 27: 72 Bäume); 6, 2 S. 32 (Sanhedrin); bei Ex. 15, 27 werden „70" angenommen in den etwa gleichzeitigen Homiliae in Exodum 7, 3, GCS Bd. 29, S. 208.

[29]) In Genesim scholia, MPG Bd. 12, Sp. 109–112; der letztgenannte Satz klingt an Act. 4, 32 an.

[30]) Jean Daniélou SJ, Sacramentum futuri, Etudes sur les origines de la typologie biblique, Paris 1950, S. 86 ff.

ker Kelsos, mußte Origenes, der seinen Gegner Satz für Satz zu widerlegen suchte, auch der Welt der Sprachen und Völker ihr volles Recht zugestehen. Denn Kelsos hatte, wie wir schon hörten, behauptet – und damit nur eine platonische These ausgemalt –, daß die Teile der Erde verschiedenen Göttern übergeben worden seien, und das bedeutete, daß sich die Vielheit der Sprachen und Völker und die Vielzahl der lokalen Gottheiten miteinander verzahnten; mit anderen Worten: die Mannigfaltigkeit der Welt ist nur durch den Polytheismus einleuchtend erklärbar und muß schon darum bestehen bleiben. Origenes parierte den Stoß mit seiner Lehre von den Völkerengeln, durch die die Mannigfaltigkeit in den Bereich der mittleren Wesen hinabgedrückt wurde und die Einheit klar hervortrat; politische Hintergedanken, etwa an die Idee des römischen Weltreiches, lagen ihm dabei doch fern[31]); es ging um sein einheitliches, theoretisches System. Darum mußte ihm, wie er die Schöpfung nicht als geschichtlichen, sondern als ewig fortdauernden Akt und die Menschenseele als präexistent ansah, auch das Hervorbringen von Sprache als ständiger Eingriff Gottes in die Welt erscheinen: Gott ist der Herr nicht nur einer barbarischen oder griechischen Mundart, sondern König über jeglichen Dialekt, über jedes Wort. Nichts konnte dann falscher sein als die „natürlichen" Erklärungen des Aristoteles, Epikur und der Stoa. Die Namen der Dinge entsprechen der Natur, sind nicht willkürliche Setzung; und diese Natur der Namen ist nicht Menschenwerk. „Denn es haben ja auch die Sprachen, die es unter den Menschen gibt, ihren Ursprung nicht vom Menschen." Auch die Verschiedenheit ist Gottes Werk, darum haben Beschwörungen nur in der „richtigen" Sprache Kraft, deshalb sind heilige Namen, etwa bei Ägyptern und Persern, auf eine Sprache begrenzt; Dämonen, die bestimmten Gegenden zugewiesen sind, haben stets auch Namen in deren Mundart. Aus diesen Gründen lassen sich Gottesnamen und Kultformeln nicht übersetzen; sie verlieren dadurch ihre Wirkung. Der Anlaß zu dieser Gedankenreihe war Kelsos' Ansinnen, die Christen könnten ihren Gott ebensogut Zeus nennen, denn es sei gleich, ob man Gott unter diesem oder jenem Namen verehre. In der Verteidigung gegen den spätantiken Synkretismus mußte Origenes seine Zuflucht zur Magie der Sprache nehmen; sie ging seinem Glauben an die göttliche Inspiration der heiligen Schriften „bis auf den Buchstaben" parallel und machte den Glaubensgrund der Philologia sacra sichtbar. Denn der die Sprachen schafft, ist nicht die individualisierende Kraft eines Volksgeistes, sondern Gott selber. Daß am Anfang, solange die Menschheit dem Willen des einen Gottes gehorchte, auch eine Sprache herrschte, war für Origenes selbstverständlich;

---

[31]) Erik Peterson, Der Monotheismus als politisches Problem, Ein Beitrag zur Geschichte der politischen Theologie im Imperium Romanum, Leipzig 1935, S. 64 f., 110 f. ist anderer Meinung.

diese Sprache kam von Gott, schon weil sie eine war; die Völker redeten *μιᾷ τινι διαλέκτῳ θείᾳ*. Was konnte angesichts des ewig wirkenden Gottes an dieser oder jener Sprache liegen? Jede ist nicht Verdienst, sondern Gnade. Wohl um die Juden nicht von diesem Gesetz auszunehmen, hat Origenes seine frühere Aussage, das Hebräische sei die Ursprache, zurückgenommen; Psalm 80, 6 bot die exegetische Handhabe: Die Juden haben ihre Sprache erst beim Auszug aus Ägypten auf wunderbare Weise, als ein Geschenk des Himmels erhalten. Wenn wirklich das Hebräische die Sprache Gottes ist, so ist diese eben doch nicht eo ipso die Judensprache. Daß es überhaupt Sprachenverschiedenheit gibt, liegt an der Abkehr der Menschen von Gott und dessen Einheit; Mannigfaltigkeit ist also eigentlich schon Sündenstrafe. Mit Philon vermutete Origenes hinter der Erzählung von Babel einen tieferen Sinn; leider hat er sich nicht näher erklärt, aber seine Meinung ist wohl unzweideutig, daß die Sprachverwirrung nur ein Symptom sei für die Zuwendung zu den Götzen, vielleicht gar zum irdischen Tand überhaupt. Das Ereignis von Babel wäre also gar nicht historisch zu verstehen, sondern urbildlich, nicht als etwas Vergangenes und Nachwirkendes, sondern als etwas beispielhaft Dauerndes. Unter den Christen ist Origenes der erste, der diese „mystische" Interpretation gibt; wir werden ihr in mannigfachen Abstufungen und Übergängen immer wieder begegnen. Nach Origenes steht bis heute die Welt Gott fern, darum werden auch erst am Ende der Zeiten, wenn allen Sündern alles verziehen ist, auch alle Völker wieder dieselbe Sprache reden, so, wie es vor der Sprachverwirrung war und wie es Soph. 3, 9 weissagte. Diese Auffassung scheint im Widerspruch zu stehen zu der Parallelisierung von Babel und Pfingsten; aber sie ist nur eine Nuance: Den Frommen geht die Sprachenteilung bereits nichts mehr an, er hat die Welt hinter sich gelassen, er betet zu Gott in seiner Sprache, der Grieche griechisch, der Römer römisch, ein jeder nach seiner Sprache, und *ὁ πάσης διαλέκτου κύριος* hört die Gebete jeder Mundart, als wären sie in einer Sprache vorgetragen, denn Gott steht über allen Idiomen, nicht nur über einem griechischen oder barbarischen, wie die Lokalgötter des Kelsos. Das ist für Origenes bezeichnend: die Einheit der Sprachen ist nicht durch die Kirche wiederhergestellt, sie ruht allein in Gott[32]). Auch das Pfingstfest war für Origenes hierin keine Epoche; alles Entscheidende geschieht außerhalb der Zeit und ohne den Menschen. In der typologischen Methode des Origenes mögen An-

[32]) Contra Celsum V, 29–31, GCS Bd. 3, S. 30–32 (Völkerengel und Anfangssprache); dazu Jean DANIÉLOU SJ, Vom Geheimnis der Geschichte, Stuttgart 1955, S. 57 ff.; I, 24 f., GCS Bd. 2, S. 74–76 (Sprachschöpfung Gottes); dazu Paolo ROTTA, La filosofia del linguaggio nella Patristica e nella Scolastica, Turin 1909, S. 83 ff.; V, 45, GCS Bd. 3, S. 48 ff. (Sprachursprung nicht menschlich); III, 7, GCS Bd. 2, S. 208 (Hebräisch); IV, 21 S. 290 (tiefer Sinn); VIII, 72, GCS Bd. 3, S. 289 f. (das Ende); dazu DANIÉLOU S. 67; VIII, 37 S. 252 (Herr aller Sprachen).

sätze zu historischem Denken liegen, indem die vergangenen Ereignisse des Alten Testaments als Vorbedeutung ihren Eigenwert behalten und auf eine geschichtliche Entwicklung der Offenbarung schließen lassen. Aber wie Origenes diese Methode im einzelnen handhabte, das war eben doch eine „rationalistisch-unhistorische Auffassung der Bibel“[33]), für die die Allegorese den rettenden Ausweg bot; sie war und blieb mit gnostischen Gedanken der Weltabkehr verwandt und wurde durch die Aufnahme des alttestamentlichen historischen Stoffs kaum gemildert, denn Origenes hat nun einmal die Vielfalt nicht als Gottes Willen anerkannt, er hat das Gottesvolk aus allen Völkern nicht zu seiner Denkmitte gemacht, er hat die Wirklichkeit nicht stehen lassen, sondern in ihr einen Mythos des Vergänglichen gesehen, der nur seines „Sinnes“ wegen von Belang ist. Ob Origenes aber dadurch den Gehalt des Urchristentums so völlig verfehlte, daß die Hellenisierung eine Verfälschung war? Das theoretische Denken mußte ja trennen, was dem einfachen Glauben noch als zusammengehörig erschien, die natürliche und geschichtliche Mannigfaltigkeit und den ewigen Willen Gottes, die banalen Realitäten und die spirituelle Kirche der Heiligen. Und schließlich ist Origenes einer Christenverfolgung zum Opfer gefallen.

Der spätgeborene Schüler des Origenes, Eusebius von Caesarea (262/3–339), wirkte in einer völlig veränderten Zeit, er erlebte die Entfaltung der Kirche in der römisch-griechischen Welt. Was Origenes gesammelt hatte, um die Geschlossenheit des Glaubens gegen das Irdische zu verteidigen, das benutzte Euseb, um die Universalität des Christlichen in der Welt darzutun. Sein Optimismus, der nicht mehr an das nahe Weltende glaubte und sich nicht einmal mehr gegen verfrühte Parusie-Erwartungen kehrte, schlug sich in der Exegese nieder; an die Stelle der origenistischen Allegorese trat die wörtliche Deutung, Euseb schloß den Bund zwischen Theologie und Realitäten. Doch die verbindende Geschichtstheologie, die der Meister verschmäht hatte, fand der Epigone erst recht nicht, und so blieb er Antiquar und Politiker. Sein Glaube, daß das Menschengeschlecht von Gott fortschreitend erzogen werde, war eher politisch als religiös bedingt; seine Chronik von 303 begann nicht mit Adam, und zwar wohl auch, aber nicht nur, weil dem Philologen die chronologischen Zeitansätze zu ungenau schienen[34]); denn immerhin stand ihm das Werk des

---

[33]) Henri de Lubac SJ, Histoire et esprit, L'intelligence de l'Ecriture d'après Origène, Paris 1950, S. 246 ff., vor allem S. 257, 281 betont den Gesichtspunkt der Entwicklung; anders Campenhausen (o. Anm. 2) S. 49, 53 (hier das Zitat).

[34]) Max Büdinger, Die Universalhistorie im Mittelalter (Denkschriften der Kaiserl. Akad. d. Wiss., Philos.-Hist. Kl. Jg. 46, Nr. 1–2), Wien 1900, hier Nr. 1, S. 8 und Brincken, Weltchronistik 62 f. glaubten das. Gelzer, Africanus Bd. 2, S. 90 f. meinte sogar, Euseb habe das nicht-historische Gebiet der Urgeschichte als mythisch beiseite gelassen. War Euseb ein Aufklärer?

Africanus zur Verfügung. Doch er übte an ihm „eine stillschweigende, aber sehr entschiedene Kritik“[35]); er setzte bei Abraham und dem Assyrerkönig Ninus ein, dort also, wo nach den ersten elf Kapiteln der Genesis die Universalgeschichte aufhörte und die Einzelgeschichte des auserwählten Volkes einerseits, der weltlichen Universal-Macht andererseits begann. Abraham, Ninus und der erste Hellene Aigialeus waren Zeitgenossen. Was zuvor lag, wurde beiläufig erwähnt, auch die Reiche der Assyrer und Sikyonier waren älter als Abraham. Die Exzerpte aus Polyhistor und Abydenos, wohl direkt aus beider Schriften gezogen, berichteten vom Turmbau; Euseb glaubte auch an die hebräische Ursprache und nahm bei der Erklärung der Sprachentrennung keine Allegorese zu Hilfe: „Aus einer Sprache wurden sie in viele Mundarten zerteilt, und je nach jedem einzelnen Volk wurden je verschiedene Zungen zugeteilt“. Für Euseb waren die Völker, die hier schon ganz die Stelle der Einzelnen, von denen Theophil gesprochen hatte, einnahmen, vor der Katastrophe von Babel vorhanden, er setzte ihre Entstehung gleich nach der Sintflut, kann sie also nicht für eine Sündenstrafe gehalten haben; nun ist die Trennung der Völker und Reiche der Inhalt der Geschichte und Gottes Wille; nicht das Ganze der Welt und das Geschick des Einzelnen stehen im Blickpunkt. So wurden die Assyrer von den – seit Pompeius Trogus überall zitierten – Königen Ninus und Semiramis, die Perser – wie in den Pseudo-Klementinen – von dem Magier Zarathustra, die Hellenen auf die klassische Art von „Elenos“, dem Sohne Deukalions, gestiftet: woher diese Stifter aber kamen, war keine Frage für Eusebius. Eine ähnlich partielle Genealogie ist es, wenn die Ahnen des semitischen Gottesvolkes an Hand einiger Notizen aus Josephus nachgewiesen werden. Die Knotenpunkte des auseinanderstrebenden Geschehens, Babel und die Völkertafel, wurden an den Rand gedrängt, denn nicht der ferne Idealzustand interessierte, sondern die sich gegenwärtig unter den Römern vollziehende Einigung der Erde, das Zusammenwachsen von Gottesvolk und Weltmacht[36]). Obwohl Eusebius Irenäus und die klementinischen Stromata kannte, hat er die dort vertretene Ansicht von 72 Sprachen nicht verwertet, und noch bezeichnender ist es, daß seine „Kirchengeschichte“, deren erste Redaktion auch in das Jahr 303 fiel, das Pfingstwunder nur einmal beiläufig und ohne Bezug auf die feurigen Zungen erwähnte. Daß eine Kirchengeschichte das Stiftungsfest, den Geburtstag der Kirche ausläßt, ist ungeheuerlich und nur zu erklären, wenn Eusebius der Vergangenheit keine Gegenwartsbedeutung zumaß, die wahre Geschichte erst „heute“ beginnen ließ, in dem Zeitalter, da der römische Staat

[35]) Gelzer, Africanus Bd. 2, S. 24 (das Zitat), 31 (andere Quellen).

[36]) Chronik, GCS Bd. 20, S. 35 f. (Völker- und Sprachenteilung), 42 (Zitat), 12 f., 17 (Polyhistor usw.), 29 (Ninus, Zarathustra), 160 (Elenos).

christlich zu werden anfing[37]). Die Zahlensymbolik war unter solchen Umständen wertlos, es gab nur real gemeinte Zahlen, die nichts „bedeuten"; im Gegensatz etwa zu dem anonymen syrischen Verfasser des zeitgenössischen Traktats Adamantius, der die Zahl der 72 Jünger Christi, unter ihnen Markus und Lukas, einschärfte[38]), sprach Eusebius gleichgültig von 70 Jüngern, ohne irgendeine Parallele zu ziehen[39]).

Aus der letzten Anspannung vor dem endgültigen Sieg der Kirche mag es sich erklären, daß Eusebius die älteste Vergangenheit beiseiteschob und erst mit dem Sieg über Rom die neue Heilszeit des Christentums beginnen ließ[40]). Denn nach dem Triumph hat der Panegyriker des großen Konstantin – den widerlichsten aller Lobredner hat Burckhardt ihn genannt[41]) – sich um die „Vorgeschichte" bemüht, obwohl er nun keine historischen Werke mehr schrieb. Die Gegenwart inspirierte ihn nicht dazu, obgleich er seinen Helden pries, er habe den Barbaren von Britannien bis Indien, die bisher die Wahrheit nicht kannten, das Licht des Glaubens gebracht; diese barbarischen Wilden wurden doch erst in der römischen Freiheit zu Menschen. Konstantin mochte das Leben Kriegsgefangener schonen, weil sie Menschen *τῆς ὁμογενοῦς φύσεως* seien[42]), aber die Phantasie und Gelehrsamkeit des Eusebius entzündete sich nicht an der Aufgabe, diese Gemeinsamkeit des Stammbaumes historisch-exegetisch zu untersuchen. Ihn reizte ein anderes Problem; nun ging es darum, nachzuweisen, daß das Judentum, die „Philosophie der Hebräer", die rechte Vorbereitung auf das Christentum war, und so erhielten auch die Fakten der Genesis einiges Gewicht, die Lehren des Origenes gewannen an Bedeutung. Zwischen 315 und 320 hat Eusebius die Thesen der Alten, vor allem Diodors, zurückgewiesen, als sei die Sprache allmählich und langsam, aus Not und Erfindung der Menschen entstanden, und dabei mußte die Jüdische Sibylle für Ursprache und Sprachverwirrung zeugen[43]). Um 320 wies er noch einmal darauf und auf die Verteilung der Erde unter die Völkerengel

---

[37]) Walther VÖLKER, Von welchen Tendenzen ließ sich Eusebius bei Abfassung seiner ‚Kirchengeschichte' leiten? in: Vigiliae Christianae 4 (1950) 157–180, hier S. 160 f.

[38]) Dialogus de recta in Deum fide I, 5, GCS Bd. 4, S. 10.

[39]) Die Kirchengeschichte X, 4, 66, GCS Bd. 9, 2 S. 881 (Pfingsten); I, 10, 7, GCS Bd. 9, 1 S. 76 (70 Jünger).

[40]) Joseph VOGT, Constantin der Große und sein Jahrhundert, München 1949, S. 213.

[41]) Jacob BURCKHARDT, Die Zeit Constantins des Großen (Gesammelte Werke, Bd. 1), Darmstadt 1955, S. 239.

[42]) Vita Constantini IV, 6, GCS Bd. 7, S. 119 f. (Barbaren); II, 13 S. 46 (Kriegsgefangene). Dazu Hermann DÖRRIES, Das Selbstzeugnis Kaiser Konstantins (Abhandlungen der Akad. d. Wiss. in Göttingen, Philol.-Hist. Kl. III, Nr. 34), Göttingen 1954, S. 52, 121, 145.

[43]) Praeparatio evangelica I, 7, 10 ff., GCS Bd. 43, 1 S. 27 (Diodor); IX, 15, 1 S. 500 (Sibylle).

hin[44]) und wiederholte später noch einmal dringlich diese Lehre des Origenes[45]), als läge ihm nun doch daran, daß am Beginn der Weltgeschichte nicht die natürliche Trennung, die allmählich überwunden wurde, sondern die von Gott gelenkte Einheit des Menschengeschlechtes stand. Aber das war noch immer nicht viel mehr als eine „natürliche Theologie", die die goldenen Zeiten des Ursprungs vom jetzt erreichten Gipfel her grüßte und das Dazwischenliegende, die geschichtliche Mannigfaltigkeit, nicht recht damit zu verbinden wußte. Das war, mit arianischer Vernunftgläubigkeit durchsetzt, noch immer der Standpunkt des Origenes.

Der Hauptgegner der Arianer und auch des Eusebius hatte im Streit des Tages noch weniger Zeit für historisch-exegetische Fragen. Athanasius von Alexandria (295–373) wandte sich zwar scharf gegen die Lehre, die Arius mit Philon, Theophil, Klemens und Origenes teilte, daß Gott zur Schöpfung der Welt des Logos als eines Mittelwesens bedurft hätte; der Sohn, der Logos, wurde aufs engste mit Gott verbunden. Diese Position hatte indes nicht, wie man erwarten könnte, eine neue Hochschätzung der Sprache im Gefolge. Der Turmbau von Babel wurde rein moralisch gedeutet, als Gegenbild wahrer Frömmigkeit: Der weite Weg von der Erde zum Himmel sei nicht mit Stolz und Eigenwillen zu erzwingen, darum habe Gott den Turm zerstört und die Sprachen geteilt; der Weg zum Himmel sei vielmehr durch Christus geöffnet, er sei die Leiter zum Himmel[46]). Man spürt daraus den heißen Atem der christologischen Streitigkeiten; die Theologie der Sprachen hatte davon wenig Nutzen. Das Pfingstfest wurde nirgends näher erörtert, die Apostel predigten, wie Athanasius 356, streng nach dem Text der Apostelgeschichte, schrieb, in „anderen" Zungen, nicht in allen Sprachen[47]). Bibelstellen, die von der Völkerteilung und Sprachverschiedenheit explicite redeten, flossen nur in anderen Zusammenhängen mit ein[48]), wurden nicht zum Thema erhoben. Das war erst nach dem Abklingen des Kampfes möglich.

Daß sich der Streit zwischen Arius und Athanasius beruhigte, war nicht zum wenigsten das Verdienst Julians des Abtrünnigen (332–363), der die Kirche in ihren eigenen Streitigkeiten ersticken lassen wollte, aber überhaupt das Vielfältige zu fördern suchte. Wie er die von Kelsos schon vorgebrachten heidnischen Meinungen, neuplatonisch gereinigt und mit Anschaulichkeit gesättigt, wiederholte, haben wir gesehen. Sein Angriff stellte die christlichen

---

[44]) Demonstratio evangelica IV, 9 f., GCS Bd. 23, S. 162, 166.
[45]) Theophania, Fragment 8, GCS Bd. 11, 2 S. 21*.
[46]) Epistula XLIII, MPG Bd. 26, Sp. 1440.
[47]) Epistula I ad Serapionem c. 6, MPG Bd. 26, Sp. 544.
[48]) Oratio I contra Arianos c. 13, MPG Bd. 26, Sp. 37; Oratio IV, 14 Sp. 485; De incarnatione et contra Arianos 15 Sp. 1009.

Widersacher nun vor schwierigere Aufgaben als damals Kelsos den Origenes, denn nun war es mit Sublimierung und Spiritualisierung nicht mehr getan; das Argument des Origenes von der Sprachmagie diente jetzt vollends den Widersachern. Man konnte ausweichen, wie es der gegen Julian und die Arianer auftretende Kirchenlehrer Kyrill von Jerusalem (ca. 313–386) tat; er hat in seinen wohl 348 in der Grabeskirche von Jerusalem gehaltenen Ansprachen vom Pfingstwunder gesagt, es sei eine ähnliche *σύγχυσις* wie in Babel gewesen, aber während damals die Sprachen getrennt worden seien, habe Gott hier die Sinne wieder vereinigt[49]). Mit dieser Methode, das Überwundene wörtlich, das Überwindende übertragen zu verstehen, kam man der Wirklichkeit nicht näher, die nun einmal auch im System der Theologen ihren Platz forderte. Man darf freilich nicht vergessen, wie wenig die Zeit überhaupt von dieser Wirklichkeit der Sprachen außerhalb der griechischen Ökumene wußte. Um 340 unternahm ein Mann aus Tyrus eine Reise zu den Indern, die von Abraham abstammten – gemeint war das äthiopische Reich von Aksum –, und wen nahm er als Dolmetscher mit? „Zwei junge Leute, die der griechischen Sprache kundig waren“ – die wichtigere Frage, welche Sprachen sie außerdem beherrschten, bleibt ohne Antwort[50]).

Die Entwicklung der Sprachtheologie schloß sich vielmehr an die Theorie an, an den Streit um den Logos. Die Vielfalt der Sprachen mußte dabei unbemerkt bleiben, zumal, wie Basilios und Gregor von Nazianz übereinstimmend sagten, die Lateiner eine enge und ungelenke Sprache haben, mit der sich dogmatische Feinheiten wie das Problem der Hypostase gar nicht ausdrücken lassen[51]). Die einzig passende Sprache der Theologen war und blieb Griechisch. Doch das Wesen der Sprache selbst wurde theologisch spruchreif.

Der erste der drei großen Kappadokier, Basilios d. Gr. (ca. 330–379), hatte sich gegen die strengen Jungarianer unter Führung des Eunomios zu wehren, die Gott von der diesseitigen Welt weit abrückten, ihn aber gleichwohl rational adäquat erfassen zu können meinten; Basilios erklärte dagegen wie die Hellenisten, daß kein Name das ganze Wesen Gottes umfassen könne, jeder gebe nur Ausschnitte[52]). Von einer Sprache Gottes darf man noch weniger reden; Gott spricht nicht. Wurde so Gott weit über die Sprache gestellt, so betonte der Heilige andererseits, daß Gott der Demiurg des Kosmos sei[53]) und daß er

---

[49]) Catecheses 17, 17, MPG Bd. 33, Sp. 989; dazu ADLER, Pfingstfest 3.

[50]) Nikephoros Kallistos, Historia ecclesiastica VIII, 35, MPG Bd. 146, Sp. 132; dazu HENNIG, Terrae incognitae Bd. 2, S. 7 ff.

[51]) Basilios, Epistula 215, 4, MPG Bd. 32, Sp. 789; Gregor von Nazianz, Oratio XXI, 35, MPG Bd. 35, Sp. 1124 f.

[52]) Adversus Eunomium I, 10, MPG Bd. 29, Sp. 533.

[53]) Hexaëmeron II, 7, MPG Bd. 29, Sp. 45 (Gott spricht nicht; dazu THEILER, Sprache 436); Epistula 235, 1, MPG Bd. 32, Sp. 872 (Demiurg).

uns den Gebrauch der Sprache verliehen habe, nicht damit wir die Dinge oder gar Gott in ihrem Wesen völlig erkennen, sondern damit wir mit unseresgleichen Gemeinschaft pflegen und unsere Herzenswünsche einander mitteilen könnten: die Sprache ist ein Liebeswerk des gütigen Gottes, eher als ein Instrument zur Erkenntnis der Wahrheit[54]). Das Hexaëmeron des Basilios suchte im Anschluß an Aristoteles Gottes Schöpfermacht und die Schönheit der Natur zusammenzubinden; aber daß Gott die Sprache geschaffen hätte, wurde dabei nicht eigens wiederholt[55]); sie stand nicht im Zentrum der Gedanken des Kirchenlehrers, der selbst als überaus sprachenkundig gerühmt wurde. Seine Sprachtheorie lehnte sich eng an antike Autoren an[56]) und behauptete, die Sprache stamme wie alles andere und der ganze Kosmos von Gott, sei aber zugleich ein Naturgeschenk[57]), und dasselbe Bemühen, Gott und Natur auf beinahe humanistische Art zu verkoppeln, kennzeichnet die basilianische Erklärung der Sprachverwirrung, etwa 375 niedergeschrieben: sie war nicht nur eine Strafe, sondern als ein weises Werk des vorausschauenden Heiligen Geistes überaus nützlich[58]). Etwa weil die Sprache nur als getrennte ihr Amt erfüllen kann, Gemeinschaften zu bilden? Basilios hat sich darüber nicht geäußert, wie sich die Sprachbetrachtung des Mannes, der zeitlebens den Realitäten nahestand, überhaupt nicht durch theoretische Schärfe und Geschlossenheit auszeichnet. Aber sie zeigt eine mittlere Höhe des Denkens, die man fast griechischen Humanismus im christlichen Gewand nennen möchte, auch deswegen, weil die geschichtliche Frage gar nicht zu Worte kommt, aber die Natur zutiefst bejaht wird.

Des Basilios jüngerer Bruder, Gregor von Nyssa (335 bis ca. 394), grübelnd, rein spekulativ interessiert, bisweilen abseitig-verbohrt, hat die Gedanken des Älteren zu Ende gedacht mit der These, daß Gott unerkennbar ist und das Ideal in unerreichbarer Ferne steht, daß aber zugleich der Mensch das göttliche Ebenbild in sich trägt. Gregors Gedanken haben manche Vorstufen, von Philon bis zum Neuplatonismus[59]), doch in ihrer Konsequenz wirkten sie, auch seine Thesen über die Sprache, revolutionär, während sein Gegner, der schon genannte Arianerbischof Eunomios von Kyzikos, durch seine rationalistische Gleichsetzung von Ding und Wort, Wesen und Erkenntnis eigentlich nur die traditionellen Ansichten der Philon und Origenes benutzte und ver-

---

[54]) Homilia III in Deuteronomium 15, 9, MPG Bd. 31, Sp. 197.
[55]) Vgl. Hexaëmeron, MPG Bd. 30, Sp. 869–968.
[56]) Karl Gronau, Poseidonios und die jüdisch-christliche Genesisexegese, Leipzig-Berlin 1914, S. 69 ff.; Yves Courtonne, Saint Basile et l'hellénisme, Paris 1934, S. 55 f.
[57]) Sermo II de doctrina et admonitione, MPG Bd. 32, Sp. 1133.
[58]) Liber de Spiritu Sancto 29, 74, MPG Bd. 32, Sp. 208.
[59]) Walther Völker, Gregor von Nyssa als Mystiker, Wiesbaden 1955, S. 59 ff. (Grundgedanken); Theiler, Sprache 439 f. (Vorläufer).

trat: Da die Namen die Dinge wiedergäben, sagte Eunomios, stammten sie wie diese von Gott. Basilios hatte vorsichtig, fast höflich gegen diese These interveniert und die zwingende Kraft der Sprache bezweifelt; Gregor folgte ihm darin und überholte den Bruder: Unsere Rede sei unbeständig und könne Gottes Werke nicht erreichen, wohl aber für den menschlichen Verstand zur Genüge definieren[60]). Zwar habe Gott den Menschen mit der Sprachfertigkeit begabt, doch dieser könne sie frei verwenden[61]), denn „wir behaupten, daß die Namen zur Erklärung und Bezeichnung der Dinge durch menschliche Tätigkeit erfunden wurden". Die Konsequenzen dieser Zuordnung der Sprache zum Kreatürlichen sind einfach und umwälzend: Gott, so sagte der mystisch begeisterte Mönch Gregor, spricht nicht, schon gar nicht hebräisch; er steht weit über der aussprechbaren Ratio. Vor Erschaffung des Menschen und seines Mundes konnte niemand Sprache haben oder erfinden, „die Sprache gab es im Anfang nicht, sie wurde zusammen mit unserer Natur eingerichtet". Denn es war Gottes Wille, daß die Menschen verschiedensprachig sein sollten, und so ließ er die Natur wirken; Gott ist kein Schulmeister (*γραμματιστής*), der sich hinsetzte und mit Vergnügen Namen schmiedete; er gibt die Prinzipien der Natur, das Vermögen der Menschen und läßt den Dingen ihren Lauf. Die Sprachen sind, so folgerte Gregor, also nicht plötzlich beim Turmbau geteilt worden, sondern haben sich allmählich und natürlich entwickelt; das Ereignis von Babel war nur eine vorübergehende Uneinigkeit, eine von Gott gelenkte Verwirrung der schon bestehenden Idiome, die auf die Geschichte dieser Sprachen keinen entscheidenden Einfluß hatte. Damit fiel auch die Lehre von der hebräischen Ursprache: das Hebräische ist eine verhältnismäßig junge Sprache, erst beim Auszug aus Ägypten entstanden – hier wirkte die origenistische Exegese von Psalm 80, 6 nach –. Da Gott nicht in die Sprachentwicklung eingreift, kann es keine heilige Sprache geben, und die Zahl der Sprachen kann nicht einer geheiligten Ordnung entsprechen: es gibt *ποικίλαι*, das ist alles, was sich dazu sagen läßt. Die Grundlage solcher Thesen war allerdings nicht nur Beobachtung der Wirklichkeit, sondern vor allem eine Theorie vom natürlichen Menschen, wie er immer ist, und seinem zeitlosen Verhältnis zum ewigen Gott. Darum war auch der geschichtliche Einschnitt des Pfingstwunders ebensowenig wie Babel des Nachdenkens wert: Gregor erkannte im Pfingstwunder nur Gottes weise Absicht, auch die Fremdsprachigen mit dem Evangelium vertraut zu machen[62]); genauerer Interpretation entzog sich Gre-

[60]) Oratio catechetica, MPG Bd. 45, Sp. 13, 44 (Oratio 1 und 12).

[61]) De hominis opificio 9, MPG Bd. 44, Sp. 149; dazu GRONAU (o. Anm. 56) S. 148 f., 158 ff.

[62]) Contra Eunomium II, 170 ff., 233 ff. (frühere Zählung: XII), in: Opera, hg. Werner JAEGER, Bd. 1, Berlin 1921, S. 262 ff., 281 ff.; dazu Alexander GIESSWEIN, Die Haupt-

gor, doch sah er schwerlich im Sprachenreden der Apostel etwas anderes als einen vorübergehenden Akt. Wie bei Origenes, zu dem Gregor in vielem zurücklenkte, lagen hier die entscheidenden Ereignisse außerhalb, über der Geschichte, in dem Gespräch zwischen Seele und Gott, in der immergleichen Natur.

Wo Gregor von Nyssa abließ, da faßte der Freund von Basilios und Gregor nach, Gregor von Nazianz (ca. 329 bis ca. 390). Der sensible und eitle Rhetor kam dabei allerdings nur wieder zu den herkömmlichen Ansichten. Er stellte zunächst fest, daß der Text des Pfingstberichts bei Lukas unklar ist: Die Apostel könnten ihre gewohnte Sprache gesprochen haben, die nur jeder Hörer als sein Heimatidiom zu erkennen glaubte – sie könnten aber auch wirklich neue Sprachen gelernt haben. Hörwunder oder Sprachwunder? Gregor sah als erster das exegetische Problem; er löste es mit der der historischen zumindest nicht ganz fremden typologischen Methode: Die pfingstliche Verteilung der feurigen Zungen sei das Gegenstück zur babylonischen Sprachverwirrung. Das hatte Origenes schon gesagt, aber dessen Allegorese verfing hier nicht: In Babel sind nach Gregor wirkliche Sprachen getrennt worden, die an Pfingsten ebenso wirklich wiedervereinigt wurden. Was einstens von Gott getrennt werden mußte wegen der menschlichen Gottlosigkeit, „die auch jetzt noch einigen am Herzen liegt" – gemeint sind wohl die Arianer –, das führte der Heilige Geist „in eine Harmonie" zurück[63]): Pfingsten ist die Wiedergutmachung von Babel. Das hieß nun aber, daß die Sprachgeschichte tatsächlich von Gott ohne Mittelursachen gelenkt wird, und so sehr dabei die historisch fixierten Punkte Babel und Pfingsten in den Vordergrund traten, der natürlichen Entfaltung blieb wenig Raum. Gregor sagte geradezu, daß Gott für die Verschiedenheit der drei göttlichen Personen auch selbst „verschiedene Namen gemacht hat" (*διάφορον αὐτῶν καὶ τὴν κλῆσιν πεποίηκεν*[64])). Gott schafft und lenkt die Sprache – es ist, als hätte Gregor von Nyssa, der vertraute Freund, nie geschrieben.

Die wörtliche Auslegung Gregors von Nazianz mußte nun freilich einen Skrupel hervorrufen, dem die Freunde der Allegorese nicht ausgesetzt waren: War denn eigentlich wirklich die Sprachentrennung seit Pfingsten überwunden? Fing sie denn nicht gerade erst recht an, als sich – kurz nach dem Tod der beiden Gregore – die westliche von der östlichen Reichshälfte trennte? Der lateinische Westen verstand bald den Osten nicht mehr; wie war dieses Faktum mit dem Pfingstwunder vereinbar?

---

probleme der Sprachwissenschaft in ihren Beziehungen zur Theologie, Philosophie und Anthropologie, Freiburg i. Br. 1892, S. 118, 155, 213; ROTTA, Filosofia 91–94; auch KAULEN, Sprachverwirrung 125–128.

[63]) Oratio 41, 15 f., MPG Bd. 36, Sp. 449; auch in der lateinischen Übersetzung des Tyrannius Rufinus von Aquileia, CSEL Bd. 46, S. 161.

[64]) Oratio 41, 11, MPG Bd. 36, Sp. 444 (Pfingsten); 31, 9 Sp. 141 (das Zitat).

Niemand hat sich zunächst diese Frage gestellt, im Osten nicht, weil mancher neben dem Hebräischen, Griechischen, Syrischen und Koptischen auch noch das Latein verstand, wie der Freund des Hieronymus, der maßlose und unruhige Bischof Epiphanios von Salamis (ca. 315–403). Der in Judäa geborene Ketzerbekämpfer war in allem ein praktischer Kopf und schon deshalb ein Gegner des Origenes, ein Feind theologischer Spekulation und historischer Kritik; anders als die drei Kappadokier bestritt er der Wissenschaft das Heimrecht in der Kirche. So blieb denn nichts als die Tradition und das handfeste Urteil des gesunden Menschenverstandes. Im Jahr 374 gab Epiphanios als der erste griechische Theologe eine vollständige Völkertafel; angeblich enthielt sie 25 Semiten, 32 Hamiten und 15 Japhetiten, aber statt der traditionellen 72 Völker, Sprachen und Reiche zählte Epiphanios über 130 Namen auf. Sie stammen fast alle aus den noch zu besprechenden Listen des Hippolyt von Rom. Dabei hat Epiphanios aber geschickt ergänzt und umgestellt, etwa die Germanen unter die Japhetiten gerückt, die bei Hippolyt unter den Hamiten gestanden hatten, oder auch die Schotten neu eingefügt. Auch sonst wurden vertraute Namen umrangiert oder zweimal aufgeführt, und Epiphanios verwies gleich selber darauf, daß sich darüber niemand wundern solle; denn inzwischen sei vieles geschehen, vor allem sei Cham in das Erbteil seines Bruders Sem eingebrochen. Der Bischof wußte also genau, daß die Völkerkarte sich wandelt und die mosaische Liste für die Gegenwart nicht ohne Überarbeitung verwendbar ist[65]). Wenig später, in den Jahren 374/377 kam er in seinem „Arzneikasten" gegen die Ketzereien wieder auf die 72 Stammvölker zurück, die er ja in den antihäretischen Schriften des Irenäus bereits angedeutet fand. Wiederum gab er die Aufteilung Hippolyts in 25 Semiten, 32 Hamiten und 15 Japhetiten, in der anscheinend bei den Semiten die drei Zusatznamen der LXX wegblieben, aber auch der in der LXX fehlende Ebal ausgelassen wurde, während bei den Hamiten Nimrod und, wie es scheint, auch der Aschschur von Gen. 10, 11 eigens gezählt wurden. Nun nahm Epiphanios aber den Zusammenhang von Namenliste (Gen. 10) und Sprachentrennung (Gen. 11, 1–9) ganz eng und sagte, gegen Eusebius und im Sinne Theophils, es habe in Babel nicht etwa schon 72 Völker oder Familien, sondern nur 72 Männer gegeben, deren jedem eine Sprache zugeteilt wurde; wenn man sich die Mühe machen wolle, könne man noch verfolgen, wie sie jeder in das ihm bestimmte Land gezogen seien. Epiphanios machte sich diese Mühe nicht, aber er kolportierte die Meinung der jüdischen Apokryphen, daß Noah selber die Erdteilung durch Verlosung in Gang gebracht habe. Diese Verlosung fand in Rhinokorure statt, dem Grenz-

[65]) Ancoratus 113, GCS Bd. 25, S. 137–141; dazu Gutschmid, Diamerismos 604 ff., der aber dem Epiphanios allzuviel Selbständigkeit zubilligt.

ort zwischen Ägypten und Syrien, der nach Epiphanios als Grenzscheide zwischen Semiten und Hamiten bekannt wurde und noch durch die abendländischen Weltchroniken geisterte. Ist schon durch diese sehr präzise geschilderte Landverteilung das Eingreifen Gottes geleugnet, so erst recht in der Behauptung, daß sich Jawan die griechische, Misraim die ägyptische und der nicht in der Bibel vorkommende Armot die arabische Sprache selbst erfunden hätten. Wie sich das mit der zuvor erwähnten „Zuteilung" der Sprachen verträgt, sagte der Autor nicht. Er hatte nun aber etwas in der griechischen Theologie Einzigartiges versucht, nämlich Völkerteilung und Sprachentrennung als einen menschlichen Vorgang dargestellt, der des göttlichen Eingriffs gar nicht bedurfte[66]). Nichtsdestoweniger wurde die Position der Zahlensymbolik nicht angetastet; im Jahre 392 gab Epiphanios die Zahl der LXX-Übersetzer unter Hinweis auf Pseudo-Aristeas mit 72 an[67]) und glaubte sogar, daß es neben den 22 kanonischen Büchern des Alten Testaments noch 72 alttestamentliche Apokryphen gebe[68]). So formte sich aus den Traditionen ein ziemlich einfaches Bild, das man nicht geschichtlich nennen mag, das aber auch Gottes Heilsplan nicht eben hervorhob. Der nicht sehr hellsichtige Mann ließ sich noch am Lebensende dazu hinreißen, einen weit größeren Zeitgenossen unter die Ketzer zu zählen, der freilich trotz aller seelsorgerlichen Bemühung viel mehr in der dünnen Luft des Geistes lebte als der zypriotische Bischof und dessen Äußerungen über die Sprachen nichts von der Massivität des Epiphanios haben.

Dieser Johannes Chrysostomus (354–407) spielte in den Streitigkeiten zwischen Ost und West auch eine politische Rolle, aber er verstand nicht das Syrische der unteren Schichten, sondern nur noch die griechische Hochsprache; das ist charakteristisch für den großen Theologen, doch nicht für den großen Prediger. Er ließ den Goten Konstantinopels durch Priester, „die ihre Sprache verstanden", predigen und sprach zu ihnen wiederholt selbst „mit Hilfe eines Dolmetschers, der beider Sprachen mächtig war"[69]). Chrysostomus ließ sich die Anknüpfung nicht entgehen und erklärte den Goten: „Die Lehren der (heidnischen) Philosophen wurden nur bei denen verbreitet, die ihre Sprache verstanden; unser Glaube aber hat auch bei den in anderen Sprachen Redenden seine Kraft bezeugt"; die Lehre der Fischer und Zeltmacher leuchte selbst in

---

[66]) Panarion 2, 8, GCS Bd. 25, S. 175 (72 Noachiden); 39, 8, GCS Bd. 31, S. 77 f. (Völkerteilung und Spracherfindung); 2, 11 ff., GCS Bd. 25, S. 176 (Menschen und Sprachen); 66, 83, GCS Bd. 37, S. 124 f. (Noahs Teilung).

[67]) De mensuris ac ponderibus, in: Opera, hg. Wilhelm Dindorf, Bd. 4, Leipzig 1862, S. 12 (die neue Edition von Dean war nicht zur Hand); ganz ebenso die dem Epiphanios unterschobene Schrift De LXX interpretibus, MPG Bd. 43, Sp. 373.

[68]) De mensuris (o. Anm. 67) S. 14; dazu Franz Delitzsch, Zur Geschichte der jüdischen Poesie, Leipzig 1836, S. 24.

[69]) Theodoret von Kyrrhos, Kirchengeschichte V, 30, GCS Bd. 44, S. 330.

den barbarischen Sprachen noch heller als die Sonne; Skythen, Thraker, Sauromaten, Mauren und Inder hätten ihre Worte in ihre Sprachen übersetzt[70]). Damit war endlich die dem Origenes noch vertraute spätantike Lehre überwunden, die Sprachmagie und Sprachverschiedenheit als zwei Seiten derselben gottgewollten Ordnung ansah; doch der Beweis für die christliche These wurde nicht theoretisch, sondern durch die Erfolge christlicher Mission erbracht. Schon hier trennten sich, wie später in Byzanz, Theorie und Praxis. In seinen Schriften baute Johannes klug und umsichtig durch sorgfältige Exegese die herkömmlichen Ansichten aus und kehrte sie stillschweigend gegen den Revolutionär Gregor von Nyssa. Er hielt nicht sehr viel von den Dingen dieser Welt und der natürlichen Entwicklung; gegen die Veränderlichkeit der Dinge stellte er sich auf die Seite der himmelhohen Überlegenheit Gottes[71]). Schon darum gab es nur eine Ursprache, weil die gottgeschaffene Natur des Menschen ein und dieselbe ist; nach Gottes Willen verstehen sich der Inder, der Thraker und der Skythe. Erst menschliche Bosheit hat dieses Gottesgeschenk veruntreut[72]), und Gott griff nur ein, um noch schlimmeres Unheil zu verhüten; er trennte die Sprachen und damit die Familien und beließ nur den Hebräern die Ursprache[73]). Aber war nicht seit Christus Gottes Gnade wieder unter den Menschen? Chrysostomus glaubte in der Tat, daß an Pfingsten alle Sprachen der Erde erklungen seien; doch er stellte als erster die naheliegende und vielleicht durch das Auseinanderklaffen der Reichshälften noch nähergelegte Frage: Warum reden wir Christen heute nicht mehr wie an Pfingsten in allen Zungen der Welt? Johannes gestand, daß ihm diese Frage oft sorgenvoll gestellt würde[74]). Seine Antwort überrascht nun aber doch: Die Menschen der Urkirche besaßen noch nicht die geistliche Gnade und bedurften darum eines äußeren Zeichens, um zu glauben; damals sprach der Getaufte sogleich persisch, indisch und skythisch, damit auch die Ungläubigen merkten, daß der Heilige Geist aus den Christen sprach[75]). Der heute in einer christlichen Welt lebende Christ weiß auch ohne Sprachengabe, daß er von Sünden befreit ist. Die Sprachengabe hatte noch einen anderen zeitlich begrenzten Zweck; sie diente den Aposteln bei der Mission, denn nur so konnten die allein der hebräischen Sprache Mächtigen dem Skythen, Inder, Sauromaten und Thraker das Wort Gottes predigen[76]). Was in Babel getrennt worden war, wurde an Pfingsten

---

[70]) Homilia VIII, MPG Bd. 63, Sp. 499 ff.; dazu Kilian LECHNER, Hellenen und Barbaren im Weltbild der Byzantiner, Diss. phil. München 1954, S. 30 f.

[71]) In Danielem 2, 21, MPG Bd. 56, Sp. 202.

[72]) De prophetiarum obscuritate II, 2, MPG Bd. 56, Sp. 179.

[73]) Daemones non gubernare mundum, Homilia I, 2, MPG Bd. 49, Sp. 246, 250 (Gottes Eingreifen); Homilia in Genesim XXX, 4, MPG Bd. 53, Sp. 279 (Hebräisch).

[74]) Homilia I de Pentecoste, MPG Bd. 50, Sp. 459; dazu ADLER, Pfingstfest 2.

[75]) De utilitate lectionis scripturarum II, 4, MPG Bd. 51, Sp. 92 f.

[76]) Contra Judaeos et Gentiles 7, MPG Bd. 48, Sp. 822.

vereint[77]; der am Babelturm geschiedene Erdkreis findet sich zum Gotteslob zusammen[78] und gewinnt so die Harmonie der Ursprünge wieder. Babel, aber auch Pfingsten sind also überwundene Stufen auf dem heilsgeschichtlichen Weg; das Weiterbestehen der Sprachentrennung ist für den Kirchenmann wesenlos geworden. Wer sich wie er von den Realitäten abkehrte, konnte wohl die „Geschichtlichkeit" der christlichen Religion voll bejahen, aber sie im Spirituellen erfüllt sehen und die „Geschichte" selber damit für überwunden halten. Sinn für Geschichtlichkeit und historischer Sinn sind – bei Origenes wie bei Chrysostomus – zwei grundverschiedene Dinge.

Und eine buchstabengetreue Exegese der Bibel ist nicht immer eine „historische" Exegese. Der Unterschied der beiden Exegetenschulen von Alexandria und Antiochia macht das deutlich. In dem Hauptstreitpunkt, wie die Menschwerdung Christi sich in die Geschichte des Alten Testaments einfüge, gingen sie verschiedene Wege; die Alexandriner suchten mehr den symbolischen Aspekt, der überall urbildlich Gottes Wort wirksam sieht und durch allegorische Interpretation zu erschließen ist; die Antiochener hielten sich mehr an den „historischen" und prophetischen Aspekt, der eine zeitliche Entwicklung voraussetzt[79]. Wer aber bei den Antiochenern nun einen besonderen Sinn für historische Wirklichkeiten erwartet, sieht sich enttäuscht.

Chrysostomus hatte in der Schule seiner Vaterstadt Antiochia die Grundlagen für seinen Ruhm als Exeget gelegt; sein Freund und Zeitgenosse, Theodor von Mopsvestia (350–428), der Lehrer des Nestorius und größte antiochenische Exeget, hatte für alle Allegorien nichts übrig; aber auch die Welt der Sprachen und Völker interessierte ihn nicht. Es läßt schon aufhorchen, daß Theodor zwar Syrisch, aber wenig Hebräisch verstand[80]. Sein Genesiskommentar, von dem uns berichtet wird, er habe den „historischen" Sinn des Bibelbuches erfassen wollen, meinte zu Gen. 2, 19 nur, Adam habe die Tiere benannt, weil er ihr König war und durch seine Namengebung seine Herrschaft über die Natur antrat[81]. Über den Ursprung der Sprache sagte die Bibelstelle

---

[77] In epistolam I Cor. Homilia XXXV, 1, MPG Bd. 61, Sp. 296.

[78] Homilia II de Pentecoste, MPG Bd. 50, Sp. 467. Ähnliche Gedanken finden sich unter den Spuria mehrfach: MPG Bd. 52, Sp. 807 f., 811 f.; Bd. 63, Sp. 935; Bd. 64, Sp. 421.

[79] Jacques GUILLET SJ, Les exégèses d'Aléxandrie et d'Antioche, conflit ou malentendu? in: Recherches de science religieuse 34 (1947) 257–302, hier S. 275 ff.; doch vgl. Henri DE LUBAC SJ, ‚Typologie' et ‚Allégorisme', in derselben Zeitschrift S. 180–226, vor allem S. 200 ff.

[80] Louis PIROT, L'oeuvre exégétique de Théodore de Mopsueste (Scripta Pontificii Instituti Biblici 7), Rom 1913, S. 96 ff.

[81] Prokop v. Gaza, Commentarium in Genesim, MPG Bd. 87, 1 Sp. 173 ff.; dazu Robert DEVREESSE, Essai sur Théodore de Mopsueste (Studi e Testi 141), Città del Vaticano 1948, S. 18 f.

nach Theodors Meinung sichtlich nichts aus. Man kann nun zwar ein anderes Bruchstück hinzunehmen, nach dem die Benennung der Tiere auf hebräisch erfolgte[82]). Aber woher hatte Adam diese Sprache? Theodor antwortete nicht. Die späteren Teile des Kommentars sind nur in Fragmenten erhalten, und es würde deshalb nicht viel besagen, daß in ihnen Gen. 10 und 11, 1–9 ausgelassen sind[83]); doch hat uns Junilius Africanus anderwärts Theodors Ansichten tradiert. Die Turmbaugeschichte diente ihm lediglich dazu, um anhand von Gen. 11, 7 den göttlichen Pluralis maiestaticus zu erläutern und Gen. 11, 5 als Beispiel für die Übertragung menschlicher Eigenschaften auf Gott zu verwerten[84]). Man weiß, daß die Antiochener den Buchstabensinn liebten und dafür noch im abendländischen Mittelalter gelobt wurden[85]); aber förderte es das historische Verständnis der Bibel, wenn man sie als Musterbuch für Redefiguren ausbeutete? In seinem Johanneskommentar fand Theodor durch die drei Kreuzessprachen nicht die Universalität von Jesu Erlösungstat angedeutet; Pilatus habe sie anbringen lassen, damit die drei Gekreuzigten von allen, die die Inschrift läsen, nur umso mehr verlacht würden[86]). Diese Erklärung traf vielleicht die wahren Absichten des Pilatus genau, aber sie ließ unerörtert, warum Pilatus gerade Hebräisch, Griechisch und Latein wählte. Nicht leicht konnte man die Bibel isolierender, vordergründiger interpretieren; Antiochener und Nestorianer der Folgezeit wurden dadurch weithin bestimmt; doch die aus solcher Exegese schließlich erwachsende Liebe zum wirklichen und einfachen Geschehnis sollte sich erst sehr viel später auch der Völker- und Sprachenwelt zuwenden.

Ein anderer Anhänger der Antiochener Schule und konsequenter Widersacher des Origenes scheint die philologische Tendenz seiner Schule nun wenigstens so weit getrieben zu haben, daß er sich um den hebräischen Text der Bibel bemühte. Denn sonst bliebe unerklärlich, wie der Abt Nilus von Ankyra (gest. ca. 430) zu der Ansicht kam, die Lehre des Origenes von den Völkerengeln sei falsch, weil mit den Gotteskindern von Deut. 32, 8 nicht die Engel, sondern die Kinder Israels gemeint seien; genau dies stand in der hebräischen Bibel, anders als in der LXX. Und Nilus erzählte auch, freilich nur mit einem vorsichtigen „einige sagen“, es gebe 70 Söhne Jakobs in Ägypten, 70 Völker und Sprachen der Erde[87]). Die Zahl 70 verrät noch einmal, daß der asketische Abt wohl auf jüdische Traditionen baute.

---

[82]) Fragmenta in Genesim II, 19, MPG Bd. 66, Sp. 637.
[83]) In Genesim, MPG Bd. 66, Sp. 633 ff.
[84]) Heinrich Kihn, Theodor von Mopsuestia und Junilius Africanus als Exegeten, Freiburg i. Br. 1880, S. 477, 513, aus Instituta regularia I, 5 und II, 19.
[85]) Max Ludwig Wolfram Laistner, Antiochene Exegesis in Western Europe during the Middle Ages, in: The Harvard Theological Review 40 (1947) 19–31, hier S. 20 ff.
[86]) Commentarius in evangelium Johannis, CSCO Bd. 116 (SS syri 63), S. 240.
[87]) Epistula III, 116, MPG Bd. 79, Sp. 437.

Eben die Tradition trat nun stärker und stärker in den Vordergrund, insbesondere bei dem letzten griechischen Kirchenvater, Kyrill von Alexandria (gest. 444), einem erbitterten Gegner des Nestorius und aller Antiochener. Sein Sprachdenken ging vom Pfingstwunder aus. Zunächst sagte der Hierarch nur, die Apostel hätten die in der Apostelgeschichte genannten Völker in deren Sprachen angeredet[88]); vor 428 hieß es dann, die Apostel hätten in allen Sprachen gepredigt, da sie die Erzieher von allem Land unter der Sonne sein sollten[89]); anderswo sagte Kyrill, das Evangelium sei nicht nur dem rhomäischen Land verkündet worden, sondern auch den Barbarenstämmen, den Indern und Äthiopiern[90]). Ebenfalls vor 428 betonte er, Gott und Gott allein habe in Babel die Sprachen getrennt und die Völker dadurch über die Erde zerstreut; Christus aber habe durch sein Evangelium und das Pfingstwunder alle Sprachen der Ökumene wieder vereint[91]). Im Brennpunkt stand also das Pfingstwunder und die dadurch garantierte Einheit der Kirche, die der Patriarch durch Nestorius gefährdet glaubte. Um diese Einheit ging es auch noch, als Kyrill nach 433, in der Schrift gegen Kaiser Julian, sich mit dem Ereignis von Babel näher befassen mußte. Anders als Athanasius hatte Kyrill darzulegen, daß der Turmbau kein „Topos" war, den Moses – wie Julian gemeint hatte – der homerischen Gigantomachie nachgebildet hätte; dabei fiel dann freilich auch der Wortlaut von Gen. 11, 4; daß der Turm bis zum Himmel hätte reichen sollen, war nun ein hyperbolischer „Topos"; in Wirklichkeit sollte er nur sehr hoch werden. Kyrill schloß die Mythen möglichst aus; doch daß der Turm vom Wind umgeblasen worden sei, glaubte er. So wurde aus dem Werk von Babel ein vernünftig begreifbares Ereignis; aber Gottes Eingreifen hatte dann keinen rechten Sinn mehr, es war nach Kyrill nur ein Gnadenakt, der die nutzlose Beschäftigung der Menschen in eine nützliche zurückverwandelte. Ist denn aber die Sprachverschiedenheit nützlich? Kyrill wich aus. Gott habe wirklich die Sprachen selbst geteilt, denn er allein könne alles; er sei der einzige Schöpfer des Verstandes und der Sprache; er habe allen ihre Sprache gegeben, auch den Griechen, die so stolz darauf seien, die ihre erfunden zu haben. Wenn Julian mit der anfänglichen Verschiedenheit der Völker argumentierte, wußte Kyrill kein Gegenargument, sondern schob die Frage auf eine ganz andere, die moralische Ebene: Ob einer gut oder böse sei, darauf komme es allein an, und das hänge nicht von der Verschiedenheit der Völker ab, auch Barbaren könnten fromm sein, mancher lebe vorzüglich im Dienste Gottes, der kein Wort Griechisch verstehe – Kyrill dachte wohl an seine koptischen Mönche –. Hier sagte

---

[88]) In Acta Apostolorum 2, 3, MPG Bd. 74, Sp. 757.
[89]) In Joel II, 35, MPG Bd. 71, Sp. 376 f.
[90]) In Sophoniam III, 39, MPG Bd. 71, Sp. 1005 ff.
[91]) Glaphyra in Genesim II, MPG Bd. 69, Sp. 77, 80.

der Alexandriner geradezu, daß er es lieber gesehen hätte, wenn die Völker friedlich beisammengeblieben wären[92]); für die Mannigfaltigkeit des Lebens hatte der Eiferer wenig Verständnis; sie Gottes Größe zuzuschreiben, scheute er sich sichtlich. Darum waren ihm die geheimen Verbindungen zwischen dem Differenzierten, die die Zahlensymbolik aufdeckte und die von den Häuptern der inzwischen bedeutungslos gewordenen alexandrinischen Exegetenschule aufgesucht wurden, längst stumm geworden; bei Luk. 10, 1 las er nach Analogie von Num. 11, 16 und Ex. 15, 27 „70 Jünger"[93]); beziehungslos ließ er daneben die 75 Jakobiden in Ägypten stehen[94]). Ob Kyrills Auslegung wirklich, wie man gesagt hat, ganz von der traditionellen Allegorese und Typologese lebte? Er benutzte sie doch nicht immer; er ließ die buchstäbliche und „historische" Deutung doch oft gelten. Aber richtig ist, daß die Kyrillische Auslegung „mit der unmittelbaren, menschlichen Bedeutung der biblischen Geschichten kaum etwas anfangen" kann[95]), vielleicht doch deshalb, weil der Tageslärm die Stimmen aus der Vergangenheit verschlang und nur die fest geprägten Formen der Traditionen noch erkennbar blieben.

Suchte Kyrill, fast schon ein Byzantiner zu nennen, die Einheit der Kirche mit rauher Hand zu wahren, so entglitt diese Einheit seinem Hauptwidersacher, dem kühnen und kritischen Theodoret von Kyrrhos (ca. 393 bis ca. 460), aus den Händen; der dem Nestorius und den Antiochenern Nahestehende war schon ein nationalbewußter Syrer. Von daher begreift sich seine scharfe Opposition gegen die exklusive Meinung, die Wahrheit sei nur bei den Hellenen zu finden. Nicht allgemeine Menschenliebe, sondern die Gemeinsamkeit des Gegners ließ Theodoret sagen, wirklich Gebildete verschmähten es nicht, die Wahrheit auch bei den Barbaren zu suchen; selbst die Hellenen hätten ihre Buchstaben von den Phöniziern gelernt. Gott habe Griechen und Römer nicht anders erschaffen als Ägypter, Perser, Massageten, Skythen und Sauromaten. Wer so dachte, konnte dem Bericht vom Turmbau keine moralisch-belehrende Wirkung zusprechen; der Turm war demnach das Werk von Rasenden, auf das eine Sprachverwirrung folgte[96]). Die Fülle der Völker und Sprachen mochte

---

[92]) Contra Julianum imperatorem I, MPG Bd. 76, Sp. 516; IV Sp. 705–716 (Turmbau), 728 (Frömmigkeit und Griechisch); VIII Sp. 857–860 (alle Sprachen Gottes Geschenk).

[93]) In Lucam 10, 1, MPG Bd. 72, Sp. 665.

[94]) De incarnatione Domini 18, MPG Bd. 75, Sp. 1448 f.

[95]) Alexander Kerrigan OFM, St. Cyril of Alexandria Interpreter of the Old Testament (Analecta Biblica 2), Rom 1952, S. 40 ff., 367 ff. (buchstäbliche Auslegung; hier S. 81 und 290 f. zum Turmbau); anders Campenhausen (o. Anm. 2) S. 154 f. (hier das Zitat).

[96]) Graecarum affectionum curatio, hg. Johannes Raeder, Leipzig 1904: I, 10 ff. S. 7 ff. (Wahrheit bei Barbaren); V, 55 S. 138 f. (Sauromaten usw.; dazu Lechner, Hellenen und Barbaren 98, 121 f.); II, 64 S. 54 (Turmbau).

der Syrer nicht gerne auf dieses odiöse Ereignis zurückführen. Sie mußte ihm vielmehr als harmonische Ordnung erscheinen, und diesem Ziel dienen die bei Theodoret beliebten Zahlenspielereien, mit denen man den umständlichen Gang des Geschehens überspringen konnte. Selbst die 288 Sänger Davids in 1 Par. 25, 7 verstand er entgegen der in der Bibel gegebenen Aufteilung in 24mal 12 als Vierfaches der 72; darunter seien 32 Hamiten, 25 Semiten und 15 Japhetiten gewesen, weil die Welt in 72 Sprachen und Völker zerfallen sei[97]). Der „größte Exeget des griechischen Altertums"[98]) borgte diese Zahlen von Hippolyt; doch wie kam wohl König David an japhetitische und hamitische Sänger für seinen Chor? Theodoret stieß sich an dieser Kleinigkeit nicht, er wollte sagen, daß bereits Davids harmonisches Gotteslob die Folgen des Mißklangs von Babel überwand; und das war eine unerhört kühne Vorverlegung des Pfingstwunders in das Alte Testament – ob Theodoret dabei seinen Gegner Kyrill und dessen Betonung des Pfingstwunders visierte? Jedenfalls lag ihm daran, die Teilung der Erde in Völker zu rechtfertigen, denn er nahm sich von Origenes die Lehre von den Völkerengeln, wenn auch etwas abgeschwächt: einige Engel seien Völkervorsteher, andere persönliche Schutzengel[99]); anderwärts nannte Theodoret nur die Erzengel Lenker der Völker. Dieser Rückgriff auf die alte alexandrinische Schule ging noch weiter, denn im gleichen Werk berief sich Theodoret wie Origenes auf Psalm 80, 6, um die späte Entstehung des Hebräischen nachzuweisen; aber die Tendenz des Alexandriners wurde von Theodoret umgestülpt, denn er wußte nun genau anzugeben, welche unter den lebenden Sprachen die älteste und erhabenste ist. Der Name Adams sei wie alle Namen in der Genesis syrischer Herkunft; das Hebräische habe sich erst spät gebildet als eine heilige Sprache, die man nicht von Geburt an spricht, sondern erlernen muß. Diese junge, „totgeborene Sprache" muß entstanden sein nach Abraham, denn der kam über den Euphrat herüber und gab deshalb den „Hebräern" ihren Namen, „die Überschreitenden", aber er gab diesen Namen noch auf syrisch[100]). Aus philologischer Exegese und einem sprachgeschichtlich-etymologischen Argument erwuchs also das Ergebnis, daß die eigene Sprache des Syrers die edelste ist – ein Superlativ, der nur aus der Antithese hervorgetrieben werden konnte; die Absonderung der syrischen Kirche stand schon hinter dieser These. War so das eigene Wesen, die eigene Sprache im ältesten Buch des Alten Testaments, in der Schöpfung selber grundgelegt, so konnte freilich weder David noch Babel noch Pfingsten, sondern erst das Welt-

---

[97]) Compendiosa ratio, MPG Bd. 84, Sp. 23.

[98]) ALTANER, Patrologie 297.

[99]) Haereticarum fabularum compendium V, 7, MPG Bd. 83, Sp. 472.

[100]) Quaestiones in Scripturam sacram, In Danielem 10, 13, MPG Bd. 81, Sp. 1496 f. (Erzengel); In Genesim 11, 1, MPG Bd. 80, Sp. 165 (alles folgende).

ende die Mannigfaltigkeit des Völkerlebens aufheben, und darum meinte Theodoret, daß zwar an Pfingsten – anscheinend nur vorübergehend – die Apostel alle Sprachen redeten, damit sie alle Völker lehren konnten, aber erst im Jenseits werde man die Sprachen nicht mehr brauchen, weil dort alle Unterschiede aufgehoben sein werden[101]). Es sind nicht die Mächtigen, die sich dem Universalismus widersetzen.

Freilich machten auch die Vertreter der Großkirche nun schon wiederholt Abstriche von ihrem theoretischen Universalismus, wenn es um fremde Völker ging. Der Rechtsanwalt Sozomenos aus Konstantinopel mußte zwischen 439 und 450 zugeben, daß die Araber Kinder Ismaels, Enkel Abrahams seien, aber sie stammten von der unfreien Magd Agar, nicht von Abrahams legitimer Frau Sarah und nännten sich also ganz zu Unrecht Sarazenen[102]). Ein Vorwurf, den die Araber später von den Byzantinern noch oft zu hören bekamen: auch im Psalm 82 (83), 7 standen ja Ismaeliten und „Agarener" eng beisammen. Weitherziger war eine anonyme, nicht näher datierbare einleitende Ergänzung zu Eusebs Chronik, das *Exordium chronicorum*, das wir nur in lateinischer Übersetzung kennen. Es suchte nach Art des Josephus und vielleicht auf Africanus fußend, die bei Eusebius fehlende biblische Urgeschichte nachzutragen, brachte dabei auch eine Völkertafel, in der die Kinder Arams, die Aramäer, als *gentes barbarorum* bezeichnet wurden. Freundlicher apostrophierte der Autor die Germanen; von Gomers Sohn Aschkenaz stammten die Goten, *gentes Goticae*. Ob hier die ähnliche Gleichsetzung Gomers mit „Germania" aus dem Babylonischen, Magogs mit den Goten aus dem Jerusalemischen Talmud einwirkte? Jedenfalls blieb dies fast die einzige Adaptation der Völkerwanderung an die biblische Völkertafel, die im byzantinischen wie im abendländischen Mittelalter aufgegriffen wurde; noch Luther wird uns wieder an das Exordium erinnern[103]).

In Syrien hingegen muß der Glaube an die gottgewollte Vielfalt der Völker schon damals lebendig gewesen sein; denn auch der um 500 in Syrien schreibende Pseudo-Dionysius Areopagita griff die Lehre von den Völkerengeln auf und legte – im Sinne Daniels, aber im Widerspruch zur seitherigen Gewohnheit – Wert auf die Feststellung, daß auch die Juden ihren eigenen Engel hat-

---

[101]) In I Cor. 12, MPG Bd. 82, Sp. 320 (Pfingsten); 14 Sp. 336 (Endsprache).

[102]) Ecclesiastica historia VI, 38, hg. Robert Hussey, Bd. 2, Oxford 1860, S. 671, auch MPG Bd. 67, Sp. 1412.

[103]) Exordium chronicorum II, 6–9, bei Alfred Schöne, Eusebi chronicorum liber I, Berlin 1875, Appendix S. 47. Nach Gutschmid, Diamerismos 598 f. wäre das Schriftchen zwischen das 2. und 4. Jahrhundert zu setzen. Auf Africanus als Quelle verweisen Adolf Bauer – Josef Strzygowski, Eine alexandrinische Weltchronik (Denkschriften der Kais. Akad. d. Wiss., Philos.-Hist. Kl., Jg. 51, Nr. 2), Wien 1906, S. 95.

ten; das war zwar Michael, der vornehmste Engel, aber die Juden waren nicht mehr Gottes eigenes Erbteil[104]). Hieß das im Stile des Origenes und Theodoret nicht auch, daß die Juden wie alle andern erst in Babel ihre Sprache lernten? Über die Zahl der Engel, Völker, Sprachen schwieg Pseudo-Dionys indes, doch waren seine Sätze revolutionär in einer Zeit, die zu stagnieren drohte.

Denn die Zeitgenossen begnügten sich nun damit, die Vätertexte zu exzerpieren und zu Katenen und Florilegien zusammenzuflechten. Dies ist der Grund, warum wir nicht sagen können, ob die Genesiskommentare des Eusebius von Emesa (gest. ca. 359)[105]), des Theodor von Mopsvestia und des Patriarchen Gennadios I. von Konstantinopel (gest. 471)[106]) wirklich nichts über Gen. 10 und 11, 1–9 enthielten; die Katenenverfasser haben jedenfalls diese Stellen nicht der Überlieferung für wert gefunden, und das ist bezeichnend genug, daß keine der frühen Katenen Völkertafel und Sprachentrennung auch nur erwähnt[107]). Der erste Verfasser einer großen Bibelkatene, der Palästinenser Prokop von Gaza (gest. ca. 538), zeigt uns, was überhaupt von der reichen griechischen Vätertradition ins byzantinische Mittelalter hinüberfand. Gottes ist die Schöpfung der Sprachen und ihre Teilung; da Gott wollte, daß die Menschheit sich über die ganze Erde ausdehne, mußte er sie zerstreuen, zu diesem Zweck die Sprachen trennen und die Völker scheiden. Die Völkertafel wurde sogar noch einmal, streng nach der LXX, zitiert und, meist nach Josephus und ohne jede Modernisierung, erläutert[108]). Aber trotzdem wurde die Zahl der Engel, der Noachiden und der Jakobiden nicht nach der LXX angegeben, sondern der jüdischen Tradition oder den Pseudo-Klementinen folgend auf 70 festgesetzt[109]). Neu ist an alledem nichts; selbst das geistige Band, das die Traditionen zusammenhielte, fehlte. Die Zeit der griechischen Kirchenväter war zu Ende, mit Justinian begann eine neue Epoche. Die orientalischen Kirchen in Syrien, Armenien, Persien und Ägypten, zu Nestorianismus und Monophysitismus übergehend, wurden seit 451 abgedrängt, ihre Wege trennten sich von den byzantinischen; der geistige Zusammenhang des östlichen Mittelmeers ist damals, vor dem Arabersturm, zerrissen.

Auf eine sehr auffällige Tatsache sei zum Schluß noch hingewiesen: es gibt in der altchristlichen Kunst vor dem 5. Jahrhundert keine bildliche Darstellung

---

[104]) De coelesti hierarchia 9, 4, MPG Bd. 3, Sp. 261.
[105]) In Genesim, MPG Bd. 86, 1 Sp. 547 ff.
[106]) In Genesim, MPG Bd. 85, Sp. 1645 wäre die zuständige Stelle.
[107]) Robert Devreesse, Anciens commentateurs grecs de l'Octateuque, in: Revue biblique 44 (1935) 166–191; 45 (1936) 201–220, 364–384 wurde daraufhin durchgesehen. Das Genesis-Scholion des Origenes (o. Anm. 29) ist eigentlich keine Ausnahme.
[108]) In Genesim 10–11, MPG Bd. 87, 1 Sp. 308–313.
[109]) In Deuteronomium 32, 8, MPG Bd. 87, 1 Sp. 957.

des babylonischen Turmbaus und der Völkerzerstreuung, die uns erhalten wäre oder die wir erschließen könnten. Dieser Befund erklärt sich einfach: Die christliche Kunst kannte zwar frühzeitig, vielleicht von den hellenistischen Juden inspiriert, eine Illustrierung alttestamentlicher Themen in Wandmalereien, auf Sarkophagen, wohl auch schon in der ältesten Buchmalerei. Doch sind darunter nur fünf Themen aus der Genesis: der Sündenfall, Kain und Abel, Noah in der Arche, Abrahams Opfer, Rebekka am Brunnen[110]). Diese Themen bezeugen die Rettung von Sünde und die Erlösung vom Tode[111]), sie sind nicht historisch, sondern vorbildlich gemeint. Auch der Turmbau von Babel ist – wenn auch in negativem, abschreckendem Sinn – von Origenes und noch von Athanasius in diesem urbildlichen Verstand ausgelegt worden; doch blieb das Ereignis zwiespältig deutbar. Die ersten Bilder vom Babelturm entstammen der Zeit nach dem Konzil von Chalkedon, und es sind nicht Byzantiner, die sie malten.

Was die griechischen Kirchenväter den Folgenden vererbten, ist schwer zusammenzufassen. Ihr Interesse und ihr Verdienst ist die theoretische, griechische Begründung der christlichen Lehre, in geringerem Grad ihre Versöhnung mit dem jüdischen Historismus. Denn diese so begründete Lehre liegt nun eingebettet in die Natur, in den immergleichen Ablauf von Werden und Sterben; aber von wenigen Ansätzen abgesehen ist dabei das individuelle, wandelbare Schicksal nicht berücksichtigt worden, allenfalls wurde es einbezogen in den Kreislauf der Dinge. Es ist nicht zu verkennen, daß durch die griechische Patristik das Christentum weltläufig gemacht wurde, daß in ihm nun auch die Ordnungen des kleinen Lebens besser noch als im spätantiken Synkretismus Platz fanden; und darum sollte man der altgriechischen Theologie keinen Vorwurf aus ihrer „natürlichen Religion“ machen[112]). Sie war eine legitime Konsequenz des Christentums, und ohne ihre Vorarbeit gäbe es wohl keine „geschichtliche Religion“. Aber diese hat sich im Gegensatz zur griechischen Patristik entwickelt – und auch sie ist echtes Christentum. Bei den christlichen Orientalen sehen wir ihre ersten Blüten sich entfalten.

---

110) Hans GERSTINGER, Nationalbibliothek in Wien, Die Wiener Genesis, Textband, Wien 1931, S. 59.

111) Josef FINK, Noe der Gerechte in der frühchristlichen Kunst (Beihefte zum AKG 4), Münster-Köln 1955, S. 18; SCHNEIDER, Geistesgeschichte Bd. 2, S. 119.

112) Adolf von HARNACK, Das Wesen des Christentums, Neudruck Stuttgart 1950, S. 130 ff. ist der berühmteste unter ihren Anklägern.

7. Christliche Orientalen

Wie weit das Christentum seine eben errungene Weltläufigkeit und Universalität behaupten konnte, wenn es sich nicht mit einer Weltkultur verbündete, sondern mit partikularen Bildungen, das ist die Frage, die uns die Geschichte der orientalischen Christen beantworten soll. Den beiden Schwerpunkten des christlichen Ostens, Alexandria zunächst und Konstantinopel später, hat sich das zwischen ihnen liegende Land an der östlichen Mittelmeerküste frühzeitig entzogen; schon im 2. Jahrhundert begann man in Syrien mit Übersetzungen der heiligen Texte aus dem Griechischen in die ostaramäische Landessprache; die den Pentateuch wiedergebenden Teile der syrischen Bibel, der „Peschitta", sind nur wenig jünger. Mit wachsendem Einfluß dieser Sprache sank die Geltung der Dialekte und die Kenntnis des Griechischen; sie wurde und blieb auf lange die Kirchensprache der orientalischen Kirchen, die sich erst nach und nach der jeweiligen Landesidiome als Kultsprache zu bedienen lernten[1]). Obwohl die frühen syrischen Denker der griechischen Patristik zugewandt waren, wahrten sie doch in der Mehrzahl betont ihre Eigenart, auch wenn sie in griechischer Sprache schrieben; die Pseudo-Klementinen, Sextus Julius Africanus, die Schule von Antiochia bis hin zu Theodoret von Kyrrhos und dem Pseudo-Dionysius Areopagita sind Zeugen dafür, daß man hier für die Probleme der Sprachen und Völker meist ein offeneres Ohr und einen freieren Blick hatte als in Ägypten und Byzanz. Das gilt nun erst recht für die in syrischer Sprache schreibenden Theologen.

Allen voran steht „der große Klassiker der syrischen Kirche"[2]), Ephräm der Syrer (ca. 306–373). Der in Nisibis Geborene war 363 durch die Perser nach Edessa vertrieben worden und kannte besser als die Griechen das Fluktuieren der Sprachen und Völker; nach 363 durchdachte der Kirchenlehrer diese Fragen eigenwillig und originell, und anders als Philon und Origenes nahm er die Geschichten der Genesis als wirkliche historische Ereignisse, nicht so sehr als moralische und allegorische Beispiele. Allen gemeinsam war die Ursprache gewesen, von Gott geschenkt, nicht von Menschen erfunden, denn welcher Mensch hätte so wie Adam in einer Stunde Tausende von Namen erfinden können? Gottes Einwirkung ließ die Ursprache in Babel dann plötzlich in Vergessenheit geraten und teilte sie durch wunderbare Eingießung unter die 72 Nachkommen Noahs, deren jeder nun eine Familie gründete. Aber Gott tat dabei eigentlich kein unbegreifliches Wunder, denn in allen Sprachen blieben Reste der Ursprache erhalten; Gott beschleunigte nur die natürliche Verzwei-

---

[1]) Donald Attwater, The Christian Churches of the East, 2 Bände, Milwaukee 1947–48, hier Bd. 1, S. 137, 149, 160, 191 f., 206; Bd. 2, S. 171; vgl. auch Schaeder, Orient 200 f. und Schneider, Geistesgeschichte Bd. 1, S. 572 f.

[2]) Altaner, Patrologie 299.

gung der Sprachen. Die Ursprache ging völlig in den späteren Idiomen auf und mußte als verloren gelten; jedenfalls war sie nicht einfach mit dem Hebräischen gleichzusetzen, das von einigen als Ursprache bezeichnet worden sei, weil Eber sich nicht am Turmbau beteiligt habe. Ephräm, der gern aus jüdischen Quellen schöpfte, aber wenig Griechisch und noch weniger Hebräisch konnte, wahrte hier Distanz. Auf die Sprachentrennung folgte die Verteilung der 72 Familien über die Erde; sie wurde durch das Los entschieden, aus einer freien menschlichen Vereinbarung, nicht durch Gottes herrscherlichen Zorn[3]). Gott veranlaßte im letzten Grund dies alles, aber die tieferen Motive seines Handelns wurden nicht untersucht; er ist wie bei den Kappadokischen Vätern der ganz Andere, der ohne Mund spricht[4]); doch die Auswirkungen auf die ganze Menschheit hat sich Ephräm plastisch vorgestellt, dabei der Aktion des Menschen und der natürlichen Entwicklung breiten Raum gelassen, insbesondere aber die Historizität der Sprachen- und Völkertrennung ungeschmälert aufrechterhalten. Ephräm mochte damit der antiochenischen Schule nahe kommen, die ja ursprünglich ebenfalls eine griechische und noch keine syrische Schule war; sein großkirchlicher Geist steht außer Zweifel[5]). Ephräm überschaute die ganze Welt und befaßte sich darum auch mit der Völkertafel näher. Er ermittelte die Summe der Noachiden neu und erhielt dieselben Zahlen, die später durch Augustin dem abendländischen Mittelalter vertraut wurden: 15 Japhetiten, 30 Hamiten, 27 Semiten; anders als Augustin kann Ephräm diese Zahlen nicht der LXX entnommen, sondern muß den hebräischen Text von Gen. 10 zugrundegelegt haben, denn er ließ die auch sonst im jüdischen Bereich bisweilen nicht mitgezählten Philister aus und bekam so nur 69 Namen, und nun füllte er die Summe durch die drei Noachiden Sem, Cham und Japhet auf, um doch 72 und nicht 70 Völker zu erhalten: ein geistreicher Kompromiß zwischen jüdischer und griechisch-christlicher Zählung. In der Zahl 72 dokumentierte sich die Universalität der babylonischen Ereignisse. Die Semiten siedelten sich im Osten an; Afrika und Indien fielen an Cham; die Länder der Römer und die Gegenden des Nordens bekam Japhet: nicht Kontinente, sondern Gemeinschaften bildeten sich. Eine neue große Gemeinschaft entstand durch das Pfingstwunder, das Ephräms Kommentar zur Apostelgeschichte mit offenkundiger Liebe behandelte[6]).

---

[3]) In Genesim commentarius, CSCO Bd. 153 (SS syri 72), S. 23 (Ursprache), 52 f. (Sprachen- und Völkertrennung, Summe der Noachiden); dazu Thomas Joseph Lamy, L'exégèse en Orient au IVe siècle ou les commentaires de Saint Ephrem, in: Revue biblique 2 (1893) 5–25, 161–181, 465–486, hier S. 176.

[4]) Carmina Nisibena 3, 2, hg. Gustav Bickell, Leipzig 1866, S. 79.

[5]) Endre Ivanka, Hellenisches und Christliches im frühbyzantinischen Geistesleben, Wien 1948, S. 73 ff. (Antiochener griechisch); Anton Baumstark, Geschichte der syrischen Literatur, Bonn 1922, S. 32 ff. (zu Ephräm).

[6]) August Merk, Der neuentdeckte Kommentar des hl. Ephraem zur Apostelgeschichte, in: Zeitschrift für katholische Theologie 48 (1924) 37–58, 226–260, hier S. 50, 52, 228 f.

Dieser starke Ansatz zu einer historischen Betrachtung der Sprachen- und Völkertheologie wurde zunächst nicht weitergeführt, und zwar dank dem Konzil von Chalkedon. Der hier verurteilte Monophysitismus, die radikale Gegenposition des Nestorianismus, wurde zur vorherrschenden christlichen Glaubensform in Syrien, Ägypten und Armenien. Daneben hielten sich Nestorianergemeinden und orthodoxe Reste; Ost- und Westsyrisch entwickelten sich dabei zu verschiedenen Dialekten. Nun entstanden in Nachahmung antiker Buchmalerei und jüdischer Vorbilder, von denen wir die Gemälde von Dura-Europos schon erwähnten, die ersten bildlichen Darstellungen unserer Motivgruppe, sichtlich geprägt vom Geist der Schule von Antiochia, die den historischen und wörtlichen Sinn der Bibel stärker als die Alexandriner betonte. Dabei hat man etwa in der sogenannten „Wiener Genesis", die in Antiochia zu Beginn des 6. Jahrhunderts entstanden sein mag, dieses erste Buch der Bibel allein mit vier- bis fünfhundert Bildern wiedergegeben[7]); in einer von späteren Bilderbibeln nie mehr erreichten Reichhaltigkeit wurden hier die kleinsten Szenen getreulich und ohne jede allegorische Einkleidung abgeschildert. Nun hat die „Wiener Genesis" in den nur 26 erhaltenen Blättern aus unsrem Themenkreis lediglich den schlafenden Noah abgebildet; sein Sohn Cham unterscheidet sich hierbei von Sem und Japhet nur durch die Farbe der Kleidung, nicht etwa durch Hautfarbe oder Physiognomie; an eine naturalistische Wiedergabe von Völkermerkmalen ist nicht gedacht. Danach fehlen vier Blätter, auf denen wohl auch der Turmbau und die Sprachenverwirrung im Bilde festgehalten worden sind[8]).

Etwa aus derselben Zeit, dem beginnenden 6. Jahrhundert, ist uns – freilich nur in traurigen Fragmenten – eine andere Bilderbibel erhalten, die sogenannte Cotton-Bibel, die auf die Genesis noch immer 330 Miniaturen verwendete. Hier ist eine Miniatur mit Bestimmtheit als „Turmbau von Babel" zu betiteln, wenn auch nur noch ein Stück Himmel von der arg verstümmelten Seite erkennbar ist. Ein weiteres Blatt zeigt auf der Höhe eines Turmes einen Mann mit weit vorgestreckter Hand, soll also vielleicht die beginnende Verwirrung charakterisieren. Man hat diese Bilderbibel gern als „byzantinisch" bezeichnet, doch stammt sie aller Wahrscheinlichkeit nach aus Alexandria, und zwar nicht mehr aus dem hellenistisch-griechischen Zeitraum[9]). Sie ist durchsetzt mit koptischen

[7]) Kurt Weitzmann, Die Illustration der Septuaginta, in: Münchner Jahrbuch der bildenden Kunst, 3. Folge, Bd. 3/4 (1952/53) 96–120, hier S. 102 (Bilderzahl), 114 ff. (Vorstufen). Weitzmann bereitet eine umfassende Publikation der LXX-Bilderbibeln vor.

[8]) Paul Buberl, Die byzantinischen Handschriften, Bd. 1 (Beschreibendes Verzeichnis der illuminierten Handschriften in Österreich, NF 4), Leipzig 1937, S. 74 f., 88 ff. mit Tafel XXIII, 6. Vgl. auch Gerstinger (o. S. 257 Anm. 110) S. 59 ff.

[9]) William Richard Lethaby, The Painted Book of Genesis in the British Museum, in: The Archaeological Journal 69 (1912) 88–111; Nachtrag Bd. 70 (1913) 162, der

Einflüssen, die sich seit 451 auch sprachlich zunehmend geltend machten[10]). Auf Byzanz haben diese Miniaturen – sicher infolge des Konzils von Chalkedon – keinerlei Wirkung gehabt; im Abendland gaben sie die entscheidende Anregung für die Ikonographie der mittelalterlichen Turmbau-Darstellung.

Beide Bilderbibeln bezeugen, obgleich sich über den Charakter ihrer Turmbau-Bilder nichts sagen läßt, ein neues Interesse an dem historischen Ablauf, den die Heiligen Bücher erzählen. Doch ist dies nicht die einzige durch den Bruch mit der Großkirche freigesetzte Tendenz der Zeit. Vielerorts kehrte man sich von dem nüchternen Geist der Antiochener ab zum ekstatischen Enthusiasmus der Geistkirche. Bezeichnend dafür ist es, daß die älteste überhaupt bekannte bildliche Darstellung des Pfingstwunders ebenfalls aus dem Syrien des 6. Jahrhunderts stammt; sie ist erhalten in dem 586 von dem Mönch Rabula kopierten, jetzt in der Laurentiana in Florenz aufbewahrten syrischen Evangeliar; in der Handschrift war möglicherweise auch der Turmbau illustriert, doch sind die ersten Blätter, mit Text und Bildern zur Genesis, verloren[11]). Das Pfingstbild aber stellt nur den Heiligen Geist, Maria und die Apostel dar, nicht auch die aus aller Welt herbeigekommenen Völker; die Geistmitteilung, nicht die Stiftung der Weltkirche sollte gezeigt werden[12]).

Und der doch wohl monophysitische, nicht orthodoxe[13]) Hymnendichter und Liturg Jakob von Sarug (451–521), Bischof von Batnä bei Edessa, schrieb als erster Christ ein langes erbauliches Gedicht über das Pfingstwunder, in dem er es mit dem Turmbau von Babel verglich und als dessen Wiedergutmachung feierte. Gott Sohn habe damals die Sprachen „Stamm für Stamm" getrennt, derselbe Christus habe sie nun wieder vereinigt. Wer die beiden Geschehnisse so eng verklammerte und Christi Wirken so stark und monophysitisch akzentuierte, mußte auch die babylonische Verwirrung überraschend positiv bewerten: „Ein kundiger Lehrer unterrichtete sie in den Sprachen, verteilte sie und gab jedem einzelnen Volk seine Sprache"; diese neuen Sprachen wurden der

---

die Bibel richtig nach Alexandria lokalisierte, aber (S. 106 ff.) zu früh, ins 5. Jahrhundert, datierte.

[10]) Kurt Weitzmann, Observations on the Cotton Genesis Fragments, in: Late Classical and Mediaeval Studies in Honor of Albert Mathias Friend, Jr., Princeton 1955, S. 112–131, hier S. 126 f.

[11]) Henri Omont, Peintures de l'Ancien Testament dans un manuscrit syriaque du VIIe ou du VIIIe siècle, in: Monuments et mémoires publiés par l'Académie des Inscriptions et Belles-Lettres 17 (1909) 85–98, hier S. 86 f.

[12]) Abbildung bei Raffaele Garrucci, Storia della arte cristiana nei primi otto secoli della chiesa, Bd. 3, Prato 1876, Tafel 140, 1. Dazu Heinrich Detzel, Christliche Ikonographie, Bd. 1, Freiburg i. Br. 1894, S. 495 f.; Karl Künstle, Ikonographie der christlichen Kunst, Bd. 1, Freiburg i. Br. 1928, S. 517 f.

[13]) Gegen Peeters (bei Altaner, Patrologie 303) folge ich Baumstark (o. Anm. 5) S. 148 ff. und Georg Graf, Geschichte der christlichen arabischen Literatur, 5 Bände (Studi e Testi 118, 133, 146, 147, 172), Città del Vaticano 1944–53, hier Bd. 1, S. 444.

ganzen Welt zum Schmuck. Die Teilung war eine Gnade, keine Strafe, denn Babel war ohnehin überfüllt; Gott riß nicht die Familien und Stämme auseinander, gab nicht, wie Theophil und Epiphanios wollten, jedem Einzelmenschen eine isolierte Sprache. Der Abendmahlsaal aber wurde zur Schulstube, zu einem neuen Babel; alle Sprachen der Erde kamen hier hervor, in 12 Bächen und Wasserläufen, und die Erde verwandelte sich in einen großen Garten mit geistigen Bäumen. Greifbar nahe ist der Bezug auf Ex. 15, 27, aber neben den 12 Wasserläufen erwähnt Jakob nicht die 70 Bäume, neben den 12 Aposteln nicht die 72 Jünger; dem Ekstatiker lag nicht an einer Statistik der heutigen Sprachen und Völker, obwohl er die sichtbare Lenkung alles Geschehens durch Gott beständig pries[14]). Der Vergleich zwischen Babel und Pfingsten ist noch jüngst dem Bischof als originelle Leistung hoch angerechnet worden[15]); wir sahen schon, daß ihn Origenes und Gregor von Nazianz vorher kannten; vollends die Reformatoren des 16. Jahrhunderts mußten diesen Vergleich nicht von den Syrern lernen; Rufin, Augustin und die ihnen folgende mittelalterliche Pfingstauffassung liegen viel näher. In Syrien hat der Vergleich allerdings tiefere Wurzeln als anderswo geschlagen; hier erregte die Trennung und Vereinigung der Sprachen größere Verwunderung als bei denen, die mit ihrer griechischen Muttersprache durch die ganze Welt, auch durch die religiöse Welt, kamen; hier, in den sich absondernden Winkeln, empfand man die Vielfalt nicht als Strafe.

Offenen Auges blickte man um sich, auch in die Weltgeschichte: die Werke des Eusebius wurden damals ins Syrische übertragen[16]). Auch die geographische Erfahrung von der Mannigfaltigkeit der Welt wurde durch einen ägyptischen Kaufmann neu erweitert, der als seinen Lehrer Theodor von Mopsvestia nennt, vielleicht also ein Nestorianer war. Dieser Kosmas Indikopleustes unternahm zu Anfang des 6. Jahrhunderts Reisen bis nach Ceylon und Äthiopien und verarbeitete seine Eindrücke um 550 als Mönch in der „Christlichen Ortskunde", um nachzuweisen, daß die Welt schon von dem „großen Kosmographen Moses" vollständig beschrieben worden sei. Photios hat das Buch einen Pentateuchkommentar genannt, und das ist es fast auch. Von seinen Erlebnissen mit fremden Sprachen erzählt Kosmas nicht sehr viel; auf Ceylon gebe es griechisch redende Christen, und im Somali-Land treibe man aus Mangel an Dolmetschern unter den Verschiedensprachigen „stummen

---

[14]) Gedicht über das Sprachenwunder am Pfingstfest, in: Bibliothek der Kirchenväter, Reihe I, Bd. 6, übers. Simon LANDERSDORFER OSB, Kempten-München 1913, S. 271–285.

[15]) Ernst BENZ, Die Sprachtheologie der Reformationszeit, in: Studium Generale 4 (1951) 204–213, hier S. 207 ff. im Anschluß an die Bemerkung von LANDERSDORFER (o. Anm. 14) S. 271.

[16]) Albrecht WIRTH, Aus orientalischen Chroniken, Frankfurt/Main 1894, S. 52 f.

Handel"; das ist beinahe schon alles. Dafür wird der Turmbau ausgiebig kommentiert und in den späteren Handschriften des Werkes auch bildlich vorgestellt[17]). Als die Menschen diesen Turm zum Himmel bauten, um sich vor einer neuen Sintflut zu retten, vereitelte der „menschenfreundliche Gott" ihr nutzloses Tun durch Verwirrung der Sprachen und Teilung der Völker; so stellte er „die große Ordnung" wieder her. An Pfingsten führte dann Gott selbst die Menschen in die Höhe und vereinte die Sprachen wieder. Anklänge an die Alexandriner Athanasius und Kyrill drängen sich auf, aber so konkret hat man sich außerhalb der nestorianischen Gemeinden schwerlich den Gegensatz Babel-Pfingsten ausgemalt. Aus der Völkerteilung suchte Kosmas in eingehender Interpretation die Grenzen der drei Erdteile zu gewinnen: Sem habe die Länder von Asien ostwärts erhalten, Cham die Gegenden von Cadiz bis Äthiopien und Arabien, Japhet die nördlichen Landstriche von den Skythen bis zum westlichen Ozean. Die Liste wurde in allem auf die herkömmliche Weise interpretiert, nur erhielten nun auch die Inder ihren Stammvater, Evila, einen Enkel Ebers. Die Welt im ganzen war, wie Deut. 32, 8 sagte, „nach der Zahl der Engel Gottes" geordnet, das heißt, es mußte ebenso viele Völker wie Engel geben; die Welt müsse ihr Ende erreicht haben, sobald diese Zahl wirklich erreicht sein werde – auf welche Weise das geschehen sollte, wie groß diese Zahl sein könnte, blieb unerörtert, obgleich Kosmas den Epiphanios und seine Berechnung der Völkerzahl gekannt haben muß: die Ehrfurcht vor Gottes künftigen Geheimnissen hinderte den Indienfahrer an Zahlenspielereien[18]). Unverkennbar weist die Hoffnung auf das Ende und die Sympathie für gegliederte Mannigfaltigkeit in nestorianische Kreise.

Die beginnende Absonderung hatte allerdings auch eine separatistische Kehrseite; bei Theodoret von Kyrrhos und seiner Lehre von der syrischen Ursprache kam sie schon zum Vorschein. Eine nestorianische exegetische Kompilation aus Ostmesopotamien, wohl aus der Mitte des 6. Jahrhunderts, zeigt sie eklatant. Sie berief sich auf Theodoret: „Die erste Sprache, in der Gott mit Adams Familie verkehrte, war das reine und geschliffene Syrisch". Diese Ursprache blieb demjenigen – vielleicht ist Phaleg gemeint –, der nach der

---

[17]) Cos. STORNAJOLO, Le miniature della topografia cristiana di Cosma Indicopleuste, Mailand 1908 war mir nicht zur Hand; die Beschreibungen der Miniaturen bei GARRUCCI (o. Anm. 12) S. 70–83 und bei Jean EBERSOLT, La miniature byzantine, Paris-Brüssel 1926, S. 10 f. lassen vermuten, daß die byzantinischen Kosmas-Handschriften noch keine Turmbau-Bilder hatten. Zu den russischen Miniaturen s. u. S. 323.

[18]) The Christian Topography of Cosmas Indicopleustes, hg. E. O. WINSTEDT, Cambridge 1909: III S. 119 (Ceylon); II S. 71 (Somali-Land; dazu HENNIG, Terrae incognitae Bd. 2, S. 47); III S. 95 ff. (Turmbau); V S. 213 (Pfingsten); II S. 61 f. (Völkerteilung); XI S. 325 (Evila); V S. 230 (Deut. 32, 8); zur Epiphanioskenntnis die Note auf S. 334 zu S. 61.

Völkerzerstreuung weiter in Babylon wohnte und Abrahams Ahn wurde; das Hebräische gehört nicht zu den 70 in Babel gespaltenen Idiomen, denn erst Abraham führte es ein, beinahe als eine Kunstsprache, entstanden aus der Vermengung von Aramäisch und Kanaanäisch. „Und deshalb sagen wir, daß die hebräische Sprache aus vielen Sprachen zusammengesetzt wurde." Gottes eigene Sprache war freilich – hier setzte sich wieder das Erbe der Kappadokier durch – nicht das Syrische, sondern eine jenseitige Sprache, die, „mit der die heiligen Engel vertraut waren". Die scharfe nestorianische Trennung zwischen göttlicher und menschlicher Natur paßte recht gut dazu. Überaus merkwürdig und vor Ibn Esra ganz einmalig ist, was die Kompilation von Nimrod weiß. Wenn schon in Babylon die wahren Frommen ihre Heimat hatten, konnte auch der erste König der Stadt kein Frevler sein, im Gegenteil: „Er bekriegte diejenigen, die den Turm bauten, und eroberte als erster Babylon"[19]). Ob diese Stelle, wie die Sympathie des Kompilators für Mesopotamien, nicht auch mit der den Nestorianern meist freundlichen Politik der Sassaniden zusammenhing? Jedenfalls suchte man die eigene Heiligkeit in der Geschichte nachzuweisen und klammerte sich dabei vor allem an die syrische Sprache; so geschah es auch in einem aus Syrien stammenden, nicht näher datierbaren Frage- und Antwortspiel, das an die abendländischen Joca monachorum erinnert und unter dem Titel eines Gesprächs zwischen Basilios dem Großen und Gregor von Nyssa geht. Gott sprach mit dem Stammvater Syrisch; „dies ist einfach und leicht für alle Völker und Menschen; es genießt große Berühmtheit, ist kraftvoll und klar". Man mochte einwenden, daß das Syrische nicht auf Christi Kreuze stand; doch das war es eben: Die Syrer hatten – im Unterschied zu Hebräern, Griechen und Römern – an Jesu Tode keinen Anteil, darum fehlte ihre Sprache auf der Inschrift[20]).

Im 6. Jahrhundert fand man diesen Stolz auf die eigene Muttersprache auch in einer anonymen syrischen Schrift, der sog. „Schatzhöhle", die sich selbst als Ephräms Werk ausgab, aber schon ganz den Geist der nestorianischen Sonderkirche atmete. Das Werk, das zahlreiche Berührungspunkte mit den Pseudo-Klementinen aufweist und sich vornimmt, die Chronologie des Sextus Julius Africanus zu verbessern, ist noch immer umstritten: ob es in Mesopotamien, in Syrien, ob es im 4. Jahrhundert als Opus eines Nestorianers[21]) oder im 6. in

---

[19]) Abraham Levene, The Early Syrian Fathers on Genesis, from a Syriac Ms. on the Pentateuch in the Mingana Collection, London 1951, S. 85 f.; dazu der Kommentar S. 28 f., 111, 199 ff.

[20]) Graf (o. Anm. 13) Bd. 1, S. 326.

[21]) Albrecht Götze, Die Schatzhöhle, Überlieferung und Quellen (Sitzungsberichte der Heidelberger Akademie der Wiss., Philos.-Hist. Kl., Jg. 1922, Nr. 4), Heidelberg 1922, S. 91 (über die „Ur-Schatzhöhle"; daß der uns vorliegende Text aus dem 6. Jahrhundert stammt, betont G. selbst, S. 38).

der Schule Ephräms[22]) entstand oder im 6. in nestorianischen Kreisen[23]), darüber streitet man sich. Den Ausschlag für unsere Einordnung gibt die Übereinstimmung der „Schatzhöhle" mit Theodoret, die doch eine Abhängigkeit von ihm sein muß; denn es ist undenkbar, daß Theodorets These umgekehrt aus folgendem Satz der „Schatzhöhle" entnommen ist: „Von Adam bis dahin (bis zum Turmbau) redeten sie alle in dieser Sprache, nämlich in der syrischen Sprache, die die aramäische ist; denn diese Sprache ist die Königin aller Sprachen. Die früheren Schriftsteller irren, wenn sie sagen, das Hebräische sei die erste Sprache gewesen, . . . denn alle Sprachen der Welt gingen vom Syrischen aus und alle Reden in den Büchern sind mit ihr untermischt". Aus ihr entstanden, so spinnt die „Schatzhöhle" Theodorets Gedanken weiter aus, in Babel die verwirrten Idiome; „auf Erden gab es dann 72 Sprachen und 72 Stammhäupter, und jeder Sprachstamm machte sich ein Haupt zum König". In Babel liegen die Wurzeln der Herrschaft, aber auch der Volkwerdung, denn wie Jakob von Sarug und gegen Theophil und Epiphanios meinte die „Schatzhöhle", daß nicht jeder Mensch eine Sprache erhielt, sondern nur die Stämme, die Keimzellen der Völker. Die meisten Völker, 37 an der Zahl, wurden dem Japhet zugeschrieben, unter dessen Söhnen freilich Magog fehlt; wohl weil die Jüdische Sibylle die Gog und Magog inmitten der Flüsse Äthiopiens suchte, tritt hier Magog gesondert als „König des Südens" auf, wird also in die verachtete Zone der Hamiten verwiesen, in der Sklaven und Knechte – die Ägypter werden besonders genannt – ihr niedriges Dasein fristen. Die semitischen Vorfahren der Syrer sind, ohne daß die Zahl ihrer und der hamitischen Völker genannt worden wäre, gebührend in den Vordergrund geschoben: „Ihnen gehört der Mittelpunkt der Erde; sie besitzen das Reich und die Herrschaft". „Der erste König auf Erden" war aber dennoch nicht ein Semit, sondern Nimrod, der eine Generation nach dem Turmbau lebte, also nicht sein Anstifter war. Dieser Riese Nimrod wanderte ans Meer und fand dort Jonton, des Noah Sohn – zuvor hatte der Autor versichert, daß Noah nur drei Söhne hatte, und dieser vierte Noachide taucht hier zum ersten Male auf. Jonton ist ein Orakelgelehrter und vermittelt dem Nimrod seine Weisheit und seine Macht. Der Anklang an das Gilgamesch-Epos ist von der Forschung bereits bemerkt worden; an babylonischen Einfluß denkt man leicht, wenn man sieht, wie die Schatzhöhle Astronomie und Astrologie als rechtgläubig zu verteidigen sucht: „Jenes Orakel des Nimrod verwarf keiner der rechtgläubigen Lehrer, weil es Jonton ihn gelehrt hatte; auch diese benutzten es". Ob die Schatzhöhle an

---

22) Carl Bezold, Die Schatzhöhle, Bd. 1, Leipzig 1883, S. X.

23) Gelzer, Africanus Bd. 2, S. 267; diese These scheint mir am plausibelsten; ein Vergleich mit dem o. Anm. 19 genannten Genesiskommentar erhärtet sie.

frühere christliche Quellen dachte? Jedenfalls ist von hier aus und über den syrischen Pseudo-Methodius der Noachide Jonitus (oder ähnlich) dem ganzen abendländischen Mittelalter bekannt geworden; wir werden ihm, den wir schon bei dem Juden Jerachmeel antrafen, noch oft begegnen. Der Sympathie für das Apokryphe steht eine Abneigung gegen das Universale gegenüber. Die Lehre von den Völkerengeln, kurz vorher in Syrien von Pseudo-Dionys verfochten, fehlte hier; die Zahl 72 war nicht besonders geheiligt; entgegen Irenäus entdeckte sie der Verfasser auch im Stammbaum Christi nicht. Jesu Passion erschien wieder wie in der gleichzeitigen nestorianischen Exegese in syrischer Sicht: Daß das Syrische auf der Kreuzesinschrift fehlte, bewies dem Autor nicht, daß es nicht zu den heiligen Sprachen zählte, sondern im Gegenteil, daß die Syrer an Christi Blute unschuldig sind. Juden, Römer und Griechen haben in der Gestalt des Kaiphas, Pilatus und Herodes den Herrn gekreuzigt – nur der Syrerfürst Abgar von Edessa war Christi Freund. Wer die Mächtigen der Erde beschuldigt, liebt die Einheit der Welt nicht: Mit dem Pfingstwunder schloß das Buch „über die Ordnung der Ableitung der Stämme", wie sich die Schatzhöhle nannte, und man erwartet ein universalhistorisches Gemälde vom Stelldichein aller Sprachen und Völker in Jerusalem. Weit gefehlt: „Es wurden an sie Zungen ausgeteilt, und jeder von ihnen ging hin und lehrte das Volk, dessen Sprache er empfangen hatte, so daß kein Streit bis in Ewigkeit unter ihnen war"[24]). Aus der Überwindung der Sprachenvielfalt war eine Verteilung der Missionsfelder geworden, aus dem ekstatischen Jubel der Geistkirche eine nüchterne Befehlsausgabe, aus dem Zusammenkommen ein Auseinandergehen; nicht Eintracht, bloß Verhütung von Zank und Streit – nur ein Nestorianer des 6. Jahrhunderts konnte davon träumen.

Man bemerkt das lebhafte Interesse der Syrer an der Chronographie, der genauen Nachzählung von Jahresdaten und Genealogien, am historischen Ablauf überhaupt. Es ist nicht verwunderlich, daß aus dem gleichen Raum und demselben Jahrhundert einer der Väter der byzantinischen Weltgeschichtsschreibung stammt, der Antiochener Johannes Malalas. Wenn er mit dem gleichnamigen Patriarchen von Konstantinopel (491–578) identisch sein sollte, hat er doch in den ersten Büchern seiner vielleicht zwischen 540 und 550, vielleicht auch später verfaßten Weltchronik die syrische Herkunft und die monophysitische Haltung nicht verleugnet. Malalas schrieb zwar griechisch, aber nach Sprache und Inhalt wandte er sich nicht an die Hochgebildeten, sondern

[24]) Schatzhöhle 24, 10–24, RIESSLER, Schrifttum 970 f. (Ursprache, Babel); 30, 9 S. 977 (Magog; dazu vgl. Jüdische Sibylle III, 319 f., GCS Bd. 8, S. 64 und KURFESS S. 86); 21, 16 S. 966 (Hamiten); 27, 2–20 S. 973 f. (Jonton, Nimrod); 44, 13 ff. S. 994 bis 996 (Stammbaum Christi); 53, 21–27 S. 1011 f. (Kreuzessprachen); 54, 15 S. 1013 (Pfingsten).

an die Masse der Mönche. Malalas' erstes Buch ist uns nicht ganz erhalten; da er aber Irenäus und Africanus benutzt hat und die byzantinische Osterchronik Malalas-Exzerpte enthält, läßt sich einigermaßen rekonstruieren, daß Malalas über die 72 Sprachen und Völker und den Turmbau referiert haben muß; auch die Verteilung der Erde unter die Noachiden scheint er näher erläutert zu haben[25]. Wichtiger ist – und das läßt sich aus den erhaltenen späteren Büchern der Chronik belegen –, daß für Malalas die Turmbauer fabelhafte Riesen waren; ihre Sprache wurde zerteilt, und darum heißen die Menschen *μέροπες*, verschiedensprachig, wie sie schon Homer und Hesiod genannt hatten. Die Riesen wurden zugleich die Stammväter der Völker: der Riese Johannes, der am Turmbau beteiligt gewesen war, war der Lehrer der Jonier; alle diese Griechen-Ahnen sind Japhetiten, Seruch, der die hellenische Religion erfand, ebenso wie Hesiod, der Erfinder der griechischen Buchstaben, und Inachos, der erste Herrscher der Argiver. Die Ägypter und ihre Herrscher sind Hamiten, über die Assyrer regierte ein Semit[26]. Das war der üblichen Erklärung der Völkertafel konform, aber hier wurde sie eingesponnen in die antike und pseudo-antikische Sagengeschichte, deren behagliche Ausmalung das Hauptvergnügen des Mönchschronisten war. Woher Malalas seine Weisheit bezog, ob durch Vermittlung jener verlorenen Weltchronik, die er auch sonst benutzte[27], trägt hier wenig aus; Malalas schrieb ja überhaupt das meiste aus früheren Quellen zusammen und wurde darin ein Vorbild aller Byzantiner, die auch in der Theologie fast allein noch von Florilegien und Exzerpten zehrten. Nicht der Sinn und Zweck, wohl aber das Ergebnis der Sprachen- und Völkertrennung schien ihm, ähnlich wie Ephräm, mitteilenswert, ohne daß Malalas den universalen Horizont des Kirchenlehrers noch gehabt hätte; seine Weltgeschichte kreiste vor allem um die geliebte Heimatstadt Antiochia.

Sein Landsmann Johannes von Antiochia, vielleicht identisch mit dem gleichnamigen Monophysitenpatriarchen von 631 bis 649, hat aus Malalas geschöpft, wohl auch aus anderen Quellen. Sie mögen ihm die synkretistischen Sagen vermittelt haben, die seit der Jüdischen Sibylle im Schwange waren und sich nun zu einem Stammbaum ordneten. Abseits blieb der Riese Nimrod, der Sohn des Äthiopiers Kusch; alle bedeutenden mythischen Gestalten waren Semiten oder

---

[25]) Albrecht Wirth, Chronographische Späne, Frankfurt/Main 1894, S. 3 ff. publizierte (unter irrigem Autornamen) den Anfang der Chronik, hier S. 8 nur knapp zu Turmbau und Völkerteilung. Im übrigen vgl. Gutschmid, Diamerismos 697 f.; Gelzer, Africanus Bd. 2, S. 136 f. Für Abfassungszeit nach 573 plädiert Brincken, Weltchronistik 118 f.

[26]) Chronographia, CSHB Bd. 13, S. 55 f. (Turmbau, Johannes), 53 (Seruch), 59 (Hesiod), 28 (Inachos), 25 (Ägypter).

[27]) Alexander Graf Schenk von Stauffenberg, Die römische Kaisergeschichte bei Malalas, Stuttgart 1931, S. 507.

Perser – ob den Sassaniden ihre Feindschaft gegen Byzanz die Sympathie der Syrer eintrug? Semiten und Perser, nämlich Arphakschads Sohn Kainan und Zarathustra, erfanden die Astronomie; der Semit Kronos heiratete Semiramis, und aus dieser Ehe erwuchsen Ninus und Zeus; zu deren Nachfahren zählte Aphros, der nicht nur, wie der Heophren des Josephus, Afrika den Namen gab, sondern auch Aphrodite zeugte. Johanns Interesse erlahmte wohl, wo jenseits der Sagen Einheit und Vielgestalt der Erde zu beschreiben waren; er befaßte sich, soweit die erhaltenen Exzerpte erkennen lassen, nur mit der geographischen Aufteilung der Welt in die drei Großräume der Noachiden, ohne die Länder und Völker im einzelnen zu nennen; er redete nur von 72 Stämmen und Völkern, nicht von den Sprachen und ihrer Entstehung, machte unsere Fragen also wohl in Bausch und Bogen ab[28]). Die Einengung des Horizonts hatte entweder den Lokalpatriotismus der Schatzhöhle und des Malalas oder die etwas leeren Formeln des Johannes von Antiochia, allemal die Flucht in die Sage zur Folge.

Krasser zeigte sie sich in Ägypten, wo eben die Araber das Land erobert hatten. Wie sie es taten, schildert als Augenzeuge, aber mit weitem Rückgriff bis zur Schöpfung der Jakobitenbischof Johannes von Nikiu gegen Ende des 7. Jahrhunderts. Ob sein Werk ursprünglich griechisch oder koptisch oder in beiden Sprachen nebeneinander verfaßt war, ist strittig; erhalten ist nur eine äthiopische Version. Das kennzeichnet schon die sprachliche Vielschichtigkeit von Nikius Heimat, in der man noch zur Araberzeit gelegentlich dreisprachig, griechisch, koptisch und arabisch, regieren mußte[29]). Aber was spiegelt sich davon in Johanns Weltchronik? Sie wimmelt von apokryphen Sagen und synkretistischen Legenden. Wir hören, daß Adams Sohn Seth als erster in hebräischer Sprache Buchstaben schrieb; Noahs mächtige Söhne bauten Schiffe und fuhren auf den Meeren; es wird uns versichert, daß Cham der älteste Sohn Noahs war – verständlich, denn der Ahnherr der Ägypter, Misraim, war Hamit –, von Cham stammen auch die Äthiopier und sogar Nimrod, der allerdings aus dem „indischen" Zweig des Kusch kommt, also vielleicht von den ostafrikanischen Kuschiten. Alle großen Herren sind Hamiten, auch der Gigant Kronos – Saturn. Aber über den Turmbau erfährt man gar nichts; nur Nimrods Taten werden erwähnt: er baute die Stadt Babylon und herrschte wie schon Noah über die Perser; das ist alles. Sollte damit der hamitische Anspruch auf Mesopotamien angemeldet werden? Jedenfalls war für Johannes in den älteren Teilen seiner Chronik Ägypten die Welt, er sah darüber nicht hin-

---

[28]) Historia chronikē, bei Müller (o. S. 146 Anm. 47) Bd. 4, S. 541; dazu Gutschmid, Diamerismos 627 ff.

[29]) Synaxarium Alexandrinum, Tut 5, CSCO Bd. 78 (SS arabici 12), S. 6; dazu Schneider, Geistesgeschichte Bd. 1, S. 619.

aus – und kannte und benutzte doch den Malalas und wohl auch den Johannes von Antiochia, zumindest dessen verschollene Vorlage[30]). Die späteren Teile des Werkes rückten dann freilich die byzantinische Geschichte in den Mittelpunkt. Die syrisch-persische Sehweise verwandelte sich rasch in die arabischbyzantinische; die beiden Randmächte eroberten auch geistig die Mitte Vorderasiens. Das Koptische begann damals zu verfallen; bald verdrängte das Arabische „die schöne koptische Sprache, in welcher der Heilige Geist so oft durch den Mund unserer geistlichen Väter geredet hat", wie eine Weissagung des endenden 8. Jahrhunderts klagte[31]).

In diesen verworrenen Zeiten, in denen die griechisch-christliche Mittelmeerwelt endgültig auseinanderbrach, konnte wohl niemand sehr weit blicken; jeder mußte sich, was er wissen wollte, aus lokalen Sagen zusammenklauben. So tat es auch in Syrien der unbekannte Autor des sog. Pseudo-Methodius, der wohl bald nach 680 schrieb[32]): Aus der „Schatzhöhle" holte er sich den vierten, nach der Sintflut geborenen Noachiden; nun trug er den Namen Jonitus und war nicht nur der geheimnisvolle Magier und Erfinder der Astronomie, sondern erhielt gleichberechtigt den ganzen Osten der Erde zu Besitz – nestorianische Missionare waren eben damals, 681, bis nach China vorgedrungen und verbreiteten auch die syrische Schrift in Innerasien – und spielte seine Rolle in dem hier neu erfundenen Bruderkrieg der Noachiden. Unter der Herrschaft des nun wieder nicht abschätzig beurteilten Riesen Nimrod, eines Nachfahren Sems und des ersten Königs von Babylon, kam es zum Zwist zwischen Semiten, Hamiten und Japhetiten; Jonitus weissagte den Sieg der Japhetiten über die Hamiten. Dieser Kampf fesselte den Autor mehr als Turmbau und Sprachenteilung, von denen die „Schatzhöhle" noch so viel gefabelt hatte. Aus ihr entnahm er das wenige, was er davon wußte. Alles lag dem Verfasser an der Zeitgeschichte; ihre Verworrenheit suchte er durch Prophetie zu klären, und dazu brauchte er die Bibel nicht: selbst die angeblich 22, tatsächlich 23 Völker *ex filiis Japhet*, die Alexander d. Gr. mit den Gog und Magog zusammen hinter den Kaspischen Bergen eingesperrt haben soll, trugen keine biblischen Namen; Alexander der Große, *Gregorum tyrannus*, war nicht nur Grieche, sondern zugleich Sohn der Chuseth, also ein Kuschit und Äthiopier; auch Romulus und die Römer stammten *ex semine Aethiopum*. Das Exotische scheint das Edle zu

---

[30]) Chronique de Jean, évêque de Nikiou, hg. Hermann ZOTENBERG, in: Notices et extraits des manuscrits de la Bibliothèque Nationale, Bd. 24, 1, Paris 1883, S. 360 f. Zur Kontroverse über die Sprache der Chronik hier S. 126 f.; ALTANER, Patrologie 210; GRAF (o. Anm. 13) Bd. 1, S. 470 ff.

[31]) Pseudo-Samuel von Qalamun, zitiert nach GRAF (o. Anm. 13) Bd. 1, S. 282.

[32]) Ernst SACKUR, Sibyllinische Texte und Forschungen, Halle 1898, S. 45 ff. zur Datierung; anders und nicht überzeugend Michael KMOSKO, Das Rätsel des Pseudomethodius, in: Byzantion 6 (1931) 273–296, hier S. 282 ff.

sein – oder wäre diese Ahnengalerie nur ein Hohn auf den byzantinischen Altersstolz? Mit undurchsichtiger Miene, aus der weder Schadenfreude noch Trauer zu lesen ist, verkündet Pseudo-Methodius die Siege der aus der Wüste hervorbrechenden Ismaeliten, der Agar-Söhne, die mitsamt allen vorderorientalischen Reichen auch Byzanz vernichten werden, um dann selbst in die Knechtschaft des Königs, des *rex Gregorum sive Romanorum*, der vom äthiopischen Meere her kommt, zu fallen – ist das der „König des Südens" aus der „Schatzhöhle"?[33]) Soll der abessinische Fremdling das byzantinische Reich restaurieren, das einst von Äthiopiern gegründet worden war, und steht dahinter die Jüdische Sibylle, die die verruchten Gog und Magog von den äthiopischen Flüssen kommen ließ? Rätselhaft und verworren sind die Anspielungen; schwer zu durchschauen sind die Sympathien des Autors: Ist er Orthodoxer oder Nestorianer? Haßt er Byzanz oder die Araber oder beide?[34]) Die weiträumig werdende Weltgeschichte wurde zum Alptraum der Menschen, die sich nach Ruhe im kleinen Kreise sehnten.

Will man die Beschränkung auf den kleinsten Kreis drastisch vor Augen haben, so muß man nur den letzten großen griechisch-orthodoxen Theologen, Johannes von Damaskus (ca. 675–749), nach der Zahl der Sprachen und Völker fragen. Johannes kannte die Araber und den Koran im Urtext[35]); aber obwohl ihm auch die Zahlen des Malalas vertraut waren, nannte er nur sieben Sprachen, nämlich Skythisch, Thrakisch, Griechisch (Ῥωμαίων), Persisch, Maurisch, Indisch, Ägyptisch, also die um Byzanz herum liegenden Gegenden – die Abendländer und die Araber fehlen – und sagte im übrigen, es gebe Tausende von Sprachen. Nicht Gottes Ordnung in der Mannigfaltigkeit wurde bewundert, das Fremde blieb draußen. Die pfingstliche Sprachengabe habe, meint der Damaszener, nicht zur Erbauung der Kirche gedient, sondern lediglich dazu, die Fremden zu erschrecken. An die Mission der Weltkirche denkt er nicht, nur an die Bewahrung des Bestehenden[36]), an das Naheliegende; über Völker und Sprachen hört man bei ihm sonst nichts.

Darüber sagte auch die erste syrische Weltchronik nichts, die man dem

---

[33]) Pseudo-Methodius, Sackur (o. Anm. 32): c. 3 S. 63 ff. (Jonitus); c. 8 S. 72 ff. (Alexander, Gog und Magog; dazu die Übersicht bei Franz Kampers, Alexander der Große und die Idee des Weltimperiums in Prophetie und Sage [Studien und Darstellungen aus dem Gebiete der Geschichte I, 2–3], Freiburg i. Br. 1901, S. 108); c. 9 S. 76 f. (Romulus); c. 11–13 S. 80 ff. (Ismaeliten, König aus dem Süden).

[34]) Kmosko (o. Anm. 32) S. 291 und Arthur Hübscher, Die große Weissagung, Texte, Geschichte und Deutung der Prophezeiungen von den biblischen Propheten bis auf unsere Zeit, München 1952, S. 92 f. machen es sich mit der einfachen Annahme pro-byzantinischer und orthodoxer Tendenz allzu leicht.

[35]) Carl Güterbock, Der Islam im Lichte der byzantinischen Polemik, Berlin 1912, S. 10 ff.

[36]) In Epistolam I ad Corinthios XIV, 12 und 22 ff., MPG Bd. 95, Sp. 681, 684 f.

antiochenischen Monophysitenpatriarchen Dionys von Tellmahre (gest. 845) hat zuschreiben wollen und die bis 775 reicht. Sie schloß sich in ihrer kürzeren Fassung ganz an Eusebius an und erzählte Machtgeschichte von Ninus ab; erst die späteren Notizen wurden durch syrische Legenden ergänzt[37]). Die längere Fassung, die viele Motive aus der „Schatzhöhle" aufgriff, tat dies beim Bericht von Sprachen- und Völkerteilung nicht und beschränkte sich streng auf den Wortlaut der Bibel[38]), und es hat den Anschein, als regten Babelturm und Völkertafel die Phantasie im Zeitalter der Sprachenüberschichtung und der arabischen Völkerwanderung nicht mehr an; von dem Universalismus des Pfingstwunders war vollends keine Rede mehr. Der syrische Nestorianerbischof von Chedatha, Ischodad von Merv, vermutete um 850, daß an Pfingsten vielleicht jedem Apostel nur eine, nämlich die für sein Missionsgebiet benötigte Sprache zugeteilt worden sei; der Separatismus der „Schatzhöhle" schien ihm zu imponieren. Die dort noch genannten 72 Sprachen ließ er beiseite, den außer den 12 Aposteln noch im Abendmahlsaal anwesenden 70 Jüngern sei nur die Gnade des Heiligen Geistes ohne Sprachengabe verliehen worden[39]). Ob man mit 12 Sprachen die Welt missionieren konnte, fragte sich Ischodad nicht. Die neuen Landesherren der Syrer, die Mohammedaner, waren zwar den Nestorianern wohlgesonnen, aber zunächst schien jeder mit sich selbst beschäftigt. Im schärfsten Kontrast dazu steht Ischodads Genesiskommentar; er zeigt, daß man nur das Heilige in enge Kreise bannen wollte, aber die Fülle der Vielfalt, durch die Araber angeregt, wohl kannte und liebte. Ischodad schloß sich der geläufigen Meinung an, daß nach Theodoret das Syrische die Ursprache, das Hebräische eine späte Komposition sei. Nachdenklich fügte der Bischof hinzu, eine Vermischung von Sprachen sei häufig, sogar das Syrische habe sich im Laufe der Jahrhunderte infolge des Kontaktes mit Fremdsprachen sehr verändert – um wieviel mehr also das Hebräische. Adams Namengebung wurde nur wieder, wie bei Theodor von Mopsvestia, als Manifestation seines Königtums über die Natur gedeutet; verbindliche Namen entsprangen daraus nicht, „denn noch in unseren Tagen stellt man bei vielen Völkern fest, daß sie verschiedene Benennungen für die Dinge verwenden, nach dem Geist ihrer Sprache". Der Turmbau wurde wiederum, wie in der nestorianischen Kompilation des 6. Jahrhunderts, merkwürdig milde betrachtet, besonders Nimrod erschien fast als Statthalter Gottes. Die Sprachver-

[37]) Eusebii canonum epitome ex Dionysii Telmaharensis chronico petita, hg. Carl Siegfried – Heinrich Gelzer, Leipzig 1884, S. 1. Zur Bedeutung des Werkes Baumstark (o. Anm. 5) S. 275. Gelzer, Africanus Bd. 2, S. 396 ff. und Wirth, Chroniken 57 schreiben beide Werke dem Dionys selbst zu.

[38]) Chronicon Pseudo-Dionysianum vulgo dictum, CSCO Bd. 121 (SS syri 66), S. 8 f.

[39]) Commentaries, hg. Margaret Dunlop Gibson, Bd. 4, Cambridge 1913, S. 7–9.

wirrung fand nachts statt – eine ganz neue Variante –, Gott teilte die Zungen in die Zahl der 72 Familien, aus Mitleid für die Menschen und ihr unnützes Werk – wir erinnern uns an Kosmas den Indienfahrer –, ferner auch, damit die Einsicht, Weisheit und Kenntnis wachse und die Macht des Schöpfers sich zeige, endlich, damit die Erde besiedelt würde. Keine irdische Schuld, sondern Gottes Vorsehung und Weisheit veranlaßte also die Sprachentrennung, und wie soll die Kenntnis wachsen, wenn nicht durch Sprachenstudium? Wäre also auch dies Gottes Absicht gewesen? Ischodads Völkertafel ist, wie nun zu erwarten, von größter Blickweite. Unter den Gomeriden tauchen, wie im Exordium chronicorum, die Goten auf, bei Magogs Kindern entdeckt man die Franken, unter den Dodanim stehen die Römer, bei Phalegs Kindern die Araber; unter Joqtans Nachfahren sind Syrer, Araber und Inder[40]). Wir wissen nicht, was von dieser Liste ursprünglich ist; vieles weist auf ältere Quellen, die sich entfernt mit manchen spätjüdischen Exegeten berühren[41]); eine ganz verwandte Völkerliste ist uns an mehreren Stellen erhalten[42]). So wenig man also das Heilige gemein machen wollte, so gern besah man sich Gottes weite Welt.

Das tat auch der im ausgehenden 8. Jahrhundert lebende Abt David von Beth Rabban. Nur das Bruchstück eines Kommentars zu Gen. 10 hat sich von ihm erhalten; aber es verteilt die Gewichte neu. Die Zahl der Sprachen bleibt 72, und zwar in der Aufteilung Ephräms nach 15 Japhetiten, 30 Hamiten und 27 Semiten. Aber die Zahl der Stämme ist davon unabhängig, es gibt 29 japhetitische, 50 hamitische und 79 semitische, so daß die Semiten ebenso viele Stämme zählen wie die beiden anderen Gruppen zusammen – das Erlebnis der arabischen Expansion schlug sich hier nieder. Nun gab David aber auch noch eine Liste der 15 Schriftarten der Welt, und dabei hatte Japhet mit sechs Schriften, Griechisch, Iberisch, Römisch, Armenisch, Medisch und vielleicht Alanisch, die Führung. Es folgten die Semiten mit den 5 Schriften des Hebräischen, Syrischen, Babylonischen, Persischen und Elamischen und die Hamiten mit 4 Schriften, Ägyptisch, Kuschitisch, Phönizisch und Indisch[43]). Ist es wohl Zufall, daß bei jeder der drei Listen ein anderer der drei Noachiden obenan

---

[40]) Commentarium in Genesin, CSCO Bd. 156 (SS syri 75), S. 147 (Ursprache), 72 f. (Adams Namengebung), 145 ff. (Turmbau), 150 (Sprachverwirrung), 142 ff. (Völkertafel).

[41]) Jacques-Marie Vosté OP, La table ethnographique de Gen. X d'après Mar Išo'dad de Merw (c. 850), in: Le Muséon 59 (1946) 319–332 verweist vor allem auf die aus gleicher Quelle genommene Liste bei Theodor bar Konai, Liber Scholiorum, CSCO Bd. 55 (SS syri 19), S. 11 f.

[42]) De familiis linguarum, CSCO Bd. 6 (SS syri 6), S. 281 ff. (aus dem 9. Jahrhundert); ganz ähnlich ist die Liste im Bienenbuch, s. u. Anm. 86. Dazu Vosté (o. Anm. 41) S. 321, 331.

[43]) Nestle (o. S. 202 Anm. 45) S. 212, mit den Nachträgen von Krauss, ZATW Bd. 26, S. 46–48. Zu David vgl. Baumstark (o. Anm. 5) S. 272.

steht? Die ganze Zusammenstellung könnte aus Hyppolyts Schriftenkatalog übernommen sein, denn unter den Schriften fehlt die für David selber wichtigste, die arabische. Auch diese Liste ist uns in mehreren Varianten bekannt; eine davon, die aus dem 9. Jahrhundert stammen könnte, hat zugleich auch die von Ischodad verwendete Völkerliste kopiert, freilich an die Stelle der Franken die näherliegenden Phönizier gesetzt, auch die Araber nicht genannt, könnte also der ältesten Gestalt der Liste näher stehen[44]). Eine andere Aufstellung nahm unter die Schriftbesitzer auch die Georgier auf und verteilte die Noachidensprachen anders, so daß Sem deren nur 22, Cham 13 und Japhet 37 erhielt; eine ähnliche Gewichtsverlagerung, die an die Zahlen der „Schatzhöhle" erinnert, werden wir bei dem Araber Masudi antreffen[45]). Wie nun auch die gegenseitigen Abhängigkeiten sich aufklären mögen, wo sich auch das Original dieser Listen verstecken mag, ihre Zahl und ihre Varianten allein bezeugen uns eine neue Wachheit der Syrer für die Vielfalt der Völker. Wir werden nicht allzusehr fehlgreifen, wenn wir den Impuls für diese Entwicklung bei den Arabern vermuten; denn von ihnen ging bald eine noch gründlichere Erweiterung des christlichen Horizonts aus.

Ähnlich wie die syrische hatte sich auch die armenische Kirche seit dem 6. Jahrhundert von der griechischen abgesondert; seit 552 führte sie ihr Eigendasein abseits der orthodoxen Kirche[46]). Bibelübersetzungen in die eben erst schriftlich festgelegte indogermanische Landes- und Kirchensprache gab es seit dem 5. Jahrhundert; Übersetzungen der eusebianischen Weltchronik folgten bald; Griechisch und Syrisch traten zurück. Doch fanden die Armenier erst in der gefährlich-verführerischen Lage zwischen Byzanz und Islam ihr volles nationales Selbstbewußtsein und ihre vorwiegend historische Literatur, in derselben Zeit, als die Umgangssprache sich zunehmend vom Altarmenischen zu entfernen begann und es zur Gelehrtensprache werden ließ. Dabei ging es nicht ohne fabulöse und tendenziöse Verzerrungen ab. Der erste armenische Historiker, Moses von Chorene, der aller Wahrscheinlichkeit nach um 820, nicht früher, schrieb, wußte über die Riesen, ihren zornigen Entschluß zum blasphemischen Turmbau von Babel und den Wind, der ihn stürzte, jüdische Legenden, mit babylonisch-persischen Erinnerungen versetzt, zu erzählen; Moses wurde so zum Kronzeugen für das Vorhandensein einer Babylonischen Sibylle. Wie die Jüdische Sibylle vereinfachte er die Genealogien, Kronos wurde mit Cham identifiziert. Die Armenier rechneten sich selbst offenbar zum

---

[44]) De familiis linguarum (o. Anm. 42) S. 283.

[45]) Descriptio populorum et plagarum, CSCO Bd. 6 (SS syri 6), S. 277 ff. Daß die Liste aus der Zeit Justinians stammen könnte, wie hier angegeben wird, glaube ich nicht.

[46]) Cyril TOUMANOFF, Christian Caucasia between Byzantium and Iran, in: Traditio 10 (1954) 109–189, hier S. 148.

Abendland, denn sie wollten zum Stamm Japhet gehören: der Sohn des biblischen Togarma war angeblich der am Turm mitbauende Riese Haik – Hajk nannten sich die Armenier im Altertum –, „unter den Riesen stark und berühmt" und Gegner aller Tyrannen. Er führte sein Volk aus der Tyrannei des Bel-Nimrod nach Armenien und befreite es im Kampf aus Nimrods Knechtschaft; sein Kind ist der Namengeber der Armenier, Armenak[47]). Nun hatten bereits der von Moses benutzte Josephus und Hippolyt von Rom den Togarma in Armenien lokalisiert; Moses erfand also eigentlich nichts; aber außer der Selbstbestätigung seines eigenen Volkes interessierte ihn auch nichts.

An längstvergangenen Dingen lag auch dem Armenier Thomas Ardzruni wenig; in seinem 886 begonnenen, bis 910 geführten Geschichtswerk, das die Taten seiner eigenen Familie heraushob, bemerkte er nur obenhin, daß seine Helden von Sem und den Assyrern abstammten, das war anscheinend eine noch vornehmere Abstammung. Thomas hatte nichts gegen die hebräische Ursprache einzuwenden, nur daß die ersten Machthaber, Nimrod und auch Ninus, keine Semiten, sondern – wie schon für Moses von Chorene – Hamiten waren, schien ihm wichtig[48]). Die Macht war in den Augen der von Byzanz und Islam bedrängten Armenier böse; sie kümmerten sich um die Nachbarn nicht. Der große Atem, der den Syrern aus ihren ersten Zeiten noch bis zu David von Beth Rabban geblieben war, ging den Armeniern zunächst ab; bei beiden Völkern überdeckte der nationale und hier zugleich religiöse Selbstbehauptungswille alle weitergreifende Besinnung. Als der Katholikos Johannes VI. (835–925) seinen Abriß der armenischen Geschichte mit der Sintflut einleitete, entschuldigte er sich, daß er so bekannte Dinge noch einmal erzähle; er folge dem Beispiel seiner Vorgänger. Wie Moses von Chorene berichtete der Patriarch von Togarmas Sohn, dem schönen und stattlichen Riesen Haik, er habe am Turm zu Babel mitgebaut, sich aber nach dessen Einsturz gegen die Monarchie des Nimrod-Belos empört und den Staat Armenien gegründet, in dem schon Noahs Arche sich nach der Sintflut niedergelassen hatte. Freilich verdrängte Johannes nun die babylonisch-persischen Traditionen und hielt sich enger an die griechischen. Er schilderte nach Hippolyts Liste die Anteile der Japhetiten, ließ den von der LXX nicht gedeckten achten Japhetiten „Gidieim" als Ahnherrn der Makedonen auftreten, beließ Kittim den Römern und schenkte Elisa nicht nur

---

[47]) Des Moses von Chorene Geschichte Groß-Armeniens, übers. Max Lauer, Regensburg 1869, S. 10–19. Zu den Genealogien Mardiros H. Ananikian, Armenian (The Mythology of all Races 7), Boston 1925, S. 64 ff. Zur umstrittenen Datierung vgl. Altaner, Patrologie 306 und H. Thorossian, Histoire de la littérature arménienne des origines jusqu'à nos jours, Paris 1951, S. 84 ff.

[48]) Geschichte der Ardzruni, bei Marie Félicité Brosset, Collection d'historiens arméniens, Bd. 1, Petersburg 1874, S. 5 f., 17–19. Zur Datierung Thorossian (o. Anm. 47) S. 116 ff.

den Sizilianern, sondern auch den Athenern. Der Umkreis der kleinasiatischen Kelten und Galater, der balkanischen Thessalier, Illyrier und Thraker wurde abgeschritten, um darzulegen, daß Togarma, des Thrakers Tiras jüngster Sohn, Land und Namen seines älteren sarmatischen Bruders Aschkenaz an sich genommen habe, daß also die Armenier die thrakische Herrschaft erbten. „Ich halte es für unnütz, von den Staaten der Kinder Sems und Chams zu reden, sie gehören nicht zu unserer Geschichte." Wenn dann aber doch die Araber, die „Agar-Söhne", auftauchen, kommen sie dem Patriarchen wie ein Blitz aus heiterem Himmel, wie eine „abscheuliche Landplage, die über unser Land Entsetzen, Schrecken, Hunger, Gefangenschaft und Tod brachte"[49]). Daß die Urgeschichte, daß Sprachenverwirrung und Völkerteilung die Nöte der Gegenwart etwa mit erklären könnten, war hier ein fremder Gedanke. Auch die Bibel diente dem Ruhm der Nation.

*

Die Islamisierung des Vorderen Orients veränderte diese Situation. Sie brachte wie einst der Hellenismus riesige Gebiete unter eine Herrschaft oder wenigstens miteinander in Kontakt; sie vernichtete die Machtstellung der aramäischen Sprache und setzte bald die arabische Verkehrssprache an ihre Stelle. Die Liturgiesprachen der orientalischen Christen, vor allem das Syrische und Koptische büßten dadurch ihren Charakter der Umgangssprache ein und wurden zu reinen Traditionssprachen; indes traten besonders die Nestorianer rasch in die Lücke und übersetzten zahlreiche Werke aus dem Griechischen und Syrischen ins Arabische[50]). Der schon unter Mohammed selbst begonnene Gedankenaustausch zwischen orientalischen Christen und Mohammedanern riß nicht mehr ab; wie die Araber von den Christen den Aristoteles erhielten, den sie später den Abendländern weitergaben, so haben auch die christlichen Orientalen vom Islam vieles gelernt.

Eigentümliche Konglomerate ergaben sich dabei, etwa bei einem orthodoxen Christen, der ein christianisierter Araber war, wie der spätere Melchitenpatriarch Eutychios von Alexandria (Sa'id ibn Bitriq, 877–940). Er schuf sich seine Insel im Zeitgeschehen und nahm in seiner nicht sehr zuverlässigen Weltgeschichte, die er vor der Erhebung zum Patriarchen (933) begann, wohl die Hedschra als Epoche, sagte aber von Mohammeds Leben kein Wort; er klammerte sich auch an seine neue heilige Sprache und stellte die tollkühne

---

[49]) Histoire d'Arménie c. 1–8, übers. Antoine-Jean SAINT-MARTIN, Paris 1841, S. 2-10; dazu THOROSSIAN (o. Anm. 47) S. 113 ff. GUTSCHMID, Diamerismos, hat Johannes übersehen.

[50]) Heinrich Felix SCHMID, Isolierte Nationalkulturen des Nahen Ostens, in: RANDA, Handbuch 869 f.; Bertold SPULER, Die Nestorianer, ebenda Sp. 871 f.

These auf: „Die eine Ursprache war nach einigen das Syrische, nach andern das Hebräische, nach wieder andern das Griechische. Und das ist mir das Wahrscheinlichste, weil die griechische Sprache besser gefügt ist als die syrische oder hebräische und weil sie reicher und umfassender ist". Und dieser Satz war, wie die ganze Chronik, auf arabisch geschrieben. Der begeisterte Konvertit, der sich so willig dem Reichtum des Griechischen öffnete, fand anderseits keine Schwierigkeit, die Lehre von 72 Turmbauern in Babel und 72 durch einen Engel Gottes zugeteilten Sprachen zu vertreten; wir werden noch sehen, daß die islamische Weltchronistik diese Ansichten schon vorher von der syrischen Literatur übernommen hatte. Aber Eutychios wagte nun im Eifer des Neuerers, woran vor ihm kein Orientale, ob Christ oder Muslim, gedacht hatte: die Modernisierung der mosaischen Völkertafel. Die Zahlen gab er sichtlich nach dem Muster des Epiphanios, aber zu Sems 25 Kindern rechnete er nun nicht nur die Araber, Syrer, Perser und Inder, sondern auch die Chinesen; unter den 32 Hamiten befanden sich neben den Ägyptern auch Kopten, Abessinier und verschiedene Negerstämme; als Japhetiten nannte er unter den 15 Nachkommen, zum Teil dem Mohammedaner Tabari folgend, die Türken, Chazaren, Armenier und andere kleinasiatische Stämme, Byzantiner, Bulgaren, Slaven, Römer, Spanier und Franken. Die drei letztgenannten Völker hielt Eutychios einer eigenen Schreibschrift für würdig; großzügiger als David von Beth Rabban, nahm er von der chinesischen und von der arabischen Schrift Notiz. Wir erinnern uns, daß auch im Spätjudentum die Berührung mit dem Islam eine ganz ähnliche Wirkung hervorrief; daß der weitblickende Mann die pfingstliche Sprachengabe allen Aposteln und Jüngern zuschrieb, versteht sich am Rand[51]).

Nicht alle arabischen Christen waren vom Niveau des Eutychios; leicht konnte die Fabulierfreude der Araber überhandnehmen. Der Weltchronik des ebenfalls ägyptischen Konvertitenbischofs Agapios von Manbidsch (Mahbub ibn Qustantin) haftete etwas später, nach 942, das Mohammedanische deutlich an. Die Menschen hätten die Sprachenteilung verschuldet nicht durch den Turmbau selbst, sondern weil sie auf die von Gott zur Warnung gesandten 72 feurigen Zungen nicht achteten; ein schwereres Vergehen als die Nichtergebung in Gottes Willen kannte der Islam nicht; daher die Erfindung der Fabel. Auch die Hebräer hätten erst bei der Verwirrung ihre Sprache von Gott erhalten; niemand sollte bevorzugt sein. Dafür tauchten die 72 Stämme wieder auf und die 72 Sprachen, die wie in der „Schatzhöhle" sich nach der Zahl der Stammesführer und diesmal auch noch ihrer Befehls-Türme richtete; im einzelnen wurde wieder die Rechnung des Epiphanios von 15 Japhetiten, 32 Ha-

---

[51]) Annales, MPG Bd. 111, Sp. 919 f. (Sprachen, Völker), 980 (Pfingsten). Zur Chronologie Gelzer, Africanus Bd. 2, S. 409 f.

miten und 25 Semiten aufgemacht. Die Jünger Christi, hier 70 an der Zahl, hatten nun allerdings nichts mehr mit Sprachen und Völkern zu tun; die Typologie war hier unbekannt[52]).

Sowohl die halb märchenhaften und auch sonst auf apokrypher und legendärer Erbauungsliteratur beruhenden Erzählungen des Agapios wie die universale Überschau des Eutychios fanden sich bei späteren ägyptischen Christen nicht wieder. Sie sind seit dem 11. Jahrhundert auch sprachlich voll arabisiert; die koptische Sprache ist seither fast ganz ausgestorben und fristet nur noch als Kirchensprache ihr Dasein bis ins 20. Jahrhundert, in dem das Arabische ihm auch dies letzte Reservat zu entreißen beginnt. Wenn um 1259 der Jakobit und Diakon Petrus ibn Rahib noch einmal eine Chronik schrieb, blieb es bei dem an Eutychios angelehnten nackten chronologischen Gerüst der Weltgeschichte, das nicht mehr durch Zusätze ausgefüllt wurde[53]). Eine anonyme koptische Einleitung in die Psalmen, vielleicht noch vor dem 13. Jahrhundert entstanden, entlehnte sich noch einmal von den Syrern die Requisiten des Weltverständnisses: Davids Sänger waren da noch einmal 4mal 72 an der Zahl, weil in Babel 72 Sprachen entstanden, nämlich 25 semitische Sprachen ohne Schrift, 8 semitische Schriftsprachen; bei den Hamiten sind es 32 schriftlose und 6 Literatursprachen, bei den Japhetiten 15 nichtschriftliche und 6 schriftbesitzende Sprachen. So kommt man, gewiß infolge eines Mißverständnisses, auf 20 Schriftsprachen außer den 72 seit Epiphanios herkömmlichen. Die Liste der Schriften ist gegenüber den syrischen Vorbildern tiefgreifend umgestaltet; die Neuerungen, die Eutychios eingeführt hatte, sind übernommen und erweitert. Nun figuriert das Arabische unter den semitischen Schriftsprachen, denen auch Indisch und sogar Chinesisch zugesprochen ist; unter den Hamiten finden sich Koptisch, Nubisch, Abessinisch neben den älteren; auch bei Japhet sind Fränkisch und Georgisch neu anerkannt, und daneben Andalusisch. Dies letzte Detail verrät uns die mohammedanische Herkunft der Umgestaltung; denn wer sonst konnte von der Sprache der Omajjaden-Untertanen wissen? Auch im volkstümlich-lehrhaften Frage- und Antwortspiel, wie es in einem vulgärarabischen, für koptische Leser bestimmten Exemplar noch einmal auftrat, hören wir mehrfach die Frage nach den 72 Weltsprachen; dann verstummen die Zeugen. „Nach dem 14. Jahrhundert beginnt die dunkelste Periode in der Geschichte der koptischen Kirche“[54]). Die Zeiten der Anregung und des Austausches waren kurz.

Abgeschnitten von allem Austausch blieb die äthiopische Kirche. Das jü-

---

[52]) Kitab al-Unvan, in: Patrologia orientalis, Bd. 5, Paris 1947, S. 596 f. (Völkerzahl), 601–604 (Sprachenteilung); Bd. 7, Paris 1948, S. 480 f. (Liste der 70 Jünger).

[53]) Chronicon orientale, CSCO Bd. 46 (SS arabici 2), S. 4 f.

[54]) Graf (o. Anm. 13) Bd. 2, S. 460 (Psalmen-Einleitung, ungedruckt), 471 (Frage- und Antwortspiel), 299 (dunkelste Periode).

dische Reich von Aksum hatte sich frühzeitig, vielleicht aus politischer Gefälligkeit gegenüber Byzanz, zum Christentum gewinnen lassen und sogar unter den Arabern missioniert; dafür hat dann die islamische Welteroberung die Isolierung der Äthiopier vollendet, die schon mit dem Übertritt zum Monophysitismus im 5. Jahrhundert begonnen hatte; nur mit den christlichen Kopten blieb – bis in die jüngste Vergangenheit hinein – der Zusammenhalt lebendig. Viele Apokryphen waren zwischen den Monophysitenkirchen ausgetauscht worden; in die damalige äthiopische Volkssprache, das Ge'ez, wurde schon im 5. Jahrhundert die Bibel, bald auch das Jubiläenbuch und die „Schatzhöhle" übersetzt; letztere genoß als „Adambuch" hohes Ansehen und vermittelte auch den Äthiopiern die Lehre von 72 Sprachen, Fürsten und Ländern, die sich nach dem babylonischen Turmbau voneinander schieden[55]); zu Ende des 16. Jahrhunderts wußten sie auch von 72 „Predigergehilfen" Jesu, die in alle Welt gingen[56]). Nachdem die Dynastie von Aksum im 7. Jahrhundert durch die Zague verdrängt worden war, suchten sich die neuen Herrscher eine Legitimation durch eine alte und heidnische Fabelgenealogie, die bei einem Schlangengott anfing. Die im späten 13. Jahrhundert wieder ans Ruder gelangte Dynastie von Aksum, unter der das Amharische zur Staatssprache zu werden begann, führte sich – notgedrungen – über die Königin von Saba direkt auf Salomon zurück und überrundete so die Zague. Im 14. Jahrhundert verherrlichte das Buch „Kebra Nagaśt" diese Ursprünge der salomonischen Dynastie; das abessinische Selbstbewußtsein sah sich als das auserwählte Volk, das an die Stelle des hebräischen trete und es ersetze[57]). Später, im 18. Jahrhundert, begannen die abessinischen Annalen ihre Herrscherreihe mit Adam und führten sie über Arphakschad und dessen Sohn Kainan, über Abraham und das Haus Israel direkt zu den Königen[58]). Einen Rundblick über die Völker und Sprachen tat man dabei nicht, obgleich in Äthiopien selbst rund vierzig Sprachen gesprochen wurden und die längst veraltete und verkrustete Ge'ez-Sprache kaum mehr verständlich war. Erst im 19. und 20. Jahrhundert begann die Übersetzung der Bibel ins Amharische[59]), an der Haile Selassie I. lebhaften Anteil nahm.

---

[55]) August Dillmann, Das christliche Adambuch des Morgenlandes, in: Jahrbücher der biblischen Wissenschaft 5 (1853) 1–144, hier S. 2–11 über die Entstehung des Werks; S. 111–117 in Übersetzung die Stellen über Sprachen und Völker. Die neuere Ausgabe von E. Trumpp war mir nicht zugänglich.

[56]) Heinrich Ewald, Über eine zweite Sammlung äthiopischer Handschriften in Tübingen, in: ZDMG 1 (1847) 1–43, hier S. 15 f.; Steinschneider, Zahlen 153. Die Datierung nach Enno Littmann, Die äthiopische Literatur, in: Handbuch der Orientalistik, Bd. 3, Leiden 1954, S. 382.

[57]) Luca Dei Sabelli, Storia di Abissinia, 4 Bände, Rom 1936–38, hier Bd. 1, S. 243 f. (Schlangengott), 244 f. (Saba, Auserwählung), 291 f. (Kebra Nagaśt).

[58]) Annales regum 'Iyasu II et 'Iyo'as, CSCO Bd. 66 (SS aethiop. 29), S. 3 f.; dazu Ignazio Guidi, Storia della letteratura etiopica, Rom 1932, S. 89.

Allerdings ist diese Neubetonung der lebendigen Volkssprache mit einer neuen Bekräftigung des Selbstbewußtseins verbunden: daß der Negus von Salomon abstammt, ist seit 1931 Bestandteil der Staatsverfassung[60]). Die traditionellen universalen Formeln wurden weitergeführt, verloren aber ihren Sinn angesichts des Kampfes um das Nächstliegende, der keinen freien Ausblick mehr erlaubte.

Ganz verwandt war die Lage am entgegengesetzten Ende der christlich-orientalischen Welt, in Georgien, das allerdings schon im 7. Jahrhundert sich vom Monophysitismus zur Großkirche zurückwandte, aber durch das monophysitische Armenien isoliert wurde. Hier haben sich Umgangs- und Liturgiesprache nicht getrennt; der Bruch mit der Vergangenheit wurde nicht unmittelbar bewußt; weithin fehlte es an eigenständiger exegetischer und erst recht historischer Literatur; auch Bibelillustrationen trifft man selten. Man hat nur zögernd und erst unter der Herrschaft der armenischen Bagratiden den Weg in die eigene Vergangenheit gewagt. Um 1030 suchte die „Geschichte der Bagratiden" erst den davidischen Ursprung des Königshauses nachzuweisen[61]); vor 1072 haben dann während der ständigen Auseinandersetzungen Georgiens mit den Mohammedanern die „Georgischen Annalen" nebst vielen Anleihen aus der „Schatzhöhle" sich aus Moses von Chorene den biblischen Stammvater Togarma annektiert; doch noch immer schien den Georgiern der Gedanke an Katastrophen in der Weltgeschichte fernzuliegen. Der Turmbau von Babel wurde unterbrochen, weil beim Höherbauen die Hitze unerträglich stieg – kein Wunder trat dabei ein, Gott trennte nur die bereits Geschiedenen und führte die Indischredenden nach Indien, die Chinesisch Sprechenden nach China, die Römer nach Rom, die Griechen nach Hellas, die Gog und Magog ins Land „Magougeth", die Perser nach Persien. Die Ursprache war zwar die assyrische – gemeint ist Syrisch –, doch daneben und vor Nimrods Zeiten hatten sich bereits die sechs genannten Sprachen entwickelt[62]); der Gedanke des Epiphanios, daß die Differenzierung der Sprachen schon vor Babel begonnen habe, tauchte hier wieder auf. Die Namen waren – wenn man sich unter den Gog und Magog alles Nördliche, Transkaukasische denkt – auf die Nachbarn der Georgier bezogen, von Afrika oder auch nur von den Juden hörte man nichts. Der Blick rückwärts auf die eigenen Ursprünge schien den Blick in die Runde zu verdecken.

---

[59]) Hans Anstein, Die abessinische Kirche, ihre Entstehung, Erstarrung und Wiederbelebung, Stuttgart-Basel 1935, S. 4, 13, 23, 25.

[60]) Marc-Antoine van den Oudenrijn, Äthiopien, in: Randa, Handbuch 878.

[61]) Cyril Toumanoff, Medieval Georgian Historical Literature (VIIth–XVth Centuries), in: Traditio 1 (1943) 139–182, hier S. 154 f.

[62]) Histoire de la Géorgie depuis l'antiquité jusqu'au XIXe siècle, hg. Marie Félicité Brosset, Teil 1, Petersburg 1849, S. 111, 163 f., zitiert nach Gelzer, Africanus Bd. 2, S. 487 f.; dazu Toumanoff (o. Anm. 61) S. 166 ff.

In Armenien, das sich im ausgehenden 9. Jahrhundert unter den Bagratiden von der islamischen Herrschaft losgerissen hatte, sah man nun für eine Weile die Vergangenheit nüchtern, unbeteiligt, aber interessiert. Auch hier blieb die Liturgiesprache als Volkssprache im Fluß der Entwicklung und versteinerte nicht; die Vergangenheit wurde kein Refugium. Kennzeichnend dafür ist auch, daß die hochentwickelte armenische Buchmalerei des 10. und 11. Jahrhunderts sich vielfach mit neutestamentlichen Themen, doch kaum mit der Genesis befaßte. Stephan Assoghik (928–ca. 1019) aus Taron schrieb zu Beginn des 11. Jahrhunderts eine armenische Geschichte, die auf Eusebius fußend das eigene Volk gar nicht mehr unmittelbar bei Noah anknüpfte. Die Armenier sind allerdings, ähnlich wie bei Ardzruni, Nachfahren der Perser, Meder und Assyrer, aber in der Herrschaft, nicht in der Blutsverwandtschaft: die freigewordenen Armenier stellten sich in die Tradition der Weltreiche. Die Assyrer stammen von Sem her, der immerhin als der älteste Noah-Sohn gilt; Nimrod bleibt, wie bei dem von Stephan benutzten Moses von Chorene, ein Abkömmling des Afrikaners Kusch; sein Turmbau wird gar nicht erwähnt, und der unvorbereitete Leser mochte meinen, nach der Sintflut habe sich das Menschengeschlecht ohne jede Katastrophe vermehrt und allmählich ausgedehnt[63]).

Nicht lange danach annektierten die Byzantiner Armenien, kurz bevor die türkischen Seldschuken über das Land kamen; und so bot noch 1179, während sich schon unter den Rubeniden in Kilikien die Glanzzeit der mittelarmenischen Literatur entfaltete, in dem erneut als Handelszentrum aufblühenden Ani der Schreiberling Samuel von Ani nur byzantinische Gelehrsamkeit, seltsam verwaschen und ganz an Eusebius und Moses von Chorene angelehnt. In Babel seien die Sprachen nach der Zahl der Stämme geteilt worden; aber diese Zahl erfährt man nicht. Die Völkertafel wurde ganz erläutert, und zwar an Hand des Diamerismos von Hippolyt von Rom; nur ist dabei der Elisa der LXX unter die Japhetiten aufgenommen, obwohl die beiden Kainan der LXX wegblieben; aber auch der zusätzliche Japhetit Chetteim des Hippolyt blieb stehen, obwohl ihn keine Bibelversion kennt; so hatte Japhet nun 9 statt 7 Kinder. An einer Stelle verriet sich der Armenier: Bei Togarma stand an Stelle der „Armenier" des Hippolyt das einheimische „Haikh". Die Verbeugung vor den Griechen fehlte nicht; dem jüngeren Elisa wurden außer den von Hippolyt schon vorgesehenen Sizilianern auch die Athener zugesprochen. Samuel mochte dies wie manches andere dem Werk des Katholikos Johannes VI. verdanken; doch das Tradierte allein tat ihm kein Genüge. Zählt man alle von Samuel genannten

---

[63]) Des Stephanos von Taron Armenische Geschichte, übers. Heinrich Gelzer – August Burckhardt (Scriptores sacri et profani 4), Leipzig 1907, S. 16–21. Dazu Gelzer, Africanus Bd. 2, S. 466 ff.

Namen nach, so sind es 26 Semiten, 32 Hamiten und 16 Japhetiten, und das wären insgesamt 74 Völker. Aber allein von den Japhetiten gingen, wie der Autor meinte, weitere 51 Völker aus; der einzige Kanaan wurde Ahnherr von 32 Völkern. Längst war die biblische Ordnung gesprengt; die Gelehrsamkeit stand der wirren Gegenwart hilflos gegenüber[64]).

Wie wenig Samuel von Ani für seine Zeit typisch ist, können wir daraus schließen, daß um dieselbe Zeit, vor 1170, ein unbekannter Armenier einem Kreuzfahrer oder Händler eine mittelarmenische Liste der 72 Weltsprachen mitteilte, die dann im Abendland weit verbreitet wurde und deren universale Blickweite uns bei der Erörterung des abendländischen 12. Jahrhunderts noch beschäftigen wird. Sie brachte nicht nur die Sprachen des Vorderen Orients, vom Hebräischen bis zum Arabischen, in ungewöhnlicher Vollständigkeit, blickte nicht nur bis Äthiopien, Rußland und Indien, sondern kannte auch die europäischen Idiome von Britannien bis zur Gascogne und nach Sachsen. Die noch an der 72 fehlende Zahl wurde allerdings durch armenische Orts- und Gaunamen aufgefüllt, und die armenische Sprache selbst fehlte nicht[65]).

Nicht weit davon blühte in Kilikien seit 1080 ein neuer „kleinarmenischer" Staat, von Emigranten begründet, die vor den Seldschuken auswichen, doch weit geöffnet zum Islam und vor allem zum lateinischen Westen. Einer seiner führenden Köpfe bot, wohl gestützt auf ältere Quellen, aber in souveräner Verarbeitung eine Deutung des Ereignisses von Babel, eine Würdigung der Sprachenwelt, die in der Weltliteratur nicht ihresgleichen hat. Wardan Areveltsi, der Große (ca. 1200 bis ca. 1270), gab sie in seiner Weltgeschichte von 1267. Vor ihm lagen die Georgische Chronik und das Werk des Syrers Michael des Großen, von dem wir noch zu sprechen haben; es war 1248 am Sitz des großarmenischen Katholikos in Hromkla von dem Priester Isaak armenisch wiedergegeben worden. In dieser freien Bearbeitung stand zu lesen, daß die Stämme der Noachiden nach Osten wandern wollten, um Adams Paradies zu suchen. Doch ein Meer trennte sie von Eden, und mit Schrecken dachten sie an die Sintflut und daran, daß ihr Unterfangen nicht weniger frevelhaft war als das der vorsintflutlichen Menschen. So bauten sie ihren Turm. Gott kam im Sturm, vernichtete den Bau und viele der Arbeiter und zerschlug die eine Sprache in 72, und zwar 38 hamitische, 19 semitische und 15 japhetitische. Die Zahlen, nicht ihre Zuweisungen, waren den Mohammedanern seit Masudi geläufig, nur daß man dort den Japhetiten den Löwenanteil gönnte und die Hamiten an den Schluß setzte. Die Armenier waren nicht minder höflich und bescheiden. Als Ursprache

[64]) Summarium temporum, MPG Bd. 19, Sp. 614 f.; zu dem Werk Gutschmid, Diamerismos 617, 645 ff., 661 ff.; Gelzer, Africanus Bd. 2, S. 475 ff.

[65]) Edition und Erläuterung der erst von Prof. Hans Heinrich Schaeder richtig gedeuteten Liste folgen im Anhang zu Band II.

galt das „Chaldäisch" Abrahams, also das Syrische; die Völkertafel enthielt, über Michaels Original hinaus, die Rhomäer unter den Japhetiten und die Franken unter den Semiten: deutliches Zeugnis für die westlichen Sympathien der Armenier, die die Kreuzfahrer als Glieder des Gottesvolkes werteten[66]). War schon hier die Babel-Geschichte an eine neue Motivation des Turmbaus, fast an seine Entschuldigung geknüpft, so führte Wardan der Große sie weiter aus. Auch er berichtete von dem Meer vor Eden; mit Wohlwollen erzählte er vom Schmuck des Babelturms, von seinen goldenen und silbernen Säulen, den breiten Aufgängen und lichtspendenden Fenstern. Edler Wettstreit herrschte beim Bau, der in die Höhe wuchs, wohin kein Vogel fliegen kann, ohne sich die Federn zu verbrennen – das Motiv der Hitze stammte aus der Georgischen Chronik –; die Bauarbeiter erbrachen sich oder erstickten; das in die Höhe geschaffte Gold schmolz; doch der Bau ging weiter. Da erbarmte sich Gott über das fruchtlose Streben der Menschen, die von ihrem kläglichen Turm nicht abließen. Ein Engel warnte Nimrod vor dem Weiterbau; dieser weigerte sich. Nun sprach der Engel – nicht Gott selbst – die Worte von Gen. 11, 7 zu seinen Genossen. „Keine Strafe trifft sie; sondern von dem unaussprechlichen Duft des Paradieses werden sie wie berauscht und vergessen ihre Sprache. Ihr Werk wird nicht zerstört, sondern nur zerstreut. Gott zeigt sich sehr gütig. Denn diese milde Strafe ist mit einem Fortschritt verbunden. Weisheit und Wohlredenheit treten jetzt an Stelle der rohen Ursprache und der Unbildung: das sehr zarte Hellenisch, das stürmische Römisch, das drohende Hunnisch, das flehende Syrisch, das üppige Persisch, das schöngestaltete Alanisch, das lächerliche Gotisch, das tieftönende Ägyptisch, das zwitschernde Indisch und das süße, allgeschmückte und wohlgestaltete Armenisch. Die Verschiedenheit der Sprachen verschafft jedem Volk seinen besonderen Schmuck. Die ursprüngliche Sprache blieb nur bei Eber. Ob man bei der Auferstehung Hebräisch spreche, ist eine unnütze Frage. Die geläuterte Natur kennt dann nicht mehr die Bedürfnisse der Erde. Dann nimmt sie ... die Sprache der Engel an. Diese Verschiedenheit der Sprachen ist auch eine gottgeordnete. Jedes Volk hat seinen himmlischen Aufseher und Engel, welcher die gänzliche Entfremdung der Heiden von Gott verhindert"[67]). Die Liste der zehn Sprachen stammt nicht von Wardan selbst, sondern von dem armenischen Erzbischof Stephan von Siunik aus dem 8. Jahrhundert und ist vielleicht noch älter[68]). Aber erst Wardan hat sie in die Turmbaugeschichte und in die Sprachtheologie eingeführt. Aus

---

[66]) Chronique de Michel le Grand, übers. Victor LANGLOIS, Venedig 1868, S. 29 ff. (nur die armenische Bearbeitung, zum Original s. u. Anm. 85).

[67]) GELZER, Africanus Bd. 2, S. 485–488. Zu W. auch THOROSSIAN (o. Anm. 47) S. 167 ff.

[68]) Paul DE LAGARDE, Agathangelos, in: Abhandlungen der Kgl. Gesellschaft d. Wiss. zu Göttingen, Hist.-Philol. Kl., Bd. 35 (1889) 3–163, hier S. 150 ff. Nach S. 155 könnte die Liste oströmisch sein und dem 5. Jahrhundert angehören.

dem Wirrwarr von Traditionen ist bei ihm eine konsequente und tiefsinnige Erzählung geworden, eine geistreiche Deutung des schwierigen Bibeltextes. Wie einfühlend werden die Sprachen charakterisiert; wie feinsinnig wird die Muttersprache des Autors, an den krönenden Schluß gestellt, mit den schönsten Epitheta geschmückt, ohne allein das Feld zu behaupten; wie fromm wird in allen gebildeten und barbarischen Sprachen das Wirken Gottes und die Schönheit seiner Werke verehrt; wie liebevoll wird die Lehre von den Völkerengeln variiert; wie viel christlicher ist die Deutung von Gen. 11, 1–9 als die vom zürnend niederfahrenden, gewaltigen Gott; wie stark ist die Distanz von der rohen Urzeit und ihrer hebräischen Sprache, wie betont ist das Bekenntnis zum Fortgang der Heilsgeschichte! Wardan scheint dem Ideal einer christlichen Sprachtheologie nähergekommen zu sein als irgendein anderer christlicher Schriftsteller; aber diese schöne Blume wuchs im Taurus und verkümmerte, trotz der formellen Union der kleinarmenischen Kirche mit der römischen, abseits von den großen geistigen Bewegungen.

Hinter den Bergen, in dem nun schon unter Mongolenherrschaft stehenden Großarmenien, entstand nur noch die jämmerliche Weltgeschichte des Eremitenmönchs und Bischofs Mkhitar von Airivank (1222–91), der aus den gleichen Quellen wie Wardan schöpfte und wohl um 1290 schrieb. Hier ging nun alles durcheinander, und es wäre vergebliche Mühe, die Quellen zu sondern, unter denen Samuel von Ani und die armenische Version von Michaels d. Gr. Chronik hervorragen. Ur- und Endsprache ist das Arabische; Noah hatte nach der Sintflut noch einen vierten Sohn mit Namen Maniton; der wurde der Stammvater der Bretonen. Noah teilte die Erde unter seine Söhne, in 24 Teile. Die Noachiden revoltierten und rotteten sich zusammen, um eine neue Teilung auszuhecken. Die Rebellen wollten in das Paradies eindringen, doch das umgebende Meer verscheuchte sie; dann wollten sie in den Himmel steigen und einen Turm bauen; 72 Fürsten bauten mit, an ihrer Spitze niemand anders als Haikh, der Vater der Armenier; Nimrod-Belos war auch dabei. Es kam der Erzengel Michael vom Himmel und warnte die Bauleute: erst am Ende der Zeiten könne man mit einer Leiter in den Himmel steigen. Die Menschen hörten nicht; da fuhr der Wind des Heiligen Geistes um den Turm, der Duft des Paradieses betäubte alle, und so entstanden 72 Sprachen: das sehr zarte Hellenisch, das stürmische Römisch... wir kennen den Rest. Es blieben dem Sem 25 Sprachen und 37 Länder, dem Cham 32 Sprachen und 7 Länder, 15 Zungen und 12 Provinzen fielen an Japhet, zusammen 72 Sprachen und 56 Länder. Erst die 72 Jünger machten die Wirrnis wieder wett, denn sie bekehrten die Welt[69]). Byzantinisches, Arabisches, Syrisches und Armenisches verfilzten sich hier zu

[69]) Marie Félicité Brosset, Histoire chronologique par Mkhithar d'Aïrivank, XIIIe siècle, in: Mémoires de l'Académie Impériale des Sciences de St. Pétersbourg VII,

einem halb märchenhaften, halb grotesken Drama, dessen eigentlich christlicher Bezug nicht recht verständlich, dessen Verhältnis zur geschichtlichen Wirklichkeit recht locker ist. Zwei Menschenalter später war es mit Armeniens Blütezeit zu Ende. Bis in die Neuzeit hinein wurde keine Weltchronik mehr geschrieben.

Doch blieb den Armeniern auch unter ägyptischer und türkischer Herrschaft etwas von der einstigen Weite. Ihre Buchmalerei stellte noch im 17. und 18. Jahrhundert beim Pfingstfest nicht wie die byzantinische einen alten Mann, sondern die drei Erdteile als Zuschauer dar, mit verschiedengestaltigen Köpfen oder auch nach der Farbe der Kleider unterschieden; aber alle drei heben betend die Hände[70]). Und die armenische Liturgie singt am dritten Pfingsttag – noch immer in armenischer Sprache –: „Der die Vereinten des Turmes durch die Scheidung der Sprachen getrennt hat: heute hat er im heiligen Abendmahlsaale die geschiedenen Sprachen der Nationen wieder vereint. All ihr Geister, lobpreiset den Geist Gottes!“[71])

Erst der Nationalismus des 19. Jahrhunderts hat die Reste dieser universalen und dankbaren Denkweise zerschlagen. 1827 hat der Armenier Michael Chamich nicht nur noch einmal den armenischen Sagenstammbaum des Moses von Chorene wiederaufgegriffen und von dem Togarma-Sohn „Haicus“ und dessen Sohn Armenac die Armenier hergeleitet, sondern auch rundweg behauptet, daß Haicus und sein Volk die Ursprache des Erzvaters Noah behalten hätten[72]); es ist, als kehrten die Armenier zu dem engstirnigen Anfang ihrer Literatur zurück und verleugneten die Größe ihrer besten Zeit.

Den Syrern, die von Anfang an weitherziger gewesen waren, blieb dieser Rekurs erspart. Sie haben zur gleichen Zeit wie die Armenier die Blüte ihrer Kultur erlebt[73]); sie hat auch unsere Probleme befruchtet. In dieses Zeitalter der „Syrischen Renaissance“ scheinen wohl jene Bilderbibeln zu gehören, die man gemeinhin „mittelbyzantinisch“ nennt und deren Entstehung in Konstantinopel oft und noch jüngst behauptet worden ist[74]). Doch könnte ihr Archetyp

---

13, Petersburg 1869, Abh. Nr. 5, S. 31–34 (Sprachen), 59 (72 Jünger). Dazu GELZER, Africanus Bd. 2, S. 496 ff.; THOROSSIAN (o. Anm. 47) S. 175 f.

70) Anton BAUMSTARK, Eine Gruppe illustrierter armenischer Evangelienbücher des 17. und 18. Jahrhunderts in Jerusalem, in: Monatshefte für Kunstwissenschaft 4 (1911) 249–260, hier S. 257, 260 (mit Abb.); Wilhelm MOLSDORF, Christliche Symbolik der mittelalterlichen Kunst, 2. Aufl., Leipzig 1926, S. 255.

71) Joseph BERNHART, Er hat die geschiedenen Sprachen der Völker vereint, in: Schweinfurter Volksblatt 79 (1954) Nr. 127 vom 6. 6. 1954.

72) Michael CHAMICH, History of Armenia, Bd. 1, Calcutta 1827, S. 4–10.

73) Peter KAWERAU, Die jakobitische Kirche im Zeitalter der syrischen Renaissance (Berliner Byzantinistische Arbeiten 3), Berlin 1955, S. 50 ff. freilich sehr kurz über die geistige Blüte des 12. Jahrhunderts.

74) Hermann MENHARDT, Die Bilder der Millstätter Genesis und ihre Verwandten, in: Beiträge zur älteren europäischen Kulturgeschichte, Festschrift für Rudolf Egger, Bd. 3, Klagenfurt 1954, S. 248–371, hier S. 261 ff., 276.

auch aus Antiochia stammen; er ist indes weder der „Wiener Genesis“ noch der alexandrinischen „Cotton-Bibel“ verwandt[75]). In diesen Bibeln – das älteste der sechs bekannten Exemplare dürfte der Codex Vat. graec. 747 aus dem 11. Jahrhundert sein, die übrigen entstammen dem 12./13. Jahrhundert – tritt uns der Turmbau von Babel und die Zerstreuung der Völker in höchst realistischen Bildern zum ersten Mal plastisch vor Augen. An dem massigen, unregelmäßigen Turm arbeiten noch Werkleute, während schon einer der Ihren in die Tiefe stürzt, getroffen von der Hand Gottes, die in der linken oberen Bildecke aus den Wolken reicht. Hier wird die Ohnmacht der Menschen sichtbar, ebenso wie in den vier kleinen Bildern, die, zwei zu jeder Seite des Turmbau-Bildes, die Völkertrennung verdeutlichen. Da sieht man Gruppen von je zweien oder dreien in die Ferne, vom Babelturm weg, ziehen; sehnsüchtig strecken andere die Hände nach den Rastlosen; einer faßt sich an den Mund: er kann die Sprache der Genossen nicht mehr verstehen[76]). In den späteren Kopien ist das Auseinanderbrechen des schwankenden Turmes und die Bestürzung der Bauleute noch drastischer wiedergegeben; die auseinanderstrebenden Stämme haben hier verschiedene Hautfarbe, auffällige Haartrachten, phantastische Kopfbedeckungen und Kleiderformen; Neger und Asiaten sind deutlich unterscheidbar[77]). Trockener und einfallsloser ist die Darstellung in anderen Handschriften der Gruppe[78]). Sie alle bringen auch ein Bild von der Namengebung der Tiere: Man sieht Adam mit befehlend erhobenen Händen sitzen – die Auslegung Theodors von Mopsvestia und der nestorianischen Kompilation aus dem 6. Jahrhundert konnte nicht besser illustriert werden –, die Tiere kommen folgsam zu Adam, Gott ist auf dem Bilde nicht zu sehen[79]). Einige Codices haben

---

[75]) WEITZMANN (o. Anm. 7) S. 103 f.; DERS. (o. Anm. 10) S. 130 tritt für Antiochia ein.

[76]) Biblioteca Apostolica Vaticana, Cod. graec. 747, f. 33 v. Der Vaticana habe ich für eine Photographie der Miniatur zu danken. Dazu Johann Jakob TIKKANEN, Die Genesismosaiken von S. Marco in Venedig und ihr Verhältnis zu den Miniaturen der Cotton-Bibel, nebst einer Untersuchung über den Ursprung der mittelalterlichen Genesisdarstellung, besonders in der byzantinischen und italienischen Kunst, in: Acta Societatis Scientiarum Fennicae, Bd. 17, Helsingfors 1891, S. 205–357, hier S. 262.

[77]) Biblioteca Apostolica Vaticana, Cod. graec. 746, f. 61 v. Treffende Charakterisierung des Miniators bei Charles DIEHL, Manuel d'art byzantin, 2. Aufl., 2 Bde., Paris 1925–26, hier Bd. 2, S. 619 f.

[78]) Theodor USPENSKIJ, Konstantinopol'skij Seral'skij Kodeks' Vos'miknižija, Album, München 1907, Tafel XIV Nr. 43 (Serailbibliothek Konstantinopel, Bilderbibel, f. 65 v). Die Vermutung bei MENHARDT (o. Anm. 74) S. 271, Vat. graec. 746 und die Serail-Bibel könnten vom gleichen Künstler stammen, wird durch die beiden Turmbaudarstellungen nicht gestützt. Nächstverwandt ist hingegen der Kodex von Smyrna, bei Dirk Christiaan HESSELING, Miniatures de l'Octateuque grec de Smyrne, manuscrit de l'Ecole Evangélique de Smyrne (Codices Graeci et Latini photographice depicti, Supplementum 6), Leiden 1909, S. 16 Nr. 41.

[79]) Serailbibel, f. 42 v, USPENSKIJ Tafel XI Nr. 24; Smyrnabibel, HESSELING S. 6 Nr. 18; vgl. TIKKANEN, Genesismosaiken 236. Der Cod. Vat. Regin. graec. 1 gehört

die Ausbreitung der Völker nach Gen. 10 auf einer besonderen Miniatur dargestellt; dort erkennt man, ruhig beieinanderstehend, fünf Dreiergruppen mit je besonderer Hautfarbe, Kopfbedeckung, Kleidung und teilweise Bewaffnung[80]). Die Unterscheidung der Rassen wäre also schon vor Babel und ohne Katastrophe geschehen, im Frieden der Völker und im Frieden mit Gott. Die Bilder im ganzen spiegeln klar die Sprachtheologie der Miniatoren oder ihrer Auftraggeber: der Mensch ist souverän in seiner Macht der Namengebung und Sprachschöpfung; auch die Verschiedenheit der Völker ist aus natürlichem und friedlichem Wachstum entstanden; erst der verworrene Turmbau störte die Entwicklung durch eine Katastrophe, die alle Freundschaften zerriß und alle Ordnung auflöste, kaum daß Gott eingreifen mußte. Keine zusätzliche Legende, etwa vom Sturmwind oder vom Turmbauherrn Nimrod, durchbricht die exakte Wiedergabe des Bibeltextes; keine Allegorie, kein urbildliches Geschehen wird geschildert, sondern das vergangene Ereignis, wie es gewesen sein muß. Die syrische Provenienz dieser Bilder ist nicht sicher; doch viel eher als in die ganz abweichende byzantinische Sprachtheologie passen sie in das syrische Klima von Weltoffenheit und Betonung menschlichen Handelns, das auch die literarischen Zeugnisse dieser Zeit kennzeichnet.

Der bemerkenswerteste syrische Historiker des 11. Jahrhunderts, der nestorianische Metropolit von Nisibis, Elias bar Schinaya (975– nach 1049), sorgte sich zwar 1018 in seiner sowohl syrisch wie arabisch geschriebenen Chronographie gar nicht um die Sprachenteilung, obwohl ihm Hippolyts Chronik und auch der Mohammedaner Tabari mit seinen ausführlichen Erörterungen darüber bekannt waren; aber er gab auch den fremden Völkern großzügig alte Ahnen, den Römern ihren Aeneas, den Makedonen einen Sohn Jupiters; und das, obwohl Elias sich sonst an Josephus und Eusebius hielt und nur Chronologie betrieb. In seiner „Apologie" des Christentums gegen den Islam suchte er dann zwar 1026 den Vorrang der syrischen Sprache vor der arabischen darzulegen, aber nicht zuerst mit historischen oder theologischen Gründen, sondern weil das Syrische grammatisch klarer und leichter lesbar sei[81]). Rang und Alter sind inkommensurabel, und beide sind ohne Theologie möglich. Dafür rückte denn auch die Sprachtheologie wieder in das Feld akademischer Exegese ohne Zeit-

---

wohl nicht in diesen Zusammenhang (gegen Tikkanen, Genesismosaiken 236); er stellt nicht Adam dar, der die Tiere benennt, sondern Moses, der die Genesis schreibt; vgl. Miniature della Bibbia Cod. Vat. Regin. Greco 1 e del Salterio Cod. Vat. Palat. Greco 381 (Collezione paleografica Vaticana 1), Mailand 1905, Einleitung S. 3 und Tafel 2.

[80]) Serailbibel, f. 64 v, Uspenskij Tafel XIV Nr. 41; Vat. graec. 746, f. 60 v, Uspenskij Tafel XIV Nr. 42; Smyrnabibel, Hesseling S. 15 Nr. 39.

[81]) Opus chronologicum, CSCO Bd. 63* (SS syri 23), S. 19 f. (Genealogien); „Apologie", zitiert nach Graf (o. Anm. 13) Bd. 2, S. 179.

bezug. Der Bischof Dionys bar Salibi (gest. 1171) zog in seiner an Ischodad von Merv angelehnten Deutung wieder den Vergleich von Babel und Pfingsten: Wie damals Gott die Sprachen zerteilt habe, so bewies er an Pfingsten, daß er sie auch alle geben kann, denn die Apostel „sprachen nicht eine Sprache, sondern mehrere, und sie vergaßen ihre Sprache nicht, wie jene, die in dem Turm waren“[82]). Doch der Lukaskommentar des gleichen Mannes geht über die 70 Jünger Christi leicht hinweg, ohne den universalen Bezug zu entdecken[83]), wie für Dionys ja auch Pfingsten mehr ein Gottesbeweis als ein die Welt veränderndes Ereignis war.

Auch in Syrien blühte die mythologische Weltgeschichtsschreibung, in der Erzählungen der syrischen „Schatzhöhle“ mit Fabelmotiven aus der Koranauslegung zusammenflossen. Ein Mönch aus der Umgebung des gleich zu nennenden Patriarchen Michael verfaßte nach 1187, nach der Eroberung Jerusalems durch Saladin, die der Autor miterlebt haben will, eine solche Weltchronik. Da findet sich die aus dem Koran bekannte Geschichte von Adam, den die Engel anbeteten; da wird, wie in der „Schatzhöhle“, Adams Leiche mit in Noahs Arche genommen. Noah verteilt auch hier die Welt, und Sem erhält die Mitte der Erde, Cham das heiße Land, Japhet den kalten Norden „mit allen Gegenden Gog“. In der Frage der Ursprache ist der Syrer schwankend geworden: Die Ursprache sei die hebräische; „andere aber sagen, daß sie in der syrischen, d. h. aramäischen redeten ... und sie ist die Königin aller Sprachen“; das stammt bis aufs Wort aus der „Schatzhöhle“, aber der Mönch wagt keine Entscheidung zu ihren Gunsten. Joniton kommt wieder vor, nun aber nicht mehr als Noahs Sohn, sondern als „ein Nachkomme“. Auch die Sagen vom Turmbau wiederholen sich; unvermittelt und ohne Quellennachweis steht zwischen vielen anderen Notizen auch: „Es waren auf Erden 72 Sprachen“. Die Tafel der 15 Schriften folgt, in einer den früheren syrischen Listen nächstverwandten Form; auch hier hat der Autor das von David von Beth Rabban ausgelassene Arabisch nachgetragen und an die Stelle der Römer die Franken gesetzt – als wäre die abendländische Schrift nun die fränkische[84]). Doch das war vielleicht schon eine Folge der Kreuzzüge.

Ihre Einwirkung spürt man deutlicher bei dem bedeutendsten Kopf der mittelalterlichen syrischen Kirche. Der Patriarch der syrischen Jakobiten, Michael d. Gr. (1126–1199), der Griechisch, Armenisch, Hebräisch und Arabisch konnte, schrieb vor 1195 aus griechischen und syrischen Quellen eine

[82]) In Actus Apostolorum, CSCO Bd. 60 (SS syri 20), S. 30–32.

[83]) In Lucam, CSCO Bd. 98 (SS syri 49), S. 267.

[84]) Anonymi chronicon, CSCO Bd. 109 (SS syri 56), S. 19 (nach dem Koran 2, 35; doch findet sich die Huldigung der Engel vor Adam auch in der Schatzhöhle 2, 25, Riessler, Schrifttum 945), 28 f. (nach der Schatzhöhle), 31–36 (Sprachen- und Völkerteilung).

Weltgeschichte. Er schwärmte wie der Mönch aus seiner Umgebung für die syrische Ursprache; sie stamme von dem Chaldäer Abraham her, und der habe Adams Sprache geerbt; die Juden aber – und damit wurde die These Theodorets von Kyrrhos wieder vorgelegt – hätten ihre Sprache gar nicht von Abraham, sondern erst anläßlich des „Überschreitens" des Roten Meeres erhalten. Die seit Ephräm dem Syrer entgegenstehende These von der hebräischen Ursprache wurde historisierend entkräftet: das Hebräische entstand aus dem Aramäischen. Die Geschichte bekam ihr volles Recht; auch der Turmbau galt nicht als Auftakt aller Wirrungen, denn Michael vermerkte ihn erst nach der Teilung der Erde. Sie wurde durch Noah vollzogen; dabei erhielt Sem den Osten bis Rhinokorure, Cham den Süden bis Cadiz, Japhet den Norden bis Medien. Unter Japhets 15 Kindern waren Makedonen, Armenier, Meder, Griechen, Lateiner, Römer (also wohl Byzantiner) und Iberer (vielleicht Georgier); auch die Türken zählten als Kinder Magogs zu den Japhetiten und wurden zu Stammverwandten der Kelten, Gallier und Alanen. Cham hatte 32 Kinder, zumeist Afrikaner, aber auch „Inder" (was indes vielleicht die Äthiopier meint). Unter Sems, des Gottvollen, 25 Kindern nennt Michael in einem Atem Assyrer, Chaldäer, Aramäer oder Syrer, Hebräer und Perser. Zu Phalegs Zeiten folgte eine zweite Teilung, im wesentlichen mit unveränderten Grenzen, wobei Japhets Gebiet sich von den Türken und Alanen bis zu Slaven, Bulgaren, Franken und Spaniern erstreckte. Man versteht nicht ganz den Zusammenhang dieser Teilungen mit dem Turmbau; jedenfalls war die Erde schon vor Babel unter die Völker aufgeteilt. Als die Turmbauer 40 Jahre lang sich abgemüht hatten, kam der Herr im Sturmwind über sie, zerschlug den Turm, und seine Trümmer begruben viele, darunter den Riesen Nimrod. Danach verwirrte Gott die eine Ursprache in 72 Sprachen. Die geteilten Nationen zogen nun in ihre Länder zurück, zusätzlich belastet mit der unnützen Trennung der Sprachen. Die Zahl der Völker wurde nicht mit der der Sprachen verbunden; Michaels Völkerliste enthält 23 semitische, 24 hamitische und 12 japhetitische, also nur 59 Völker. Volk und Sprache fielen nicht zusammen. Auch die traditionelle Liste der Schriftbesitzer, diesmal mit 6 semitischen, 3 hamitischen und 4 japhetitischen Namen, fehlte nicht[85]). Es ist deutlich, wie auch bei Michael d. Gr. das Allgemeine leicht in den Bereich der gelehrten Sage abrutschte und nur das Nationale, Eigene die vollen historischen Konturen behielt; dennoch wurde das Universale nicht fallen gelassen.

Ähnlich erging es dem in Armenien geborenen, aus syrischen Quellen

---

[85]) Chronique de Michel le Syrien, hg. u. übers. Jean-Baptiste Chabot, 4 Bände, Paris 1899–1910: I, 4 Bd. 1, S. 7; II, 3 S. 20 (syrische Ursprache); II, 1 ff. S. 15–21 (Völkerteilung, Turmbau); II, 8 S. 31 f. (Völkerliste, Schriftbesitzer); XIV, 1 Bd. 3, S. 149 (Türken). Über die Quellen Chabot in Bd. 1, S. XXIV ff.

schöpfenden und zuletzt in Persien lebenden Nestorianermetropoliten Salomon von Basra (gest. ca. 1240) in seinem „Bienenbuch" von etwa 1222. Er versuchte, die Traditionen von der Ursprache auszugleichen und sagte, die Sprache Ebers, des jüdischen Stammvaters, sei das Syrische gewesen, es habe aber erst, nachdem Abraham den Euphrat überquerte, den Namen „Hebräisch" erhalten. Das war konzilianter als Michaels d. Gr. These. Wie dieser setzte auch Salomon die Völkerteilung stillschweigend vor die Sprachentrennung, doch seine Erläuterungen zur Völkertafel waren kurzsichtiger und schlossen sich enger an ältere Listen an: Unter den 36 Hamitenvölkern befanden sich die üblichen Afrikaner, Kanaanäer und Inder; zu den 27 Semiten zählten Syrer, Assyrer, Perser, aber auch Damaszener und die Leute von Harran. Während Salomon seine eigene Umwelt in die Völkertafel brachte, vergaß er Europa: unter den 15 Japhetiten bezeichnete zwar Gomer wieder die Goten, aber Aschkenaz die Armenier, und außer den Griechen wurden auch alle andern Nationen in Kleinasien gesucht; sogar die arabischen Stämme hat der Nestorianer nicht berücksichtigt, und zwar, wie man sieht, nicht aus Scheu vor der Modernisierung. Die erwähnten Völker sind dank der Hypertrophie der Hamiten 78 an der Zahl, trotzdem sagte der Bischof wiederholt, es seien 72. Und dies ist auch die Zahl der Sprachen, die in Babel entstanden; dort wurde nämlich nicht nur ein Turm gebaut, sondern, wie schon bei Agapios, 72 Türme; je höher sie wurden, desto beschwerlicher war die Arbeit in Wind und Sonne, und mühsam war es, alles Baumaterial nach oben zu schaffen. Der Leser erwartet nun, daß sich dabei die Sprachen änderten, doch es folgt eine fast mohammedanische Wendung: „Und während sie sich mit dieser unnützen Arbeit abquälten, wurde ihre Sprache plötzlich verwirrt". Wie? Warum? Von wem? Salomon gab keine Antwort. Pfingsten wurde mit Babel nicht verglichen, die Apostel, und nur sie, sprachen damals in allen Zungen „wunderbare Dinge"; doch die Zahl der Jünger war 70 und hatte mit den Sprachen und Völkern nichts zu tun[86]); Salomons wahrlich bewegte Zeit, das Durcheinander der Seldschuken und Kriegerbünde in Persien, das grollende Gewitter der Mongolen, all dies finden wir nicht in der Vergangenheit gespiegelt; sie ist so gut wie tot. Was von ihr noch lebt, ist der Stolz auf das Eigene. Eine anonyme Pentateuchkatene in arabischer Sprache, von einem jakobitischen Syrer im Irak wahrscheinlich im 13. Jahrhundert geschrieben, war sich, obwohl sie sonst Ephräm dem Syrer folgte, doch darin ganz sicher, daß die Menschheit vor Babel syrisch sprach, nicht hebräisch: „Eine andere Sprache als das Syrische hatten sie nicht". Ja sogar das Gesetzbuch, also wohl der Pentateuch, sei dem Moses auf syrisch übergeben worden

[86]) The Book of the Bee, übers. Ernest Alfred Wallis Budge (Anecdota Oxoniensia, Semitic Series I, 2), Oxford 1886, S. 36–42 (Babel), 102 f. (Pfingsten). Dazu Gelzer, Africanus Bd. 2, S. 458 ff.

und erst von den „Siebzig" ins – Hebräische übersetzt worden. Die Lehre von den 72 Weltsprachen lief hier nur noch als tote Formel mit unter[87]). Aber noch einmal erhob sich das Syrertum zu seiner ganzen Größe.

Der letzte große Syrer, Gregorios Barhebraeus (1226–1286), Metropolit der Jakobiten in Persien, hat mitten im Mongolensturm ausgehalten. Der Sohn eines arabisierten Juden war universal gebildet und meisterte Hebräisch, Syrisch, Persisch, Griechisch ebenso wie das Arabische; sogar vom Armenischen, Uighurischen und Chinesischen hatte er einige Kenntnis. Der durch seinen Humor berühmte Mann war auch den Nestorianern und selbst den Mongolen freundlich gesonnen. Und dennoch hielt er unbeirrt an seiner Sprache fest, die denn auch bis ins 20. Jahrhundert die Liturgiesprache der „chaldäischen" Kirche geblieben ist. In seiner bis 1286 geführten Chronographie bestand Gregor darauf, daß die Patriarchen „Chaldäer, das heißt alte Syrer" waren und syrisch sprachen; noch Noahs Name sei „rein syrisch". Die Teilungen der Welt unter Noah und Phaleg sind aus Michaels d. Gr. Chronik entlehnt; aus der „Schatzhöhle" wurde die Usurpation der Kanaanäer herübergenommen, die nun den Turmbau besser als bei Michael motivieren half; doch alles übrige war traditionell. Originell ist in der Völkertafel wenig; Japhet stand als Vater aller Weißen, Cham aller Neger, Sem der „Braunen", und wie Eutychios und die Araber nannte Gregor unter den Japhetiten die Europäer seiner Zeit, Spanier, Franken, Griechen, Slaven, Bulgaren, Türken, Armenier – die Unterscheidung zwischen Deutschen und Franzosen ist also bis zum Ende den Syrern nicht aufgegangen. Daneben wurde auch Aeneas als erster König der Lateiner, die die Franken seien, erwähnt, so als wäre Aeneas ein Japhetite. „Und ihre Sprache wurde in 70 Sprachen geteilt"; noch einmal tauchte die alte jüdische Zahl auf, vielleicht unter dem Einfluß des Jubiläenbuches; Gregor wußte auch von Mohammeds Ausspruch: „Meine Sekte wird zerrissen in mehr als 70 Teile"[88]).

Dezidierter sprach sich Gregor in seinen Scholien zum Alten Testament aus; die in der Chronographie nicht ausdrücklich festgestellte These von der syrischen Ursprache wurde hier mit syrischen Etymologien erhärtet; erst Abraham habe das Hebräische aufgebracht, das eine zusammengesetzte und recht arme

[87]) Graf (o. Anm. 13) Bd. 2, S. 285, 290, 460 Anm. 1.

[88]) The Chronography of Gregory Abu'l Faraj, übers. Ernest Alfred Wallis Budge, Bd. 1, Oxford-London 1932, S. 4 (syrische Ursprache), 6 ff. (Teilungen); die Meinungen zur Völkertafel finden sich auch in: Le candélabre des sanctuaires, in: Patrologia orientalis, Bd. 22, Paris 1930, S. 590 und in: Des Gregorius Abulfaradsch kurze Geschichte der Dynastien, übers. Georg Lorenz Bauer, Bd. 1, Leipzig 1783, S. 15 f. Wallis Budge S. 16 (Aeneas), 8 (70 Sprachen), 92 (Mohammeds Ausspruch). Zu den Quellen Gutschmid, Diamerismos 692 ff.; Gelzer, Africanus Bd. 2, S. 401 ff.

Sprache sei. Hier sind es nun 72 Zungen, die sich in 15 japhetitische, 30 hamitische und 27 semitische scheiden; unter letzteren ist die Reihenfolge eine Rangfolge: Chaldäer, Syrer, Hebräer, Araber ... Dennoch hat Gott nach Deut. 32, 8, als er die Menschheit teilte, „das heißt als er in Babel die Sprachen schied“, einen Engel für jede Nation ernannt. Gottes Wunder, die Gabe der Sprachen, hat nach Barhebraeus zwei Aspekte, einen verwirrenden, der zerstreut wie in Babel, aber auch einen beglückenden, sammelnden wie an Pfingsten, wo die Gabe der Sprache alle vereinte „in dem einen Schoß der Kirche“[89]). Genau besehen, gibt es eigentlich keinen Unterschied in der Mitteilung der Sprachen an Pfingsten und in Babel; nicht das objektive Geschehen, sondern Gottes Gnade und der gute Wille der Menschen entscheiden, was aus der Sprachengabe wird. So hat Barhebraeus noch einmal den Stolz auf die nationale Sprache mit der Weltweite des Blicks über die Völker, die Ehrfurcht vor Gottes Taten mit der Liebe für menschliche Freiheit und Vielfalt verbunden, und dieses Beieinander scheint die Besten unter den orientalischen Christen zu kennzeichnen.

Alle diese vom Mongolensturm in ihrer Kraft gebrochenen Sonderkirchen des Vorderen Orients konnten nicht hoffen, jemals eine Weltkirche zu werden; sie schlossen sich eng an nationale Bildungen an und waren in ihrer Organisation wie in ihrer Liturgiesprache fast nirgends übernational; Kirche und Staat deckten sich hier, wie in Byzanz, weitgehend. Die These von der syrischen Ursprache entsprang daraus. Trotzdem haben sie immer wieder den Weg zu den universalen Traditionen gesucht. Obwohl die Bibelexegese, die Erläuterung des heiligen Texts für die jeweilige Gegenwart, nicht ihre Stärke war, und obwohl auch das universalhistorische Interesse eher ererbt als spontan war, haben die christlichen Orientalen dennoch die Vielfalt der Sprachen und Völker tiefer begriffen als die meisten vor ihnen und nach ihnen. Wenn nicht alles trügt, verdanken wir ihnen auch die bildlichen Darstellungen der Sprachen- und Völkertheologie. Woher kommt das? Gewiß hat die Berührung mit dem Islam den orientalischen Christen ein Gutteil ihrer Eigenbrödelei verleidet; doch tiefer führt uns die immer wiederkehrende Betonung des Pfingstwunders nicht als des Gründungsfestes der etablierten Kirche, sondern als der Begegnung der Gottbegeisterten; als ein Zeichen der Hoffnung schien der Pfingstglaube hinter den Gemeinden zu stehen, die nicht durch mächtige Kulturen gestützt wurden. In der Bedrängnis zwischen den Großen dieser Erde, vor allem zwischen Byzanz und dem Islam, hat sich kein weitausladendes

---

[89]) Barhebraeus' Scholia on the Old Testament, Part I, hg. Martin SPRENGLING – William Creighton GRAHAM (The University of Chicago, Oriental Institute Publications 13), Chicago 1931, S. 23,45 (Ursprache), 45 ff.(Sprachenteilung), 245 (Völkerengel), 47 (Pfingsten).

Schema von der eigenen und der allgemeinen Heilsgeschichte entfalten können; gar zu leicht wurde es von unverbindlichen Mythen überwuchert. Und doch keimte dazwischen immer wieder die historische Selbstbesinnung auf; gerade die ständige Bedrohung rief sie stets neu hervor, selten nur erstarrte sie zu Hochmut und Blindheit; unversehrt lebte der Glaube, daß insgeheim doch alles geordnet und Gottes Vatergüte, das Wehen des Heiligen Geistes im Geheimen immer spürbar sei: in jeder Sprache und jedem Volk kann Gott offenbar werden. Dieser Trost für die Stiefkinder der Geschichte, den das Spätjudentum nie fand, ist am reinsten bei Wardan d. Gr. ausgesprochen. Hatten ihm die Vertreter geistlicher Macht, vor allem die Erben der griechischen Weltkirche in Byzanz, etwas Gleichwertiges, etwas Christlicheres entgegenzustellen?

8. Byzanz und die Slaven

Byzanz, die stolze Erbin weltlichen griechischen Geistes, hat auch die Nachfolge der griechischen Kirchenväter angetreten und ihren Geist inmitten einer veränderten Welt zu bewahren gesucht. Seit der Zeit Kaiser Justinians (483 bis 565) war es mit dem allgemeinen Frieden zu Ende, der die Grundlage für die ungestörte Entfaltung der Patristik gewesen war. Der Kaiser hat nicht nur militärisch in Nordafrika und Italien versucht, das auseinandergefallene römische Reich wieder zu vereinen; in seine große Rechtssammlung haben die Mitarbeiter auch den Satz aufgenommen, in dem Hermogenian die Vielfalt der Reiche und Völker anerkannte: *Ex hoc iure gentium introducta bella, discretae gentes, regna condita, dominia distincta*; und war hier von den Sprachen noch nicht die Rede, so bestimmten die Digesten doch, daß man Fideikommisse in jeder Sprache hinterlassen könne, nicht nur lateinisch oder griechisch, auch punisch oder gallisch oder in welcher immer. So suchte das Reich sich über die Vielfalt zu setzen, ohne sie zu zerstören; in Wirklichkeit war die Einheit längst zerbrochen. Sogar in den Digesten findet sich die Vorschrift, daß auf lateinisch und griechisch abgemachte mündliche Verpflichtungen gültig seien, auch wenn sie in zwei verschiedenen Sprachen geschlossen wurden; maßgebend sei, daß sich die Vertragspartner verstanden; ob aber auch Punisch oder Assyrisch dabei zugelassen sein solle, sei zweifelhaft[1]). Nicht einmal die hier vorausgesetzte und noch im 5. Jahrhundert wirklich vorhandene Verständigung zwischen Lateinern und Griechen bestand mehr; Justinian selber, der oft genug betonte,

[1]) Digesta 1, 1, 5, in: Corpus juris civilis, Bd. 1, hg. Paul KRÜGER – Theodor MOMMSEN, 16. Aufl., Berlin 1954, S. 29 (Hermogenian); Dig. 32, 11, pr. S. 484 (Fideikommisse); Dig. 45, 1, 1, 6 S. 769 (mündliche Verpflichtungen); dazu Henrik ZILLIACUS, Zum Kampf der Weltsprachen im Oströmischen Reich, Helsingfors 1935, S. 75 ff.

daß Aeneas sein Ahnherr und Latein die Sprache seiner Väter sei, mußte doch seine Verordnungen in der griechischen Koine abfassen lassen, damit sie allen verständlich seien[2]). Justinian wurde so nahezu zum Schöpfer der „byzantinischen“ Sprache, und seine Monophysitenpolitik hat die Bildung der syrischen und armenischen Sonderkirchen mit ihren eigenen Liturgiesprachen geradezu herausgefordert[3]). In seinem Reiche sollte eine Sprache herrschen; den Juden empfahl er 553 streng, die hebräischen Bibellesungen in der Synagoge durch griechische zu ersetzen, denn die LXX, von „vielen“ einhellig übersetzt, sei besser als der hebräische Text. Die Aristeas-Legende sollte also der Übersetzung die göttliche Autorität verleihen, die Justinian dem hebräischen Original bestritt: die Vorstellung von drei heiligen Sprachen war in Byzanz durch kaiserliches Dekret verboten. Die universale, aber sekundäre griechische Bildung trennte sich von den gewachsenen Traditionen auch sonst; schon vor Justinian, und nach ihm erst recht, zerfiel das Griechische in viele örtliche Dialekte und eine gehobene Schriftsprache[3a]). Der Gegensatz zwischen hellenistischer Hochbildung und orientalisch-volkstümlichem Denken, mehr noch die Diskrepanz zwischen der Exklusivität der hauptstädtischen Literaten und Mönche und der Blickweite und Lebensnähe in den Grenzprovinzen[4]) führte zu jener zwiespältigen byzantinischen Haltung, die bei allem Ausgreifen in die Weite doch den Kreis ihrer Anerkennung und Aufmerksamkeit recht eng zog.

Justinians Zeitgenosse Prokop lebte bereits in diesem Zwiespalt. Der Weitgereiste kannte die Gegner des Kaisers, Perser, Goten und Wandalen gut, doch er achtete sie nicht: die phönizisch redenden Nordafrikaner dürfen nicht von Hebräern, Angehörigen des Gottesvolkes, abstammen, sondern nur von Gegnern der Juden, von den verächtlichen Gergesäern und Jebusäern. Das Fremde ist eine einzige form- und gestaltlose Masse: die Goten, die von manchen auch Geten genannt würden, hätten alle dieselbe Sprache[5]); auch die Slaven führten

---

[2]) Novellae 25 praef., 47 praef., in: Corpus juris civilis, Bd. 3, hg. Rudolf Schoell – Wilhelm Kroll, 6. Aufl., Berlin 1954, S. 196, 283 (Aeneas); Nov. VII, 1 S. 52 (Verständlichkeit); dazu Ludwig Hahn, Zum Gebrauch der lateinischen Sprache in Konstantinopel, in: Festgabe für Martin von Schanz, Würzburg 1912, S. 173–183, hier S. 173 ff.; Zilliacus (o. Anm. 1) S. 28 ff.

[3]) Wilhelm Schubart, Justinian und Theodora, München 1943, S. 128 (Zweisprachigkeit), 245 („byzantinische Sprache“), 154 ff. (Monophysitenpolitik).

[3a]) Novellae 146, 1 S. 715 (Hebräisch); dazu Louis Bréhier, Le monde byzantin (L' évolution de l'humanité), Bd. 3, Paris 1950, S. 306. Zur Schriftsprache R. M. Dawkins, The Greek Language in the Byzantine Period, in: Byzantium, An Introduction to East Roman Civilization, hg. Norman H. Baynes – Henry St. Lawrence Beaufort Moss, Oxford 1953, S. 252–267.

[4]) Carl Neumann, Die Weltstellung des byzantinischen Reiches vor den Kreuzzügen, Leipzig 1894, S. VII f., 23 f., 40 f.

[5]) De bello Vandalico, in: Opera omnia, hg. Jacob Haury, 3 Bände, Leipzig 1905–13: II, 10 Bd. 1, S. 460 ff. (Nordafrikaner); I, 2 S. 311 (Goten).

allesamt die gleiche höchst barbarische Sprache. Vollwertig sind nur die „griechisch redenden Römer“[6]). Ethnographie und Linguistik konnten unter solchen Umständen nicht gedeihen. Freilich gab es Nuancen. Prokops jüngerer Zeitgenosse Agathias gestand wenigstens den Franken zu, sie unterschieden sich von den Griechen durch nichts als durch ihre barbarische Kleidung und Sprache; ein lateinisches Wort, ein persischer Titel waren ihm wenigstens der Erwähnung wert[7]). Doch waren das die alten, beinahe vertrauten Feinde; die erstrebte Universalität war nicht durchzuhalten wegen der neuen Barbaren des Balkan und Vorderasiens, die nun bestürzend nahe in den Gesichtskreis von Byzanz traten. Die Byzantiner haben darauf geantwortet mit einer hochentwickelten, lebensnahen Zeitgeschichtsschreibung, die allen Niederbrüchen und Aufschwüngen des Reiches einfühlsam folgte[8]) und der abendländischen Zeitgeschichtsschreibung auf lange hin überlegen war. Mit ihrer selbstbewußten politischen Theorie, die sich den Barbaren abweisend verschloß, gaben sie ein vielbewundertes Vorbild für das Abendland[9]); sie brachten ihm dazu noch die geistigen und materiellen Schätze des Orients[10]). Nur eines haben die Byzantiner nicht geleistet, weil es ihnen die Kirchenväter nicht hinterließen, aber auch, weil sie dazu nicht imstande waren: ein wirklich universales Geschichtsdenken, das bereit gewesen wäre, auch die rohen Barbaren als Glieder des Gottesvolkes, auch die kultivierten Rivalen als Teilhaber am Heilsgeschehen zu begreifen.

Natürlich standen die Byzantiner mit allen Fremdvölkern in regem Verkehr. Er wurde dadurch erleichtert, daß die Ausländer meist rasch bereit waren, Griechisch zu lernen. Priskos mußte 448 mit den Hunnen zwar noch durch Dolmetscher verhandeln, doch er traf an Attilas Hofe einen Mann, der Griechisch sprach – freilich war es noch ein gebürtiger Grieche[11]). Byzanz zahlte seinen Tribut dafür: längst nicht alles, was auf griechisch geschrieben ist, war byzantinisch; viel orientalisches Gut wurde hereingetragen, auf ganzen Gebieten wie dem der Hagiographie nahm Byzanz schlechterdings alles, was es

---

[6]) De bello Gothico III, 14, Haury Bd. 2, S. 357 f. (Slaven); III, 1 S. 302 (Römer). Dazu Lechner, Hellenen und Barbaren 12, 75.

[7]) Historiae I, 2, CSHB Bd. 1, S. 16 f. (Franken); II, 20 S. 108 (Latein); IV, 24 S. 261 (Persisch). Dazu Lechner, Hellenen und Barbaren 122 f.

[8]) Ernst Gerland, Die Grundlagen der byzantinischen Geschichtschreibung, in: Byzantion 8 (1933) 93–105, hier S. 93.

[9]) Franz Dölger, Byzanz und das Abendland vor den Kreuzzügen, in: CISS Bd. 3, S. 67–112, hier S. 106 (Geschichtsschreibung), 67 ff. (politische Theorie).

[10]) Georg Schreiber, Christlicher Orient und mittelalterliches Abendland, in: Oriens christianus 38 (1954) 96–112; 39 (1955) 66–78.

[11]) Excerpta de legationibus Romanorum, in: Excerpta historica, hg. Carl de Boor u. a., Bd. 1, Berlin 1903, S. 122 f. (Hunnen), 135 (Griechisch); dazu Lechner, Hellenen und Barbaren 119 f.

besaß, von Fremden[12]). Im militärischen Bereich suchten die Byzantiner eher Kontakt; das Heer bestand seit Justinian weithin aus „Barbaren" fremdsprachiger Völker; auch die byzantinischen Kaufleute unterhielten weltweite Beziehungen von China bis Skandinavien, ließen freilich die Fremden lieber in der Hauptstadt die Waren abholen, als daß sie selbst exportierten; um so weniger lernte man Fremdsprachen[13]). Im Politischen ging es nicht ohne Entgegenkommen ab; am Kaiserhof unterhielt man zu diesem Zweck offizielle Dolmetscher; aber man pflegte diese Berührung nur von Amts wegen. „Selten finden wir unter den byzantinischen Geschichtsschreibern einen, der außer dem Griechischen noch eine fremde Sprache beherrschte"; berühmte Polyglotte hat Byzanz gar nicht aufzuweisen. Alle Fremdsprachen wurden schlicht als barbarisch bezeichnet. Auch die Eigenart der fremden Völker interessierte so wenig, daß man ihre Namen gerne typisierend und archaisierend an die antike Geographie anknüpfte[14]). Die Bibel wurde dafür nirgends in Anspruch genommen, selbst wenn man hie und da den Ursprung der Fremdvölker untersuchte. Das mag zum Teil daran liegen, daß die Exegese des Alten Testaments, insbesondere der Genesis, in Byzanz fast gar nicht gepflegt wurde. Aber diese Tatsache wiederum erklärt sich nicht nur daraus, daß die Kenntnis des Hebräischen vollständig verloren ging. Auch die Apokalypse wurde überhaupt nur zweimal in diesen tausend Jahren kommentiert[15]). Das kann nur den Grund haben, daß die Weltgeschichte nicht als Heilsgeschichte begriffen wurde, daß sie überhaupt – trotz der zahlreichen Weltchroniken – keinen besonderen Anreiz bot. Die byzantinische Kirche bezeichnet sich nicht zuerst als *καθολική*, sondern als *ὀρθοδόξα*; sie gab sich eher exklusiv als expansiv. Allerdings war und ist diese Kirche in ihrer Missionspraxis sehr weitherzig und setzte auch nach Justinian die Predigt des Johannes Chrysostomus fort, nun bei den Hunnen und Slaven – und zwar in deren eigener Sprache. Wie hier, so klafften überall Theorie und Praxis auseinander. Die byzantinischen Diplomaten scheuten den Umgang mit den rohesten Steppenhorden nicht; aber wo in der politischen

---

[12]) Paul PEETERS SJ, Orient et Byzance, Le tréfonds oriental de l'hagiographie byzantine (Subsidia hagiographica 26), Brüssel 1950, S. 72 ff., auch zur Fremdsprachen-Kenntnis.

[13]) Heinrich GELZER, Byzantinische Kulturgeschichte, Tübingen 1909, S. 80 (Militär), 103 ff. (Kaufleute).

[14]) BRÉHIER (o. Anm. 3a) Bd. 2, Paris 1949, S. 302 f. (Dolmetscher); Gyula MORAVCSIK, Byzantinoturcica (Magyar-Görög Tanulmányok 20–21), 2 Bände, Budapest 1942–43, hier Bd. 2, S. 18–21 (Sprachkenntnisse), 26 f. (Archaisierungen).

[15]) Albert EHRHARD, in: Karl KRUMBACHER, Geschichte der byzantinischen Literatur von Justinian bis zum Ende des oströmischen Reiches (Handbuch der klassischen Altertumswissenschaft IX, 1), 2. Aufl., München 1897, S. 122 ff.; auch SMALLEY, Study 361 über die byzantinische Exegese, die m. W. nirgends monographisch untersucht ist. Gaston ZANANIRI, Histoire de l'église byzantine, Paris 1954 behandelt sie nicht.

Theorie die Vorstellung von einer Völkerfamilie auftrat, wie in der Formel von der „Familie der Könige", da wurden nicht alle Fürsten der Welt miteinbegriffen, und an der Spitze der Ökumene thronte nicht etwa der Völkerpatriarch Noah, sondern der *Βασιλεὺς τῶν Ῥωμαίων*[16]), der Herrscher über das Gottesreich[17]).

Es gab auch in Byzanz Universalhistorie, die mit den Erzählungen der Genesis, mit der Schöpfung oder der Sintflut begann[18]); aber sie unterschied sich ihrer Gattung wie ihrem Range nach von der Zeitgeschichtsschreibung; ihre Absicht war, wie der beste Kenner urteilte, nicht universal, sondern spießbürgerlich[19]). Aber damit ist das merkwürdige Phänomen noch nicht erklärt, daß die Hüter der großkirchlichen Tradition wohl großzügig sein konnten, aber weniger universal dachten als ihre Nachbarn aus den christlich-orientalischen Sonderkirchen; dabei kamen doch von diesen die wichtigsten Anregungen. Etwa die byzantinische Weltgeschichtsschreibung ist von Ausländern grundgelegt worden. Der Palästinenser Sextus Julius Africanus vermittelte ihr das Gerüst der Chronologie; der auf ihm aufbauende Hippolyt von Rom brachte ihr die Anschauungen von der Verteilung der Erde unter die Völker und Sprachen; die ersten bedeutenden Weltchronisten, Johannes Malalas und Johannes von Antiochia, waren Syrer. Die für die Menge der meist wenig gebildeten Klosterbewohner geschriebenen Chroniken haben noch später weniger in dem hochgebildeten Byzanz als in den Randgebieten des Reiches Beachtung gefunden[20]). Aus den Randzonen stammen auch die beiden einzigen Apokalypse-Auslegungen. Der kappadokische Erzbischof Andreas von Caesarea hat zwischen 563 und 614 nicht nur Skythen und Hunnen mit den biblischen Gog und Magog identifiziert, sondern auch zahlensymbolisch seine Universalität bekundet, wenn er seinen Kommentar nach den 24 Ältesten der Apokalypse in 24 Hauptstücke, aber gemäß der Dreiteilung der Menschennatur in Körper, Seele und Geist in 72 Kapitel einteilte; daß sich an dieser Zahl auch die Vielfalt der Sprachen und Völker erläutern ließ, überging Andreas allerdings[21]) ebenso wie sein späterer Nachfolger und Nachahmer Arethas von Caesarea (ca. 850 bis

[16]) Franz Dölger, Die ‚Familie der Könige' im Mittelalter, in: F. D., Byzanz und die europäische Staatenwelt, Ettal 1953, S. 34–69, hier S. 37, 42.

[17]) Otto Treitinger, Die oströmische Kaiser- und Reichsidee nach ihrer Gestaltung im höfischen Zeremoniell – Vom oströmischen Staats- und Reichsgedanken, 2. Aufl., Darmstadt 1956, S. 158 ff.

[18]) Thompson-Holm, History Bd. 1, S. 298 ist sehr im Irrtum.

[19]) Krumbacher (o. Anm. 15) S. 219 f.

[20]) Krumbacher (o. Anm. 15) S. 220, 319.

[21]) Commentarius in Apocalypsim, prologus, MPG Bd. 106, Sp. 220 (Kapitel); c. 63 Sp. 416 (Gog-Magog). In der Datierung folge ich Altaner, Patrologie 467, nicht Krumbacher (o. Anm. 15) 129 ff. und nicht Moravcsik (o. Anm. 14) Bd. 1, S. 107.

nach 944) in seiner um 895 geschriebenen Auslegung der Geheimen Offenbarung[22]). Dazu paßt es, daß, ganz anders als bei den christlichen Orientalen, das Pfingstwunder nicht allzusehr betont wurde; wenn man es tat, dann wiederum in den Randzonen und auf die erbauliche Weise des Hymnendichters Kosmas von Jerusalem, der im 8. Jahrhundert sang, die einst zerteilte Sprache der böse Zusammenstimmenden werde nun von Gott in einer Harmonie vereinigt[23]): es war die Harmonie der Gläubigen und Frommen, nicht die der Gleichsprachigen, die da gefeiert wurde.

Wie die byzantinischen Anschauungen von der Erdgestalt weithin syrisches Erbe waren[24]), so kam auch die praktische Erfahrung in der Völkerkunde von auswärts. Der Indienfahrer Kosmas schrieb in Ägypten; und es war ein Syrer, Nonnosos, den Justinian 533 nach Äthiopien entsandte und der von dort berichtete, es gebe in Afrika Zwergvölker mit einer menschlichen Stimme, die aber selbst den Nachbarn unverständlich sei[25]). Auch die erste „Völkerkarte", die erste byzantinische Bearbeitung des Hippolytischen Diamerismos, stammt aus Alexandria. Dieses sogenannte Chronicon Alexandrinum, im frühen 6. Jahrhundert verfaßt und im 7. Jahrhundert im Merowingerreich in barbarisches Latein übertragen, brachte zu den Byzantinern die Formel von 72 Völkern und Sprachen. Die Völkertafel stellte dem Magog statt der allzu „modernen" Kelten des Hippolyt lieber die „antiken" Chaldäer zur Seite; statt der wilden Sauromaten erhielt Riphat die zivilisierteren Rhodier als Nachkommen; mit Hippolyt und gegen die LXX erschien der Joqṭanide Ebal, und der achte Japhetite hieß Chattaim, nicht Elisa. Dafür wurde aus der LXX der Sohn Arphakschads Kainan aufgenommen; die Traditionen wurden angeglichen. Die Hippolytische Liste der 72 Sprachen paßte sich ebenfalls dem griechischen Kultur- und Sprachkreis an: den Ägyptern wurde die Thebais zugeschlagen; bei den Achäern sagte ein Zusatz, daß dies die Griechen sind, bei den Römern blieb die Erläuterung weg, daß sie auch Lateiner genannt werden; die „eigentlichen" Römer waren die Byzantiner[26]). Kennzeichnend für die ver-

---

[22]) Commentarius in Apocalypsim, MPG Bd. 106, Sp. 494. Die Datierung auch hier mit ALTANER, Patrologie 467 gegen MORAVCSIK (o. Anm. 14) Bd. 1, S. 113.

[23]) Hymnus IX, MPG Bd. 98, Sp. 489.

[24]) Konrad KRETSCHMER, Die physische Erdkunde im christlichen Mittelalter (Geographische Abhandlungen 4, 1), Wien-Olmütz 1889, S. 44.

[25]) Fragment, bei Carl MÜLLER, Fragmenta Historicorum Graecorum, Bd. 4, Paris 1885, S. 180; dazu Karl DIETERICH, Byzantinische Quellen zur Länder- und Völkerkunde (5.–15. Jh.) (Quellen und Forschungen zur Erd- und Kulturkunde 5), 2 Bände, Leipzig 1912, hier Bd. 1, S. XXVI, 80.

[26]) Chronicon Alexandrinum, bei Alfred SCHÖNE, Eusebi chronicorum liber I, Berlin 1875, Appendix S. 179–187; auch bei Carl FRICK, Chronica minora, Leipzig 1892, S. 190–213 und MGH AA Bd. 9, 1 S. 96–108. Dazu GELZER, Africanus Bd. 2, S. 316 ff.; BAUER-STRZYGOWSKI, Weltchronik 91 ff.

änderte Bewußtseinslage ist eine feurige Predigt auf alle Heiligen, die der Diakon Konstantinos Chartophylax in Konstantinopel im späten 6. oder im frühen 7. Jahrhundert gehalten haben mag. Konstantin wollte beredt und eindrucksvoll die weltweite Wirkung des christlichen Vorbilds schildern und keinen Stamm der Erde kränken: jeder habe Heilige hervorgebracht; Christus habe alle Sprachen und Völker zu sich gerufen. Auch der Satan sammle von Ost und West die Zungen und Stämme zum Gegenangriff, aber fest stünden die Getreuen des Heilands im Glauben zusammen, so verschieden auch ihre Sprachen und Vaterländer seien. Einmütig scharten sich um Christus Hellenen und Barbaren, Thraker und Byzantiner, Skythen und Perser, Inder und Äthiopier, Ismaeliten und Ägypter, Araber und Römer, Geten und Sauromaten, die Bewohner von Britannien und Cadiz und viele andere. Die ganze Reihe der aufgezählten Völker umfaßte 66 Namen, die meisten aus Hippolyts Sprachenliste entnommen; aber Konstantin suchte möglichst unparteiisch zu ergänzen: Barbaren, Byzantiner, Ismaeliten, Geten enthielt Hippolyts Tafel noch nicht, und sogar die aktuellen Feinde von Byzanz, die Perser und die Araber, wurden ausgiebig bedacht. Dennoch blieb Konstantins Aufstellung einseitig, sie nannte jede kleinasiatische Landschaft, aber keinen balkanischen Stamm, kein abendländisches Volk; denn die „Römer" sind ebenso mit den Hellenen identisch wie die „Ismaeliten" mit den Arabern. Noch schien die Formel von 72 Sprachen keinen Systemzwang auszuüben – leicht wäre mit ähnlichen Tautologien die Zahl 72 zu erreichen gewesen –, aber schon griff auch der ehrlichste Versuch, die ganze Welt zu beschreiben, an der Wirklichkeit vorbei[26a]). Bald machte man auch diesen Versuch nicht mehr. Bisweilen fiel noch ein Blick auf die wilden Horden der Steppe; Menander Protektor erzählte zu Ende des 6. Jahrhunderts, wie die Avaren in Konstantinopel ihre Anliegen durch Dolmetscher vortragen lassen mußten. Etwas gönnerhaft interessierte sich der byzantinische Diplomat dennoch für die fremden Idiome und vermerkte von der barbarischen Sprache der Türken wenigstens, daß sie „skythisch" sei. Doch die Fremden wußten nur zu genau, daß alle Kenntnisse der Byzantiner nur zum Schaden der Ausländer gereichten: die Türken warfen den Byzantinern vor, sie kennten zehn Sprachen und nur einen Betrug[27]).

Inzwischen war unter Heraklios das byzantinische Reich auch in seiner Sprache ganz griechisch geworden; die kaiserliche Kanzlei hat zwar, um den ökumenischen Gedanken zu demonstrieren, bis ins 11. Jahrhundert bestimmte

---

[26a]) Laudatio omnium sanctorum c. 1-4, MPG Bd. 88, Sp. 480–484. Die von KRUMBACHER (o. Anm. 15) S. 166 offengelassene Spanne zwischen dem 6. und 8. Jahrhundert läßt sich vielleicht enger eingrenzen.

[27]) Excerpta de legationibus Romanorum (o. Anm. 11) S. 445 (Avaren), 192 ff. (Türken).

Urkundenteile in griechischer Sprache, aber in lateinischer Schrift ausgefertigt; doch niemand studierte mehr ernsthaft Latein[28]), geschweige denn barbarische Sprachen. Ohne Kenntnis der Völkerwelt und mit wenig Verständnis verfuhr die erste in Konstantinopel selbst geschriebene Weltchronik, die sog. Osterchronik. Die nicht immer intelligente Kompilation, die dem Africanus, Epiphanios und Malalas viel verdankte, entstand vielleicht im Umkreis des Patriarchen Sergios und ist bis 629 geführt. Wie die Vorlagen erwähnte sie die zur Zeit des Phaleg geschehene Teilung der Sprachen und Völker in Babel und fragte, wer die Stammväter der Völker gewesen seien. Zur Antwort benutzte sie nun aber nicht die Völker-, sondern die Länderliste des Hippolyt und kombinierte sie blindlings mit der biblischen Völkertafel, in der getreu der LXX als achter Japhetite Elisa aufgeführt wird; die Kittim, die Römer und Lateiner des Hippolyt, sind boshafterweise ganz weggelassen. Schon dadurch entstand eine Diskrepanz zu den Zahlen des Hippolyt; auf die Entsprechung auch nur der bekanntesten Namen achtete der ungeschickte Kompilator auch nicht, und so wurde der Eponymos der Hebräer, Eber, zum Stammvater der Albaner, Madai geriet zu den Britanniern, sogar Jawan zu den Spaniern usw.; nur bei Magog wurden „richtig" die Goten erwähnt, die Byzanz vor 80 Jahren geschlagen hatte. Das primitive Verfahren, das Land und Volk auf hellenistische Weise, aber viel geistloser in eins setzte, fand seine Parallele darin, daß der Verfasser das Volk aus der Sprache herleitete und demgemäß die Sprachenliste des Hippolyt als Völkerliste verwendete. Das ergab ein heilloses Durcheinander von Länder-, Völker- und Sprachenlisten, und der Leser kann nicht verstehen, warum statt einer nun drei Listen gegeben werden und warum in jeder die Gleichungen und Zuweisungen verschieden sind. Aber eben an der Trennung von Land, Volk und Sprache lag dem Kompilator nicht; vielleicht verstand sie der Großstädter gar nicht. So schossen auch die 72 Länder des Hippolyt, die 72 Völker des Epiphanios und die 72 Sprachen zusammen, und der Chronist war auf diese Entdeckung nicht wenig stolz: *ὃ καὶ μέχρι νῦν παρὰ τοῖς ἀνθρώποις ὡς ἀγνοούμενον ἐπιζητεῖται*[29]). Das statische, statistische Ergebnis, nicht das geschichtliche Motiv solcher Aufspaltung der Welt erregte die Aufmerksamkeit des Chronisten; die Vielfalt drückte sich in ein paar Zahlen aus und ließ sich in ein einfaches Schema einfangen, das nun doch dem Einzelnen Gewalt antat. Und was hatte das alles mit der Religion zu tun? Der

---

[28]) Franz Dölger, Die Kaiserurkunde der Byzantiner als Ausdruck ihrer politischen Anschauungen, in dem o. Anm. 16 zitierten Sammelband, hier S. 18; vgl. S. 355 und Zilliacus (o. Anm. 1) S. 36 ff. zur Lateinkenntnis.

[29]) Chronicon paschale, CSHB Bd. 14, S. 43–57; zur Datierung und Quellenbenutzung vgl. Gelzer, Africanus Bd. 2, S. 138 ff., 152 f.; Gutschmid, Diamerismos 241 ff., 255 ff.; auch Krumbacher (o. Anm. 15) S. 337 ff.

Kampf gegen die Araber hat anscheinend rasch das Interesse am Weltganzen erlöschen lassen.

Der Bilderstreit erst erregte den historischen Instinkt von neuem; vielleicht ist es kein Zufall, daß die Weltchronistik nur von den Bilderfreunden, also den Konservativen, fortgeführt wurde: sie suchten ihre These aus der Vergangenheit zu rechtfertigen, überhaupt an dieser Vergangenheit festzuhalten, die vor den Bilderstürmern zu versinken drohte. Hinzu kam freilich, daß Verfasser und Leser der Weltchroniken zumeist Mönche waren, und diese liebten die Bilder, schon weil ihre Klöster vielfach von der Ikonenherstellung lebten. Inmitten der kläglichen Lage nach 800 schrieb der Geheimsekretär des bilderfreundlichen Patriarchen Tarasios, der Mönch Georgios Synkellos (gest. 810/11), eine ganz rückwärts gerichtete Weltchronik, die freilich die Vorgänger kritisch überprüfte. Obgleich er ausdrücklich den griechischen Bibeltext über das hebräische Original stellte – notwendige Folge der Unkenntnis des Hebräischen, das auch der Jerusalempilger Georgios nicht beherrschte –, wertete er doch den Hippolyt höher als die LXX und nannte seinen achten Japhetiten nicht Elisa, sondern „Chettaeim". Sonst war Synkellos streng antiquarisch, bei Aschkenaz machte er die Modernisierung des Hippolyt rückgängig und griff auf die unverständliche Identifizierung des Josephus, auf die Rheginer zurück; bei Magog fehlten die Goten der Osterchronik. Die 72 Völker wurden akzeptiert und einzeln nachgezählt; die Summe kam nur mit etwas unlauteren Mitteln zustande, indem der Chronist nicht Sem und Japhet zu ihren 25 und 15 Kindern, aber Cham zu seinen 31 Söhnen zählte. Die Zahl war schon so vertraut, daß die abweichende Angabe des Jubiläenbuches, das dem Synkellos bekannt war, ihn nicht mehr schwankend machte. Die Sprachenzahl interessierte nicht. Für den Turmbau, der auf Nimrods Anstiftung hin nicht nur ein Bollwerk gegen eine neue Flut, sondern ein Symbol der selbständigen Kraft der Menschheit werden sollte und der Anfang der Königsmacht wurde, verwendete Synkellos die eusebianischen Exzerpte aus Polyhistor und Abydenos; nur für Kleinigkeiten – so etwa für die Analogie zwischen den 22 Schöpfungswerken Gottes, den 22 Buchstaben des hebräischen Alphabetes und den 22 Büchern des Alten Testamentes – diente ihm die lebendige Schilderung im Jubiläenbuch[30]). Hätte er nicht aus verlorenen Quellen geschöpft[31]), so

[30]) Chronographia, CSHB Bd. 10, S. 79 ff. (Sprachen, Völker), 5 (Zahl 22). Zur Datierung und Quellenfrage Gelzer, Africanus Bd. 2, S. 176 ff., 230 ff., 249 ff., 276 f.; Gutschmid, Diamerismos 662; zur Hebräisch-Kenntnis Krumbacher (o. Anm. 15) S. 122 f.

[31]) Ein bisher m. W. nicht untersuchtes Werk bietet eine etwas andere Völkertafel als Synkellos: Pseudo-Eustathios von Antiochia, Commentarius in Hexaemeron, MPG Bd. 18, Sp. 753–760. Gutschmid, Diamerismos 599 möchte es in das Jahr 335 n. Chr. setzen, schwerlich zu Recht.

würden wir wohl noch klarer sehen, wie wenig den Mönch die lebendige Fortwirkung aller Geschehnisse von Babel ansprach, wie sehr er aber die Vergangenheit als Kulisse für seine traditionsgebundene Haltung brauchte.

Ähnlich erging es dem Patriarchen von Konstantinopel, der der Nachfolger von Synkellos' Herren wurde, Nikephoros (758–829). Seine Bedeutung liegt in dem eifrigen und mutigen Eintreten für die Bilderverehrung gegen Leo V., weniger in seiner kurzen Chronographie, die nur als chronologisches Nachschlagewerk einigen Erfolg hatte. Die Details überging Nikephoros, aber Sprachen- und Völkerteilung wurden, in den Worten der Osterchronik, erwähnt mit einer Abweichung: Die Unterschiede der Sprachen und ihre *πολυφωνία* seien, wie die Heilige Schrift sagt, gemäß den Völkern entstanden. Während die Osterchronik die Sprachenteilung auch noch mit der Zahl der in Babel Anwesenden in Verbindung brachte (*καϑ' ἕκαστον τῶν γλωσσῶν διαφορά*) protestierte Nikephoros gegen diese Meinung der Theophil und Epiphanios, indem er nach *ἕκαστον* noch *ἔϑνος* einschob: Die Völker sind die Grundlage der Sprachengeschichte, und nicht umgekehrt[32]). Das war im Grunde nichts Neues; jetzt bedeutete es aber eine Nationalisierung, mit angeregt vielleicht durch die an Byzanz vorbeiflutenden Völkerwellen, deren Dialekte der Außenstehende nicht unterschied; immerhin war die Konfusion der Osterchronik überwunden. Eine anonyme *Ἐκλογὴ ἱστοριῶν* des späten 9. Jahrhunderts, unter Basilios' I. Herrschaft geschrieben, hat diese neue Definition – oder sollte sie aus der verlorenen Chronik des Panodoros stammen? – wörtlich übernommen[33]).

Ein verstärktes historisches Bemühen, aber nun erst recht auf die eigene Vorgeschichte gewandt, entfaltete sich unter der Makedonen-Dynastie, die eben aus niedrigsten Anfängen emporgestiegen war, sich aber um so eifriger um den Nachweis bemühte, daß sie von Konstantin dem Großen abstamme[34]). Ähnlich einseitig orientierte sich der Mönch Georgios, gelegentlich auch Hamartolos genannt, der seine Weltchronik kurz nach 867 schrieb, also bald nach dem Abschluß der Bilderkrise und beim Wiederanstieg des byzantinischen Kaisertums. Die Erregung des Bilderstreits zitterte noch nach; auch Georgios stand auf der siegreichen Seite der Bilderfreunde. Seine Chronik geht ziemlich ausführlich auf die Ereignisse in Babel ein: 72 Anführer – wir kennen sie seit der „Schatzhöhle" – waren am Turmbau beteiligt, nur der fromme Eber nicht;

---

[32]) Chronographikon syntomon, in: Nicephori opuscula historica, hg. Carl DE BOOR, Leipzig 1880, S. 84. Zur Quellenfrage GELZER, Africanus Bd. 2, S. 384 ff.

[33]) Eklogē historiōn, bei John Antony CRAMER, Anecdota Graeca e codicibus manuscriptis Bibliothecae Regiae Parisiensis, Bd. 2, Oxford 1839, S. 171 f.; Datierung nach KRUMBACHER (o. Anm. 15) S. 395; über die Quellen GELZER, Africanus Bd. 2, S. 298 ff.

[34]) Liutprand von Cremona, Antapodosis I, 7; III, 31, SrG S. 7 f., 88.

darum wurden aus der Ursprache nun deren 72, und die erste Sprache blieb bei Eber und den Hebräern, nicht wie einige Unwissende – wiederum die „Schatzhöhle"? – meinten, bei den Syrern. Auf die Sprachentrennung folgte die Länderteilung; wenn man die drei Hauptflüsse mitrechnet, sind es auch wieder 72 Länder; aber Georgios verkehrte die von der Völkertafel her gewohnte Unterteilung 15/26/31, um die Macht der Japhetiten – und die Byzantiner sind Japhetiten – gebührend hervorzuheben: Sem bekam 15 Länder, Cham 26 und Japhet 31 Länder zugewiesen. Der Hippolytische Diamerismos wurde herangezogen, aber bei den griechischen Ländern erweitert, auch kleinste Landstriche fanden Platz, während Hippolyts Angabe über das Land der Lateiner und der Britannier fast demonstrativ wegblieb. Ob die Liste in dieser Form aus einer verlorenen älteren Chronik übernommen ist oder nicht, sie zeigt, wie die Selbständigkeit gegenüber den Syrern wuchs und wie das Abendland aus dem byzantinischen Gesichtskreis verschwand, aber auch, wie fern die Gelehrsamkeit dem politischen Alltag stand, der mit den karolingischen Herrschern ständig zu rechnen hatte[35]). Bei Hamartolos stand unter 15 semitischen Ländern gleich zweimal der Name Arabiens: dem Islam stand man näher gegenüber, und so hat damals Niketas von Byzanz sich an einer Widerlegung des Koran versucht; aber die nächstliegende Vorbedingung, nämlich Kenntnis des Arabischen, erfüllte auch er nicht[36]).

Das Mißverhältnis von Theorie und Praxis, von Gelehrsamkeit und Politik trat ganz zu Tage bei dem Sohn Basilios' I., dem gelehrtesten unter den byzantinischen Kaisern. Leo der Weise (866–912) hat nicht nur gegen die Lateiner gepredigt, sondern auch in einem Sermon auf das Pfingstfest unwissentlich klargestellt, daß für ihn die frühe Kirchengeschichte mit der Gegenwart nichts gemein hat: damals sei die Strafe von Babel, durch die das Menschengeschlecht zerstreut war, aufgehoben worden, alle Völker hätten Gottes Wort in ihrer eigenen Sprache verstanden[37]). Die Frage, die dem kaiserlichen Schüler des Photios auf der Zunge liegen mußte, wurde nicht erörtert, nämlich wie dieses Wunder der Einheit mit den Feindseligkeiten zwischen den Völkern – gerade damals bedrohte Simeon von Bulgarien das Reich – und sogar zwischen den christlichen Kirchen des Ostens und des Westens zu vereinbaren war.

Leos des Weisen Sohn, Kaiser Konstantinos VII. Porphyrogennetos (905 bis 959) stellte dann zwischen 948 und 952 für seinen Sohn ein ausgezeichnetes Handbuch über die Grenzvölker des Reiches zusammen, um den Umgang mit

---

[35]) Georgii monachi chronicon, hg. Carl de Boor, Bd. 1, Leipzig 1904, S. 52–56. Dazu Gelzer, Africanus Bd. 2, S. 294 ff.

[36]) Carl Güterbock, Der Islam im Lichte der byzantinischen Polemik, Berlin 1912, S. 27.

[37]) Oratio XII, MPG Bd. 107, Sp. 128.

diesen Völkern zu erleichtern. Einer der Leitsätze hieß, daß die Nationen verschiedene Gebräuche übten und daß, wie das Tier sich mit seinesgleichen paare, auch jedermann nur Stammes- und Sprachgenossen heiraten solle. Die Verschiedenheit der Sprachen und Völker wurde nur scheinbar anerkannt, denn der Satz diente in Wahrheit als Argument, wenn einem Barbarenfürsten eine Kaisertochter verweigert werden sollte. Unerläßlich für den Diplomaten ist die Kenntnis der fixen Ideen bei den Partnern und Gegnern, und so belehrte Konstantin seinen Sohn, daß die Mohammedaner den Stammbaum ihres Propheten auf Ismael, Abrahams Sohn, zurückführen – der Lehrsatz ist seit Sozomenos allgemein – und daß die Iberer glauben, sie kämen von dem Weibe des Urias, mit dem David Ehebruch trieb[38]). Der Kaiser trug diese Genealogien ohne ein Wort der Kritik vor; sie gehörten eben in ein Handbuch der Diplomatie, nicht in einen Kanon der Heilsgeschichte; woher eigentlich die Byzantiner und ihre Kaiser stammen, wurde hier nicht erwogen. Dort, wo die Provinzen des Reiches zur Debatte standen, war der Kaiser kaum weniger wortkarg. Bedauernd erwähnte er, ähnlich wie schon Justinian, daß die römische Vatersprache der „Hellenen“ seit Heraklios von den Byzantinern nicht mehr verstanden werde. Die Vielfalt der Dialekte kam nicht zur Geltung; wenn Konstantin erwähnte, das Griechische habe fünf Dialekte, so hatte er das bei Strabo gelesen; doch mahnend wies er darauf hin, daß der fünfte dieser „Dialekte“ die allen gemeinsame griechische Hochsprache sei. Vergaßen die Zeitgenossen das Verbindende? Konstantin zitierte einige lateinische Namen, sonst erfährt man nichts. Die Genealogie wurde ebenso knapp abgetan: Mosoch galt bibelgerecht als Erzvater der Kappadokier, die Berufung der Makedonenherrscher auf den Stammvater Herakles war als „Lügenrede“ abzuweisen; von der Herkunft der Kaiser sprach Konstantin nicht[39]). In der Darstellung des Zeremonienwesens scheint sich endlich der Hintergrund dieser Haltung zu enthüllen. Als der Kaiser von dem „Gotischen Weihnachtsspiel“ erzählte, bei dem angebliche Goten auftraten, fügte er hinzu, daß sie „Tul, tul“ rufen: das ist also gotisch. Über dies heidnische Gestammel hinaus können nur die Kaiser führen, und ihnen ruft man denn auch am Pfingstfeste zu, Gott habe die heidnischen Völker den Kaisern ausgeliefert, damit die Verschiedensprachigen alle im Glauben zu einer Sprache zusammenkämen[40]). Die Vollendung des Pfingstwunders war

---

[38]) De administrando imperio, hg. Gyula Moravcsik (Magyar-Görög Tanulmányok 29), Budapest 1949: c. 13 S. 74 (Gleichsprachige); c. 14 S. 76 (Mohammed); c. 45 S. 204 (Iberer).

[39]) De thematibus, hg. Agostino Pertusi (Studi e Testi 160), Città del Vaticano 1952: praef. S. 60 (Vatersprache); XVII S. 82 (fünf Dialekte); V S. 70; XI S. 47 (lateinische Namen); II S. 65 (Mosoch); 2 S. 87 (Makedonen).

[40]) De caerimoniis aulae byzantinae I, 83, CSHB Bd. 8, S. 382 (Goten); I, 9 S. 59 (Pfingsten). Dazu Treitinger (o. Anm. 17) S. 179, 165.

also die Weltherrschaft des byzantinischen Kaisers; nicht die Kirche aus vielen Völkern, sondern das Reich des rechtgläubigen Herrschers sollte die Sprachenvielfalt überwinden. Erst in diesem Idealbild berührten sich Vergangenheit und Gegenwart, Glaube und Geschichte.

Sonst bestand zwischen beiden Zeiten kaum ein Konnex. Um 940 hat ein Joseppos in einer Art Frage- und Antwortspiel noch einmal die biblische Völkertafel erörtert, aber die Namen sind, von den Hebräern bis zu den Garamanten, nur die der Hippolytischen Sprachenliste, im ganzen 67 Völker: nicht einmal die Symbolzahl 72 ist erreicht, aber von den balkanischen und südrussischen Völkern, mit denen Byzanz seit langem feindlichen Kontakt hatte, erscheint auch nicht eines[41]). Ebenso gegenwartsfern, aber nun wenigstens um die Traditionen bemüht, schrieben die Historiker des 10. Jahrhunderts eine Reihe von Werken, die nach 948 entstanden sein müssen, abhängig voneinander und von früheren Chronisten, vor allem von einer verlorenen Chronik des 7. Jahrhunderts, der sog. Leo-Quelle und von der dem Simon Logothetes zugeschriebenen, noch unedierten Weltchronik. In unseren Fragen waren sie sich alle einig: Die eine Sprache des Anfangs war noch am Leben, als es schon 70 Völker gab – diese Zahl 70 geht indirekt auf das Jubiläenbuch, direkt vielleicht auf Africanus zurück –; diese Ursprache war nicht das Syrische, sondern das Hebräisch des am Turmbau unschuldigen Eber. Die Vielzahl der Sprachen richtete sich nicht nach der Völkerzahl, sondern nach den 72 Anführern beim Turmbau – die Scheidung zwischen Sprache und Volk hat sich durchgesetzt. Die Völkertafel wurde direkt nach Josephus erläutert, also auch ohne den Japhetsohn Elisa der LXX; doch beschränkte man sich darauf, nur noch die Namen der Nächstliegenden, nämlich der Japhetiten, aufzuzählen. Das alles findet man mit fast den gleichen Worten in den verschiedenen Bearbeitungen einer verschollenen Quelle, bei dem sog. Theodosios von Melitene[42]), bei Leon Grammaticus[43]), bei dem sog. Julius Pollux[44]), in den *Ἐκλογαὶ ἱστοριῶν*[45]) und in einer anonymen chronologischen Schrift, die allerdings, wie auch andere Werke dieser Gruppe, ihre Besonderheiten hat[46]). Einige Autoren fügten die

[41]) Libellus memorialis I, 24, MPG Bd. 106, Sp. 32; Datierung nach GUTSCHMID, Diamerismos 618.

[42]) Theodosii Meliteni qui fertur chronographia, hg. Theophil Lukas Friedrich TAFEL (Monumenta saecularia, hg. Kgl. Bayer. Akademie d. Wiss. III, 1), München 1859, S. 16–19.

[43]) Chronographia, CSHB Bd. 43, S. 12 ff. Dazu GELZER, Africanus Bd. 2, S. 293 f.

[44]) Julii Pollucis historia physica seu chronicon, hg. Ignaz HARDT, München-Leipzig 1792, S. 66–78. Dazu GUTSCHMID, Diamerismos 635 ff.

[45]) CRAMER (o. Anm. 33) Bd. 2, S. 249. Dazu GUTSCHMID, Diamerismos 632 ff. Einen etwas abweichenden Text bietet ein Auszug, betitelt Eklogē tōn chronikōn, CRAMER S. 233.

[46]) Anonymi chronologica, CSHB Bd. 13, S. 11–13. Die Zugehörigkeit zu der Gruppe ist erkannt worden von BAUER–STRZYGOWSKI, Weltchronik 96.

josephische Erzählung vom Wind, der den Babelturm umstieß, hinzu; wie in der Jüdischen Sibylle trat hier noch einmal der nun nicht mehr unter die Griechen gerechnete Semit Kronos samt Zeus und Anhang auf – Byzanz verleugnete also die antike griechische Mythologie. In manchen dieser Werke kam auch die schriftlich vereinbarte Verteilung der Erde wieder vor, hier stehen neben den 70 Völkern unvermittelt die 72 Völker in der Aufteilung des Epiphanios, 25 Semiten, 32 Hamiten und 15 Japhetiten; die Liste dieser 72 Völker scheint der Osterchronik entnommen zu sein, mit einigen Verstümmelungen, unter denen besonders bezeichnend der Name *Συρακοί* ist: das sind die Sarazenen. Nicht einmal den Hauptgegner kennt man mit Namen, und die Liste geht noch immer zurück auf das Werk des Römers Hippolyt aus dem 3. Jahrhundert. Der Aufstieg der Makedonen, die Bedrohung durch Araber und Bulgaren, die vor den Toren standen, blieb der zeitgeschichtlichen Darstellung aufgespart; wie aus dem Anfang die Gegenwart wurde, wie sie mit ihm noch zusammenhängt, erregte niemanden; nicht einmal die Bibel wurde als Nachschlagebuch der Weltgeschichte benutzt, sonst hätte der Elisa der LXX nicht in allen diesen Chroniken fehlen können. Stattdessen schlossen sich die alten apokryphen, spätjüdischen Sagenmotive um das biblische Faktum, die Gigantomachie von Babel kam den erzählfreudigen Mönchen gelegener als die unbequeme Besinnung auf die Gründe, denen die Menschheit ihre Differenzierung verdankt.

Unbekümmert konnte in der Mitte oder am Ende des 10. Jahrhunderts das Suda-Lexikon (fälschlich Suidas genannt) die synkretistischen Fabelgenealogien auftischen, die zumeist aus Malalas stammen. Da präsentiert sich als Stammvater der Assyrer ein Riese Syros oder Assur, der Sohn des Sem; ferner erscheint ein Tyrann namens Kaukasus aus dem Hause Japhet und als Ahnherr der Hellenen der Riese Hellen – Hesiods Geisteskind –, der nun am Turmbau von Babel teilgenommen hat und aus dem Hause Japhet stammt[47]). Die Völkertafel im ganzen, die Sprachenteilung findet man in diesem Lexikon nicht. Einige Völker wurden immerhin durch solche Legenden an die Bibel angeschlossen, und das bedeutete eine gewisse Anerkennung.

Auch Leon Diaconus hat es in seinem Geschichtswerk nach 992 wohl so gemeint, wenn er annahm, Achill sei vom Stamme der Russen gewesen – vier Jahre, bevor Leon frühestens schrieb, waren die Russen zum orthodoxen Christentum übergetreten –, und so wären diese schon dem Homer rühmlich be-

---

[47]) Lexicon, hg. Ada ADLER, 5 Bände (Lexicographi graeci 1), Leipzig 1928–38: Bd. 1, S. 395 (Assyrer); Bd. 2, S. 722 (Kaukasus, s. v. Thurras); Bd. 4, S. 343 (Hellenen, s. v. Seruch). Zur Enstehungsgeschichte der Suda vgl. MORAVCSIK (o. Anm. 14) Bd. 1, S. 319 ff. Zum Titel „Suda" vgl. Franz DÖLGER, Der Titel des sog. Suidaslexikons (Sitzungsberichte der Bayer. Akad. d. Wiss., Phil.-Hist. Kl., Jg. 1936, Nr. 6), München 1936, S. 6.

kannt gewesen. Die biblische Reminiszenz stellte sich gleich auch ein: Leon vermutete, diese kriegstüchtigen, wilden Völker seien die von Ezechiel gemeinten Gog und Magog, Herrscher der Ῥώς gewesen. Dieses Wort Ῥώς war freilich nur eine falsche Übersetzung der Septuaginta für das hebräische *rō'š*, „Haupt" in Ez. 38, 2; doch wer konnte das damals wissen? Die Etymologie war nicht geistlos, denn Magog war ja der Ahnherr der Skythen, und Achill war vielleicht ein Skythe. Mit den Gog und Magog identifiziert zu werden, war freilich kein Ruhmestitel; noch verächtlicher nannte man indes die Araber „Söhne der Magd"[48]), Abrahams Bastarde. Auch in der Kunst achtete man, noch im Gefolge der „Makedonischen Renaissance", die fremden Völker höher als bisher. Aus dem Ende des 10. und dem Beginn des 11. Jahrhunderts stammen die buntscheckig bekleideten Vertreter der „Stämme" und „Sprachen", die im Mosaik den Altar der Klosterkirche Hosios Lukas im phokischen Stiris umstehen, dienend und hinter den vom Heiligen Geist berührten Aposteln zurücktretend, aber doch mitwirkende Zeugen der Pfingstverheißung[48a]). Doch diese Aufgeschlossenheit ging nicht tief und dauerte nicht lange.

Die Mitte des 11. Jahrhunderts sah den Niedergang des Reiches im Bürgerkrieg und die Auflösung der Chronistik. Das Werk des Mönches Georgios Kedrenos (nach 1057), „eine der unerfreulichsten Leistungen byzantischer Chronographie", gab nur noch Bruchstücke aus Synkellos und anderen Chroniken wieder. Dabei las man erneut von 70 Völkern, von ihrem Anführer, dem äthiopischen Riesen Nimrod, den der vom Sturm gefällte Babelturm erschlug. Bei der Erläuterung der Völkertafel wurde diesmal der Anteil Japhets mit der Christenheit gleichgesetzt[49]), genau in dem Augenblick, in dem die Einheit des Christentums, nicht zum wenigsten wegen der Unkenntnis der Sprachen, mit dem Schisma von 1054 endgültig zerbrach[49a]).

Die nun inmitten des Niedergangs seit Psellos wieder aufblühende Theologie hat sich zu unseren Fragen nicht geäußert. Dem feinsinnigen Erzbischof Theophylakt von Ochrid (gest. 1118), der unter Michael VII. Dukas Erzieher des Kronprinzen war, fiel es nicht ein, bei Gelegenheit von Luk. 10, 1 aus der zum Vergleich herangezogenen Stelle Ex. 15, 27 auf die Zusammenhänge mit den Sprachen und Völkern, auch nur auf die Universalzahl 72 zu schließen[50]). In

[48]) Historia IX, 6, CSHB Bd. 5, S. 150 (Russen); I, 6 S. 12 (Araber). Zum „Rhōs"-Namen vgl. Hildegard SCHAEDER, Moskau, das Dritte Rom, Studien zur Geschichte der politischen Theorien in der slavischen Welt, Diss. phil. Hamburg 1929, S. 29 ff.

[48a]) DIEHL, Manuel Bd. 2, S. 509 f. Ernst DIEZ – Otto DEMUS, Byzantine Mosaics in Greece, Hosios Lukas and Daphni, 1931 war mir nicht zur Hand.

[49]) Historiarum compendium, CSHB Bd. 32, S. 22–26. Dazu GUTSCHMID, Diamerismos 624 f.; GELZER, Africanus Bd. 2, S. 290, 357 ff. (hier das Zitat).

[49a]) Anton MICHEL, Sprache und Schisma, in: Festschrift, Kardinal Faulhaber zum 80. Geburtstag, München 1949, S. 37–69, besonders S. 43 f., 65 ff.

[50]) In Lucam 10, 1, MPG Bd. 123, Sp. 833.

seiner Auslegung der Apostelgeschichte erklärte er trocken, ganz ähnlich wie in Babel die eine Sprache in viele zerteilt worden sei, so seien nun umgekehrt zahlreiche Idiome in einem Menschen zusammengekommen; an Pfingsten habe ein jeder Persisch, Römisch, Indisch und viele andere Sprachen geredet[51]); daß es alle Sprachen gewesen wären, schien nicht seine Meinung zu sein. Wieder ist der Sprung von der Exegese der Einzelstelle zur Deutung des Weltganzen nicht vollzogen, und der Grund dieser Abneigung wird sichtbar in der Äußerung Theophylakts, er empfinde die barbarischen Ortsnamen seiner bulgarischen Umgebung als Beleidigung für das Ohr und müsse sich entschuldigen, wenn er sie nenne[52]). Die Ordnung des Kosmos wollte auch der Lukaskommentar des Euthymios Zigabenos (gest. ca. 1188) nicht suchen. Der dem Kaiser Alexios und seiner gelehrten Tochter nahestehende Theologe fand die Zahl der Jünger Christi nicht weiter auffällig; er verband sie nur wieder mit Ex. 15, 27, nicht mit den Sprachen und Völkern der Welt[53]). Als der in Armut lebende, doch der kaiserlichen Familie nahestehende Theodoros Prodromos (gest. ca. 1166) sich endlich einmal wieder an einen Genesiskommentar machte, erwähnte er nur, daß den Turmbauern die Ausdrucksweise (*φράσις*) verwirrt wurde, ganz als ob nicht darauf die Sprachenverschiedenheit zurückginge[54]). Diese Sprachenvielfalt war eben nicht problematisch. Ein Polyhistor wie Johannes Tzetzes (ca. 1110–1180) prahlte damit, er könne die Barbaren in deren eigener Sprache anreden und führte zum Beweis Begrüßungsformeln in skythischer, persischer, lateinischer, alanischer, arabischer, russischer und hebräischer Sprache an[55]); aber hätte er oder einer seiner Zeitgenossen mehr als das "How do you do" beherrscht, er hätte es nicht verschwiegen.

Nach 1118 und vor der Jahrhundertmitte erlebte unter den tatkräftigen ersten Komnenen die Weltchronistik einen neuen Aufschwung; der frühere Vorstand der kaiserlichen Kanzlei, der Mönch Johannes Zonaras, hat damals noch einmal kritisch neubegonnen und weit über die Chronistik des 10. Jahrhunderts zurückgegriffen, u. a. auf die Leo-Quelle; aber für die Sprachen- und Völkergeschichte brachte er keinen Fortschritt, zumindest nicht mit der veralteten Meinung, die Sprachen seien in Babel den einzelnen Noachiden zugeteilt worden, die erst danach die Völker formten. Zonaras nannte keine Zahlen mehr. Seine Völkertafel war wieder ganz dem Josephus entlehnt und unterschlug den Elisa der LXX[56]). Was lag eigentlich noch an solchen einzelnen

---

51) In Acta Apostolorum 2, 1–4, MPG Bd. 125, Sp. 533.
52) Epistula 7 und 27, MPG Bd. 126, Sp. 321, 416; dazu Lechner, Hellenen und Barbaren 89.
53) In Lucam 10, 1, MPG Bd. 129, Sp. 956.
54) In Vetus Testamentum, Gen. 11, 1–7, MPG Bd. 133, Sp. 1107.
55) Moravcsik (o. Anm. 14) Bd. 1, S. 195 f.
56) Annales I, 5, CSHB Bd. 41, S. 30–33. Zur Quellenfrage Gerland (o. Anm. 8) S. 101.

Notizen? Wem dienten sie? Die dürftige, obgleich auf alten Quellen fußende Weltchronik des späteren Metropoliten Konstantinos Manasses (gest. ca. 1187) brach denn auch in der Jahrhundertmitte die Reihe der weitergereichten Nachrichten von der Sprachen- und Völkertrennung ganz ab; konsequent warf sie einem Kaiser des 11. Jahrhunderts vor, er habe die Staatsgeschäfte in die Hände von Leuten gelegt, die sich einer barbarischen Sprache bedienten[57]).

Die Tochter des Kaisers selber, die hochgebildete Anna Komnena (gest. ca. 1150), entschuldigte sich, wenn sie einmal einen „barbarischen" Namen zu erwähnen hatte, und beteuerte, sie verabscheue das Barbarische. Wenn einer im Heere ihres Vaters Skythisch oder Persisch verstand, nannte sie ihn einen Halbbarbaren; und bei der Schilderung des von Alexios I. eingerichteten Waisenhauses schrieb Anna begeistert, hier lerne der Lateiner und Skythe Griechisch, hier übe sich der „Rhomäer" an griechischen Buchstaben, und der ungebildete Grieche erwerbe sich Fertigkeit im rechten Gebrauch seiner Sprache[58]). Auf den Gedanken, daß auch Griechen hier leicht Latein oder Skythisch hätten lernen können, kam niemand. In dem Idealbild, das sich die Byzantiner von ihrem Kaiser zu machen pflegten, fehlt unter allen guten Eigenschaften und Fähigkeiten die Sprachenkenntnis völlig, die zwischen Mithridates und Karl V. so viele Herrscher auszeichnete[59]). Es blieb auch unter den Komnenen dabei, daß man die Nicht-Byzantiner als Rebellen ansah, das Reich mit der Ökumene gleichsetzte[60]).

Über den Bruch hinweg versuchte inmitten aller klassizistischen Neigungen des Hofes der von Kaiser Manuel mit Blendung bestrafte Michael Glykas die volkstümlichen Traditionen neu zu beleben, und so finden sich in seiner Weltchronik, die er nach 1164 schrieb, überraschend selbständige, bisweilen fabelhafte Einzelheiten über die hebräische Ursprache und die Angst der Menschheit vor einer zweiten Sintflut, über die 72 Turmbauer von Babel und die nach ihnen geteilten 72 Sprachen, über den semitischen Riesen Kronos und seine Familie, über den Astronomen Zarathustra und vor allem über den zweiten Adam, Christus, der wie der erste Hebräisch sprach. Aber Michaels Ausdeutung des Pfingstwunders, die lebhaft an die der „Schatzhöhle" erinnert, zeigte drastisch die Einengung des byzantinischen Denkens: Jeder der Apostel habe

---

[57]) Compendium chronicum, CSHB Bd. 27, S. 22 f. (Sprachen und Völker), 284 (Barbaren); über die Quellen vgl. Gerland (o. Anm. 8) S. 103.

[58]) Alexiade, hg. B. Leibl, 3 Bände, Paris 1937–45: X, 10 Bd. 2, S. 228 (barbarische Namen); VII, 9 S. 117 f. (Skythisch); XI, 2 Bd. 3, S. 14 f. (Persisch); XV, 7 S. 218 (Waisenhaus). Dazu Kilian Lechner, Byzanz und die Barbaren, in: Saeculum 6 (1955) 292–306, hier S. 296, und Lechner, Hellenen und Barbaren 58, 89.

[59]) Treitinger (o. Anm. 17) S. 254 gibt einen „Fürstenspiegel".

[60]) Alfred Rambaud, L'empire grec au dixième siècle. Constantin Porphyrogénète, Paris 1870, S. 297 ff.

nur eine Sprache vom Himmel geschenkt bekommen, die Sprache seines künftigen Missionslandes, allenfalls noch die unterwegs auf der Reise benötigten Idiome; so kam Petrus ans Latein und nach Rom. Auf diese Weise gab es keinen Streit zwischen den Aposteln, aber auch die Missionsrichtungen wurden providentiell und keineswegs universal gelenkt. „Was hätte die persische Sprache genützt, da kein Perser anwesend war?"[61]) Diese Auslegung stand im glatten Widerspruch zur Meinung der griechischen Patristik und fiel auch dem selbständigsten Chronisten wohl nicht leicht; doch sie traf die Stimmung der Zeit und die Sprachenpolitik der missionierenden orthodoxen Kirche mit der dezidierten Absage an den universalen Charakter der Kirche, die in allen Zungen eine Sprache redet. Suchte nicht gleichzeitig Kaiser Manuel sich, auch durch Heiraten abendländischer Prinzessinnen, an den lateinischen Westen, an „Rom" anzulehnen und die orientalischen, „persischen" Abenteuer zu lassen?[62])

Vielleicht hat auch die byzantinische Malerei der Zeit nicht bloß der leichteren Darstellbarkeit wegen als Zuhörer beim Pfingstwunder nur einen bärtigen alten Mann, wohl den Propheten Joel (vgl. Joel 2, 28 ff.), abgebildet und nicht die Völker der Erde; der Alte hält in einem Tuch 12 Rollen, die die Sprachen der Menschheit vertreten, aber nicht alle Sprachen, nicht einmal die der 15 in der Apostelgeschichte genannten Völker, sondern nur die den 12 Aposteln einzeln zugewiesenen[63]). Die Blüte der Kunst unter den Komnenen mag einige neue Gedanken genährt haben: eine Handschrift des 12. Jahrhunderts vom Berge Athos zeigt in der Tür des Pfingstsaales zwei Figuren statt der einen, Vertreter des Kosmos und der Völker und Zungen[63a]). Auch byzantinische Bilder vom Turmbau gibt es in einigen griechischen Bilderbibeln des 11. und 12. Jahrhunderts; da indes ihr Archetypus nach Syrien zu gehören scheint, haben wir schon oben von ihnen gesprochen. Im Cod. Vat. graec. 746 zeigen die scharf beobachtete, bewegte Szenerie des Turmbaubildes und die realistische Zeichnung der rassischen Unterschiede bei der Völkerteilung, wie hier ein byzantinischer Künstler über die konventionellen Motive der syrischen Vorbilder schöpferisch Herr wurde[63b]); doch ist er unter den sechs Miniatoren der „mittelbyzantinischen" Oktateuche auch schon der einzige, dem das gelang. Eine gleich zu erwähnende bulgarische Übersetzung der illustrierten Manasses-Chronik läßt vermuten, daß gelegentlich byzantinische Weltchroniken der Komnenenzeit gleichfalls Bilder vom babylonischen Turmbau brachten; doch

---

[61]) Annales, CSHB Bd. 25, S. 241 ff. (Babel), 421 (Pfingsten).

[62]) Georg Ostrogorsky, Geschichte des byzantinischen Staates (Handbuch der Altertumswissenschaft XII, I, 2), 2. Aufl., München 1952, S. 302 ff.

[63]) Detzel, Ikonographie Bd. 1, S. 496–498; Molsdorf, Symbolik 84, 255.

[63a]) Mönchsland Athos, hg. Franz Dölger, München 1943, S. 186 mit Abbildung 107.

[63b]) Diehl, Manuel Bd. 2, S. 619 f.

spricht die Armut der Erfindung, soweit sie überhaupt auf Kosten der byzantinischen Vorlage geht, nicht für ein besonderes Interesse der byzantinischen Buchmaler an diesem Thema. Die barbarische Vielfalt konnte den Byzantinern nur wenig bedeuten.

Stand es schon im 12. Jahrhundert so schlecht um die Behandlung der allgemeinen Sprachen- und Völkertheologie, so konnte die Eroberung durch die Lateiner nicht gerade förderlich wirken. Die kümmerliche Weltchronik eines Joel, die nach 1204 im Lateinischen Kaiserreich geschrieben sein muß, sagte kein Wort über Sprachentrennung und Völkerteilung[64]). Statt dessen hört man den büchersammelnden Metropoliten von Athen, Michael Choniates, klagen, er habe seine Bibliothek zusammengetragen für Leute, die nicht einer Sprache mit ihm seien und das griechisch Geschriebene nicht einmal durch Dolmetscher verstehen könnten. Denn eher würden Esel des Wohlklangs der Leier und Mistkäfer eines Wohlgeruchs inne, als die Lateiner des Wohllautes und der Anmut des Griechischen[65]).

Die lateinische Eroberung und ihre Folgen haben aber das Selbstbewußtsein der Byzantiner letztlich doch gebrochen; in welchem Ausmaß, das erkennt man vielleicht am besten bei den anonymen Schreibern in den Klöstern. Einer von ihnen hat aus der auch vorher, im 8. und im 11. Jahrhundert, oft abgeschriebenen[66]) Allerheiligen-Predigt des Konstantinos Chartophylax das Verzeichnis der Völker exzerpiert und als Liste der 72 Sprachen angeboten. Unter den ergänzend interpolierten Namen findet man die Goten, die Juden und die Kroaten, aber auch die Athener und Argiver, die man nun ihrer Dialekte wegen wohl von den Hellenen, Byzantinern und Rhomäern absondern wollte[67]). Daß in eine Tafel der 72 Sprachen die Gegenwart so stark hereinwirken durfte, war neu und ungewohnt. Fehlten hier noch die russischen Völker, so gelangten diese zu literarischen Ehren in schwer datierbaren Zusätzen zu dem Alexanderroman des Pseudo-Kallisthenes. Als Alexanders Gegner erscheinen hier zwar einmal 14 aus Pseudo-Methodius entlehnte phantastische Stämme als Anhang der Gog und Magog, aber ein andermal 15 historische, meist südrussische Völker. Während die älteren Teile des Romans auch im Wunderland die Menschen griechisch reden und die Vögel griechisch schreien ließen und allenfalls den spre-

---

[64]) Chronographia compendiaria, CSHB Bd. 27, S. 3 f.

[65]) Epistula 146, bei Spyridon Lampros, Michael Akominatu Choniatu ta sozomena, Bd. 2, Athen 1883, S. 296, zitiert nach Lechner, Hellenen und Barbaren 84 f.

[66]) Giovanni Domenico Mansi, Sacrorum conciliorum nova et amplissima collectio, Bd. 13, Florenz 1767, Sp. 185 ff. (im 8. Jahrhundert); sonst vgl. Albert Ehrhard, Überlieferung und Bestand der hagiographischen und homiletischen Literatur der griechischen Kirche von den Anfängen bis zum Ende des 16. Jahrhunderts, 3 Bde., Leipzig 1937–43, Bd. 1, S. 42; Bd. 3, 1, S. 489.

[67]) Fragmentum de linguis et gentibus, MPG Bd. 1, Sp. 1268–1270.

chenden Bäumen Indiens den heimischen Dialekt zugestanden, zeugen die Zusätze eher vom Willen, die Realitäten der Fremde ernst zu nehmen[68]). Das byzantinische Nationalepos von Digenis Akritas, zwischen dem 10. und 14. Jahrhundert erwachsen, trägt diese Bereitwilligkeit schon im Namen seines Titelhelden zur Schau: Digenis stammt aus zwei Geschlechtern, von Christen und Heiden; sein Vater war ein syrischer Emir, schön und blond, „nicht häßlich wie ein Neger" und der Sprache der Rhomäer völlig kundig. Digenis' Mutter stammte vom großen Konstantin ab, und doch fanden die „an Abkunft, Heimat, Brauch einander Fremden" rasch herzlich zueinander. Digenis selber, der Sarazenenschlächter, verstand natürlich die Sprache seiner Gegner[69]). In der Tat hören wir nun häufiger, daß einzelne Byzantiner des Arabischen und des Türkischen mächtig waren[69a]). Mochte man in den Grenzprovinzen und bei den Namenlosen schon längst den Blick von der glänzenden Kaiserstadt am Bosporus zu den Fremden gewandt haben, allmählich wurden auch die Gebildeten nachdenklicher.

Die führenden Byzantiner dachten nun, nachdem sie den Verfall ihres Reiches spürten, bisweilen milder als früher. Sie bemerkten jetzt, daß die Griechen den „Barbaren" viel verdankten; ein so kluger Mann wie der Großlogothet und Polyhistor Theodoros Metochites (1260/1–1332) meinte sogar, vielleicht hielten die Byzantiner die griechischen Leistungen nur deshalb für einzigartig, weil sie bloß die griechische Sprache beherrschten[70]). Demetrios Kydones (ca. 1325 bis 1397/8), der römisch-katholisch wurde und die Summa des Thomas von Aquin ins Griechische übertrug, ging noch weiter: Das Griechische biete keinen Vorteil, Stein bleibe Stein, wie das Wort dafür in den verschiedenen Sprachen auch lauten möge[71]). Nicht alle sprengten die Fesseln; in den Ohren des Rhetors und Mathematikers Nikephoros Gregoras (gest. 1360) klang die Sprache der Balkanbewohner barbarisch, ihr Benehmen schien kulturlos; doch wenn sich griechische Reisende und gastfreundliche Bulgaren begegneten, konnten nun die Griechen ein wenig Bulgarisch, und das Menschliche fand sich überall: ein Türke namens Omur wird in warmen Farben geschildert, obgleich

---

[68]) Kampers, Alexander 108 (Gog und Magog); Adolf Ausfeld, Der griechische Alexanderroman, Leipzig 1907, S. 30 f. (russische Völker, dazu der Kommentar S. 124 f.), 83 f. (Griechisch), 94 f. (indische Bäume; diese Stelle auch in: Historia Alexandri Magni, hg. Wilhelm Kroll, Bd. 1, Berlin 1926, S. 113).

[69]) Digenis Akritis, übers. Georg Wartenberg (Texte und Forschungen zur byzantinisch-neugriechischen Philologie 19), Athen 1936: IV, 2 f. S. 26 (Name Digenis); I, 3 ff. S. 3 f. (Vater); I, 209 S. 8 (Mutter); III, 273 S. 25 (an Abkunft Fremde).

[69a]) Johann Heinrich Krause, Die Byzantiner des Mittelalters in ihrem Staats-, Hof- und Privatleben, Halle 1869, S. 304 f.

[70]) Hans-Georg Beck, Theodoros Metochites, Die Krise des byzantinischen Weltbildes im 14. Jahrhundert, München 1952, S. 92 f.

[71]) Beck (o. Anm. 70) S. 117 ff.; Lechner, Hellenen und Barbaren 125 ff.

seine Sprache fremd ist, ἀλλοφύλῳ χρώμενος φωνῇ καὶ γλώττῃ[72]). Man hörte nun auf die Unterschiede, etwa wenn Mazaris im 14. Jahrhundert die Völkermischung auf dem Peloponnes zu klassifizieren suchte „nach den Sprachen, die einem ins Ohr klingen, als den allgemein deutlichen und vornehmsten Kennzeichen“[73]).

Doch hier schienen sich nun hauptstädtische Bildungsschicht und Mönche wiederum zu trennen; die letzteren zogen sich aus dem Zeitgeschehen in die Ekstase zurück. Der Herold der mystischen Hesychastenbewegung, Gregorios Palamas (gest. 1360), der gegen Demetrios und die Gesinnungsgenossen der „Lateiner“ eine heftige Polemik schrieb, hat den Gehalt des Pfingstfests nicht mehr blutvoll-gegenwärtig nacherlebt; selbst für den Ekstatiker lag es weit zurück und wiederholte sich nirgends[74]). In der Hochburg der Mönche, auf dem Berge Athos, zeigen die Wandmalereien der Klöster im 14. Jahrhundert ebenso wie gleichzeitige Ikonen in Konstantinopel wieder nur den einen Mann, der beim Pfingstwunder die Schriftrollen in einem Tuche hält; nach dem Synaxarion des Pfingstmontags bedeutet er „die Welt, die nach Ausgießung des Heiligen Geistes von allerlei Gnaden erfüllt ist“ – nicht etwa von allen Sprachen –, die Welt, derentwegen der Heilige Geist in viele Zungen zerteilt wurde, „damit Gott die einst durch die Zungen (der babylonischen Sprachverwirrung) in alle Enden der Welt Verstreuten zusammenführe“[74a]), nicht in die Einheit der Sprache, freilich auch nicht mehr in die Einheit des byzantinischen Kaiserreiches.

Denn dieses Reich war hinfällig und schwach geworden. Damals standen die Osmanen schon bedrohlich nahe, und man mußte sich mit ihnen abgeben, wenigstens am Kaiserhof. Im Jahre 1390, kurz vor der Blockade der Hauptstadt durch die Osmanen, führte der Paläologenkaiser Manuel II. persönlich ein Religionsgespräch mit einem Türken. Doch damit war wenig zu gewinnen: Der Türke konnte nicht Griechisch, der Kaiser weder Türkisch noch Arabisch, und die zugezogenen Dolmetscher erschwerten die Verständigung noch mehr[75]). Auch in Byzanz konnte man nicht über den eigenen Schatten springen. Mit den Türken befaßten sich, auch literarisch, noch immer nur wenige Byzantiner; der berühmte Lehrer der griechischen Sprache im Abendland, Theo-

---

[72]) Byzantina historia VIII, 14, CSHB Bd. 6, S. 378 f. (Griechen und Bulgaren); XIII, 4 Bd. 7, S. 649 f. (Omur). Dazu LECHNER, Hellenen und Barbaren 110, 118.

[73]) Zitiert nach DIETERICH (o. Anm. 25) Bd. 2, S. 87.

[74]) Homilia XXIV, MPG Bd. 151, Sp. 313.

[74a]) Heinrich BROCKHAUS, Die Kunst in den Athos-Klöstern, Leipzig 1891 (2. Aufl. 1924 nicht zugänglich), S. 134 (Athos, Synaxarion); Walter FELICETTI-LIEBENFELS, Geschichte der byzantinischen Ikonenmalerei, Olten-Lausanne 1956, Tafel 77 (Konstantinopel).

[75]) Dialogus, prooemium, MPG Bd. 156, Sp. 132; dazu GÜTERBOCK (o. Anm. 36) S. 63.

doros Gazes (1398–1475) wußte über Herkunft und Sprache der Türken so gut wie nichts und stellte auch keine Vermutungen darüber an; daß sie aus Ostpersien oder vom Kaukasus kommen, war ihm genug[76]). Freilich hat der letzte Vertreter der byzantinischen Weltchronistik, der mit den Genuesen befreundete und mit der italienischen und türkischen Sprache vertraute Dukas, nach 1462 über den Aufstieg der Osmanenmacht ausführlich berichtet, die Geschichte der Bulgaren, Avaren, Mongolen und anderer sachkundig beobachtet, überdies einen dramatischen und lebensvollen Bericht von der Eroberung Konstantinopels durch das Vielvölkerheer des Sultans geschrieben – aber in dem vorausgeschickten universalgeschichtlichen Abriß sind alle diese Namen, die Fragen der Sprachentstehung, Sprachen- und Völkerteilung und -zahl mit keiner Silbe erwähnt; hier zählten nur die Auserwählten, die 75 Kinder Jakobs und die 12 Stämme Israels[77]). Erst Laonikos Chalkokondyles (ca. 1432 bis ca. 1490) aus Athen hat in fast allem mit der byzantinischen Tradition gebrochen; noch war er stolz darauf, daß die Hellenen auch in der Vermischung mit den Römern ihre Sprache bis zum Ende rein erhielten; doch er schrieb seine Weltgeschichte vom Standpunkt der Osmanen aus, führte die Türken wegen der Sprachverwandtschaft auf die Skythen, also auf die Japhetiten zurück und analysierte selbst ihre Sprache, und nicht nur sie; von allen Seiten strömte ihm das sprachvergleichende Material zu. In Indien gibt es viele verschiedene Sprachen, in Täbris redet man persisch, in Pisidien türkisch, in Siebenbürgen ungarisch und walachisch; die Alanen haben eine besondere Sprache, ebenso die Ungarn, die nach einigen für Geten gelten, und die Engländer, die sich von den Deutschen und Franzosen unterscheiden. Das Walachische klingt fast wie Italienisch – die rumänische Sprache wird also als romanisch erkannt –, und scharfsichtig faßt Chalkokondyles die slavische Sprachgemeinschaft zusammen: Serben, Bulgaren, Albaner, Kroaten, Polen und Russen gehören sprachlich zusammen, „und wenn man daraus einen Schluß ziehen darf, so wäre es der, daß dieses Volk ein und dasselbe und unter sich stammverwandt (*ὁμόφυλον*) ist"[78]). Die hellenistische Identifizierung von Sprache und Volk wurde noch einmal hervorgeholt.

Bei den Mönchen, den letzten Bewahrern byzantinischer Tradition, blieb man unbewegt und abgeschlossen. Eine Sammelhandschrift des 16. Jahrhunderts, wahrscheinlich in einem Kloster auf Kreta geschrieben, bringt einige

[76]) De origine Turcorum, MPG Bd. 161, Sp. 997 ff.

[77]) Historia Byzantina, CSHB Bd. 19, S. 10 f. wäre die einschlägige Stelle. Zu Dukas' sonstigen Verdiensten vgl. Moravcsik (o. Anm. 14) Bd. 1, S. 126–128.

[78]) Historiae I, CSHB Bd. 44, S. 6 (Hellenen); I S. 9 ff. (Türken-Skythen); III S. 163 f. (Indien), 167 (Täbris); V S. 243 (Pisidien), 253 (Siebenbürgen); IX S. 468 (Alanen); II S. 73 (Ungarn), 93 (Engländer), 77 f. (Walachisch); I S. 26 f., 35; X S. 530 ff. (Slaven).

jener Frage- und Antwort-Sammlungen, die wir bei den Syrern schon antrafen und in den abendländischen Joca monachorum wiederfinden werden. Doch während in Syrien und im Okzident die Sprachen- und Völkerwelt stark bei den Themen berücksichtigt wird, beschränkt sich das spätbyzantinische Gegenstück auf die Frage, wie die Erde unter Noahs Kinder verteilt wurde, und begnügt sich mit der Antwort, daß Sem zwischen Indien und Rhinokorure, Cham südwärts bis Cadiz und Japhet im Norden wohne. Auch nur die Frage, in wessen Teil denn nun Kreta falle, wurde nicht gestellt, die Sprachen- und Völkerzahl nicht besprochen. Statt dessen hört man die Scherzfrage: Wer war 72 Stunden in der Hölle und kam wieder heraus? Jonas im Walfisch![79])

Warum also dachten die Byzantiner nicht universal genug, um die von Patristik und christlichem Orient bearbeiteten Probleme der Sprachen- und Völkervielfalt weiterzuführen? Doch wohl, weil sie die Bereiche scharf trennten. Sie schätzten nur ihre eigene Sprache; doch ihre Mission war nirgends Träger griechischer Sprachexpansion. Auf dem Balkan behielt nur Albanien bis ins 20. Jahrhundert griechische Sprache und Kirchenorganisation, überall sonst überließ man die Herrschaft zwischen Serbien und Rußland bereitwillig dem Kirchenslavischen; noch heute hat die griechisch-orthodoxe Kirche keine einheitliche Liturgiesprache und verwendet Griechisch nur im Patriarchat Konstantinopel; neben dem Kirchenslavischen sind das Arabische und neuerdings auch Englisch und Chinesisch zugelassen[80]). Die Byzantiner trieben also Mission, aber sie überließen die Missionierten alsbald sich selbst; sie achteten die historische Vielfalt der Sprachen und Völker in der Praxis durchaus – und doch erkannten sie nur ihre eigene Sprache an. Auch Geschichte war nur, was ihnen selbst widerfuhr, das Zeitgeschehen rings um Byzanz. Die Weltgeschichte gehörte als wirksame zur Theologie, als vergangene verlor sie jeden Wert und ging nur ein paar Antiquare an. Die Rückbeziehung auf eine Vergangenheit, die Berufung etwa auf hohes Alter oder adligen Stammbaum hatte meist durchsichtige politische Hintergründe; die antiquarische Freude am Alten reichte nur sehr selten bis an die Nöte der Gegenwart heran; gar biblische Genealogien sind nirgendwo so selten wie in Byzanz. Die Theologie war seit der Zeit der Kirchenväter abgeschlossen; kaum eine andere literarische Gattung ist in Byzanz weniger gepflegt worden als die Bibelexegese, besonders des Alten Testaments; offenbar weckten neue Situationen und Perspektiven kein Bedürf-

---

[79]) Carl Friedrich Georg Heinrici, Griechisch-Byzantinische Gesprächsbücher und Verwandtes aus Sammelhandschriften (Abhandlungen der Kgl. Sächs. Gesellsch. d. Wiss., Philol.-Hist. Kl., Bd. 28, Nr. 8), Leipzig 1911, S. 50 f. (Völker), 57 (Jonas), beides aus der Handschrift Dresden A 187.

[80]) Donald Attwater, The Christian Churches of the East, 2 Bände, Milwaukee 1947–48, hier Bd. 1, S. 46 f.; Bd. 2, S. 171.

nis nach einer Neuinterpretation der alten heiligen Schriften, sie standen jenseits des Tageslärms. Beide Haltungen, das Fehlen der „universalhistorischen" und der „exegetischen" Sehweise, aber auch die Abtrennung der „Zeitgeschichte" von beiden Bereichen, haben wohl die gleiche Wurzel, in dem Gefühl nämlich, eine zeitlose, hohe Kulturtradition durch tägliche Wirrnisse tragen zu müssen, aber auch unversehrt tragen zu können. Eine stark traditionsgebundene Kultur, die von der Vergangenheit nichts hält, scheint ein Paradoxon zu sein; aber dies entspricht der geschichtlichen Rolle von Byzanz. Nur eine Macht, die sich nicht als historische, alternde Größe unter vielen anderen, sondern als zeitloser Fels Gottes im Meer der Völker sah, konnte für mehr als tausend Jahre der Hort griechischer Kultur und der Schild des Abendlandes sein[80a]).

*

Die Nachwirkungen der byzantinischen Haltung auf dem Balkan und in Rußland können wir nur flüchtig und sehr lückenhaft skizzieren. Die Christianisierung der Südslaven, im 9. Jahrhundert von Byzanz aus begonnen, hat die Völkerwelt zwischen Europa und Asien allmählich zu einer Einheit werden lassen, die man als „kirchenslavischen Kulturkreis" bezeichnen kann: diese Einheit ist gegründet auf die von Kyrill und Method ausgebildete Mundart ihrer bulgarischen Heimat, das Kirchenslavische, das für Bulgarien, Serbien, Rumänien, Rußland, zeitweise auch Litauen, lange Zeit eine dem Lateinischen ähnliche übernationale Rolle spielte[81]). Dennoch ist bei Süd- und Ostslaven der byzantinische Kultureinfluß zunächst beherrschend geblieben.

Die gesamte historiographische Literatur der Südslaven wurde angeregt vor allem durch die Chroniken des Malalas, des Georgios Hamartolos und des Konstantinos Manasses. Um 1350 hat man eine bulgarische Übersetzung der Manasses-Chronik mit Bildern ausgestattet, die zu den schönsten Erzeugnissen der mittelalterlichen Kunst Bulgariens gehören. Aus dem griechischen Original entnahm man vielleicht auch die Darstellung des Babelturms, von dessen Spitze Steine stürzen, während zu beiden Seiten Menschen, hier vier, dort zwölf, in die Weite streben. Die meisten tragen Kronen und Kleider von verschiedener Form und Tönung, auch die Gesichtsfarben divergieren. Gottes Hand ist nirgends zu sehen; was die Fliehenden mit dem stürzenden Bau verband, ist nicht ersichtlich; der Urheber des Frevels wird nicht gezeigt, obwohl der zugehörige Text von Nimrods Turm spricht, der nicht fertig geworden sei. Auf dem Bild

---

[80a]) Henry St. Lawrence Beaufort Moss, Die geschichtliche Bedeutung von Byzanz, in: Historia Mundi, Bd. 4, München 1956, S. 542–555, hier S. 544, 553.

[81]) Heinrich Felix Schmid, Der kirchenslawische Kulturkreis, in: Randa, Handbuch 887 ff.

wird der Bau, anders als im Text, zerstört[82]). Wahrscheinlich ist das Bild also nicht nach dem Text der Chronik angefertigt worden und mag aus der byzantinischen Komnenenzeit stammen[83]); es zeigt wenig Originalität. Die Miniatoren konnten nicht ahnen, daß keine zehn Jahre später mit dem Familienzwist des Zaren Ivan Alexander, den die erste Miniatur des Codex darstellt, die Einheit Bulgariens zerbröckeln würde wie die der Menschheit in Babel.

Spätere haben die literarischen Anregungen ins Folkloristische gewendet und die Turmbaugeschichte aller historischen Bezüge entkleidet. Eine bulgarische Sage will wissen, der Teufel habe seinen Dienern befohlen, einen Turm bis in den Himmel zu errichten; er wollte Gott stürzen und mit dem Pfeil erschießen – das ist noch einmal Nimrods Geschoß, wie im jüdischen Sepher Hajaschar –. Da wurden die Teufel von dem Turm herabgestürzt und brachen dabei alle ein Bein. Seitdem hinken die Teufel. Die Sprachverwirrung hatte hier keinen Platz mehr, es blieb nur die Erinnerung an die Bösartigkeit des Turmbaus[84]). Noch immer ist kein zündender Funke von der Vergangenheit zur Gegenwart übergesprungen.

Auch als sich im 15. Jahrhundert die rumänische Nation zusammenschloß, entnahmen die ersten Chroniken ihren Stoff aus Malalas[85]); noch im 17. Jahrhundert zogen die byzantinischen Weltchroniken mit ihrem Reichtum an apokryphen und folkloristischen Legenden die Rumänen stark an[86]). So vererbte sich auch die byzantinische Einstellung zu Sprachen und Völkern, wenigstens in gewissem Umfang: Noch eine bäuerliche rumänische Pfingstikone des 18. Jahrhunderts zeigt denselben Mann mit den in einem Tuch liegenden Sprachenrollen, den wir bei den Byzantinern trafen; nur sind hier seine Gesichtszüge mongolisch-exotisch[87]). Ein serbischer Psalter aus dem Ende des 14. Jahrhunderts hat sich freilich schon vom byzantinischen Vorbild halb freigemacht: zur Tür des pfingstlichen Saales drängen sich neben dem Mann mit den Schriftrollen mindestens fünf verschieden gekleidete Gestalten herein; die

---

[82]) Les miniatures de la chronique de Manassès à la Bibliothèque du Vatican (Cod. Vat. slav. II), hg. Bogdan D. Filow (Codices e Vaticanis selecti 17), Sofia 1927, Tafel Nr. 8 aus fol. 14 v, dazu die Farbtafel XLII und die Beschreibung S. 34 f.

[83]) August Heisenberg, Über den Ursprung der illustrierten Chronik des Konstantinos Manasses, in: Münchner Jahrbuch der bildenden Kunst NF 5 (1928) 291–310, hier S. 310, auch zur Datierung.

[84]) Oskar Dähnhardt, Natursagen, Bd. 1, Leipzig-Berlin 1907, S. 50.

[85]) Heinrich Felix Schmid, Le pubblicazioni di fonti storiche medioevali nei paesi slavi, in Romania e Ungheria, in: La pubblicazione delle fonti del medioevo europeo negli ultimi settant' anni (1883–1953), Rom 1954, S. 141–210, hier S. 191 mit weiterer Literatur.

[86]) Alexandrina Mititelu, Rumänien, Nationalsprachliche Periode, in: Randa, Handbuch 913.

[87]) Ikonen, Ausstellung in der Städtischen Kunsthalle Recklinghausen, 6. 1.–20. 2. 1955, Katalog-Nr. 19.

Vielzahl der Völker nimmt hier am Pfingstwunder lebendiger Anteil als jemals in Byzanz[87a]). Ob in der ständigen Bewegung durchziehender Völker das Pfingstwunder, aber auch der Turm von Babel lebendiger blieb als in Byzanz? Eine südslavische Sage läßt es fast vermuten. Da ließ der Kaiser Pharao in Asien eine Burg bauen; Gott fuhr hinab. „77 Bauleiter waren es, jeder hub an eine andere Sprache zu sprechen. Bis dahin gabs auf der Welt nur eine Sprache, damals aber hörte man im selben Augenblicke 77 Sprachen reden“ [88]). Die herkömmliche Zahl war vergessen, Nimrods Name mit einem klangvolleren vertauscht, aber waren Faktum und Tendenz des biblischen Berichts nicht ziemlich gut getroffen? Dennoch wagten sich unsere Probleme kaum unter der schützenden Decke kirchlicher und sprachlicher Einheit hervor; noch nachdem die Heiligen Bücher ins Rumänische übersetzt worden waren, bis zum 17. Jahrhundert, blieb das Kirchenslavische Staatssprache, bis zum 18. Jahrhundert Liturgiesprache. In der dann folgenden religiösen und nationalen Erweckung der Balkanstaaten wirkten nun freilich andere Motive als die eines religiösen oder folkloristischen Universalismus, der keine Grenzen anerkannte. Bis dahin hat das byzantinische Vorbild doch wohl in einem beruhigenden, wenn nicht einschläfernden Sinne gewirkt.

*

Ganz anders in Rußland. Hier mag die Überlagerung der Ostslaven durch die germanischen Waräger aus dem 9. Jahrhundert nachgewirkt haben, so umstritten auch ihre Hinterlassenschaft ist[89]). Das erste Kiever Reich war vielsprachig und wurde durch seine weitreichenden politischen Verflechtungen zwischen Skandinavien, dem Westen und Byzanz frühzeitig zu einem weltoffenen Blick gezwungen. Die Annahme des Christentums mit der kirchenslavischen Sprache hielt das Land seit dem Ende des 10. Jahrhunderts in Kontakt, freilich auch schon in Distanz zu Bulgaren und Byzantinern. Der Metropolit Ilarion vertrat in seiner Rede über „Gesetz und Gnade“ zwischen 1037 und 1050 die volle Gleichberechtigung der Russen; sie gehörten ebenbürtig der christlichen Welt an und priesen „wie alle Länder, Städte und Völker“ den Apostel, der ihnen das Christentum brachte[90]) – schon der Apostel Andreas soll

---

87a) Diehl, Manuel Bd. 2, S. 882 mit Abbildung 437.

88) Friedrich Krauss, Sagen und Märchen der Südslaven, Bd. 2, Leipzig 1884, S. 173–178 Nr. 87.

89) Adolph Stender-Petersen, Das Problem der ältesten byzantinisch-russisch-nordischen Beziehungen, in: CISS Bd. 3, S. 165–188; dazu die Diskussionen in: CISS Atti S. 284 ff.

90) Dmitrij Tschižewskij, Geschichte der altrussischen Literatur im 11., 12. und 13. Jahrhundert, Frankfurt/Main 1948, S. 116–121.

Rußland besucht haben[91]). Schon im 11. Jahrhundert konnte man in Rußland den fremden Christenvölkern Städte weisen, in denen Heilige lebten: „Nicht allein unserem Volke bist du von Gott gegeben zur Errettung, sondern der ganzen Erde“[92]), so sagte ein unbekannter Mönch zu Ende des 11. Jahrhunderts. Der Stolz auf die eigene Sprache äußerte sich bald in einer eigenen, mit apokryphen Erzählungen ausgeschmückten Bibelübersetzung, in dem „Erläuterten Alten Testament“ (Tolkovaja Paleja). Es entstand zwischen dem 10. und 13. Jahrhundert, in Nordrußland, Kiev oder Bulgarien und zählte die 72 Völker auf, in einer anscheinend dem Synkellos nahestehenden Liste; hier wurde das Volk der Russen, der *Sloveni*, mit den *Norici* gleichgesetzt und unter die alten Völker der biblischen Urgeschichte aufgenommen[93]).

Doch gleichzeitig predigten die Fürsten sprachliche Aufgeschlossenheit. Der Fürst von Kiev, Vsevolod (gest. 1093), beherrschte fünf fremde Sprachen, neben Nordisch, Ossetisch und Kumanisch auch Griechisch und Latein[94]); sein Sohn Vladimir Monomach (1053–1125), der mit einer Angelsächsin und einer Kumanin verheiratet war und zu Schwiegertöchtern schwedische und ossetische Prinzessinnen hatte, stellte seinen Söhnen dies Beispiel mahnend vor Augen: „Vergeßt nicht, welch nützliche Kenntnisse Ihr besitzt, und lernt das, was Ihr noch nicht kennt, so wie mein Vater, obgleich er zu Hause in seinem eigenen Lande blieb, doch noch fünf andere Sprachen verstand. Denn dadurch erwirbt man Ansehen in anderen Ländern“[95]). Auf ganz ähnliche Weise hatte zwei Generationen früher der Ungarnkönig Stephan I. seinem Sohn das Sprachenstudium empfohlen.

Da die Russen nicht die griechische Sprache übernahmen, fehlte bei ihnen weithin die Aneignung des antiken Erbes und damit auch die byzantinische Überheblichkeit gegenüber den „Barbaren“[96]); alle historische Rückbesinnung knüpfte sich an die Bibel allein. Daß die Russen sich in den universalen Zusammenhang der von Noah ausgehenden Menschheit zu stellen wünschten,

[91]) Georg von RAUCH, Frühe christliche Spuren in Rußland, in: Saeculum 7 (1956) 40–67, hier S. 43 f. nimmt die Legende allzu ernst.

[92]) Erzählung von den beiden Duldern und heiligen Märtyrern Boris und Gleb, in: Russische Heiligenlegenden, übers. Ernst BENZ u. a., Zürich 1953, S. 72.

[93]) Hinweis von Prof. Dietrich GERHARDT-Münster, dem ich nicht nachgehen kann. Zur umstrittenen Herkunft der Tolkovaja Paleja vgl. TSCHIŽEWSKIJ (o. Anm. 90) S. 392 f.

[94]) George VERNADSKY, A History of Russia, Bd. 2, 2. Aufl., New Haven 1951, S. 291 f.

[95]) Testament Vladimir Monomachs, bei Samuel Hazzard CROSS – Olgerd P. SHERBOWITZ-WETZOR, The Russian Primary Chronicle, Laurentian Text (The Mediaeval Academy of America Publications 60), Cambridge 1953, S. 211.

[96]) Heinrich Felix SCHMID, Ostchristentum und Abendland, in: RANDA, Handbuch 972.

lehrt wie die Tolkovaja Paleja so auch die früheste russische Chronik, die vielfach fortgesetzte und abgeschriebene Nestorchronik aus dem Kiever Höhlenkloster, wohl zu Vladimir Monomachs Zeit, zwischen 1113 und 1115 geschrieben. Auch sie ergänzte durch eine kleine Juxtaposition die langweilige Völkerreihe des aus Übersetzungen bekannten Georgios Monachos und schob neben die Illyrier die „Slovenen", die vom Stamme Japhet sind; sie wurden wie in der Tolkovaja Paleja beiläufig auch mit den Norikern zusammengebracht, aber vor allem „das slovenische Volk und das russische sind eins", und dies ist eines von den 72 in Babel entstandenen Völkern. Die Russen sind also nicht spätbekehrte Neulinge in der Heilsgeschichte, sondern so alt, wie nur ein Volk sein kann; überdies besuchte schon Petri Bruder, der Apostel Andreas, die russische Erde[97]). Diese Einleitung der Nestorchronik wurde den meisten russischen Lokalchroniken zwischen dem 14. und dem 16. Jahrhundert vorangestellt, die auf diese Weise die Anknüpfung an die biblische Völkertafel erlangten. Über die Nestorchronik kam die Liste der 72 Völker zu den Russen, aber sie lebte nicht aus der öden Gelehrsamkeit des Hamartolos, sondern eher aus dem Bestreben, sich von den byzantinischen Lehrern frei zu machen – auch hier ist die Suche nach dem alten Stammbaum ein Kennzeichen junger, sich mannbar fühlender Kräfte – und sich in dem Stamm Japhet, nach Europa also, als gleichberechtigt einzugliedern. Denn die Nestorchronik ließ nun, über Hamartolos hinausgehend, eine Liste der japhetitischen Völker folgen, die zwar die Russen, Mordwinen, Letten, Livländer an die Spitze setzte, aber auch Waräger, Angeln, Schweden, Normannen, Römer, Deutsche, Karolinger, Venezianer, Franken mit enthielt; die Reihe ist etwas kunterbunt, doch eine „modernere" Völkertafel hatte das abendländische 12. Jahrhundert auch nicht aufzuweisen. Das ist aber nur der „biblische Adel"; zum „biblischen Pöbel" warf die Nestorchronik die Bulgaren, Türken, Petschenegen, Kumanen, Sarazenen, die Randvölker also; sie wurden nach Pseudo-Methodius von den Madianitern oder aber von Ismael, also jedenfalls aus späten und unreinen Seitenzweigen der biblischen Völkerwelt hergeleitet. Auch diese „ständische Völkertheologie" hat im zeitgenössischen Abendland kaum ihresgleichen. Die Nestorchronik stellte sie als gottgewollt hin, denn sie betonte, daß diese Völkerteilung vor dem Turmbau stattfand und daß jeder der drei Noachiden schwor, nicht in des anderen Anteil einzugreifen. Noch später sagte der Chronist, es sei eine große Sünde, in das Land des Nachbarn überzutreten. Erst als sich die Menschen nicht an diese biblische Monroe-Doktrin hielten, noch einmal zusammenkamen und den Turm und die Stadt Babel bauten, fuhr Gott dazwischen, warf

---

97) Werner PHILIPP, Ansätze zum geschichtlichen und politischen Denken im Kiewer Rußland (Jahrbücher für Geschichte Osteuropas, Beiheft 3), Breslau 1940, S. 30 f.

durch einen gewaltigen Wind den Turm um – so kommt das Motiv des Jubiläenbuchs nach Rußland – und „verwirrte die Sprachen und zerteilte sie in 72 Sprachen und zerstreute sie über die ganze Erde“. An einer späteren Stelle der Chronik, als Vladimirs des Heiligen Unterrichtung durch griechische Missionare zu erzählen war, schob der Chronist eine kurze Synopsis der biblischen Geschichte ein, in der wiederholt wurde, daß die Erde anfangs eine Sprache hatte und Nimrod der Anstifter des Turmbaus war; als Gott die 72 Völker schied, behielt nur der am Turmbau unschuldige Eber die Ursprache; die Nationen nahmen ihre eigenen Gebräuche an, und Seruch erfand – der Zug stammt aus Malalas – den Götzendienst. In der einen der beiden Chronik-Redaktionen hören wir überdies einen Gedanken, der merkwürdigerweise hundert Jahre später auch Eike von Repgowe gekommen ist. Da Eber beim Turmbau nicht beteiligt war und ihm die Ursprache verblieb, teilten sich die Noachiden nicht in 72, sondern nur in 71 Völker. Diese Völker aber, und besonders das russische, sind auf ihre Sprache trotz der etwas anrüchigen babylonischen Entstehung sehr stolz; nur mit Abscheu erzählte der Chronist, daß einige die slovenischen Bücher schmähten mit den Worten: „Keinem Volke geziemt es, eigene Buchstaben zu haben außer Juden und Griechen und Lateinern, wegen der Aufschrift, die Pilatus auf das Kreuz des Herrn setzte“[98]). Die Lehre von den drei heiligen Sprachen wurde also gleich zu Beginn der russischen Entwicklung abgelehnt, ganz anders als im Abendland. Es gab keine bevorzugte Sprache, das Slavische war nicht schlechter als jede andere christliche Sprache.

Doch hielt daneben die fremdsprachliche Bildung weiter vor; im 12. Jahrhundert lasen manche Mönche noch die antike griechische Literatur[99]); auch die lateinische Welt wurde nur hin und wieder zurückgewiesen, sonst anerkannt; Reste hebräischer Bildung meint man noch zu Beginn des 13. Jahrhunderts in Klosterlegenden zu spüren wie der vom Klausner Nikita, der das Alte Testament auswendig wußte und die jüdischen Bücher gut kannte[100]). Die russische Haltung war also, wenigstens zunächst, keine Absperrung nach außen, sie ließ das Fremde gelten, ohne das Eigene zu verleugnen.

---

[98]) Die altrussische Nestorchronik, Povest' vremennych let, übers. Reinhold Trautmann (Slavisch-baltische Quellen und Forschungen 6), Leipzig 1931, S. 1–3 (Völkertafel), 16 (slovenisch = russisch, ad a. 898), 167 (Bulgaren usw., ad a. 1096), 131 f. (Grenzüberschreitung, ad a. 1073), 63 f. (71 Sprachen, ad a. 986), 15 (slovenische Schriften, ad a. 898). Zu der (freilich ungewissen) Bedeutung des Namens „Slovenen“ („diejenigen, die dieselbe Sprache reden“) George Vernadsky, Das frühe Slawentum, in: Historia Mundi, Bd. 5, Bern 1956, S. 251–300, hier S. 256.

[99]) Albert Maria Ammann SJ, Abriß der ostslawischen Kirchengeschichte, Wien 1950, S. 44, hier passim über das Verhältnis zu den Lateinern.

[100]) Paterikon des Kiever Höhlenklosters, Benz (o. Anm. 92) S. 191.

Stolz und bescheiden klingt es noch, wenn Alexander Nevskij (1219–1263) nach der zeitgenössischen Legende mit unverkennbarer Anspielung auf Deut. 32, 8 sagt: „Ewiger Gott…, Du hast den Völkern ihre Grenzen gesetzt und hast geboten, zu leben, ohne den Fuß in fremdes Land zu setzen". War dies Gebet die Reaktion auf den Schwedeneinfall, den „Kreuzzug" von 1240, so erwiderte Alexander die Missionsversuche des Papstes Innocenz IV. ähnlich: „Von Adam bis zur Sintflut und zur Sprachenverwirrung . . ., vom ersten Konzil bis zum siebenten, dies alles weiß ich wohl. Von euch nehmen wir Belehrungen nicht an"[101]). Die Abwehr jeder universalistischen Tendenz, die Forderung nach dem Eigenrecht war hier noch mit einem wachen Gefühl für Gottes Leitung der Geschichte verbunden.

Seit dem 12./13. Jahrhundert änderten sich die Zustände. Mongolensturm und Tatarenherrschaft ließen nicht die politischen Gewalten, nur die Kirche noch übrig; und diese trennte sich nun nicht nur von den litauisch-polnischen Stammesbrüdern, sondern auch von der griechischen Bildung mehr und mehr. Gleichzeitig wandte sich das russische Denken der ekstatischen Askese zu, die von allem Weltlichen, auch von der Geschichte absah und die Barbareneinfälle als Strafe Gottes wertete. „Niemand weiß, woher sie kamen; niemand weiß, welche Sprache sie sprechen. Es ist eine Strafe Gottes für unsere Sünden." Die Drohreden der alttestamentlichen Propheten vom Volk mit dunkler Sprache schienen erfüllt; die Katastrophe war da. Das Selbst- und Geschichtsbewußtsein hat sich hier analog dem Untergang des Kiever Reiches entwickelt[102]). Nun blieb auch für die selbstbewußte Wertung von Sprache und Volk wenig Raum mehr. Von 1282 stammt die älteste Abschrift des „Russischen Rechts", das fast ganz von kirchenslavischen Zusätzen frei ist und als Dokument der Umgangssprache gelten kann[103]). Volks- und Kirchensprache begannen sich – freilich sehr undeutlich – zu scheiden; unter tatarischem Einfluß differenzierten sich auch Russisch und Ukrainisch. Der Sprache blieb nur noch im liturgischen Bereich ein eindeutig abgegrenzter Raum, während die Kirche bereits mit Missionen und Übersetzungen, zuerst ins Syriänische, begann[104]). Zwar läßt noch eine Legende des beginnenden 15. Jahrhunderts einen Heiligen, der das Lesen nicht lernen kann, durch den Heiligen Geist erleuchtet alles verstehen[105]), aber das betrifft nicht die Kenntnis der Sprache. Nirgends schenkt Gott seinen Heiligen eine wunderbare Sprachenkenntnis, wie wir das im Abendland in der

---

[101]) Legende des heiligen Alexander Nevskij, Benz (o. Anm. 92) S. 257 (Schweden), 263 (Papst).

[102]) Ammann (o. Anm. 99) S. 52 f. (das Zitat); Philipp (o. Anm. 97) S. 34 ff., 47 f., 96 f. (Bewußtsein und Reichskrise).

[103]) Hans Koch, Rußland, Literatur und Recht, in: Randa, Handbuch 929 ff.

[104]) Ammann (o. Anm. 99) S. 114.

[105]) Legende vom hl. Sergij von Radonesch, Benz (o. Anm. 92) S. 307–309.

„Legenda aurea" immer wieder antreffen. Daß nun auch die Zahlensymbolik ambivalent wurde, versteht sich fast von selbst: die bösen Fürsten, die Novgorod überfallen, sind in einer Legende des 15./16. Jahrhunderts, die auch sonst Anklänge an die Virgilsage des Jansen Enikel aufweist, 72 an der Zahl[106]). Ein russisches Märchen verdrehte die Zahl und gab 27 Länder der Erde an[107]). Die Traditionen hielten den Atem an.

Das Moskauer Reich schüttelte seit dem 15. Jahrhundert das Tatarenjoch ab, suchte das Erbe von Byzanz zu übernehmen und griff in neuem Selbstbewußtsein bis zur mosaischen Genesis zurück. Wie anderwärts ging auch hier der Rückgriff schrittweise vonstatten. Nach 1453 identifizierte man auf byzantinische Weise die *῾Ρώς* der Gog und Magog mit den Russen; doch haben vorher und nachher – bis zu Napoleon hin – die Russen lieber ihre Gegner als sich selbst mit den suspekten Endzeitvölkern gleichgesetzt, vor allem, nachdem die Welt nicht, wie weithin erwartet wurde, mit dem Jahre 1492 zu Ende ging[108]). Nun wurde Moskau zum dritten und letzten Rom. Ein Markstein dieser Neubesinnung war der vielbesprochene Chronograph von 1512; er berief sich unmittelbar auf die Genesis, um den Rang Rußlands zu erweisen: Russisch ist eine von den 72 Babelsprachen, das slavische Volk stammt von Japhet her. Daneben läuft eine Translation der Wissenschaften, von Nimrod, dem ersten Babelkönig, an die Perser, von diesen an die Hellenen und zuletzt von Byzanz an die Russen[109]). Bald war dies nicht genug; um 1513/23 wurde endlich die antike Geschichte auch genealogisch einbezogen und mit dem biblischen Stammbaum verknüpft: Der Semit Arphakschad war Herrscher Ägyptens und Indiens und der Ahnherr der Weltherrscher, Felix' von Thule und Alexanders des Großen. Von diesem stammte Augustus, dessen Nachfahre war Rurik. Andere wählten lieber den Hamiten Misraim, den Herrn Ägyptens, zum Stammvater der russischen Herrscher; offenbar wollte man um jeden Preis an das älteste damals bekannte Kulturvolk der Erde anknüpfen[110]). Im Moskauer Krönungsstatut von 1547, mit dem Ivan IV. den Zarentitel erhielt, wurden diese Herkunftslegenden jahrhundertelang weitergetragen; sie begründeten die Moskauer Eroberungspolitik erbrechtlich. Nun gewann auch die russische

[106]) Legende vom hl. Joann von Novgorod, Benz (o. Anm. 92) S. 461 (72 Fürsten), 464 ff. (Anklänge an Virgilsage).

[107]) Afanassjew-Meyer Nr. 39, zitiert nach Ernst Böklen, Die Entstehung der Sprache im Lichte des Mythos, Berlin-Stuttgart-Leipzig 1922, S. 86, wo aber die Zahl m. E. falsch erklärt wird.

[108]) Samuel Hazzard Cross, The Earliest Allusion in Slavic Literature to the Revelations of Pseudo-Methodius, in: Speculum 4 (1929) 329–339, hier S. 329, 331; zum Weltende von 1492 vgl. Ammann (o. Anm. 99) S. 164.

[109]) Chronograph, in: Polnoe sobranie russkich letopisej, Bd. 22, 1, Petersburg 1911, S. 30, 345. Dr. Ulrich Busch übersetzte mir diese Teile.

[110]) Brief des Spiridon, bei Schaeder (o. Anm. 48) S. 67 ff.

Sprache, insbesondere der griechischen und lateinischen gegenüber, einen neuen Wert; er spiegelt sich in der Legende von Maxim Grek (ca. 1480–1556), einem in Italien humanistisch gebildeten Griechen, der nach Rußland gerufen wurde, um gegen heftige russische Widerstände griechische Schriften ins Russische zu übersetzen, weil damals kein Russe mehr Griechisch verstand. Schon diese Fakten sind bezeichnend, aber auch die Legende hebt mit einer gewissen Genugtuung hervor, wie schwer es für Maxim war, Russisch zu lernen[111]). Sogar eine 1598 entstandene Märchenlegende schickte dem angeblich aus Rom stammenden Heiligen Anton Rimlianin nicht etwa den Heiligen Geist, sondern einen „Kaufmann, der viele Länder durchreist hatte und mancherlei Sprachen kannte“[112]); von ihm lernte Anton im täglichen Umgang mühsam das Russische.

Im ausgehenden 15. und im 16. Jahrhundert fertigte man in Rußland mehrere bebilderte Kopien der Christlichen Ortskunde von Kosmas dem Indienfahrer an, und dabei erschien nun der Turmbau von Babel und die Katastrophe, gleich von Anfang an eigenwillig gestaltet, an Wildheit und Bewegtheit der Handlung alle syrischen und erst recht die byzantinischen Muster übertreffend. Die Werkleute mauern noch und steigen auf Leitern in die Höhe; droben auf der Plattform des Turmes stehen schon andere, einmal etwa 12 Personen, die gen Himmel zeigen oder mit Stöcken nach den Sternen greifen; unten sitzt herrscherlich der Bauherr Nimrod. Die strafende Hand Gottes wird in den späteren Kopien ersetzt durch die Gestalt Christi, bei deren Erscheinen Leute und Steine vom Turm herabfallen; auf andern Bildern stürzt das Bauwerk schon zusammen. An seinem Fuß sieht man auf einigen Miniaturen junge Leute, reisefertig, mit Bündeln auf dem Rücken, die Hände emporgestreckt, weil sie einander nicht mehr verstehen. Aber Gesichter und Kleider zeigen keine völkischen Besonderheiten. Hier wird realistisch und derb ein Ereignis dargestellt, das einmal wirklich geschah, allen Nachfahren zur Warnung, aber ohne direkte Lehre für die Gegenwart: die da bauen und stürzen, sind keine Russen[112a]).

Im 16. Jahrhundert hielten es die Russen bereits für ihre Aufgabe, „die verschiedenen Nationen des Ostens und Westens zu einem organischen Ganzen zu vereinigen“, und nachdem Ivan IV. die „Sammlung der russischen Erde“ abgeschlossen hatte, löste sich 1589 das russische Patriarchat vom Patriarchen von Konstantinopel los, wobei man dem Zaren versicherte: „Alle anderen christlichen Königreiche gehen jetzt in deinem Reiche auf. Du bist der ein-

---

111) Legende vom hl. Maxim Grek, Benz (o. Anm. 92) S. 380.

112) Legende vom hl. Antonij Rimlianin, Benz (o. Anm. 92) S. 452 f.

112a) Egon Kuzmič Redin – D. V. Ainalov, Christianskaja Topografija Koz'my Indikoplova, Bd. 1, Moskau 1916, S. 91–101 mit zahlreichen Abbildungen, auch aus illustrierten Historienbibeln des späten 15. Jahrhunderts.

zige christliche Herrscher auf der ganzen Welt. Du bist der Herr aller Christen"[113]).

Der Kreis scheint sich zu schließen; Rußland ist auch ideologisch an die Stelle von Byzanz getreten, ebenso wie es politisch die Rolle des Bollwerks gegen die asiatische Welt übernahm[114]). Der Glaube, das auserwählte Volk zu sein und die vorzüglichste Sprache zu sprechen, schien zu triumphieren. Wer fremde Sprachen lernen wollte, mußte es heimlich tun[115]). Noch 1690 scheiterte Peter d. Gr. mit seinem Vorschlag, einen westlich gebildeten Mann zum Patriarchen zu machen, und er soll gesagt haben, die Russen hätten ihn abgelehnt, weil er barbarische Sprachen rede[116]). Wir werden diesem Sendungsglauben in ganz verwandelter Gestalt im 20. Jahrhundert noch einmal begegnen. Freilich änderten sich seit Peter dem Großen alle Verhältnisse. Leibniz hat den Zaren zur Heidenmission aufgefordert, *ut omnis lingua laudet Dominum*, und in der Tat hatten russische Missionare seither an der Erschließung der innerasiatischen Sprachen den bedeutendsten Anteil[117]). In dem geeinten Riesenreich begann man nun erst die Vielzahl der über hundert Dialekte zu bemerken, zumal seit Peter die absolute Herrschaft des Kirchenslavischen gebrochen war und der Moskauer Dialekt zur Schriftsprache wurde. In dem Vielvölkerreich beließ man seither großzügig neuhinzugekommenen Territorien ihre eigene Sprache[118]), bis die Nationalisierung im 19. Jahrhundert die Akzente erneut verschob. Aber schon im vorpetrinischen Rußland, in dem Religion und Sprache noch innig miteinander zusammenhingen, war der Wille zur Selbstbehauptung unter den vielen andern zum Glauben an die eigene Überlegenheit geworden, und nur in der ersten, nicht in der letzteren Phase war das Thema der Sprachen- und Völkervielfalt akut.

Dem byzantinischen und dem kirchenslavischen Kulturkreis gab eine Sprache, hier das Griechische, dort das Kirchenslavische, beiden dieselbe Religion ihre innere Einheit; die Herrschaft von Religion und Sprache wurde, ganz anders als bei den christlichen Orientalen, von keinem inneren Gegner ernsthaft be-

---

[113]) KOHN, Idee 451.

[114]) Otto HOETZSCH, Grundzüge der Geschichte Rußlands, Stuttgart 1949, S. 53.

[115]) Georg von RAUCH, Moskau und der Westen, in: AKG 34 (1952) 22–66, hier S. 27 ff.

[116]) Reinhard WITTRAM, Peters des Großen Verhältnis zur Religion und den Kirchen, in: HZ 173 (1952) 261–296, hier S. 263.

[117]) Josef GLAZIK MSC, Die russisch-orthodoxe Heidenmission seit Peter dem Großen, Ein missionsgeschichtlicher Versuch nach russischen Quellen und Darstellungen (Missionswissenschaftliche Abhandlungen und Texte 19), Münster 1954, S. 32 (Peter), 38 (Leibniz), 62 f., 89, 121, 129, 134, 153, 163, 191, 199, 201 u. ö. (Sprachen).

[118]) Georg von RAUCH, Rußland: Staatliche Einheit und nationale Vielfalt, Föderalistische Kräfte und Ideen in der russischen Geschichte (Veröffentlichungen des Osteuropa-Institutes München 5), München 1953, S. 37, 46.

stritten. Das wird einer der wichtigsten Gründe dafür sein, daß bei Byzantinern und Slaven zumeist jene innere Unruhe fehlte, die zu einem religiösen Geschichtsdenken drängte. Die Phasenverschiebung im Verhältnis beider Kreise ließ die Russen nach der tatarischen Eroberung jene „überzeitliche“ Ideologie aufgreifen, die den Byzantinern nach der lateinischen Invasion entglitt. Ein solcher andere ausschließende Sendungsglaube fehlte den christlichen Orientalen; doch die Verkoppelung von Religion und Muttersprache führte auch sie in die Isolierung. Hängt diese Vermengung von Religion und Eigensprache, hängt das starke Selbstbewußtsein, das wir bei den christlichen Orientalen, in Byzanz und Rußland trafen, etwa damit zusammen, daß alle diese Kreise räumlich beschränkt waren und in der ständigen Verteidigung gegen Übergriffe von außen bisweilen den Maßstab des Allgemeinen verloren? Um darauf antworten zu können, müssen wir uns einer siegreichen Weltkultur religiösen Gepräges zuwenden, die uns das Gegenbild gibt.

9. Der Islam

Die arabische Halbinsel ist möglicherweise der älteste Sitz der semitischen Völker überhaupt; aber ihre sprachlich von Anbeginn an recht uneinheitliche Kultur ist die jüngste semitische. Sie ruht fast ausschließlich auf der Wirkung des Propheten. Er hat erst die Beduinenhorden seiner Heimat zu einem Volk vereint, er hat ihnen mit dem Dialekt seiner mekkanischen Heimat eine gemeinsame Hochsprache geschenkt und mit dem Monotheismus und der Religion des Islam, der Ergebung in den Willen Gottes, den Weg in die Welt geöffnet. Mohammed (ca. 570–632), der weder Griechisch noch Hebräisch konnte, sah auch die Welt der Sprachen und Völker allein unter religiösem Aspekt, und das ist der der eigenen Berufung: „O Menschheit, fürwahr ich bin euch allen ein Gesandter Allahs“.

In seinem zwischen 610 und 631 stückweise entstandenen Koran hat Mohammed dies ausgeführt. Gott gab dem Menschen alles, auch die Schrift, auch die Sprache. Gen. 2, 19 wird bewußt verändert: „Und er lehrte Adam alle Namen“; nur weil Gott ihn lehrt, weiß Adam die Dinge zu benennen, wie es die Engel nicht vermögen; selbst die Worte des Gebets empfing der erste Mensch aus Gottes Hand, von ihm auch die Gnade, die Sprache der Vögel zu verstehen; von ihm kam dem Menschen zugleich mit dem Wort die religiöse Erleuchtung. „Der Gnadenreiche, der den Qur-ân gelehrt hat, er hat den Menschen erschaffen. Er hat ihm klare Rede gegeben.“ Da Gott die Sprache schuf, sind sein die schönsten Namen; Menschenwort ist zweifelhaft; bloß ausgedachte Namen, für die Allah keine Ermächtigung gegeben hat, gelten nichts. Aber von Gott kommt auch die geteilte Sprache. „Und unter seinen Zeichen ist die Schöpfung der Himmel und der Erde und die Verschiedenheit eurer Sprachen und Farben.“ Die Vielfalt der Natur und der Menschenwelt in Rede und Herkunft ist ein Zeichen für Gottes Schöpfermacht. Der Turm von Babel wird namentlich nicht genannt, aber mehrfach spielt Mohammed auf ihn an; nirgends hat er etwas mit Sprachenteilung und Völkertrennung zu tun. Pharao glaubte dem Moses nicht und befahl dem Haman: „So zünde mir Ton an und mache mir einen Turm, damit ich zu dem Gotte von Moses emporsteigen kann“. Die stolzen Menschen wollen sich Allah nicht beugen, doch ihre gottlose Eigenmacht wird gebrochen, Allah packt ihr Gebäude an den Fundamenten und stürzt das Dach über sie; der pfeifende Wind, den wir aus Josephus kennen, kommt über die Übeltäter[1]). Nicht hier verwirrten sich die Reden, schieden sich die Stämme, denn die Differenzierung ist keine Strafe. Auch die Völker werden als eine gegliederte Einheit gesehen, die in Gottes Hand steht. Alle sind „Kinder Adams“; Noah ist der Stammvater aller Menschen. Gott „schuf euch aus einem einzigen Wesen“ und sein Wille ist es, daß die ganze Menschheit ein Volk werde. An einer Stelle, wo der Koran sagt: „Das Menschengeschlecht war eine Gemeinde“, haben schon Mohammeds Zeitgenossen erläutern wollen, warum diese Einheit gestört wurde, und eine Interpolation angebracht: „Dann wurden sie uneins untereinander“. Man darf sich fragen, ob dieser Zusatz Mohammeds Intentionen nicht widersprach; denn nach seiner Meinung ist wohl ebenso wie die Vielfalt in der Natur auch die Aufteilung der Völker Gottes gutes Werk, nicht das Ergebnis von Zank und Streit. „Und Wir teilten sie in Volksstämme auf Erden. Es sind unter ihnen solche, die rechtschaffen sind, und es sind unter ihnen solche, die es nicht sind.“ Wo Rechtschaffenheit der Maßstab ist, gibt es kein bevorzugtes Volk und keine ausgezeichnete Sprache. „Für jedes Volk ist ein Gesandter.“ Für die Araber kam die Erleuchtung in arabischer Sprache; „in deutlicher arabischer Sprache“ offenbarte Gott einen „arabischen Koran“, denn er schickte jeden Gesandten „mit der Sprache seines Volkes, damit er ihnen die Dinge klar mache“. Das war für Mohammed nicht selbstverständlich, er begründete es: Ein fremdsprachiger Koran wäre dem Araber schlecht gelungen und seinen Landsleuten unverständlich; Allah hat seinem Propheten die Verkündung „leicht gemacht in deiner Sprache“; andere, die Ungläubigen, reden eine an-

---

[1]) Der Heilige Qur-ân, arabisch-deutsch hg. v. d. Ahmadiyya-Mission des Islam, Wiesbaden 1954 (die hier im folgenden verwendete Verszählung ist die Flügelsche, die die Überschrift und die Anrufung Allahs als eigenen Vers zählt und daher von anderen Drucken abweicht): 7, 159 S. 158 (Berufung); 43, 5 S. 489 (Entstehung des Koran); 2, 32 und 38 S. 9 f. (Adams Sprache); 55, 2–5 S. 537 (Koran und klare Rede); 7, 181 S. 161; 59, 25 S. 557 (Gottes Namen); 7, 72 S. 148; 53, 24 S. 531; 74, 26 S. 590 (Menschenwort); 30, 23 S. 398 (Sprachverschiedenheit); 28, 39 S. 381 (Pharao); 16, 27 S. 252 (Gebäudesturz); 41, 17 S. 476; 51, 42 S. 525; 54, 20 S. 534 f. (pfeifender Wind).

dere Sprache. Vielleicht, daß Mohammed sich hier gegen Vorwürfe der Fremden, etwa der Juden, verteidigte[2]).

Mohammed liebte nicht alle Völker, nicht die Juden, die ihn enttäuscht hatten, und nicht die Byzantiner, „die Sünder mit den blauen Augen"; sein geliebtes Mekka war ihm „die Mutter der Städte", sein Volk das „Volk der Mitte". Aber er griff über die Volksgrenzen hinweg, er suchte in allen Völkern die gottesfürchtigen Muslime, auch in dem verstockten „Volk der Schrift", nämlich bei Christen und Juden, und unter den Ungläubigen. Stammväter der Gläubigen sind Noah und vor allem Abraham, der erste Muslim, der auch die Kaaba errichtet haben soll; sie sind geistliche, nicht leibliche Ahnen. Zwar gelten die Araber beiläufig auch als leibliche Nachkommen des Abrahamiden Ismael, aber nicht alle Araber sind Gläubige, und im ganzen sind sie kein altes Volk, sondern „ein Volk, vor dem bereits andere Völker dahingegangen sind". Gottesvolk und Blutsverband sind nicht dasselbe, und zwar weil jenes älter ist als dieser. Über die Gewohnheit der arabischen Beduinen, Geschichte vorwiegend als Stammesgenealogie anzusehen, ging Mohammed souverän hinweg. Biblische Völkergenealogien fehlen im Koran; aus dem Umkreis der Völkertafel treten nur die Gog und Magog auf, aber sie stehen außerhalb der Menschengemeinschaft, sie sind „ein Volk, das kaum ein Wort verstehen kann".

Natürlich hat Gott auch die Regionen der Erde gegliedert, „wahrlich, er kennt sie gründlich und er hat sie alle genau gezählt". Die Zahlensymbolik liegt da sehr nahe. So gibt es 7 Himmel und 7 Erden, so tauchen die 70 mosaischen Ältesten auf, und Mohammed schickt – parallel zu Lukas 10, 1 – 70 Gefährten zu anderen Stämmen, um sie zu lehren. 70mal bittet man um Verzeihung, aber auch die Höllenkette ist 70 Ellen lang[3]). Davon mag manches von den Juden übernommen sein[4]), insbesondere da die 72 gar nicht auftritt; in

---

[2]) Koran 7, 36 S. 143 (Kinder Adams); 37, 78 S. 443 (Noah); 39, 7 S. 456; 7, 190 S. 162 (aus einem Wesen); 11, 119 S. 217; 16, 94 S. 259; 42, 9 S. 482; 43, 34 S. 491; 10, 20 S. 193 (ein Volk); 2, 214 S. 33 (Interpolation); 13, 5 S. 231 (Vielfalt der Natur); 7, 169 S. 159 (verteilte Volksstämme); 10, 48 S. 197; 16, 37 S. 253; 35, 25 S. 429 (Gesandte zu jedem Volk); 26, 196 S. 366 (deutliches Arabisch); 20, 114 S. 306; 42, 8 S. 482 (arabischer Koran; ganz ähnlich 46, 13 S. 504); 14, 5 S. 237 (jeweilige Sprache); 41, 45 S. 479 f. (fremdsprachiger Koran); 19, 98 S. 296; 44, 59 S. 499 (leichte Verkündigung); 16, 104 S. 261; 12, 3 S. 218 (Arabisch für Gläubige).

[3]) Koran 20, 103 S. 306 (Byzanz); 42, 8 S. 482 (Mekka); 2, 144 S. 23 (Volk der Mitte); 98, 2 ff. S. 626 u. ö. (Volk der Schrift); ähnlich 3, 66 ff. S. 55 f.; hier auch über Abraham; 7, 60 ff. S. 147 (Noah); 2, 128 f. S. 21 (Araber und Ismael); 13, 31 S. 235 (Volk nach Völkern); 18, 94 f. S. 286; 21, 97 S. 317 (Gog und Magog); 19, 95 S. 296 (Gott zählt alle); 65, 13 S. 569 (7 Erden); 7, 156 S. 157 (70 Älteste); 9, 80 S. 183 (70 Bitten); 69, 33 S. 579 (70 Ellen). Über die 70 Jünger handelt die Einleitung der oben zitierten Ausgabe, S. 112 f.

[4]) Abraham GEIGER, Was hat Mohammed aus dem Judentume aufgenommen?, Leipzig 1902, S. 99 (Benennung der Tiere), 114 ff. (Turmbau).

Medina war mehr als die Hälfte der Bevölkerung jüdisch. Doch soviel auch Entlehnung oder Einfluß, auch vom nestorianischen Christentum und vom Manichäismus sein mag, gerade in den Fragen der Sprachen- und Völkertheologie war Mohammeds Glaube unverwechselbar und originell: Da Allah selbst die Menschen „in verschiedenen Formen erschaffen" hat [5]), ist die Vielfalt gottgewollt, auch die Verteilung der Sprachen und Völker nicht durch menschlichen Frevel veranlaßt, sondern wie alle Geschichte allein das Werk Allahs. Die spätgeborenen Araber haben sich nicht als Herkunftsgemeinschaft dem Gottesvolk substituiert, auch ihre Sprache nicht als Gottes eigene Sprache ausgegeben. Vieles davon ist erklärlich aus der Eigenwilligkeit, mit der sich ein Teil der Araber der Predigt des Propheten entzog, aber das ist nun doch nicht für Mohammeds ganze Haltung bestimmend geworden; sie ist von vornherein nur auf die Religion gerichtet. Auch als Mohammed dann einen islamischen Staat zu gründen begann, ließ die Staatsreligion die Stammeszugehörigkeit, überhaupt Volk und Sprache beiseite, weil sie den Herrn der Welt suchte.

Der Prophet tat also einiges zur Entschränkung des arabischen Eigenbewußtseins[6]), indem er seine Volksgenossen auf die universale Religion verwies; aber es wäre irrig, daraus auf religiöse Toleranz schließen zu wollen. Ein Zeugnis dafür ist das „mohammedanische Pfingstwunder", von dem die Theologen seit dem 8. Jahrhundert zu berichten wissen: Mohammed habe 628 Gesandte an den byzantinischen Kaiser, den Perser- und den Abessinierkönig geschickt und von ihnen den Übertritt zum Islam gefordert. Die Gesandten seien plötzlich in der Lage gewesen, die Sprachen aller der Völker zu sprechen, zu denen sie gesandt waren[7]). Sprachen und Völker kamen in reicher Fülle aus Allahs Hand, die wahre Religion konnte nur die eine, eben die Allahs, sein, und auch alle Abweichungen innerhalb der eigenen Gemeinde waren bedingungslos verwerflich. „Meine Gemeinde wird sich teilen in 73 Sekten, von denen eine einzige gerettet wird"[8]). Ob dieser Ausspruch von Mohammed selber stammt, ist nicht sicher; die frühesten Zeugnisse für ihn kommen aus dem 9. Jahrhundert; ad-Darimi (797–869) aus Samarkand zitierte ihn so: „Die Schriftbesitzer vor euch haben sich in 72 Lehren gespalten, und auch diese Gemeinde wird sich eines Tages in 73 spalten". Der etwas jüngere, weitgereiste Ibn Madscha

---

[5]) Koran 71, 15 S. 584; 13, 5 S. 231.

[6]) Franz TAESCHNER, Die arabische Welt, Heidelberg 1944, S. 45; Francesco GABRIELI, Mohammed und der Islam als weltgeschichtliche Erscheinungen, in: Historia Mundi, Bd. 5, Bern 1956, S. 335–356, hier S. 349 f.

[7]) Frants BUHL, Das Leben Muhammeds, übers. Hans Heinrich SCHAEDER, Leipzig 1930, S. 295.

[8]) Friedrich HEER, Europäische Geistesgeschichte, Stuttgart 1953, S. 108 ohne Quellenangabe. Über die Sekten im Islam Ernst DIEZ, Glaube und Welt des Islam, Stuttgart 1941, S. 100 ff.; F. M. PAREJA, Islamologia, Rom 1951, S. 555 ff.

(824–886) kannte bereits drei Versionen: nach der ersten hätten die Juden 71 Sekten, der Islam 72; nach der zweiten traten an die Stelle des Islam die Christen; nach der dritten gäbe es 71 jüdische und 73 muslimische Gruppen[9]). Möglicherweise ist der Satz ein Mißverständnis, man hatte vielleicht ursprünglich nur von den 70 und mehr Zweigen des wahren Glaubens gesprochen, also von den Charakteristika des rechten Islam, vielleicht auch die 73 Tugenden des Islam vor den 72 christlichen und 71 jüdischen Vorzügen hervorheben wollen[10]). Wie kam man aber zu diesen Zahlen? Am nächsten liegt eine Erinnerung an die syrisch-christlichen 72 oder die jüdischen 70–71 Sprachen und Völker, die man übertrumpfen wollte. Daß Mohammed selbst dies tat, ist unwahrscheinlich: wir sahen, daß er die 72 nicht benutzte. Aber der Ausspruch trifft doch den Kern des mohammedanischen Denkens, das nicht nach Völkern und Sprachen klassifiziert und die Vielfalt überall anerkennt, aber nur widerwillig im Religiösen; hier sind die 72 meist die Verdammten, die „anderen". „Gott erbarme sich meiner und Mohammeds und niemandes außer uns", sollen die Beduinen gebetet haben[11]). Daß die Sprachen- und Völkervielfalt, überhaupt die Geschichte nicht den Kern der Lehre bildet, teilt Mohammed mit dem Alten und Neuen Testament; dennoch ist hier schon in der Gründungsschrift der Religion die natürliche Vielfalt breit anerkannt und enger als im Alten Testament mit Gottes Wirken verbunden. Aber auch das Verhältnis zur Geschichte ist eigenartig: Mohammed fühlt sich als der letzte der Propheten, alles Geschehen ist bis zu ihm hin „Vorgeschichte", und nun steht das Weltende drohend und verheißend im Mittelpunkt. Beide Aspekte haben die Konsequenz, daß der Bereich der natürlichen Vielfalt nicht verworfen, aber weithin ausgeklammert wird und neben der Theologie zunächst fast ein autonomes Leben behält.

Die frühen Lebensbeschreibungen Mohammeds aus dem 7. bis 9. Jahrhundert, die möglicherweise unter christlichem und sassanidischem Einfluß stehen, bezeichnen den Anfang islamischen Geschichtsdenkens[12]). Sie spiegeln den Fortgang des Geschehens. Identifizierten sich in der schnellen Eroberung Nordafrikas und Vorderasiens zunächst Araber und Islam miteinander[13]), so weitete

---

[9]) Ignaz GOLDZIHER, Le dénombrement des sectes mohamétanes, in: Revue de l'histoire des religions 26 (1892) 129–137, hier S. 130 f.

[10]) Ignaz GOLDZIHER, Vorlesungen über den Islam, 2. Aufl., hg. Franz BABINGER (Religionswissenschaftliche Bibliothek 1), Heidelberg 1925, S. 188 wiederholt seine früher (o. Anm. 9, dort S. 132 ff.) geäußerte These.

[11]) Carl BROCKELMANN, Geschichte der islamischen Völker und Staaten, 2. Aufl., München-Berlin 1943, S. 4.

[12]) Gustav RICHTER, Das Geschichtsbild der arabischen Historiker des Mittelalters (Philosophie und Geschichte 43), Tübingen 1933, S. 6–8. Unzulänglich ist THOMPSON-HOLM, History Bd. 1, S. 335 ff.

[13]) SCHAEDER, Orient 203; TAESCHNER (o. Anm. 6) S. 56.

doch eben diese Eroberung Gesichtskreis und Einsicht der Beduinen. Die Haltung der Araber zu fremden Religionen läßt sich schwer auf einen Nenner bringen; die Toleranz wurde nicht immer durchgehalten, oft ließ man die Fremden nur in den Winkeln weiter existieren[14]). Doch war eine generelle Verachtung der Nicht-Muslime von jetzt an erschwert. In den unterworfenen Ländern mußten, mindestens bis ins 8. Jahrhundert, die vorher üblichen Amtssprachen, Griechisch vor allem, doch auch Koptisch, noch geduldet werden[14a]). Nun wurde die Zahl 72 mit ihren Verwandten positiv verwendbar: man zählte 72 oder 75 erste Anhänger Mohammeds, 70 oder 73 Männer und 2 Frauen; 70 oder 72 Kamelreiter wendeten die Schlacht; 70 Brüder und 2 Schwestern einer Familie wurden erwähnt[15]), aber auch 72 schwarzäugige Mädchen erwarten im Paradies den im Heiligen Krieg Gefallenen[16]). Von Adam wurde wenigstens in späten Prophetenbiographien erzählt, daß er den Engeln überlegen war, und die Andeutung im Koran 2, 34 f. wurde nun ausgesponnen: Jegliches Wesen wurde von Adam nicht nur in einer, sondern in 70 Sprachen benannt. Daß am Anfang der Welt bereits die gegenwärtige Sprachenvielfalt bestand, daß die Vielsprachigkeit also bei der Schöpfung schon in die Menschennatur gelegt wurde, stand nicht im Koran, wurde aber hier schon herausgelesen und mit der offenbar von Juden entlehnten Formel von 70 Sprachen verbunden, während die 72 anscheinend aus syrischen Quellen stammt. Mit den jüdisch-christlichen Traditionen vom Turm zu Babel wußten nun die Biographen noch weniger anzufangen als der Prophet, denn Sprachentrennung und Völkerteilung brauchten nicht mehr erklärt zu werden. So sagte man: Als Gott den Turm des Nimrod mit gewaltigem Getöse umstürzen ließ, erschraken die Menschen sehr, und ihre Sprache verwirrte sich. Der Schuldige war allein Nimrod, der Gegner jenes frommen Muslim Abraham, der die 72 Götzen im Tempel umgestürzt hatte, wie man im Koran 21, 53 ff. angedeutet fand; dieser Nimrod wollte mit einem von Adlern gezogenen Wagen in den Himmel fliegen, um Abrahams Gott zu treffen und seinen eigenen Götzen an Gottes Stelle zu setzen. Die Menschheit im ganzen und die Muslime im besonderen traf an alledem keine Schuld, und wenn konzediert wurde, „daß alle Leute vor Schrecken ganz außer sich waren und jeder eine andere Sprache redete; seit jener Zeit wurden die Sprachen der Men-

---

[14]) Artur Stanley Tritton, The Caliphs and their Non-Muslim Subjects, A Critical Study of the Covenant of Umar, London 1930, S. 89 ff., 164 ff.

[14a]) Rudolf Tschudi, Die Ausbreitung des Islam bis zum Jahre 750, in: Historia Mundi, Bd. 5, Bern 1956, S. 357–390, hier S. 372 f., 385.

[15]) Buhl (o. Anm. 7) S. 187, 239; andere Zahlen bei Steinschneider, Zahlen 151 bis 153, 499 f.

[16]) Edward Gibbon, The History of the Decline and Fall of the Roman Empire, hg. Oliphant Smeaton, Bd. 5, London 1950, S. 248 mit Literatur; Steinschneider, Zahlen 167, 479.

schen verschieden", so war das doch noch ein unvermeidliches, ja natürliches Geschehnis[17]). Irgendeine nationale Gruppeneitelkeit ist in diesen Erzählungen nicht erkennbar, sie suchten die ganze Welt anzusprechen.

*

Nach 750, in der Abbasidenzeit verschwammen die nationalen und staatlichen Unterschiede vollends, maßgebend blieb nur der Graben zwischen Muslimen und Ungläubigen, den der Prophet selbst schon gezogen hatte. Damit wurde nun vollends die altarabische Auffassung vom edlen Stammbaum als Adelsprädikat durchkreuzt[18]). In der Praxis folgte daraus die Vorherrschaft der Perser und die Überlagerung des arabischen Denkens durch eine bis dahin ziemlich fremde Welt von überlegener Kultur, die den Arabern bald ihre heimische Mythen- und Geschichts-Tradition nahebrachte, dafür auf die Dauer freilich eine starke Semitisierung der persischen Sprache eintauschte. Um 800 kritisierte noch ein Perser das Arabische wegen seiner zahlreichen Entlehnungen aus fremden Sprachen; bald bildete sich umgekehrt die arabische Sprachwissenschaft aus der Sorge um die Reinerhaltung des Arabischen gegenüber den Nachbarsprachen[19]). Mit den Persern kam auch, durch Übersetzungen vorwiegend von orientalischen Christen, das griechische Denken zu den Arabern; durch die Denkformen der Dialektik, vor allem die Scheidung von Substanz und Akzidens, wurden die ersten dogmatischen Streitfragen der Mutaziliten angeregt: ob der ewige Gott auch ewige Eigenschaften habe, ob sein Wort, der Koran, ewig oder erschaffen sei[20]). Aus diesem Gefälle der Kulturen entsprang gleichzeitig die islamische Weltgeschichtsschreibung und die Koranexegese, der persische Versuch, die übernommenen neuen Gedanken „einzuordnen". Die Zahlensymbolik war der Begleiter dieses Versuchs, hier durch parsistische Reminiszenzen unterstützt. Der persische Buchhändlerssohn an-Nadim, ein Schiit, schien noch um 987 die Zahl 72 nur negativ zu bewerten; er berichtete

---

[17]) Gustav Weil, Biblische Legenden der Muselmänner, Frankfurt/Main 1845, S. 16 (Adam), 70 (72 Götzen), 77 f. (Sprachverwirrung). Die von Weil verwerteten Biographien stammen zum Teil aus dem 16. Jahrhundert; ob ihr Stoff so alte Quellen hat, wie Weil annimmt, kann ich nicht beurteilen. – Arturo Graf, Miti, leggende e superstizioni del medio evo, Bd. 1, Turin 1892, S. 52 erzählt die Geschichte von Adam und seiner Kenntnis der 70 Sprachen, als wäre sie mittelalterliches Gut. Aus dem Abendland ist mir kein Beleg bekannt.

[18]) Gustave Edmund von Grunebaum, Medieval Islam, A Study in Cultural Orientation, 2. Aufl., Chicago 1953, S. 199 ff. Nicht erreichbar war von dems., Unity and Variety in Muslim Civilization, Chicago 1955.

[19]) Grunebaum (o. Anm. 18) S. 205 zitiert den Perser; zur Sprachwissenschaft Benfey, Sprachwissenschaft 182 ff.

[20]) Rudi Paret, Der Islam und das griechische Bildungsgut (Philosophie und Geschichte 70), Tübingen 1950, S. 12 ff. (Übersetzungen), 23 ff. (Mutaziliten); dazu auch Grunebaum (o. Anm. 18) S. 102 ff.

davon, daß Salomon Herr über 72 Dämonen gewesen sei. Aber das war keine Diffamierung der Vielfalt schlechthin, denn an-Nadim bemühte sich um ein Verzeichnis aller Völker und Sprachen, vor allem aller Schriftarten. Noch galt auch die arabische Schrift als menschliche Erfindung, wenn auch Adams[21]). Der weltweite Handel der Araber ließ schon keine Brüskierung der Umwelt mehr zu; der Geograph und Postmeister Ibn Chorradadbeh (ca. 820 bis ca. 912) erzählte um 844/848 bereits von den vier Teilen der Welt, Europa, Libyen, Äthiopien und Skythien; zwar wußte er von Europa nur Byzanz und die andalusischen Länder genauer zu beschreiben und notierte über Slaven, Römer und Franken nur ein paar Zeilen[21a]), doch er berichtete respektvoll von den jüdischen Kaufleuten, die Persisch, Griechisch, Arabisch, Fränkisch, Spanisch und Slavisch sprächen. Er wußte von dem Dolmetscher Sallam, der 30 Sprachen konnte und vom Kalifen ausgeschickt wurde, um die Mauer der Gog und Magog zu suchen; dabei traf er immerhin in Asien schon arabisch Redende[22]). Die positive Wendung zu den Ansichten der jüdisch-christlichen Theologen lag nahe.

Der sie für den Bereich der Sprachtheologie vollzog, war wohl der persische mutazilitische Koranexeget al-Farra (755–822), der als erster öffentliche Vorträge über den Koran hielt; er übernahm die Ansicht, daß in Babel, als der große Turm einstürzte, die Idiome der Menschen sich geändert hätten und zu 73 Sprachen geworden seien. Waren die Sprachen aber wirklich erst in Babel entstanden, so stellte sich das leidige Problem, welche Sprache man vordem redete, und al-Farra gab die kurze und bündige Antwort: „Vordem aber war die Sprache der Menschen syrisch“[23]). Daß der Perser nicht die arabische Sprache auf den Schild hob, ist begreiflich; waren sich doch die Araber selbst des Alters ihrer Sprache und ihres Volkes nicht sehr sicher. Daß diese Ansicht aus syrischen christlichen Werken stammt, liegt auf der Hand, obwohl man schwerlich, wie es versucht wurde, die ganze islamische Geschichtsschreibung von der syrischen herleiten kann[24]).

Denn Koranexegese und Geschichtsschreibung sind eng miteinander verbunden. Wir brauchen hier den Richtungen der Koranexegese nicht weiter nachzugehen. Die Araber sträubten sich zunächst gegen jede Auslegung des Koran,

---

[21]) Gustav Flügel, Über Muhammed bin Ishâk's Fihrist al-'ulûm, in: ZDMG 13 (1859) 559–650, hier S. 639 f. (Salomon), 561 (Völkerverzeichnis).

[21a]) Bernard Lewis, The Muslim Discovery of Europe, in: CISS Bd. 7, S. 184 f.; Atti S. 305–310, hier S. 305 f.

[22]) Hennig, Terrae incognitae Bd. 2, S. 169 ff., 434.

[23]) Geiger (o. Anm. 4) S. 118, dort als „Elpherar“ bezeichnet; doch bin ich nicht sicher, ob es sich nicht um einen der späteren Kommentatoren gleichen Namens handelt.

[24]) Richter (o. Anm. 12) S. 16 f. tut es; vielleicht wendet sich Bertold Spuler, Islamische und abendländische Geschichtschreibung, in: Saeculum 6 (1955) 125–137, hier S. 129 etwas zu radikal dagegen.

in dem sicheren Gefühl, daß sie mit Unsicherheit verbunden ist und Legenden mit ins Spiel bringt. Die ersten Exegeten beriefen sich dagegen bald auf einen angeblichen Ausspruch des Propheten, das Wort Gottes sei von ihm selbst nach sieben verschiedenen Weisen geoffenbart worden, deren jede göttlichen Ursprungs sei. Der Satz klingt der jüdischen Meinung nächstverwandt, daß die Thora in 70 Sprachen geoffenbart worden sei, und in der Tat hören wir bald von 72 Arten, auf die der Koran auszulegen sei; andere brüsteten sich, sie könnten 70 Kamellasten von Koranerklärungen liefern; bei den späteren Mystikern, den Sufis, vertrug jeder Koranvers sogar 60000 Auslegungen[25]). Obgleich im Islam kein Konzil und keine Hierarchie die Einheit der Meinungen verbürgte, kam es nicht zur Willkür der Interpreten; doch der Gegensatz zwischen Sunniten und Schiiten stachelte die Exegese immer von neuem an.

Mit der Exegese ist die Geschichtsschreibung verknüpft, bereits in den Anfängen der Weltchronistik. Ansätze unternahm Ibn Qutaiba (828–889) aus Bagdad mit Erzählungen aus der Schöpfungs- und Patriarchengeschichte, die sich mit arabisch-persischen Traditionen vermengten; es folgte der Schiit al-Yaqubi (gest. nach 891) mit einem Kompendium der Weltgeschichte. Doch im vollen Sinne der erste islamische Weltchronist war der weitgereiste at-Tabari (839–923), ein Perser und streng loyaler Anhänger der Abbasiden[26]). Seine bis 912 reichende Weltgeschichte hatte er nur als historische Ergänzung zu seinem Korankommentar gedacht[27]) und darum von vornherein auf die religiöse Deutung verpflichtet. Die Chronologie kümmerte ihn wenig, Divergenzen störten ihn nicht, er war „kein Mann der eigenen Forschung oder gar der historischen Kritik“[28]); aber was er aus seinen Vorlagen entnahm, ist doch konsequent und geschlossen. Nach Tabaris Meinung, die sich auf die zweite Sure des Koran stützte, konnte Adam sofort sprechen, weil Gott es ihn gelehrt hatte; so war er den Engeln überlegen. Adams Sprache war auch nach Tabari das Syrische; hier hatten die Mohammedaner keinen Ehrgeiz. Doch wie Mohammed Mekka gepriesen hatte, versicherte auch der Perser Tabari: „Die Mitte der Erde (ist) dort, wo sich heute der Tempel der Kaaba befindet“. In Babel hatte der Tyrann Nimrod seinen Turm nur errichten lassen, um Abraham zum Trotz mit seinem von vier Adlern gezogenen Himmelswagen den Himmel zu erstürmen, „um gegen Gott Krieg zu führen“. Er schoß gegen den Himmel mit Pfeilen, die blutig gefärbt zurückkamen. Beim Völkerstammbaum konnte Tabari, der den

---

[25]) Ignaz GOLDZIHER, Die Richtungen der islamischen Koran-Auslegung, 2. Aufl., Leiden 1952, S. 37 f., 55 ff., 225 f., 257. Die 72 Auslegungsarten nach STEINSCHNEIDER, Zahlen 158.

[26]) Franz ROSENTHAL, A History of Muslim Historiography, Leiden 1952, S. 116 f.

[27]) SPULER (o. Anm. 24) S. 128.

[28]) Theodor NÖLDEKE, Geschichte der Perser und Araber zur Zeit der Sasaniden, aus der arabischen Chronik des Tabari übersetzt, Leiden 1879, S. XIII ff.

Diamerismos des Hippolyt kannte, einen vierten Sohn Noahs anführen, da der Koran 11, 43 f. darauf hinzudeuten schien; er trug hier nicht wie bei den Syrern den Namen Joniton, sondern hieß Kanaan. Er ertrank in der Sintflut, aber was sie überlebte, waren noch immer 80 Personen – das sind neben Noah, seinen drei Söhnen und den Frauen genau 72 –; sie retteten über die Sintflut hinweg die persischen Schriftzeichen, die nach Tabari bereits zuvor erfunden worden waren; der Stolz auf die kulturellen Leistungen der alten Perser schlug hier durch. Aber auch darin, daß Tabari selbstbewußt für das semitische Gottesvolk seine Landsleute reklamierte, sprach das Nationalbewußtsein: „die Araber, die Perser, die im Gesicht weißen Menschen, die Guten, die Rechtsgelehrten, die Gelehrten und Weisen", das sind alles Semiten. Für Cham blieben nur die Neger, und für Japhet, also für Europa, „die Türken, die Slaven und Gog und Magog mit einigen anderen Völkern, die uns unbekannt sind". Nicht unparteiisch verhielt sich Tabari auch in der Behandlung der persischen Vorgeschichte. Unter die Ungläubigen fielen die Könige von Alt- und Neu-Babylon, Nimrod und Nebukadnezar; zu den frommen unter den vier Weltherrschern rechnete nicht nur der Jude Salomon, sondern auch Alexander d. Gr. Die Anregung dazu mochte der Koran 18, 84 ff. gegeben haben; Alexanders Perserpolitik dürfte nicht viel weniger bei dieser Heiligsprechung mitgewirkt haben[29]). Der „eigentliche Wortführer der islamischen Historiker" befand sich also in allen Fragen der Sprachtheologie weithin in Übereinstimmung mit den Biographen Mohammeds und den Koranexegeten – eine so vollständige Konkordanz zwischen Exegeten und Historikern ist auch im abendländischen Mittelalter selten –, und hier ließ Tabari die natürliche Vielgestaltigkeit der Welt durchaus gelten, übrigens ohne jeden Anflug von „Humanismus", der dem Islam stets fremd war[30]). Bei der Beurteilung der Völker war dem Ermessen noch freierer Raum gegeben, und hier herrschte der ungeschminkte Gruppenegoismus, gerade weil dadurch die Fragen der Religion nicht unmittelbar berührt schienen.

Anders war es, wenn man nicht den Adel, sondern das Alter der Sprachen und Völker zum Maßstab nahm; das tangierte die Religion Mohammeds, der als letzter, nicht als erster Prophet auftrat und, auch in der Zeitrechnung, eine ganz neue Ära begründet hatte. Was davor lag, durfte keinen eigenen Rang, außer den des Vorläufers, beanspruchen. Bezeichnenderweise war es ein konvertierter Christ, der diesen Standpunkt zuerst auf die Sprachen der Welt anwandte. Ali ben Rabban at-Tabari hat um 855, als er im Auftrag des Kalifen

---

[29]) Chronique de Tabari, übers. Hermann ZOTENBERG, Bd. 1, Paris 1867: I, 25 S. 75 f. (Adams Sprache); I, 25 S. 72 f. (Kaaba); I, 46 S. 148 f. (Nimrod); I, 41 S. 107 ff. (Kanaan); I, 41 S. 113 f. (80 Personen); I, 39 S. 102 (Schriftzeichen); I, 41 S. 114 f. (Völkertafel); I, 46 S. 137 (vier Weltherrscher).

[30]) RICHTER (o. Anm. 12) S. 20 (das Zitat); GRUNEBAUM (o. Anm. 18) S. 221 ff. (zum „Humanismus").

Mutawakkil den Islam gegen die Weltreligionen verteidigte, den heiligen Wert der Sprachen nicht nach ihrem Alter bemessen, sondern an ihrer gegenwärtigen Ausdehnung. Während das Hebräische nur die Sprache der Propheten war und das Griechische, Syrische und Persische kaum über die Landesgrenzen hinausdrang – die weltweite Wirkung des Aramäischen und der griechischen Koine gehörte der Vergangenheit an –, hat das Arabische die Welt bis zur türkischen Wüste und zu den Chazaren erobert; das lateinische Christentum blieb weit in der Ferne, bei den Franken, isoliert. „Die auserwählte Sprache ist das klare Arabisch, das weder unverständlich noch sophistisch ist“; es erfüllte die Weissagung von Soph. 3, 9 und von Is. 49, 2, denn Mohammeds „Zunge ist von Gott als ein Schwert geschaffen, und diese Zunge ist das durchsichtige Arabisch“[31]). So ist also die jüngste, „modernste“ Weltsprache die heiligste. Der in Bagdad geborene und in Ägypten lebende, zwanzig Jahre lang in der Welt umhergereiste al-Masudi (gest. 959) hat dann in seiner bis 943 reichenden Weltchronik auch die Frage nach dem Alter der Völker aufgeworfen, nur um ihre Sinnlosigkeit darzulegen. Mit unverkennbarem Ärger erzählte Masudi vom Hochmut der Inder, die er von seinen Reisen her kannte: Sie hielten sich für das Urvolk und ihren Ahnherrn für den Vater des Menschengeschlechts, während sie doch in Wahrheit mit den Chinesen, Griechen und Persern zugleich aus Noahs Arche gekommen seien. Überdies sind sie Hamiten: es gibt höchstens einen Primat der Erwählung durch Gott, keinen Altersprimat. Der geographisch sehr interessierte Autor, der in seinem großen Geschichtswerk der Beschreibung der Fremdvölker mehr Raum widmete als der Geschichte des Propheten[32]), war in der Zuweisung der Völker an die Noachiden nicht kleinlich: Von Japhet ließ er die Chinesen kommen – auch China hatte Masudi auf seinen Reisen besucht –, und die Griechen durften ihren Jawan behalten. Den Franken und ihrer Geschichte schenkte er ab Chlodwig besondere Aufmerksamkeit. Trotzdem besaß Sem das Zentrum der Erde, und von ihm stammten geradewegs Mohammed, die Araber und die Perser, Masudis Landsleute; Noah wurde schlechtweg zum ersten Perserkönig befördert, wie das schon dreihundert Jahre früher der Kopte Johann von Nikiu getan hatte. Auch bei Masudi brach die Liebe zur Heimat durch alle universalen Vorbehalte durch, obgleich er sie mit muslimischen Augen, nicht von den vorislamischen Traditionen der Perser aus sah. Wiederum war man nur in der Frage des Volkes so empfindlich, nicht bei den Sprachen. Masudi stimmte der These von der syrischen Ursprache zu und schrieb auch den Theologen die Lehre von 72 plötz-

---

[31]) The Book of Religion and Empire, übers. A. Mingana, Manchester – London 1922: c. 23 S. 121 f. (Hebräisch usw.); c. 30 S. 156 (Franken); c. 28 S. 142 (Sophonias); c. 19 S. 105 (Jesaja).

[32]) Rosenthal (o. Anm. 26) S. 117, 95 f.

lich in Babel entstandenen Sprachen nach; damals sei, sagte er, auch das Arabische entstanden, aber er schwankte, ob es sich erst später, nach Babel, gebildet habe – daß man vor Babel arabisch gesprochen habe, wurde noch nicht diskutiert. Wie die 72 Sprachen sich unterteilten, das konnte der Mohammedaner zwar in christlichen Quellen finden, aber die Grundlage dieser Berechnungen, die mosaische Völkertafel, war ihm nicht vertraut. So billigte Masudi denn dem Japhet 36, dem Cham 17 und dem Sem 19 Sprachen zu, ein andermal dem Japhet 37, dem Cham 16 und dem Sem 19 Sprachen; wir kennen ganz ähnliche Zahlen aus der syrischen „Schatzhöhle". Ein exegetischer Grund für diese Aufteilung ist nicht ersichtlich. Es lag auch wenig daran, denn Masudi setzte gleich hinzu, daß sich seither weitere zahlreiche Dialekte gebildet hätten[33]).

Hatte man bislang die Sprachen meist untendenziös behandelt, weil ihre Vielgestaltigkeit von der Theologie sanktioniert war, aber nicht eigentlich in deren Feld fiel, so mußte sich die Position des Konvertiten Tabari durchsetzen, als das Arabische, die Sprache des Koran, das Syrische und Koptische, vorübergehend auch das Persische zu verdrängen begann[34]). Übersetzungen des Koran in andere Sprachen waren verboten, und obwohl nach der ursprünglichen Lehre der im Himmel aufbewahrte Urtext des heiligen Buches den Menschen unzugänglich ist und nur der Verständlichkeit halber in einer arabischen „Übersetzung" geoffenbart wurde[35]), mußte sich diese Unterscheidung verwischen. Wie der Koran als Gottes eigenes Wort galt[36]), so entwickelte sich das Arabische zu einer klassischen Literatursprache oberhalb der weiterwuchernden arabischen Dialekte [36a]). Es wurde zur heiligen Sprache – und wie immer wurde diese Rangerhöhung von denen vorgenommen, die eine andere Umgangssprache als die des heiligen Buches seit langem pflegten und derselben Meinung waren wie ein unbekannter Dichter: „Die Religion kann nur durch Erhaltung der seltenen Ausdrücke begriffen werden"[37]).

Nicht wenig trugen zu dieser Kanonisierung die Angriffe der Gegner bei. Der Nestorianer Abd al-Masih al-Kindi meinte, vielleicht um 912, spitz: „Jede

[33]) Maçoudi, Les prairies d'or, übers. Charles Barbier de Meynard (Collection d'ouvrages orientaux I, 2), 9 Bände, Paris 1861–78: Bd. 1, S. 148 ff.; Bd. 3, S. 295 (Inder); Bd. 1, S. 290 (Chinesen); Bd. 2, S. 242 (Griechen); Bd. 1, S. 77 (Sems Anteil); Bd. 4, S. 115 f. (Mohammeds Stammbaum); Bd. 3, S. 270 (Araber); Bd. 2, S. 105, 138 f. (Perser); Bd. 3, S. 252 (Noah in Persien); Bd. 2, S. 106; Bd. 3, S. 145, 270 (syrische Ursprache); Bd. 1, S. 78; Bd. 3, S. 270 (72 Sprachen).

[34]) Taeschner (o. Anm. 6) S. 19, 101.

[35]) Koran 11, 2 S. 204; 43, 4 f. S. 489.

[36]) Koran 10, 38 S. 196 bot die Grundlage für diese Meinung; dazu Grunebaum (o. Anm. 18) S. 77, 102; Mensching, Wort 73 f.

[36a]) Johann Fück, Arabiya, Untersuchungen zur arabischen Sprach- und Stilgeschichte (Abhandlungen der Sächs. Akad. d. Wiss., Philol.-Hist. Kl., Bd. 45, Nr. 1), Berlin 1950, S. 73 ff.

[37]) Grunebaum (o. Anm. 18) S. 38 bringt das Zitat.

Nation betrachtet ihre eigene Sprache als die schönste, während die Araber jede andere Zunge außer ihrer eigenen für barbarisch halten; ähnlich wird das Arabische, das sie als die schönste Sprache ansehen, von anderen Nationen für barbarisch gehalten", denn der Koran enthalte persische und abessinische Fremdwörter, seine Sprache sei auch sonst durch Kontakt mit Fremdvölkern verunreinigt; nur das Christentum sei seit Pfingsten über die Sprachverschiedenheiten erhaben[38]). Die mohammedanische Reaktion mußte das Arabische mit einem anderen Rang als dem einer weitverbreiteten und schönen Sprache umkleiden, mit dem mythisch-historischen Rang, der seit dem Wachsen des persischen Einflusses sich überall in langen Genealogien äußerte.

Im Ägypten des 10. Jahrhunderts hat das Märchenbuch „Kurzbericht von den Wunderdingen", das im übrigen ein anonymer Auszug aus einem Werk Masudis ist[39]), die arabische Ursprache proklamiert; erst später sei aus ihr die syrische hervorgegangen. An einer anderen Stelle steht in dem Buch noch Masudis These, daß das Syrische die älteste Sprache sei; aber auch da heißt es, das Arabische sei eigens von Gott gelehrt worden und den Völkern des fromm gebliebenen Sem beim Turmbau geschenkt worden: ein verschämter Ansatz, die Sprachenteilung in der jüdischen Weise theologisch zu werten und das Arabische mit einem Nimbus zu umgeben. Allerdings war von einer Schuld der übrigen Menschheit auch hier nicht die Rede; die Verwirrung war und blieb verschuldet durch den tyrannischen ersten Neger Nimrod, der auf dem Turm von Babel seinen Thron errichten wollte, und allenfalls war es ein Iblis, ein Teufel, der die in den 70000 Häusern Babylons wohnenden Menschen zur Zwietracht reizte. Die Sprachenteilung entstand auch hier nicht durch Gottes wunderbares Eingreifen, sondern durch die Konsternation der Menschheit beim Einsturz des gewaltigen Turmes; er war von plötzlicher Finsternis begleitet, bis Engel inmitten der Dunkelheit – Ischodad von Merv hatte einen ähnlichen Gedanken gefaßt – die Menschen nach verschiedenen Gegenden führten. Warum das geschah, wurde nicht erörtert. Die Völkertafel des Märchenbuchs, das halb Weltgeschichte, halb Koranexegese bot, war noch weniger unparteiisch als bei Masudi selber. Der Patriarch Noah ist hier der Verantwortliche für die Erdteilung, sie wird dadurch geheiligt. Aber nun befinden sich unter den Negern Chams auch die Spanier – war das ein Hieb gegen die abtrünnigen Omajjaden? Unter Japhets Kindern figurierten die Spanier, wohl die christlichen, noch einmal, neben Chinesen, Russen, Türken, Chazaren, Slaven, Bulgaren, Griechen, Langobarden, Römern und Franken; hier wurden – gewiß nicht aus mohamme-

---

[38]) The Apology of Al Kindy, übers. Sir William Muir, London 1882, S. 29–32 (Arabisch), 57 (Pfingsten). Dazu Graf (o. S. 261 Anm. 13) Bd. 2, S. 139.

[39]) Carl Brockelmann, Geschichte der arabischen Literatur, 2. Aufl., Bd. 1, Leiden 1943, S. 152.

danischer Bruderliebe – die Perser, die Masudi zum Stamme Sem gezählt hatte, ethnographisch richtiger zu den Japhetiten gerechnet, aber dadurch aus dem semitischen Gottesvolk gedrängt. Der vierte Noachide tritt auch auf, wird aber zweigeteilt: Yam geht, getreu dem Koran, bei der Sintflut unter; aus den syrischen Quellen kommt als Ersatz Yahtun, also Jonithon, der, ganz ähnlich wie bei Pseudo-Methodius, China erbt; neu ist die Erläuterung, er sei erst in der Arche geboren worden. Die Zahlensymbolik der Völker und Sprachen zeigt deutlich, daß man sich von der spannungsreichen Vielfalt der Völker distanzierte; wir hören nämlich von 28 Nationen, die Gott nach den Tagen der Mondphase – 28 Buchstaben hat auch das arabische Alphabet – geschaffen habe; sie entstanden angeblich noch vor Adam, waren also fast überirdische „Präadamiten". Ein andermal sind es 1020 Nationen, weil es ebenso viele Fixsterne gibt, und neben diesen astrologischen Bestimmungen heißt es nur kurz einmal: „Die Historiker sagen, daß es 72 Sprachen gibt"; von ihnen werden dem Japhet die meisten, nämlich wie bei Masudi 37 zugebilligt, Cham bekommt 23 und Sem nur 12; diese letzte Zahl richtet sich nach den 12 Stämmen Israel, die der Koran mehrfach (5, 13 und 7, 161) lobend erwähnte[40]). Heißt das nicht schon, daß der Auserwählten wenige sind? Die Abweichungen des märchenhaften „Kurzberichtes" von seiner Vorlage Masudi sind sichtbar und tiefgehend, sie zielen auf eine Verengung des Horizonts. Ob sie aus dem Fanatismus einer exklusiven Sekte stammt? Aber in Fragen der Sprache begann sie allgemein zu werden; auch einer der Begründer der arabischen Philosophie, al-Farabi (gest. 950), hielt das Arabische für die Sprache des Paradieses und die einzige Sprache ohne Fehl[41]).

Das beinahe diametrale Gegenstück ist in Persien im 10. Jahrhundert unter den „Lauteren Brüdern" von Basra entstanden, einer populärphilosophischen Sekte, die die Wahrheit auch von den Griechen nahm und die ganze Wahrheit ergreifen wollte. Der in ihrer Enzyklopädie enthaltene, nur in hebräischer Übersetzung vorliegende „Rechtsstreit zwischen Mensch und Tier" ordnete die Differenzen, auch die der Sprachen, der Einheit des Glaubens unter, und dabei mußte die Zahl 70–72 wieder zu Ehren kommen: 70 weise Männer seien zur Schlichtung des Streites auserwählt worden; „alle Sprachen der Völker, alle Nationen der Erde, alle Sitten und Glaubensbekenntnisse der Welt, jedes Handwerk und jede Wissenschaft waren unter diesen Männern vertreten". Hier sind die Formeln von 70–72 Sprachen, Völkern, Sekten und Wissenschaften, die wir

---

[40]) Abrégé des merveilles, übers. Bernard Carra de Vaux (Actes de la Société Philologique 26), 2 Bände, Paris 1897: Bd. 1, S. 77 (arabische Ursprache), 131–133 (syrische Ursprache), 137–141 (Turmbau, Sprachverwirrung), 114–129, 137 (Völkertafel), 99 (Erdteilung), 96, 98, 137, 141 (vierter Sohn Noahs), 11, 16, 24 (Völkerzahl), 113 (Sprachenzahl).

[41]) Zitiert nach Grunebaum (o. Anm. 18) S. 38.

alle schon kennen, ineinandergeschoben, und eine wohl später zugesetzte Kapitelüberschrift hat denn auch statt der 70 die 72 angeboten[42]). Hier wurde offensichtlich Toleranz gepredigt.

Diese persische Toleranz wurde freilich bestärkt und zugleich beeinträchtigt durch die eigenständigen persischen Traditionen von der Vergangenheit; seit dem 10. Jahrhundert belebten sie sich dank einer Art iranischen Nationalgefühls, vor allem unter den Samaniden. Sie mit den islamischen und biblischen Überlieferungen zu koordinieren, war eine Aufgabe, die mehrere Generationen beschäftigte. Der für einen Samaniden-Minister schreibende al-Maqdisi faßte sie 966 noch vom Islam her an, in seinem „Buch der Schöpfung", das zugleich Koran- und Genesiskommentar und eine Weltgeschichte war. Gottes Namen kann niemand nennen, denn „seine Namen sind ebenso verschieden, wie die Sprachen untereinander verschieden sind"; Gott selbst hat nach dem Koran 30, 23 die Abweichungen, etwa zwischen Persisch und Arabisch, gewollt; darum sind auch Gottes Namen notwendig verschieden, obgleich Gott nur einer ist – die Kontroverse Kelsos-Origenes findet hier eine späte Wiederaufnahme. Gott gab Adam die Namen der Wesen an; auch das steht im Koran (2, 32); doch vielleicht gab er ihm nur den Forschungsdrang, den Adam dann zur Benennung ausnutzte – wieder ein Abglanz griechischer Dialektik. Das Wissen von der persischen Urgeschichte führte Maqdisi, soviel ich sehe als ersten, zur Erwähnung der Präadamiten-These, siebenhundert Jahre vor La Peyrère. „Einige behaupten, es habe vor Adam auf der Erde Wesen mit Fleisch und Blut gegeben, und sie stützen ihre Meinung auf den Koranvers: ‚Sie (die Engel) sagten (zu Gott): Willst Du einen dort (auf Erden) einsetzen, der darauf Unfrieden stiftet und Blut vergießt?' (Koran 2, 31)"; Adam werde aber erst im folgenden Vers erwähnt. So wurde nicht einmal mehr überall an der gemeinsamen Spitze des Menschenstammbaumes festgehalten. Auch die Noachiden-Genealogie war bei Maqdisi weit gespannt; unter Japhets „roten" Kindern sind Spanier, Bulgaren, Slaven, die Gog und Magog, die vielleicht mit den Türken identisch seien; die Hamiten bevölkern das Land zwischen Abessinien und China, auch die Kopten zählen zu ihnen. Bei den Semiten begegnen die Perser, die Araber und – die Griechen. Konzilianter konnte man die Byzantiner kaum behandeln. Wahrscheinlich ist der Grund für diese Einordnung wieder in der sehr günstigen Beurteilung zu suchen, die Alexander der Große im Koran erfuhr. Doch auch die arabischen Empfindlichkeiten

[42]) Iggereth Baale Chajjim, Abhandlung über die Tiere von Kalonymos ben Kalonymos, übers. Julius Landsberger, Darmstadt 1882: I, 3 S. 11; III, 2 S. 106 (70 Männer); III Überschrift, S. 103 (72 Männer). Daß die 70 ursprünglich, die 72 späterer Zusatz ist, glaube ich mit Steinschneider, Zahlen 477 f. gegen Krauss, ZATW Bd. 20, S. 43, der von gedankenlosem Hin- und Herschwanken spricht.

waren berücksichtigt: Vielleicht stammen die Araber nicht erst von Ismael, sondern schon von Arphakschad; Ismael hätte dann „unsere Sprache erst von uns gelernt“; mit anderen Worten, das Arabische reichte dann in die Zeit vor dem Turmbau zurück und knüpfte sich nicht an Agars Sohn. Die Zahl der Sprachen ist genau 72, die Hälfte davon gehört wie bei Masudi dem Japhet, die Semiten erhalten 19, die Hamiten 17 Sprachen. Wenn nun, wie Maqdisi sagt, die Menschen sich in ihren Riten und Glaubenssätzen ebenso unterscheiden wie in ihren Sitten, Gedanken, Farben und Sprachen, müssen auch die Religionen nach Zahl und Maß geordnet sein, nicht die der Götzendiener – in Indien allein gibt es 42 Sekten –, wohl aber die islamischen Gemeinden: es sind, ohne daß Mohammeds angeblicher Ausspruch erwähnt würde, in Maqdisis Aufzählung 73 Gruppen. Schwankender ist die Überlieferung der Turmbaugeschichte, denn hier stören konkurrierende persische Mythen wie die vom Perserkönig Kaikaours, der in Babylon eine Akropolis baute und zum Himmel steigen wollte; „diese Geschichte gleicht der von Nimrod“. Ob Nimrod ein Hamit oder Semit war? „Gott weiß am besten, was wahr ist!“ Ob er mit Pfeilen gen Himmel schoß, dann einen Palast erbaute, vielleicht nur, um den Gang der Sterne zu studieren? „Gott weiß die Wahrheit am besten!“[43])

Die Gegenposition, die nur die persischen Traditionen gelten ließ, vertrat am reinsten und größten das Königsbuch des Persers Firdausi (939–1020), das 1010, in altertümelnder neupersischer Sprache, fast ohne arabische Fremdwörter, vollendet wurde. Hier stritt man nicht um Sprachen und Namen; Gott sei höher als jeder Name und mit Worten gar nicht zu erfassen. Die Genealogie der Menschheit war persisch; der Übergang zur mohammedanischen Welt wurde nicht gesucht; wie die Samanidenherrscher selbst, so griff auch Firdausi auf die sassanidische Glanzzeit zurück. Der dritte Weltkönig, Thamurath – es ist derselbe, den Masudi mit dem Perserkönig Noah identifiziert hatte –, erlernte von den Geistern die Schrift und die 30 Schriftarten, unter denen sich „Roumi“ und Arabisch, Altpersisch und Pehlevi, Sogdisch und Chinesisch befanden. Einer seiner Nachfolger war jener Kaikaours, der – diesmal mit Hilfe des von Tabari her bekannten Adlerwagens – in den Himmel fahren wollte; das gescheiterte Vorhaben hatte mit der Sprachentrennung keine Verbindung.

---

[43]) Abou-Zéid Ahmed ben Sahl el-Balkhî, Le livre de la création et de l'histoire, hg. u. übers. Clément Huart (Publications de l'Ecole des langues orientales vivantes IV 16–18, 21–22) 5 Bände, Paris 1899–1916: Bd. 1, S. 92 (Gottesnamen); Bd. 2, S. 82 f. (Adams Namengebung), 60 (Präadamiten); Bd. 3, S. 27 ff. (Noachiden; zu Gog = Türken Bd. 2, S. 179); Bd. 4, S. 100 ff. (Ismael); Bd. 3, S. 29 f. (Sprachenzahl); Bd. 4, S. 1 ff. (indische Sekten); Bd. 5, S. 127 ff. (islamische Sekten); Bd. 3, S. 153 (Kaikaours), 47 ff. (Nimrod). Über Maqdisi als den wahren Verfasser des Werkes vgl. Brockelmann (o. Anm. 39) Supplementband 1, Leiden 1937, S. 222. Nicht zugänglich war mir Charles Ambros Storey, Persian Literature, A Bio-bibliographical Survey, London 1953.

Im rein Mythischen verstehen sich alle Völker: Mühelos reden Chinesen mit Türken, Perser mit Byzantinern, Alexander der Große versteht die Vögel nicht weniger gut als die Inder und die Perser[44]).

Bei der Sammlung der Traditionen, ohne Tendenz zur Harmonisierung, beließ es auch der große Förderer der historischen Geographie, der Perser al-Biruni (973–1048). Der Schützling des mächtigen Mahmud von Ghazna kümmerte sich um 1020 systematisch und stellenweise recht kritisch um die „Chronologie der alten Völker", ohne Rücksicht auf die Divergenzen: Nirgends bilden Adam und Eva oder auch nur Noah den Ausgangspunkt der mitgeteilten Stammbäume; bei den Chaldäern steht Belos an der Spitze, bei den Babyloniern der Cham-Enkel Nimrod, der 23 Jahre nach der Sprachverwirrung das erste Reich der Erde gründete. Nur Alexanders und der Griechen Genealogie wurde biblisch ausgeschmückt: von Japhet über „Yunan" (Jawan) und einen fabelhaften „Rumy" (Rom) geht die Linie zum Gott Hermes und zu Alexanders Vater Philipp[45]). Bibel und Antike begegneten sich und wurden neidlos zum Ruhm der Fremden zusammengestellt, ebenso wie al-Birunis Indienbuch leidenschaftslos die Ansprüche der Inder auf Alter und Weisheit schilderte[46]).

Inzwischen versuchte, wohl zwischen 1017 und 1021, der für Mahmuds von Ghazna Bruder schreibende at-Taalibi die persische Urgeschichte der biblischen anzunähern. Bis zur Spitze des Stammbaums mochte er die Harmonisierung nicht treiben: der erste Perserkönig Kaiomars sei weder mit Adam noch mit dessen Sohn identisch. Dem König Thamurath wurde nun, etwas verengend, die Erfindung des Pehlevi zugeschrieben, von den Sprachen der Welt vernahm man nichts mehr. Dafür zog die Geschichte des Kaikaours immer mehr Teile der Nimrod-Sage auf sich: Nun war es der Perser, der in Babel einen Turm baute, um zum Himmel zu steigen; die Gesandten von Rom, Indien und China huldigten ihm auf dem Turm; da wollte Kaikaours wirklich Gott werden und flog mit dem Adlerwagen gen Himmel, fiel aber herunter[47]).

Geraume Zeit später nahm der berühmte asch-Schahrastani (1086–1153) den Faden des Gesprächs wieder auf: Gottes Sprache sei ewig und keiner menschlichen vergleichbar, sie sei nicht „das Arabische oder irgend eine andere

---

[44]) Le livre des rois, übers. Jules Mohl, 7 Bände, Paris 1876–78: Bd. 1, S. 1 f. (Gott und Namen), 32 (Thamurath); Bd. 2, S. 31 ff. (Kaikaours); Bd. 3, S. 115 ff. (Chinesen); Bd. 4, S. 233 ff. (Byzantiner); Bd. 5, S. 174 ff. (Vögel), 120 ff., 153 ff. (Inder), 75 ff. (Perser).

[45]) The Chronology of Ancient Nations, übers. Edward Sachau, London 1879: c. 6 S. 99 f. (Belos, Nimrod); c. 4 S. 48 f. (Alexander).

[46]) Bertold Spuler, Geistige Einflüsse des Islams auf das Abendland bis zum Beginn der Kreuzzüge 1096, in: CISS Bd. 3, S. 189–209, hier S. 193 f.

[47]) Histoire des rois des Perses, hg. u. übers. Hermann Zotenberg, Paris 1900, S. 1 ff. (Kaiomars), 10 (Thamurath), 165 ff. (Kaikaours; dazu René Basset, Mille et un contes, récits et légendes arabes, Bd. 1, Paris 1924, S. 178 f.).

Sprache". Gottes Gebote erscheinen uns Menschen einmal in arabischem, einmal in syrischem Gewande, eben wegen unserer Unzulänglichkeit. Denn „die Bedeutung der Worte ist an verschiedenen Orten verschieden; der geistige Gehalt ist nicht verschieden"; der arabische Gottesname meint genau dasselbe wie persische, alttürkische oder andere Namen. Schahrastani referierte zwar nur diese Meinung anderer, doch er kannte selbst das Indische, Griechische, Syrische und Hebräische. Auch nach der strenggläubigen Meinung, die Schahrastani wiedergab, ist der Unterschied zwischen der Sprache des Koran und dem besten weltlichen Arabisch größer als der zwischen dem Arabischen und anderen Sprachen: der Vorzug liegt also nicht in der arabischen Sprache, sondern in Gottes Gnade[48]). Der Gegensatz zum arabischen Sendungsbewußtsein ließ die Perser, wie wir sahen, mehr und mehr zu Verfechtern der irdischen Vielfalt werden und deren Ordnung aufsuchen. Schahrastani selbst betonte in seinem Werk über die Religionsparteien noch einmal die Verschiedenheit der Menschen nach ihren natürlichen und geistigen Anlagen, nach Farben und Sprachen; und in diesem Zusammenhang fiel wieder das Wort des Propheten, diesmal von 71 jüdischen, 72 christlichen und 73 islamischen Sekten[49]). Die Traditionen wuchsen zusammen, und auch die Nicht-Muslime wurden in die große Ordnung einbezogen.

Der persische Mystiker al-Ghazzali (1058–1111) hat diese Meinung von den Sekten der Welt gleichfalls aufgegriffen, freilich umgekehrt: allen 72 Sekten außer einer einzigen winke die Seligkeit[50]). Bisweilen wurden schon Zweifel an der sauberen Gliederung der Sekten laut: ar-Razi (gest. 1209) bemerkte im Kommentar zur Sure 21, 94, die von der zerbrochenen Einigkeit der Abgefallenen sprach, die Zahl dieser Sekten lasse sich schwer genau feststellen; vollständige religiöse Gemeinden gebe es viel weniger, kleinere Abweichungen viel mehr als gerade 72 [51]). Dahinter stand das Unbehagen, auch die Gott Entfremdeten in kosmischer Ordnung zu sehen. Doch in der Welt der Sprachen schien die Ordnung mit Händen zu greifen; die Erde war überschaubar geworden. Der geniale Geograph al-Idrisi (1100–1166) bemerkte um 1150 in Sizilien, daß Madagassen und Malaien dieselbe Sprache reden, daß man auf Inseln im Atlantik arabisch redende Dolmetscher finden kann[52]). Vom Arabischen

---

[48]) The Summa Philosophiae of Al-Shahrastani, hg. u. übers. Alfred Guillaume, Oxford-London 1934: c. 12 S. 91 ff. (Gott und Sprache); c. 14 S. 107 (verschiedene Bedeutung, Gottesnamen); c. 20 S. 142 (Koran, Arabisch).

[49]) Abu-'l-Fath Muhammad-asch-Schahrastâni's Religionsparteien und Philosophenschulen, übers. Theodor Haarbrücker, 2 Bände, Halle 1850–51: Bd. 1, S. 2–4.

[50]) Julian Obermann, Der philosophische und religiöse Subjektivismus Ghazalis, Wien-Leipzig 1921, S. 9 f.

[51]) Goldziher (o. Anm. 9) S. 132.

[52]) Hennig, Terrae incognitae Bd. 2, S. 374, 425.

her ließen sich die Sprachen ordnen; nur so eigenwillige Geister wie der Almohadenführer Ibn Tumert (gest. 1130) suchten durch Predigt in der Berbersprache die Herrschaft des Arabischen zu unterhöhlen[53]). Es galt noch immer als dem Persischen überlegen, auch wenn man zugab, daß die Perser in Firdausis Werk einen eigenen Koran hätten; nach wie vor pries man das Arabische als die bilderreichste und schönste, stilistisch und grammatisch feinste aller Sprachen, aus der man im Grunde gar nicht übersetzen könne[54]).

In der innerlich bewegten, äußerlich beruhigten Atmosphäre seit dem 11. Jahrhundert gedieh die Welthistorie nicht gut; erst mit Ibn al-Athir (1160–1234) und seinen 23 Büchern Weltgeschichte von der Schöpfung bis 1230 erreichte sie einen neuen Gipfel[55]). Aber auch dieser Mesopotamier, der Saladins Kriege und den Mongoleneinfall miterlebte, war in seinem Werk traditionell und folgte Tabari; über die Sprachenteilung erzählte er nur die Geschichte von Nimrod, der mit seinem Adlerwagen in den Himmel fahren wollte und, als dieses Unternehmen scheiterte, einen hohen Turm bauen ließ. Gott ließ ihn zusammenbrechen, und der Schreck darüber machte die syrische Ursprache vergessen; nun gibt es 73 Sprachen auf der Welt[56]).

Wenn man, in den alten Bahnen, die Sprachenvielzahl in Persien weiterhin duldete und sogar die syrische Ursprache akzeptierte, war man doch so wenig wie der Prophet selber zu religiöser Toleranz bereit; die „Lauteren Brüder“ sind die Ausnahme. Frivole Verse, die man wohl zu Unrecht dem frommen Mathematiker Omar ibn al-Chajjam (gest. 1132) zugeschrieben hat, spotteten zwar darüber, daß die Weinrebe mit absoluter Logik die 72 streitenden Sekten widerlegen könne[57]); aber noch der berühmteste persische Lyriker, der Schiit Hafis (ca. 1320 bis ca. 1390) sang: „72 Glaubenslehren glauben Worte leer und tot; ihnen tagt, sie zu bekehren, nie der Wahrheit Morgenrot“[58]). Hafis war nicht umsonst Lehrer der Koranexegese; es gab auch für ihn nur die eine Religion der Wahrheit. Nur geschah im Islam nicht, was im Judentum folgte, daß man die fremden Religionen ohne weiteres mit den fremden Sprachen und Völkern gleichsetzte und verdammte. Für die Buntheit der Welt behielten die Mohammedaner offene Augen, ihre Märchen bezeugen es.

Die Geschichtenerzähler hatten sich die biegsame Zahl 70–72 angeeignet; der „Kurzbericht von den Wunderdingen“ verwendete sie bereits halb fabel-

---

[53]) Georges MARÇAIS, Nordafrika, in: RANDA, Handbuch 1018.
[54]) GRUNEBAUM (o. Anm. 18) S. 35, 37.
[55]) ROSENTHAL (o. Anm. 26) S. 127 f.
[56]) Zitiert nach Max GRÜNBAUM, Neue Beiträge zur semitischen Sagenkunde, Leiden 1893, S. 97.
[57]) Rubáiyát of Omar Khayyám, übers. Edward FITZGERALD, Boston 1894, S. 14 Nr. 59; dazu WEIGAND, Languages 257.
[58]) Georg JACOB, Unio mystica, Sehnsucht und Erfüllung, Hannover 1922, S. 18.

haft. In der großen Märchensammlung „Tausendundeine Nacht", die zwischen dem 9. und 17. Jahrhundert, zwischen Persien und Ägypten zusammenwuchs und jüdische, persische, babylonische, ägyptische, buddhistische und hellenistische Motive mit muslimischen zusammenschmolz[59]), kam die Zahl wiederholt vor. Sindbad der Seefahrer hört, daß das Volk der Inder in 72 Kasten zerfällt, ein Nachklang der 72 Sekten; nun wurde auch den Götzendienern Ordnung zugestanden. Gott wird dem, der im Leben Barmherzigkeit geübt hat, am Tage der Auferstehung 72 Qualen abnehmen – man erkennt die 70 Plagen der jüdisch-hellenistischen Apokryphen wieder –; aber auch die 72 Vorzüge des Zahnstochers wurden gepriesen.

Mit der 70 spielte man ebensogern: 70 mal betet der Fromme, 70 Straßen hat Basra, in der Hölle gibt es 70 000 Feuerberge mit je ebensovielen Strömen, Städten, Burgen, Häusern, Lagern und Qualen: die Vielfalt hat auch ihre böse Seite. Die Sprachenverschiedenheit war eine zu überwindende Schranke, die der Fromme leicht übersprang. Nur in Indien sind nicht viele sprachenkundig, nur die Perser verraten sich durch schlechtes Arabisch, nur die Christen sind ungebildet, weil sie nicht arabisch reden. Die Klugen sind polyglott: ein Mädchen in Damaskus versteht Persisch, denn sie hat es gelernt „nach der Sitte der Söhne vornehmer Leute"; eine schöne Frau kann Griechisch und Arabisch. Unbefangen und weltfroh untersuchte man auch die Stammbäume: die Perser stammen von Japhet, Inder und Neger sind Hamiten, doch ist diese Gruppe minderen Verstandes; die Weisen und Rechtgläubigen, die Propheten und Könige sind doch Semiten. Ideal ist der weltgewandte Fromme; Nimrod, „der sich empörte und auf seine Macht vertraute", ist Symbol für die Vergänglichkeit des Irdischen, genau wie die unfrommen Erbauer der Säulenstadt Iram, die umgeben war von hohen Türmen, erbaut von einem König, der über alle 360 Könige der Erde herrschte – und dessen Hochmut Gott doch strafte wie den Turmbau von Babel[60]).

In einer anderen Fassung von „Tausendundeiner Nacht" treffen wir engere Züge. Eine Sklavin aus dem fernen Norden mit blauen Augen und gelben Haaren, mit einer unbekannten Sprache, erweist sich als teuflische Zauberin; im unbekannten Land mit dunkler Sprache der Bewohner atmet man auf, wenn

[59]) Grunebaum (o. Anm. 18) S. 294 ff.

[60]) Die Erzählungen aus den tausend und ein Nächten, übers. Enno Littmann, 6 Bände, 2. Aufl., Wiesbaden 1954 (nach der 2. Calcuttaer Ausgabe): 541. Nacht Bd. 4, S. 110 (Sindbad); 122. Nacht Bd. 2, S. 62 (Qualen); 61. Nacht Bd. 1, S. 607 (Zahnstocher); 83. Nacht S. 667 (Gebete); 328. Nacht Bd. 3, S. 261 (Basra); 493. Nacht S. 795 (Hölle); 567. Nacht Bd. 4, S. 210 (Indien); 33. Nacht Bd. 1, S. 393 (Perser); 90. Nacht S. 689 (Christen); 241. Nacht Bd. 2, S. 544 (Damaskus); 47. Nacht Bd. 1, S. 518 (schöne Frau); 653. Nacht Bd. 4, S. 541 f. (persischer Stammbaum); 577. und 628. Nacht S. 256, 449 (Neger und Inder); 335. Nacht Bd. 3, S. 286 (Semiten); 576. Nacht Bd. 4, S. 253 (Nimrod); 276. Nacht Bd. 3, S. 108 ff. (Iram).

man Arabisch hört. Doch ist auch hier der Sprachenkenner hochgeehrt: In Persien gibt es Weise, die drei Sprachen reden, und ein Wesir rühmt sich, er könne alle Sprachen, die unter der Herrschaft seines Sultans stehen; „außer allen Dialekten unserer Sprache kann ich Persisch, Griechisch, Tatarisch, Kurdisch, Indisch und Chinesisch“[61]). Die Liste verwies auf die überall neu auftauchenden Völker im Osten und Norden des islamischen Bereiches.

Sie haben auch die Historiker zu einer ernsthaften universalen Bemühung angeregt. Die erste wirkliche Weltgeschichte des mohammedanischen Gebiets erwuchs um 1310 aus einer Aufforderung des mongolischen Ilchan an seinen Leibarzt und Wesir Raschid ad-Din (1247–1318), eine Geschichte aller jener Völker zu schreiben, mit denen die Mongolen in Berührung gekommen waren. Es war im wesentlichen eine Geschichte des Islam, Chinas, Indiens, der Juden und der „Franken“; sie begann aber bei Adam. Von Noah und seinen Söhnen wurde die Zerteilung der Erde hergeschrieben, nicht ohne Fabeln, die der Autor diesmal nicht von den Juden, sondern von dem Dominikanerchronisten Martin von Troppau hernahm – schon vorher war ja Marco Polo durch Persien gekommen, die Berührungspunkte mit dem Abendland mehrten sich –; so trat Saturn als biblischer Nimrod und zugleich als Gründer Roms auf. Für alle Vielsprachigkeit bewies Raschid neugieriges Interesse; er wunderte sich, daß die Europäer „25 Sprachen reden und kein Volk die Sprache der anderen versteht“[62]). Nun hatte in seiner Heimat schon unter den Seldschuken, aber auch noch unter den Mongolen das Persische neben dem Türkischen den Rang einer internationalen Verkehrssprache, und wenn er dem Lateinischen diesen Rang nicht beimaß, hatte er in seiner Zeit nicht mehr ganz unrecht. Aus seiner Verwunderung spricht jedenfalls das Vorurteil, daß die Sprachverschiedenheit in einer großen Kultur nicht bis zum gegenseitigen Unverständnis führen dürfe; man hatte im Islam den Koran, und er war im Alltag präsenter als die Vulgata.

Der bedeutendste Weltreisende des Islam, der Marokkaner Ibn Battuta (1304–1368/9) kam jedenfalls zunächst nur mit arabischen Sprachkenntnissen durch die Welt und redete in Mesopotamien, in Jemen, auch bei den Türken stets arabisch; dort wie in Konstantinopel fand er auch hilfsbereite Dolmetscher. Bald lernte der Nimmermüde Persisch, auch etwas Indisch, freilich nicht Chinesisch, denn am Kaiserhof in Peking verstand man Persisch und Arabisch. Doch war der Reisende viel zu wißbegierig, als daß er nicht auch abgelegene

[61]) Le livre des mille nuits et une nuit, übers. Joseph-Charles-Victor MARDRUS, 16 Bände, Paris 1899–1904 (nach der 1. Bulaker Ausgabe): 862. Nacht Bd. 14, S. 21, 32 (blonde Sklavin); 207. Nacht Bd. 5, S. 94 (unbekanntes Land); 415. Nacht Bd. 8, S. 68 f. (Perser); 876. Nacht Bd. 14, S. 126 (Wesir). Alle diese Züge fehlen in der LITTMANNschen Übersetzung.

[62]) Histoire universelle, Bd. 1: Histoire des Francs, hg. K. JAHN, Leiden 1951, S. 3 (Noah), 10 (Nimrod), 24 (Sprachen).

Idiome Hinterindiens und Vorderasiens, ja sogar Negerdialekte in ihrer Eigenart gekennzeichnet und einige ihrer Wörter mitgeteilt hätte[63]). Immer noch war die Vielzahl von der Basis des Arabischen aus verhältnismäßig leicht zu überschauen; Europa lag ja abseits. Im ganzen arabischen Mittelalter wurde nur ein lateinisches Buch ins Arabische übersetzt, die Chronik des Orosius. Selbst in Spanien kümmerten sich nur einige Gelehrte um fremde Sprachen, um das Türkische und Äthiopische noch eher als um das Deutsche[63a]).

So stärkte der neue Rundblick nur den Stolz auf die eigene Kultur; der in Damaskus geborene Fürst Abu'l Feda (1273–1331) ließ jedenfalls 1328 seine Weltgeschichte zwar mit Adam beginnen, kam aber schnell zu Mohammed und behandelte folgerecht auch nur die Genealogie der arabischen Stämme. Allerdings wurde dabei zwischen „eingeborenen" und „eingepfropften" Arabern unterschieden, und nur die letzteren zählten als Nachfahren Ismaels, der zuerst Hebräisch gesprochen habe und erst nachträglich in Sprache und Sitte zum Araber geworden sei. Ob der Fürst sich hier von seinem hebräischen Dolmetscher, mit dessen Hilfe er das Werk schrieb, hat beeinflussen lassen?[64]) War dies Lob oder Tadel der „Eingepfropften"? Das läßt sich schwer entscheiden, denn das Buch ist nur eine von den zahlreichen „verstümmelten Weltgeschichten" der Zeit, die stark von der Theologie überschattet waren und darum die Zeit vor Mohammed ausließen[65]). Abu'l Feda hat sie freilich in einer eigenen „Geschichte des Vor-Islam" zusammengefaßt, freundlich und recht unvoreingenommen, aber doch ohne innerste Beteiligung. Darum widersprachen sich hier auch die Überlieferungen, und der Chronist konnte sie nebeneinanderstellen, ohne eine eigene Entscheidung fällen zu müssen. Nur in einem Punkte sprach Abu'l Feda sein Urteil: die Meinung anderer, daß das syrische das älteste aller Völker sei und Adam syrisch gesprochen habe, fand nicht seinen Beifall; der Stammvater der Aramäer sprach umgekehrt zuerst arabisch. Der erste, der arabisch redete, war aber vielleicht auch erst der Enkel Ebers. Es lag also nichts an der absoluten Priorität; nur durfte den semitischen Nachbarn kein Vorrang eingeräumt werden. Aber waren die Araber eigentlich Semiten, vielleicht Aramäer, oder Japhetiten? Abu'l Feda wußte es nicht, neigte aber zur

---

[63]) Ibn Battúta, Travels in Asia and Africa 1325–1354, übers. Hamilton Alexander Rosskeen Gibb, London 1929, S. 90 (Mesopotamien), 111 (Jemen), 132 (Türken), 136 f., 158 f. (Dolmetscher). – Die Reisen des Arabers Ibn Batuta durch Indien und China, übers. Hans von Mžik (Bibliothek denkwürdiger Reisen 5), Hamburg 1911, S. 356 (Persisch), 57, 253 (Indisch), 435 (China), 392, 410 (Hinterindien). Bei Gibb S. 118, 124, 327 Negersprachen.

[63a]) Lewis (o. Anm. 21 a) S. 310.

[64]) Abulfedae annales muslemici, hg. u. übers. Jacob Georg Adler – Johann Jacob Reiske, Bd. 1, Kopenhagen 1789, S. 1 ff. Zur Stammesgenealogie knapp Gutschmid, Diamerismos 603 f.; Stoll, Völkerkunde 15.

[65]) Rosenthal (o. Anm. 26) S. 128 f.

herkömmlichen Lösung, die die Araber neben den ägyptischen Pharaonen, den Persern und wiederum den Griechen zu den Semiten zählte. Doch gab der Fürst auch zu bedenken, daß der Griechen-Ahn Hellen um fünfhundert Jahre jünger als Moses sei, so daß man über die Herkunft der Hellenen eigentlich nichts wisse. Der Stammvater der Römer, Esau – er ist mit dem Edom der Juden identisch –, war auch nicht der edelste; sie rechneten zu den Japhetiten, wie die übrigen Europäer, die Türken und die Gog und Magog, unter denen sich Abu'l Feda die Mongolen vorstellte. Wie es zu der Teilung der Völker kam, bleibt unklar, denn es gab schon vor dem Turmbau 72 Völker. Darum baute man ja gegen eine neue Sintflut in Babel zuerst 72 Türme und setzte auf jeden einen Fürsten als Aufseher – bei Agapios von Manbidsch trafen wir schon dieselbe Ansicht. Der Mohammedaner konnte aber das Schuldhafte an diesen Vorgängen nicht erkennen und fügte etwas ratlos hinzu, daß Gott die Sprachen verwirrt und nur dem Eber, der in Gottes Gehorsam geblieben sei, die hebräische Sprache belassen habe. So wäre denn also Hebräisch die Ursprache? Aber das ging dem Damaszener sichtlich nicht mehr nahe; Gott wird die Wahrheit wissen[66]).

Aber es gab auch nüchterne Forscher vom Schlag des marokkanischen Oberkadis Ibn Chaldun (1332–1406), der sich nicht mit dem Kompilieren widerspruchsvoller Überlieferungen begnügte, sondern zu allgemein gültigen Gesetzen vorzudringen suchte. In der langen Einleitung seiner sonst nach Tabaris Muster gefertigten Weltgeschichte von 1378 wandte er sich von aller theologischen Betrachtungsweise ab. Er glaubte, daß staatliches Leben ohne göttliche Einsetzung und Hilfe entstanden sei und erkannte auch die nicht-islamischen Völker, ihre Geschichte und ihre Institutionen an[67]). Ebenso maß er der Sprache keine theologische Bedeutung bei, sondern definierte sie als das Mittel, die Gedanken der Menschen verständlich zu machen und sie zusammenzuführen. Tiefe Einsicht in die Unvergleichlichkeit einer jeden Muttersprache prägte die Sentenz Ibn Chalduns, wer in seiner Jugend eine andere Sprache als das Arabische rede, könne es kaum je bis zur Meisterschaft darin bringen, ob er nun Perser, Römer, Türke, Berber oder Franke sei. Wenn er – in Sätzen, die an die Anschauungen der antiken Stoiker erinnern – zwischen Wörtern von ursprünglicher Einsetzung und solchen von späterem Gebrauch schied, meinte

[66]) Abulfedae historia anteislamica, hg. u. übers. Heinrich Otto FLEISCHER, Leipzig 1831, S. 17, 149 (Ursprache), 115 (Enkel Ebers), 17, 151 (Herkunft der Araber), 153 (Griechen), 169 (Römer), 19 (Turmbau, Völkerzahl, Eber). Zu Gog und Magog ANDERSON (o. S. 131 Anm. 85) S. 14.

[67]) Erwin ROSENTHAL, Ibn Khalduns Gedanken über den Staat, Ein Beitrag zur Geschichte der mittelalterlichen Staatslehre (Beiheft 25 der HZ), München-Berlin 1932, S. 10, 53 f. Die folgende Einzelinterpretation stützt sich auf Mohammed Kamil AYAD, Die Geschichts- und Gesellschaftslehre Ibn Halduns (Forschungen zur Geschichts- und Gesellschaftslehre 2), Stuttgart-Berlin 1930, besonders S. 97 ff.

er etwas Ähnliches, denn die ursprüngliche Einsetzung sei durch die alten Araber erfolgt, die spätere Veränderung durch den Umgang mit fremden Nationen. Die Hand Gottes war nirgends spürbar. Wo Ibn Chaldun von der Vorherrschaft des Arabischen sprach, blieb er ebenso nüchtern: Das Arabische ist führend, weil die Araber im Islam die herrschende Nation sind. Darum redet man im Orient wie in der Berberei arabisch. Aber das ist längst nicht mehr die alte Sprache des Koran, denn die Ausbreitung des Arabischen hat ihre unvermeidliche Kehrseite: die Weltsprache wurde durch die Idiome der Besiegten, vor allem durch Persisch und Berberisch, längst korrumpiert. Auch der Koran selbst ist nur darum arabisch verfaßt, weil dies die Muttersprache des Propheten war, nicht wegen einer besonderen übernatürlichen Qualität dieser Sprache. Auch Ibn Chalduns Überlegungen über die Völker begannen erst dort, wo die Stämme bereits über die Erde hin zerstreut sind. Nur die Gog und Magog, die am äußersten Rand der Welt wohnen, erinnerten an die Bibel und den Koran; die übrigen von Ibn Chaldun besprochenen Völker waren die seiner Gegenwart, von China bis zum Atlantik, von Abessinien bis Island und Finnland. Was bevorzugte Zonen sind, entschied sich – wie bei Aristoteles – nur am Klima: in der gemäßigten Zone sind die Erbanlagen wohltemperiert und am günstigsten, aber dieser Vorzüge sind nicht nur die Araber teilhaftig, sondern ebenso Griechen, Römer, Perser, Juden, Chinesen, Spanier, Franken und Europäer – nur Indien fehlt in der Reihe der großen Kulturvölker. Daß die Neger die Nachfahren Chams sind, wurde nur erwähnt, um zu bestreiten, daß ihnen die schwarze Hautfarbe von Noah strafweise auferlegt worden sei: diese Farbe sei ganz natürlich, möge nun Cham oder ein anderer ihr Stammvater gewesen sein. Daß Sem, Cham und Japhet die Ahnherren der mittleren, südlichen und nördlichen Völker seien, wurde zugegeben, aber im gleichen Atem verneinte Ibn Chaldun, daß die Abstammung dieser Völker etwas über ihre Eigenart aussage. Überdies lasse sich die Genealogie nur bei sehr abgelegen wohnenden Stämmen zuverlässig eruieren, überall sonst sei sie durch häufige Mischungen verwischt. Nicht die Herkunft, nicht Gott, sondern das natürliche Geschehen jedes Tages bestimmt die Geschichte. Das ist keine Revolution gegen den Islam, wie man Ibn Chalduns Denken gern klassifiziert; denn Gott könnte die Welt ändern. „Aber in seiner Weisheit ließ er die Dinge laufen wie gewöhnlich." Das ist die allerdings radikale Konsequenz aus der Haltung Mohammeds zur Vielfalt der Sprachen und Völker, die Gott wohl geschaffen hat, in die er aber nicht eingreift. Nur seine unmittelbare Gemeinschaft, den Islam, lenkt Gott direkt und uneingeschränkt[68]).

---

[68]) Prolégomènes historiques d'Ibn Khaldoun, übers. MacGuckin de Slane (Notices et extraits des manuscrits de la Bibliothèque Impériale, Bd. 19, 1–21, 1), 3 Bde., Paris 1862–68: Bd. 1, S. 79 f.; Bd. 3, S. 303, 331 (Funktion der Sprache), 305 bis

Diese Einstellung kennzeichnet auch noch den „Lustgarten der Lauterkeit“, eine Weltgeschichte, die der Perser Mirchond (1432–1498) unter mongolischer Herrschaft schrieb. Die persischen Ursprungssagen traten nun sehr zurück. Der erste Perser Kaiomars mag Adam oder Adams Sohn gewesen sein, wahrscheinlicher ist er ein Nachfahre Arams, also ein Semit wie andere auch: die Perser gehören ganz zum Islam, haben keine eigene Urgeschichte mehr. Auch Mirchond nannte noch einmal den Sem, Ahnherrn der Perser, den intelligentesten unter den Noahsöhnen und wies ihm den Mittelpunkt der Welt zu, Vorderasien von Syrien bis Chorassan; daß auch Griechenland noch immer zu den Semiten geschlagen wurde, war nun wohl schon der Reflex auf den Untergang des Byzantinischen Reiches, insofern inkonsequent, als die Türken mit Chinesen, Slaven und anderen edlen und tapferen Völkern weiterhin als Japhetiten galten. Doch spricht daraus schon der hohe Respekt vor den Japhetiten; Mirchond hat ihnen – mit Masudi – auch die Hälfte der Sprachen, 36, zugebilligt, während Cham 18 und Sem 19 erhielt. Obwohl die Summe 73 ergab, sprach Mirchond von den altvertrauten 72 Zungen. Der Perser geriet angesichts der türkischen Eroberungen nicht aus Rand und Band wie andere, die sagten, nur 11 Völker der Erde seien noch christlich, 60 schon mohammedanisch[69]); aber auch er bezeichnete den Turk als Thronfolger und intelligentesten Sohn des Japhet und wandte sich überhaupt den Steppenvölkern liebevoll zu; Chazaren, Russen und Bulgaren, doch auch die Gog und Magog traten wieder als Japhetiten auf; Europa, das noch Raschid ad-Din überschaute, rückte, gerade durch die türkischen Erfolge, immer ferner. Die Anschauungen von den Sprachen stützten sich auf Tabari: Der Weltherrscher Nimrod verschuldete die Konfusion. Von Tabari abweichend, suchte Mirchond sogar die Verwirrung nur auf Nimrod und seinen Hofstaat zu beschränken: Nimrod sei durch Abrahams Argumente gegen den Götzendienst so bedrängt worden, daß er und die Seinen nichts antworten konnten. Doch kam Tabari gleich wieder zum Vorschein: Nimrod wollte in den Himmel fliegen und dann einen Turm bauen, so hoch, daß kein Vogel ihn erreichen könnte. Mit Donnergetöse stürzte Gott das Bauwerk um, und aus dem Schreck der Babelbewohner wurden 72 Sprachen. Doch war das nun nur noch eine Erklärung zur Auswahl, wie ja überhaupt

---

307 (Erlernen des Arabischen), 318 f. (Einsetzung-Gebrauch), 332 f. (Änderungen der Sprache); Bd. 1, S. 89 (Völkertrennung), 92, 149, 158 f., 164, 167, 173 (Gog, Magog), 94–167 (Völkerbeschreibung), 168 f. (Klima), 170, 172 (Neger), 173 f. (Sem-Cham-Japhet), 27 ff. (Blutmischung). Das Kapitel über die Sprachen ist gesondert übersetzt von Coquebert de Montbret, Des divers languages, in: Journal asiatique 6 (1825) 106–113. Auszüge aus dem ganzen Werk bei Annemarie Schimmel, Ibn Chaldun, Ausgewählte Abschnitte aus der muqaddima (Civitas gentium), Tübingen 1951, hier S. 77 das Zitat „Aber in seiner Weisheit...“.

[69]) Krauss, ZATW Bd. 20, S. 41; allerdings stimmt die dort angegebene Stelle, Johann Christoph Wagenseil, Tela ignea Satanae, Altdorf 1681, S. 237, nicht.

nicht erst seit Hrabanus Maurus die Ausflucht geübt wurde, einander widersprechende Traditionen einfach nebeneinanderzustellen; und beileibe nicht immer steht hinter dieser Methode die Absicht, auf die Unstimmigkeiten aufmerksam zu machen. Es kann sein, daß die 72 Sprachen beim Fall des Turmes entstanden; es kann aber ebensogut sein, daß, wie Mirchond anderwärts sagt, die Zahl der 72 Sprachen durch natürliche Vermehrung und Differenzierung der Noachiden zustandegekommen ist. Und das wäre die Geistesrichtung Ibn Chalduns, die bei der Erklärung der Weltmaschine Gott nicht braucht[70]).

Die Gegenposition brauchte die Welt nicht mehr. Dabei entschwand die Zahl der Sprachen, überhaupt die Besinnung auf die irdische Vielfalt. Schon vor 1320 hörte man die Ansicht, daß im Himmel jede von unzähligen Engelszungen das Lob Gottes in 70000 Sprachen sang[71]); daß dem Propheten Mohammed von Gott die Kenntnis aller Sprachen verliehen worden sei[72]), schien nicht minder glaubhaft. Unter den spanischen Moriscos war man 1603 noch immer bereit, jedem von 70000 Engeln 1000 Sprachen zuzutrauen[73]).

*

Einen neuen Impuls, sich der Wirklichkeit zu bemächtigen, brachte die Herrschaft der Osmanen. Erst durch sie vollendete sich die unter den Seldschuken schon angelegte „Symbiose der drei islamischen Hauptnationen, nach der den Arabern Religion und Gelehrsamkeit, den Persern die Kunst und feine Bildung, den Türken aber die Herrschaft zukommt"[74]) – eine Dreiteilung der Sprachen, wie sie Augustin für Hebräisch, Griechisch und Latein fast genau so formulierte, eine Trennung der Bereiche, wie sie Alexander von Roes seiner politischen Theorie und Jacob Burckhardt den Weltgeschichtlichen Betrachtungen zugrundelegte; sie scheint also einem allgemeinen Gesetz differenzierter Kulturen zu entspringen. Daß die Türken die letzten in diesem Trio waren, zwang sie zur Mehrsprachigkeit. Am Hofe Bayazids (gest. 1403), des Siegers über Bulgaren und Kreuzfahrer, sangen Knaben und Mädchen der Griechen, Serben, Walachen, Albaner, Ungarn, „Sachsen", Bulgaren und „Lateiner", ein jedes in seiner heimischen Sprache[75]). War das noch eine bloße Machtdemonstration, so beherrschte Mehmed II. der Eroberer (gest. 1481) selbst fünf Fremdsprachen: neben

---

[70]) Muhammed ben Khâvendshâh ben Mahmûd (Mirkhond), Rauzat-us-Sufa, or Garden of Purity, übers. Edward REHATSEK (Oriental Translation Fund, New Series 1–5), 5 Bände, London 1891–94: Bd. 1, 85–98 (Völkerteilung und Sprachenzahl), 122 (Gog, Magog), 136–142 (Turmbau), 96 (natürliche Sprachvermehrung).

[71]) Ricold von Monte Croce OP (ca. 1243–1320), Confutatio legis latae Saracenis a maledicto Mahometo c. 14, MPG Bd. 154, Sp. 1121.

[72]) RUSSELL, Mezzofanti 7; die dort angeführte Literatur sagt freilich darüber nichts.

[73]) GRÜNBAUM (o. Anm. 56) S. 283.

[74]) Franz TAESCHNER, Das Groß-Seldschukenreich, in: RANDA, Handbuch 1043.

[75]) Dukas, Historia Byzantina c. 15, CSHB Bd. 19, S. 56 f.

Arabisch und Persisch, das er besonders liebte, auch „Chaldäisch", Griechisch und Latein; Handschriften in den beiden letzteren Sprachen standen in seiner Bibliothek[76]). Wer die Welt ordnen wollte, mußte bald auf die Zahl 72 stoßen: in der Tat waren es 72 Schiffe, die Mehmed in der Nacht vom 21. zum 22. April 1453 zu Land ins Goldene Horn ziehen ließ und die dann die Eroberung der byzantinischen Hauptstadt ermöglichten[77]). Übrigens war die Zahl schon vorher den Osmanen vertraut. In den „Fahrten des Sajjid Batthal", dem Märchenbuch vom türkischen Nationalhelden, das im 14./15. Jahrhundert fixiert wurde, durchsucht der Titelheld nach seiner verschollenen Braut 72 Burgen; 73 Mann springen bei einer Schlacht über die Klinge; doch Sajjid wird auch berühmt „bei allen 72 Religionssekten", er macht sich 72 Völkerschaften dienstpflichtig; und ein wißbegieriger Jüngling, der den heilsgesegneten Speichel eines Weisen schluckt, ist auf diese sonderbare, magische Art augenblicks Herr über „72 verschiedene Sprachen und 12 Wissenschaften". Eine besondere Vorliebe für eine Sprache und ein Volk ist nicht erkennbar[78]).

Auch Genealogien waren bei den Osmanen zunächst wenig beliebt, zumal es in ihrem Reich keinen Geburts- oder Erbadel gab. Erst unter dem Welteroberer Süleyman I. (gest. 1566) blühten die Stammbäume der Sultane plötzlich empor bis zu Adam und Noah; und während die osmanische Zeitgeschichtsschreibung schon seit dem frühen 15. Jahrhundert rege tätig war, begann erst in der Zeit des Stillstands, im ausgehenden 16. Jahrhundert, die Reihe der türkischen Weltchroniken[79]). In ihnen war bisweilen der angebliche Japhetit Bulchasch der Ahnherr der Türken, wenn man nicht, wie der Chan Abulghazi Bahadur von Kharism (reg. 1643–63) in seinem türkisch geschriebenen Geschlechterbuch der mongolischen Chane, als ältesten Sohn Japhets jenen Türk postulierte, den wir von Mirchond her kennen und dessen sieben Brüder Chars, Cacklap, Russ, Mamimaik, Zim, Kamari und Tarich man vergebens in der Bibel und im Koran suchen würde[80]), die aber zum Teil schon bei Mirchond Chazaren, Russen, Chinesen und Bulgaren vertraten. Abendländer sind unter diesen Japhetiten gar keine mehr.

---

[76]) Georgios Phrantzes, Chronicon I, 32, CSHB Bd. 34, S. 95.

[77]) Franz Babinger, Mehmed der Eroberer und seine Zeit, Weltenstürmer einer Zeitenwende, München 1953, S. 96. Hier S. 450, 509 ff., 546 zu M.s geistigen Interessen.

[78]) Die Fahrten des Sajjid Batthâl, ein alttürkischer Volks- und Sittenroman, übers. Hermann Ethé, 2 Bände, Leipzig 1871: Bd. 2, S. 60 (Brautsuche); Bd. 1, S. 64 (73 Mann); andere Verwendungen der 70 etwa Bd. 2, S. 77, 83, 98, 107, 145, 202 f., 219; Bd. 2, S. 37 (72 Sekten), 165 (72 Völker); Bd. 1, S. 41 (72 Sprachen).

[79]) Franz Babinger, Die Geschichtsschreiber der Osmanen und ihre Werke, Leipzig 1927, S. 70 (Stammbaum), 126 ff. (Weltchroniken).

[80]) Wirth, Chroniken 135 f. (Bulchasch), 136 f. (Bahadur; dazu Alessio Bombaci, Storia della letteratura turca, Mailand 1956, S. 188 ff.).

Auf die Dauer hat sich also auch das osmanische Element in jene beruhigte internationale Atmosphäre eingefügt, die alles zu kennen und das Beste zu behalten meinte, aber gerade dabei den Kontakt zur Welt langsam verlor. Während man in Persien über die „72farbigen Franken" spottete und sich in der islamischen Einheit ihnen unendlich überlegen fühlte, während man noch im ausgehenden 19. Jahrhundert von den 72 Winden wußte, die anbetend aus aller Welt zu ihrem Mittelpunkt, zur Kaaba, kamen[81]), war die Weltkenntnis dünn und verschwommen geworden: Sprachen zählte man noch ganze sieben; in ihnen sei der Koran geoffenbart worden[81a]). Mohammeds angeblicher Ausspruch war also hier endlich aus der Exegese abgedrängt in „objektivere" Formen. Auch die Völkergenealogie wurde so ver-wendet. Die chinesischen Mohammedaner etwa betrachteten Japhet als den Stammvater der chinesischen Rasse, wie es seit Masudi herrschende Lehre war, jedoch hielten sie sich selbst für Semiten und meinten, mit dem Wechsel der Religion hätten sie auch den Ahnherrn getauscht[82]). Volk, Sprache, Stammbaum wandelten sich, sogar rückwirkend, nach dem Bekenntnis: damit wurde die Geschichte ausgelöscht oder – schlimmer noch – nachträglich verfälscht.

Aus dieser isolierten, weltmüden Haltung hat der Nationalismus des 19. Jahrhunderts den Islam geweckt; aber es ist klar, daß nicht die weltläufig-milde Art der Perser den neuen Kurs angab. Seit 1834 begann in Syrien, zum Teil von Amerikanern angeregt, die arabische Nationalbewegung, und sie wollte sofort missionarisch in die Breite wirken; bereits einer ihrer ersten Führer beherrschte Syrisch, Latein, Englisch, Hebräisch, Aramäisch, Griechisch, Italienisch und Französisch[82a]). Ähnlich, doch mit religiöser Färbung, in Persien: Seit 1835 versuchte dort der schiitische Babismus die Grenzen zu durchbrechen und trat sogar für die Einführung einer Weltsprache ein; die Erlernung fremder Sprachen wurde mit allen Mitteln gefördert. Aber zu welchem Zweck? „Damit der Sprachenkundige Gottes Sache nach dem Osten und Westen der Welt gelangen lasse und sie unter den Staaten und Nationen verkünde in einer Weise, daß die Gemüter der Menschen dazu herangezogen werden und die moderndsten Knochen belebt werden", so heißt es im heiligen Buch des Bahaismus[83]). Ein neuer Kult des Arabischen war die Folge. 1932 erklärte man in Ägypten, das Arabische sei die vorzüglichste aller Sprachen, denn wo das Griechische nur einen Ausdruck habe, kenne das Arabische viele, es sei also viel genauer. An-

---

[81]) Goldziher (o. Anm. 10) S. 352.

[81a]) M. H. Farbridge, Studies in Biblical and Semitic Symbolism, London 1923, S. 121.

[82]) Koppelmann, Sprache 62 f.

[82a]) George Antonius, The Arab Awakening, The Story of the Arab National Movement, New York 1946, S. 37 ff., 47 f.

[83]) Kohn, Orient 28.

dere fanden aus dem Dilemma der Ursprachen-Sagen einen geistreichen Ausweg: Gott habe dem Adam nach der Vertreibung aus dem Paradies zur Strafe die Benutzung des Arabischen verboten und ihn Syrisch sprechen lassen, bis nach der Reue der Menschen das herrliche Arabisch wieder zugelassen worden sei[84]). In der Türkei kam es inzwischen zu Koranübersetzungen, aber was war die Folge? 1934 wurde auf einem türkischen Kongreß behauptet, das Türkische sei die älteste aller Sprachen[85]). Die beiden Tendenzen im Islam, die fromme Ausschließlichkeit und die weltmännische Freude an der Vielfalt, schienen sich neu zu verbinden in der aggressiven Weltmission. Wenn in unseren Tagen die dem Babismus verwandte, seit 1880 in Indien erwachsene Ahmadija-Sekte den Koran in westliche Sprachen übersetzt[86]), dann preist das Vorwort das Arabische als die „Mutter der Sprachen"; und das Oberhaupt der Sekte verkündet persönlich, daß die Araber die direkten Nachkommen Ismaels und also Abrahams seien; auf sie allein treffe die Prophezeiung von Gen. 13, 15 zu. Die Folgerung ist verblüffend einfach: „Palästina kommt denen zu, die den von Abraham mit Gott abgeschlossenen Vertrag halten"; die Arabische Liga ist die Erfüllung von Jesaja 19, 21–25, und der Islam ist der Stein der danielischen Vision, der das letzte der vier Weltreiche zerstört[87]). Von irdischer Vielfalt ist nicht mehr die Rede; die Geschichte soll ausgelöscht, überwunden werden – und auch das ist eine legitime Konsequenz aus Mohammeds Lehre, die alles Irdische in die „Vorgeschichte" abdrängt. Dort ist auch das Gewimmel der Sprachen und Völker bisweilen beachtet worden, in Persien hat mancher wachen Ohrs darauf gehört; aber rasch hat man es der bunten Welt der Märchen weitergegeben. Die Vielfalt ist das Ideal der Weltlichen geblieben; den Frommen war sie – wenigstens in früheren Zeiten – geläufig und vertraut, aber kein eigenes Thema.

Kurz, auch die siegreiche Weltkultur des Islam, die sich nicht in der den östlichen Christen eigenen räumlichen Beschränkung befand, hat ein ausschließendes Selbstbewußtsein entfaltet, das sich leicht mit nationalen Egoismen paaren kann, gerade weil das Partikulare von der Religion ausgespart bleibt. Ist nicht auch das noch ein Erbe aus der Begegnung von Hellenismus und Judentum?

---

[84]) Grunebaum (o. Anm. 18) S. 37 f. mit Zitaten.

[85]) Mario Pei, The Story of Language, London 1952, S. 18; Anna Daube, Der Aufstieg der Muttersprache im deutschen Denken des 15. und 16. Jahrhunderts (Deutsche Forschungen 34), Frankfurt/Main 1940, S. 1 f.

[86]) Richard Hartmann, Die Religion des Islam, Eine Einführung, Berlin 1944, S. 160 und H. A. R. Gibb, Modern Trends in Islam, Chicago 1947, S. 61 f. über diese Bewegung, hier S. 3 ff. über die Abneigung moderner Theologen gegen Koran-Übersetzungen.

[87]) Koran-Ausgabe von 1954 (o. Anm. 1), letzte Seite des unpaginierten Vorworts (Arabisch); Einleitung S. 76 (Araber-Ismael), 70 (Palästina), 95 (Arabische Liga), 97 (Daniel).

In der geistigen Haltung des Islam liegt sehr viel den Byzantinern Verwandtes[88]); noch die Osmanen übernahmen viel von ihnen[89]); man hat den Islam sogar den krönenden Abschluß des Hellenismus nennen wollen[90]). Doch die semitische Komponente, von den Juden an, ist mindestens ebenso mächtig. So scheint sich hier der Kreis zu schließen.

*

Aus der Begegnung von Griechen und Juden sind die verschiedensten Anregungen erwachsen; das gemeinsame Band zwischen Israel und Islam ist dünn. Eines aber scheint allen Kulturen dieses Kreises gemeinsam, ihr Universalismus. Die ganze Welt soll umfaßt werden, der eine Gott herrscht über alle, das eine Gottesvolk ist sein ausführendes Organ, der überall gleiche Mensch und seine unsterbliche Seele sind das Objekt des göttlichen Handelns. Das einigende griechisch-römische Imperium rund um das Mittelmeer gab diesen Ideen die Luft zum Atmen, der hellenistische Geist den Bezug auf die Natur. Aber dennoch kam es nicht zu einem ungestörten Bündnis zwischen Religion und Welt, und wo die Einheit des Imperiums zerbrochen war, trat leicht nationaler Eigensinn in die Bresche, nicht universale Konzilianz. Denn die Religion – und darin treffen sich Judentum, Christentum und Islam – suchte nicht die Welt, wie sie war, sie griff über sie hinweg, auch in ihren Zeitvorstellungen. Seit der mosaischen Genesis war Geschichtlichkeit ein Attribut des göttlichen Handelns, aber Ursprung und Ziel standen außerhalb der Geschichte. Was dazwischenlag, konnte auf die verschiedenste Art begriffen werden, aber es wurde nicht als individueller, autonomer und grenzenloser Prozeß verstanden. Überall herrschte, im späten Hellenismus ebenso wie im Judentum, bei den Christen, in Byzanz und im Islam, die religiöse Grundhaltung vor, die sich auf ein heiliges Buch beruft und darum die geistige Arbeit auf Auslegung und Interpretation verweist, die auch die Sprache in eine „heilige" Buchsprache verwandelt. Das Grundgefühl ist daher bestimmt von einer Idealisierung der besseren Vergangenheit, von der die Gegenwart abfällt, oder von einer Überhöhung der Ideale, an die nichts Irdisches mehr heranreicht. Darum ist die Sprachen- und Völkervielfalt zwar ein immer wiederkehrendes Thema, aber sie wird gemessen an der Theologie, entweder als fluchwürdiger Abfall von der Einheit, die Gott gewollt hat, oder allenfalls als unvermeidliches Schicksal, das nicht näher zu Gott führt. Die Sprache ist – vielleicht dank der Nachwirkung des Hellenis-

[88]) GRUNEBAUM (o. Anm. 18) S. 22 ff. vergleicht beide Kulturkreise.

[89]) Hamilton Alexander Rosskeen GIBB – Harold BOWEN, Islamic Society and the West, A Study of the Impact of Western Civilization on Moslem Culture in the Near East, Bd. 1, 1, Oxford-London 1950, S. 39 f.

[90]) Rudolf TSCHUDI, Der Islam als weltgeschichtliche Einheit, in: RANDA, Handbuch 990.

mus – keine zutiefst religiöse Erscheinung mehr; der Zusammenhang zwischen Glaube und heiligem Wort, zwischen Ding und Benennung, Schöpfung und Name ist weithin gelockert; auch die Völker werden nicht als Gedanken Gottes gewürdigt, ihre Geschichte nicht als die Spur von Gottes Wirken. Woran lag das? Sowohl an der Eigenart der Religion wie an der Einheit der Kultur; denn im Grunde war die griechisch-römische wie die semitische Welt einsprachig, höchstens zweisprachig; neben die Kult- und Bildungssprache trat die Landessprache; ebenso stand neben der Menschheit das einzelne Volk – dazwischen nichts. So auch zielte die Religion auf das Ganze und auf den Einzelnen – dazwischen nichts. Meist verknoteten sich Religion und Sprache noch miteinander; der Jude spricht Hebräisch, der Heide Griechisch, der Christ Griechisch oder Kirchenslavisch; die Landessprachen erhielten meist spät eine religiöse Weihe – ausgenommen die christlichen Orientalen, bei denen sich dafür Nationalsprache und Konfession aufs engste miteinander liierten. Darum ist die Vielheit des Besonderen kein letzter Wert, sie wird nach dem All oder nach dem Einzigen hin aufgelöst.

In den religiös bedingten Raumvorstellungen zeigt sich dieselbe Tendenz. Man erhob überall den Anspruch, die ganze Welt zu umfassen, unterschob aber meist der Ökumene die Heimat. Wie schon die Ägypter, Chinesen, Babylonier und Hellenen, so glaubten auch noch die Juden, die orientalischen Christen und die Mohammedaner, ihr Land, ihre Hauptstadt oder ihr Kultzentrum liege im Mittelpunkt der Welt, am Nabel der Erde. Von diesem vermeintlichen Zentrum führte der kürzeste Weg zum Himmel. Solche Schnittpunkte des Göttlichen mit dem Universum waren heilige Bäume, wie der indische Wata-Baum und die germanische Irminsul; heilige Berge, wie Meru, der Olymp, der Sinai, Sion, Golgotha; oder heilige Bauten, wie die Himmelsachse von Lo-yang, der Turm von Babel, das delphische Orakel, der Tempel in Jerusalem, die mekkanische Kaaba. Während das Geschichtsdenken die archimedischen Punkte aufgab oder ans Ende der Zeiten schob, beherrschten sie das Raumbild noch immer. Hieran zeigt sich am deutlichsten, daß die Welt in ihrer Vielfalt noch immer als profan galt[91]).

Darin liegt auch die Erklärung für die Tatsache, daß fast alle Grundvorstellungen der Sprachen- und Völkertheologie gleichsam im Vorbeigehen angedeutet sind, aber ambivalent bleiben: die Erfindung der Sprache durch Gott oder den Menschen, die Art der Ursprache, der Vorgang der Sprachenteilung, die Möglichkeit einer Wiedervereinigung der Sprachen; die Frage des ältesten Volkes, die Völkertrennung, die Herkunft des einzelnen Volkes aus früherer oder späterer Wurzel, die Zusammenfassung aller Völker – das alles ist in die-

[91]) Mircea ELIADE, Das Heilige und das Profane, Vom Wesen des Religiösen (Rowohlts deutsche Enzyklopädie 31), Hamburg 1957, S. 22 ff.

sem Zeitraum zwischen Genesis und Koran rund um das Mittelmeer in Formeln gebracht worden, aber nirgends in ein System, und auch die Formulierungen sind eher spielerisch-gleitend als zupackend, festlegend. Es war den Frommen wie den Weltlichen nicht bitter ernst mit der Differenzierung des Irdischen, weil die einen wie die andern in einer größeren Einheit zu stehen glaubten. Gerade darum, scheint es, blieben beide Sehweisen voneinander getrennt. Die mannigfachsten Kombinationen zwischen Glauben und Erkenntnis, Naturverständnis und Geschichte, Sendungsbewußtsein und Toleranz, äußerer Bedrohung und innerer Behauptung, Kenntnis der Fremden und Liebe zum Eigenen sind an uns vorübergezogen; überall hatte sich die Religion mit den Details des irdischen Lebens vertraut gemacht und wußte den Wert der Geschichte zu schätzen. Aber nur ganz selten wurde das religiöse Geschichtsdenken zum Ausgangspunkt der Deutungen und Bestrebungen gemacht; allzu stark schien das Beharrungsvermögen, allzu schwach die Erschütterung der hergebrachten Kategorien.

Gerade dies war aber offenbar das günstigste Klima für die Entstehung von „Topos“-Feldern. Wir sahen, daß man sich schon vor der mosaischen Genesis überall Gedanken über die Einheit und Vielfalt der Sprachen und Völker gemacht hatte, doch sie waren vereinzelte Schöpfungen des Augenblicks geblieben, zum einen, weil diese Kulturen nur auf die Einheit des Allgemeinen zielten, zum andern, weil sie voneinander isoliert waren und ihre Traditionen zwar hie und da austauschten, aber nicht kumulierten. Vom ersten Buch Moses an bildeten sich nun weitere Meinungen, die die irdische Mannigfaltigkeit erklären sollten, aber sie verdichteten sich zu einem Feld von Anschauungen, weil man von jetzt an überall Religion und Geschichte, Allgemeines und Besonderes, wenn auch nur locker, miteinander verband und weil sich, auf Grund dieser Verbindung, zwischen Judentum, Hellenismus, Christentum und Islam ein immer dichteres Netz von Überlieferungen spannte. Die Bildung eines solchen Feldes war also ein historischer, einmaliger Vorgang.

Nun gingen die Grundfragen des Zeitalters von Moses bis Mohammed noch immer nicht auf die Vielheit des Besonderen selbst; darum blieb dieses Feld der Meinungen fürs erste im Schatten. Immerhin gehörte es mit in das Reich denkwürdiger Traditionen und wurde aus Ehrfurcht vor alter Überlieferung und Liebe zur Beharrung mitgepflegt; die papierene Blässe und die unverbrauchte Lebenskraft dieser Ansichten scheinen eng zusammenzugehören. Doch gilt es hier, schärfer zu unterscheiden. Die einzelnen Kulturkreise dieses Zeitalters nahmen nämlich nicht alle das ganze Feld der Traditionen in Pflege, sondern jeder grenzte sich einen Bereich daraus ab, der meist erst später intensiv angebaut wurde. Die Grenzen dieses Bereiches standen freilich meist von Anfang an fest und stimmten, wie wir sahen, meist erstaunlich genau mit Eigenart und weltgeschichtlicher Bedeutung des jeweiligen Kulturkreises überein; darum hielt man wohl allenthalben so zäh an diesen Grenzen fest. Innerhalb des einmal abgesteckten Bereiches bedurfte es dann freilich selten mehr der tiefsten Glaubenskräfte und Überzeugungen, sondern meist nur einer verspielten Gelehrsamkeit, um die Überlieferungen weiter auszugestalten. In sehr beruhigten Kulturkreisen konnten die Traditionen dann wirklich zu festen Klischees, zu abgegriffenen Metaphern und unverbindlichen Manierismen werden, eben zu „Topoi". Aber auch diese scheinbare Geschichtslosigkeit, das selbstvergessene Spiel des Geistes mit dem Überkommenen war historisch begründet, seine Belanglosigkeit war der Preis für friedliche Zeiten. Allerdings mischte sich die geschehende Geschichte meist recht rasch und herrisch in dieses Glasperlenspiel wieder ein; sie gab der scheinbar verschrobensten Meinung plötzlich neues Gewicht, sie verschob die Schwerpunkte innerhalb des Feldes, ja oft genug preßte sie die Traditionsbereiche der Kulturen ineinander oder riß sie völlig auseinander. Bei alledem spielte der selbständige Geist des Menschen nur dienend mit; die Partner waren ungleich, und so siegte die Wucht der Ereignisse immer wieder über die Gelehrten und ihre dünnen Formeln, die kaum irgendwo in dem bisher untersuchten Gebiet geschichtliche Grundkräfte, seien es tragende Zustände oder unabdingbare geistige Forderungen, einfingen. Gedanke und Geschehen standen sich auf diesem Feld noch nicht unausweichlich gegenüber.

Es gibt von diesen Verallgemeinerungen viele Ausnahmen im einzelnen, am ehesten unter den östlichen Christen; aber es gibt nur eine Ausnahme im ganzen, und das ist der Kulturkreis, der auf den Trümmern des Weltimperiums, im sprachlichen und völkischen Wirrwarr der Völkerwanderung seine Einheit neu gründen, seine Kulturgüter mühsam als Schulstoff retten, die Welt mit Hilfe der Religion aufbauen und damit Welt und Religion verklammern mußte, um nur zu überleben. Im christlichen Abendland des Mittelalters wurden die akademischen Erörterungen über die geschichtliche Vielfalt des Irdischen zu Lebensfragen.